Gefangene deiner Dunkelheit

Alles Gute Paci!

Jana

CHRISTINE FEEHAN

Gefangene deiner Dunkelheit

ROMAN

Aus dem Amerikanischen von
Ulrike Moreno

Weltbild

Die amerikanische Originalausgabe erschien 2007 unter dem Titel *Dark Possession*
bei The Berkley Publishing Group, a member of Penguin Group (USA) Inc.

Besuchen Sie uns im Internet:
www.weltbild.de

Übersetzung: Ulrike Moreno
Umschlaggestaltung: Johannes Frick, Augsburg
Umschlagmotiv: © Franco Accornero via Thomas Schlück GmbH, Garbsen
© Markus Gann via Thomas Schlück GmbH, Garbsen
Gesamtherstellung: GGP Media GmbH, Pößneck
Printed in the EU
ISBN 978-3-8289-9673-1

2013 2012 2011 2010
Die letzte Jahreszahl gibt die aktuelle Lizenzausgabe an.

Für Jaunnie Ginn,
mit Liebe

DANKSAGUNG

Wie bei allen Werken hat man sehr vielen Leuten zu danken. Cheryl Wilson und Kathi Firzlaff, die bemerkenswert viel Zeit damit verbracht haben, mir bei den Details zu helfen. Brian Feehan für die langen Nächte, die du aufgeblieben bist, um mir Gelegenheit zu geben, die Story mit dir durchzusprechen. Domini, du warst erstaunlich, als du am Ende mit mir gearbeitet hast, bis wir den Roman zum Abschluss brachten. Dir, Tina, danke ich dafür, dass du all die Kleinigkeiten erledigt hast, damit ich meine Arbeit tun konnte. Aber vor allem danke ich meinem Ehemann, der Liebe meines Lebens, für sein Verständnis und die große Unterstützung, die er mir in allem war.

1. KAPITEL

Manolito De La Cruz schlug das Herz bis zum Hals, als er tief unter der dunklen Erde erwachte, das Gesicht verschmiert von blutig roten Tränen, und überwältigt von Kummer, der ihm das Herz zusammenkrampfte. Der verzweifelte Schrei einer Frau hallte in seiner Seele wider, zerrte an ihm, tadelte ihn und zog ihn vom Rande eines tiefen Abgrunds weg. Und er stand kurz davor, zu verhungern.

Jede Faser seines Körpers schrie nach Blut. Der Hunger danach hielt ihn in seinen erbarmungslosen Klauen, ein roter Dunst legte sich vor seine Augen, und sein Puls hämmerte von dem unaufschiebbaren Drang nach Nahrung. Verzweifelt suchte er die Gegend über seiner Ruhestätte nach der Anwesenheit von Feinden ab, und als er keinen finden konnte, drang er durch die fruchtbare schwarze Erde über ihm ins helle Tageslicht empor.

Sein Herz dröhnte ihm in den Ohren, und sein Schädel brummte, als er inmitten von dichtem Gesträuch und undurchdringlicher Vegetation landete, wo er sich zunächst einmal sehr wachsam umsah. Für einen Moment war alles irgendwie verkehrt – Affen kreischten, Vögel tschilpten warnend, er hörte das Husten eines größeren Raubtiers und sogar das Rascheln der Eidechsen im Unterholz. Er dürfte eigentlich gar nicht hier sein. Im Regenwald. Zu Hause.

Manolito schüttelte den Kopf, um Klarheit zu erlangen. Das Letzte, woran er sich noch deutlich erinnerte, war, dass er sich vor eine schwangere Karpatianerin geworfen hatte und die Mutter und ihr ungeborenes Kind vor einer Mörderin geschützt hatte. Die karpatianische Frau war Shea Dubrinsky, die Gefährtin von Jacques, des Bruders des Prinzen der Karpatianer. Aber das war in den Karpaten gewesen und nicht in Südamerika, wo Manolito inzwischen zu Hause war.

In Gedanken ließ er die Bilder noch einmal Revue passieren. Auf einer Weihnachtsparty hatten Sheas Wehen eingesetzt, was ausgesprochen ungünstig gewesen war. Denn wie hatten sie inmitten eines solchen Trubels Frauen und Kinder schützen sollen? Manolito hatte die Gefahr gespürt, den Feind, der sich durch die Menge an Shea herangepirscht hatte. Aber er war zerstreut gewesen, abgelenkt und geblendet von den Farben, Geräuschen und Emotionen, die von allen Seiten auf ihn eingestürmt waren. Wie war das möglich? Uralte karpatianische Jäger kannten keine Emotionen, und sie sahen auch keine Farben, sondern nur Schattierungen von Grau und Schwarz – und trotzdem erinnerte sich Manolito noch ganz deutlich, dass Sheas Haare rot gewesen waren. Leuchtend rot.

Seine Erinnerungen verflogen, als ein solch heftiger Schmerz ihn übermannte, dass er sich vor Qualen krümmte. Schwäche überkam ihn, die ihn in die Knie zwang, ihm den Magen verkrampfte und eine Welle der Übelkeit in ihm aufsteigen ließ. Feuer brannte durch seinen Körper wie geschmolzenes Gift. Karpatianer kannten keine Krankheiten; an einem menschlichen Leiden konnte er also nicht erkrankt sein. Was ihn quälte, war von einem Feind verursacht worden.

Wer hat mir das angetan? Angriffslustig bleckte Manolito seine weißen Zähne, die scharf und tödlich waren, während er sich mit wilden Blicken umsah. Wie war er hierhergekommen? Während er auf allen vieren in der feuchten, warmen Erde kniete, versuchte er zu ordnen, was er wusste.

Ein weiterer schwindelerregender Schmerz durchzuckte seine Schläfen und verdunkelte den Rand seines Gesichtsfeldes. Er hielt sich die Augen zu, um sie vor den Blitzen zu schützen, die wie Flugkörpergeschosse auf ihn zujagten, aber sie zu schließen, verschlimmerte die Wirkung höchstens noch. »Ich bin Manuel De La Cruz«, stieß er zwischen zusammengebissenen Zähnen hervor, in einem Versuch, seinen Verstand wieder zum Arbeiten zu bringen ... und sich zu erinnern. »Ich habe einen älteren und drei jüngere Brüder. Sie nennen mich Manolito, um mich zu veräppeln, weil meine Schultern breiter sind als ihre und ich mehr Muskeln habe und sie mich deswegen wie einen kleinen Jungen dastehen lassen wollen. Sie würden mich aber nie im Stich lassen, wenn sie wüssten, dass ich sie brauche.«

Sie hätten mich nicht im Stich gelassen. Auf gar keinen Fall ... Nicht seine Brüder. Sie waren einander alle treu ergeben – waren all diese Jahrhunderte zusammen gewesen und würden es auch immer bleiben.

Er versuchte, den Schmerz in den Hintergrund zu verdrängen, um der Wahrheit auf den Grund zu kommen. Warum war er im Regenwald, wo er doch eigentlich in den Karpaten sein müsste? Warum war er von seinem Volk im Stich gelassen worden? Von seinen Brüdern? Er schüttelte ablehnend den Kopf, was ihn jedoch teuer zu stehen kam, da der Schmerz sich dadurch noch verschärfte und regelrechte Stacheln seinen Schädel zu durchbohren schienen.

Er erschauderte, als die Schatten näher krochen, ihn umzingelten und Formen annahmen. Blätter raschelten, und das Buschwerk bewegte sich, als würde es von unsichtbaren Händen berührt. Eidechsen flitzten aus dem verrottenden Unterholz und rannten davon, als hätte ihnen irgendetwas Angst gemacht.

Manolito zog sich ins Gebüsch zurück und blickte sich wieder misstrauisch um. Diesmal suchte er nicht nur auf der Erde, sondern auch unterhalb von ihr die nähere Umgebung ab. Er sah jedoch nur Schatten und nichts aus Fleisch und Blut, das auf einen nahen Feind hinwies. Er musste sich zusammennehmen und herausfinden, was hier vorging, bevor die Falle zuschnappte – denn er war sich absolut sicher, dass es hier irgendwo eine Falle gab und er drauf und dran war hineinzutappen.

Während seiner Zeit als Vampirjäger war Manolito viele Male verwundet und vergiftet worden, und dennoch hatte er überlebt, weil er stets seinen Verstand benutzt hatte. Er war mit allen Wassern gewaschen, vorsichtig und sehr intelligent. Kein Vampir oder Magier würde ihn bezwingen, ob er nun krank war oder nicht. Und falls dies alles Halluzinationen waren, musste er einen Weg finden, den Bann zu brechen, um sich zu schützen.

Dunkle, böse Schatten bewegten sich durch seinen Kopf. Manolito ließ seinen Blick über die üppige Vegetation des Dschungels gleiten, doch statt eines einladenden Zuhauses sah er nur die gleichen, sich langsam bewegenden Schatten, die ihre gierigen Klauen nach ihm ausstreckten. Dinge bewegten sich, Banshees heulten, und fremdartige Kreaturen versammelten sich in dem Buschwerk und am Boden.

Das ergab keinen Sinn, nicht für jemanden von seiner Art. Die Nacht hätte ihn willkommen heißen, ihn trösten und in ihren wundervollen Frieden einhüllen sollen. Die Nacht hatte immer ihm und seiner Spezies gehört. Jeder Atemzug, den er tat, hätte ihn mit Informationen überfluten müssen, doch stattdessen spielte sein Verstand ihm Streiche und ließ ihn Dinge sehen, die nicht da sein konnten. Er konnte eine unheimliche Sinfonie von Stimmen hören, die ihn riefen und immer lauter wurden, bis ihm schier der Kopf platzte von dem Gestöhne und den jämmerlichen Schreien. Knochige Finger streiften seine Haut, Spinnenbeine krabbelten über ihn, sodass er wild die Arme schwenkte, sich auf Brust und Rücken schlug und verzweifelt versuchte, die unsichtbaren Netze abzustreifen, die an seiner Haut zu kleben schienen.

Wieder erschauderte er und zwang sich, ganz tief durchzuatmen. Was er sah und fühlte, konnten eigentlich nur von einem sehr mächtigen Vampir erzeugte Halluzinationen sein. Und falls es so war, konnte er seine Brüder nicht um Hilfe rufen, bis er wusste, ob er nicht nur der Köder war, um auch sie in das Netz hineinzuziehen.

Er presste beide Hände an seine Schläfen und zwang sich, sich zu konzentrieren. Er *würde* sich erinnern. Er war ein alter, mächtiger Karpatianer, der von dem früheren Prinzen Vlad auf Vampirjagd geschickt worden war. Vlads Sohn Mikhail hatte schon Jahrhunderte zuvor die Führung ihres Volkes übernommen. Manolito konnte spüren, wie sich das Bild zusammenfügte, als seine Erinnerungen nach und nach zurückkehrten. Er war weit entfernt gewesen von seinem Zuhause in Südamerika, weil er von dem Prinzen zu einer Versammlung in den Karpaten gerufen worden war, einer Feier des Lebens, zu Ehren von Jacques' Gefährtin, die ein Kind zur Welt brachte. Doch nun schien er in einem ihm vertrauten Teil des Regenwaldes zu sein. War es möglich, dass er das nur träumte? Er hatte noch nie geträumt, soweit er sich erinnern konnte. Wenn ein karpatianischer Mann Ruhe in der Erde suchte, stellte er die Tätigkeit seiner Lungen und seines Herzens ein und schlief wie ein Toter. Wie konnte er da träumen?

Wieder riskierte er einen Blick auf seine Umgebung. Sein Magen verkrampfte sich, da die grellen Farben ihn blendeten und ihm Kopfschmerzen und Übelkeit verursachten. Nach Jahrhunderten, in denen seine Augen immer nur Schwarz, Weiß und Grautöne gesehen hatten, enthielt der Dschungel um ihn herum nun viel zu aggressive Farben mit seinen leuchtenden Grüntönen und einer wahren Orgie farbenfroher Blumen zwischen den Schlingpflanzen, die sich an den Bäumen emporrankten. Sein Herz sprengte ihm fast die Rippen, und seine Augen brannten. Blutstropfen rannen ihm wie Tränen über das Gesicht, als er die Augen zusammenkniff und versuchte, seine Benommenheit und das Schwindelgefühl unter Kontrolle zu bringen, während er den Regenwald betrachtete.

Gefühle stürmten auf ihn ein. Er schmeckte Furcht auf seiner Zunge, was er nicht mehr erlebt hatte, seit er ein Knabe gewesen war. Was ging hier vor? Manolito bemühte sich, Ordnung in das ungewohnte Durcheinander in seinem Kopf zu bringen, alles Überflüssige daraus zu entfernen und sich auf das zu konzentrieren, was er von seiner Vergangenheit noch wusste. Er hatte sich gerade noch rechtzeitig vor eine menschliche, von einem Dämon besessene Frau geworfen, als sie ein vergiftetes Messer nach Jacques' und Sheas ungeborenem Kind geschleudert hatte. Noch immer spürte er den Schock beim Eindringen der Klinge, das Zerreißen seines Fleischs unter der gezackten Schneide, die seine Organe durchschnitten und ihm den Bauch aufgerissen hatte. Feuer hatte sein Innerstes in Brand gesetzt und sich sehr schnell verbreitet, als das Gift sich einen Weg durch seinen Kreislauf gebahnt hatte.

Sein Blut floss in Strömen, und das Licht verblasste schnell. Er hörte aufgeregte Stimmen, spürte, wie seine Brüder nach ihm griffen, um ihn auf der Erde festzuhalten. Das hatte er sehr deutlich in Erinnerung, die Stimmen seiner Brüder, die ihn anflehten – nein, ihm *befahlen*, bei ihnen zu bleiben. Aber er hatte sich in einem dunklen Reich befunden, in dem Banshees heulten und Schatten aufzuckten und nach ihm griffen. Skelette. Dunkle spitze Zähne. Klauen mit scharfen Krallen. Spinnen und Kakerlaken. Zischelnde Schlangen. Die Skelette kamen immer näher, bis ...

Manolito verschloss sein Bewusstsein vor seiner Umgebung und auch sämtliche allgemeine Kommunikationspfade, um zu verhindern, dass irgendjemand seine eigenen Ängste schüren konnte. Es mussten Halluzinationen sein, die durch das Gift an jener Messerklinge verursacht worden waren. Denn obwohl er seinen Geist vor jedem weiteren Eindringen verschlossen hatte, war irgendetwas Böses dort bereits präsent.

Feuer umringte ihn, prasselnde Flammen flammten gierig auf und streckten sich wie obszöne Zungen nach ihm aus. Aus der Feuersbrunst traten Frauen, Frauen, die er im Laufe der Jahrhunderte benutzt hatte, um sich zu nähren, und die schon lange tot waren für die Welt. Sie begannen, ihn von allen Seiten zu bedrängen. Mit ausgestreckten Armen und weit aufgerissenen Mündern beugten sie sich zu ihm vor und ließen ihn durch eng anliegende, tief ausgeschnittene Kleider ihre freizügig dargebotenen Reize sehen. Sie lächelten und winkten ihm mit großen, erwartungsvollen Augen, und das Blut, das seitlich an ihrem Nacken hinunterlief, war so ...

verlockend, dass der Hunger in Manolito sich verschärfte und ihn schier rasend werden ließ vor Hunger.

Die Frauen, die das zu spüren schienen, riefen ihn und versuchten, ihn in ihren Bann zu ziehen, indem sie stöhnten, sich wie in sexueller Ekstase wanden und sich auf anzüglichste Weise selbst berührten.

»Nimm mich, Manolito«, lockte eine.

»Ich gehöre dir«, rief eine andere und streckte bittend ihre Hände nach ihm aus.

Der Hunger zwang ihn aufzustehen. Er konnte schon die köstliche warme Flüssigkeit auf seiner Zunge spüren und war verzweifelt bemüht, sein inneres Gleichgewicht wiederherzustellen. Dazu brauchte er Blut, und diese Frauen würden es ihm geben. Manolito lächelte sie an, mit diesem langsamen, verführerischen Lächeln, das der Beutenahme stets vorausging. Als er einen Schritt vortrat, stolperte er, und seine innere Anspannung verschärfte sich zu einem schmerzhaften Stechen in seinem Magen. Er konnte sich gerade noch mit einer Hand auf dem Boden abstützen, bevor er fiel. Aber der Boden bewegte sich, und plötzlich konnte er die Gesichter der Frauen in der Erde und dem verfaulenden Laub sehen. Die fruchtbare schwarze Erde verlagerte sich, bis Manolito umringt war von diesen Gesichtern, deren Augen ihn mit anklagenden Blicken maßen.

»Du hast mich getötet. *Mich umgebracht.*« Die vorwurfsvollen Worte waren leise, aber eindringlich, die Münder wie in sprachlosem Entsetzen aufgerissen.

»Du hast meine Liebe genommen, alles, was ich zu geben hatte, und mich dann verlassen«, beschuldigte ihn eine andere Stimme.

»Du schuldest mir deine Seele«, erklärte eine dritte.

Manolito wich mit einem warnenden Fauchen vor ihnen zurück. »Ich habe euch nie berührt, außer um mich an euch zu nähren.« Aber er hatte sie dazu gebracht zu glauben, er hätte es getan. Er und seine Brüder suggerierten den Frauen, sie seien verführt worden, doch in Wahrheit hatten sie ihre Gefährtinnen des Lebens niemals hintergangen – selbst wenn sie sie noch nicht gefunden hatten. *In all den Jahrhunderten nicht.* Das war eine ihrer geheiligten Regeln. Und Manolito hatte auch nie eine Unschuldige angerührt. Die Frauen, von deren Blut er sich genährt hatte, waren alle leicht zu durchschauen gewesen und ihre Gier nach seinem Namen und seiner Macht nur allzu offensichtlich. Er hatte die Beziehungen zu ihnen sorgfältig gepflegt und sie in ihren Fantasien ermutigt, sie aber niemals körperlich berührt, außer um ihr Blut zu sich zu nehmen.

Er schüttelte den Kopf, als das Heulen lauter, die gespenstischen Erscheinungen hartnäckiger und ihre Augen vor grimmiger Entschlossenheit noch schmaler wurden. Er straffte seine Schultern und sah die Frauen mit ruhiger Bestimmtheit an. »Ich lebe von Blut und habe mir genommen, was mir von euch angeboten wurde. Aber ich habe niemanden getötet. Also geht wieder und nehmt eure Beschuldigungen mit. Ich habe weder meine Ehre noch meine Familie oder mein Volk je verraten.«

Er hatte viele Sünden zu verantworten, viele schlimme Taten befleckten seine Seele, doch nicht das, was diese wollüstigen Frauen mit ihren gierigen Mündern ihm vorwarfen. Er fletschte die Zähne, hob stolz den Kopf und blickte ihnen ruhig in die kalten Augen. Seine Ehre war intakt. Man konnte ihm vieles nachsagen. Sie konnten ihn in tausend anderen Dingen richten und etwas zu bemängeln finden, aber er hatte nie eine Unschuldige angerührt. Und er hatte auch keiner Frau erlaubt zu denken, er würde sich vielleicht in sie verlieben. Er hatte treu auf seine Gefährtin des Lebens gewartet, obwohl er wusste, dass die Möglichkeiten, sie zu finden, sehr gering waren. Ungeachtet dessen, was die Welt über ihn denken mochte, hatte es keine anderen Frauen für ihn gegeben. Und so würde es auch bleiben. Ganz gleich, was seine anderen Fehler waren, seine Gefährtin, die Frau, die ihm bestimmt war, würde er niemals hintergehen. Weder mit Worten noch mit Taten, ja nicht einmal im Geiste.

Auch wenn er fast schon nicht mehr daran glaubte, dass sie je geboren werden würde.

»Geht mir aus den Augen. Ihr seid zu mir gekommen, weil ihr Geld und Macht wolltet. Es war keine Liebe eurerseits, kein wahres Interesse außer dem, Reichtum und Ansehen zu erlangen. Ich habe euch Erinnerungen zurückgelassen, auch wenn es falsche waren, im Austausch für euer Leben spendendes Blut. Euch wurde nichts zuleide getan, und im Grund habt ihr sogar unter meinem Schutz gestanden. Ich schulde euch nichts, schon gar nicht meine Seele. Und ich werde mich auch nicht von Kreaturen wie euch verurteilen lassen.«

Die Frauen schrien auf, als die Schatten sich verlängerten und schwarze, wie Kettenglieder aussehende Streifen über ihre Körper warfen. Arme streckten sich nach ihm aus, aus deren Fingernägeln lange Krallen wuchsen, und Rauch begann, ihre sich windenden Gestalten zu umnebeln.

Manolito schüttelte den Kopf und blieb fest in seiner Entschlossenheit, seine vermeintlichen Missetaten zu leugnen. Er war Karpatianer und brauchte eben Blut zum Überleben – so einfach war das. Er hatte die Gebote seines Prinzen befolgt und andere Spezies beschützt. Und obwohl es stimmte, dass er getötet hatte und sich mit seinen Fähigkeiten und seiner Intelligenz anderen oft überlegen gefühlt hatte, hatte er den Platz für seine Gefährtin immer freigehalten und sich diesen einen Funken Menschlichkeit bewahrt, für den Fall, dass er sie doch noch finden sollte.

Er dachte nicht daran, sich verurteilen zu lassen von diesen Frauen mit ihrem raffinierten Lächeln und makellosen Körpern, die nur so freizügig zur Schau gestellt wurden, um sich einen reichen Mann zu angeln, nicht aus Liebe, sondern nur aus purer Habgier – und trotzdem spürte er, wie Kummer ihn erfasste. Grausamer, überwältigender Kummer bestürmte ihn und stahl sich in sein Herz und seine Seele, sodass er sich müde und verloren fühlte und sich nur noch nach dem süßen Trost und dem Vergessen der Erde sehnte.

Um ihn herum wurde das Heulen lauter, doch unter den Schatten wirkten die Formen und Farben der Gesichter verschwommener. Einige Frauen zerrten an ihren Kleidern und flüsterten ihm einladende Worte zu.

Manolito funkelte sie nur böse an. »Ich habe kein Interesse an euren Reizen.«

Fühl mich. Berühr mich, und du wirst wieder etwas empfinden. Meine Haut ist zart. Ich kann dir den Himmel auf Erden zeigen. Du brauchst mir nur noch einmal deinen Körper zu überlassen, dann wirst von mir so viel Blut bekommen, wie du willst.

Schatten bewegten sich überall um ihn, und die Frauen krochen aus dem Blattwerk und den Schlingpflanzen hervor, stiegen aus der Erde selbst empor und streckten verführerisch lächelnd ihre Hände nach ihm aus.

Manolito *empfand* etwas ... aber es war ein derartiger Abscheu, dass er die Zähne bleckte und den Kopf schüttelte. »Ich würde sie nie betrügen«, sagte er. »Eher würde ich verhungern.« Was er sagte, klang wie ein Fauchen, ein warnendes Knurren, das tief aus seiner Kehle kam, und es war ihm völlig ernst damit.

»Ein solcher Tod würde zur ewig währenden Qual.« Die Stimmen waren jetzt nicht mehr so verführerisch, sondern eher verzweifelt, quengelig und mehr nervös als anklagend.

»Dann sei es so. Ich werde keinen Verrat an ihr begehen.«

»Das hast du schon getan!«, schrie eine der Frauen. »Du hast ihr ein Stück ihres Herzens gestohlen. Du hast es ihr *gestohlen* und kannst es ihr nicht mehr zurückgeben.«

Manolito durchforschte sein unvollständiges Gedächtnis. Für einen Moment nahm er den Anflug eines Duftes wahr, eines Duftes nach etwas Sauberem und Frischem zwischen all dem Verfall und dem Verwesungsgeruch um ihn herum. Er konnte *sie* auf seiner Zunge spüren. Sein Herz schlug wieder stark und regelmäßig. Alles in ihm entkrampfte sich. Seine Gefährtin existierte!

Er atmete tief ein und wieder aus, um die aufdringlichen Schatten zu vertreiben, aber ein sogar noch tieferer Schmerz durchzuckte ihn. »Sollte ich tatsächlich eine solche Verfehlung gegen sie begangen haben, werde ich tun, was immer sie auch will.« Hatte er sich so an ihr versündigt, dass sie ihn verlassen hatte? War das der Grund für diesen merkwürdigen Kummer, der ihm das Herz so schwer machte?

Die Gesichter um ihn herum lösten sich auf, als die Gestalten noch mehr verschwammen, bis sie nur noch heulende Schatten waren und endlich auch die Übelkeit in seinem Magen nachließ, obwohl sein Hunger inzwischen so groß war, dass er ihn von innen her geradezu zerfraß.

Er hatte eine Gefährtin. An diese Gewissheit klammerte er sich nun. Eine schöne, vollkommene Frau, die dazu geboren war, seine Gefährtin des Lebens zu sein. Geboren für ihn. *Für ihn allein* ... Seine Raubtierinstinkte erwachten schnell und scharf. Ein Knurren entrang sich seiner Brust, und der allgegenwärtige Hunger bohrte und nagte immer unerbittlicher an seinen Eingeweiden, um seinen Forderungen Nachdruck zu verleihen. Manolito hatte Jahrhunderte ohne Farben gelebt, eine lange, emotionslose Zeit, die sich immer weiter ausgedehnt hatte, bis sich der Dämon erhoben hatte und er nicht mehr die Kraft oder den Wunsch gehabt hatte, dagegen anzukämpfen. Er war so nahe daran gewesen, sich der Finsternis zu überlassen! Das Töten war zu etwas Alltäglichem und die bloße Nahrungsaufnahme immer schwieriger geworden. Jedes Mal, wenn er seine Zähne in lebendiges Fleisch geschlagen und das pulsierende Leben in Venen gefühlt hatte, hatte er sich gefragt, ob dies der Moment sein würde, in dem er seine Seele endgültig verlor.

Manolito erschauderte, als die Stimmen in seinem Kopf wieder lauter wurden und selbst die Geräusche des Dschungels übertönten. Ein stechender Schmerz erwachte hinter seinen Augen, der zu einem unerträglichen Brennen wurde. Waren es die Farben? *Sie*, seine Gefährtin, hatte ihn wieder Farben sehen lassen. Wo war sie? Hatte sie ihn verlassen? Die Fragen stürmten schnell und laut auf ihn ein und vermischten sich mit den Stimmen, bis er versucht war, seinen Kopf gegen den nächsten Baum zu schlagen. Sein Gehirn schien ebenso in Flammen zu stehen wie jedes andere Organ in seinem Körper.

Vampirblut? Es brannte wie Säure. Manolito wusste das, weil er Hunderte, ja, vielleicht sogar Tausende von Vampiren gejagt und getötet hatte. Einige waren Jugendfreunde von ihm gewesen, und er konnte sie in seinem Kopf jetzt schreien hören. In Ketten liegend und verbrannt. Von endlosem Kummer und Verzweiflung zerfressen. Das Herz zersprang ihm fast in seiner Brust, und er ließ sich wieder auf der fruchtbaren Erde nieder, in der er gelegen hatte, und versuchte, sich darüber klar zu werden, was real und was Halluzination waren. Als er die Augen schloss, befand er sich in einer Grube, umgeben von Schatten und roten Augen, die ihn hungrig anstarrten.

Vielleicht war es nur eine Illusion. Alles. Wo er war. Die leuchtenden Farben. Die Schatten. Vielleicht war sein Wunsch nach einer Gefährtin des Lebens so stark, dass er sich in seiner Fantasie eine erschaffen hatte. Oder schlimmer noch – ein Vampir hatte eine für ihn erschaffen.

Manolito. Du bist zu früh aufgewacht. Du solltest noch ein paar Wochen länger in der Erde ruhen. Gregory sagte, wir sollten dafür sorgen, dass du dich nicht zu früh erhebst.

Manolito riss die Augen auf und sah sich misstrauisch um. Die Stimme hatte den gleichen Klang wie die seines jüngsten Bruders Riordan, war aber verzerrt und langsam und jedes Wort so stark gedehnt, dass sie, statt ihm vertraut zu erscheinen, geradezu dämonisch klang. Manolito schüttelte den Kopf und versuchte aufzustehen. Aber sein sonst so geschmeidiger und kräftiger Körper fühlte sich ganz eigenartig ungelenk und fremd an, als er auf die Knie zurückfiel, weil er nicht die Kraft hatte zu stehen. Sein Magen zog sich zusammen, und Übelkeit stieg wieder in ihm auf. Das Brennen verbreitete sich in seinem Kreislauf.

Riordan. Ich weiß nicht, was mit mir geschieht. Er benutzte den Kommunikationsweg, auf dem nur er und sein jüngster Bruder sich verständigten. Und er war sehr sorgfältig darauf bedacht, nichts von seiner Energie von diesem Pfad abweichen zu lassen. Denn sollte dies hier eine raffinierte Falle sein, wollte er Riordan nicht mit hineinziehen. Dazu liebte er seinen Bruder viel zu sehr.

Bei dem Gedanken stockte ihm das Herz.

Liebe.

Er *empfand* Liebe für seine Brüder! Und eine so überwältigende, reale und intensive Liebe, dass es ihm den Atem raubte, als hätte sich das Gefühl im Laufe der Jahrhunderte hinter einer stabilen Barriere, wo er es nicht erreichen konnte, angesammelt und immer mehr gefestigt. Es gab nur einen Menschen auf der Welt, der wieder Gefühle in ihm wecken konnte. Die Frau, auf die er Jahrhunderte gewartet hatte.

Seine Gefährtin des Lebens.

Er presste seine Hand ganz fest auf seine Brust. Jetzt konnte kein Zweifel mehr bestehen, dass sie real war. Die Fähigkeit, Farben zu sehen, Gefühle zu verspüren: All die Sinne, die er in den ersten zweihundert Jahren seines Lebens verloren hatte, waren ihm zurückgegeben worden. *Von ihr.*

Aber warum konnte er sich dann nicht an die wichtigste Frau in seinem Leben erinnern? Warum konnte er sie sich nicht vorstellen? Und warum waren sie getrennt? *Wo war sie?*

Du musst wieder unter die Erde, Manolito. Du kannst noch nicht zurück. Du hast einen langen Weg vom Baum der Seelen hinter dir. Aber deine Reise ist noch nicht beendet. Du musst dir noch mehr Zeit lassen.

Manolito zog sich augenblicklich aus der Reichweite seines Bruders zurück. Es war der richtige Verständigungsweg, und auch die Stimme wäre dieselbe, wenn sie nicht so langsam wäre. Aber die Worte ... die Erklärung war völlig falsch gewesen. Es musste so sein. Man konnte nicht zum Baum der Seelen gehen, solange man nicht tot war. Und er war nicht tot. Sein Herz pochte laut – zu laut. Und auch der Schmerz in seinem Körper war real. Er *war* vergiftet worden. Das Brennen verriet ihm, dass sich das Gift noch immer in seinem Kreislauf befand. Doch wie konnte das sein, wenn er richtig behandelt worden war? Gregori war der größte Heiler, den das karpatianische Volk je gekannt hatte. Er hätte nicht zugelassen, dass Gift in Manolitos Körper zurückblieb, egal, wie viel er selbst dabei riskierte.

Manolito zog sein Hemd hoch und starrte auf die Narben an seiner Brust. Karpatianer behielten fast nie Narben zurück. Die Wunde befand sich über seinem Herzen und war von einer hässlichen, ausgezackten Narbe bedeckt, die Bände sprach. Es war ein tödlicher Messerstich gewesen.

Konnte das wahr sein? War er gestorben und in die Welt der Lebenden zurückgeholt worden? Von einer solchen Leistung hatte er noch nie gehört. Gerüchte über solche Dinge gab es natürlich viele, aber er hatte nicht gewusst, dass es tatsächlich möglich war. Und was war mit seiner Gefährtin? Sie würde ihn doch begleitet haben auf der Reise. Panik vermischte sich mit seiner Verwirrung und dem Kummer, der ihm so schwer zu schaffen machte.

Manolito.

Riordans Stimme klang jetzt fordernder, war jedoch nach wie vor verzerrt und langsam.

Manolito riss den Kopf hoch und begann zu zittern. Die Schatten fingen wieder an, sich zu bewegen, und huschten durch die Bäume und das Gesträuch. Jeder Muskel in seinem Körper verkrampfte sich vor innerer Erregung. Was nun? Diesmal spürte er die Gefahr, als Schatten um ihn herum Gestalt annahmen und ihn einzukreisen begannen. Dutzende von ihnen, Hunderte, ja, Tausende sogar, sodass keine Möglichkeit zur Flucht bestand. Rote Augen funkelten ihn voller Hass und Bosheit an. Sie schwankten, als wären ihre Körper zu transparent und dünn, um der leichten Brise standzuhalten, die das Blätterdach über ihnen bewegte. Sie waren Vampire, jeder Einzelne von ihnen.

Manolito erkannte sie. Einige waren nach karpatianischen Maßstäben noch verhältnismäßig jung und andere schon sehr alt. Manche waren Jugendfreunde, andere Lehrer und Mentoren. Er hatte jeden Einzelnen von ihnen ohne Mitleid oder Schuldgefühl getötet. Er hätte es schnell, brutal und auf jede nur mögliche Art getan.

Einer zeigte anklagend mit dem Finger auf ihn, ein anderer zischte und fauchte wütend. Ihre tief in den Höhlen liegenden

Augen waren gar keine Augen mehr, sondern nur noch glühende, blutige Flecken puren Hasses.

»Du bist wie wir. Du gehörst zu uns. Schließ dich uns an«, rief einer.

»Du hältst dich für etwas Besseres. Aber sieh uns doch mal an! Du hast wieder und wieder getötet, wie eine Maschine, ohne Rücksicht auf die Folgen.«

»Wie sicher du dir immer warst! Und dabei hast du die ganze Zeit über deine Brüder umgebracht.«

Für einen Moment schlug Manolito das Herz so hart gegen die Rippen, dass es ihm schier die Brust zu sprengen drohte. Schmerz bedrückte ihn, und Schuldgefühle quälten ihn. Er hatte getötet. Und er hatte nichts dabei gespürt, als er einen Vampir nach dem anderen gejagt und mit seinem überlegenen Verstand und seiner Intelligenz bekämpft hatte. Sie zu jagen und zu töten war notwendig. Wie er selbst darüber dachte, spielte keine Rolle. Es musste getan werden.

Er richtete sich zu seiner vollen Größe auf und zwang sich, gerade zu stehen, als sein Magen sich wieder vor Anspannung verkrampfte. Sein Körper fühlte sich anders an, bleierner irgendwie und schwerfälliger. Als er sein Gewicht von einem Fuß auf den anderen verlagerte, spürte er, wie er zu zittern anfing.

»Du hast dein Schicksal selbst gewählt, Toter. Ich war nur das Werkzeug der Gerechtigkeit.«

Die Köpfe auf den langen, spindeldürren Hälsen wurden zurückgeworfen, und Geheul zerriss die Luft. Über ihnen flogen Vögel aus den Bäumen auf und ergriffen die Flucht vor dem grauenhaften Lärm des immer lauter werdenden Gekreisches. Das Geräusch erschütterte auch Manolito bis ins Mark und schien sein Innerstes in eine geleeartige Masse zu verwandeln. Ein Vampirtrick, dessen war er sich ganz sicher. Im Grunde seines Herzens wusste er, dass sein Leben verwirkt war – sie waren zu viele, um sie zu töten –, aber er würde wenigstens so viele mitnehmen, wie er konnte, um die Welt ein für alle Mal von diesen gefährlichen und gewissenlosen Kreaturen zu befreien.

Der Magier muss einen Weg gefunden haben, die Toten wiederzuerwecken, teilte er Riordan im Geiste mit, damit er die Information an ihren ältesten Bruder weitergab. Zacarias würde dem Prinzen eine Warnung schicken, dass ganze Armeen von Untoten sich wieder einmal gegen sie erheben würden.

Bist du sicher?

Ich habe diese hier schon vor Jahrhunderten getötet, und trotzdem umzingeln sie mich mit ihren anklagenden Augen und winken mir, als gehörte ich zu ihnen.

Irgendwo in großer Ferne schnappte Riordan entsetzt nach Luft und hörte sich zum ersten Mal wie Manolitos geliebter Bruder an. *Du darfst dich nicht dazu entschließen, ihnen deine Seele zu überlassen! Wir sind so nahe daran, Bruder, so kurz davor. Ich habe meine Gefährtin des Lebens gefunden und Rafael die seine. Es ist nur noch eine Frage der Zeit für dich. Du musst noch aushalten. Ich komme zu dir.*

Manolito fauchte empört und warf den Kopf zurück, um in wilder Rage aufzubrüllen. *Schwindler! Du bist nicht mein Bruder.*

Manolito! Was sagst du da? Natürlich bin ich dein Bruder. Du bist krank. Ich komme zu dir, so schnell ich kann. Wenn die Vampire dich hinters Licht führen …

Wie du? Du hast einen schweren Fehler gemacht, du Scheusal. Ich habe schon eine Gefährtin des Lebens und muss ihr bereits begegnet sein. Ich sehe eure abscheulichen Erscheinungen in Farbe. Sie umringen mich mit blutbefleckten Zähnen und ihren schwarzen, verschrumpften und verdorrten Herzen.

Du hast keine Gefährtin, sagte Riordan entschieden. *Du hast nur von ihr geträumt.*

Du kannst mich mit deiner Arglist nicht in die Falle locken. Geh zu deinem Marionettenspieler und sag ihm, dass ich nicht so leicht zu fassen bin. Manolito brach sofort die Kommunikation ab und blockierte alle privaten und öffentlichen Zugänge zu seinem Geist.

Dann fuhr er herum zu seinen Feinden, all den Gesichtern aus seiner Vergangenheit. Es waren so viele, dass er wusste, was ihn erwartete: der Tod. »Dann kommt und tanzt mit mir, wie ihr es so oft getan habt«, forderte er sie auf und winkte ihnen mit einem Finger.

Die am nächsten vor ihm stehenden Vampire heulten auf, Speichel rann ihnen über die Gesichter, und die Löcher, die sie anstelle von Augen hatten, glühten auf vor Hass. »Schließ dich uns an, Bruder. Du bist einer von uns.«

Sie schwankten, als sie sich in dem seltsamen, tranceähnlichen Rhythmus der Untoten in seine Richtung zu bewegen begannen. Er hörte, wie sie ihn riefen, aber das Geräusch war mehr in seinem Kopf als außerhalb davon. Ihr Gewisper und Gemurmel vernebelte ihm das Gehirn. Manolito schüttelte den Kopf, um Klarheit zu gewinnen, doch die Geräusche blieben.

Die Vampire kamen näher, und jetzt konnte er schon das Rascheln von zerlumpter Kleidung hören, zerfetzt und grau vom Alter, die seine Haut streifte. Wieder schreckte ihn das Gefühl von Insekten auf, die über seine Haut krabbelten. Er fuhr herum und versuchte, den Feind im Blick zu behalten, während die Stimmen immer lauter und klarer wurden.

»Komm zu uns. Fühl wieder etwas. Du bist so ausgehungert, dass wir das Stocken deines Herzens spüren können. Du brauchst frisches Blut. Mit Adrenalin versetztes ist das Beste. Du kannst es *fühlen*.«

»Schließ dich uns an!«, beschworen sie ihn, und ihre Stimmen wurden lauter und lauter und schwollen zu einer gewaltigen Welle an, die Manolito von allen Seiten überschwemmte.

»Frisches Blut. Du brauchst es, um zu überleben. Nur ein wenig. Ein Schlückchen. Und dann diese wundervolle Furcht ... Lass deine Opfer Furcht verspüren, und der Rausch ist wie nichts, was du je zuvor empfunden hast.«

Die Versuchung verschärfte Manolitos Hunger, bis er nicht mehr in der Lage war, über den roten Dunst in seinem Gehirn hinauszudenken.

»Sieh dich doch an, Bruder – sieh dir dein Gesicht an!«

Er fand sich auf dem Boden wieder, auf Händen und Füßen, als hätten sie ihn gestoßen, aber er hatte keinen Stoß gespürt. Seine Gesichtshaut war so straff, dass jeder seiner Knochen darunter sichtbar war. Sein Mund war protestierend aufgerissen, doch nicht nur seine Schneidezähne, sondern auch seine Eckzähne waren lang und scharf geworden vor Erwartung.

Er hörte einen Herzschlag, stark und ruhig, der ihn lockte und rief. Ihm lief das Wasser im Mund zusammen. Er war verzweifelt – so hungrig, dass er nichts anderes tun konnte, als auf die Jagd zu gehen. Er musste eine Beute finden. Musste in einen weichen, warmen Hals beißen, bis das heiße Blut in seinen Mund quoll, seine Organe und Zellgewebe durchflutete und ihm die enorme Kraft und Macht seiner Spezies zurückgab. Er konnte an nichts anderes mehr denken als an das furchtbare Ansteigen des Hungers, der, einer Flutwelle gleich, in ihm aufwallte, um ihn zu überrollen.

Der Herzschlag wurde lauter, und er wandte langsam den Kopf, als eine Frau auf ihn zugestoßen wurde. Sie sah verängstigt aus ... und unschuldig. Ihre Augen waren dunkel vor Entsetzen. Manolito konnte das Adrenalin riechen, das in ihren Adern brodelte.

»Schließ dich uns an ... Schließ dich uns an ...«, wisperten die Stimmen, bis das Geräusch zu einem hypnotischen Gesang anschwoll.

Er brauchte gutes, frisches Blut zum Überleben. Er verdiente es zu leben. Was war sie schon? Schwach und furchtsam. Konnte sie die menschliche Rasse vor den Ungeheuern retten, die sich ihrer bemächtigten? Die Menschen glaubten nicht an ihre Existenz. Und wenn sie von Manolito wüssten, würden sie ...

»Dich töten«, zischte einer der Vampire.

»Dich foltern«, fügte ein anderer hinzu. »Sieh doch nur, was sie dir angetan haben. Du verhungerst. Wer hat dir geholfen? Deine Brüder? Menschen? Wir haben dir heißes Blut gebracht, um dich zu stärken – und am Leben zu erhalten?«

»Nimm sie, Bruder, und schließe dich uns an.«

Wieder stießen sie die Frau nach vorn. Sie schrie auf, stolperte und fiel gegen Manolito. Sie fühlte sich warm und lebendig an seinem kalten Körper an. Ihr Herz schlug wie wild und verlockte ihn, wie nichts anderes es vermochte. Der Puls an ihrem Nacken zuckte, und er roch die Furcht, die sie beherrschte, und konnte das Blut durch ihre Adern rauschen hören, heiß und süß und Leben spendend.

Er konnte nicht sprechen, um sie zu beschwichtigen; sein Mund war zu voll von seinen sich verlängernden Zähnen und seine Kehle zu eng von dem Bedürfnis, seine Lippen an ihren warmen Hals zu pressen. Er zog sie noch näher, bis ihr viel kleinerer Körper fast verschluckt wurde von seinem. Ihr Herz begann, im Rhythmus seines eigenen zu schlagen. Die Luft entwich in einem gequälten Aufstöhnen ihren Lungen.

Manolito war sich der immer näher kommenden Vampire bewusst, des Schlurfens ihrer Füße, der dunklen Höhlen ihrer vor Erwartung aufgerissenen Münder, aus denen Speichelfäden rannen, und der unverhohlenen Schadenfreude in ihren mitleidlosen Augen. Stille breitete sich aus, nur das schwere Atmen des verängstigten Mädchens und sein dröhnender Herzschlag waren noch zu hören. Manolito beugte seinen Kopf noch weiter vor, angelockt von dem Geruch von Blut.

Er war völlig ausgehungert. Ohne Blut würde er außerstande sein, sich zu verteidigen. Er brauchte es. Er verdiente es. Er hatte Jahrhunderte damit verbracht, Menschen zu verteidigen – Menschen, die verabscheuten, was er war, Menschen, die seine Spezies fürchteten ...

Manolito schloss die Augen und zwang sich, das Geräusch dieses süßen, verlockenden Herzschlags aus seinem Bewusstsein auszublenden. Das Gewisper war in seinem Kopf. *In seinem Kopf*. Er fuhr herum und schob das Mädchen hinter sich. »Ich werde es nicht tun! Sie ist unschuldig und wird nicht auf diese Art missbraucht werden.« Weil sein Hunger viel zu groß war und er dann vielleicht nicht mehr aufhören würde. Er würde gegen sie alle kämpfen müssen, doch das Mädchen konnte er vielleicht noch retten.

Aber hinter ihm schlang die junge Frau ihre Arme um seinen Nacken, presste ihren üppigen weiblichen Körper an seinen und ließ ihre Hände zu seiner Brust hinuntergleiten, zu seinem Bauch und tiefer, bis sie streichelnd ihre Finger um ihn schloss und neben Hunger auch noch Lust in ihm entfachte. »So unschuldig bin ich gar nicht, Manolito. Ich gehöre dir, mit Leib und Seele. Ich bin dein. Du brauchst mich nur zu kosten. Ich kann das alles vergehen lassen.«

Mit einem wütenden Fauchen fuhr Manolito herum und stieß die junge Frau von sich weg. »Geh! Geh zu deinen Freunden und halt dich von mir fern!«

Sie lachte, bewegte obszön die Hüften und berührte sich. »Du brauchst mich.«

»Ich brauche meine Gefährtin. Sie wird zu mir kommen und mir alles geben, was ich benötige.«

Das Gesicht der Frau veränderte sich, ihr Lachen verblasste, und sie raufte sich frustriert die Haare. »Du kannst diesem Ort nicht entkommen. Du bist einer von uns. Du hast sie hintergangen und verdienst es hierzubleiben.«

Davon wusste er nichts – und er erinnerte sich auch an nichts. Aber alle Verlockungen der Welt würden ihn nicht umstimmen können. Wenn er jahrhundertelang ohne Stärkung auskommen und die ganze damit verbundene Qual ertragen musste, dann sei es eben so, doch er würde seine Gefährtin nicht verraten. »Du hättest besser daran getan, mich zu verleiten, jemand anderen zu verraten«, sagte er zu der Frau. »Nur meine Gefährtin kann mich als ihrer unwürdig befinden. So steht es geschrieben in unseren Gesetzen. Nur sie kann mich verurteilen.«

Er musste irgendetwas Schreckliches getan haben. Dies war nun schon der zweite Vorwurf dieser Art, und die Tatsache, dass seine Gefährtin nicht an seiner Seite kämpfte, war sehr aufschlussreich. Er konnte sie nicht zu sich rufen, weil er sich an zu wenig erinnerte – und ganz gewiss an keine Sünde, die er gegen sie begangen hatte. Er erinnerte sich an ihre Stimme, die weich und melodiös war wie die eines Engels – nur dass sie sagte, sie wolle nichts mit einem karpatianischen Mann zu tun haben.

Sein Herz schlug schneller. Hatte sie ihn zurückgewiesen, als er sie für sich beansprucht hatte? Und hatte er sie dann ohne ihre Einwilligung an sich gebunden? Das wurde in seiner Gesellschaft akzeptiert, zum Schutz des Mannes, wenn die Frau nicht willig war. Das war kein Verrat. Was konnte er also verbrochen haben?. Er hätte seine Gefährtin mit seinem Leben beschützt, wie er Jacques' Gefährtin beschützt hatte, mit seinem Leben und noch viel mehr, falls möglich.

Er war an einem Ort, wo über ihn gerichtet wurde, und bislang schien er nicht gut abzuschneiden, und vielleicht lag das ja daran, dass er sich nicht erinnerte? Er hob den Kopf und bleckte seine Zähne vor Hunderten, ja vielleicht sogar Tausenden von karpatianischen Männern, die sich dafür entschieden hatten, ihre Seelen aufzugeben und die Dunkelheit zu suchen. Sie hatten ihre eigene Spezies dezimiert und eine Gesellschaft und Lebensweise beinahe zerstört, und alles nur für den flüchtigen Rausch, etwas zu fühlen, statt sich ihre Ehre zu bewahren – und an der Hoffnung auf eine Gefährtin festzuhalten.

»Ich unterwerfe mich nicht eurer Rechtsprechung. Ich werde nie zu euch gehören. Ich mag meine Seele befleckt haben, vielleicht sogar ohne Aussicht auf Erlösung, aber ich werde weder sie noch meine Ehre je freiwillig aufgeben, so wie ihr es getan habt. Ich mag alles sein, was ihr mir vorwerft, doch ich werde meiner Gefährtin des Lebens gegenübertreten, nicht euch, und sie entscheiden lassen, ob meine Sünden mir vergeben werden können.«

Die Vampire zischten wütend, und dürre Finger zeigten wieder anklagend auf ihn, aber sie griffen ihn nicht an. Das ergab keinen Sinn – so zahlreich wie sie waren, hätten sie ihn mühelos vernichten können –, doch ihre Gestalten schwankten und begannen sich langsam aufzulösen, sodass es schwierig war, die Untoten von den normalen Schatten in der Dunkelheit des Regenwaldes zu unterscheiden.

Ein Prickeln lief über Manolitos Nacken, und er fuhr herum. Die Vampire zogen sich tiefer ins Dickicht zurück und verschwanden zwischen den dicht belaubten Pflanzen. Sein Magen brannte, und sein Körper schrie nach Nahrung, doch seine Verwirrung war größer noch als je zuvor. Die Vampire hatten ihn in eine Falle gelockt. Er war umgeben von Gefahr, das konnte er an der ungewohnten Stille ringsum merken. Nicht das kleinste Anzeichen von Leben war zu hören. Kein Geflatter von Flügeln, kein Rascheln im Unterholz. Er hob den Kopf und schnupperte die Luft. Sie war still, ganz still, und dennoch war da etwas …

Es war mehr sein Instinkt als ein Geräusch, was Manolito warnte. Noch immer auf den Knien, fuhr er herum und riss abwehrend die Hände hoch, als der große Jaguar ihn ansprang.

2. KAPITEL

Eine klinische Depression war heimtückisch, das sich an einen Menschen heranschlich und ihn überfiel, bevor er es merkte und auf der Hut davor sein konnte. MaryAnn Delaney wischte sich Tränen vom Gesicht, als sie die Liste von Symptomen durchging. »Traurigkeit«. *Kreuz das an. Vielleicht sogar gleich zweimal.*

Traurigkeit war nicht das Wort, mit dem sie die furchtbare Leere in sich beschreiben würde, die sie nicht überwinden konnte, aber es stand in ihrem Buch, und deshalb würde sie es der wachsenden Liste ihrer Symptome hinzufügen. Sie war so gottverdammt traurig, dass sie nicht aufhören konnte zu weinen. Und »Appetitlosigkeit« konnte sie auch ankreuzen, da der bloße Gedanke an Essen ihr schon Übelkeit verursachte. Und sie hatte auch nicht mehr schlafen können, seit ...

Sie schloss die Augen und stöhnte. Manolito De La Cruz war ein Fremder. Sie hatte kaum ein Wort mit ihm gewechselt, doch als sie seinen Tod – seine Ermordung – mit angesehen hatte, war sie innerlich zerbrochen. Sie schien sogar mehr um ihn zu trauern als seine eigene Familie. MaryAnn wusste, dass sie sehr betroffen waren, doch sie ließen sich überhaupt nur selten ein Gefühl anmerken, und sie sprachen auch so gut wie nie von ihm. Sie hatten seine sterblichen Überreste im selben privaten Jet zurückgebracht, mit dem sie später auch zu ihrer Ranch in Brasilien zurückgeflogen waren, aber sie hatten ihn nicht mitgenommen zu der Ranch.

Stattdessen war die Maschine – mit MaryAnn an Bord – auf einer privaten tropischen Insel irgendwo im Amazonasbecken gelandet. Und anstatt Manolito eine anständige Beerdigung zuteilwerden zu lassen, hatten seine Brüder seinen Leichnam an irgendeinen geheimen Ort im Regenwald gebracht. MaryAnn konnte sich nicht einmal hinausschleichen und sein Grab besuchen. Wie verzweifelt und absurd war das? Mitten in der Nacht das Grab eines Fremden besuchen zu wollen, weil sie seinen Tod nicht überwinden konnte?

Wurde sie langsam auch noch paranoid, oder war sie zu Recht besorgt darüber, dass man sie zu einer Insel gebracht hatte, die nie jemand erwähnt hatte, als sie mit ihrer besten Freundin Destiny in den Karpaten gewesen war? Juliette und Riordan hatten sie gebeten zu kommen, um sich Juliettes jüngerer Schwester anzunehmen, die ein Opfer sexueller Gewalt geworden war, und sie hatten oft über die Ranch gesprochen, aber nie über ein Ferienhaus auf einer privaten Insel. Das Haus war von undurchdringlichem Regenwald umgeben. MaryAnn bezweifelte, dass sie ohne eine Landkarte und einen Führer auch nur zur Start-und-Lande-Bahn zurückfinden würde.

Sie war Psychologin, Herrgott noch mal, und trotzdem konnte sie nicht die nötige Disziplin aufbringen, um ihre wachsende Verzweiflung, ihre bösen Vorahnungen oder den schrecklichen, unerklärlichen Kummer über Manolitos Tod zu überwinden. Sie brauchte Hilfe. Als Psychologin wusste sie das, doch ihr Kummer wuchs und wuchs und setzte ihr gefährliche und beängstigende Gedanken in den Kopf. Sie wollte morgens nicht mehr aufstehen, und sie wollte auch weder das feudale Haus noch den üppigen Dschungel, der es umgab, erforschen. Sie wollte nicht einmal mehr in ein Flugzeug steigen und in ihr geliebtes Seattle zurückkehren. Sie wollte nur noch Manolito De La Cruz' Grab finden und zu ihm hineinkriechen.

Was in Herrgotts Namen war nur los mit ihr? Normalerweise war sie ein Mensch, der an die Philosophie des halb vollen Glases glaubte. Sie war optimistisch genug, um an buchstäblich jeder Situation noch etwas Humorvolles oder Schönes finden zu können, doch seit jener Nacht, in der sie mit Destiny an der karpatianischen Feier teilgenommen hatte, war sie so deprimiert, dass sie kaum noch funktionieren konnte.

Zu Anfang hatte sie es noch geschafft, das zu verbergen. Alle waren so beschäftigt gewesen mit ihren Vorbereitungen für die Heimreise, dass sie gar nicht bemerkt hatten, wie still sie gewesen war. Und wenn doch, hatten sie es vielleicht für Schüchternheit gehalten. MaryAnn hatte sich bereit erklärt, nach Brasilien mitzukommen, in der Hoffnung, Juliettes jüngerer Schwester helfen zu können, bevor sie erkannt hatte, in welch großen emotionalen Schwierigkeiten sie selbst steckte. Sie hätte etwas sagen sollen, doch sie hatte nach wie vor geglaubt, der Kummer würde nachlassen. MaryAnn war mit der Familie De La Cruz in deren privatem Jet gereist – mit Manolitos Sarg darin. Während des Fluges hatten die De La Cruz' geschlafen, wie sie es tagsüber immer taten, und sie hatte allein neben dem Sarg gesessen und geweint. Geweint, bis ihre Kehle wund gewesen war und ihre Augen gebrannt hatten. Es war ihr völlig unverständlich, aber sie schien einfach nicht damit aufhören zu können.

Ein Klopfen an der Tür schreckte sie aus ihren Gedanken auf und ließ ihr Herz gleich schneller schlagen. Sie hatte hier eine Aufgabe, und die Familie De La Cruz erwartete von ihr, dass sie sie auch erfüllte. Der Gedanke, jemand anderem helfen zu wollen, wo sie selbst nicht einmal die Energie aufbringen konnte aufzustehen, war beängstigend.

»MaryAnn?« Juliettes Stimme klang erstaunt und auch ein bisschen alarmiert. »Mach die Tür auf. Riordan ist bei mir, und wir müssen dringend mit dir reden.«

Oh nein. Sie wollte mit niemandem reden. Juliette hatte bestimmt ihre jüngere Schwester ausfindig gemacht, die sich aller Wahrscheinlichkeit nach irgendwo im Dschungel versteckt hatte. Karpatianer, Vampire und Jaguarmenschen – manchmal kam MaryAnn sich ein bisschen vor wie Dorothy im *Zauberer von Oz*.

»Ich bin noch ganz verschlafen«, log sie. Sie konnte gar nicht schlafen, selbst wenn ihr Leben davon abgehangen hätte. Sie konnte nur weinen. Und sich fürchten. Egal, wie sehr sie sich auch bemühte, ihre Ängste und bösen Ahnungen zu überwinden, sie ließen sich einfach nicht aus ihrem Kopf verbannen.

Juliette rüttelte an der Tür. »Es tut mir leid, dich stören zu müssen, MaryAnn, doch es ist etwas sehr Wichtiges. Wir müssen dringend mit dir reden.«

MaryAnn seufzte. Das war nun schon das zweite Mal, das Juliette das Wort »dringend« benutzte. Irgendetwas war passiert. Sie musste sich zusammenreißen, sich das Gesicht waschen, die Zähne putzen und ihr Haar einigermaßen in Ordnung bringen. Sie setzte sich auf und wischte schnell wieder die Tränen ab, die ihr über das Gesicht liefen. Riordan und Juliette waren beide Karpatianer und konnten ihre Gedanken lesen, wenn sie wollten, aber sie wusste, dass das als schlechtes Benehmen galt, wenn man unter dem Schutz der Karpatianer stand, und war sehr froh über ihre Diskretion.

»Nur einen Moment noch, Juliette. Ich hatte geschlafen.«

Sie würden merken, dass das eine Lüge war. Sie mochten zwar nicht ihre Gedanken lesen, aber sie konnten nicht umhin, die Wellen des Schmerzes zu spüren, die von ihr ausgingen und das ganze Haus erfüllten.

MaryAnn wankte zu dem Spiegel hinüber und starrte voller Entsetzen ihr Gesicht an. Es gab keine Möglichkeit, so schnell die Spuren ihrer Tränen zu verbergen. Und an ihrem Haar war schon gar nichts mehr zu retten. Es war lang, lang genug, wenn sie es glatt zog, um ihr bis zur Taille zu reichen, aber sie hatte nicht daran gedacht, es zu Zöpfen zu flechten, und die Feuchtigkeit hatte es zu einer unbezähmbaren Mähne aufgebauscht. Sie sah unmöglich aus mit diesem störrischen Haar und ihren vom Weinen geröteten Augen.

»MaryAnn!« Juliette rüttelte wieder an der Tür. »Tut mir leid, doch wir kommen jetzt rein. Es handelt sich wirklich um einen Notfall, sonst würden wir das nicht tun.«

MaryAnn atmete tief ein und setzte sich mit abgewandtem Gesicht auf den Rand des Bettes, als sie zur Tür hereinkamen. Es half MaryAnn nicht gerade, sich besser zu fühlen, dass Juliette eine wahre Schönheit war mit ihren Katzenaugen und dem perfekten Haar oder dass Riordan groß und breitschultrig wie seine Brüder und geradezu sündhaft gut aussehend war. MaryAnn war sehr verlegen, nicht nur ihrer Haare wegen, die so grässlich kraus und feucht geworden waren, sondern vor allem, weil sie diesen furchtbaren, für sie schon lebensbedrohlichen Kummer nicht beherrschen konnte. Sie war eine starke Frau, und trotzdem machte nichts mehr Sinn für sie, seit sie den Mord an Manolito mit angesehen hatte.

Juliette glitt durch den Raum auf das Bett zu, und wieder bewunderte MaryAnn die Kraft und Anmut ihres Körpers, die wie ihr konzentrierter, stets wachsamer Blick an ihre Jaguarherkunft erinnerten. »Du scheinst nicht ganz auf dem Damm zu sein, meine Liebe.«

MaryAnn bemühte sich um ein Lächeln. »Das liegt nur daran, dass ich schon so lange von zu Hause fort bin. Ich bin eher ein Stadtmädchen, und das hier ist alles noch so neu für mich.«

»Als wir in den Karpaten waren, hast du da meinen Bruder Manolito kennengelernt?« Riordan beobachtete sie mit kühlem, abschätzendem Blick.

MaryAnn konnte den Druck seiner unausgesprochenen Fragen in ihrem Kopf spüren. *Er hatte ihr einen gedanklichen Anstoß gegeben*. Ihr Verdacht war also begründet. Irgendetwas stimmte hier nicht. Sie fühlte, wie das Blut aus ihren Wangen wich. Sie hatte diesen Leuten vertraut, und jetzt saß sie hier in der Falle und war verwundbar wie noch nie zuvor. Die De La Cruz' verfügten über Fähigkeiten, die nur wenige Menschen nachvollziehen konnten. MaryAnns Mund war mit einem Mal wie ausgedörrt, und sie presste die Lippen zusammen und drückte eine Hand an ihre Brust, wo eine gewisse Stelle pochte und brannte, während sie beharrlich schwieg.

Juliette warf ihrem Lebensgefährten einen vernichtenden Blick zu. »Es ist wichtig, MaryAnn. Manolito ist in Schwierigkeiten, und wir brauchen schnellstens Informationen. Riordan liebt seinen Bruder und benutzte eine Abkürzung, um zu dir vorzudringen, die für unsere Spezies sehr nützlich, anderen gegenüber allerdings nicht sehr respektvoll ist. Das tut mir leid.«

MaryAnn sah blinzelnd zu ihr auf und spürte, wie ihr trotz ihrer Entschlossenheit wieder die Tränen kamen. »Er ist tot. Ich habe ihn sterben sehen. Und ich konnte spüren, wie sich das Gift in ihm ausbreitete, und auch den letzten Atemzug, den Manolito tat. Ich hörte einige der anderen Gäste sagen, dass nicht einmal mehr Gregori ihn von den Toten zurückholen könne. Und ihr habt seinen Leichnam im Flugzeug mit zurückgebracht.« Es auch nur laut auszusprechen, war schon schwierig. Sie brachte es nicht über sich, auch noch hinzuzufügen: ›In einem Sarg.‹ Nicht, wenn ihr Herz sich wie ein Stein in ihrer Brust anfühlte.

»Wir sind Karpatianer, MaryAnn, und nicht so leicht zu töten.«

»Ich sah ihn sterben. Ich *fühlte*, wie er starb.« Sie hatte geschrien. Tief in ihrem Innersten, wo es niemand hören konnte, hatte sie protestierend aufgeschrien und versucht, Manolito auf der Erde festzuhalten. Sie wusste nicht, warum ein Fremder ihr so wichtig war, nur dass er so edel, so durch und durch heroisch gewesen war, sich zwischen die tödliche Gefahr und eine schwangere Frau zu werfen. Und außerdem hatte sie ein Gerücht gehört, dass er schon einmal genau das Gleiche bei dem Prinzen der Karpatianer getan hatte. Selbstlos und ohne an seine eigene Sicherheit zu denken, hatte er sich auch für Mikhail Dubrinsky aufgeopfert. Und keinen der Karpatianer hatte das gekümmert. Sie waren zu der schwangeren Frau geeilt und hatten den gefallenen Krieger liegen lassen.

Juliette warf ihrem Lebensgefährten einen weiteren langen, vielsagenden Blick zu. »Du hast gespürt, wie Manolito starb?«

»Ja.« MaryAnns Hand glitt zu ihrer Kehle hinauf, denn für einen Moment fiel es ihr schwer zu atmen. »Ich habe seinen letzten Atemzug gespürt.« In ihrer eigenen Kehle und in ihren Lungen.

»Und dann hörte sein Herz zu schlagen auf.« Ihr eigenes Herz hatte im selben Moment gestockt, als könnte es ohne den Rhythmus des seinen nicht mehr weiterschlagen. Sie befeuchtete sich die Lippen. »Er starb, und alle waren viel mehr besorgt um die schwangere Frau. Sie schien allen so wichtig zu sein, aber Manolito *starb*. Ich verstehe euch nicht. Und auch diesen Ort verstehe ich nicht.«

Sie strich sich ihr störrisches Haar aus dem Gesicht und wiegte sich langsam hin und her. »Ich muss nach Hause. Ich weiß, dass ich versprochen hatte, mit deiner Schwester zu arbeiten, aber die Hitze hier macht mich ganz krank.«

»Ich glaube nicht, dass es die Hitze ist, MaryAnn«, wandte Juliette ein. »Ich halte es für viel wahrscheinlicher, dass dein Unwohlsein eine Reaktion auf das ist, was Manolito zugestoßen ist. Du bist deprimiert und trauerst um ihn, obwohl du ihn kaum kanntest.«

»Das ergibt doch keinen Sinn!«

Juliette seufzte. »Ich weiß, dass es so scheint, doch warst du je allein mit ihm?«

Mary Ann schüttelte den Kopf. »Ich habe ihn ein paarmal in der Menge auf dem Fest gesehen.« Er hatte so gut ausgesehen, dass es unmöglich gewesen war, ihn *nicht* zu sehen. Sie hielt sich für eine sehr vernünftige Frau, aber der Mann hatte ihr schier den Atem geraubt. Sie hatte sich in Gedanken sogar scharf zurechtgewiesen, als sie gemerkt hatte, dass sie ihn wie ein verliebter Teenager anstarrte. Sie wusste, dass Karpatianer nur einen Partner hatten. Er hätte sie vielleicht als Nahrungsquelle benutzt, doch auf mehr bestand keine Hoffnung.

Außerdem könnte sie ohnehin nicht mit einem Mann wie Manolito De La Cruz leben. Er war herrisch und arrogant, ein uralter Karpatianer, den Jahrhunderte des Lebens in Südamerika auf schlimmstmögliche Weise geprägt und, was seine Verhaltensweise anging, in eine Art Neandertaler verwandelt hatten. Sie dagegen war eine sehr emanzipierte Frau aus dem gehobenen Mittelstand der Vereinigten Staaten und hatte zu viele misshandelte Frauen gesehen, um auch nur daran zu denken, sich mit jemandem einzulassen, der eine so autoritäre Einstellung Frauen gegenüber hatte. Doch obwohl sie all das wusste und sich im Klaren darüber war, dass Manolito De La Cruz der letzte Mann auf Erden war, mit dem sie eine Beziehung haben könnte, hatte sie trotzdem immer wieder zu ihm hinsehen müssen.

»Du warst nie allein mit ihm? Nicht einmal für kurze Zeit?«, beharrte Juliette und sah ihr diesmal prüfend in die Augen.

MaryAnn konnte winzige rote Flammen in den Tiefen ihrer türkisfarbenen Augen sehen. Katzenaugen. Eine Jägerin im Körper einer schönen Frau. Hinter Juliette stand ihr Gefährte, dessen Eleganz und Kultiviertheit das Raubtier in ihm nicht verbergen konnten.

MaryAnn verspürte wieder einen geistigen Befehl, nicht von Juliette, sondern von Riordan, der wieder einmal ihre Barrieren zu durchdringen versuchte, um an ihre Erinnerungen heranzukommen. »Hör auf damit!«, sagte sie, ihre Stimme scharf von jäher Wut. »Ich will nach Hause.« Sie traute keinem von diesen Leuten.

Sie blickte sich in dem verschwenderischen Luxus ihres Zimmers um und wusste, dass sie in einem goldenen Käfig saß. Die panische Angst, die in ihr aufstieg, machte ihr beinahe jedes Denken unmöglich. »Ich kann nicht atmen«, sagte sie und drängte sich an Juliette vorbei in Richtung Badezimmer. Sie konnte die Killer in ihnen sehen, die Ungeheuer, die hinter ihrer glatten, zivilisierten Fassade lauerten. Sie hatten geschworen, sie zu beschützen, aber sie hatten sie hierhergebracht, an diesen heißen, gefängnisähnlichen Ort, der weit entfernt von jeder Hilfe war, und nun begannen sie, sich an sie heranzupirschen. Sie brauchte Hilfe, und alle, die sie darum hätte bitten können, waren viel zu weit entfernt.

Juliette hob ihre Hand, und ein ärgerlicher Ausdruck erschien auf ihrem Gesicht. *Wir machen ihr Angst, Riordan. Hör auf, sie zu bedrängen. Hör auf ihr Herz. Sie ist sehr verängstigt, viel mehr, als normal wäre. Könnte es nicht sein, dass sich das, was Manolito befallen hat, auch auf sie auswirkt?*

Riordan schwieg einen Moment. MaryAnn war ihm immer wie eine starke, mutige Frau erschienen. Und obwohl er sie nicht besonders gut kannte, schien sie sich tatsächlich anders zu verhalten als gewöhnlich. *Wenn sie seine Gefährtin ist, wäre das möglich, Juliette. Aber wie könnte sie das sein? Warum hat er nicht seinen Anspruch auf sie geltend gemacht und sie unter den Schutz seiner Familie gestellt? Das ergibt doch alles keinen Sinn, Juliette. Er hätte noch nicht erwachen dürfen. Gregori hat ihn auf der Erde festgehalten, und als wir ihn hierherbrachten, haben wir ihn zu dem heilenden Erdreich im Regenwald gebracht, und Zacarias hat dafür gesorgt, dass er unter der Erde blieb. Ich kenne keine Mächtigeren als die beiden. Wie ist es also möglich, dass Manolito vor der Zeit erwacht ist?*

Könnte die Verbindung zwischen Gefährten des Lebens stärker sein als ein Befehl des Heilers oder von dem Oberhaupt unserer Familie?

Riordan rieb sich das Kinn. Die Wahrheit war, dass er keine Ahnung hatte, ob das möglich war.

Auf jeden Fall hat sie eine Höllenangst, und wir müssen etwas unternehmen. Juliette tat einen tiefen, beruhigenden Atemzug. »MaryAnn, ich kann sehen, dass du vollkommen durcheinander bist. Ich werde Riordan bitten, das Zimmer zu verlassen, und dann kannst du mir erzählen, was dich so belastet.«

Ohne sie zu beachten, rannte MaryAnn die letzten Stufen zu dem großen Badezimmer hinauf, schlug die Tür hinter sich zu und schloss sie ab. Dann trat sie vor das Waschbecken und drehte das Wasser auf, in der Hoffnung, dass das Geräusch Juliette davon abhalten würde, ihr zu folgen. Ihr Gesicht mit kaltem Wasser zu befeuchten, half ihr, ein wenig Klarheit zu erlangen, obwohl sie vor Angst zitterte, wenn sie daran dachte, was sie vor sich hatte. Es würde nicht leicht werden, den Karpatianern zu entkommen. Sie war völlig wehrlos gegen sie, aber Gregori, der Heiler der Karpatianer und Beschützer des Prinzen, war derjenige gewesen, der sie unter seinen Schutz gestellt und ihr ein paar Schutzvorkehrungen gezeigt hatte. Sie musste sie einfach nur treffen und nicht in Panik geraten, bis sie den Weg zu der Start-und-Lande-Bahn gefunden hatte.

Sie hatte schon immer einen sechsten Sinn für Gefahr gehabt, doch das hier hatte sie nicht kommen sehen. Jetzt wuchs und wuchs die Angst in ihr und begann, sich in nacktes Entsetzen zu verwandeln. Sie konnte diesen Leuten nicht vertrauen. Sie waren ganz und gar nicht das, was sie zu sein schienen. Alles war vollkommen verkehrt. Das riesige Anwesen mit all seiner Schönheit war nur dazu gedacht, Unvorsichtige in den Machtbereich dieser Ungeheuer zu locken. Sie hätte sie alle gleich durchschauen müssen. *Gregori* hätte sie durchschauen müssen. Oder war das Ganze eine riesige Verschwörung, in die alle involviert waren?

Nein, das konnte sie von ihrer besten Freundin Destiny oder deren Gefährten Nicolae nicht glauben. Sie mussten gewarnt werden. Womöglich waren sie schon in Schwierigkeiten, oder vielleicht war es auch nur die Familie De La Cruz, die sich mit den Vampiren verbündet hatte. Spione im Lager der Karpatianer. Sie waren ihr die ganze Zeit schon irgendwie anders vorgekommen. Nein, sie hätte ihnen nicht vertrauen sollen!

MaryAnn starrte sich im Spiegel an, ihre vom Weinen geröteten und verquollenen Augen, ihr vom Kummer gezeichnetes Gesicht. Die Stelle über ihrer Brust, die nie ganz verheilt war, pochte und brannte. Sie war sicher gewesen, dass es nur eine allergische Reaktion auf irgendeinen Insektenstich gewesen war. Sie hatte diese kleine Wunde, seit sie in den Karpaten gewesen war, doch nun befürchtete sie, dass erheblich mehr dahintersteckte als ein entzündeter Insektenstich. Vielleicht hatten Juliette, Riordan oder Rafael De La Cruz sie in irgendeiner Form *gezeichnet*?

Sie hatte unbedingt nach Hause zurückkehren wollen, weg von der gewalttätigen Welt der Karpatianer, aber Juliette war mit einer Geschichte über ihre jüngere Schwester zu ihr gekommen, die MaryAnn nicht einfach so beiseite hatte schieben können, obwohl ihr Kummer und ihre Verzweiflung grenzenlos und überwältigend gewesen waren. Gab es Jasmine, Juliettes Schwester, überhaupt? MaryAnn bezweifelte es allmählich. Sie hätten sich jetzt auf einer riesigen Ranch in Brasilien befinden müssen, auf der sie tagsüber von vielen Menschen umgeben waren, aber Rafael und Colby, Juliettes Schwager und dessen Gefährtin, sowie Colbys Bruder und Schwester waren auf einem privaten Flugplatz ausgestiegen und MaryAnn mit Riordan und Juliette zu einer Insel weitergeflogen.

Sie saß in der Falle. MaryAnn holte tief Luft und ließ sie langsam wieder aus. Doch sie würde nicht hier sterben. Sie war eine Kämpferin, und irgendwie würde es ihr gelingen, Destiny und Nicolae zu informieren, dass dieser Zweig der Familie Verräter waren. Furcht kroch wie eine kalte Hand über ihren Rücken, als ihr bewusst wurde, was sie zu tun hatte. In den Dschungel fliehen, den Weg zur Startbahn finden und den Piloten irgendwie dazu überreden, sie zu einem regulären Flughafen zu bringen, von wo aus sie nach Hause fliegen konnte. Schnell blickte sie sich in dem großen Badezimmer um und überlegte, was sie mitnehmen konnte.

Nichts. Da war nichts. Sie würde improvisieren müssen. MaryAnn trat ans Fenster und sah hinaus. Die Anlage war ziemlich verwildert, da der Regenwald auf das Haus zukroch wie ein heimtückischer Invasor und seine Ranken und sein Buschwerk sich bis in den Garten hinein erstreckten. Es würde nur ein kurzer Sprint bis in den Dschungel sein. Sie legte die Hände um den Fensterrahmen und versuchte, ihn anzuheben.

MaryAnn.

Sie schrie vor Schreck auf und presste eine Hand auf ihr wild pochendes Herz, als sie herumfuhr. Dampf strömte unter der Tür hindurch und durch das kleine Schlüsselloch herein. Dann materialisierten sich Juliette und Riordan, er am Fenster, sie neben der Tür.

»Was glaubst du, wo du hingehst?«, fuhr Riordan sie mit zornig funkelnden Augen an. »Du würdest innerhalb von fünf Minuten nach Betreten des Waldes getötet werden! Wir sind für deine Sicherheit verantwortlich.«

Seine Stimme klang merkwürdig langsam in ihren Ohren, wie ein tiefes Knurren, das sie an Dämonen erinnerte, die sie in Filmen gesehen hatte, wenn der Ton zu langsam abgespielt wurde. Furcht ergriff sie, Wut stieg in ihr auf, und absolute Konfusion beherrschte sie. Die Psychologin in ihr versuchte verzweifelt, einen Sinn in all den auf sie einstürmenden Emotionen zu erkennen.

»MaryAnn«, sagte Juliette freundlich. »Ich weiß, dass du verwirrt bist von all dem, was du fühlst, aber wir glauben, eine Erklärung dafür zu haben. Wir vermuten, dass Manolito dich auf die bei unseren Leuten übliche Weise an ihn gebunden hat. Riordan hat versucht, ihn über ihren gedanklichen Kontaktweg zu erreichen, doch Manolito verwehrt ihm den Zugang, weil er genau wie du befürchtet, dass er ein Vampir sein könnte. Er behauptet, eine Gefährtin zu haben, und hier bist du, verzweifelt und ganz aufgelöst vor Trauer über einen Mann, den du, wie du sagst, nicht einmal richtig kennengelernt hast. Ergibt das irgendeinen Sinn für dich? Irgendetwas geht hier vor, und dir und uns zuliebe müssen wir herausfinden, was es ist.«

Riordan rieb sich die Schläfen, als schmerzten sie. Seine dunklen Augen waren voller Sorge. »Ich fürchte um die Sicherheit und um das Leben meines Bruders. Er scheint verwirrt zu sein, und da draußen im Dschungel darf man nicht verwirrt sein. Wir haben mächtige Feinde. Er befindet sich in großer Gefahr, und er vertraut niemand anderem als seiner Gefährtin. Falls du also diese Frau sein solltest, bist du die Einzige, die ihn retten kann.«

Er starrte sie mit den unbewegten Augen eines wilden Tieres an, wachsam, listig und zutiefst beängstigend. MaryAnn erschauderte und wich vor ihm zurück, bis sie mit dem Rücken an der Fensterbank stand. Ein Teil von ihr dachte, sie wären verrückt geworden und versuchten ganz bewusst, sie noch mehr zu verunsichern, doch die Psychologin in ihr war wie immer auf der Suche nach Informationen und bemühte sich, sich auf all das einen Reim zu machen. Von Destiny hatte sie genug über Gefährtinnen des Lebens erfahren. Und auch sie war schon eine ganze Weile bei den Karpatianern, und selbst wenn sie die Verbindung von Gefährten des Lebens nicht verstand, so wusste sie doch, dass sie stark und unzerbrechlich war.

Juliette streckte ihr die Hand hin. »Komm wieder mit in das andere Zimmer und lass uns versuchen, Klarheit zu gewinnen. Du erinnerst dich also nicht, mit Manolito allein gewesen zu sein?«

So etwas würde sie doch nicht vergessen, oder? Sie hatte geträumt, dass er zu ihr gekommen war. Ein Tagtraum, den sie einmal gehabt hatte – aber eben nur ein Traum. Manolito hatte sie in seine starken Arme genommen, und sein Mund war über ihre Haut zu der kleinen Schwellung über ihrer Brust hinabgeglitten. Die Stelle pochte und brannte. Ohne sich dessen bewusst zu sein, legte sie ihre Hand über den pulsierenden roten Fleck, der nicht richtig verheilen wollte, und nahm seine Wärme in sich auf.

»Das war nicht real«, erwiderte sie kopfschüttelnd. »Er war auf der anderen Seite des Raumes in dem Gasthof in den Karpaten, doch ich habe nie mit ihm gesprochen.« Er hatte sie angesehen. Sie hatte damit gerechnet, dass seine Augen flach, kalt und leer sein würden wie die so vieler anderer karpatianischer Jäger, aber er hatte ... gefährlich ausgesehen, als wäre er vielleicht schon auf der Jagd *nach ihr*. Doch statt verängstigt zu sein wie jetzt, war sie insgeheim sogar entzückt gewesen, da es ja schließlich nur eine Fantasie gewesen war.

MaryAnn folgte Juliette aus dem Zimmer und spürte Riordans Anwesenheit hinter sich wie die einer großen Dschungelkatze. Er bewegte sich mit der gleichen Lautlosigkeit wie sein Bruder. Sie brauchte frische Luft; das Zimmer kam ihr erdrückend heiß vor, fast so wie der schwüle Regenwald dort draußen. Auch das war äußerst eigenartig, denn das Haus war gut isoliert und mit einer Klimaanlage ausgestattet.

»Ich wüsste nicht, wie ich seine Gefährtin sein könnte. Wir haben uns nicht einmal persönlich kennengelernt. Würde ich das nicht wissen? Oder er?«

»Er würde es wissen«, sagte Riordan. »Er würde sich zu seiner

Gefährtin hingezogen fühlen, und wenn du das wärst und mit ihm gesprochen hättest, würde er Farben sehen und hätte seine Empfindungsfähigkeit wiedererlangt. Und er hätte sich auch nicht sehr weit von dir entfernen können.« Er runzelte die Stirn. »Aber wenn es so wäre, hätte er es uns gesagt. Du wärst unverzüglich unter den Schutz unserer Familie gestellt worden.«

»Sie stand bereits unter Gregoris, Nicolaes und Destinys Schutz«, erinnerte ihn Juliette. »Vielleicht hielt Manolito es da nicht für nötig.«

Er hätte es sogar für dringend erforderlich gehalten ... es sei denn ... Riordan unterbrach seinen Gedanken und sah MaryAnn prüfend ins Gesicht. »Du sagtest, es sei ›nicht real‹ gewesen. Wie meinst du das?«

MaryAnn errötete unter ihrer perfekt gebräunten Haut. »Ich habe von ihm geträumt.«

Juliette atmete tief ein. »Oh, Riordan! Was ist hier los? Irgendetwas Schreckliches geht vor, denn sonst wäre er längst hier.«

Riordan war sofort an ihrer Seite, so schnell, dass MaryAnn seine Bewegungen nur verschwommen wahrnahm, und legte einen Arm um Juliettes Taille, während er sie auf die Schläfe küsste. »MaryAnn ist hier. Zu dritt können wir das Rätsel lösen und ihn finden.«

Die Tatsache, dass Riordan sie mit einschloss, als könnte sie mithelfen, eine Lösung zu finden, linderte MaryAnns innere Anspannung aus irgendeinem Grund ein wenig. Sie blinzelte ein paarmal und atmete tief ein, um zu versuchen, über das seltsame Bild hinwegzusehen, das Juliette und Riordan überlagerte: das Bild zweier Vampire. Und tatsächlich gingen ihre Eckzähne zurück, und plötzlich hatten sie wieder ganz normale, blendend weiße Zähne.

»Ist Manolito wirklich noch am Leben?«, fragte sie, weil sie es kaum zu glauben wagte.

Riordan nickte. »Wir alle haben versucht, ihn bei uns zu behalten, aber er war tot, nach unseren wie auch nach menschlichen Maßstäben, und seine Seele verließ schon seinen Körper. Niemand glaubte, dass wir ihn noch zurückholen konnten, nicht einmal mithilfe unseres Heilers und der regenerierenden Erde und allen, die mit aller Kraft daran arbeiteten, ihn auf dieser Welt zu halten, als er plötzlich wieder bei uns war. Falls du seine Gefährtin bist, könntest du die Erklärung dafür sein. Vielleicht hast du ein Stück seiner Seele behütet, ohne dir dessen bewusst zu sein.«

MaryAnn öffnete schon den Mund, um zu protestieren, und schloss ihn dann wieder. Sie wusste, dass die Karpatianer keine Menschen waren. Für ihre Spezies galten nicht die gleichen Regeln. Sie hatte Dinge gesehen, die sie vor ein paar Wochen noch für unmöglich gehalten hätte. »Aber müsste ich es nicht wissen, wenn ich seine Gefährtin wäre?«

»Nur unsere Männer kennen die rituellen Worte zur Gründung einer solchen Verbindung«, erklärte Juliette. »Als Vorsichtsmaßnahme, um den Fortbestand unserer Spezies zu sichern.«

»Du meinst, damit die Frau ihn nicht zurückweisen kann.«

»Das ist das Gleiche«, sagte Riordan. »Und ich bezweifle, dass er dich mit den rituellen Worten an sich gebunden hat. Viel wahrscheinlicher ist, dass er dich durch einen Austausch von Blut an sich gebunden hat.«

Für einen Moment schlug MaryAnns Herz schneller, aber dann beruhigte es sich wieder. Sie hatte zwar Nicolae erlaubt, etwas von ihrem Blut zu nehmen, um Destiny besser zu beschützen, doch sie wäre nie, *nie im Leben* auf die Idee gekommen, Blut mit diesen … Leuten auszutauschen. Deshalb schüttelte sie den Kopf. »Das kann nicht sein. Erstens war es nur ein Traum, und zweitens hätte ich das nie zugelassen. Ich habe immer noch Mühe, euch und eure Welt zu verstehen und daran zu glauben. Ich hätte niemals freiwillig sein Blut genommen.«

Juliette und Riordan wechselten einen langen Blick. »Du hast gesagt, ›es war nicht real‹. Wie war dieser Traum, von dem du gesprochen hast?«, fragte Riordan.

MaryAnn presste die Hand auf ihre Brust. Sie konnte immer noch Manolitos Mund auf ihrer Haut spüren. Sie war draußen gewesen, und es hatte geschneit. Später, als sie ins Haus zurückgegangen und allein gewesen war … da war ihr kalt gewesen, und Manolito hatte ihre Kleider beiseitegeschoben, um sie mit seinen Lippen aufzuwärmen. Sie waren warm und weich gewesen und unbeschreiblich sinnlich, diese Lippen. MaryAnn hatte nicht einmal daran gedacht, ihn wegzustoßen, sondern nur seinen Kopf gehalten, während er trank, und dann …

MaryAnn sog scharf den Atem ein, schlug die Hände vors Gesicht und schüttelte den Kopf. »Es war nicht real. Ich hätte so etwas nie getan. Es war nur ein Traum.«

»Hat er dich gezeichnet?«, wollte Juliette mit sanfter Stimme wissen.

»Nein. Das ist es nicht. Es ist kein Zeichen. Ich würde doch kein Blut mit ihm austauschen! Oder ihn glauben machen, ich sei etwas, was ich nicht bin. Und ich verspreche auch nichts, was ich nicht halten würde.« Deshalb war sie hier, obwohl sie eigentlich … woanders sein müsste. Egal wo, nur nicht hier.

»Du hast nichts Falsches getan, MaryAnn. Lass mich das Zeichen sehen.«

MaryAnn schluckte, als ihre Hände widerstrebend zu ihrer Bluse glitten. Sie wollte Juliette den roten Fleck nicht zeigen. Er war etwas ganz Persönliches. Im Moment pulsierte er vor Hitze. Aber sie befeuchtete ihre Lippen, nahm ihren ganzen Mut zusammen und schob den Stoff hinunter, um Juliette den roten Fleck zu zeigen, der ähnlich wie ein Knutschfleck aussah, jedoch größer und wund war … und zwei verräterische, an den Rändern gerötete Einstiche aufwies.

Bei deren Anblick bekam sie ein ganz mulmiges Gefühl im Magen. »Er hat mich gebissen, nicht? Es war also doch kein Traum.« Und wenn er es getan hatte, wieso fühlte sie sich dann mehr erregt als hintergangen?

»Du bist es, was meinen Bruder am Leben erhält«, sagte Riordan, die schwarzen Augen auf den Fleck gerichtet. »Als seine Gefährtin des Lebens stehst du unter dem Schutz meiner Familie; du bist eine Schwester, die wir lieben und umsorgen werden. Du hast getan, was kein anderer vermocht hätte.«

»Lass uns keine voreiligen Schlüsse ziehen«, protestierte MaryAnn. »Ich habe ja nicht mal mit dem Mann gesprochen.«

»Du bist seine Gefährtin. Dieses Zeichen besagt es«, wiederholte Riordan.

Sie schüttelte den Kopf. »Es könnte bedeuten, dass er mein Blut genommen hat und ich allergisch auf das Gerinnungsmittel in seinem Speichel reagiere. Und es könnte auch ein Insektenstich sein.« Sie hätte stöhnen können über diese verzweifelten, absurden Vorschläge, doch all das hier konnte nicht wirklich geschehen. Es war einfach völlig irreal!

»Natürlich ist es beängstigend«, sagte Juliette. »Es kommt für uns alle unerwartet, aber zumindest weißt du jetzt, warum du so aufgewühlt und deprimiert warst. Gefährten des Lebens können nicht voneinander getrennt sein, ohne geistig miteinander in Verbindung zu bleiben. Versuch, ihn zu erreichen, MaryAnn.«

»Ich bin niemandes Gefährtin, Juliette«, sagte MaryAnn. »Ich mag Männer nicht einmal besonders. Die ich bei meiner Arbeit täglich sehe und höre, sind nicht gerade nett. Ich tauge nicht zur Gefährtin – und versteht mich bitte nicht falsch, aber schon gar nicht zu der eines der De-La-Cruz-Brüder. Sie sind mir viel zu schwierig.«

Riordan schenkte ihr ein kurzes Lächeln. »Das machen wir in anderen Dingen wieder wett.«

MaryAnn konnte sich nicht dazu überwinden, sein Lächeln zu erwidern. Das Ganze war absurd, aber sie begann langsam, es tatsächlich zu glauben. »Um die gleichen Empfindungen zu haben, müsste da nicht die Verbindung zwischen uns sehr stark sein? Dein Bruder hat nicht einmal mit mir gesprochen. Wenn ich seine Gefährtin wäre, würde er sich dann nicht zumindest vorstellen?«

»Nicht, wenn er denkt, du würdest ihn zurückweisen«, erklärte Riordan, ohne Juliettes warnenden Blick zu beachten. »Vielleicht verbirgt er seine Absichten.«

MaryAnn runzelte die Stirn. »Selbstverständlich hätte ich ihn abgewiesen. Ich habe in Seattle ein Leben, das mir sehr, sehr wichtig ist. Das hier ist nicht meine Welt, und ich würde auch nicht mit einem so autoritären Mann zusammen sein wollen, wie dein Bruder es offensichtlich ist. Natürlich hätte ich Nein gesagt.«

»Was erklären dürfte, warum er nichts gesagt hat. Manolito hätte deine Weigerung nicht akzeptiert, aber du stehst unter dem Schutz des Prinzen und seines Stellvertreters. Außerdem bist du Destinys beste Freundin. Nicht nur Mikhail und Gregori würden Partei für dich ergreifen, sondern auch Destinys Gefährte Nicolae und sein Bruder Vikirnoff und dessen Gefährtin Natalya. Nein, Manolito würde sich in Geduld fassen, in der Nähe bleiben und den Moment abwarten, bis du nicht mehr im Kreis deiner Beschützer bist.«

MaryAnn rieb sich die pochenden Schläfen. »Mir ist schwindlig und übel. Und da ist so ein Brennen in mir. Ist er das? Oder bin ich es selbst?«

»Ich glaube, er ist es, der sich krank fühlt. Manolito spürt immer noch die Wunde und die Nachwirkungen des Giftes. Er braucht dringend Hilfe. Ich habe seinen Geist berührt, aber er ist so verwirrt, dass er nicht weiß, wo er ist oder was real ist oder nicht. Er glaubt nicht, dass ich sein Bruder bin, weil ich nichts von seiner Gefährtin wusste. Also erinnert er sich nicht an das, was er getan hat oder wie er euch beide ohne deine Zustimmung aneinander gebunden hat. Wahrscheinlich fragt er sich, was aus dir geworden ist und warum du nicht gekommen bist, um ihm zu helfen.«

MaryAnn ließ sich auf das Bett sinken und atmete tief durch. Sie war eine nüchterne, praktisch veranlagte Frau; oder zumindest wollte sie das glauben. Dies alles hier war ein unglaubliches Chaos, doch falls tatsächlich alles stimmte, war Manolito De La Cruz noch am Leben und in Schwierigkeiten. Er brauchte sie. Gefährtin des Lebens oder nicht, sie konnte ihn genauso wenig allein und verletzt dort draußen im Dschungel lassen, wie sie Juliettes Schwester im Stich lassen könnte. »Na schön, dann sagt mir, was ich tun soll.«

»Versuch, ihn auf telepathischem Wege zu erreichen.«

Sie hatte keine Ahnung, was sie erwartet hatte, doch das ganz sicher nicht. Action, ja. Sanfte Worte. Einen Jeep, der sie zu ihm bringen würde ... »Telepathisch?«, sagte sie. »Seid ihr verrückt? Ich habe keine solchen Fähigkeiten. Absolut nicht. Und Gedanken lesen kann ich auch nicht. Also werdet ihr ihn wohl erreichen müssen, und dann versuche ich, mit ihm zu reden.«

Juliette schüttelte den Kopf. »Man kann nicht die Gefährtin eines Karpatianers sein, ohne übersinnliche Fähigkeiten zu haben, MaryAnn. Gregori und auch Destiny haben dein Potenzial sofort erkannt. Bei dem Blutaustausch wird Manolito eine private Kommunikationsmöglichkeit für euch eingerichtet haben.«

»Halt! Noch mal zurück. Wie meint ihr das mit meinem angeblichen ›Potenzial‹?« Plötzlich war MaryAnn so wütend, dass sie am ganzen Körper zitterte und den bitteren Geschmack des Verrats auf ihrer Zunge spürte. »Wollt ihr mir etwa erzählen, Destiny hätte mich dazu überredet, in die Karpaten mitzukommen, weil sie oder Gregori dachten, ich könnte möglicherweise die Gefährtin eines eurer Männer sein?«

Juliette sandte Riordan eine stumme Bitte um Hilfe zu. Sie hatte das Gefühl, als ginge sie über ein Minenfeld und stolperte zu oft.

Er zuckte seine breiten Schultern. *Ich bezweifle, dass Destiny etwas davon wusste, aber Gregori hat etwas von MaryAnns Blut zu sich genommen. Er muss es also gewusst haben. Wir können uns nicht erlauben, noch mehr unserer Männer zu verlieren. Du weißt, wie verzweifelt unsere Lage ist. Natürlich hat Gregori sie zu der Versammlung mitgenommen, weil er hoffte, dass sie für einen von uns die Rettung sein könnte.*

Juliette unterdrückte das Bedürfnis, sich über Riordans unbekümmertes Eingeständnis aufzuregen.

Sie wird ihn mit der Zeit schon lieben lernen, wenn es ihre Bestimmung ist, bei ihm zu sein. So ist nun einmal unsere Lebensweise. Du hast dich ja auch dagegen gesträubt, mit mir zusammen zu sein, Juliette. Ich erinnere mich noch gut, wie du dich in deinem Jaguarkörper versteckt und versucht hast, deinem Schicksal zu ent-

kommen. Heute bist du glücklich und zufrieden mit mir, so wie sie es mit Manolito sein wird. Die Zeit verändert vieles.

Trotzdem ist es unfair, dass ein Mann das Schicksal einer Frau bestimmen kann.

Für den Mann ist es genauso unfair. Er hat auch keine andere Wahl, erinnerte Riordan sie. *Und viel mehr zu verlieren.*

»Ich fühle mich so hintergangen«, sagte Mary Ann. »Ich war der Meinung, Destiny kenne und verstünde mich. Man tut so etwas nicht mit Freunden.« Schmerz überschattete ihre Stimme, aber daran konnte sie nichts ändern. Sie hatte Destiny vertraut, ihr geholfen, ihre Vergangenheit zu bewältigen, damit sie sich ein neues Leben mit ihrem Gefährten aufbauen konnte. MaryAnn hatte sogar den Trubel und die Kultiviertheit ihrer geliebten Heimat Seattle verlassen und sich in die entlegenen, unzivilisierten Wälder der Karpaten begeben, nur um dafür zu sorgen, dass Destiny ihr Glück fand.

Juliette schüttelte den Kopf. »Destiny ist noch neu in der karpatianischen Gesellschaft. Ich bezweifle, dass sie davon gewusst hat oder zugelassen hätte, dass man dich in eine solche Situation bringt. Gregori hat wahrscheinlich gedacht, sein Schutz würde verhindern, dass man dich gegen deinen Willen belästigt. Die meisten Männer glauben, dass eine Frau sich so oder so in ihren Gefährten verlieben wird. Karpatianische Gefährten fühlen sich stark zueinander hingezogen, und die körperliche Anziehung ist enorm.«

»Hat es je einen Mann oder eine Frau gegeben, die sich nicht in ihren Gefährten oder ihre Gefährtin verliebt haben?« Denn wenn Manolito ihr gehörte, konnte sie sich durchaus vorstellen, mit ihm zu schlafen, aber mit ihm zu leben war eine völlig andere Sache.

»Wie bei jeder Spezies gibt es auch bei uns einige, die unter einem schlechten Stern geboren wurden. Niemand weiß, warum oder wie es dazu kommt, doch es hat auch Widernatürlichkeiten gegeben«, gab Riordan zu. »Manolito allerdings ist seiner Gefährtin äußerst zugetan. Er würde sie nie mit einer anderen Frau entehren. Wir haben länger auf unsere Frauen gewartet, als du je begreifen könntest, MaryAnn, und auch wenn du uns für autoritär und arrogant halten magst, lieben und verehren wir unsere Frauen und stellen sie über alles andere.«

Seine aufrichtig klingenden Worte sorgten dafür, dass sie sich ein bisschen besser fühlte. Und Juliette war keine Frau, die sich herumschubsen ließ. Es war nur so, dass MaryAnn all dieses Machogehabe ein bisschen lästig fand. Die Brüder De La Cruz würden verlangen, dass eine Frau sich ihnen in allem beugte. Sie konnte sie sich nicht als kompromissbereit vorstellen. Schon der Tonfall ihrer Stimmen irritierte sie. MaryAnn sah sich nicht als Frau eines solchen Mannes. Sie mochten zwar sehr gut aussehend sein, aber wahrscheinlich würde sie ein Magengeschwür bekommen, wenn sie mit einem von ihnen zusammen wäre.

»Das ist bewundernswert, Riordan, sehr sogar.« Sie konnte auch ganz ehrlich sein. »Doch ich bin nicht sicher, dass du recht hast, wenn du glaubst, ich sei die Richtige für deinen Bruder. Und wenn er mich gezeichnet hat«, sie kämpfte mit sich, um nicht zu erröten, als sie sich an die Hitze seines Mundes und ihre eigene körperliche Reaktion darauf erinnerte, »dann hat er es ohne meine Zustimmung getan. Ich weiß nicht, wieso ihr in eurer Gesellschaft glaubt, das sei in Ordnung. In meiner Welt ist es nicht nur falsch, sondern sogar illegal.«

»Du lebst aber nicht mehr in deiner Welt«, versetzte er ohne eine Spur von Reue. »Unsere Regeln sind Überlebensregeln. Wir haben nur noch eine Chance zu überleben, nachdem wir jahrhundertelang so ehrenhaft wie möglich gelebt haben. Und diese Chance liegt darin, unsere Gefährtinnen zu finden. Ohne unsere Frauen kann unsere Spezies nicht fortbestehen, und unsere Männer müssen sich entweder das Leben nehmen oder Vampire werden. Es gibt keine andere Wahl für uns.«

MaryAnn seufzte. Ohne den Kummer und die Verzweiflung, die an ihr nagten, hätte sie in der Lage sein müssen, klarer zu denken, doch nun war alles überlagert von Verwirrung. Waren ihre eigenen Emotionen dafür verantwortlich, oder war es Manolito? Und wenn er es war, wie konnte er dann im Dschungel überleben, ohne zu wissen, was mit ihm geschah?

»Wie kann ich ihn erreichen? Telepathisch, meine ich. Ich habe so etwas noch nie versucht.«

Riordan und Juliette wechselten einen langen, verdutzten Blick. Sie hatten noch nie erklären müssen, was bei ihnen eine ganz natürliche Begabung zu sein schien.

»Stell ihn dir im Geiste vor. In allen Einzelheiten, bis auf die kleinste Kleinigkeit, die dir von ihm in Erinnerung geblieben ist, einschließlich seines Duftes und deiner eigenen Gefühle«, riet ihr Riordan.

Na toll. Sie erinnerte sich, das Gefühl gehabt zu haben, dass er der sinnlichste Mann war, den sie je in ihrem Leben in ihren Träumen heraufbeschworen hatte. Hitze durchströmte sie. War sein Mund wirklich von ihrem Hals zum Ansatz ihrer Brust hinabgewandert? Hatten sich seine Zähne in ihre Haut gebohrt, um ihr Blut zu trinken? Der Gedanke hätte ihr zuwider sein müssen. Jede auch nur halbwegs vernünftige Frau hätte das ekelhaft gefunden. MaryAnn schloss die Augen und versuchte, sich Manolito vorzustellen.

Seine Schultern waren breit, seine Arme kräftig, seine Taille und Hüften schlank, seine Brust sehr muskulös. Das Spiel der Muskeln unter seiner Haut war wie das einer großen Raubkatze, wenn er sich bewegte. Und er bewegte sich mit absoluter Lautlosigkeit. Sein Gesicht ... MaryAnn atmete tief ein. Seine Gesichtszüge waren außergewöhnlich. Er war der bestaussehende Mann, der ihr je begegnet war. Dunkle, geheimnisvolle Augen, glänzendes schwarzes Haar, das seine markanten Züge unterstrich, eine gerade Nase und hohe Wangenknochen, um die jedes Model ihn beneidet hätte, ein starkes Kinn mit einem Hauch von Bartstoppeln darauf. Aber es war sein Mund, den sie unaufhörlich hatte anstarren müssen. Sinnlich, mit einem Anflug von Gefahr – gerade genug, um eine Frau verrückt zu machen.

Sie streckte in Gedanken ihre Hände nach ihm aus, und zu ihrem Erstaunen fühlte sie, wie ihr Bewusstsein sich erweiterte, als hätte es nur darauf gewartet, als wäre der Weg zu Manolito schon etwas Vertrautes. Sie spürte ihn, für einen Moment nur fühlte sie, wie er sie berührte, nach ihr griff, aber dann ... Ihre Augen weiteten sich vor Entsetzen, und unwillkürlich streckte sie verteidigend die Hände aus. Eine riesige Dschungelkatze sprang mit mörderischer Absicht zwischen sie. Das Ziel ihrer gefletschten Zähne war Manolitos Kehle. MaryAnn schrie auf und warf sich vor ihn, sodass sie den heißen Atem der Raubkatze auf ihrem Gesicht zu spüren meinte. Es war ein *Jaguar*.

3. KAPITEL

Manolito fuhr herum, noch immer auf den Knien, und hob instinktiv die Hände, um die große, schwere Katze abzuwehren, die sich auf ihn stürzte. Aber der Schwung und die Kraft des Jaguars waren so enorm, dass sie ihn umwarfen und Manolito auf dem Rücken landete. War das real, oder war auch das nur eine Illusion, wie die schattenhaften Vampire es gewesen sein mussten?

Seine Finger gruben sich in dichtes Fell. Messerscharfe Krallen fuhren über seinen Bauch und rissen seine Haut und Muskeln auf. Heißer, übel riechender Atem schlug Manolito ins Gesicht, und scharfe Fänge zerfetzten ihm den Arm, als er mit aller Kraft versuchte, das Raubtier von seinem Kopf und seiner Kehle fernzuhalten. Für einen Moment, als er unter ihm lag und dessen mächtigen Kopf von seinem fernhielt, konnte er irgendjemanden – nein, *sie*, seine Gefährtin – in seinem Bewusstsein spüren.

Ihr entsetzter Aufschrei hallte in seinem Kopf wider und ersetzte Hunger und Verwirrung durch eine Anspannung und Konzentration, die er sonst vielleicht nicht mehr aufgebracht hätte. Er sah, wie sie ihre Hände nach der Raubkatze ausstreckte und versuchte, ihm zu helfen. Um nicht ihr Leben zu riskieren, unterbrach er schnell die telepathische Verbindung zwischen ihnen und löste sich auf. Sein Körper verflüchtigte sich zu einem Dunst, der die Raubkatze umwaberte und sich vor ihr erhob, um selbst die Gestalt eines Jaguars anzunehmen, eines männlichen Tieres mit einem schweren, breiten Kopf und einem größeren, stämmigeren und sehr viel dunkleren Körper. Blutstropfen fielen wie Schneeflocken und besprühten Blätter und Wurzeln, als Manolito die Gestalt eines seltenen schwarzen Panthers annahm. Als die Verwandlung vollendet war, fletschte er herausfordernd die Zähne und sprang die andere Raubkatze an. Die beiden großen Katzen prallten zusammen, rollten über Baumwurzeln und Äste und zerrissen die Stille der Nacht mit ihren Kampfgeräuschen.

Viele Raubkatzen strangulierten ihre Opfer, doch der Jaguar mit seinem außergewöhnlich starken Kiefer durchbiss direkt den Schädel zwischen den Schläfenbeinen, womit er seine Beute augenblicklich tötete. Da der Amazonas seit so vielen Jahren die Heimat der Brüder De La Cruz war, waren sie immer wieder in Kontakt mit diesen großen Raubkatzen gekommen.

Jaguare waren außerordentlich starke Tiere, mit stämmigen, muskulösen Körpern und breiten Köpfen. Lautlos und nahezu unsichtbar, führten sie ein einsames Leben in einer Schattenwelt zwischen Abenddämmerung und Morgengrauen. Mit ihrer unglaublich guten Nachtsicht, ihren einziehbaren, tödlichen Krallen, messerscharfen Fängen und geschmeidigen Körpern, die wie geschaffen dazu waren, sich unbemerkt an ihre Opfer anzuschleichen, beherrschten sie den Dschungel. Aber sie bekämpften sich nur äußerst ungern gegenseitig, da die allgegenwärtige Feuchtigkeit eine ideale Brutstätte für Infektionen war.

Manolitos erster Gedanke war, das Tier aus reinem Selbsterhaltungstrieb zu töten. Er war geschwächt vom Hunger und verlor bereits kostbares Blut. Das Klügste und Sicherste wäre, den Kampf schnell zu beenden. Sein Respekt vor dem stärksten Raubtier des Regenwaldes ließ ihn jedoch zögern. Er und seine Brüder hatten stets einträchtig mit den Geschöpfen des Dschungels zusammengelebt, und deshalb wollte er dieses Tier nicht töten, solange es sich verhindern ließ.

Er knurrte warnend, um dem anderen männlichen Jaguar zu signalisieren, sich zurückzuziehen. Und als er die Witterung in der

Luft aufnahm, war auch kein Geruch eines nahen Weibchens wahrzunehmen, das für die Raubkatze ein Grund zum Weiterkämpfen sein könnte.

Der Jaguar umkreiste Manolitos dicht behaarten Körper, fletschte die Zähne und fauchte herausfordernd. In der Hoffnung, das Tier überwältigen zu können, sprang Manolito. Der Jaguar warf sich ihm entgegen und hieb mit seinen messerscharfen Krallen nach ihm, während Manolito versuchte, in den Geist des Tieres einzudringen. Wieder brach ein ohrenbetäubender Lärm im Dschungel aus, als die beiden Katzen aufeinandertrafen.

Vögel hoch oben in den Bäumen erhoben sich kreischend in die Luft. Affen schrien warnend und ließen Zweige und Blätter auf die beiden Jaguare regnen, die sich, ineinander verkrallt, auf dem Boden herumrollten. Äste zerbrachen unter ihren schweren Körpern und hüllten sie in eine Wolke von herumfliegendem Geäst und losem Blattwerk ein. Manolito drängte sich an der wilden Raserei im Kopf der Raubkatze vorbei und versuchte, den Geist des Tieres zu erreichen, während es immer wieder seine Fänge in ihn schlug.

Jaguare besaßen ein äußerst biegsames Rückgrat, das es ihnen ermöglichte, sich blitzschnell zu drehen und zu wenden, mit ihren Beinen Seitenhiebe auszuteilen, ja sogar mitten in der Luft die Richtung zu wechseln. Und die dicken Muskelstränge überall an ihrem Körper verliehen ihnen enorme Kraft. Manolito steckte einen weiteren bösen Prankenhieb an seiner Seite ein, als er sich darauf zu konzentrieren versuchte, die Katze zu beruhigen.

Er verstärkte seine Bemühungen, durchbrach die Wand aus Wut und entdeckte *einen Mann*. Das hier war kein Jaguar, sondern einer der seltenen, einsiedlerischen Jaguarmenschen, die sich immer noch im Regenwald ansiedelten. Die Karpatianer und die Jaguarmenschen hatten stets harmonisch nebeneinander existiert, indem sie einander aus dem Weg gegangen waren, doch dieser hier hatte mit voller Absicht angegriffen.

Manolito nahm wieder seine menschliche Gestalt an, diesmal jedoch aus halbwegs sicherer Distanz. Katzen konnten mit einem einzigen Sprung erstaunliche Entfernungen überbrücken, und die Jaguarmenschen verfügten über eine Geschicklichkeit und Kraft, die die eines normalen Jaguars sogar noch um ein Vielfaches übertraf. Schwer atmend stand Manolito da und achtete auf irgendwelche Anzeichen von Aggression, als die große Katze ihm mit zitternden Flanken, aber noch immer fauchend gegenübertrat.

»Ich weiß, dass du ein Mann bist. Du wirst hier sterben, wenn du weitermachst. Du kannst dir nicht den Respekt zunutze machen, den ich für den Jaguar empfinde, um mich zu besiegen. Warum hast du unser stillschweigendes Abkommen gebrochen?« Er verlieh seiner Stimme ganz bewusst einen weichen, beruhigenden Klang, um die aufgeregte Katze zu besänftigen.

Der Jaguar bleckte die Zähne, wich aber nicht zurück, sondern hielt den Blick auf ihn geheftet, als wartete er nur auf einen Moment der Schwäche, der ihm einen Vorteil verschaffen würde. Und Manolito *war* schwach. Er hielt den Schmerz seiner Verletzungen in Schach und ignorierte den gnadenlos an ihm nagenden Hunger, der ihn nahezu verzehrte. Die Luft war geschwängert vom Geruch nach Blut. Beide, Karpatianer und Jaguarmensch, waren verletzt, und auf dem Blattwerk um sie herum glitzerten rote Tropfen frischen Blutes. Ganz bewusst leckte der Jaguar über die Blutstropfen, um Manolito daran zu erinnern, dass er auch einiges eingesteckt hatte.

Die eiskalte Wut, die Manolito angesichts dieser beleidigenden Häme erfasste, brachte ihn augenblicklich in Bewegung. Mit einem Satz sprang er dem Jaguar auf den Rücken, bohrte ihm die Knie in die muskulösen Seiten und zerquetschte das Tier beinahe, als er seine Knöchel unter dessen Bauch verschränkte. Einen Arm legte er in einem Ringergriff um den stämmigen Nacken, um den Kopf hinaufzuziehen, und dann grub er seine Zähne tief in die Pulsader des Jaguars und trank. Das Tier verkrampfte sich in dem Versuch, sich zu widersetzen, doch der Mann in der Katze zwang sich stillzuhalten, weil er wusste, dass Manolito ihm die Kehle durchbeißen konnte und würde.

Das heiße Blut schoss in Manolitos ausgehungerten Körper,

drang wohltuend in Gewebe und Zellen ein und stärkte und verjüngte seine Muskeln. Für einen Moment durchflutete ihn Euphorie, da das vom Adrenalin aufgeputschte Blut zu reichhaltig und suchterzeugend war, nachdem er so lange ohne Nahrung hatte auskommen müssen und der Verwandlung zum Vampir schon so gefährlich nahe war.

Es tut so gut. Hör nicht auf. Fühl den Rausch. Hör nicht auf. Es gibt nichts Besseres auf der Welt. Schließ dich uns an, Bruder. Komm zu uns. Nimm dir alles. Jeden Tropfen.

Manolito hörte verschiedene Stimmen in seinem Kopf, die ihn zu verlocken versuchten. Das Gewisper wurde lauter, bis es schon fast schmerzhaft war. *Es ist verboten, ein Leben zu nehmen.*

Es ist nur eine Katze. Das ist doch eine Kleinigkeit für jemanden wie dich. Er hat dich angegriffen. Warum solltest du ihn leben lassen, wenn er dich umgebracht hätte?

Die Versuchung war stark. Heißes, kräftigendes Blut. Und er war so ausgehungert. Der Jaguar hatte ihn als Erster angegriffen. Er würde ihn noch immer töten, wenn er könnte, selbst jetzt noch, nachdem er ihn verschont hatte.

Obwohl Manolito die Veränderung in seinem Körper spürte, wurde ihm wieder so übel, als krampfte sein Magen sich zusammen, was keinen Sinn ergab. Das unerträglich laute Brummen von Insekten dröhnte ihm in den Ohren, aber auch als er ihnen im Geiste den Befehl gab zu verschwinden, ließ der Lärm nicht nach. Um ihn herum bewegte sich der Boden, als hätte ganz tief unter der Erde ein Erdbeben stattgefunden. Und mit jeder dieser Vibrationen unter seinen Füßen drehte sich ihm der Magen um.

Du brauchst Kraft. Der Jaguar hat dich verwundet. Du brauchst Blut, um zu genesen, und es tut dir doch so gut. Trink, Bruder. Trink alles, fuhren die verführerischen Stimmen fort.

Die Raubkatze unter ihm begann zu zittern. Der Mann in dem Tier schrie etwas Unverständliches, das aber menschlich klang.

Ein Mensch. Manolito durfte nicht töten, während er Nahrung aufnahm.

Ach was, das ist doch bloß eine Katze. Beiß ihr die Kehle durch. Erfreu dich an der Macht zu töten. Spür sie, Bruder, genieß die absolute Macht, ein Leben unter deinen Händen dahinschwinden zu fühlen. Sei, was dir schon immer bestimmt war – und was du bist.

Was war er? Ein Mörder? Ja. Er hatte so viele Male getötet, dass er sich nicht einmal mehr an all die Gesichter erinnerte. Wo war er? Er sah sich um, und für einen Moment war der Regenwald verschwunden, und er war von schattenhaften Gestalten aus dem Totenreich umgeben, deren ausgestreckte, knochige Finger anklagend auf ihn zeigten. Zweige schlugen aneinander wie morsche weiße Knochen und sandten einen kalten Schauder über seinen Rücken.

Er hatte getötet, ja. Aber nicht so. Das war falsch. Selbstverteidigung war eine Sache, und es lag Gerechtigkeit und Ehre darin, einen der Dunkelheit anheimgefallenen Bruder zu vernichten, wenn er seine Seele dem Bösen überlassen hatte. Aber während der Nahrungsaufnahme zu morden, war unvereinbar mit allem, woran Manolito glaubte. Nein. Was oder *wer* auch immer versuchte, ihn zum Morden zu überreden, war kein Freund.

Es erforderte Disziplin, nur so viel Blut zu nehmen, wie er brauchte, um zu überleben und um die Barrieren des Tieres zu überwinden und den Geist des darin verborgenen Mannes zu erreichen. Manolito strich mit der Zunge über die Bisswunde, um sie zu schließen, und löste sich in Nebel auf, um gleich darauf in einiger Entfernung wieder aufzutauchen und sich aufmerksam die Schatten ringsumher anzusehen. Waren das Gesichter in den Schatten, die durch die Blätter spähten und aus dem Boden hervorkamen? Lauerten hier Vampire? Auf alles gefasst, verlagerte er sein Gewicht auf seine Fußballen. Der Jaguar brüllte und lenkte seine Aufmerksamkeit damit wieder auf die Gefahr, die ihm am nächsten war.

Manolito zwang sich zu einem unverkrampften Lächeln. »Du hast den Geschmack meines Blutes in deinem Mund. Und ich den Geschmack des deinen. Du hast Informationen, die ich brauche.

Du hast versucht, mich zu töten, und ich bin dir keine Schonung schuldig.«

Die Raubkatze stand völlig reglos da, ohne einen Muskel zu bewegen, und hielt unverwandt den Blick auf ihn gerichtet.

Die Jaguarmenschen waren genauso scheu und einzelgängerisch wie die großen Raubkatzen, und wie ihr tierisches Pendant bevorzugten sie den dichten Regenwald in der Nähe von Wasserläufen und Flussufern. Sie ließen sich nur selten sehen, und wahrscheinlich waren sie schlau genug und zu vertraut mit dem Dschungel, um überhaupt je gesehen zu werden, außer wenn sie selbst es wollten. Die Männer waren stämmig und ungewöhnlich stark, hatten eine hervorragende Nachtsicht und ein ausgezeichnetes Gehör. Sie waren gute Kletterer und exzellente Schwimmer. Über ihre Gesellschaft war kaum etwas bekannt, aber Manolito wusste, dass sie ein unbeherrschtes Naturell besaßen und äußerst leicht erregbar waren.

Bevor er tiefer in das Gehirn des Jaguars eindrang, warf der Jäger in ihm einen weiteren prüfenden Blick um sich und suchte aufmerksam die nähere Umgebung ab. Die Stimmen waren noch nicht ganz verstummt, wisperten ihm immer noch ins Ohr und bedrängten ihn, die Raubkatze zu töten. Die Schatten, die sein Blick nicht ganz durchdringen konnte, schienen tausend Geheimnisse zu enthalten. Irgendetwas schlängelte sich durch den Boden, direkt unter der Oberfläche, und warf mit seinen Bewegungen die Erde auf. Manolito bekam einen trockenen Mund.

Der Jaguar veränderte seine Haltung und kauerte sich mit angespannten Muskeln noch ein bisschen tiefer hin, was Manolitos Blick sofort wieder auf ihn lenkte. Nach Jahrhunderten des Jagens in gefährlichen Situationen blieb sein Gesicht jedoch völlig ausdruckslos, seine Augen flach und kalt, sein Mund ein bisschen grausam. »Wage es nicht, mich anzugreifen, Katzenmann, denn sonst werde ich kein Erbarmen mehr mit dir haben!« Und das würde er auch nicht. Nicht mit den immer näher rückenden Vampiren. Er würde keine Zeit für Gnade haben, wenn er das hier überleben wollte.

Das Blut, das Manolito dem Jaguarmann entnommen hatte, befähigte ihn, in dessen Bewusstsein einzudringen, an den letzten Schutzschilden vorbei, um an die gewünschten Informationen heranzukommen. Was er sah, war Hass, tiefer, gnadenloser Hass auf Karpatianer. Das Bedürfnis, sie zu finden und sie zu vernichten. Ein Gefühl des Verratenwordenseins und gerechtfertigter Zorn. Verwirrt drang Manolito noch tiefer in den Geist des Jaguarmannes ein. Die beiden Spezies waren nie große Freunde gewesen, aber sie waren auch keine Feinde. Sie hatten unterschiedliche Wertvorstellungen, doch es war ihnen bisher immer gelungen, ihre jeweiligen Gesellschaften zu respektieren.

Da war ein Fleck in den Erinnerungen ... ein dunkler Fleck, der äußerst ungewöhnlich war. Manolito untersuchte ihn sorgfältig. Der Fleck war sehr dunkel in der Mitte, doch um ihn herum bildeten sich hellere Kreise, die sich immer mehr ausdehnten, um schließlich das gesamte Gehirn des Jaguarmannes zu erfassen. Je näher Manolito der sich ausbreitenden Verfärbung kam, desto aufgeregter und verstörter wurde der Jaguar.

Als Manolito mit seinem Geist verschmolz, so sanft und behutsam, wie er konnte, fühlte er, wie sich etwas Böses regte und sich seiner Anwesenheit bewusst wurde. Die Schatten um ihn herum vergrößerten sich und nahmen Gestalt an. Im Hirn des Jaguars zuckte der Fleck wie aufgeschreckt. Manolito zog sich zurück, weil er den Zorn der großen Katze nicht noch schüren wollte. Das Tier zitterte, sein Fell wurde feucht und dunkel, und das Atmen fiel ihm sichtlich schwer. Der Mann begann, den Kampf um die Kontrolle über das Tier zu verlieren.

»Du bist von dem Vampir berührt worden«, sagte Manolito mit leiser, aber eindringlicher Stimme. »Ich kann versuchen, dir zu helfen, dich von seinem vergiftenden Einfluss zu befreien, doch er wird alles tun, um an dir festzuhalten.« Und dem Jaguarmann zu helfen, würde ihn leicht anfällig für Angriffe machen, vielleicht sogar von dem Raubtier selbst. Es war ein unkalkulierbares Risiko, das er einging, doch Manolito fühlte sich gezwungen, dem Jaguar zu helfen. Die Spezies der Jaguare, sowohl die der Jaguarmenschen als auch die der Tiere, drohte den Existenzkampf genauso wie die Spezies der Karpatianer zu verlieren. Und Manolito befürchtete sehr, dass die Brüder De La Cruz unabsichtlich eine große Rolle bei der Vernichtung der Jaguarmenschen gespielt hatten.

Der Mann in dem Jaguar blieb still. Manolito, der jetzt durch Blut mit ihm verbunden war, konnte seine Besorgnis spüren. Er war kein junger, selbstbewusster und waghalsiger Mann, sondern alt genug, um die Gefahr durch den Vampir zu kennen, und er hatte sich schon eine ganze Weile Gedanken darüber gemacht, was mit seinem Volk geschah. Die große Katze kauerte sich hin und bewegte zustimmend ihren breiten Kopf, bevor ihr Blick von Manolito zu ihrer Umgebung glitt, da sie sich der Gefahr nicht weniger bewusst war als der Karpatianer.

In den Baumkronen über ihnen raschelten Unheil verkündend die Blätter; Wolken zogen am dunklen Himmel auf und schienen noch mehr Regen zu verheißen. Die Luft war auch so schon schwül vor Feuchtigkeit, und Flüsse und Bäche waren so angeschwollen, dass sie ihre Ufer überschwemmten. Wasser fiel von Felsen und Böschungen herab und bildete Wasserfälle, wo noch nie welche gewesen waren. Der größte Teil dieses Wassers war schäumend weiß, an den Rändern der Felsen jedoch war es von Gerbsäure befleckt und schimmerte in einem dumpfen Rötlichbraun.

Manolito holte tief Luft und wandte seinen Blick von dem blutfarbenen Wasser ab, bevor er den Atem wieder ausstieß und mit ihm alles bis auf die ihn erwartende Aufgabe verdrängte. Er musste seinen physischen Körper loslassen und sich damit leicht angreifbar machen für einen potenziellen Feind, der schon von dem Vampir beeinflusst war. Es war viel schwieriger, als er erwartet hatte, weil er jetzt wieder Gefühle verspüren konnte und es so wichtig war, dass er am Leben blieb.

Der dunkle Fleck im Bewusstsein des Jaguarmannes schrumpfte, und winzige, wurmähnliche Wesen wanden und krümmten sich verzweifelt, als Manolitos Geist in den des anderen Mannes eindrang und sein Gehirn mit weiß glühender Energie durchflutete. Manolito hörte den Jaguar aufbrüllen und den Mann in ihm eine Warnung zischen. Das ließ Manolito innehalten, aus Angst, den Krieger zu verletzen.

Tu es. Ich will dieses Ding nicht in mir haben.

Da begann Manolito seinen Angriff auf den dunklen Fleck, durchbrach die äußeren Kreise und brannte ihn mit heilendem Licht aus. Die winzigen Parasiten versuchten, sich tiefer in das Gehirn hineinzugraben, um zu entkommen. Als sie auseinanderstoben, konnte Manolito bis in das tiefste Innere des Jaguarmannes sehen. Die Parasiten versuchten, das Licht aus den Erinnerungen des Jaguarmannes fernzuhalten und zu verbergen, was der Vampir getan hatte, doch überraschenderweise vereinte der Jaguarmann seine Kräfte mit Manolitos und nutzte seine gut entwickelten telepathischen Fähigkeiten und ihre neu geschaffene Blutsverbindung.

Er eröffnete Manolito seine Erinnerungen und überflutete ihn mit so vielen Informationen wie nur möglich. Sein Name war Luiz. Seit vielen Jahren hatte er daran gearbeitet, die nachlassende Kraft seiner Spezies wiederherzustellen. Zu viele ihrer Frauen waren gegangen und hatten lieber bei Menschen Partnerschaft und Zuneigung gesucht, statt die Gleichgültigkeit und Vernachlässigung ihrer eigenen Männer zu ertragen. Er hatte den anderen geraten, den Lebensstil der Karpatianer zu übernehmen und eine lebenslange Verbindung einzugehen, für ein Heim und eine Familie zu sorgen, um den Frauen einen Grund zu geben, bei ihnen zu bleiben. Zuerst hatten viele seine Ideen übernommen und begonnen, ihre einzelgängerische Lebensweise aufzugeben, doch in letzter Zeit waren sie wieder geteilter Meinungen geworden, als eine langsame, kaum merkliche Veränderung mit ihnen vor sich ging.

Banden von Männern hatten angefangen, grausame Verbrechen gegen Frauen zu begehen. Eine »neue Jaguar-Generation« hatte sich auf die Suche nach Frauen ihrer Spezies begeben und sie vergewaltigt, um reinblütige Kinder zu bekommen. In den ersten paar

Jahren hatte Luiz von diesen Schrecken nichts gewusst, bis auf unbestätigte Gerüchte, doch nun hatten sich immer mehr Männer den Banden marodierender Rebellen angeschlossen. Luiz hatte nicht nur Angst um die Frauen, sondern auch um ihre gesamte Spezies. Welche Frau würde mit Männern zusammen sein wollen, die solch furchtbare Verbrechen begingen? Er hatte gehört, dass einige der Frauen jetzt die in Gefangenschaft lebenden befreiten. Ihre ganze Welt stand auf dem Kopf, und Luiz hatte nie auch nur in Betracht gezogen, dass da ein Vampir am Werk sein könnte. Aber jetzt ergab das alles plötzlich einen Sinn.

Vampire. Die abscheulichsten Kreaturen auf Erden. Seit wann versuchten sie, eine ganze Spezies auszulöschen? Manolito wusste es. Er und seine Brüder hatten einst die Brüder Malinov gekannt. Tiefe Traurigkeit erfasste ihn bei dem Gedanken an sie. Die fünf Malinov-Brüder hatten einmal zu den besten Freunden seiner Familie gehört, nun aber schien es, als wären sie möglicherweise alle zu Vampiren geworden. Die Vorstellung, sie alle zu verlieren, erschütterte ihn, jetzt, da er wieder imstande war zu fühlen. Mit den Malinov-Brüdern hatten sie früher stundenlang darüber diskutiert, wie sie die Herrschaft über die Karpatianer übernehmen könnten. Die Möglichkeiten, eine gesamten Zweig zu vernichten, die Verbündete des Prinzen waren, war ein heißes Gesprächsthema gewesen. In der intellektuellen Auseinandersetzung hatten sie viele Wege erörtert, von denen einer darin bestanden hatte, selbstzerstörerisches Verhalten zu fördern, um von der Schwäche einer Spezies zu profitieren. *So wie die Jaguargesellschaft es getan hatte*.

Als der Prinz der Karpatianer Manolito und viele andere in die Welt hinausgeschickt hatte, weit fort von ihrem Heimatland, um Menschen zu beschützen, war das Thema wieder aufgekommen. Am Ende hatten die Brüder De La Cruz geschworen, ihrem Prinzen und Volk zu dienen. Und hatte ein De La Cruz erst einmal sein Wort gegeben, gab es für ihn kein Zurück mehr. Die Brüder Malinov hatten das Gleiche getan.

Manolito achtete jedoch darauf, diese Information für sich zu behalten. Allein das Gerede darüber, den Prinzen zu verraten, war schlimm genug gewesen, und er schämte sich dafür. Er hatte noch nie im Leben Scham empfunden, und es war ein äußerst unangenehmes Gefühl.

Du hattest recht vor all diesen Jahren, flüsterten die Stimmen in seinem Kopf wieder. *Du und deine Brüder, ihr hättet eurem eigenen Weg bis zum Ende folgen sollen. Ihr habt einem schwächeren Mann erlaubt, zu regieren und euer Volk auf den Weg zum Untergang zu führen. Hätte Zacarias die Herrschaft übernommen, würde das karpatianische Volk wachsen und gedeihen und nicht in Grund und Boden getrieben werden, gehasst, gefürchtet und gejagt von ausgerechnet den Menschen, die es beschützt.*

Manolito ließ in einem langen, herausfordernden Zischlaut seinen Atem aus. *Zeigt euch. Verbergt euch nicht in den Schatten. Kommt heraus, damit ich euch sehen kann.* Er konnte nicht die Energie aufbringen, lange im Körper des Jaguarmannes zu verharren. Er musste den Mann vom Makel des Vampirs befreien und wieder in seinen eigenen, momentan ganz ungeschützten Körper zurückkehren.

Du brauchst dich nicht zu schämen. Es war ein brillanter Plan.

Manolito atmete noch einmal tief ein und schloss alles außer seiner derzeitigen Aufgabe aus seinem Bewusstsein aus. Der Jaguarmann hatte Mühe, das Tier in sich zurückzuhalten, es daran zu hindern, Manolito anzuspringen und dessen ungeschützten Körper in Stücke zu reißen.

Das grelle weiße Licht, das pure Energie war, ergoss sich mit unerbittlicher Entschlossenheit über den Mittelpunkt des schwarzen Flecks. Manolito richtete seine ganze Aufmerksamkeit auf die Aufgabe; er riskierte alles, um sie zu erfüllen – weil es das Richtige war und weil er in gewisser Weise seine Beteiligung an dem vor so vielen Jahren geschmiedeten Komplott wiedergutmachen wollte. Was als intellektuelles Wortgefecht begonnen hatte, war irgendwann zu einer bedrohlichen Möglichkeit geworden, aber Manolito hatte gedacht, sie hätten jeglichen Gedanken an Verrat und Sabotage fallengelassen. Offensichtlich hatten aber einer oder mehrere der Brüder Malinov an irgendeinem Punkt beschlossen, den Plan in die Tat umzusetzen. Manolito wusste aus erster Hand von den Versuchen, den Prinzen zu ermorden und dann die Frauen und Kinder der Karpatianer umzubringen. Und nun schien der Feind zudem auch einen Plan zur Beseitigung der Jaguarmenschen geschmiedet und in Gang gesetzt zu haben.

Manolito setzte seine ganze Energie gegen die mikroskopisch kleinen Parasiten ein, trieb sie mit seiner Hitze aus ihren Verstecken und verfolgte sie, als sie durch das Gehirn des Jaguarmannes rasten, um dem Angriff zu entgehen.

Es war eine mühsame und zeitraubende Arbeit, und als Manolito endlich damit fertig war und in seinen eigenen Körper zurückkehrte, taumelte er und stürzte fast. Sein ursprünglicher Hunger war kaum gestillt worden, und dieser enorme Energieaufwand hatte ihn völlig ausgelaugt. Nur eiserne Disziplin hielt ihn noch auf den Beinen.

Neben ihm verrenkte und verdrehte sich der Jaguar, sein Fell kräuselte sich, und seine Muskeln dehnten und verlängerten sich. Die Verwandlung der Jaguarmenschen ging anders vonstatten als die der Karpatianer. Haut und Muskelstränge wurden sichtbar, und langes, dunkles, mit goldenen Strähnen durchzogenes Haar, das einen wohlgeformten Kopf bedeckte. Wo eben noch die Raubkatze gewesen war, kauerte nun ein Mann auf dem Boden.

Luiz richtete sich langsam auf, bis er aufrecht vor Manolito stand. Wie alle Jaguarmenschen schämte er sich seiner Nacktheit nicht. »Ich entschuldige mich dafür, dass ich versucht habe, dich umzubringen.« Er sprach ruhig und würdevoll und erwiderte mit unbewegter Miene Manolitos Blick, als er auf das Blut zeigte, das noch immer am Körper des Jägers hinunterrann.

Manolito neigte in einer knappen Geste zustimmend den Kopf, hielt aber alle seine Sinne in Alarmbereitschaft für eine mögliche weitere Attacke. »Niemand ist verantwortlich für das, was er unter dem Einfluss eines Vampirs tut.«

»Ich stehe tief in deiner Schuld, weil du mir geholfen hast, ihn loszuwerden.«

Manolito hütete sich zu widersprechen. Der Jaguarmann war ganz angespannt, sein Gesicht gezeichnet von Schuldgefühl und Sorge. »Es muss schwierig gewesen sein, mit so etwas zu leben, nachdem du dich so sehr darum bemüht hast, deine Leute vor dem zu retten, mit dem du selber infiziert warst.«

»Ich kenne den Unterschied zwischen Recht und Unrecht. Die meisten unserer anderen Männer auch, aber der Vampir ist wie eine Krankheit. Was wir nicht sehen, können wir nicht aufhalten. Wenn ich zurückgehe und versuche, es den anderen zu erklären, habe ich keinerlei Beweise. Anders als du, verfüge ich nicht über die Fähigkeit, den Makel des Vampirs zu finden und ihn zu vernichten.«

»Wenn du es nicht tust, gibt es keine Hoffnung mehr für deine Spezies«, warnte Manolito ihn. »Eure Frauen fliehen, wie nicht anders zu erwarten ist. Der Vampir zerstört euch von innen heraus.«

Luis nickte zustimmend. »Ich wusste, dass etwas nicht in Ordnung war, aber der Hass gegen eure Rasse schwärte. Der Vampir muss diesen Hass unter uns gesät haben. Karpatianische Männer stehlen unsere Frauen. Ich erinnere mich nicht, je einem Vampir begegnet zu sein oder einem, der von sich behauptete, einer zu sein, doch mir war schon seit geraumer Zeit bewusst, dass ich nicht mehr vernünftig dachte.«

»Er hat deine Stärke unterschätzt. Er muss dich ausgewählt haben, weil du ein Führer bist.«

»Das war ich einmal. Aber auch das hat sich geändert. Die Männer sind versprengt, haben sich zu Rudeln zusammengeschlossen und suchen nach Frauen von unserem Blut.« Luiz runzelte die Stirn und rieb sich die Schläfen, während er versuchte, sich zu erinnern, was ihnen erzählt worden war. »Ich glaube, der Vampir will eine ganz bestimmte Frau, eine reinrassige, die sich genauso schnell verwandeln kann wie ein Mann und auch genauso hart und unermüdlich kämpfen kann. Er bestand darauf, dass wir sie, falls wir sie finden, zum Morrison Research Institute bringen, damit seine Wissenschaftler ihre DNA vervielfältigen können.« Er seufzte. »Damals ließ er das alles sehr vernünftig klingen, doch jetzt kann ich überhaupt keinen Sinn mehr darin sehen.«

Blätter raschelten, und beide Männer fuhren zu dem Geräusch herum. Der Jaguarmann schlich zu Manolito, und seine Bewegungen waren lautlos und geschmeidig wie die einer Katze, als er sich Rücken an Rücken zu ihm hinstellte. *Da sind Augen in dem Wald. Und Ohren. Meine Leute sind nicht mehr vertrauenswürdig, seit der Vampir von ihnen Besitz ergriffen hat.*

Manolito durchforschte Luiz' Gedächtnis nach Informationen, die sich ihm entzogen. Er durfte keine Schwäche zeigen oder darauf hinweisen, dass er auf zwei verschiedenen Ebenen sah und keine Ahnung hatte, was real war oder irreal. Oder dass er nicht einmal wusste, ob die Schattenwelt nur eine Illusion war. War es möglich, dass er sich in zwei Welten zugleich aufhielt?

Du hast mich von dem Makel des Vampirs befreit. Ist es möglich, das Gleiche auch bei meinen Brüdern zu tun?

Manolito konnte spüren, wie der Jaguarmann sein Bewusstsein erweiterte und all seine Sinne darauf konzentrierte, die Gefahr zu finden. Er hob schnuppernd den Kopf, lauschte angespannt und ließ seine Augen fortwährend und unruhig über ihre nähere Umgebung gleiten.

»Was auch immer da draußen ist, ist fern von uns«, sagte er schließlich. »Aber andere haben den Regenwald betreten.«

Manolitos Herz zog sich zusammen. *Seine Gefährtin*. Er war sich dessen völlig sicher. Sie kam zu ihm. So musste es sein. Kein Gefährte konnte eine lange Trennung von dem anderen überleben. Sie waren zwei Hälften eines Ganzen und brauchten einander, um vollständig zu sein.

Komm zu mir … Es war ein Befehl. Eine Bitte. Doch er kannte nicht einmal ihren Namen und konnte sie sich auch nicht richtig vorstellen. Manolito schloss die Augen, um seine Erinnerungen für sich zu behalten. Haut. Er erinnerte sich an ihre unglaubliche Haut, die weicher war als alles, was er je berührt hatte, und sich wie Seide unter seinen Lippen anfühlte. Und an ihren Geschmack, so feurig und natürlich wie sie selbst. Sein Puls beschleunigte sich, das Atmen fiel ihm schwerer, und er konnte spüren, wie sein Körper sich verkrampfte. Er hatte vergessen, wie es war, zu begehren, Lust zu verspüren, an eine Frau zu denken und mit ihr eins werden zu wollen. Oder vielleicht hatte er das Gefühl auch nie wirklich gekannt. Vielleicht hatte er so vielen anderen Männern ins Gehirn geblickt, dass es bis jetzt nur eine Illusion gewesen war. Doch nun erkannte sein Körper die Frau, die er brauchte, und verlangte nach Befriedigung.

»Karpatianer, du taumelst vor Erschöpfung. Was du für mich getan hast – den Vampir aus meinem Körper auszutreiben –, war sehr schwierig für dich«, stellte Luiz ruhig fest.

»Ja.« Aber noch schwieriger war es, zu den Sträuchern, Farnen und zerbrochenen Ästen, die am Boden lagen, hinüberzuschauen und die schemenhaften Gesichter des Bösen, das ihn aus dem Dickicht heraus anstarrte, zu sehen. Auch aus den zahlreichen Wasserfällen und Bächen starrten Augen wie aus einem nassen Grab. Alles schien so durchscheinend zu sein wie ein grauer, feuchter Nebelschleier vor den leuchtenden Farben des Regenwaldes.

Der Jaguarmann entkrampfte sich, als seine innere Anspannung nachließ, doch Manolito war wachsamer denn je. Fern von hier hatten andere den Wald betreten, das war richtig, aber was auch immer ihn in der Schattenwelt belauerte, war noch immer da und wartete und beobachtete. Der Jaguarmann konnte diese andere Welt weder sehen noch spüren, doch Manolito wusste, dass er noch immer in Gefahr war. Oder vielleicht war die Schattenwelt ja tatsächlich nur ein Hirngespinst, und er verlor allmählich den Verstand.

Noch immer sorgfältig darauf bedacht, ganz als Herr der Lage zu erscheinen, ließ Manolito sich langsam auf dem Boden nieder, weil seine Beine ihn nicht länger tragen wollten. Mit einem fast unmerklichen Stirnrunzeln blickte er sich noch einmal sehr bedächtig um. Warum sah er alles wie durch einen Schleier, als wäre er nur halb in seiner Welt und halb in einer anderen? Er grub seine Hand in die Erde, in der er geschlafen hatte, in der Hoffnung, dass sie ihm Halt geben und ihn von den Schatten fernhalten würde.

Genau, wie er erwartet hatte, bestand der Boden aus *terra preta*, der fruchtbaren schwarzen Erde, die man hier und da zwischen dem kärgeren rötlichen Tonboden oder dem weißen Sand im Dschungel finden konnte. Im Gegensatz zu den anderen Bodenarten im Regenwald erhielt die *terra preta* Fruchtbarkeit. Dieses kostbare Erdreich hier zu finden war ein entscheidender Grund für die Entscheidung seiner Familie gewesen, diese Insel zu erwerben.

Die Brüder De La Cruz hatten erkannt, dass diese Erde ihr Schlüssel zum Überleben und zur Hoffnung war. Weit entfernt von ihrem Ursprungsland, ohne ihre heimatliche heilende Erde, hatten sie in früheren Jahrhunderten den Regenwald und den größten Teil Brasiliens nach etwas Fruchtbarem und Verjüngendem abgesucht, das ihnen nicht nur beim Verheilen von Wunden und beim Schlafen helfen würde, sondern ihnen auch die nötige Kraft verlieh, sich so fern von ihrem Prinzen, ihrem Volk und ohne Gefährtinnen, die sie unterstützten, ihre Ehre zu bewahren. Manolito füllte seine Hände mit der kostbaren Erde und drückte sie in die Wunden an seinem Bauch und seinen Seiten, um nicht noch mehr Blut zu verlieren.

Aber selbst mit der Erde in den Händen verdunkelte sich das dichte, glänzende Blattwerk von leuchtendem Grün zu einem trüben Grau. Manolito stockte der Atem, als ihm ein Gedanke kam. Falls seine Gefährtin tot war, würde er dann aufhören, Farben zu sehen?

Der Regenwald mit seinen intensiven, leuchtenden Farben und seiner wilden Schönheit konnte Neuankömmlinge förmlich überwältigen. Manolito jedoch fühlte sich wie zu Hause an einem Ort, der von vielen als beklemmend und bedrohlich empfunden wurde. Nachdem seine Gefährtin sein Empfindungsvermögen und seine Fähigkeit, Farben zu sehen, wiederhergestellt hatte, müsste er eigentlich geblendet sein von all den Farben, doch da seine Umgebung zwischen Farbe und Schatten hin- und herschwankte, fragte er sich, ob das nicht bedeuten könnte, dass sie tot war. War sie deshalb nicht bei ihm? Für einen Moment schien die Zeit stehen zu bleiben. Sein Herz dröhnte in seinen Ohren, in einem fieberhaften Schrei nach seiner anderen Hälfte.

Nein. Er stieß den angehaltenen Atem aus. Sie lebte. Er spürte sie. Ihr Bewusstsein rührte an das seine. Ganz kurz nur, aber er hatte deutlich gespürt, wie ihr Geist den seinen berührte. Neben ihm regte sich der Jaguarmann und lenkte Manolitos Aufmerksamkeit augenblicklich wieder auf sich. So angreifbar, wie er sich fühlte, ohne zu wissen, was real und was Illusion war, zwang er sich, wieder aufzustehen und dem Mann gegenüberzutreten.

»Lass mich dir helfen«, erbot sich Luiz und runzelte die Stirn, als er den feinen Schweißfilm auf Manolitos Haut bemerkte. Er bemühte sich um eine leise, sanfte Stimme, als er das jähe Aufflackern in den Augen des karpatianischen Jägers sah. »Sind deine Verwundungen so schlimm?«

Manolito schüttelte den Kopf. Er konnte es sich nicht leisten, zwischen zwei Welten hin und her zu driften. Nicht, wenn er Freund und Feind nicht unterscheiden konnte. Das allein schon brachte ihn in größere Gefahr denn je, und trotzdem schien er einfach nicht damit aufhören zu können. In einem Moment war der Dschungel noch voller strahlender Farben und von den vertrauten nächtlichen Geräuschen erfüllt, und im nächsten war schon wieder alles stumpf und grau, die Farben trübe und verschwommen, die Schatten lebendig von etwas, das *nicht* lebendig, aber auch nicht tot war. Er zwang sich, sich voll und ganz auf seine derzeitige Situation zu konzentrieren und so viele Informationen wie möglich zu erlangen, solange er Gelegenheit dazu hatte.

»Weißt du, wer diese Frau ist, die deine Männer für den Vampir ausfindig machen sollen?«

Sofort verschloss sich das Gesicht des Jaguarmannes und nahm einen argwöhnischen Ausdruck an. »Ich bin mir nicht sicher. Es sind nur noch ein paar reinrassige von unseren Männern übrig. Frauen noch weniger, und nur eine oder zwei von fürstlichem Geschlecht.«

»Mein jüngster Bruder hat seine Gefährtin gefunden. Sie ist ein Jaguarmensch. Und von aristokratischer Herkunft. Meinst du vielleicht sie?« Manolito wollte die Frage klären. Denn falls das ein raffinierter Plan sein sollte, Juliette, Riordans Gefährtin, wieder in die Hände zu bekommen, konnten sich die Jaguarmenschen auf einen Krieg gefasst machen. Die Brüder De La Cruz würden Juliette mit ihrem Leben beschützen, und auch jeder andere Karpatianer würde es tun.

»So dumm würde niemand sein, Karpatianer.«

»Manolito.«

Luiz nahm diese höfliche Geste mit einem ebenso höflichen Kopfnicken zur Kenntnis.

Karpatianer gaben nur sehr selten ihre Namen Feinden preis. Manolito hatte ihm seinen Familiennamen nicht genannt, weil er zu vorsichtig war, aber das brauchte Luiz nicht zu wissen.

»Diese andere Frau ist in Gefahr. Vielleicht können meine Leute helfen.«

Luiz atmete tief ein, zögerte und nickte dann. »Und ich möchte dich auch darum bitten, meinen Brüdern beizustehen. Wenn ich einen von ihnen zu dir bringe, würdest du dann in Betracht ziehen, ihn von dem Makel des Vampirs zu reinigen?«

Schweigen entstand, das nur vom Summen nächtlicher Insekten unterbrochen wurde. Manolito wusste, was da von ihm verlangt wurde – ein gewaltiger Gefallen –, doch es war auch eine enorme Vertrauenssache.

»Ich müsste Blut aufnehmen, um so etwas zu tun«, gab er zu. »Es handelt sich hier um einen Meistervampir, der nicht so leicht zu schlagen ist. Ich könnte versuchen, ihn zu heilen, ohne meinen Körper zu verlassen, aber falls es so schwierig sein sollte, wie es bei dir war, weiß ich nicht, ob das zu schaffen ist.« Manolito hatte die Handschrift des Vampirs erkannt. Es war mit Sicherheit einer der

Malinov-Brüder. Er war mit ihnen aufgewachsen, hatte mit ihnen gelacht, herumgetobt und Seite an Seite mit ihnen gekämpft. Sie waren Freunde gewesen.

»Wenn wir alles ganz im Stillen tun, machen wir den Vampir vielleicht nicht darauf aufmerksam, dass du uns hilfst.«

»Wenn du willst, dass ich deinen Leuten zu Hilfe komme, musst du mir sagen, wer die Frau ist, damit wir sie unter unseren Schutz stellen können. Du und ich, wir wissen beide, dass deine Männer schon zu sehr außer Rand und Band geraten sind, um sie an das Morrison Laboratory zu übergeben. Sie werden sie missbrauchen, sie zwingen, sich zu unterwerfen, und sie irgendwann zerbrechen. Und falls das wie durch ein Wunder nicht geschehen sollte und deine Männer sie dem Vampir übergeben, ist sie sowieso schon tot.«

»Ich werde sie beschützen.«

»Der Vampir hat dich schon einmal erwischt, ohne dass du es bemerkt hast. Er bewegt sich ungesehen unter euch. Nenn mir ihren Namen.«

»Sie wird sich dir nicht beugen wollen.«

»Ich verlange nicht, dass sie sich mir beugt, mich interessiert nur ihre Sicherheit.« Manolito blickte sich noch einmal wachsam um. Die Schatten wurden länger und kamen wieder näher. Er konnte die Gesichter zwischen dem Blattwerk sehen. Straff über Knochen gezogene Haut. Schwarze Löcher als Augen. Schiefe, braun befleckte Zähne. Manolito verlagerte unauffällig sein Gewicht auf seine Fußballen und bereitete sich auf den unvermeidlichen Angriff vor. Doch dann blinzelte er, und die Bilder verblassten wieder.

»Diese Frau hat lange Frauen unserer Spezies gerettet und gegen unsere Krieger gekämpft. Sie hasst die Männer. Sie wird sich unter niemandes Schutz begeben. Das ist nicht ihre Art.«

»Du sprichst von Juliettes Cousine Solange.«

Luiz nickte. »Es gibt keine andere wie sie, zumindest wissen wir von keiner. Sie ist fast so stark wie unsere Krieger und eine ebenso gute Kämpferin. Sie entstammt einer langen, reinen Linie, die sich

Jahrhunderte von Jahren zurückverfolgen lässt. Wir betrachten sie als die Zukunft unserer Spezies. Sie will allerdings natürlich nichts mit uns zu tun haben. Ich habe versucht, die anderen zu überreden, mit ihr zu sprechen, zu versuchen, eine Freundschaft aufzubauen und sie um Rat zu bitten, was unternommen werden kann, um unsere Frauen zu uns zurückzubringen. Die Frauen hören auf sie, aber ich habe keine Stimme mehr. Nicht, solange wir den Einfluss des Vampirs unter uns nicht zunichte machen können.«

Manolito wusste, dass Solange und Juliettes jüngere Schwester Jasmine es ablehnten, zu der Ranch der De La Cruz' zu kommen, um Juliette zu besuchen, doch sie hatten sich immerhin bereit erklärt, auf dem Anwesen der De La Cruz' auf ihrer Privatinsel zu bleiben. Die Insel war unberührt und das Ferienhaus darauf auf drei Seiten vom Regenwald geschützt. Manolito hatte sich schon gefragt, warum Luiz sich auf ihrem Besitz aufhielt – obwohl ... Die Jaguarmenschen betrachteten schließlich den gesamten Regenwald als ihr Reich. Sie waren erstaunlich gute Schwimmer, und die angeschwollenen Flüsse hatten sie nie abschrecken können.

»Du bist also hergekommen, um sie zu suchen.«

Luiz wandte für einen winzigen Moment den Blick ab. »Ja. Wir hielten es für möglich, dass sie hierherkommen würde. Wir wussten, dass sie sich nicht zu eurer Ranch begeben würde.«

»Und dir war bekannt, dass die jüngere Frau bei ihr war. Die, die Juliette und Solange von euren Männern zurückgeholt haben.«

»Nicht von *meinen*. Ich habe keine Kontrolle mehr über sie. Ich hatte gehofft, sie vor den anderen zu finden.«

»Und was hättest du mit ihr getan?«, fragte Manolito mit einem gefährlichen Glitzern in den schwarzen Augen.

Luiz schüttelte den Kopf. »Ich weiß es nicht. Ich dachte, ich käme, um mit ihnen zu reden, doch dann witterte ich dich, und plötzlich war ich sehr verwirrt.« Er rieb sich seine Stirn. »Ich dachte, du wärst hier, um uns unsere Frauen zu stehlen, und wollte dich töten.«

»Du hattest dich noch unter Kontrolle, als du auf die Insel kamst, aber dann geschah etwas. Du musst dem Vampir also hier begegnet sein«, sagte Manolito alarmiert. Das konnte nur bedeuten, dass der Meistervampir in der Nähe war, irgendwo hier auf der Insel, und niemand wusste es. Solange, Jasmine, Juliette und sogar sein Bruder Riordan waren nicht mehr sicher. »Wem bist du hier begegnet?«

»Keinem Vampir. Einem alten Freund. Er hatte hier Zuflucht gesucht und verließ die Insel gerade wieder, weil er gemerkt hatte, dass das Haus von der Familie De La Cruz bewohnt wurde.«

Manolito hielt seine ausdruckslose Miene bei, aber sein Herz begann wie wild zu pochen. Furcht war ein unglaubliches Gefühl, und jetzt, da er sie empfand, erkannte er, dass er mehr um jene, die er liebte, fürchtete, als um sich selbst. »Deinen alten Freund gibt es schon lange nicht mehr, Luiz. Meide ihn um jeden Preis. Du bist einem Meistervampir begegnet, und nur, weil er einen Plan hat und dich brauchte, bist du ungeschoren davongekommen.«

»Du glaubst, mein Freund ist ein Untoter?«

»Auf jeden Fall ist er verdorben.«

»Ich danke dir für deine Hilfe, Manolito«, sagte Luiz, und zum ersten Mal sah er bedrückt und mutlos aus. In einer einzigen anmutigen Bewegung zog sich sein Körper zusammen und begann, sich mit Fell zu überziehen, während sich Luiz' Kinn verlängerte, um langen Fängen Platz zu machen. In absoluter Lautlosigkeit zog er sich ins Unterholz zurück und verschwand aus Manolitos Sicht.

Nur zur Sicherheit löste Manolito sich in Nebel auf und verschmolz mit dem grauen Dunst, der nur ein paar Fuß über dem Boden zwischen den Baumstämmen aufwaberte. Man konnte nicht vorsichtig genug sein bei dem Jaguarmann.

Auf einem Felsblock auf der anderen Seite eines tosenden weißen Wasserfalls, der über einen steilen Abhang in den angeschwollenen Fluss hinabstürzte, materialisierte Manolito sich wieder. Er brauchte seine Gefährtin. Er musste sie berühren. Sie halten. Schmecken. Sein Hunger hatte sich wieder eingestellt und Verwirrung mitgebracht. Er musste seine Familie vor der Gefahr, die auf der Insel lauerte, warnen, doch vor allem brauchte er seine Gefährtin, damit sie ihm Halt gab.

Wo bist du?, schrie er in Gedanken auf und fühlte sich einsamer und verlorener als je zuvor in seinem Leben.

4. KAPITEL

MaryAnn setzte vorsichtig einen Fuß aus dem Geländewagen und sah ihren heiß geliebten Stiefel von *Kors* tief im Schlamm versinken. Ein kleiner entsetzter Laut entschlüpfte ihr. Die Stiefel waren ein selten guter Fund gewesen. Die vorn spitz zulaufenden, dunkelbraunen, auf alt gemachten Lederstiefel waren nicht nur sehr schick mit ihren breiten, hohen Absätzen, sondern auch bequem und genau das Richtige für Dschungel-Aufenthalte. Vor allem aber passten sie hervorragend zu ihrer kurzen, hochmodernen *Forzieri*-Jacke aus butterweichem Leder, das die gleiche elegante Farbe hatte. Sie hatte Jacke und Stiefel sogar mit einer speziellen Creme behandelt und sie für alle möglichen Gelegenheiten, wie diese Dschungeltour zum Beispiel, wasserdicht gemacht. Sie war wirklich sehr gut vorbereitet hergekommen, und jetzt war sie noch nicht mal aus dem Wagen heraus und steckte bereits knöcheltief im Schlamm. Sie *liebte* diese Stiefel.

Als sie ihren Schuh herauszog, gesellte sich ein schmatzendes Geräusch zu dem unangenehmen Geruch süßer Pflanzen und verrottender Vegetation. MaryAnn lehnte sich wieder auf dem Sitz zurück, um den Schaden zu untersuchen, und rümpfte angewidert die Nase. Was in Herrgotts Namen tat sie nur an diesem Ort? Sie müsste in einem Café sitzen, mit Straßenmusikanten davor und dem Gewimmel von Menschen überall um sie herum, statt in dieser eigenartig stillen Welt, in der es nichts anderes gab als ... *Wildnis*.

»Beeil dich, MaryAnn. Von hier aus müssen wir laufen«, sagte Juliette.

MaryAnn zog ihren Rucksack zu sich heran und spähte aus der offenen Tür auf das seltsam stille Innere des Waldes. »Es ist sehr matschig hier, Juliette«, sagte sie, weil sie sich an jeden Strohhalm klammerte, um in der verhältnismäßigen Sicherheit des Jeeps bleiben zu können. Der Wald beängstigte sie auf eine Weise, die sie niemandem erklären könnte. Ihre Ängste waren tief verwurzelt, und es war ihr nie gelungen, sie zu überwinden. Sie konnte sich einfach nicht dazu durchringen, in aller Ruhe wie ein Opferlamm in diese bedrückende Dunkelheit hineinzugehen. »Vielleicht könntest du einfach telepathisch Kontakt zu ihm aufnehmen und ihm sagen, dass wir hier sind. Du kannst das doch, nicht wahr?«

»Manolito würde nicht antworten«, erinnerte Riordan sie. »Er glaubt, dass wir ihm etwas antun wollen.«

»Ich habe doch schon erwähnt, dass ich noch nie gezeltet habe?«, sagte MaryAnn und suchte den Boden nach der trockensten Stelle ab.

»Drei Mal«, sagte Riordan mit grimmig verzogenem Mund.

Er stand plötzlich vor ihr, packte sie blitzschnell um die Taille und setzte sie in kurzer Entfernung von dem Wagen wieder ab. Eine kaum noch zu bezähmende Ungeduld lag in seinem nicht gerade sanften Griff. MaryAnn versank zwar nicht im Schlamm, doch jetzt krabbelten Insekten überall um sie herum. Sie biss sich auf die Lippe und verkniff sich tapfer eine Bemerkung, während sie sich vorsichtig umschaute. Dann nahm sie ihr Insektenspray heraus und besprühte die Tierchen großzügig, wobei »versehentlich« auch Riordans steifer Nacken etwas abbekam.

»Oje! Das tut mir leid.« Ohne seinen bösen Blick zu beachten, steckte sie die Spraydose ordentlich in eine ihrer breiten Gürtelschlaufen. Ihrem kindischen Drang nachzugeben, hatte ihr wenigstens ein bisschen Genugtuung verschafft. Sie wusste, dass sie das Problem nur hinausschob, doch sie würde auf ihre Art darauf hinarbeiten und sich von niemandem bedrängen lassen.

Der Dschungel war überhaupt nicht so, wie sie erwartet hatte. Er war dunkel und ein bisschen Furcht einflößend. Die Luft war schwer vor Feuchtigkeit, aber auch ganz still vor Erwartung, als beobachteten tausend Augen sie. Das Summen von Insekten und die unaufhörlichen Rufe der Vögel waren das Einzige, was sie hören konnte.

MaryAnn schluckte und blieb völlig reglos vor Angst stehen; sie wagte nicht, sich zu bewegen. Aus irgendeinem Grund hatte sie gedacht, der Dschungel würde sehr geräuschvoll sein, erfüllt von dem Geschrei von Tausenden von Affen und Papageien, aber sie hörte nur Vögel und Insekten. Ihr Herz begann zu hämmern, als sie irgendwo in der Ferne einen Jaguar brüllen hörte, und es lief ihr kalt den Rücken hinunter.

MaryAnn räusperte sich. »Ich habe vielleicht vergessen, euch von meinem kleinen Problem mit Katzen zu erzählen. Hauskatzen. Irgendwelche anderen Arten kenne ich nicht, doch Katzen machen mir Angst. Sie haben so einen konzentrierten Blick und scharfe Krallen, die sie in die Leute schlagen.« Sie plapperte sinnloses Zeug daher und konnte es sich einfach nicht verkneifen. Das war jämmerlich und beschämend, aber sie hatte sich das hier schließlich auch nicht ausgesucht. »Also verwandelt euch bitte, bitte nicht in eine Raubkatze oder so etwas. Und falls sich eine an uns heranpirscht, ist es wahrscheinlich das Beste, mir nichts davon zu erzählen. Ich würde es wirklich lieber gar nicht wissen.«

»Wir beschützen dich schon«, versicherte ihr Juliette.

»Ich dachte, du wüsstest, dass du in den Dschungel kommst«, sagte Riordan mit nur mühsam unterdrücktem Ärger. War diese Frau wirklich die Gefährtin seines Bruders? Sie war völlig ungeeignet für ihre Lebensweise. Manolito würde sie ordentlich in die Mangel nehmen müssen.

»Ranch«, berichtigte ihn MaryAnn. »Du sprachst von einer Ranch am *Rand* des Regenwalds.« Und das war schon schlimm genug gewesen, da ihr mehr ein luxuriöses Fünf-Sterne-Hotel ganz in der Nähe vorgeschwebt hatte. »Du hast kein Wort von einer Insel gesagt und auch nichts davon, *mitten* im Regenwald zu sein. Ich dachte, du würdest Juliettes Schwester dorthin zu mir bringen. Habe ich nicht deutlich genug erklärt, dass ich ein Stadtmensch bin? Straßenräuber und dunkle Gassen sind mir zehn Mal lieber als das hier.«

Zu ihrer eigenen Beruhigung berührte sie die beiden kleinen Pfefferspraydosen neben dem Insektenspray in den Gürtelschlaufen unter ihrer Jacke. Sie war auf Jaguar*männer* gefasst gewesen, aber nicht auf Jaguare. Und sie konnte Riordans Gesichtsausdruck entnehmen, dass seine Meinung von ihr immer schlechter wurde, aber das war ihr egal. Sie zwang sich nicht seinetwegen, einen Ort zu betreten, von dem sie wusste, dass er extrem gefährlich für sie war. Sie brauchte niemandem etwas zu beweisen; das hatte sie noch nie nötig gehabt.

Riordan winkte ihr, und MaryAnn zwang sich, einen Fuß vor den anderen zu setzen, während sie ihm widerstrebend folgte. Juliette war hinter ihr und sah klein, hübsch und wachsam aus. Sie bewegte sich mit Leichtigkeit und Anmut über den erstaunlich abwechslungsreichen Urwaldboden. Der Wald war feucht und unerbittlich dunkel, und trotzdem konnte MaryAnn Farben sehen, die sie in dieser Finsternis eigentlich gar nicht hätte sehen dürfen. Sie war verblüfft über die enorme Vielfältigkeit der Schattierungen und Töne. Auch dass sie keine Tiere sahen, überraschte sie. Sie hatte immer gedacht, überall im Dschungel lauerten welche, die nur darauf warteten, unvorsichtige Besucher anzugreifen, aber sie sah höchstens einmal einen Vogel aufflattern, als sie im Gänsemarsch hintereinander hergingen.

Natürlich hatte sie sich den Waldboden auch als undurchdringliches Dickicht vorgestellt, doch er war offen und leicht begehbar. Bäume erhoben sich überall um sie herum, riesige, glatte Stämme, die bis zu ihren Kronen fast völlig ohne Äste waren. Am Fuß der Bäume stiegen Wurzeln aus der Erde auf, die wie Schlangen über den Boden krochen. Einige Bäume sahen so aus, als würden sie von unzähligen Pfählen gestützt. Überall hingen Rankengewächse, während Lianen die Bäume wie dicke Taue miteinander verbanden und eine verborgene Straße oben in dem Blätterdach erzeugten. Kletterpflanzen wanden sich an den Baumstämmen hinauf und verflochten sich mit Orchideen und Sträuchern, Farnen und dem Moos, das auf den Zweigen wuchs. MaryAnns vorsichtige Schritte führten sie über Laub, Sämlinge, herabgefallene Äste und Baumwurzeln, die sich wie Fangarme in alle Richtungen erstreckten.

Sie hatte Angst. Große Angst. Sie hatte sich nicht mehr so gefürchtet, seit ein Mann bei ihr zu Hause eingebrochen war und sie beinahe getötet hätte. Wäre ihre beste Freundin Destiny jetzt bei ihnen gewesen, hätte MaryAnn ihre Ängste zugegeben, darüber geredet und vielleicht sogar über sich selbst gelacht. Aber sie kannte diese Leute nicht. Außerdem war sie hier absolut nicht in ihrem Element, und nur ihr dringendes Bedürfnis, anderen zu helfen, trieb sie weiter.

Sie hatte ihr Lieblingsoutfit angezogen, um sich ein bisschen Mut zu machen. Ihre bestickte Jacke von Forzieri, kurz und trendy, aus auf alt gemachtem braunem Leder, passte zu ihren Stiefeln und verlieh ihr noch zusätzliches Selbstvertrauen. Die Stickerei auf dem Rücken des Jäckchens war superb, und die Leinenrüschen daran verliehen ihm eine renaissanceähnliche Eleganz. Kombiniert mit ihren Jeans von *Seven*, die einen breiten, unterhalb ihres Nabels sitzenden Bund hatten und so bequem waren, dass sie sie kaum spürte, und ihrem absolutem Lieblingsshirt von Vera Cristina, das vorn mit türkisfarbenen, goldenen und durchsichtigen Perlen bestickt war, hätte sie nicht besser aussehen können. Nun ja … sofern man nicht ihr Haar mitzählte. Aus purer Verzweiflung hatte sie es zu einem dicken Zopf geflochten. Als Schmuck trug sie heute nur Ohrstecker, weil sie vermutete, dass alles andere sie behindern könnte. Erst als ihr Absatz wieder einmal in der Erde versank, wurde ihr klar, dass sie hoffnungslos überfordert und völlig unpassend gekleidet war. Aber sie drängte ihre Tränen zurück und ging weiter.

Falls Manolito noch lebte, wo war er dann? Warum konnte sie ihn telepathisch nicht mehr erreichen, nachdem ihr schlagartig bewusst geworden war, dass er von einem Jaguar angefallen wurde? Sie hatte versucht, das Raubtier aufzuhalten, sich ihm in den Weg zu stellen, und eine Warnung geschrien, aber keiner hatte sie verstanden. Wie könnte sie den anderen erklären, ohne vollkommen verrückt zu klingen, dass sie für einen Moment dort gewesen war – in dem Wald – und zwischen Manolito und dem sicheren Tod gestanden hatte?

Riordan und Juliette sahen grimmig und besorgt aus, hatten ihr auf ihre furchtsamen Fragen aber keine Antworten gegeben. Sie hatten sie praktisch in den Geländewagen hineingestoßen, Riordan beinahe grob. Er war schon immer einschüchternd gewesen, genau wie seine Brüder, doch eigentlich nie grob, bis jetzt.

Als wüsste Juliette, was sie dachte, trat sie neben sie. »Tut mir leid, MaryAnn. Das ist bestimmt nicht leicht für dich.«

»Es ist nicht mein Ding«, gab MaryAnn zu und wäre am liebsten umgekehrt, um zu dem Jeep zurückzulaufen. Doch sie nahm sich zusammen und ging weiter. »Aber ich kriege das schon auf die Reihe.« Weil sie das immer tat, wenn jemand Hilfe brauchte. Und sie dachte nicht daran, Manolito De La Cruz in einem Dschungel mit angriffslustigen Jaguaren allein zu lassen. Sie konnte kaum noch atmen vor Sorge um den Mann.

Ihre Brust schmerzte, ihr Herz lag schwer wie ein Stein darin, und ihre Augen brannten von nur mühsam unterdrückten Tränen. Sie musste ihn sehen. Ihn hören. Ihn berühren. Es ergab keinen Sinn, aber das war im Moment nebensächlich. Sie *musste* bei ihm sein, oder sie würde sterben. Obwohl sie sich bemühte, ihr Gesicht von Juliette abgewandt zu halten, war sie sich der besorgten Blicke der Frau bewusst.

»Er lebt noch«, sagte sie ruhig.

»Das kannst du nicht wissen«, murmelte MaryAnn erstickt. »Der Jaguar ...« Sie unterbrach sich, um sich in den Griff zu bekommen, bevor sie weitersprach. »Er hat ihn angefallen. Ich konnte die Krallen spüren, die sein Fleisch zerfetzten.« Sie presste ihre Hand an den Bauch, als wäre sie selbst verwundet.

»Das wüsste Riordan.« Juliette warf einen kurzen, besorgten Blick auf ihren Gefährten, als sie neben MaryAnn weiterging. Sie wusste nicht, warum, aber auch sie begannen Zweifel zu beschleichen, ob Manolito noch am Leben war. Was verrückt war, weil die Brüder De La Cruz es wüssten, wenn er tot wäre, und durch sie natürlich auch sie selbst. »Meine Leute sind Jaguarmenschen. Falls einer von ihnen Manolito angegriffen hat, macht es mir Angst, was Riordan und seine Brüder vielleicht tun könnten, um Vergeltung zu üben. Der Jaguar hat die Karpatianer immer in Ruhe gelassen. Hier draußen trägt man keine unnötigen Kämpfe aus. Ein einziger Kratzer kann eine lebensgefährliche Infektion auslösen.«

Riordan, bist du sicher, dass Manolito noch lebt? Ich verspüre Kummer und ein entsetzliches Gefühl der Beklemmung und der Furcht. Juliette wollte von ihrem Gefährten beruhigt werden; sie war nicht mehr in der Lage dazu, selbst die Wahrheit zu erkennen.

Riordan holte tief Luft. Auch er verspürte Kummer und fürchtete um das Leben seines Bruders. Deshalb suchte er die Verbindung zu seinem ältesten Bruder, Zacarias, dem einzigen Menschen, auf den sie sich stets verlassen konnten. *Spürst du Manolito? Kannst du sagen, ob er noch am Leben ist?*

Ein Moment verstrich, als Zacarias an Manolitos Geist rührte. *Er lebt noch, doch er schirmt sich ab. Braucht ihr mich?*

Zacarias befand sich auf der Ranch beim Rest der Familie, und Riordan wollte, dass er dort blieb. Zacarias würde Juliettes jüngerer Schwester und Cousine keine Freiheit zugestehen. Er würde darauf bestehen, sie zur Ranch zurückzubringen, um sie zu beschützen, und keine würde freiwillig mitkommen. Das würde Zacarias allerdings nicht aufhalten. Er regierte mit einem Zähnefletschen und seiner enormen Macht und erwartete jedermanns sofortigen Gehorsam – den man ihm auch zollte.

Es ist besser, dass keiner von euch hier ist, wenn wir Jasmine und

Solange finden. Jasmine braucht MaryAnns Hilfe, und weder sie noch ihre Cousine würden sich freiwillig melden, wenn du und Nicolas hier wärt.

Lass dich nicht zu Dummheiten verleiten, Riordan. Ich weiß, dass du deine Gefährtin glücklich machen musst, aber nicht, indem du Frauen in Gefahr bringst und schon gar nicht potenzielle Gefährtinnen von Karpatianern. Mehr sagte Zacarias nicht; er hatte klargestellt, wie er darüber dachte, und erwartete, dass Riordan seinen Rat befolgte. Doch so einfach war das nicht, wenn man eine Gefährtin hatte. Solange würde mit allen Mitteln um ihre Freiheit kämpfen, und Juliette würde es ihm nie verzeihen, wenn er sie auch nur anrührte.

Riordan seufzte und versuchte erneut, Kontakt zu Manolito aufzunehmen. Aber sein Bruder versteckte sich. Er war aus der Erde hervorgekommen und befand sich höchstwahrscheinlich noch in der Nähe der fruchtbaren *terra prata*. So schwer, wie er verwundet war, würde er die heilende schwarze Erde brauchen, um zu überleben.

MaryAnn war sich Riordans prüfenden Blicken bewusst. Sie drehte sich nicht zu Juliette um, aber sie wusste, dass sie auf telepathischem Weg über sie sprachen. Sie vertraute ihnen nicht besonders. Was wusste sie denn letztlich schon von ihnen?

Juliette fragte Riordan: *Warum bin ich so durcheinander?*

Ich glaube, das ist die Ausstrahlung dieser Frau. Sie könnte über viel stärkere magische Kräfte verfügen, als wir dachten. Auch ich kann ihre Emotionen spüren. Ist sie womöglich ein Jaguar?

Juliette atmete tief MaryAnns Duft ein und beobachtete scharf die Art ihrer Bewegungen. MaryAnn rannte fast in ihren schicken, hochhackigen Stiefeln, deren Sohlen kaum den Waldboden berührten. Sie wirkte völlig fehl am Platz hier, aber ... *Da ist kein Geräusch, Riordan. Sie verursacht kein Geräusch beim Gehen. Ich höre weder Blätter rascheln noch Zweige knacken. Sie müsste ungeschickter, unsicherer sein – sie fühlt sich jedenfalls so –, doch sie bewegt sich wie jemand, der hier geboren und aufgewachsen ist. Aber sie ist kein weiblicher Jaguar.*

Riordan sog scharf den Atem ein und verlangsamte nach und nach das Tempo, damit MaryAnn es nicht bemerkte. War MaryAnn Bestandteil einer Falle? Was wussten sie schon über sie? Manolito hatte sie nie vor aller Augen für sich beansprucht, wie es jeder andere Gefährte täte. Er hatte seine Brüder niemals gebeten, über sie zu wachen, wie es ein wahrer Gefährte des Lebens täte. Riordan rührte ganz leicht und vorsichtig an MaryAnns Bewusstsein.

Sie machte eine brüske, abwehrende Handbewegung, und Riordan verspürte den Schlag im Geist, als hätte sie ihm tatsächlich einen versetzt. Er zuckte zusammen und warf seiner Gefährtin einen aufrichtig schockierten Blick zu.

Womit haben wir es hier zu tun, Juliette?

MaryAnn war von drei mächtigen karpatianischen Jägern beschützt worden. Falls sie eine Vampirin war, hätten sie es bestimmt gemerkt. Sicherheitshalber schlug er jedoch ganz bewusst den falschen Weg ein und entfernte sich von der Stelle, an der sein Bruder zur Genesung unter die Erde gebracht worden war.

MaryAnn tat drei Schritte, und sofort verlagerte sich alles in ihr und drängte in die andere Richtung. Das Gefühl war so stark, dass sie stehen blieb. »Das ist der falsche Weg. Dort ist er nicht. Er ist ...« Mit wild pochendem Herzen bedeutete sie ihnen umzukehren.

Was bezweckte Riordan damit, sie in die Irre zu führen? Wollten er und Juliette nicht, dass sie Manolito fand? Warum hielten sie ihn von ihr fern? Ihr Misstrauen verstärkte sich, sie konnte es nicht mehr unterdrücken. Plötzlich sehr verwirrt, wandte sie sich um. MaryAnn konnte sich nicht erklären, warum sie glaubte zu wissen, wo Manolito war. Wiederholt versuchte sie, ihn zu erreichen, eine geistige Verbindung zu ihm aufzubauen, aber sie schaffte es nicht und konnte ihn nicht finden. Je verzweifelter sie es versuchte, desto deutlicher erkannte sie, dass sie absolut keine übersinnlichen Fähigkeiten hatte. Sie hatte keine besonderen Gaben und auch nicht die Voraussetzungen, irgendjemandes Gefährtin des Lebens zu sein. Trotzdem befürchtete sie, dass Manolito in großen Schwierigkeiten steckte, und musste zu ihm.

Verwirrt entfernte sie sich einen weiteren Schritt von den Karpatianern und stolperte über die Wurzel eines Baumes, der so hoch war, dass er das Blätterdach durchbrach und alle anderen Bäume überragte. Seine fast schon kunstvoll miteinander verflochtenen Wurzeln, deren Ausläufer sich Nahrung suchend in die Erde bohrten, zogen sich in einem weiten Bogen um den Baum herum. Ein kleiner, leuchtend grüner Laubfrosch sprang von einer besonders dicken Wurzel aus auf MaryAnns Schulter.

Sie unterdrückte einen Aufschrei und erstarrte. »Schafft ihn weg. Schafft ihn *sofort* weg!«, befahl sie und griff schon nach der Dose mit dem Pfefferspray.

Wo bist du? Ich brauche dich. Bitte lebe noch! Sie war keine Frau, die mit Laubfröschen, Insekten und ähnlichem Getier umgehen konnte, und trotzdem würde sie nicht eher diesen Wald verlassen, bis sie Manolito oder seinen Leichnam gefunden hatte. Mit der Dunkelheit einer Gasse in der Stadt kam sie zurecht, aber sie hasste es, durch Schlamm und verrottendes Laub zu laufen und von dieser immer beklemmender werdenden Dunkelheit und Stille umgeben zu sein. Außerdem hatte sie das Gefühl, bei jedem Schritt beobachtet zu werden.

Juliette flüsterte leise, obwohl es eigentlich ihr Geist war, der den Frosch freundlich bat, von MaryAnn herunterzukommen. Juliette hatte eine Affinität zu Tieren, auf die sogar Reptile und Amphibien bisweilen reagierten, doch in dem Fall bewegte sich der Frosch nur noch näher an MaryAnns Nacken heran und klammerte sich mit seinen klebrig-feuchten Füßchen fest.

Hau ab!, schrie MaryAnn im Geiste, außerstande, noch länger zu warten, bis der Frosch Juliette gehorchte. *Verschwinde!* »Hau ab!«, schrie sie noch einmal laut.

Offensichtlich hatte das Tier genug von Menschen, denn jetzt sprang es auf den nächsten Baum, wo es neben zwei anderen kleinen Fröschen landete. Über ihnen, in den Baumkronen, warfen ein paar kleine Affen Blätter nach den drei Amphibien.

Mary Ann schloss die Augen, atmete tief ein und setzte sich wieder in Bewegung, diesmal trotz ihrer hohen Absätze so schnell, dass sie buchstäblich zu rennen anfing. Sie überholte Riordan, der regelrecht schockiert aussah. Als er ihr hinterherlaufen wollte, packte Juliette ihn am Arm und zeigte auf die Bäume um sie herum. Überall waren kleine Frösche, die von Baum zu Baum sprangen und MaryAnn zu folgen schienen. In den Baumkronen über ihnen benutzten Affen das Netzwerk aus Lianen, um sich zu versammeln und der Frau zu folgen, die so zielstrebig voranmarschierte.

Glaubst du, der Vampir ist hier?, fragte Juliette.

Riordan blickte sich noch einmal sehr viel aufmerksamer um. *Wenn ja, ist er ein Meister darin, sich unsichtbar zu machen. Ich weiß, dass sie immer geschickter darin werden, also werden wir noch viel mehr auf mögliche Gefahren für MaryAnn achten müssen. Es zieht sie zu Manolito hin, und vielleicht kann sie ihn schneller finden als wir, da er sich vor uns verbirgt.*

Juliette runzelte die Stirn, als sie MaryAnn zu folgen begannen. *Durch eure Blutsbande müsstest du eigentlich immer wissen, wo er ist.*

Riordan schenkte ihr ein schwaches Lächeln. *Wir sind alt, Juliette, und haben viele Dinge im Laufe der Jahrhunderte gelernt. Manolito kann seine Anwesenheit sogar vor unseren besten Jägern verbergen, und niemand kann Zacarias ausmachen, wenn er geheim halten will, dass er in der Nähe ist.*

MaryAnn merkte, dass ihr Tränen über die Wangen liefen. Das Gefühl der Beklemmung und Furcht wurde langsam übermächtig. *Wo bist du? Such mich.* Sie versuchte weiter, Manolito auf telepathischem Weg zu erreichen, auch wenn sie offensichtlich nicht die parapsychischen Fähigkeiten hatte, von denen alle annahmen, dass sie sie besäße.

Als sie tiefer in das Waldesinnere eindrang, bemerkte sie, dass die Grüntöne nicht mehr so lebhaft waren. Blätter und Sträucher schienen von einem Dunstschleier bedeckt zu sein, der das Grün in dumpfes Grau verwandelte. Schatten breiteten sich aus, wo vorher keine gewesen waren. Zuerst hatte sie leuchtende Farben im Dunkeln gesehen, nun sah sie Schatten, wo sie eigentlich keine sehen dürfte. Panische Angst erfasste sie, doch sie konnte nicht mehr anhalten. Gewisper quälte ihr Gehirn, als sie zu laufen begann. Laufen? Sie war weder Joggerin noch irgendeine andere Art von Läuferin, aber sie ertappte sich dabei, wie sie durch den Wald sprintete, um zu Manolito zu gelangen.

Irgendetwas trieb sie voran, während der Wald immer dunkler und das Rascheln über ihrem Kopf noch ausgeprägter wurde. Einmal riskierte sie einen Blick nach oben und sah kleine pelzige Dinger über sich herumschwingen, wovon ihr ganz schwindlig und ein bisschen übel wurde. Sie stolperte und fiel beinahe, konnte aber noch rechtzeitig die Hand ausstrecken, um ihren Fall zu bremsen. Ihre langen, perfekt manikürten Nägel bohrten sich ins feuchte Moos. Ein Nagel brach ab. Sogleich sprang ein Dutzend Frösche auf ihren Arm und klammerten sich mit ihren klebrigen Füßen an ihr fest.

Wieder verhielt sie abrupt den Schritt. Die Frösche starrten sie aus riesigen schwarzen, grünlidrigen Augen an. Sie hatten glänzende grüne Körper, mit dunkleren Flecken übersäte Unterbäuche und grüne Zehennägel, als benutzten sie Nagellack. Zungen schnellten aus den kleinen Mäulern und kosteten das Leder ihrer Jacke. MaryAnn erschauderte und sah sich nach Juliette um.

»Warum tun sie das?«

Juliette hatte keine Antwort darauf. Sie hatte noch nie eine solch große Ansammlung von Fröschen gesehen, obwohl sie fast ihr ganzes Leben im Regenwald verbracht hatte.

»Ich weiß es nicht«, gestand sie. »Es ist ein ungewöhnliches Verhalten.« *Riordan, sie ignorieren sogar die schärfsten Befehle!* Sowohl in ihrer Stimme als auch in ihrem Kopf schwang ungewöhnliche Besorgnis mit.

Riordan zog Juliette hinter sich und betrachtete die Frösche misstrauisch. »Wenn Tiere sich nicht so verhalten, wie sie sollten, ist es das Beste, sie zu töten.«

MaryAnn stockte der Atem, und sie schüttelte den Kopf. »Nein, ich will nicht, dass du sie tötest. Vielleicht sind sie ja nur neugierig auf meine Jacke.« *Los, beeilt euch, bevor der große böse Karpatianer euch alle in die Pfanne wirft. Ich meine es ernst, ihr müsst verschwinden.* Lautlos drängte sie die Tiere zu gehorchen, während sie innerlich die Augen verdrehte. Herrjemine, was für einen Schaden konnten ein paar harmlose kleine Laubfrösche schon bewirken? Sie wollte Riordan nicht irgendetwas Grässliches tun sehen, wie Feuer auf die armen hilflosen Dinger herabregnen zu lassen. »Sch, sch. Geht zu euren kleinen Froschhäuschen zurück.«

Die Frösche verzogen sich in die Bäume, und die Bewegung ging wie eine merkwürdige grüne Welle über das Gewirr von Wurzeln, als Dutzende von Fröschen sich in die Sicherheit der höheren Äste zurückzogen. MaryAnn sah Riordan naserümpfend an. »Was wolltest du denn tun? Kebab aus ihnen machen? Die armen kleinen Dinger. Sie sind bestimmt genauso verängstigt wie ich selbst.«

Hast du das gespürt, Juliette? Diese aufflammende Macht? Sie hat die Frösche vertrieben. Und sie verhöhnt mich. Mich! Er würde seine Ansicht über die Gefährtin seines Bruders revidieren müssen. »Diese Frösche sind giftig. Die Eingeborenen hier benutzen ihr Gift für ihre Pfeilspitzen«, konnte er sich nicht verkneifen hinzuzufügen.

MaryAnn richtete sich langsam auf und sah sich unwillkürlich ihren abgebrochenen Nagel an. Ihre Nägel wuchsen unnatürlich schnell, schon immer eigentlich, aber jetzt war ihr Nagellack ruiniert. Und es tat höllisch weh, wie jedes Mal, wenn sie sich einen Nagel abbrach. Ihr Finger pochte und brannte und prickelte, während der Nagel wieder nachwuchs.

Sie warf Riordan einen finsteren Blick zu. »Versuch nicht, mir mit Fröschen Angst zu machen. Ich mag sie nicht, aber so ein pingeliger Stadtmensch bin ich nun auch wieder nicht.« Das war sie in der Tat, doch das ging ihn nichts an.

»Sie sind wirklich giftig«, bestätigte Juliette. »Riordan sagt die Wahrheit. Es ist nicht normal, so viele Frösche an einem Ort zu sehen, und sie hätten uns auf jeden Fall nicht folgen dürfen.«

MaryAnn betrachtete die Frösche um sie herum. »Sie folgen uns?« Der Gedanke machte sie nervös. Sie sollten nicht getötet werden, aber sie wollte sie auch nicht um sich haben. Sie sollten verschwinden. Aber dann könnten sie sich natürlich im Laubwerk verstecken und sie mit ihren riesigen Augen anstarren, wie auch alles andere hier im Regenwald sie anzustarren schien.

»Ja, und die Affen auch«, sagte Riordan, während er die Arme vor der Brust verschränkte und mit dem Kinn zu den Baumkronen hinaufzeigte.

MaryAnn fürchtete sich davor, nach oben zu blicken. Frösche waren eine Sache – und sie zog es vor, nicht an ihr Gift zu denken –, aber Affen waren haarige kleine Biester mit fast menschlichen Händen und großen Zähnen. Sie wusste das, weil sie ein Mal, nur ein einziges Mal, im Zoo gewesen war und die Affen alle verrückt gespielt hatten, schreiend herumgesprungen waren und sie mit *riesigen* gefletschten Zähnen angesehen hatten, als lächelten sie sie an. Es war ein schrecklicher Tag gewesen, nicht so schlimm wie dieser, doch danach hatte sie sich geschworen, nie wieder in einen Zoo zu gehen.

Nun straffte sie die Schultern und hob ihr Kinn ein wenig an. »Habt ihr eine Erklärung dafür, warum diese Tiere sich nicht normal verhalten?«

»Ich dachte, ja«, gab Riordan zu. »Ich glaubte, ein Vampir benutzte möglicherweise ihre Augen und Ohren, um Informationen zu sammeln, doch jetzt bin ich mir da nicht mehr sicher.«

MaryAnns Herz machte einen Satz, als sie das Wort »Vampir« hörte. Sie hatte es erwartet, seit sie den bedrückend dunklen Regenwald betreten hatten, aber sie war noch immer nicht dagegen gewappnet. Sie sehnte sich nach dem gewohnten Anblick der Streetgangs, die überall in ihrer Stadt herumhingen. Diese toughen Brüder konnte sie mit einem Blick bezwingen, doch eine Horde von Fröschen oder Affen, die von einem Vampir befehligt wurden … Nein, sie gehörte nicht ins Reich der Tiere – und wollte unbedingt nach Hause.

Kaum hatte sie den Gedanken zu Ende geführt, wurde sie von Kummer überschwemmt. Aber mehr als Kummer noch verspürte sie das Bedürfnis, ja fast schon den Zwang, weiterzugehen und sich zu beeilen. Sie wandte sich von Riordan und Juliette ab und lief in die Richtung, in die es sie am stärksten zog. Sie konnte diesen unheimlichen Ort nicht eher verlassen, bis sie Manolito gefunden hatte.

Hektisch bewegte sie ihren Kopf von einer Seite zur anderen, ohne jedoch etwas zu sehen, da sie nur *ihn* vor Augen hatte und die tiefen Furchen, die Schmerz und Erschöpfung in das gut aussehende Gesicht des Mannes eingegraben hatten. Seine breiten Schultern und den mächtigen Brustkorb. Er war groß, viel größer als sie, dabei war sie nicht gerade klein. Wo war er?

Sie konnte das schrille Pfeifen von Fledermäusen hören, und irgendwo in dem tosenden Fluss rief ein Schweinswal einen anderen. Die Welt schien sich zu verengen, oder vielleicht erweiterten sich auch ihre Sinne und schärfte sich ihr Gehör, sodass ihr Verstand jeden einzelnen Laut zuordnen konnte? Das Rascheln in den Blättern wurde von Insekten verursacht, das Flattern rührte von Vögeln her, die sich einen Schlafplatz suchten, und die Affen oben zerbrachen kleine Äste, als sie sich beeilten, mit ihr Schritt zu halten. Sie hörte das Geräusch von Stimmen, zwei Männer, etwa sechs Meilen entfernt, und erkannte Manolitos sinnliche Stimme. Sie überschwemmte ihr Bewusstsein und sandte eine Gänsehaut über ihre Glieder, während sich ihr Magen vor Erwartung, ihn zu sehen, verkrampfte.

MaryAnn begann zu laufen, getrieben von einem unerbittlichen Drängen tief in ihr. Manolito war in Schwierigkeiten, das wusste sie. Sie spürte ihn jetzt, ganz nahe sogar, wo sie ihn vorher nicht hatte erreichen können. MaryAnn versuchte nicht, geistig mit ihm in Kontakt zu treten; sie verfügte nicht über diese Fähigkeit, aber das machte nichts, denn sie hörte seinen geflüsterten Befehl in der Luft ringsum. *Komm zu mir*, sagte er, und sie wusste, dass er verwundet war. Verwirrt. Er brauchte sie. Gerüche drangen in ihr Bewusstsein, wie die drei Tage alte Spur eines Tapirs auf Nahrungssuche. Den Geruch einer tief im Unterholz verborgenen Tigerkatze etwa eine Meile links von ihr. So viele Tiere roch sie, sogar ... einen *Jaguar*. Schon fast völlig außer Atem, zog sie die Knie noch höher, schwenkte ihre Arme und lief sogar noch schneller.

Sie rannte über das Gefälle neben einem angeschwollenen Fluss, ohne sich darum zu kümmern, dass das Gesträuch an ihren Haaren zerrte. Wasser lief aus allen nur erdenklichen Öffnungen in den Hängen und erzeugte unglaublich viele Wasserfälle. In der Stille des Waldes war ihr Tosen unerträglich laut. Mit dem fahlen Mondschein und dichten Blätterdach der Bäume war es sehr dunkel und unheimlich im Inneren des Waldes.

Tief liegende Nebelschwaden schlängelten sich wie ein gespenstischer grauer Pfad zwischen den Bäumen hindurch und bedeckten das Geflecht aus Wurzeln, sodass die dicken Knoten und schlangenähnlichen Glieder ihr beim Näherkommen wie dunkle Festungen mit verborgenen Geheimnissen erschienen. Die mächtigen Stämme ragten aus dem Nebel auf, als wären sie völlig losgelöst von den Wurzeln, die sie auf der Erde festhielten.

Juliettes Fingernägel bohrten sich in Riordans Arm, als sie hinter MaryAnn hereilten. *Siehst du, wie geschmeidig ihre Bewegungen sind? Sie ist kein Jaguar, aber ich weiß nicht, was sie ist. So etwas wie sie habe ich noch nie gesehen. Du?*

Riordan durchforstete sein Gedächtnis und versuchte, sich zu erinnern, ob er je eine solche Verwandlung miterlebt hatte. Es war schwierig, mehr in MaryAnn zu sehen als die hübsche Modepuppe, die sie in seinen Augen war. Sie war intelligent und couragiert für einen Menschen, das hatte er schon immer gewusst, aber ihre Courage war nicht die Art von Mut, die man brauchte, um die Gefährtin eines karpatianischen Jägers wie Manolito zu sein. Riordans Bruder war dominant und hart, ohne weichere Seiten, die ihn für eine Frau wie MaryAnn akzeptabler machen könnten. Doch sie hatte einen stählernen Charakter, und es steckte sehr viel mehr in ihr, als auf den ersten Blick erkennbar war. Sie strahlte Kraft und Energie aus, ohne sich dessen bewusst zu sein, aber sobald sie darüber nachdachte, wurde sie ungeschickt und ängstlich.

Die größte Frage ist, ob sie für Manolito eine Gefahr ist oder nicht.

Ich glaube, sie ist sehr verwirrt über all das, Riordan. Sie tut mir leid. Ihre geistige Verbindung zu Manolito ist stark. Wenn es nur diesen einen Blutaustausch gegeben hat, wieso ist die Verbindung zwischen ihnen dann in ihr so stark, dass sie mehr über Manolitos Aufenthaltsort weiß als du? Denn vertu dich nicht – sie weiß ganz genau, wo er ist und läuft geradewegs zu ihm. Er ist gute sechs Meilen entfernt, aber sie kommt schnell voran, obwohl sie noch nie in ihrem Leben in einem Dschungel war.

MaryAnn spürte ein Summen in ihrem Kopf, als flatterten Insekten darin herum. Die Karpatianer sprachen schon wieder miteinander. Sie hasste das. Benutzten sie sie, um an Manolito heranzukommen? Wenn Riordan seinen Bruder wirklich finden wollte, warum sprach er ihn dann nicht direkt an, warum rief er ihn nicht und lockte ihn aus seinem Versteck hervor? Warum hatten sie Manolito nicht auf ihrer Ranch begraben, wo er zwischen Familienmitgliedern wieder aufgewacht wäre, die ihm beigestanden hätten? Weshalb hatten sie nicht erwähnt, dass sie ein zweites Heim besaßen? Und warum fürchteten Juliettes Schwester und Cousine sich so davor, zu dem Haus der De La Cruz' zu kommen? Irgendetwas stimmte hier nicht.

Das alles hätte ihr Angst einjagen müssen – und hätte es sicher auch getan –, aber plötzlich drang Manolitos Stimme wieder in ihr Bewusstsein.

Wo bist du? Er klang so schrecklich einsam und verloren, dass ihr das Herz wehtat vor Mitgefühl mit ihm.

Sie war keine Läuferin, doch sie begann zu rennen, mühelos und leicht, sprang über umgestürzte Bäume, als wäre sie als Athletin auf die Welt gekommen, und irgendetwas in ihr drängte sie, sich zu beeilen. Beim Laufen entspannte sich ihr Geist, wurde ruhig und sicher und taxierte alles um sie herum mit ungewöhnlicher Geschwindigkeit.

Auch ihre Sicht war irgendwie anders, als wären all ihre anderen

Sinne so geschärft, dass sie ihr ihre normale Sicht genommen hatten. Die lebhaften Grün- und Rottöne von Blättern und Blumen vermischten sich und wurden stumpfer, bis die Farben kaum noch zu unterscheiden waren. Doch selbst in dem trüben Grau entgingen ihr nicht die Bewegungen der Insekten und Eidechsen, der Laubfrösche und Affen über ihr. Ihre Nachtsicht war immer hervorragend gewesen, doch jetzt schien sie sich sogar noch verbessert zu haben; ohne die blendend grellen Farben konnte sie im Vorbeilaufen ein weitaus größeres Spektrum von Dingen unterscheiden.

Es war ein berauschendes Gefühl, all ihre Sinne so geschärft zu haben. Ihr Gehör hatte sich auf jeden Fall sehr stark verbessert. Sie konnte sogar die Luft aus Juliettes Lungen entweichen hören. Das Rauschen des Blutes in ihren Adern. Etwas Wildes entfesselte sich in ihrem Inneren und begann, sich auszubreiten.

MaryAnn schnappte entsetzt nach Luft. Sie stolperte und stürzte fast, als sie so abrupt den Schritt verhielt, dass Riordan und Juliette sie beinahe überrannten. Sie wich vor ihnen zurück, eine Hand auf der kleinen Wunde an ihrer Brust, die jetzt wieder pochte und brannte.

»Was hat er mit mir gemacht?«, flüsterte sie. »Ich verwandele mich in etwas anderes.«

Juliette griff nach Riordans Handgelenk und drückte es warnend, damit er nicht das Falsche sagte. Er bemerkte vielleicht nicht, wie zerbrechlich und verloren MaryAnn aussah, aber ihr entging es nicht. Eine andere, sehr reale Furcht lag jetzt in ihren Augen, ein Misstrauen wie das eines in die Enge getriebenen Tieres. Sie wussten nicht, wie MaryAnn reagieren würde, doch noch schlimmer war, dass *sie* es nicht wusste, und das war Juliette unheimlich.

»Wir wissen nicht genau, was Manolito mir dir gemacht hat. Vermutlich hat ein Mal ein Blutaustausch zwischen euch stattgefunden.« Juliette holte tief Luft und versuchte, völlig aufrichtig zu sein. »Oder zwei Mal. Du bist keine Karpatianerin, er hat dich also nicht verwandelt.«

»Aber Nicolae hat Blut von mir genommen, um Destiny besser zu schützen.«

Und vor ihm empfand sie keine Furcht. Das spürte Riordan, als er an ihren Geist rührte. *Nicht so wie jetzt. Warum hatte es ihr keine Angst gemacht, als Nicolae ihr Blut genommen hatte, obwohl das doch nur ganz normal gewesen wäre?*

MaryAnn strich sich mit einer Hand über den Kopf, als verscheuchte sie ein lästiges Insekt, und trat noch einen weiteren Schritt von Juliette und Riordan zurück. Mit jedem Atemzug wuchs ihre Furcht. Irgendetwas stimmte hier ganz und gar nicht; sie wusste es, konnte es tief in ihrem Inneren spüren. Sie schloss ihre Hand zur Faust und bohrte ihre Nägel in den Ballen, um sich selbst zu testen. Allmählich wusste sie nicht mehr, was real war und was nur Illusion sein konnte.

Sie weiß, dass wir über sie sprechen, warnte Riordan, *und das regt sie auf.*

Und hast du dich schon einmal gefragt, wie sie das wissen kann? Das dürfte sie nämlich eigentlich nicht. Sie glaubt ja nicht einmal, dass sie übersinnliche Fähigkeiten besitzt.

Sie hat mehr als das, Juliette. Sie verfügt über magische Kräfte und bedient sich ihrer völlig mühelos.

Oder ohne es zu wissen. »Das ist verrückt, MaryAnn«, fügte Juliette laut hinzu. »Weder Riordan noch mir ist klar, was wir davon halten sollen.«

»Ich will nach Hause.« Doch während sie es noch sagte, wusste sie schon, dass sie das nicht konnte, nicht, bevor sie Manolito De La Cruz gefunden und sich vergewissert hatte, dass er lebte und wohlauf war und nicht in irgendwelchen grauenhaften Schwierigkeiten steckte. Ihre verfluchte Natur, die anderen immer helfen und sich ihrer annehmen musste! Sie hob ihre zitternde Hand. Ihr Nagel war schon wieder nachgewachsen, noch viel, viel schneller, als es bei ihr normalerweise der Fall war. »Was glaubt ihr denn, was er mit mir gemacht hat? Ihr müsst doch eine Ahnung haben. Und ist es rückgängig zu machen? Weil ich nämlich menschlich bin und meine Familie menschlich ist und ich *gern* menschlich bin. Das kommt davon, wenn man ein mageres, Blut saugendes kleines Ding zur besten Freundin hat!« Destiny konnte sich bei ihrem nächsten Wiedersehen auf einiges gefasst machen – *falls* sie sie je wiedersah!

Juliette warf Riordan einen besorgten Blick zu. »Es tut mir so leid, MaryAnn. Wenn ich wüsste, was hier los ist, würde ich es dir sagen. Die Sache ist die – Menschen haben Jahrhunderte Seite an Seite mit anderen Spezies gelebt. Und du weißt so gut wie ich, dass sich die Spezies irgendwann in all diesen Jahren vermischen mussten. Vor mehreren Jahrhunderten vielleicht geschah etwas, wovon wir heute nichts mehr wissen. Ich habe Jaguarblut in mir. Das haben auch viele andere Frauen, die über übersinnliche Fähigkeiten verfügen.«

MaryAnn schüttelte den Kopf. »Ich nicht.« Das war ja lächerlich! Sie kannte ihre Mutter und ihren Vater und ihre Großeltern und Urgroßeltern. Es gab keine dunklen Punkte in ihrer Familie, und keiner ihrer Verwandten saugte Blut.

Könnte sie eine Magierin sein?, fragte Juliette ihren Gefährten.

Magier besitzen Macht, ganz ohne Zweifel, und die meisten von ihnen sind gut, doch wenn sie eine Magierin wäre, würde sie Zauber anwenden. Aber das scheint sie nicht zu tun. Sie bündelt Energie, wie wir es tun, und benutzt sie, doch sie ist sich dessen nicht bewusst. Deshalb ist sie so eine gute Psychologin. Sie bringt die Leute dazu, sich besser zu fühlen. MaryAnn will, dass sie glücklich sind, und deshalb sind sie es. Sie spürt, welchen Rat sie einem jeden geben muss, und gibt ihn ihm.

MaryAnns Herz geriet vor Aufregung fast völlig aus dem Takt. Sie sprachen schon wieder über sie! Sie drehte sich auf ihrem viel zu hohen Absatz um und stürzte sich blindlings in das Unterholz, weil sie dachte, sie könnte sie vielleicht abhängen – und vergaß dabei, dass Karpatianer sich in die Luft erheben konnten, wenn sie wollten. Und natürlich wollten sie.

Sie konnte den jähen Luftzug um sich spüren, und Riordan fiel buchstäblich vor ihr aus dem Himmel und verstellte ihr den Weg.

MaryAnn schrie auf und wich zurück, wobei ihre Absätze sich in einer der vielen Wurzeln verfingen, die sich wie Schlangen über die Erde wanden. Sie strauchelte und fiel, landete hart auf ihrem Po und blickte zu ihm auf, als er sich über sie beugte.

»Dieser Weg ist gefährlich«, erklärte er und reichte ihr die Hand.

Sie trat nach Riordan, weil sie wütend auf ihn war, aber noch viel wütender war sie auf sich selbst, sich in eine so gefährliche Situation gebracht zu haben. Wie oft hatte sie anderen Frauen geraten, nicht mit Fremden wegzufahren – mit Leuten, die sie über das Internet oder Freunde kennengelernt hatten, doch selbst nicht wirklich kannten! Sie krallte ihre Finger um die kleine Dose Pfefferspray. Wirkte das überhaupt bei Karpatianern? Oder bei Vampiren? In der Gebrauchsanweisung hatte davon nichts gestanden.

»MaryAnn«, warnte Riordan sie stirnrunzelnd. »Sei nicht albern. Lass mich dir helfen. Du sitzt auf dem Boden. Weißt du, dass etwa anderthalb Millionen Ameisen auf einem halben Morgen Dschungelboden leben?«

MaryAnn unterdrückte einen Aufschrei und rappelte sich ohne seine Hilfe auf, trat wieder zurück und klopfte ihre Kleider ab, weil sie die kleinen Biester schon überall auf ihren Armen und Beinen spürte. *Ich hasse das!*, schrie sie innerlich so laut, dass sie das Echo an ihren zusammengebissenen Zähnen spürte. In ihren Augen brannten wieder Tränen.

Die Luft um sie war plötzlich so elektrisch aufgeladen, dass sich die Härchen an ihren Armen sträubten.

»In Deckung!«, brüllte Riordan und sprang zurück.

Donner grollte und ließ die Erde erbeben. Affen heulten. Vögel kreischten und schwangen sich von den Bäumen in die Luft. Blitze zuckten am Himmel auf und schlugen in blendend grellen Strahlen in die Erde ein. Nebel begann, sie einzuhüllen. MaryAnn spürte, wie sich starke Arme um sie legten und eine Hand ihr Gesicht an eine breite, muskulöse Brust drückte. Ihre Füße verloren den Kontakt zum Boden, und dann flog sie auch schon durch die Baumkronen, mit einer Schnelligkeit, die sie ganz schwindlig machte.

Riordan fluchte und hielt Juliette am Arm zurück, als sie Mary-Ann folgen wollte. »Das war Manolito, und er hat uns mehr als deutlich zu verstehen gegeben, dass wir uns zurückziehen sollen. Wir haben keine andere Wahl, als zu gehorchen. Sie ist seine Gefährtin, und wir haben kein Recht, uns einzumischen.«

»Aber …« Juliette brach hilflos ab. »Wir können sie doch nicht einfach hierlassen?«

»Es bleibt uns gar nichts anderes übrig, wenn wir ihm keinen Anlass geben wollen zu kämpfen. Er wird sich um sie kümmern«, beruhigte Riordan seine Gefährtin. »Wir können hier nichts mehr tun.«

5. KAPITEL

MaryAnn schlang fest die Arme um Manolitos Nacken und drückte ihr Gesicht an seine Schulter. Der Wind peitschte ihren Kopf und Nacken, zerrte an ihrem Haar und schaffte es, unter ihre Lederjacke zu gelangen, um sich wie eisige Finger um ihre Haut zu legen. Wenn sie gedacht hatte, der Regenwald sei schlimm, dann war das Fliegen hoch über den Baumkronen noch tausend Mal verheerender. Ihr war schwindlig und so übel, dass sich ihr der Magen umdrehte. Lieber ertrüge sie die Millionen Ameisen und die Laubfrösche, als das hier noch einmal zu erleben.

Als Kind hast du dir doch bestimmt gewünscht zu fliegen.

Sie war sich sicher, dass er ihre Gedanken las, und konnte seine überlegene männliche Belustigung spüren, die sie daran erinnerte, warum sie Männer nicht besonders mochte. Und da sie weder übersinnliche Kräfte noch telepathische Fähigkeiten besaß, antwortete sie laut, mit ihren Lippen dicht an seinem Hals: »*Nie*. Nicht ein einziges Mal. Ich habe lieber festen Boden unter meinen Füßen.« Aber seine Haut roch gut. So gut, dass es schwer war, nicht an ihm zu schnuppern und ihre Lungen mit seinem Duft zu füllen.

Manolito landete schließlich an einer verhältnismäßig geschützten Stelle, wofür sie dankbar war, weil es fast sofort zu regnen anfing. Und es war kein sanfter Nieselregen oder auch nur ein stetiger, ruhiger Regenschleier, sondern ein harter, laut trommelnder

Platzregen, als hätte der Himmel seine Schleusen weit geöffnet und einen ganzen Ozean auf sie herabgeschickt.

MaryAnn trat sofort von Manolito zurück, als sie endlich wieder auf ihren eigenen Beinen stand. In ihrem Magen rumorte es noch immer, und sie hätte schwören können, dass ihre Nase zuckte, weil sie unbedingt noch einmal an ihm schnuppern wollte, aber sie riss sich zusammen und warf ihm nur einen langen, unfreundlichen Blick zu. Das Problem war, dass er sie ansah. Sie nicht nur an*sah*, sondern an*starrte*. Ihr Herz schlug schneller, und das flaue Gefühl in ihrem Magen verwandelte sich in ein aufgeregtes Flattern. Ein Prickeln erwachte zwischen ihren Beinen, und ihre Brustspitzen …

Sie zog ihre Jacke vorn zusammen und schaffte es, dem bösen Blick ein Stirnrunzeln hinzuzufügen. Wer sah so aus wie dieser Mann? Also wirklich! Welcher Mann konnte im Regenwald – *mitten im Regen!* – stehen und so unglaublich attraktiv und sexy ausschauen wie dieser Manolito De La Cruz? Nicht nur sexy. Ultrasexy. Er war der aufregendste Mann, den sie je zu Gesicht bekommen hatte, und er schaute sie an, als könnte er sie mit einem einzigen heißen Blick verschlingen. Seine Augen brannten von einer dunklen Sinnlichkeit, die sie alles über Blutegel und Ameisen vergessen ließ. Unter seinem Blick wurde sie sich voll und ganz ihrer Weiblichkeit bewusst. Sie hatte sich schon so lange nicht mehr so gefühlt – falls überhaupt je –, dass sie ganz verstört war.

»So«, sagte Manolito, dessen schwarze Augen so voller Feuer und sinnlicher Verheißung waren, dass sie unter seinem Blick schier zu zerfließen glaubte. »Du bist also endlich doch gekommen.«

Oh Gott. Ihr Herz und ihr Magen machten einen Satz, und in ihrem Mund hatte sie plötzlich den Geschmack von … Sex. Dieser Mann triefte geradezu davon. »Ich bin gekommen, um dich zu retten«, entfuhr es ihr, bevor sie sich ihre Antwort überlegen konnte. Aber sie konnte ohnehin nicht denken, so wie er sie anstarrte, und so dumm die Bemerkung auch gewesen sein mochte, war sie unter den gegebenen Umständen doch vielleicht gar nicht mal die schlechteste.

Er lächelte. Es war ein träges, sinnliches Lächeln, das betörte und bezauberte und sie mit einem wohligen Prickeln durchflutete. Vielleicht war es die karpatianische Geheimwaffe gegen Frauen, denn bei ihr funktionierte sie auf jeden Fall. Der Mann war eine einzige Bedrohung. Ehrlich. Sie musste sich wieder in den Griff bekommen. MaryAnn schnippte mit den Fingern. »Betrachte dich als gerettet und lass uns von hier verschwinden.« Denn über ihn herfallen zu wollen war wohl eher der Effekt des tropisch schwülen Regenwaldes. Oder vielleicht hatte sie in ihrer Kindheit zu viele Tarzanbücher gelesen und war einfach programmiert auf Sex im Dschungel. Je eher sie hier herauskam, desto schneller würde sie ihr seelisches Gleichgewicht wiederfinden.

Er winkte ihr mit gekrümmtem Finger. »Komm her.«

Sie bekam schon wieder einen trockenen Mund. »Danke, aber ich stehe hier sehr gut.« Mit ihren Lieblingsstiefeln halb im Schlamm versunken. Selbst wenn sie es gewollt hätte, hätte sie sich nicht bewegen können. Ihr Herz begann zu hämmern, und Furcht beschlich sie, nicht vor ihm, sondern vor sich selbst. Um sich selbst.

Sein Blick glitt über sie, und es lag etwas sehr Besitzergreifendes in seinen dunklen Tiefen. Keine Liebe oder auch nur Zuneigung, sondern Inbesitznahme. Und unverhohlene Sinnlichkeit. Ihr Körper reagierte, doch ihr Verstand schrie eine Warnung. Sie hatte es hier nicht mit einem *menschlichen* Mann zu tun, der nach den Regeln ihrer Gesellschaft lebte. Sie war allein mit einem Karpatianer, der ein Anrecht auf sie zu haben glaubte. Der wusste, dass er ihren Geist beherrschen und sie dazu bringen konnte, ihm zu Willen zu sein. Dieser Mann würde totale Unterwerfung und Gefügigkeit von seiner Partnerin verlangen. Und sie war die Art von Frau, für die so etwas nie infrage käme. Wie zum Teufel hatte sie sich bloß in diese vertrackte Situation gebracht?

»Ich sagte, komm her.« Sein Tonfall wurde weder lauter noch härter, sondern höchstens noch um einiges leiser, sodass seine Stimme sich wie die samtene Berührung einer Zunge auf ihrer Haut anfühlte. Und seine schwarzen Augen forderten Gehorsam.

Bevor sie es verhindern konnte, trat sie näher, und starke Arme umfingen sie und pressten ihren Körper an den seinen. Sie fügten sich aneinander wie die zwei Hälften eines Ganzen. Er war hart und muskulös, sie ganz weich und anschmiegsam und sich jeder einzelnen ihrer sanften Rundungen bewusst. Er flüsterte etwas in seiner eigenen Sprache, etwas Liebevolles und betörend Sinnliches. *Te avio päläfertiilam*. Er wiederholte die Worte, während sein Mund über dem wild pochenden Puls an ihrem Hals verharrte, bevor er mit der Zunge sanft darüberstrich. »Du bist meine Gefährtin des Lebens.«

Das konnte nicht wahr sein, weil sie wusste, dass man dazu übersinnliche Fähigkeiten haben musste, aber in diesem Moment *wollte* sie, dass es so war. Sie wollte das Gefühl der Zugehörigkeit zu diesem Mann. Noch nie in ihrem Leben hatte sie körperlich so stark auf einen anderen Menschen reagiert. *Entolam kuulua, avio päläfertiilam.* Wie ein warmer Hauch glitten seine Lippen über ihren Puls, seine Zähne zupften sanft an ihrer Haut, und seine Zunge war eine einzige Liebkosung, bis sie schier in Flammen aufzugehen glaubte. »Ich beanspruche dich als meine Gefährtin.«

Sie hob den Kopf, öffnete den Mund, um Einspruch zu erheben, aber sein Mund presste sich auf ihren, raubte ihr den Atem und gab ihr dafür seinen. Ihre Knie versagten ihr den Dienst, und um Halt zu finden, schlang sie ein Bein um seine Schenkel, während ihre Zunge sich mit seiner zu einem langen, langsamen und überaus erotischen Spiel vereinte. Das Gefühl schien jede Nervenfaser in ihr zu entfesseln, brachte ihr Blut zum Rasen und ließ ihr Herz in ihren Ohren dröhnen. Fast hätte sie die leisen Worte überhört, die in ihr Bewusstsein drangen und sich dort verankerten.

Ted kuuluak, kacad, kojed. Elidamet andam. Pesamet andam. Uskolfertiilamet andam. Sivamet andam. Sielamet andam. Ainamet andam. Sivamet kuuluak kaik etta a ted. »Ich gehöre zu dir. Ich gebe mein Leben für dich. Ich gebe dir meinen Schutz und meine Treue, mein Herz, meine Seele und meinen Körper. Alles, was dir kostbar ist, nehme ich in meine Obhut.«

Der Kuss vertiefte sich. Glühend vor Verlangen, verlor sie sich darin und schmiegte sich noch fester an ihn, als könnte sie so ganz und gar mit ihm verschmelzen. Sie spürte, wie ihr Herz und ihre Seele nach ihm griffen. Wie sie sich mit ihm vereinten. Ihre Brüste wurden schwer und schmerzten vor Verlangen. Sie spürte die heiße Feuchte zwischen ihren Schenkeln, und ihre Gedanken verschwammen sogar noch mehr mit der unbändigen Leidenschaft, die sie erfasste.

Irgendein kleiner, vernünftiger Teil von ihr versuchte, sie zu retten, irgendein kleiner, unberührter Teil ihres Verstandes schwenkte eine rote Flagge, aber Manolitos Mund war anders als alles, was sie je zuvor gekostet hatte, und sie wollte mehr, war geradezu süchtig nach seinem Geschmack. Seine Hand glitt unter ihre Jacke, schob ihr Shirt hoch und legte sich so sanft und warm um ihre Brust, dass sie scharf die Luft einsog und seinen Kopf zu sich herabzog, weil sie ihn begehrte. Nein, ihn *brauchte*.

Seine Lippen wanderten an ihrem Hals hinunter, während er mit einer Hand nach ihrem Haar griff und sie zu sich heranzog, während sein Mund ihre seidenglatte Haut erforschte. Er fand die sanft schwellenden Rundungen ihrer Brust, das Mal, das er dorthinterlassen hatte, um sie als die Seine zu kennzeichnen.

Ainaak olenszal sivabim. »Dein Leben wird für mich immer das Kostbarste sein.« Die Worte erschütterten sie so sehr, dass sie sich noch fester an ihn schmiegte und sich gegen seinen Schenkel presste, um das quälende Gefühl der Leere in ihrem Innern zu lindern, das danach verlangte, ausgefüllt zu werden.

Sie stöhnte auf, als Manolitos Mund auf ihrer Brust verharrte, durch ihren goldfarbenen, fast durchsichtigen BH eine ihrer harten kleinen Brustspitzen zwischen seine Lippen nahm und sie liebkoste, bis ihr ganzer Körper vor Erregung bebte. Aufreizend umwirbelte er die Brustknospe mit der Zunge, nahm sie zwischen die Zähne und sog an ihr. Und die ganze Zeit hörte sie seine Stimme in ihrem Bewusstsein murmeln.

Te elidet ainaak pide minan. »Dein Leben wird für mich immer an erster Stelle stehen.«

Abwechselnd liebkoste er beide Brüste, bis MaryAnn wie trunken war vor Lust. Dann hob er den Kopf und blickte ihr besitzergreifend in die Augen. »Und dein Glück und Wohlergehen.« Wieder bedeckte er ihren Mund mit seinem, raubte ihr den Atem und den Willen und entfachte ein alles verzehrendes Feuer in ihren Adern.

Dann löste sich sein Mund von ihrem, um einen Pfad feuriger Küsse von ihrer Kehle zu ihrer Brust zu ziehen, und seine Zähne strichen über ihre Haut und neckten sie mit winzig kleinen Bissen. Fast hätte sie aufgeschrien, als bei jeder seiner Berührungen flüssige Hitze sie durchfloss und sie ganz schwach wurde vor Verlangen nach ihm. Sie wimmerte beinahe, als sein Mund sich wieder ihrer Brust zuwandte und zärtlich an einer ihrer harten Spitzen sog und knabberte, bis sie keinen klaren Gedanken mehr fassen konnte. Sie bog sich ihm entgegen, schlang ihr Bein noch fester um ihn und presste sich an die pulsierende Hitze zwischen seinen Schenkeln.

Te avio päläfertiilam. Ainaak sivamet jutta oleny. Ainaak terad vigyazak. »Du bist meine Gefährtin, für alle Zeiten an mich gebunden und für immer unter meinem Schutz.«

Er hob den Kopf und fand erneut die Stelle, wo er sie mit seinem Mal versehen hatte. MaryAnn keuchte, als ein glühend heißer Schmerz sie durchzuckte, und dann eine solch ungeheure Lust, dass sie sich in hemmungslosem Verlangen an ihn drängte, seinen Kopf zwischen ihre Hände nahm und ihn an sich presste, während sie ihr Gesicht in seinem langen schwarzen Haar vergrub, das über ihre Arme fiel. Sie spürte, wie sie sich von der Frau, die sie kannte, immer mehr entfernte und in ein völlig anderes Reich eintrat.

Er murmelte etwas in seiner Sprache, mit so sinnlicher Stimme, dass sie all die kleinen Warnungen in ihrem Kopf verdrängte und ihr Gesicht noch tiefer in sein seidiges Haar drückte, weil sich nichts in ihrem Leben je so richtig angefühlt hatte wie dieses warme, tief greifende Gefühl der Zusammengehörigkeit. Endlich hatte sie gefunden, was sie immer schon gesucht hatte. Zufrieden mit ihrem Leben, war sie stets davon ausgegangen, dass sie mit der Harmonie, die sie erreicht hatte, alt werden und sterben würde. Doch diese Leidenschaft, diese Erregung und das Gefühl, zu jemandem zu gehören, waren ein Geschenk – und ganz allein für sie.

MaryAnn war absolut nicht schüchtern; sie hatte nur auf Sex verzichtet, weil sie nicht mit einem Mann hatte intim sein wollen, den sie nicht liebte, dem sie nicht vertraute und mit dem sie nicht den Rest ihres Lebens verbringen wollte. Bei Manolito De La Cruz war ihr jedoch bewusst geworden, dass er ihre andere Hälfte war. Mit ihm würde sie alles teilen. Sie konnte es kaum erwarten, es zu tun.

Seine warme Zunge strich über ihre Brust und ließ sie erschauern vor Verlangen. Dann flüsterte er ihr wieder etwas zu, und etwas äußerst Seltsames geschah: Sie stand plötzlich neben sich und beobachtete, wie ihre Hände unter sein Hemd glitten und es hinaufschoben, sodass seine ausgeprägten Brustmuskeln zum Vorschein kamen und die zerfetzte Haut an seinem Bauch, wo der Jaguar seine scharfen Krallen in ihn geschlagen hatte. Vorsichtig bedeckte sie die tiefen Kratzwunden mit ihrer flachen Hand, um ihre Wärme auf sie übergehen zu lassen. Sie sah sich dabei zu, wie ihre Lippen über seinen Bauch zu seiner Brust glitten, zu einer Stelle direkt über seinem Herzen.

Ihre Zunge fand den Puls, der stark und schnell an seiner Kehle pochte, und ihr ganzer Körper verkrampfte sich vor Erwartung; er schrie geradezu vor sinnlichem Verlangen. Ihre Hand glitt über die Stelle, und verblüfft starrte sie ihren abgebrochenen Fingernagel an, der sich zu einer scharfen Kralle verlängert hatte. Zu ihrer eigenen Bestürzung ritzte sie mit diesem Nagel Manolitos Haut auf und presste ihren Mund an seine Brust. Er stöhnte und warf in einer Mischung aus Überraschung und Ekstase seinen Kopf zurück, legte aber eine Hand um ihren Nacken und drängte sie, noch mehr zu nehmen. Und das tat sie. Ohne Abscheu, Ekel oder Zögern. Und ihr Körper bewegte sich in aufreizendster Weise an seinem und presste sich an ihn in einer stummen Einladung zu viel, viel mehr.

Und er nahm sie beim Wort. Seine Hände waren alles andere als behutsam – sie waren vielmehr ungemein besitzergreifend, als er an ihren Kleidern riss, um ihre nackte Haut an sich zu spüren. Als sie sich an der großen, harten Wölbung unter seiner Jeans rieb, durchlief ihn ein Erschauern, und mit einem zustimmenden Murmeln umfasste er ihren Po und hob sie an, sodass sich der Beweis seiner Begierde an ihre intimste Stelle presste.

Als wüsste sie genau, was zu tun war und wie viel sie von diesem heißen, geradezu suchterzeugenden Austausch ertragen konnte, strich sie mit der Zunge über die von ihr erzeugte Wunde und hob den Kopf, um sich in Manolitos hypnotischen schwarzen Augen zu betrachten. Sie sah anders aus, ihre Augen waren dunkel vor Verlangen, ihre Lippen üppig und verführerisch, so sexy, dass sie kaum glauben konnte, dass sie es war – und bereit zu allem und jedem, was er von ihr verlangen würde. Sie wollte ihm gefallen, ihn glücklich machen und ihn dazu bewegen, das Gleiche auch für sie zu tun.

Er lächelte auf sie herab, und ihr Herz begann, verrückt zu spielen, und reagierte genauso heftig auf ihn wie ihr Körper.

Päläfertiil. »Meine Gefährtin.« Er küsste ihre Nasenspitze, ihren Mundwinkel, verharrte dort einen Moment und schaute ihr in die Augen. *Sag mir deinen Namen, damit dein* koje*, dein Ehemann, dich besser ansprechen kann.*

MaryAnn erschrak, als seine Worte ihr ins Bewusstsein drangen. Er hätte es nicht schlimmer machen können, wenn er ihr einen Eimer eiskaltes Wasser über den Kopf geschüttet hätte. Sie blinzelte und schüttelte sich, um Klarheit zu erlangen. Was in aller Welt tat sie hier, in solch intimer Umarmung mit einem Mann, der nicht einmal ihren Namen kannte, aber behauptete, ihr Ehemann zu sein? Und was war nur in sie gefahren, sich von jemandem derart faszinieren zu lassen, dass sie Dinge tat, die allem widersprachen, woran sie glaubte? Manolito machte sie schwach. Er hatte vollkommen die Kontrolle über ihr Leben übernommen, und sie hatte es zugelassen, als ließe sich ihr Leben mit Sex beherrschen.

Eine Welle unbeherrschten Zorns erfasste sie, eines Zorns, wie sie ihn nur ein einziges Mal zuvor verspürt hatte, als ein Mann in ihre Wohnung eingedrungen war und gedroht hatte, sie umzubringen. Er hatte sie aus ihrem Bett gezerrt, sie auf den Boden geworfen und sie getreten, sich über sie gebeugt und mit einem Messer auf sie eingestochen. Als die Klinge in ihr Fleisch eingedrungen war, war etwas Wildes, Hässliches in ihr erwacht, das nicht zu kontrollieren war. Sie hatte gespürt, wie ihre Muskeln sich anspannten und ungeheure Kraft sie durchströmte. In diesem Moment war Destiny erschienen und hatte den Mann getötet, womit sie MaryAnn nicht nur das Leben, sondern vielleicht auch ihre Seele gerettet hatte, denn was immer sich in ihr entfesselt hatte, war für sie beängstigender gewesen als ihr Angreifer.

MaryAnn war eine Frau, die Gewalttätigkeit zutiefst verabscheute und unter keinen Umständen billigen konnte, doch jetzt verspürte sie das ungeheuerliche Bedürfnis, diesem gut aussehenden Mann so hart wie möglich ins Gesicht zu schlagen. Natürlich beherrschte sie sich, aber sie wich vor ihm zurück und schrie im Geiste ihre ganze Wut heraus. Und nicht nur ihre Wut. Sie legte auch all ihre Furcht und Selbstverachtung in den Schrei, da niemand sie hören konnte und daher auch niemand je erfahren würde, was für ein Horror es für sie war, mit dieser Bestie zu leben, die in ihr schlummerte und die sie permanent zurückhalten zu müssen.

Geh weg von mir! Für einen schrecklichen Moment wusste sie nicht, ob sie Manolito anschrie oder das, was in ihr lebte.

Manolito strauchelte und prallte mit dem Rücken gegen einen dicken Baumstamm, wo er wie vom Donner gerührt stehen blieb und MaryAnn nur sprachlos anstarrte. Niemand hatte ihm je im Geiste einen Schlag versetzt, doch genau das hatte seine Gefährtin gerade getan. Und dieser Schlag war hart genug gewesen, um ihn umzuwerfen. Niemand hatte es je gewagt, ihn so zu behandeln, in all den Jahrhunderten seines langen Lebens nicht.

Dunkler Zorn erwachte tief in ihm. Sie hatte nicht das Recht, ihn zurückzuweisen – oder ihm zu trotzen. Er hatte ein Anrecht auf ihren Körper, wann immer es ihn danach verlangte. Sie gehörte ihm, mit Leib und Seele. Das Blut rauschte durch seine Adern, sein Körper wurde hart und fordernd. Er erinnerte sich nicht, je in seinem Leben so erregt gewesen zu sein. Tausend Jahre – oder länger sogar noch – hatte er auf diese eine Frau gewartet und ihr die Treue gehalten, und sie verweigerte sich ihm?

»Ich könnte dich dazu bringen, auf den Knien zu mir zu kriechen und mich um Verzeihung dafür zu bitten«, knurrte er mit einem gefährlichen Funkeln in den schwarzen Augen. Ihre Anziehungskraft war so stark, dass er die Raserei, die seinen Körper befallen hatte, nicht mehr bremsen konnte. Er war so hart und heiß, dass es kaum noch zu ertragen war – das Gefühl war weitaus schlimmer als jeder noch so drängende Hunger. Begierig nahm er ihren Anblick in sich auf, geradezu schockiert von ihrer Schönheit. Ihre Haut sah so weich aus, dass er darauf brannte, sie zu berühren, ihren Körper unter sich zu spüren und in ihre weiche Wärme einzudringen. Sie hatte üppige, sehr feminine Rundungen und einen Mund, von dem er den Blick nicht abwenden konnte, weil er so sündhaft sinnlich und überaus verführerisch war, dass sich seine Erregung zu einem intensiven, fast schon schmerzhaften Pulsieren steigerte. Er stellte sich ihre Hände auf ihm vor, ihren Mund, ihren Körper, der sich um den seinen schlang, so eng und heiß, dass er schier vor Lust zu sterben glaubte …

Er wollte sein Gesicht in ihrer wundervollen Mähne blauschwarzer Locken vergraben, ihren Duft einatmen und ihn für immer in seinen Lungen aufbewahren. Er brauchte die Wärme ihrer Arme und ihr Lachen. Aber zunächst einmal musste er die Bedürfnisse seines Körpers stillen. Er konnte sie nicht ansehen, ohne sie in Besitz nehmen zu wollen, um sie zu lieben und auf Gipfel solch überwältigender Süße zu führen, dass sie in hilfloser Ekstase seinen Namen schrie. Er wollte sie auf den Knien vor sich sehen und sie gestehen hören, dass sie ihm gehörte, ihm und keinem anderen, dass sie sich ihm hingeben und ihm ihr Herz und ihren Körper schenken wollte.

MaryAnn war sich nicht ganz sicher, was geschehen war. Manolito war zurückgetaumelt, und dabei hatte sie ihn nur angeschrien, den arroganten Esel. Aber wie auch immer – *auf den Knien zu krie-*

chen kam selbstverständlich nicht für sie infrage. Und um Verzeihung zu bitten, war auch nicht gerade ihre Stärke. Er sah wütend aus, gefährlich und alles in allem sehr viel attraktiver, als ihm gut tat. Ein verwöhnter, arroganter Kerl, dem in seinem Leben offenbar noch niemals etwas abgeschlagen worden war. Frauen mussten ihm stets gehorcht haben, was immer er verlangt hatte. Und er schien es gewohnt zu sein zu befehlen.

Sie biss sich auf die Lippe, um ihm nicht zu sagen, er solle sich zum Teufel scheren, weil ... Sie spreizte hilflos ihre Hände. »Hör mal, es ist ebenso sehr meine Schuld wie deine. Ich hatte andere Möglichkeiten.« Sie wollte nicht ihm die ganze Schuld zuschieben. Sie war eine erwachsene Frau und der festen Überzeugung, selbst für sich verantwortlich zu sein, obwohl nichts, was ihr passiert war, seit sie den Regenwald betreten hatte, normal gewesen war. »Ich habe mich auf die Geschichte mit der Gefährtin des Lebens eingelassen, weil du ... nun ja ... ein ausgesprochen attraktiver Mann bist. Welche Frau würde dich nicht begehren?« Und sie hatte in ihrem Leben einen Punkt erreicht, an dem sie sich so gut wie sicher gewesen war, niemals heißen, leidenschaftlichen, unvergesslichen Sex zu haben. Manolito sah aus wie jemand, der ihn ihr geben könnte und würde. Deshalb war sie mitschuldig, aber dass sie ihn auf den Knien um Verzeihung bitten würde, konnte er vergessen.

Manolito blickte seiner Gefährtin prüfend ins Gesicht, während er gleichzeitig behutsam an ihr Bewusstsein rührte und nach einem Hinweis suchte, wie ihre Beziehung ursprünglich gewesen war. Stürmisch offensichtlich. Und ihr Name war MaryAnn. MaryAnn Delaney. An andere Einzelheiten, wie, wann und wo sie zum ersten Mal zusammen gewesen waren, erinnerte er sich nur dunkel, aber er kannte ihren berauschenden Geschmack. Und er war getrieben von dem Drang, sie zu beherrschen, ihr atemloses Flehen zu hören und ihre Augen verschleiert zu sehen vor leidenschaftlicher Begierde.

Er hatte mit dem uralten Ritual die Verschmelzung ihrer Seelen noch einmal bestätigt, weil sein Geist es verlangt hatte. Aber sie war eine Frau, die eine feste Hand benötigte. Sie auszuziehen, übers Knie zu legen und ihr den hübschen Po zu versohlen, war etwas, was ihm keinesfalls missfallen würde. Und danach würde er sie aufs Bett legen, sie streicheln und liebkosen, von ihrer Süße kosten und sich jede ihrer wundervollen Kurven genau einprägen. Er wollte lernen, was sie schier um den Verstand brachte, bis sie um Verzeihung bat. Und dann würde er sie wieder und wieder an den Rand der Erfüllung bringen, bis sie wusste, wer ihr Gefährte wirklich war.

Er trat einen Schritt auf sie zu, und irgendetwas huschte über ihr Gesicht, ein Ausdruck leiser Furcht vielleicht. Aber Manolito wollte nicht, dass sie ihn fürchtete – obwohl ein bisschen gesunde Angst sie vielleicht zur Mitarbeit bewegen würde. Verwirren würde sie sie auf jeden Fall. Manolito unterbrach seine Überlegungen, als sie zurücktrat und sich umschaute, als wollte sie die Flucht ergreifen.

»Du solltest wissen, dass ich meiner Gefährtin niemals wehtun würde. Allerhöchstens würde ich eine angenehme Art der Bestrafung finden, von der ich sicher sein könnte, dass du sie letztendlich genießen würdest.«

MaryAnn funkelte ihn an. »Was immer du auch meinst, das kannst du gleich wieder vergessen. Ich bin zu alt, um bestraft zu werden. Warum siehst du nicht einfach ein, dass wir einen Fehler gemacht haben? Beide. Ich bin hierhergekommen mit der Absicht, Juliettes Schwester beizustehen, und Riordan sagte mir, du seist in Schwierigkeiten. Wir hatten vorher noch nie ein Wort miteinander gewechselt, niemand hat mich je auch nur mit dir bekannt gemacht. Ich habe dich in den Karpaten auf dem Weihnachtsfest gesehen, unmittelbar bevor du angegriffen wurdest, und davor ein paarmal aus der Ferne, doch niemand hat uns je einander vorgestellt. Ich verfüge über keine übersinnlichen Kräfte, sondern bin nur ein ganz normaler Mensch, der Frauen in Not berät.«

Manolito schüttelte den Kopf. Konnte das die Wahrheit sein? »Das ist unmöglich. Du bist keine Fremde für mich, sondern die andere Hälfte meiner selbst. Meine Seele erkennt deine. Wir sind zu einem Ganzen verschmolzen. Du gehörst zu mir und ich zu dir.« Ungeduldig fuhr er mit einer Hand durch sein seidiges langes Haar und strich es zurück, um es mit einem Lederriemen zusammenzubinden, den er aus seiner Tasche gezogen hatte.

Ein wahnsinniges Gelächter drang in sein Bewusstsein, das ihn herumfahren und in alle Richtungen blicken ließ. Seine Körpersprache verriet, dass er MaryAnn unter allen Umständen beschützen würde. Mit einem Satz überbrückte er die Entfernung zwischen ihnen und zog sie hinter sich.

»Was ist?«

»Hörst du es nicht?« Er wusste, was da draußen war: die Vampire, die langsam aus den Schatten auftauchten, ihn mit ihren gnadenlosen Augen und weit aufgerissenen, schwarzen Löchern von Mündern anstarrten und mit ihren knochigen Fingern anklagend auf ihn zeigten.

MaryAnn horchte angestrengt, konnte aber nur die lästigen Geräusche der Zikaden und anderer Insekten hören. Wer hätte gedacht, dass sie so laut sein könnten! Sie schüttelte den Kopf und spürte, wie das Mitgefühl mit ihm ihr schier das Herz zerriss. »Warum siehst du plötzlich so traurig aus, Manolito? Niemand sollte je so traurig sein.« Sie wünschte mit aller Kraft, er möge wieder glücklich sein ... lieber wieder aufgebracht und wütend als so verloren und so einsam.

Da drehte er sich um, packte sie an den Oberarmen und zog sie an sich, starrte auf ihr argloses Gesicht herab und sah ihr für einen endlos langen Moment in die Augen. Dann legte er eine Hand an ihr Gesicht, und ein Ausdruck tief empfundenen Bedauerns grub Linien um seinen Mund und seine Augen, als er mit dem Daumen über ihre hohen Wangenknochen strich. »Ich habe dich gerade erst gefunden, MaryAnn, doch wenn du die Stimmen nicht hörst, bedeutet das, dass mein Verstand gelitten hat. Ich erinnere mich an viele Dinge nicht. Ich weiß nicht mehr, wem ich vertrauen kann. Ich dachte, du ...« Er brach ab, stöhnte leise auf und bedeckte sein Gesicht mit seinen Händen.

»Ich bin ein Mensch, Manolito, keine Karpatianerin. Ich sehe und höre die Dinge nicht, die du wahrnehmen kannst.«

Der Boden bewegte sich unter ihren Füßen, und sie sah weder das Gesicht in dem Blattwerk noch die aufgewühlte, zu einem höhnisch grinsenden Mund verformte Erde. Eine Weile blieb er völlig reglos stehen, während der Regen auf ihn niederprasselte, bevor er wieder den Kopf hob und MaryAnn ansah.

»Du musst mich allein lassen. Geh dorthin zurück, wo du dich am sichersten fühlst. Halt dich von mir fern. Ich weiß nicht, warum ich glaube, dass du zu mir gehörst, aber ich fürchte um meinen Verstand – und um deine Sicherheit. Geh jetzt, schnell, bevor ich meinen Entschluss bereue.«

Weil er den Gedanken nicht ertragen konnte, dass sie sich außerhalb seiner Sichtweite befand. Bis zu diesem Augenblick war ihm nicht bewusst gewesen, *wie* sehr er sie brauchte. Aber seine eigenen Bedürfnisse spielten keine Rolle mehr. Sie musste sich in Sicherheit bringen – sogar vor ihm … insbesondere vor ihm.

Da war sie, ihre Freiheit. MaryAnn blickte sich um. Der Dschungel war dunkel und trüb des Regens wegen, der überall war, kleine und große Wasserfälle erzeugte, sich neue Wege suchte und zu breiten, aufgewühlten Strömen zusammenfloss. Der Regen fiel unablässig, und zwar so schonungslos und heftig, dass der ganze Wald nur noch aus Wasserfällen zu bestehen schien. Sie fühlte sich furchtbar fehl am Platz hier, so völlig ohne eine Ahnung, wie sie sich verhalten sollte …

Bei Manolito schien das genaue Gegenteil der Fall zu sein, selbst wenn es zutraf, dass er seinen Verstand verlor. Er war hier vollkommen in seinem Element und sich seiner selbst und seiner Kraft sehr sicher, als er seinen Blick wieder über die Umgebung schweifen ließ und versuchte, die Gefahr einzuschätzen, die ihnen – nein, nicht ihnen, sondern *ihr* – drohte.

Nach einem tiefen Atemzug schob sie ihre kleine Hand in seine. »Wir können zusammen herausfinden, was das ist. Hörst du jetzt gerade Stimmen?«

»Ja, höhnisches Gelächter. Und ich sehe Vampire in der Erde, in den Bäumen und im Gebüsch. Sie umzingeln uns.«

MaryAnn schloss für einen Moment die Augen. Na großartig. Und sie war wegen der Jaguare beunruhigt gewesen. Vampire waren weitaus schlimmer. Mit ihrer freien Hand griff sie nach der Pfefferspraydose und nahm sie fest zwischen die Finger. »Okay. Zeig mir, was du siehst. Das kannst du doch, oder? Mir dein Bewusstsein öffnen, meine ich.«

Er spürte, wie sie in seinen Geist eindrang und die Verbindung herzustellen versuchte. Ihr selbst schien es nicht bewusst zu sein, doch der Versuch, geistig mit ihm zu kommunizieren, war von ihr selbst initiiert worden. Und tatsächlich drang sie mühelos in sein Bewusstsein ein. Ihre Finger verkrampften sich um seine. Ein Erschauern durchlief sie.

Du siehst sie.

MaryAnn starrte die schauerlichen Gesichter um sie herum an. Kein Wunder, dass Manolito nicht mehr wusste, was Wirklichkeit und Illusion war. Die Vampire waren nur allzu real in seinem Geist. Zumindest glaubte sie, dass sie sich allein in seinem Geist befanden. »Vertraust du mir?«, fragte sie.

»Mit Herz und Seele«, erwiderte er ohne Zögern. Er glaubte, dass sie seine Gefährtin war und es keinen Verrat und keine Lügen zwischen ihnen geben konnte. Und sollte er sich irren, dann sei es eben so. Er würde sterben, um sie zu beschützen.

»Verschwinde aus meinem Kopf, dann bringe ich uns von hier weg.« Sie versuchte, vor ihn zu treten, umklammerte ihre Dose Pfefferspray und wappnete sich für einen Kampf mit welchem Gegner auch immer, damit sie Manolito in Sicherheit bringen konnte.

Aber er legte eine Hand unter ihr Kinn und zwang sie, ihn anzusehen. »Nicht ich bin es, der die geistige Verbindung aufrechterhält. Du tust das. Ich kann sie nicht abbrechen; nur du kannst das.«

Sie trat näher an ihn heran, als suchte sie Schutz bei ihm. »Ich kann unmöglich diejenige sein, die diese geistige Verbindung schafft. Ich habe keine übersinnlichen Kräfte.«

»Es wird alles gut, mein Herz«, sagte er. »Ich werde nicht zulassen, dass dir etwas zustößt, während wir uns im *lamti ból jüti, kinta, ja szelem* befinden.«

»Ich spreche deine Sprache nicht.« Was immer er gesagt hatte, konnte nichts Gutes gewesen sein. Es klang dämonisch. Sie wappnete sich im Stillen gegen die Übersetzung.

»Die wörtliche Bedeutung ist *Reich der Finsternis, Nebel und Gespenster*. Wir scheinen zum Teil in unserer Welt, aber bis zu einem gewissen Grad auch in der Unterwelt zu sein. Ich bin mir nicht sicher, wie das passiert ist oder warum, aber wir müssen einen Weg nach draußen finden.«

»Ich hatte schon befürchtet, dass es so etwas ist.« Gott, wie fehl am Platz sie war in dieser Welt! Sie sah sich ja nicht mal Horrorfilme an. »Also gut, dann sag mir, was wir tun, denn dieser wirklich grässliche Vampir zu unserer Linken kommt uns immer näher.«

Die ganze Welt war grau, von einem trüben, verschwommenen Grau mit Nebelschleiern, die von Ästen und Zweigen herabhingen wie Leichentücher. Und überall waren Insekten. Große, dicke Viecher, die MaryAnns Gesicht und jeden unbedeckten Zentimeter ihrer Haut umschwirrten. Sie zog das Pfefferspray aus ihrem Gürtel und verpasste ihnen eine Dosis. Das Spray kam in einem unheimlich graugrünlichen Strahl aus der Dose, trieb langsam in der Luft dahin und schien sich dabei zu verdichten. Das Sprühgeräusch war ein leises Zischen, wie von einem Tier, und klang überlaut in der jähen Stille dieser Welt.

»Sie verursachen gar keine Geräusche, die Insekten«, flüsterte sie Manolito zu. »Es ist so still hier.«

Sogleich drehten sich gespenstische Gesichter nach ihr um, und dämonische, glühende Augen schienen sich geradezu in sie hineinzubohren. Überraschung spiegelte sich in ihren scheußlichen Gesichtern wider. Die Vampire sahen einander an, dann richteten sie ihren Blick wieder auf sie. Ein schadenfrohes Gemurmel erhob sich, und einer der Untoten kam näher und öffnete seinen ekelhaften Mund, um fleckige, aber rasiermesserscharfe Zähne zu entblößen.

»Wie schön, dich hier zu haben«, zischte der Vampir, und sein heißer, übel riechender Atem streifte ihre Haut. »Ich habe lange nicht mehr gut gespeist.«

Dampf stieg um sie auf und hüllte sie in einen dichten Nebel ein. Manolito zog sie in seine Arme und drückte ihren Kopf an seine Brust, damit sie nicht die Ungeheuer sah, die immer näher kamen, während sie ihre erbarmungslosen Augen hungrig auf ihren Hals richteten.

»Jetzt wäre ein guter Moment zum Fliegen«, sagte MaryAnn.

»Das kann ich nicht in dieser Welt. Hier bin ich an die Gesetze des Reichs der Finsternis gebunden.«

Der Boden verlagerte sich, und noch mehr Gesichter starrten sie an. Der andere Vampir kam mit schwerfälligen Bewegungen näher. MaryAnn versteifte sich, als ein langer, knochiger Finger auf sie zeigte, das Wesen dann seine Finger krümmte, ihr winkte und seinen pestilenten Atem, der diesmal kalt wie Eis war, in ihre Richtung blies. Bevor dieser jedoch ihr Gesicht berühren konnte, fuhr Manolito mit ihr herum, damit er den Strahl im Rücken abbekam und MaryAnn von dem giftigen Atem des Vampirs verschont blieb.

»Zum Teufel damit«, fauchte sie. »Du bist doch vorher auch geflogen. Also setz deinen Hintern in Bewegung und bring uns hier heraus.« Unter Aufbietung aller Willenskraft versuchte sie, ihn dazu zu bringen, sich in die Lüfte zu erheben. Sie befahl es ihm. Dann schlang sie sogar ihre Arme um seinen Nacken, barg ihr Gesicht an seiner Brust und presste sich an ihn, so fest sie konnte.

Manolito mochte den Geboten des Reichs der Finsternis folgen, aber MaryAnn ganz offensichtlich nicht. Er war in der Schattenwelt gefangen, doch sie war menschlich und befand sich an einem Ort, an den sie nicht gehörte; von ihrer vereinten Seele war sie jedoch dorthinein gezogen worden und wurde nun da festgehalten. Sie musste nur den Wunsch haben, ohne ihn zu gehen, und schon würde sie frei sein, aber sie weigerte sich, das auch nur in Betracht zu ziehen. Manolito begann, ihren Geist und ihr Denken jetzt zu begreifen und zu erkennen, was für einen eisernen Willen seine

Gefährtin hatte. Plötzlich fand er sich mit ihr in der Luft wieder und entfernte sich schnell von den zu ihnen aufstarrenden Gesichtern, dem Geheul und enttäuschten Knirschen Tausender von Zähnen.

Er fand einen kleinen Unterschlupf aus Felsbrocken und ließ sich langsam dort herab, in der Hoffnung, dass sie hier sicher sein würden, doch da er nichts von dem unnatürlichen Reich wusste, in dem sie sich zum Teil befanden, befürchtete er, dass sie nirgendwo in Sicherheit waren. MaryAnn klammerte sich an ihn und zitterte am ganzen Körper, als ihre Füße den Erdboden berührten. Sie glitt an ihm herab, als hätte sie keinen Knochen mehr in ihrem Körper. Dann setzte sie sich, schlang die Arme um ihre Knie und begann, sich hin und her zu wiegen.

»Du kannst diese Welt verlassen, MaryAnn«, sagte er sanft. »Ich weiß, dass du es kannst.«

»Wie?«

Sie blickte zu ihm auf, und sein Herz verkrampfte sich in seiner Brust. Sie war den Tränen nahe. Mit den Fingerspitzen strich sie Strähnen ihres lockigen Haares zurück und ließ sie an ihrer seidigen warmen Haut verweilen. »Du musst nur ganz bewusst die Entscheidung treffen, mich hierzulassen. Mich zu verdammen für das Unrecht, das ich dir zugefügt habe – was auch immer das gewesen ist.«

Sie sah aufrichtig erstaunt aus. »Was für ein Unrecht sollst du mir denn zugefügt haben?« Sie winkte ab. »Außer sagenhaft gut auszusehen und mich ein bisschen verrückt zu machen, hast du mir nichts angetan. Dass meine Hormone mit mir durchgegangen sind, ist meine Schuld, nicht deine. Es ist ja kein Vergehen, gut auszusehen.«

Er setzte sich neben sie, so dicht, dass sein Schenkel ihren berührte, griff nach ihrer Hand und zog sie an seine Brust und an sein Herz. »Wenigstens gefällt dir mein Aussehen. Das ist immerhin schon mal ein Anfang.«

Sie schenkte ihm ein kleines, mutwilliges Grinsen. »Jeder Frau gefällt dein Aussehen. Auf diesem Gebiet hast du keine Probleme.«

»Dann ist es also meine Persönlichkeit, die dir missfällt.«

Es war schwer zu entscheiden, was ihr an ihm missfiel, wenn sein Daumen in einer unwiderstehlichen Liebkosung über ihren Handrücken glitt und sein Bein genügend Hitze abgab, um die halbe Welt zu wärmen. Seine blendend weißen Zähne waren hinreißend und sein Lächeln so betörend, dass ihr Herz und Körper völlig aus dem Takt gerieten. Das schien in seiner Nähe jedoch völlig normal zu sein. Es hätte sie verlegen machen müssen, aber in dieser fremden Welt, in der sie sich befand, war die starke Anziehungskraft zwischen ihnen ihre geringste Sorge.

»Du lebst im finstersten Mittelalter, guter Mann«, sagte sie, während sie ihm das Knie tätschelte und versuchte, sich wie eine weise, abgeklärte Frau zu fühlen. Aber von wegen weise – ihr Herz überschlug sich fast, ihr war ganz flau im Magen, und das Einzige, woran sie denken konnte, war, ihren Mund auf seinen zu pressen, um zu sehen, ob es wieder so zwischen ihnen funken würde wie beim letzten Mal. Und weil sie auf gar keinen Fall allein sein wollte, wenn die Sonne aufging. Sie wusste, dass er das jeden Augenblick zur Sprache bringen würde.

Er hob ihre Hand an seinen Mund und knabberte an ihren Fingern, wobei seine Zähne bei jedem Biss elektrisierende kleine Stromschläge durch ihre Blutbahn sandten. »Im finsteren Mittelalter? Und ich dachte, ich hätte mich ganz gut an dieses Jahrhundert angepasst.«

Sie lachte; er hörte sich so schockiert an, dass sie gar nicht anders konnte. »Na ja, für jemanden, der so uralt ist wie du, hast du dich wohl wirklich angepasst.« Und vielleicht stimmte das ja sogar. Er war in eine Spezies und Zeit hineingeboren worden, in der Männer Frauen beschützt und beherrscht hatten. Er lebte in einem Land, in dem offensichtlich immer noch die gleichen Regeln galten. Da war es nur ganz natürlich, dass er glaubte, ein Recht auf sie zu haben, wenn er sie für seine Frau hielt.

Und er sich für meinen Gefährten und ›Ehemann‹, dachte sie, um zu sehen, wie das Wort sich anfühlte, während sie sich jedes einzelnen seiner Atemzüge bewusst war. Er war viel zu attraktiv für sie, zu wild und dominant, doch ein bisschen träumen und fantasieren durfte man ja wohl. Sie konnte sich nicht vorstellen, *wirklich* zu diesem Mann zu gehören, nicht so wie Destiny zu Nicolae gehörte. Aber wenn er sie weiter mit diesen tiefschwarzen Augen und solch hemmungslosem sexuellem Verlangen ansah, würde sie vielleicht all ihre Bedenken vergessen und es wenigstens für eine wundervolle Nacht mit ihm versuchen.

»Ich weiß, was richtig ist für meine Gefährtin, wie ich sie beschützen und auch glücklich machen kann, und sie sollte genug Vertrauen zu mir haben, um sich darauf zu verlassen, dass ich all ihre Bedürfnisse erfüllen werde – und auch jedes erotische Vergnügen, das sie sich vorstellen kann.«

Seine Zähne knabberten an ihren empfindsamen Fingerspitzen. Es hätte nichts Erotisches sein dürfen, aber das war es. Manolito ließ alles so erscheinen, selbst seine absurde Feststellung über Bestrafung einige Zeit vorher. Es war seine samtene Stimme, die er dazu bringen konnte, über ihre Haut zu gleiten wie ein Streicheln. Hätte jemand anders so wie er geredet, hätte MaryAnn gelacht, und wenn nicht laut, dann zumindest doch im Stillen, doch bei Manolito war sie durchaus versucht, einige seiner ausgefalleneren Fantasien zu erproben.

»Ich kann deine Gedanken lesen«, sagte er leise, »und wir sollten uns jetzt besser darauf konzentrieren, wie wir dich hier herausbekommen.«

»Ach, das sind nur Fantasien.« Sie würde *nicht* erröten. Den Gedanken, ausgezogen und ›bestraft‹ zu werden, bis sie bettelte, fand sie, ehrlich gesagt, unheimlich sexy, obwohl die Wirklichkeit vielleicht ganz anders aussah als die Fantasie.

»Ich kann dir versprechen, dass du jeden Augenblick mit mir genießen wirst«, versicherte er ihr und biss ganz sanft in ihren Finger, bevor er ihn in die feuchte Wärme seines Mundes zog.

Seine Zunge neckte und umtanzte ihren Finger, bis MaryAnn ein Aufstöhnen unterdrückte und nahe daran war, alle Vernunft fahren zu lassen. Und dabei küsste er nur ihren Finger. Sie fächelte sich Luft zu. Vielleicht war sie der Realität ja doch gewachsen. »Würdest du Bedingungen akzeptieren? Wie mich nicht herumzukommandieren, beispielsweise? Dann würde ich vielleicht sogar versuchen, ein bisschen abenteuerlustiger zu sein.«

»Dazu müsstest du bereit sein, dich meiner Fürsorge zu überlassen«, konterte er.

Da war es wieder, dieses langsame, sexy Lächeln, das ihr unter die Haut ging und auf geheime Wünsche traf, an die sie nicht einmal denken dürfte bei einem Mann, der so erpicht darauf war, sie sich ganz und gar zu unterwerfen. »Ein reizvoller Gedanke. Aber danke, nein. Ich bin keine Frau, die ihr Leben jemals in die Hände eines Fremden legen könnte.«

Sein Kinn strich über ihren Handrücken, und ihre Brüste prickelten, als hätte sein dunkler Bartschatten die zarte Haut daran berührt. »Aber sich im Schlafzimmer zu ergeben, ist nicht das Gleiche, wie es außerhalb davon zu tun.«

»Wäre das eine Option für dich?«

»Es gibt keine Optionen, nur das, was ist. Du bist meine Gefährtin des Lebens. Wir werden einen Weg finden, wie das bei karpatianischen Gefährten nun einmal so ist.« Sein Lächeln verblasste. Er küsste ihre Fingerknöchel und zog ihre Hand dann wieder auf sein Herz. »Du kannst nicht bei mir bleiben, MaryAnn; das ist einfach zu gefährlich. Ich kann nicht sagen, was Realität oder Illusion ist, und mit unserem Körper in einer Welt und unserem Geist in einer anderen sind wir angreifbar an beiden Orten.«

»Ich weiß nicht, wie ich von hier wegkommen soll, und selbst wenn ich es könnte, wäre ich nicht bereit dazu. Nicht ohne dich. Und wenn ich dir nun alles verzeihen würde, was du mir angetan hast?« Sie ließ ihren Blick über das trübe Grau ihrer Umgebung schweifen. Es schien immer noch derselbe Regenwald zu sein, nur ohne die lebendigen Farben und Geräusche. Wasser strömte aus den Felsen und den Hang hinunter, doch statt klar oder weiß zu sein, lief es in dunklen Rinnsalen das Felsgestein hinunter.

»Ich glaube nicht, dass es so einfach ist. Zuerst muss ich herausfinden, was ich getan habe, um an diesen Ort der Geister und der Schatten zu gelangen.«

6. KAPITEL

Geister und Schatten. Das hörte sich gar nicht gut an. MaryAnn rieb sich ihr Kinn, das sie auf ihre Knie gestützt hatte. Es gab auf alles eine Antwort; sie musste nur ihren Verstand benutzen.

Manolito beugte sich vor – nahe genug, um sie in seinen angenehmen maskulinen Duft zu hüllen und seine Körperwärme auf sie zu übertragen. MaryAnn fühlte sich gleich sehr weiblich und beschützt. Sie quittierte seine Bemühungen allerdings mit einem etwas irritierten Blick. Sie versuchte zu denken und konnte jetzt keine Ablenkung gebrauchen. Sein Lächeln verschärfte die elektrisierende Spannung zwischen ihnen und ließ sie auf jede Faser ihres Körpers übergreifen.

»Sag mir, welches Unrecht ich dir zugefügt habe. Um nichts in der Welt würde ich dir wehtun wollen. Ich weiß, dass ich dir nie untreu war. Sag es mir, *päläfertiil*, und ich werde tun, was immer nötig ist, um diese Verfehlung wiedergutzumachen, nicht, um selbst von hier fortzukommen, sondern weil ich meiner Gefährtin niemals und in keinster Weise bewusst etwas zuleide tun würde.«

MaryAnns Herz zog sich zusammen angesichts des Kummers und der Sorge, die in seiner Stimme lagen. »Manolito, ich weiß wirklich nicht, was hier vorgeht, doch du hattest gar keine Gelegenheit, mir irgendetwas anzutun. Ich kenne dich ja kaum. Ich bin keine Karpatianerin, sondern lebe normalerweise in Seattle und kümmere mich um misshandelte Frauen. So habe ich Destiny kennengelernt. Wir wurden Freundinnen, und ihretwegen reiste ich in die Karpaten.«

Manolito runzelte die Stirn. »Das kann nicht sein. Du sagst, du seiest ein Mensch, aber du tust Dinge, zu denen nur ein Karpatianer fähig ist. Du verfügst über große Macht, MaryAnn. Ich spüre sie in dir aufsteigen, wenn du mit mir sprichst. Du benutzt sie, um mich zu beruhigen, und ich fühle mich dann gleich besser.«

Sie schüttelte den Kopf. »Ich bin nur ein ganz normaler Mensch. Meine Familie ist menschlich. Alles an mir ist menschlich. Ich bin dir heute wirklich zum ersten Mal begegnet. Ich sah dich ...« *Und fand, dass du so schön warst, dass es wehtat*. Sie schloss die Augen und legte ihren Kopf an seine Schulter. »Du hast mir höllische Angst gemacht. Alles an dir ist Furcht einflößend, wenn auch einiges – oder das meiste davon – auf positive Art.«

Sein Kuss war nur ein Wispern seiner Lippen über ihrem Wangenknochen, aber sie konnte spüren, wie er sich in ihrem Herz festsetzte. »Warum sollte ich dir Furcht einjagen? Du bist die andere Hälfte meiner Seele«, fragte er verwirrt.

Am liebsten hätte sie mit der Fingerspitze die Furche zwischen seinen Brauen geglättet, doch sie widerstand dem Impuls und verschränkte ihre Hände. »Das würdest du nicht verstehen.« Weil sie sich nämlich gar nicht sehr zu Männern hingezogen fühlte, oder zumindest doch nicht so. Nicht so, dass sie alle seiner Bitten erfüllen wollte. Nicht so, dass sie in seiner Nähe nicht mehr atmen oder denken konnte. Sie mochte ihr ruhiges, geordnetes Leben. Und sie war überhaupt nicht abenteuerlustig, weder im Bett noch außerhalb. Besonders nicht darin. Und er war fremdartig und mysteriös und sehr gefährlich, während sie ... nun ja, eine ganz normale Frau war, die mit beiden Beinen fest auf der Erde stand. Sie erlaubte sich keine wilden sexuellen Fantasien. Oder Obsessionen. Und Manolito konnte auf jeden Fall als eine Obsession charakterisiert werden.

Er legte seinen Arm um sie. »Du brauchst nur mit mir über deine Ängste zu sprechen, *ainaak sivamet jutta*, und ich werde einen Weg finden, dich zu beruhigen. Ich werde dich hier herausbringen.

Das müssen wir schnellstens tun, da schon bald die Sonne aufgehen wird. Wenn unsere Körper sich im Reich der Lebenden befinden und unsere Seelen in dem der Finsternis, ist es schwierig, uns im Freien innerhalb des Regenwaldes zu schützen.«

»Dann bring uns zu dir nach Hause. Wenn wir dort sind, brauchen wir uns keine Sorgen zu machen, dass irgendetwas unsere Körper angreift.«

»Wir müssen unter die Erde. Die reichhaltigste ist die *terra prata*. Es ist besser, dort zu bleiben, wo die Erde uns beleben und erneuern kann.«

MaryAnns Herz begann wie wild zu pochen. »Ich bin keine Karpatianerin. Ich gehe nicht unter die Erde. Ich würde sterben, wenn die Erde mich bedeckt. Mein Herz hört nicht auf zu schlagen wie das deine. Bitte glaub mir, wenn ich dir sage, dass ich keine Karpatianerin bin.«

Manolito rieb sich seinen Nasenrücken und betrachtete sie unter halb gesenkten Lidern hervor. »Ich weiß, dass du unsere Verbindung spürst. Ich kann die meiste Zeit deine Gedanken lesen, nicht, weil ich indiskret bin, sondern weil du sie auf mich überträgst.« Er schenkte ihr ein schwaches Lächeln. »Du versuchst, mich zu beruhigen. Ich kann deine Energie wie warme Arme um mich spüren, die mich streicheln und mir das Gefühl geben, dass alles gut werden wird.«

Er war so nah, dass sie sich nur vorzubeugen brauchte, um seinen sündhaft schönen Mund zu küssen. Er war die fleischgewordene Versuchung, die ihr da inmitten von Gefahr und unerklärlichen Phänomenen gegenübersaß. Eine sündhafte Verlockung, der sie nicht mehr widerstehen konnte. MaryAnn beugte sich vor und überbrückte die wenigen Zentimeter zwischen ihnen, bis ihre Lippen Manolitos streiften. Nur ein Mal, um ihre wundervolle Sanftheit auszukosten. Denn wenn sie schon sterben oder in die Hölle kommen würde, wollte sie sich vorher wenigstens einen kleinen Vorgeschmack des Himmels gönnen.

Seine Arme schlossen sich um sie, und ihr Herz sowie der Boden unter ihren Füßen machten einen Satz nach unten, als Manolito den Kuss vertiefte. Noch nie hatte sie jemanden gekannt, der so küsste. Es war ein Kuss, der süchtig machte und sie die Welt um sich herum vergessen ließ, der nach Hunger schmeckte und unverhohlenes sexuelles Begehren weckte. Einen schrecklichen – oder ekstatischen – Moment lang dachte sie, allein sein Kuss würde ihr einen Orgasmus bescheren.

»Ich kann nicht atmen.« Es war ihr egal, ob er merkte, wie sehr sie ihn begehrte. Alles in ihr schmerzte. Überall. Es gab nicht eine Zelle in ihrem Körper, die sich seiner und ihres überwältigenden Begehrens nach ihm nicht bewusst war. Und in diesem Augenblick erkannte sie, dass kein anderer Mann sie je befriedigen würde. Sie würde sich immer nach dem Geschmack, der Berührung dieses einen sehnen, nach seinem Gesicht und Körper, ja, sogar nach seinem frechen Grinsen. Sie würde von ihm träumen und nachts wach liegen und sich nach ihm verzehren. Es war eine beängstigende Erkenntnis, dass ihr Leben ihr zu entgleiten drohte und sie in seiner Nähe nur noch sehr wenig Kontrolle darüber hatte.

»Beruhige dich, *sivamet*, du bist in guten Händen.«

Seine Stimme war faszinierend und mindestens genauso sexy wie sein Mund. Seltsamerweise nutzte er das nicht aus, sondern zog sie nur noch näher an sich und hielt sie schützend in den Armen, als wüsste er, dass ihre hemmungslose, überwältigende Reaktion auf ihn sie schreckte.

»Du überforderst mich«, gestand ihm MaryAnn. Sie rang nach Atem, versuchte, nicht zu hyperventilieren, war jedoch außerstande, ihre Lungen zum Arbeiten zu bringen. Ihr war fast so, als hätte sie einen Panikanfall wegen eines Kusses, falls so etwas möglich war. Die kühle, durch nichts zu erschütternde MaryAnn verlor die Fassung wegen eines Mannes, und sie hatte nicht einmal eine Freundin in der Nähe, mit der sie reden konnte. Sie war hier *so* völlig außerhalb der ihr bekannten Welt.

»Nein, das bist du nicht«, sagte er mit einer Zärtlichkeit in seiner Stimme, die wie ein Streicheln war. Er küsste sie wieder und füllte ihre Lungen mit seinem warmen Atem. »Wir befinden uns beide in einer ungewohnten Situation.«

Das war eine solche Untertreibung, dass sie gelacht hätte, wenn sie den Tränen nicht so nahe gewesen wäre. Nicht wegen der Gefahr, sondern weil dieser Mann, der mit einem glamourösen Filmstar oder Model zusammen sein müsste, nur Augen für sie zu haben schien. Und deshalb traute sie sich auch nicht zu, das Thema weiterzuverfolgen.

Sie schob ein bisschen das Kinn vor, streifte noch einmal mit ihren Lippen seinen Mund und holte dann tief Luft. »Lass uns versuchen, zum Haus zurückzukehren. Dort müsste ich sicher sein. Riordan und Juliette müssen wie du die Erde aufsuchen, aber sie hat mir erzählt, dass ihre Schwester und Cousine sich tagsüber im Haus aufhalten, wenn niemand dort ist. Zu dritt müssten wir sicher sein. Vampire können sich tagsüber nicht zeigen, oder doch?«

»Nein, aber sie haben oft Lakaien, die die Drecksarbeit für sie erledigen. Die Jaguarmenschen sind angesteckt worden mit ihrem Übel.«

»Woher weißt du das?« MaryAnn warf einen vorsichtigen Blick um sich und merkte, dass auch Manolito die ganze Zeit nach Feinden Ausschau gehalten hatte, während er sie geküsst, gehalten, sie beruhigt und verrückt gemacht hatte. Sie würde seiner Werbung nicht widerstehen können, falls er jemals Ernst damit machte, aber sie wollte es wirklich versuchen.

»Ich bin einem von ihnen, Luiz, nicht weit von hier entfernt begegnet. Er hat mich angegriffen. Als ich an sein Bewusstsein rührte, um ihn zu beruhigen, wusste ich, dass er vom Vampir beeinflusst worden war. Er war im Grunde gar kein schlechter Mann. Unter anderen Umständen hätten wir vielleicht Freunde sein können.«

»Ich habe diesen Angriff auf dich gespürt und versucht, ihn aufzuhalten«, gab sie zu. »Wie schlimm hat er dich erwischt?« Sie runzelte die Stirn. »Er wollte dich töten.«

»Es war mutig von dir, eingreifen zu wollen, obwohl du dich niemals in Gefahr begeben solltest. Glaub mir einfach, dass ich dich und mich beschützen werde.« Er hatte sie gespürt, als sie für jenen kurzen Moment zwischen ihm und der angreifenden Raubkatze gestanden hatte, und sein Bewusstsein schnell vor ihr verschlossen, um sie vor Verletzungen zu schützen, doch er war stolz auf sie gewesen und hatte sich wie ein Teil von ihr gefühlt. »Mehr, als mir ein paar Kratzer zuzufügen, hat er nicht geschafft.«

Er zog sein Hemd hoch, um ihr seinen straffen, ungewöhnlich muskulösen Bauch zu zeigen. MaryAnn befeuchtete ihre Lippen. »Ich hätte nicht gedacht, dass es tatsächlich Männer gibt, die so wie du gebaut sind«, entfuhr es ihr, und beschämt bedeckte sie ihr Gesicht ganz schnell mit einer Hand. Hätte Manolito nicht ihre andere gehalten, hätte sie auch diese noch vor ihre Augen geschlagen.

Wie *oberflächlich* sie war. Weil sie so auf seine Muskeln fixiert war ... aber wie hätte sie die beachtliche Wölbung vorn in seinen Jeans nicht registrieren können? Er versuchte nicht einmal, sie zu verbergen. Dabei hätte sie eigentlich an seine Wunden denken und voller Sorge sein müssen. Doch nein, sie konnte an nichts anderes mehr denken, als ihn auszuziehen und ihren Spaß mit ihm zu haben. Sie war nicht immer so gewesen, vielleicht lag es ja an diesem merkwürdigen Schattenreich, in dem sie sich zu befinden schienen. Aber wenn sie schon einmal dabei war, konnte sie es auch richtig machen. MaryAnn blickte auf ihre einst so hübschen Stiefel. Vielleicht brauchte sie ein Paar von diesen Domina-Stiefeln und eine schöne lange Peitsche, um die Kontrolle über sich zu haben – oder über ihn.

»Ich kann schon wieder deine Gedanken lesen«, sagte er mit typisch männlicher Belustigung in seiner Stimme.

»Sehr gut. Dann versuch, ein bisschen Sinn hineinzubringen, denn das will mir selbst nicht ganz gelingen. Geht es dir gut?« Na also. Die Frage war auf jeden Fall schon passender. Ein bisschen verspätet, aber immerhin.

Der Regenwald umgab sie, das Wasser floss noch immer aus den Felsen und vereinte sich mit Flüssen. Alles schien genauso wie zuvor zu sein ... und trotzdem anders. Böser, noch viel beängstigender und seltsam still. Vorher, als sie den Dschungel betreten hatte, war ihr aufgefallen, dass er stiller war, als sie sich ihn vorgestellt hatte, aber beim Gehen hatte sie angefangen, die Zikaden und andere Insekten zu hören, die Schreie der Vögel und den Wind und Regen in dem Blätterdach hoch über ihnen. Nach einer Weile war ihr der Wald sogar so laut und voller Bewohner erschienen, dass sie sich nicht mehr so allein gefühlt hatte. Doch jetzt wirkte er weniger lebhaft, viel trister und grauer, nicht mehr so belebt und geradezu unheimlich still.

Schlangen glitten über den Waldboden und wanden sich um grotesk verkrümmte Äste. Würmer, Blutegel und Zecken brachten das Unterholz in Bewegung, als wäre es selbst etwas Lebendiges. Die Käfer waren groß, mit dicken, harten Panzern, die Moskitos allgegenwärtig und immer auf der Suche nach Blut. Die Blumen strömten einen modrigen Geruch aus, und an allem schien der Geruch von Tod zu hängen. Aber manchmal, wenn sie sehr schnell blinzelte oder an Manolito dachte und daran, wie hinreißend er war, erstrahlte der Regenwald für einen Moment wieder in seinen gewohnten bunten Farben. Das machte keinen Sinn, gab ihr aber immerhin die Hoffnung, dass sie das Geheimnis vielleicht würde entschlüsseln können, sie beide aus diesem Schattenreich herauszubringen. Sie musste sich nur ein bisschen Zeit nehmen.

»Bring mich zu eurem Haus. Glaubst du, du findest den Weg zurück?«

»Ich will die anderen nicht in Gefahr bringen.«

»Falls ein Vampir in dieser Gegend hier herumschleicht, weiß er vermutlich ohnehin schon von den anderen. Zu mehreren sind wir sicherer, besonders, wenn du nicht bei uns sein wirst.« Der Gedanke, von ihm allein gelassen zu werden, versetzte sie sofort in Panik. Ihre Kehle wurde so eng, dass sie kaum noch atmen konnte, aber sie wehrte sich mit aller Kraft dagegen, ihren Ängsten zu erliegen. Er war Karpatianer und sie ein Mensch …

MaryAnn versteifte sich plötzlich. »Warte mal. Moment mal!« Sie hob abwehrend die Hände, als könnte sie so die in sie eindringende Information abblocken. »Hast du mein Blut zu dir genommen?«

»Natürlich.«

Da war wieder dieses Erstaunen auf seinem Gesicht, als wäre sie vielleicht doch nicht ganz so wissend, wie er gedacht hatte. »Und du denkst, ich sei die andere Hälfte deiner Seele. Destiny hat mir gesagt, dass in eurer Gesellschaft ein Mann die Frau ohne ihre Zustimmung an sich binden kann. Ist das wahr? Hast du das mit uns getan?«

»Natürlich.«

MaryAnn fuhr sich mit der Hand über das Gesicht und hatte plötzlich ein äußerst ungutes Gefühl in der Magengegend. »Wie viele Male braucht es, um jemanden in einen Karpatianer zu verwandeln?«

»Ein dreimaliger Blutaustausch ist nötig, wenn sie nicht schon Karpatianer sind.«

MaryAnn biss ganz fest auf ihren Daumen, als Erinnerungen in ihr erwachten. Sie starrte auf den Fingernagel, den sie sich erst ein paar Stunden zuvor im Dschungel abgebrochen hatte. Er war zu der Länge der anderen nachgewachsen und sogar noch etwas mehr. Alle ihre Fingernägel waren gewachsen. Manchmal war das ein Problem. Sie mussten oft geschnitten werden, aber nicht täglich. Vielleicht war es das karpatianische Blut, das ihr Wachstum so beschleunigte. »Wie oft hast du Blut mit mir getauscht?«

Ihre Hand glitt über das Mal an ihrer Brust. Es pochte und brannte, als läge noch immer Manolitos Mund darauf. Warum konnte sie sich das plötzlich so genau vorstellen? Und wieso war sie so sicher, dass Manolitos Mund an ihrer Brust gewesen war? Warum konnte sie seine Lippen dort fühlen, heiß wie ein Brandeisen auf ihrer Haut, obwohl sie doch eigentlich nie dort gewesen sein konnten? Nicht an ihrer nackten Haut. Er hatte sie geküsst, war mit seinen Lippen über ihre Brust geglitten; sie spürte noch immer die feuchte Stelle an der feinen Spitze ihres BHs. So sexy das auch gewesen war, sein Mund war nicht *direkt* auf ihrer Haut gewesen – wieso war also die Erinnerung daran plötzlich so stark?

»Viele Male, könnte ich mir vorstellen.«

MaryAnn sog scharf den Atem ein. »Du weißt es eigentlich gar nicht, oder? Manolito, wenn du es nicht weißt und ich es nicht weiß, könnten wir beide in echten Schwierigkeiten stecken. Ich bin keine Karpatianerin. Ich bin in Seattle geboren, bin dort zur Schule gegangen und später dann zur Universität in Berkeley, Kalifornien. Falls es stimmt, dass du Blut mit mir getauscht hast, bin ich mir sicher, dass die Umwandlung bei mir nicht stattgefunden hat. Ich würde es wissen, wenn ich in der Erde ruhen müsste. Ich bin immer noch ich.«

»Das kann nicht sein. Ich erinnere mich, dein Blut genommen und dich an mich gebunden zu haben. Du bist ein Teil von mir. Das kann kein Irrtum sein.«

Sie öffnete ihm ihr Bewusstsein und ihre Erinnerungen. »Es stimmt, wenn ich sage, ich hätte dich vorher nicht gekannt. Es stimmt, dass ich dich auf einer Weihnachtsparty in den Karpaten gesehen habe, wir aber nie offiziell miteinander bekannt gemacht worden sind. Ich fühle mich körperlich zu dir hingezogen, doch ich kenne dich überhaupt nicht.« Okay, *stark* hingezogen, aber hier ging es um etwas Ernsteres, und deshalb konnte sie darüber hinwegsehen – hoffte sie. Alles wurde klar. Was Riordan und Juliette ihr erzählt hatten, begann nun, einen Sinn zu ergeben. Und ihr Herz fing an, wie wild zu schlagen.

Manolito schwieg, versuchte, ihre Erinnerungen einzuschätzen, und verweilte etwas zu lange bei der an einem Mann, der in ihr Haus eingebrochen war und sie angegriffen hatte. Sogleich spürte er, wie sich seine scharfen Zähne verlängerten und der Dämon in ihm an seinen Fesseln zerrte. Aber er verbarg seine Reaktion sehr sorgfältig vor MaryAnn. Sie hatte schon genug zu bewältigen.

»Wenn es wahr ist, was du sagst, MaryAnn, wie kommt es dann, dass wir Gefährten des Lebens sind? Das Aussprechen der rituellen Worte kann zwei Menschen nicht verbinden, die nicht ohnehin schon aneinander gebunden sind. Ich könnte sie zu jeder Frau sagen, die mir begegnet, doch das würde überhaupt nichts nützen.«

»Vielleicht hast du ja einen Fehler gemacht, und wir sind gar nicht wirklich aneinander gebunden«, meinte sie.

»Ich sehe wieder Farben. Ich habe wieder Gefühle. Ich kann an keine andere Frau als dich denken. Ich begehre keine andere. Ich kann in deine Seele blicken. Wir *sind* Gefährten des Lebens«, erklärte er in einem Ton, der keinen Widerspruch erlaubte.

MaryAnn wusste nicht, was sie dem entgegensetzen sollte. Obwohl sie nicht alles über das Leben der Karpatianer wusste, so wusste sie doch genug, um sich darüber klar zu sein, dass die Möglichkeit sehr groß war, seine Gefährtin zu sein. Allein schon ihre Reaktion auf ihn ließ darauf schließen, dass es sehr wahrscheinlich war. »Okay. Nehmen wir mal an, wir sind Gefährten des Lebens, Manolito. Du sagst, du hättest mir in irgendeiner Weise ein Unrecht zugefügt, und deshalb säßest du hier fest. Warum denkst du das?«

Sein Daumen glitt über ihren Handrücken und streichelte die zarte Haut. Dann begann er an einem ihrer Finger zu knabbern, während er nachdachte, und zwar in einer solch instinktiven, verführerischen Geste, dass ein wohliges Erschauern MaryAnn durchlief. »Ich hatte das Gefühl, für etwas bestraft zu werden, das ich dir angetan hatte. Aber ich müsste es doch wissen, wenn ich dir unrecht getan hätte.«

»Und ich auch«, räumte sie ein und versuchte, nicht auf das erotische Gefühl seiner Zähne an ihrem Finger zu reagieren. Wie konnte eine so kleine Spielerei solch merkwürdige Dinge mit ihrem Magen anstellen? Oder ihre Brüste so schwer und empfindsam werden lassen? Wie konnte sie jemals zulassen, dass dieser Mann sie in einem Schlafzimmer berührte? Darüber würde sie nie hinwegkommen.

»Ich lese wieder deine Gedanken.«

»Das tust du dauernd.« Sie dachte nicht daran, sich zu entschuldigen. »Hör auf, so sexy zu sein. Ich bemühe mich, klar zu denken. Einer von uns muss uns hier herausbringen.« Sie warf ihm unter halb gesenkten Lidern einen vernichtenden Blick zu, doch er grinste sie nur an, und sein Lächeln brachte ihren Körper ebenso mühelos zum Prickeln, wie es seine Zärtlichkeiten vermochten. Sie steckte in Schwierigkeiten. Großen Schwierigkeiten. Mit einem leisen Schnauben löste sie ihren Blick von ihm, entschlossen, einen Weg zu finden, sie von hier wegzubringen.

»Könnte das nicht das Unrecht sein, uns ohne meine Zustimmung aneinander zu binden und ohne mein Wissen mein Blut zu nehmen? Denn das dürfte wohl nach niemandes Maßstäben in Ordnung sein. Vielleicht musst du Reue verspüren, um uns hier herauszubekommen?«

»Ich kann sagen, es täte mir leid, meine Gefährtin beansprucht zu haben, aber das wäre nicht die Wahrheit.«

Sie seufzte. »Du nimmst das hier nicht ernst genug. Wenn wir dieser Schattenwelt entkommen wollen und du mir irgendwie ein Unrecht angetan hast, sollten wir dann nicht überlegen, was es war?«

»Das vermeintliche Unrecht kann es nicht sein. Das ist eine natürliche Handlungsweise für einen Karpatianer. Es wäre falsch von mir, unsere Seelen *nicht* miteinander zu verbinden. Ich würde zu einem Vampir werden, und du würdest irgendwann an gebrochenem Herzen sterben.«

Wieder schnaubte MaryAnn. »An gebrochenem Herzen? Ich kenne dich doch nicht einmal.« Aber sie *hatte* schon um ihn getrauert. Um ihn geweint. War ernsthaft deprimiert gewesen, und nun war sie ganz heiß und unruhig und voller Euphorie, obwohl sie umgeben war von Gespenstern, Insekten und Spinnen, die so groß waren wie Essteller. Sie versuchte noch einmal, es ihm verständlich zu machen. »Und wenn ich nun verheiratet wäre? Du hast nicht einmal abgewartet, um es herauszufinden. Ich hätte eine verheiratete Frau sein können.« Denn eine ganze Menge Männer interessierten sich für sie.

Manolitos Finger schlossen sich fester um ihre, und winzige Flammen züngelten in seinen Augen auf. »Es gibt nur einen Mann für dich.«

»Na, dann bist du ja vielleicht zu spät gekommen. Der Punkt ist doch der, dass ich hätte verheiratet sein können. Ich hatte ein Leben, bevor du aufgetaucht bist, und mir gefiel dieses Leben.

Niemand hat das Recht, das Leben eines anderen auf den Kopf zu stellen, ohne die Zustimmung dieser Person.« Sie zwang sich, ihm in die Augen zu sehen. »Ich liebe dich nicht, Manolito.«

Seine schwarzen Augen, die sich sogar noch verdunkelten vor glutvoller Begierde, raubten ihr den Verstand und die Fähigkeit zu atmen. »Das mag ja sein, *ainaak enyem*, aber es ändert nichts daran, dass du meine Gefährtin und die andere Hälfte meiner Seele bist, so wie ich dein Gefährte bin. Wir sind füreinander bestimmt. Ich muss nur einen Weg finden, dich in mich verliebt zu machen.« Er beugte sich zu ihr vor, so nahe, dass sie seinen warmen Atem auf ihrer Haut spürte und seine Lippen, die die ihren streiften, als er flüsterte: »Du kannst dir sicher sein, *päläfertiil*, dass ich meine gesamte Aufmerksamkeit darauf konzentrieren werde.«

Ihr Herz kam völlig aus dem Takt, pochte und hämmerte so hart, dass sie einen Herzanfall zu bekommen glaubte. »Du bist sehr attraktiv. Und das weißt du auch, nicht wahr? Gab es andere Frauen? Vielleicht war das dein großes Unrecht.« Und tatsächlich machte der Gedanke sie nervös, auch wenn das lächerlich war. Er hatte sie nicht gekannt, kannte sie noch immer nicht, doch für Vernunft war offenbar kein Platz in ihren Emotionen. Dieses seltsame, wilde ... Ding, das sich tief in ihr verbarg, begann, sich zu regen und mit seinen scharfen Krallen an der Innenseite ihres Bauches zu kratzen.

Entsetzt sprang MaryAnn auf und entzog Manolito ihre Hand. Sie fing schon an, das alles für bare Münze zu nehmen. Die nicht vorhandene Schattenwelt. Die Gefährtin eines Mannes, den sie nicht mal kannte. Eine Spezies, die mit Vampiren und Magiern umging. Nichts machte Sinn in dieser Welt, und sie wollte weg von hier. Sie wollte in ihr Seattle zurückkehren, wo der Regen fiel, um die Atmosphäre zu reinigen, und wo die Welt in Ordnung war.

Sie spürte Manolitos Finger um ihr Handgelenk, aber als sie auf seine Hand herabblickte, war sie grau. MaryAnn blinzelte. Überall um sie herum war der Regenwald wieder voller Leben und Farben, die so strahlend waren, dass sie ihr fast in den Augen wehtaten.

Und sie hörte auch wieder die Geräusche, das Summen von Insekten, das Rascheln in den Blättern und die Bewegungen von Tieren, die durch das Unterholz und das Blätterdach hoch über ihnen schlichen. Sie schluckte schwer und sah sich um. Das Wasser war rein und klar und stürzte mit einer solchen Kraft zur Erde, dass es sich wie Donner anhörte.

Sie griff nach Manolito und zog ihn an sich, aus Angst, ihn zu verlieren. Sein Körper wirkte kräftig genug, aber an seiner Reaktion stimmte etwas nicht, als wäre ein Teil von ihm mit etwas anderem beschäftigt. »Ich glaube, ich habe gerade etwas bewirkt.«

»Du bist wieder dort, wo du hingehörst«, stellte Manolito erleichtert fest. »Wir müssen dich in Sicherheit bringen, bevor die Sonne aufgeht. Du magst zwar keine Karpatianerin sein, MaryAnn, aber spätestens nach einem zweiten Blutaustausch wirst du das Sonnenlicht nicht mehr gut ertragen können.«

»Sag mir, was geschieht.« Sie hatte die andere Welt nicht gemocht, doch in dieser hier allein zu sein war sehr beängstigend. »Ich will nicht, dass du mich allein lässt.«

Manolitos Herz verkrampfte sich angesichts der Furcht in ihrer Stimme. »Ich würde dich nie allein lassen, schon gar nicht umgeben von Gefahren. Ich kann dich voll und ganz beschützen, selbst wenn mein Geist an diese Welt gefesselt ist.«

»Und wenn *ich* dich nicht beschützen kann?«, fragte sie mit einem bangen Blick.

Manolito zog sie an sich, um sie zu beruhigen, und währenddessen öffnete sich der Boden unter ihm, und eine mächtige Pflanze brach durch die Erde neben seinen Füßen. Fangarme glitten suchend über den Boden, während sich die Blumenzwiebel öffnete wie ein Mund und den Blick auf dicke Fanghaare mit klebrigen, giftigen Knötchen freigab, die in Manolitos Richtung wogten und versuchten, an seine Haut heranzukommen.

»Pass auf den Boden auf, MaryAnn!«, warnte er, während er die Arme um sie schlang, und machte einen Satz zurück. Er landete etwa vier Meter von der Pflanze und blickte sich schnell nach Anzeichen eines Feindes um. Seine Sinne gehorchten ihm nicht so gut in der Schattenwelt, aber er befürchtete, dass das, was hier geschah, durchaus widerspiegeln könnte, was auch in der anderen Welt geschah.

»Was ist?« Mit scharfen Augen suchte MaryAnn den Boden ab. Ihre Sicht schien sich so weit geklärt zu haben, dass sie beinahe das Gefühl hatte, eine völlig andere Welt zu erblicken. Sie konnte Manolito sehen, aber was immer ihn in dieser Welt bedrohte, konnte sie nicht klar erkennen. Sie sah nur verschwommene Schatten, wie aus einem Albtraum, unwirklich und unheimlich. Seine Arme verblassten, als würde er mehr und mehr in diese andere Welt hineingezogen.

»Lass mich nicht los!« Sie versuchte, nach seinem Hemd zu greifen, doch sie spürte, wie er sich von ihrem Bewusstsein löste. Sie hatte nicht einmal gewusst, dass er darin gewesen war, aber jetzt, da er nicht mehr dort war, begann seine Gestalt fast durchsichtig zu werden.

»Ich kann dich nicht in dieser Gefahr hierlassen. Wir wissen nicht, was hier geschieht. Du bist in der anderen Welt sicherer, während ich mich mit all dem befasse.«

»Was meinst du mit ›all dem‹?«, schrie sie, aber egal, wie flehend sie ihn auch rief, er war schon nicht mehr da, nichts als ein durch das Gebüsch wabernder Schatten, bis selbst der nicht mehr zu sehen und sie allein war.

Mit vor Furcht ganz trockenem Mund und wild pochendem Herzen blickte MaryAnn sich um. Gleichgültig, wie sehr sie auch wünschte, er möge verschwinden, der Regenwald umgab sie immer noch. Sie schluckte schwer, trat ein paar Schritte zurück und spürte, wie ihre hohen Absätze in schlammigem Wasser versanken. Laub und Wasserpflanzen verbargen den flachen Wasserlauf, in den sie versehentlich getreten war. Wasser und Schlamm waren einfach überall.

Es goss in Strömen, sodass der Regen sogar durch das dichte Blätterdach über ihr drang. Sie sah, dass eine Schlange durch das

Blattwerk auf sie herabschaute, und hätte schwören können, dass das Blut in ihren Adern stockte. Für einen Moment war sie wie gelähmt und konnte nur wie hypnotisiert zu dem Ding hinaufstarren. Ein harter Ruck an ihrem Knöchel brachte sie unsanft in die Wirklichkeit zurück. Zähne bohrten sich durch ihren Stiefel und in ihre Haut. Sie schnappte entsetzt nach Luft, versuchte instinktiv, ihren Fuß aus dem Wasser herauszuziehen, doch eine Schlange mit einem sehr breiten Kopf hielt sie gepackt, während ihr langer, dicker Körper sich an ihrem Bein heraufwand und jede Flucht verhinderte.

MaryAnn schrie. Es war pures Entsetzen, ein Reflex, den sie einfach nicht verhindern konnte. Nicht einmal in ihren schlimmsten Albträumen war sie je von einer hundert Pfund schweren Anakonda angegriffen worden. Fieberhaft versuchte sie, den Kopf der Schlange zu erreichen, in der Hoffnung, mit dem Pfefferspray vielleicht noch eine Chance zu haben, doch die Schlange schien endlos zu sein, ohne einen Kopf und Schwanz. Schon jetzt konnte MaryAnn ihre Knochen knacken fühlen. Sie war der Panik nahe, und tief in ihrem Innersten begann sich wieder die Wildheit zu entfesseln, die sie sonst immer so sorgfältig unter Kontrolle hielt.

»Halten Sie still! Wehren Sie sich nicht!«, ertönte ein scharfer Befehl von einer ihr fremden Stimme.

MaryAnn umklammerte das Pfefferspray und zwang sich, den Kampf aufzugeben. Eine Hand mit einem gefährlich aussehenden Messer kam in Sicht. Schmerz durchzuckte sie, als sich die Zähne der Schlange noch tiefer in ihren Knöchel bohrten. Anakondas zerfetzten das Fleisch ihrer Opfer nicht, aber sie hielten sie fest und zermalmten sie mit ihrem muskulösen Körper, und diese hier gab nicht leicht auf.

MaryAnn sah die Hand vor- und zurückschnellen. Die Schlange erschlaffte, und MaryAnn krabbelte aus dem Wasser, wobei ihr Fuß umschlug und ihr Absatz abbrach, als sie vor der Schlange davonrannte. Schließlich hielt sie sich an einem Baum fest, schlang keuchend die Arme um seinen dicken Stamm und rang nach Atem, um ihre Panik zu bekämpfen.

»Was tun Sie hier? Haben Sie sich verirrt?«

Sie drehte sich um und sah einen Mann, der in aller Ruhe eine Jeans aus einem kleinen Päckchen um seinen Nacken zog. Er war splitterfasernackt. Sein Körper war kräftig, muskulös, mit Narben hier und dort. MaryAnn biss sich auf die Lippe und wusste nicht, ob sie lachen oder weinen sollte. »Das könnte man sagen.« Als Mann war er sehr gut gebaut. Er hatte ein markantes Gesicht, und obwohl er inzwischen in seine Jeans geschlüpft war, konnte sie sehen, dass er von der Natur gut ausgestattet war. »Laufen Sie immer nackt im Regenwald herum?«

»Manchmal«, gab er zu, während er sie und das Pfefferspray in ihrer Hand mit ernstem Blick betrachtete. »Ich rate Ihnen, sich von Flüssen und Wasserläufen fernzuhalten. Anakondas, Jaguare und andere Raubtiere streifen dort herum.«

»Danke für den Tipp. Das muss ich wohl irgendwie übersehen haben. Diese Schlangen sind aber nicht giftig, oder? Weil sie mich gebissen hat, verstehen Sie?«

»Nein, die Gefahr ist nur, dass sich die Wunde infiziert. Lassen Sie mich mal sehen.«

MaryAnn sog scharf den Atem ein, weil sich alles in ihr dagegen auflehnte, sich von diesem Mann berühren zu lassen. Deshalb schüttelte sie den Kopf und trat zurück. »Danke, aber das ist nicht nötig. Ich habe eine antibiotische Creme, mit der ich das behandeln kann.«

Er sah ihr lange prüfend ins Gesicht, genauso misstrauisch, wie sie es war. »Diese Insel ist Privatbesitz. Wer hat Sie hierhergebracht?«

»Ich wohne bei den De La Cruz'. Manolito ist irgendwo ganz in der Nähe.« Er sollte nicht glauben, sie sei allein.

Seine Brauen fuhren in die Höhe. »Ich kann mir nicht vorstellen, dass er Sie hier allein gelassen hat – und wenn auch nur für eine Minute.«

Der besorgte Tonfall seiner Stimme beruhigte sie ein wenig. »Sie kennen Manolito?«

»Ich bin ihm heute Nachmittag begegnet. Die Abenddämmerung nähert sich, und viele Tiere jagen um diese Zeit an den Flüssen und Wasserläufen. Erlauben Sie mir, Sie zum Haus zurückzubringen. Manolito wird nachkommen, sobald er kann.«

MaryAnn suchte die Schatten nach dem Karpatianer ab. Sie konnte weder an sein Bewusstsein rühren noch ihn fühlen, geschweige denn ihn sehen. *Wo bist du? Ich will dich nicht allein lassen.* Sie suchte die telepathische Verbindung zu ihm, fand jedoch nur eine schwarze Leere.

Wenn ihr Retter nackt im Dschungel herumlief und Manolito vorher schon begegnet war, war es sehr gut möglich, dass er ein Jaguarmensch war. Juliettes jüngere Schwester war von Männern der Jaguar-Spezies gefangen genommen und brutal misshandelt worden. MaryAnn umklammerte die Pfefferspraydose noch fester. Sie würde nie allein aus dem Dschungel herausfinden, und sie hatte furchtbare Angst davor, allein zu sein, aber sie konnte Manolito nicht verlassen, schon gar nicht, seit sie wusste, dass irgendetwas mit ihm war, und sie hatte Angst, diesem Fremden zu vertrauen.

»Ich bin Luiz«, sagte er, da er ihr Unbehagen zu durchschauen schien. »Manolito hat mir heute einen großen Dienst erwiesen. Ich revanchiere mich nur dafür.«

»Er soll nicht zurückkommen und feststellen müssen, dass ich nicht mehr da bin. Er würde sich Sorgen machen.« Die einzige Person hier – ob menschlich oder nicht – sollte sie nicht allein lassen, das wollte sie nicht. MaryAnn ertrug es nicht, die tote Schlange anzusehen. Sie hatte ihr nichts Böses gewünscht, doch sie wollte natürlich auch nicht in diesem Urwald sterben. Und von einer Anakonda verschlungen zu werden, stand ganz unten auf der Liste der von ihr bevorzugten Todesarten.

»Karpatianische Männer machen sich um sehr wenig Sorgen«, sagte Luiz. »Also kommen Sie mit mir. Sie können hier nicht allein zurückbleiben. Wenn Sie wollen, können Sie das Messer halten.«

Mary Ann seufzte. Um das Messer zu halten, musste sie nahe genug an ihn herantreten, damit er es ihr übergeben konnte. Aber es bedeutete auch, dass sie ihn vielleicht wirklich damit verletzen würde, falls er eine falsche Bewegung machte, und dieser Gedanke war ihr mehr als nur zuwider. »Behalten Sie es.« Sie hatte ihr Pfefferspray, bei dem sie keinerlei Bedenken haben würde, es zu benutzen.

Er lächelte sie an. »Sie sind eine sehr tapfere Frau.«

Es gelang ihr, sich ein kurzes Lachen abzuringen. »Ich zittere bis in meine Lieblingsstiefel. *Tapfer* ist nicht das Wort, das ich benutzen würde. Ich würde eher sagen: *dumm*. Ich wäre in meinem sicheren Zuhause in Seattle, wenn ich nicht wieder so ein Idiot gewesen wäre, der glaubt, die Welt retten zu müssen.«

Er schickte sich an, einen fast nicht erkennbaren Pfad hinabzugehen. MaryAnn konnte sehen, dass der Weg von einem Tier benutzt worden war. Nach einem tiefen Atemzug folgte sie Luiz und schickte ein stummes Stoßgebet zum Himmel, dass Manolito sie bald finden möge. Wenn sie Riordan und Juliette erreichte, würden sie Manolito vielleicht wiederfinden und ihm helfen können.

Luiz sah sich nach ihr um. »Können Sie mit Ihrem abgebrochenen Stiefelabsatz laufen? Ich kann die Absätze auch entfernen, wenn Sie wollen.«

Oh Gott, was für ein Sakrileg! Er hatte sie zwar vor der Schlange gerettet, doch allein für die Idee, die Absätze ihrer Lieblingsstiefel abzutrennen, hätte er eine Dosis Pfefferspray verdient. »Nein, danke.« Sie blieb höflich, weil der Mann ein bisschen verrückt sein musste, um eine solche Möglichkeit auch nur in Betracht zu ziehen.

Schweigend gingen sie ein paar Minuten weiter, in denen sich MaryAnn bemühte, ihre Gedanken nicht immer wieder zu Manolito abschweifen zu lassen. Aber das war schwierig. Ein Teil von ihr wollte zurücklaufen zu der Stelle, an der sie ihn verlassen hatte, und dort warten, bis er wiederkam. Ein anderer Teil von ihr war wütend, dass er sie verlassen hatte, und wieder ein anderer Teil – der größte –, hatte wahnsinnige Angst um ihn.

»Warum verfolgen uns die Laubfrösche?«, fragte Luiz.

»Laubfrösche?« MaryAnn biss sich auf die Lippe und hoffte, dass der Jaguarmann sich irrte, als sie sich verstohlen umsah. »Ich weiß es nicht.« Aber er hatte recht. Kleine grüne Frösche sprangen hinter ihnen von Ast zu Ast, von Baum zu Baum.

»Sie scheinen Ihnen zu folgen.«

»Glauben Sie?« Sie versuchte, ihrer Stimme selbst dann noch einen unschuldigen Klang zu verleihen, als sie die Frösche anzischte und ihre Arme schwenkte, um sie zu vertreiben. »Sie müssen sich irren. Wahrscheinlich ziehen sie bloß in die gleiche Richtung ab wie wir.« Wanderten Frösche überhaupt? Regenwaldgeschöpfe waren kompliziert. MaryAnn warf den schillernd grünen Amphibien einen ärgerlichen Blick zu, aber sie hüpften munter weiter neben ihr.

»Sie ziehen sie in Scharen an.« Er klang amüsiert, als er das Unterholz zur Seite schob, um sie ungehindert hindurchtreten zu lassen. MaryAnn entging nicht, dass er immer wieder witternd seinen Kopf hob.

»Vielleicht lockt mein Parfum sie an.« *Versteht ihr nicht, was ›Verschwindet!‹ heißt? Ihr lasst mich ganz schön dumm dastehen*, versuchte sie, den Fröschen telepathisch zu übermitteln, in der Hoffnung, dass einige von Juliettes und Riordans übersinnlichen Fähigkeiten tatsächlich auf sie abgefärbt hatten. Doch die Frösche ignorierten ihren Protest.

»Können Sie schneller gehen?«, fragte Luiz.

Er wirkte nicht nervös, sondern eigentlich ganz gelassen, aber MaryAnn hatte trotzdem das Gefühl, dass er ständig nach Gefahren vor und hinter ihnen Ausschau hielt. Die Affen begannen, zu kreischen und Blätter und Zweige hinabzuwerfen, und Luiz hob die Hand und bedeutete ihr, sich still zu verhalten.

Moskitos umschwirrten MaryAnns Gesicht, und sie zog vorsichtig ihr Insektenspray aus dem Gürtel und sprühte reichlich davon in die Luft um sich herum.

Luiz fuhr herum, und sie sah, wie seine Nasenflügel zuckten. »Tun Sie das nicht!«

»Die Moskitos stechen mich.«

»Dieser widerliche Gestank beeinträchtigt meine Fähigkeit, Witterung aufzunehmen. Ich muss wissen, worauf wir uns gefasst machen müssen.«

Okay. Das ließ Schlimmes ahnen, und sie war es, ehrlich gesagt, leid, sich immer wieder neu zu ängstigen. Man konnte nur ein gewisses Maß an Angst ertragen ohne einen Freund, der einem den Rücken stärkte. Seufzend steckte sie das Insektenspray wieder ein und beschränkte sich darauf, mit einer Hand die Mücken zu vertreiben, während sie mit der anderen fest das Pfefferspray umklammert hielt.

Sie würde auf dem schnellsten Weg von hier verschwinden, sobald sie ein Telefon erreichte. Manolito hatte recht gehabt. Ihr wurde schon ganz schlecht vor Sorge um ihn, und das machte sie nur noch wütender auf ihn. Das Mal an ihrer Brust pochte und brannte, und sie verzehrte sich nach ihm. Tränen ließen ihre Sicht verschwimmen, und sie stolperte über eine verdrehte, schlangenähnliche Wurzel, wobei sie fast gefallen wäre. Doch sie streckte gerade noch beide Arme aus, um sich zu fangen, bevor sie kopfüber im Matsch landete – und das rettete ihr das Leben.

Der große Jaguar verfehlte sie und landete, nur Zentimeter von ihrem Kopf entfernt, auf seinen Füßen. Fauchend fuhr die Raubkatze herum und hieb mit ihren Pranken nach MaryAnns Gesicht, doch Luiz sprang dazwischen, schon halb verwandelt, und MaryAnn konnte sehen, wie sich sein Gesicht verbreiterte und sein Kinn verlängerte, um seinen beeindruckenden Fängen Platz zu bieten. Ein Höllenlärm brach im Dschungel aus, als die beiden großen Katzen sich fauchend und brüllend aufeinanderstürzten.

Außerstande, all das nur eine Sekunde länger zu ertragen, sprang MaryAnn auf, war mit zwei großen Schritten bei der angreifenden Raubkatze und sprühte ihr das Pfefferspray in Augen und Nase. Als sie noch ein paarmal auf den Auslöser drückte, zitterte ihre Hand vor Wut, was ihre Zielgenauigkeit jedoch nicht beeinträchtigte.

»Schluss damit, Herrgott noch mal! Mir reicht's – ich habe die Nase gestrichen voll von diesem Dschungel-Quatsch. Ich bin ein Stadtmensch, aber ich kann mit allem fertig werden, was dieser grässliche Ort mir zumutet! Also mach, dass du von hier verschwindest!«, brüllte sie, so laut sie konnte, während sie dem Jaguar sicherheitshalber noch eine weitere Dosis ihres Sprays verpasste.

Die Raubkatze stürzte davon, als hätte MaryAnn sie gebissen. Luiz, dessen Jeans schon halb zerfetzt waren, ließ sich auf den Boden fallen. »Was zum Teufel war das?«

»Pfefferspray«, sagte sie, als sie sich neben ihn setzte, und brach in Tränen aus.

7. KAPITEL

Manolito achtete darauf, den suchenden Fanghaaren nicht zu nahe zu kommen, als er sich die zwiebelartige Pflanze näher ansah. Sein Körper war im Regenwald bei MaryAnn. Er war intelligent; er konnte einen Ausweg finden. Wenn er in der anderen Welt gefangen war, wie es zweifellos der Fall war, konnte sich nur ein Geist an diesem Ort aufhalten. Und da er hier keinen Körper hatte, war dieser Angriff vermutlich nur eine Ablenkung und musste etwas mit MaryAnn zu tun haben. Nicht nur ihr Geist war in seinen eingedrungen, sondern mit ihm auch ihre Wärme und Vitalität. Die Vampire hatten heißes Blut gespürt und das Licht in MaryAnns Seele wahrgenommen. Er musste den Angriff von ihr abwenden, für den Fall, dass sie versehentlich wieder in die Schattenwelt zurücktrat, in der er selbst gefangen war.

Langsam entfernte er sich von ihr. Die schemenhaften Gestalten, die ihn bedrängten, sich ihnen anzuschließen, die ihn mit Beschuldigungen überhäuften und über ihn zu Gericht sitzen wollten, schienen nicht fähig zu sein, an dem Schleier vorbei in die Welt der Lebenden zu blicken. Wenn er sich weit genug entfernen könnte, dass sie MaryAnn nicht mehr spüren konnten, wäre sie vielleicht vor ihnen sicher. Er könnte eine falsche Spur legen und zu ihr zurückkehren, um sie noch vor dem Morgengrauen in Sicherheit zu bringen. Er hätte eigentlich nichts empfinden dürfen, doch je weiter er sich von MaryAnn entfernte, desto kälter wurde ihm.

»Komm zu uns. Teile sie mit uns. Sie hat dich bereits zu einem halben Leben verurteilt.« Die sanfte, überzeugende Stimme in der Luft wurde lauter, als er sich noch mehr von MaryAnn entfernte. »Du hast schon immer zu uns gehört und nicht zu den Schafen, die dem Lügner folgen.«

Maxim Malinov, tot seit jener Schlacht in den Karpaten, bei der er von dem Prinzen selbst getötet worden war, trat aus den Schatten und auf Manolito zu. »Warum solltest du dein Leben für den Prinzen hingeben, wo der sich doch einen Dreck um dich oder die Deinen schert? Er weiß, dass du in der Schattenwelt bist, aber behütet er deine Gefährtin? Beschützt er deinen Körper, während du in dieser Welt umherirrst? Er ist selbstsüchtig und denkt nur an sich, nicht an sein Volk.«

Manolito zog scharf den Atem ein. Es war lange her, seit er seinen Jugendfreund gesehen hatte. Maxim sah jung und stark aus, männlich-schön wie immer, und hatte wache, intelligente Augen. Als junge Männer hatten sie nächtelang Debatten und Diskussionen darüber geführt, was ihrer Meinung nach das Beste für ihr Volk wäre. Und Mikhail, dem zurzeit regierenden Prinzen, zu folgen, war nicht jedermann als die beste Möglichkeit erschienen.

»Wir haben uns geirrt, Maxim. Mikhail hat unser Volk vor dem Aussterben bewahrt. Die Karpatianer beginnen wieder, mächtiger zu werden, aber wichtiger noch ist, dass wir zu einer Gesellschaft geworden sind, die voller Hoffnung statt Verzweiflung ist.«

Aus der Erdoberfläche stieg eine weitere Pflanze auf, deren lange Fangarme sich nach Manolito ausstreckten. Er sprang in den nächsten Baum und folgte damit mehr einem Reflex als einem Gebot der Notwendigkeit. Er mochte zwar die stechende Kälte spüren, als es Eissplitter zu regnen begann, doch die scharfen Stichwunden, die die Eissplitter hinterließen, waren nicht realer als die Pflanze. Er nahm sich einen Moment Zeit, um seinen Verstand dazu zu zwingen einzusehen, dass alles nur Illusion war. Die Pflanze zog sich wieder unter die Erde zurück, aber die scharfen Eissplitter fielen nach wie vor.

Als er von dem Baum hinuntersprang, schüttelte Maxim den Kopf. »Früher hättest du dich nicht damit zufriedengegeben, nur ein so kleines Stück des ganzen Bildes zu sehen. Wir verbergen uns vor den Menschen, die uns eigentlich dienen müssten. Und wir verbergen uns aus Angst, obwohl sie es sind, die vor uns zittern müssten.«

»Und warum sollten sie zittern, Maxim?«

»Weil sie nichts als Vieh sind.«

»Siehst du? Das ist der Grund, warum du nicht unser Führer bist und ich dir nicht folgen würde, wenn du es wärst. Diese Menschen, von denen du sprichst, sind Lebewesen mit Hoffnungen und Träumen. Gute, hart arbeitende Menschen, die sich Tag für Tag darum bemühen, alles in ihrer Macht Stehende für ihre Familien zu tun. Sie sind nicht anders als wir.«

Maxim schnaubte verächtlich. »Man hat dich einer Gehirnwäsche unterzogen. Du hast eine Menschliche zur Gefährtin genommen, und sie hat deine Vernunft schon untergraben. Wir sind die noblere, die bessere Rasse, die diese Welt verdient. Wir könnten herrschen, Manolito. Unser Plan steht. Früher oder später werden wir die Welt übernehmen, und die Menschen werden sich vor uns verbeugen.« Sein Lächeln war durch und durch böse, und der blanke Wahnsinn loderte in den roten Flammen, die in seinen Augen tanzten.

Manolito schüttelte den Kopf. »Ich will nicht, dass sie sich vor uns verbeugen. Wie alle Spezies haben sich auch viele von ihnen mit anderen vermischt. Mit ziemlicher Sicherheit haben sich die Karpatianer, Magier, Jaguarmenschen und sogar der Werwolf in die menschliche Gesellschaft eingegliedert.«

Die roten Flammen tanzten, als der Vampir ungläubig zischte. »Die Jaguarmenschen haben ihre Blutlinie verdorben, das ist wahr. Sie haben ihr Erbe, ihre Kultur und Größe weggeworfen, weil sie nicht für ihre Frauen und Kinder sorgen wollten. Sie verdienen es, als Rasse ausgelöscht zu werden. *Du* warst es, der das gesagt hat. Du und Zacarias.«

Manolito verhielt sich still, als sich ein weiterer dicker Eissplitter in seine Schulter bohrte. Es war ein stechender, Übelkeit erregender Schmerz, der aber sofort wieder verschwand, als er sich weigerte, ihn zur Kenntnis zu nehmen. »Damals war ich jung und dumm, Maxim. Und ich war im Irrtum. Wie wir alle.«

»Nein, wir hatten recht.«

»Die Jaguarmenschen haben Fehler gemacht, die sie teuer zu stehen kamen, doch sie sind keine Karpatianer, und ihre Bedürfnisse sind anders als die unseren. Du hast dich dafür entschieden, nicht auf deine Gefährtin zu warten, Maxim. Dadurch hast du jede Chance aufgegeben, eine Frau und Kinder zu haben und mitzuhelfen, eine dauerhafte Gesellschaft zu begründen. Du hast die Macht der Blutlinie des Prinzen gesehen. Er ist die Lebensader für unser gesamtes Volk.«

»Seine Macht ist nicht echt, sie ist nur vorgetäuscht. Sieh dir die Narbe an deiner Kehle an, Manolito. Wie viele Male bist du bereit, für ihn zu sterben? Zweimal hast du dich schon an seiner Stelle niederstechen lassen und einmal auch für die Gefährtin seines Bruders. Du bist hier in der Welt der Schatten, um für deine ›Schandtaten‹ gerichtet zu werden. Was für Schandtaten? Du hast ehrenhaft gelebt und deinem Volk gedient, und trotzdem bist du hier.« Die Stimme wurde jetzt überaus verführerisch, scheinbar ganz und gar erfüllt von Lauterkeit und Eifer. »All die uralten Rassen sind heute nur noch von der Welt vergessene Mythen. Die einst so mächtigen Jaguarmenschen findet man bloß noch in Büchern. Sie bedecken sich mit Scham. Sie misshandeln ihre Frauen. Möchtest du, dass das mit unserer Spezies auch geschieht?«

»Wenn du wirklich glauben würdest, was du sagst, Maxim, dann hättest du einen anderen Weg gewählt. Warum Vampir werden? Warum der Macht wegen morden? Warum versammelst du nicht deine Armee und marschierst in aller Offenheit gegen Mikhail?«

»Das war nicht der Plan.«

»Zu Untoten zu werden, war auch nie Teil des Plans. Unsere Familien lebten ehrenhaft, Maxim. Wir begrüßten den Vampir nicht, sondern jagten ihn.«

Maxim ignorierte ihn. »Meine Brüder und ich haben gründlich überlegt, wie die Übernahme vonstatten gehen kann. Wenn wir den Prinz direkt angreifen, würden wir geschlagen werden. Du weißt, dass die Mehrheit der Karpatianer an die alten Sitten glaubt. Sie sind Vieh, mehr nicht.«

Manolito kräuselte die Lippen. »Menschen und Jaguare sind Vieh für dich. Und nun auch noch die Karpatianer. Du bist in deiner eigenen Achtung wirklich hoch gestiegen, Maxim. Du hast dir mehrfach selbst widersprochen.«

Maxim verschränkte seine Arme. »Du willst mich verärgern, Manolito, aber das schaffst du nicht. Du warst einst ein großer Karpatianer, aus einer mächtigen Familie, doch du hast der falschen Person deine Loyalität geschenkt. Du hättest dich uns anschließen sollen. Das kannst du immer noch. Für die nächste Welt bist du ohnehin bereits verloren.«

Zum ersten Mal beschleunigte sich Manolitos Puls und reagierte damit auf die verdrehte Logik des Vampirs. Vampire waren Meister der Täuschung, mit der sie aber oft auch ein paar Wahrheiten verflochten. Was hatte er seiner Gefährtin angetan? Warum konnte er sich nicht an seine »Tat« erinnern? MaryAnn schien nicht böse auf ihn zu sein. Tatsächlich hatte sie ihn sogar beschützt – oder es wenigstens versucht.

Der Gedanke an seine Gefährtin wärmte ihn und vertrieb die Eissplitter, die in seinen Körper eingedrungen waren und sein Blut hatten erstarren lassen. Er blinzelte erstaunt und blickte auf seine Hände. Sie waren fast durchsichtig gewesen, doch nun nahmen sie eine dunklere Farbe an, als rematerialisierte sich sein Körper wieder.

»Ich sehe, dass hier doch Gefahr besteht«, sagte er. »Du warst immer schlau, Maxim, aber du hast nie an die Bedeutung der Gefährtinnen für unser aller Leben geglaubt. Du warst damals schon im Irrtum und bist es heute sogar noch mehr. Ich bin nicht verloren, solange ich meine Gefährtin habe.«

»Und was glaubst du, was deine Gefährtin gerade tut, während du im Reich der Schatten weilst? Denkst du, sie könnte ohne die Berührung eines Mannes leben? Sie begehrt den Jaguarmann, und sie wird sich zu ihm legen.«

Manolito spürte, wie sein Magen sich verkrampfte. Er hatte nicht gewusst, was für eine dunkle, hässliche Empfindung Eifersucht war, bis er seine Gefährtin gefunden hatte. »Sie wird mich nicht hintergehen. Sie hat die andere Hälfte meiner Seele. Du kannst mich nicht ganz in diese Welt hineinziehen, weil sie mich immer in der anderen zurückhalten wird.«

Diesmal fauchte Maxim, seine Augen glühten wild, und seine scharfen, spitzen Zähne wurden sichtbar, als er wütend zischte: »Sie hat in der Tat die andere Hälfte deiner Seele. Wir brauchen sie uns nur zu beschaffen, und du gehörst zu uns. Du bist ein Verräter, Manolito, an unserer Familie und an unserer Sache. Der Plan war deine Idee, deine und Zacarias', aber bei der erstbesten Prüfung hast du uns im Stich gelassen.«

»Wir waren uns alle einig, dass es dummes, kindisches Gerede war, die Welt zu übernehmen und zu regieren. Deine und meine Brüder – wir alle haben viele Dummheiten von uns gegeben, die sich verselbstständigt haben und zu einem zerstörerischen Weg für zu viele Spezies geworden sind. Es gibt Gefährtinnen für uns unter den Menschen, Maxim. Denk einmal über deinen Hass hinaus, dann wirst du sehen, dass die Menschen die Rettung unseres Volkes sind.«

»Gemischtes Blut?«, höhnte Maxim. »Ist *das* deine Rettung?«

Manolito seufzte bedauernd. Er hatte Maxim als Freund in Erinnerung – mehr als das sogar, er war wie ein geliebter Bruder für ihn gewesen, und nun war er rettungslos verloren. »Ich habe meine Gefühle, Maxim, meine Ehre und eine Zukunft. Du dagegen hast Tod, Schande und nichts, um dich im Reich der Finsternis zu trösten. Für Fehler, die ich gemacht habe, werde ich bereitwillig geradestehen, doch ich werde dir nicht helfen, unseren Prinzen abzusetzen. Abgesehen von meiner eigenen Ehre würde ich niemals meine Gefährtin entehren, indem ich uns zu Verrätern unseres Volkes mache.«

»Wir werden sie töten, deine kostbare Gefährtin. Und sie wird nicht nur einfach sterben, sondern auf brutalste Weise von der Erde scheiden. Sie wird lange leiden, bevor wir es zu Ende bringen. *Das* ist das Unrecht, das du deiner Gefährtin zugefügt hast. Du hast sie bereits verraten, indem du ihr Leben gegen das deines Prinzen ausgetauscht hast.«

Manolito erstarrte förmlich vor Entsetzen und panischer Angst vor dem, was ein Monster wie Maxim MaryAnn antun könnte. Sie verkörperte Licht und Menschlichkeit und würde nie begreifen, was etwas so Verdorbenes und Scheußliches wie ein Vampir ihr antun könnte. Ein Frösteln lief über Manolitos Rücken, und vor Angst und Panik stieß er einen rauen Seufzer aus. Er hatte bisher nicht einmal gewusst, was Panik war, doch jetzt zerfraß sie ihm schier das Herz bei der Vorstellung von MaryAnn in den Händen seiner Feinde.

War er ihnen doch in die Falle gegangen? Hatte Maxim ihn von MaryAnn weggelockt, damit seine Brüder sie töten konnten? Sie hielt sich allein im Dschungel auf. Wie viel Zeit war vergangen? War die Zeit im Reich der Schatten überhaupt dieselbe? Konnte jemand die Barriere durchbrechen, um mitzuhelfen, einen Mord zu planen, oder versetzte Maxim ihn nur ganz bewusst in Angst und Schrecken? Angst führte zu Fehlern, und Fehler konnten tödlich sein. Und deshalb würde er nicht einfach so den Tod seiner Gefährtin akzeptieren.

Manolito bemühte sich um eine ausdruckslose Miene, doch sein Blick drückte Verachtung aus. »Du tust dein Schlimmstes, Maxim, aber du wirst damit nichts erreichen. Das Böse wird das Gute von dieser Erde nicht vertreiben, nicht, solange auch nur ein einziger Jäger noch am Leben ist.« Und damit löste er sich in Nebel auf und schlängelte sich zwischen den verkrümmten Bäumen hindurch.

Doch kaum befand er sich außerhalb von Maxims Sichtweite, schoss er durch die Luft und raste zu dem Ort zurück, an dem er MaryAnn zurückgelassen hatte. Das Blut pochte in seinen Schläfen und donnerte in seinen Ohren, als er wieder Gestalt annahm, noch bevor er auf dem Boden aufkam. Sie war fort. Die Zeit schien stillzustehen. Sein Herz geriet ins Stocken. Das Tier in ihm brüllte auf und wollte freigelassen werden. Die Zähne in seinem Mund verlängerten und verschärften sich, und rasiermesserscharfe Krallen entsprossen seinen Fingernägeln.

Sie betrügt dich mit dem Katzenmann. Stimmen erfüllten seinen Kopf, und Wut und Eifersucht verdrängten jegliche Vernunft in ihm.

Manolito hob witternd den Kopf. Seine Frau war hier gewesen, aber nicht allein. Er kannte diesen Geruch, weil er das Blut des Jaguars in sich aufgenommen hatte.

Sie liegt unter ihm, stöhnt, windet sich und ruft seinen Namen. Seinen *Namen. Nicht deinen. Er hat sie dir gestohlen, und sie denkt nur noch an ihn.*

Ein grausamer Zug erschien um Manolitos Mund, und ein gefährliches Glitzern trat in seine Augen. Er überprüfte die Spuren, sah die tote Schlange und das Muster der Fußabdrücke. Luiz hatte sich ihr in Jaguargestalt genähert, dann aber seine menschliche Gestalt angenommen. Das bedeutete, dass er nackt vor MaryAnn gestanden hatte. Blinde Wut erfasste Manolito. Er hätte diesen hinterhältigen Mistkerl töten sollen, als er Gelegenheit dazu gehabt hatte. Jaguarmänner waren berüchtigt für ihre Eskapaden mit Frauen.

Luiz hatte mit dem kleinen Finger gewinkt, und sie war ihm gefolgt wie eine Marionette. Sowohl männliche als auch weibliche Jaguare waren ausgesprochen sinnliche Geschöpfe. MaryAnn hatte behauptet, kein Jaguar zu sein, doch falls auch nur eine Spur Jaguarblut in ihren Adern floss, würde Luiz' Gegenwart sie dann erregen? Vielleicht begannen gerade ihre fruchtbaren Tage, und dann würde eine Jaguarfrau einen Mann zur Paarung brauchen.

Sie ist mit ihm gegangen, weil sie ihn braucht, um ihr ein Kind zu machen. Er wird seinen Samen in ihr verströmen. Sie wieder und wieder nehmen, bis er sicher ist, dass sie ein Kind erwartet.

Manolito brüllte auf vor Wut bei dem Gedanken. Die Vorstellung, dass ein anderer Mann auch nur ihre zarte Haut berühren könnte, brachte das Tier in ihm zum Rasen. Niemand rührte seine Frau an und überlebte das. Niemand lockte sie von ihm weg. Luiz war entweder aus persönlichen Gründen hinter MaryAnn her, oder er war von den Vampiren hergeschickt worden, um sie zu töten. Aber so oder so, der Jaguarmann war tot.

Bring ihn um. Und sie gleich mit.

Manolito schüttelte den Kopf. Selbst wenn MaryAnn ihn mit einem anderen betrogen hatte, könnte er ihr nichts zuleide tun.

Er bewegte sich so schnell auf seiner wilden Hetze durch den Dschungel, dass er oft gerade noch um Zentimeter einen Zusammenstoß mit den Bäumen vermeiden konnte. Falls Luiz es wagte, Hand an sie zu legen, ihr auch nur ein Haar zu krümmen, würde er den Mann in Stücke reißen.

Als er sie entdeckte, saß MaryAnn weinend auf dem Boden, und Luiz stand vor ihr und blickte auf sie herab. Sie sah zerzaust, wütend und verängstigt aus, so sehr, dass sich Manolitos Herz verkrampfte, als er ihren Kummer sah. Er beschleunigte sein Tempo noch und brach aus dem Gebüsch hervor, als Luiz sich gerade umdrehte.

Manolito versetzte dem Jaguarmann einen Schlag, der ihn ins Straucheln brachte, packte ihn wieder und stieß ihn dann so hart zu Boden, dass er einen Abdruck in der weichen Erde hinterließ. Wie aus weiter Ferne hörte er MaryAnn schreien. Er bearbeitete Luiz' Gesicht mit seinen Fäusten, ließ ihm keine Zeit, die Gestalt einer Raubkatze anzunehmen, und holte aus, um seine Faust in die Brust des Mannes zu treiben und ihm das schwarze Herz herauszureißen.

»Schluss!«, schrie MaryAnn gebieterisch. Und dann noch einmal, mit einer stummen, unerhörten Wut, die Manolito regelrecht zurückwarf: *Ich sagte: Schluss!*

Ihm dröhnten noch die Ohren von ihrem geistigen Befehl, als er sich rücklings auf der Erde liegend wiederfand. Sie hatte ihn zurückgestoßen, fort von dem Jaguarmann, der ebenfalls reglos auf dem Boden lag. Der telepathische Hieb war härter gewesen als jeder physische, den er je erhalten hatte. Mit einem Blick, der zwischen Wut und Ehrfurcht schwankte, sah er blinzelnd zu ihr auf.

»Bist du verrückt?«, fuhr MaryAnn ihn an, als sie sich, die Hände in die Hüften gestemmt, mit wütendem Gesicht und gefährlich glitzernden Augen über ihn beugte.

Und er begehrte sie. Das war alles, was er in diesem Bruchteil einer Sekunde denken konnte. Er wollte all diese Wut und Leidenschaft in ihrem Schlafzimmer, wollte den Kampf mit ihr und ihre Unterwerfung. Sie war einfach unglaublich mit ihren üppigen Kurven und ihrem faszinierenden Gesicht. Normalerweise wirkte sie äußerlich so ruhig und gab solch ein elegantes Bild ab, aber darunter war sie eine Wildkatze und ebenso frei und ungebändigt wie ihre Umgebung hier.

Langsam, ohne seinen ruhigen, konzentrierten Blick von ihr zu lösen, erhob er sich und ging wortlos über den unebenen Boden auf sie zu. Sie war vernünftig genug gewesen, ein paar Schritte zurückzutreten. Er blieb so dicht vor ihr stehen, dass sie gezwungen war, durch ihre langen Wimpern zu ihm aufzublicken. Mit einer Hand griff er in ihr dichtes, langes Haar und zog ihren Kopf noch weiter zurück, während er die andere um ihre Taille legte und sie an sich zog, bis ihre Brüste sich an seinen breiten Oberkörper pressten.

Sie öffnete den Mund, um Protest zu erheben, und er presste seine heißen Lippen auf die ihren. Sein Kuss war alles andere als sanft, weil Furcht und Wut ihm immer noch schwer zu schaffen machten. Tief und besitzergreifend drang er mit der Zunge in ihren Mund und setzte ihre eigene leidenschaftliche Natur gegen sie ein. Sie hatte getan, was kein Mann jemals getan hatte – ihn mit purer Willenskraft aufs Hinterteil befördert! *Mit einem einzigen Gedanken.*

Verlangen brannte tief und heiß in ihm. Eine fast schmerzhafte Erregung erfasste ihn, der glühende Wunsch, sie zu beherrschen, ihr so viel Lust zu schenken, dass sie nie daran denken würde, ihn zu verlassen, niemals auch nur in Betracht ziehen würde, ihm irgendetwas zu verweigern. Er biss sie sanft in die Unterlippe, nahm sie zwischen seine Zähne und zupfte daran, strich mit der Zunge über ihren Puls und ließ seine Lippen über ihren Nacken und zu ihrer Kehle gleiten. Ein raues, leidenschaftliches Aufstöhnen entrang sich ihr, das seine Selbstbeherrschung auf die Probe stellte und sein Blut zum Rasen brachte. Er schloss die Augen, um ihren Geschmack und das Gefühl von ihr noch intensiver in sich aufzunehmen. Sie war weich und anschmiegsam, ihre Bewegungen an ihm wie die Berührung feinster Seide. Sie füllte jeden leeren Winkel in seinem Herzen und seiner Seele aus. Er küsste sie wieder und wieder, dieses Wunder, das sich Frau nannte.

Hitze und Manolitos Duft umhüllten sie. Sein hartes Glied wölbte sich ihr entgegen, seine Lippen waren fest und warm, sein Kuss fast grob und überaus erregend. MaryAnn hatte sich den Sex mit dem Mann ihrer Träume immer als sanft und zärtlich vorgestellt, doch eine glutvolle Leidenschaft durchströmte sie, und eine schon nahezu beängstigende Erregung baute sich in ihr auf. Ihr Herz hämmerte so laut und hart, als drohte es, ihre Rippen zu sprengen. Alles in ihr zog sich zusammen und verkrampfte sich, und eine seltsam träge Hitze breitete sich in ihren Gliedern aus.

Sie verzehrte sich nach ihm. So sehr, dass sie ihre Hand unter sein Hemd schob, um seine nackte Haut zu berühren und sein Herz schlagen zu hören. Ihr Herzschlag passte sich dem Rhythmus seines Herzens an, ihr Blut rauschte durch ihre Adern, und winzige Flammen leckten über ihre Haut.

Plötzlich trat er zurück und blickte aus glitzernden schwarzen Augen auf sie herab. »Misch dich nie mehr ein.«

Sie schaute blinzelnd zu ihm auf, schockiert, wie leicht er sie beherrschen konnte. »Der Teufel soll dich dafür holen«, fauchte sie und fuhr sich mit der Hand über den Mund, als könnte sie das fast schmerzhafte Verlangen nach ihm, so einfach wegwischen, doch sein Geschmack und das leidenschaftliche Gefühl, das er in ihr geweckt hatte, verblieben. Sie trat zurück, und als sie strauchelte und er sie stützen wollte, schlug sie seine Hand weg. »Du musst dich bei diesem Mann entschuldigen. Und zwar richtig, hörst du? Er hat mir zwei Mal das Leben gerettet und verdient es nicht, zusammengeschlagen zu werden, nur weil er mich zum Haus zurückbringen wollte.«

Es erstaunte sie, dass sie überhaupt noch reden konnte. Ihr ganzer Körper glühte vor Begehren. Sie warf Manolito einen verstohlenen Blick zu. Seine Augen waren halb geschlossen und dunkel vor Verlangen und Erregung. Er sah ganz und gar wie ein Raubtier aus. Gefährlich und hungrig – ausgehungert nach ihrem Geschmack und dem Gefühl von ihr.

»Muss ich das?« Sein Blick glitt zu Luiz, der sich schon wieder aufzurichten begann. »Er wusste, dass du mir gehörst.«

»Ich gehöre nur mir selbst. Und er hat mir das Leben gerettet. Du warst ja nicht hier, um den Helden zu spielen.« Sie war selbst entsetzt über den Vorwurf, der in ihrer Stimme lag.

Manolitos Augen wurden weicher. »Du hattest Angst ohne mich.«

Sie hatte Angst *um ihn*, und das machte es noch schlimmer. Sie schluckte und hob hilflos die Hände. »Versteh doch, Manolito. Ich bin es gewöhnt, mein Leben zumindest einigermaßen unter Kontrolle zu haben. Ich verstehe nicht, was ich hier tue. Ich weiß nicht, was geschieht. Ich fühle Dinge, die ich noch nie zuvor empfunden habe.«

Zum ersten Mal in ihrem Leben war sie auf andere *angewiesen*. Sie brauchte Zeit, um nachzudenken und zur Ruhe zu kommen, aber trotzdem ertrug sie den Gedanken nicht, von ihm getrennt zu sein. Und das war beängstigender als alles andere, weil sie normalerweise keine Frau war, die ihre Unabhängigkeit aufgab.

Manolito verkniff sich die Bemerkung, die ihm auf der Zunge brannte. Natürlich gehörte sie ihm – genauso, wie er ihr gehörte. Aber die Verwirrung und Erschöpfung in ihrem Gesicht zerrissen ihm schier das Herz. Sie stand da, sah ganz weich und begehrenswert aus und glaubte allen Ernstes, sie sei tough, und das Einzige, was er wollte, war, sie in den Arm zu nehmen und zu trösten.

Doch statt es zu tun, ging er das Stück zu Luiz hinüber und

streckte ihm die Hand hin, um ihm aufzuhelfen. Der Mann kam schwankend auf die Beine und schaffte es, sich ein schwaches Grinsen abzuringen.

»Du hast einen harten Schlag.«

»Du kannst froh sein, dass ich dich nicht umgebracht habe.«

Luiz nickte. »Ja, das habe ich schon kapiert.« An Manolito vorbei sah er zu MaryAnn. »Alles in Ordnung mit dir?«

Ein warnendes Knurren stieg in Manolitos Kehle auf. »Es ist nicht nötig, sie nach ihrem Befinden zu fragen, wenn ich hier bin«, sagte er steif.

»Das denke ich aber doch«, antwortete Luiz.

»Er fragt, weil er *Manieren* hat«, fauchte MaryAnn. »Vielen Dank für deine Hilfe, Luiz. Besonders dafür, dass du mir das Leben gerettet hast«, sagte sie zu dem Jaguarmann, bevor sie sich abwandte und ging. Der Höhlenmensch sollte ruhig weiterstreiten oder nicht, aber sie war nahe genug am Haus, um die Spuren des Geländewagens sehen zu können. Sie brauchte ihnen nur zu folgen.

Manolito zuckte die Schultern, als Luiz' Augenbrauen in die Höhe fuhren. »Sie versteht es sehr gut, mich zurechtzustauchen.« Für einen Moment erschien ein Ausdruck der Belustigung in seinen Augen.

»Ich habe das Gefühl, dass sie diese Fähigkeit auch brauchen wird«, sagte Luiz und rieb sich nachdenklich das Kinn. »Sie ist erstaunlich.«

Manolitos Gesicht verdüsterte sich, das kurze Aufflackern von Humor in seinen Augen verblasste wieder. »Du brauchst sie nicht erstaunlich zu finden. Und behalte deine Kleider an, Jaguar.«

Luiz grinste noch breiter. »Frauen können nicht umhin, mich eindrucksvoll zu finden.«

»Ich bezweifle, dass es sich gut anfühlt, das Herz herausgerissen zu bekommen, aber wenn du willst, kann ich dafür sorgen, dass du die Erfahrung machst.«

Luiz lachte. »Pass lieber auf, dass sie *dir* nicht das Herz herausreißt, Karpatianer.«

Manolito senkte den Blick auf den verschwommenen Schatten seiner Hand. Er war noch immer in beiden Welten, doch er sah bereits viel klarer, und seine Gestalt wirkte solider als zuvor. Luiz hatte es nicht bemerkt, und Jaguarmenschen waren nicht nur gute Beobachter, sondern konnten auch Dinge im Dschungel erkennen, die nur wenige andere wahrnahmen. Jemanden von ihrer eigenen Spezies würden sie sofort entdecken ...

Mit wenigen Schritten erreichte Manolito MaryAnn. »Er hat dich nicht Jaguar genannt, und wenn du auch nur das kleinste bisschen Jaguarblut hättest, würde er das merken.«

Ihre dunklen Augen verdüsterten sich. Also hatte sie ihm noch nicht verziehen. Tief in seinem Innersten erwachte wieder die Begierde und streckte ihre scharfen Krallen nach ihm aus.

»Ich bin kein Jaguar. Das habe ich dir doch schon gesagt.«

Er fiel ein wenig zurück, um sich einen ausgiebigen Blick auf ihren festen kleinen Po unter den engen Jeans zu gönnen. Und das Herz blieb ihm beinahe stehen. Diese Frau war gebaut, wie eine Frau gebaut sein sollte, mit wohlgeformten Rundungen an all den richtigen Stellen und ungemein verführerisch.

»Lass das«, zischte sie und warf ihm einen weiteren vernichtenden Blick über die Schulter zu. »Im Moment bin ich so wütend auf dich, dass mir nichts, was du tust, sympathisch ist.« Aber sie wusste, dass das nichts mit seinem unmöglichen Benehmen oder seiner lächerlichen Arroganz zu tun hatte, sondern nur mit ihrem eigenen Verhalten. Denn ob es ihr nun passte oder nicht, sie hatte sich verändert. Und ob sie es sich eingestehen wollte oder nicht – sie begehrte ihn und verzehrte sich nach ihm, *nur* nach ihm, und brannte darauf, auf intimste Weise von ihm berührt und mit ihm eins zu werden. Seine schreckliche dominante Art hätte sie abstoßen müssen, doch stattdessen fand sie ihn ungeheuer reizvoll, faszinierend sogar. Und das hätte für sie inakzeptabel sein müssen.

»Ich kann nichts dafür, dass ich dich attraktiv finde«, protestierte Manolito. »Dich anzusehen, bringt mich auf die wildesten Ideen. Und ich habe nichts dagegen, sie mit dir zu teilen.«

»Nein, danke. Sex ist nicht das Gleiche wie Liebe, und Paare, Eheleute und Lebensgefährten sollten einander lieben. Tut mir leid, aber so ist das nun mal, Manolito.«

»Du wirst schon lernen, mich zu lieben«, sagte er, und sein viel zu gut aussehendes Gesicht spiegelte unerschütterliches Selbstvertrauen. »Das kommt schon mit der Zeit.«

»Verlass dich nicht darauf«, murmelte sie und stapfte auf ihrem wackeligen Absatz ärgerlich die Einfahrt zum Haus hinauf. Weil es immer nur um ihn ging. Sie sollte *lernen*, ihn zu lieben. So funktionierte das in seiner Welt, aber nicht in ihrer. Wenn sie hemmungslosen, leidenschaftlichen Sex mit diesem Mann hatte, wollte sie, dass *er sie* liebte.

Sie war schon fast an der Tür, als sie zum ersten Mal richtig zu dem imposanten, schlossartigen Gebäude aufschaute, das er und seine Brüder als »Ferienhaus« bezeichneten. Als »Refugium«. Ha! Wer zog sich an einen Ort von der Größe eines Apartmentgebäudes zurück? An der Tür verhielt sie abrupt den Schritt. Es war ein verdammter Palast, dieses Haus. Seufzend rieb sie sich die Schläfen. Mann, sie musste unbedingt wieder nach Hause, in die wirkliche Welt zurück.

Manolito griff an ihr vorbei, um die mächtige Flügeltür zu öffnen, und bedeutete ihr voranzugehen. »Willkommen bei mir zu Hause.«

MaryAnn holte tief Luft und trat kopfschüttelnd einen Schritt zurück. Niemand, wirklich *niemand* lebte so. Sie stand vor der riesigen Flügeltür und starrte in die mit schimmerndem Marmor ausgelegte Eingangshalle. Sie hatte vergessen, wie das Haus geschnitten und eingerichtet war, oder vielleicht hatte sie es bei ihrer Ankunft gar nicht registriert, weil sie so furchtbar deprimiert gewesen war. Dieses am Ende der Welt erbaute Gebäude war wie ein Palast aus längst vergangenen Zeiten.

»Ich setze keinen Fuß auf diesen Boden«, erklärte sie und trat noch weiter von der Tür zurück. Und das, obwohl sie großartige Schuhe hatte, Schuhe, die geradezu dafür bestimmt waren, einen solch wundervollen Boden zu betreten. Großartige Schuhe? Na ja, das waren sie einmal gewesen. Ihre wunderschönen Stiefel waren vollkommen verdreckt und ruiniert, der linke Absatz lose und wackelig. Sie würde nicht riskieren, diesen sich endlos erstreckenden, sanft schimmernden Marmorboden zu zerkratzen. Ihr ganzes Haus in Seattle würde in diese Eingangshalle passen.

Hinter ihr legte Manolito eine Hand an ihren Rücken und gab ihr einen kleinen Schubs. »Nun geh schon rein.«

Pah. Der Schubs bewirkte nicht mehr bei ihr als sein Hang, Befehle zu erteilen. Aber abgesehen davon, dass er der größte Schuft auf dem Planeten war, gerieten ihre Sinne jedes Mal in Aufruhr, wenn seine Finger auch nur ihren Körper streiften. Ihr Körper weigerte sich, auf ihren Verstand zu hören, der »Chauvi-Alarm« kreischte.

Auch wenn sie nicht verhindern konnte, dass es sie jedes Mal heiß durchrieselte und brennende Begierde sich wie eine Droge in ihren Venen verbreitete, wann immer er sie berührte, würde er mit seiner Herumkommandiererei bei ihr nicht viel erreichen.

»Ich weiß, dass du mich gerade *nicht* geschubst hast«, zischte sie und warf ihr langes Haar zurück, während sie ihm über ihre Schulter einen bösen Blick zuwarf.

Sie hätte ihn nicht ansehen dürfen. Sein glutvoller Blick glitt über sie – und geradezu in sie hinein. Niemand hatte solche Augen oder solch einen sündhaft verlockenden Mund – oder ein Haus wie dieses. MaryAnn stand nicht auf Opulenz und Dekadenz; sie war weder davon beeindruckt, noch fühlte sie sich wohl damit. Und sie stand schon gar nicht auf viel zu gut aussehende, arrogante Männer, für die das Erteilen von Befehlen so natürlich war wie für andere Leute das Atmen.

»Es war ein sanfter Anstoß, um dir in mein Haus zu helfen, da du Schwierigkeiten mit dem Eintreten zu haben schienst.«

Seine Stimme ging ihr unter die Haut und füllte jeden leeren Winkel in ihr aus. Das etwas raue Timbre seiner Stimme war in Samt gehüllt und schien wie ein Streicheln über ihre Haut zu gleiten. Sie biss die Zähne zusammen gegen die sinnliche Verheißung, die in dieser dunklen, samtenen Stimme lag.

»Ich gehe da nicht hinein. Du hast doch bestimmt noch ein anderes Haus. Ein kleineres. Oder was auch immer.« Denn sie wusste, dass er vorhatte, sie allein zu lassen – *schon wieder.* Zuerst machte er sie ganz heiß und unruhig, kommandierte sie herum, benahm sich wie ein Schuft und brachte sie zu diesem ... diesem *Palast*, und dann wollte er sich schon wieder aus dem Staub machen. Sie konnte es ihm am Gesicht ansehen. Sollte er doch zum Teufel gehen.

Sie versuchte, Manolitos Hand an ihrem Rücken abzuschütteln. Vielleicht könnte sie, falls sie Luiz wiederfand, mit seiner Hilfe den kleinen Flugplatz finden und den Piloten dazu überreden, sie in die Zivilisation zurückzufliegen. Vorausgesetzt, dass ein Pilot da war. Und ein Flugzeug. Sie wusste nicht einmal das, aber vielleicht konnte Luiz es ihr sagen.

Ein Funke von Zorn flackerte in Manolitos schwarzen Augen auf, und plötzlich packte er sie und warf sie über seine Schulter, ging mit ihr in das kühle Haus hinein und trug sie durch die Eingangshalle und die breite Freitreppe hinauf zu einem riesigen Zimmer, das ganz aus Glas und Marmor zu bestehen schien.

MaryAnn war so schockiert, dass ihr die Worte fehlten, aber dann verspürte sie auf einmal eine grauenhafte Wut im Bauch. MaryAnn, die niemals zu Gewalt griff, die Gewalt hasste und verabscheute, ja sogar Opfer von Gewalt beriet, wollte diesen Mann zusammenschlagen, bis er sich nicht mehr rühren konnte.

Es war unglaublich demütigend, wie ein Sack Mehl über der Schulter durch das Haus geschleppt zu werden! Sie trommelte mit den Fäusten auf seinen Rücken und wurde nur noch aufgebrachter, als er nicht einmal zusammenzuckte. »Lass mich runter, auf der Stelle!«, zischte sie und riss an seinem Hemd. »Das ist mein Ernst, Manolito. Ich würde sterben, wenn irgendjemand mich so sähe.« Der Gedanke war zutiefst beschämend.

»Es ist niemand im Haus«, versicherte er ihr, besorgt über die

Verzweiflung, die in ihrer Stimme mitschwang. Wut war eine Sache, aber Verzweiflung eine völlig andere. »Riordan und Juliette müssten bei ihrer Schwester und Cousine im Dschungel sein. Und da du schon so höflich bittest …« Manolito setzte sie ab und trat mit einer geschmeidigen Bewegung schnell zurück, falls sie zu einem Schlag ausholte.

Aber MaryAnn zog nur ruhig und würdevoll ihre Jacke und ihr Shirt zurecht. »War diese Zurschaustellung von Männlichkeitswahn wirklich nötig?« Ihre Stimme war voller Sarkasmus. Wenn sie ihn nicht schlagen konnte, wie er es verdiente, konnte sie ihn wenigstens verbal heruntermachen. Sie war sehr gut in Wortgefechten.

Manolito starrte auf ihr zorniges Gesicht. Sie war bezaubernd schön mit ihrer makellosen, milchkaffeefarbenen Haut, die so weich und zart war, dass er sie bei jeder Gelegenheit berühren musste. *Seine Gefährtin*. Er kostete die Worte aus. Ließ sie tief in sein Bewusstsein eindringen. Sie gehörte zu ihm, war für ihn geschaffen. Sie war ganz allein die Seine, bis ans Ende aller Zeiten.

Sie hatte ihm Farben und Gefühle zurückgegeben, nach Hunderten von Jahren, in denen er darauf hatte verzichten müssen. Und sie hatte keine Ahnung, was sie für ihn bedeutete. Sie stand dort vor ihm, eine kleine Wildkatze von einer Frau, mit ihren glänzenden, mitternachtsschwarzen Locken und den braunen Rehaugen, die so unschuldig und verletzlich waren. Ein überwältigendes Verlangen durchzuckte ihn, eine gnadenlose und gefährliche Begierde – aber etwas völlig anderes beschlich sein Herz. Etwas Weiches, Sanftes, obwohl er Empfindungen wie Zärtlichkeit schon längst vergessen hatte.

»Es schien mir das Praktischste zu sein, um aus der frühen Morgensonne herauszukommen.«

»Deine Mama hat dir wohl gar keine Manieren beigebracht?« MaryAnn versuchte, ihren Ärger aufrechtzuerhalten, doch das war fast unmöglich, wenn er sie so eigenartig ansah, als wäre sie … *alles* für ihn. Furcht beschlich sie, das Bedürfnis, in Tränen auszubrechen, weil sie die Entschlossenheit in seinem Geist spüren konnte, sie wieder zu verlassen und sich unter die Erde zu begeben. Dorthin konnte sie ihn nicht begleiten, was bedeutete, dass sie allein zurückbleiben würde.

Er trat einen Schritt auf sie zu, weil er ihre Verzweiflung offensichtlich spüren konnte.

MaryAnn hob eine Hand, um ihn zurückzuhalten, denn sie wusste nicht, wie sie reagieren würde, wenn er sie berührte. Sie hatte noch *niemals* auch nur daran gedacht, sich einem Mann körperlich hinzugeben, aber Manolito konnte sie mühelos dazu bringen, sich genau das zu wünschen. Er brachte sie dazu, sich nach Dingen zu sehnen, von denen sie zuvor nie geträumt hatte, und das ängstigte sie fast ebenso sehr wie der Gedanke, hier allein zurückgelassen zu werden.

»Sieh dir meine Stiefel an«, sagte sie, um nicht zu weinen, und setzte sich auf einen Sessel, um sie auszuziehen. »Ich habe sie geliebt. Sie waren immer meine Lieblingsstiefel.«

Er kniete vor ihr nieder und schob sanft ihre Hände weg, um ihr selbst die Stiefel auszuziehen. Dabei fiel ihr Blick auf seinen Scheitel, auf sein seidiges Haar, das schwarz war wie die Nacht und ihm in Wellen um das Gesicht und auf die Schultern fiel. Sie konnte sich nicht verkneifen, es zu berühren, als seine Finger an ihrer Wade hinunterwanderten und ein angenehmes kleines Prickeln ihr Bein durchrieselte.

Er half ihr nur, ihre Stiefel auszuziehen, aber irgendwie hatte selbst diese kleine Geste schon etwas Erotisches. MaryAnn versuchte, ihren Fuß zurückzuziehen, doch seine starken Finger legten sich um ihren Knöchel und hielten sie fest. »Nicht, MaryAnn. Mir bleibt nichts anderes übrig, als die kräftigende Erde aufzusuchen. Ich will dich nicht allein lassen. Das ist das Letzte, was ich will. Aber wenn du dich weiter so aufregst, bleibt mir keine andere Wahl, als dich zu verwandeln und mitzunehmen.«

Er hob den Kopf und sah ihr in die dunklen Augen. Ihr Herz schlug schneller, als er mit der Zunge über seine Lippen strich und sein Blick zu ihrem Mund hinunterglitt.

»Denk nicht mal daran.« Weil sie nämlich selbst schon daran dachte und ihr diese Tatsache große Angst einflößte.

»Geh duschen. Ich werde inzwischen deine Stiefel reparieren«, sagte er. »Das heiße Wasser wird dich entspannen und dir helfen, einzuschlafen.«

MaryAnn verkniff sich einen Einwand und ließ ihn, auf dem Boden kniend und ihre Stiefel in der Hand, zurück. Sie zwang sich, sich nicht umzusehen, obwohl sie sicher war, dass er bei ihrer Rückkehr nicht mehr da sein würde.

Sie drehte das Wasser so heiß auf, wie sie es ertrug, und ließ den Strahl über ihre wunden, müden Muskeln laufen, während sie leise weinte. Eigentlich war es dumm und kindisch, aber sie konnte gar nicht anders, nach allem, was geschehen war. Obwohl es ihr ein bisschen Erleichterung verschaffte, war ihr Herz noch immer schwer. Das Shampoo entfernte den Schmutz aus ihrem Haar, und die Pflegespülung glättete es wieder. Sie fühlte sich erschöpft und hilflos, als sie aus der Dusche trat, und sie begehrte Manolito mehr denn je, war aber fest entschlossen, wenigstens nicht mehr zu weinen.

In ein Handtuch gewickelt, ging sie ins Schlafzimmer, um etwas zum Anziehen zu suchen. Manolito saß in dem Sessel am Fenster und hielt lächelnd ihre Stiefel hoch. Sie waren glänzend sauber und sahen aus wie neu. Einen Moment lang fehlten ihr die Worte, und sie konnte nur stumm das Handtuch an sich drücken, als freudige Überraschung sie ergriff. Tränen brannten wieder hinter ihren Lidern, doch diesmal waren es Freudentränen. Sie verdrängte sie und schaffte es, in gespielter Gleichgültigkeit auf die Stiefel zu zeigen.

»Du hast sie repariert.«

»Natürlich. Sie gefallen dir doch so sehr.« Er stellte die Stiefel zur Seite und hob ein Paar hochhackige rote Schuhe hoch, die zu einem Kleid gehörten, das sie wie eine zweite Haut umgab. »Und mir gefallen diese hier.«

»Du hast einen guten Geschmack.«

»Zieh sie für mich an.«

MaryAnn zog eine Braue hoch. »Jetzt? Ich habe nur ein Handtuch an, und meine Haare sind pitschnass.« Sie hatte sie unter einer Art Turban verborgen und wurde plötzlich sehr verlegen. »Sie sehen toll zu einem meiner Kleider aus, aber ich bin mir nicht so sicher, ob sie zu einem Handtuch passen würden.«

»Zieh sie an.« Manolitos Stimme war leise und bezwingend, ein hypnotisches, sexy Flüstern, bei dem es sie heiß durchrieselte und die zarten Spitzen ihrer Brüste sich verhärteten.

Sie legte ihre Hand auf seine Schulter und schlüpfte in einen der Pumps, ohne den Blick von seinen Augen abzuwenden. *Er* sah wie hypnotisiert aus. Hungrig. Lächelnd stieg sie in den anderen Schuh und trat selbstbewusst von ihm zurück. Die hohen Absätze brachten ihre Beine fabelhaft zur Geltung. Und wieso auch nicht? Ob sie ein Handtuch trug oder etwas anderes, sie hatte eine gute Figur, die Manolito sehr zu schätzen wusste, wie ihm anzusehen war. Er gab ihr das Gefühl, die aufregendste Frau auf der Welt zu sein.

Er stand auf, und ihr blieb fast das Herz stehen, als er mit katzenhafter Geschmeidigkeit zu ihr herüberkam. Mit einer Hand umfasste er ihr Gesicht, und sein Daumen glitt über ihren Wangenknochen. »Du bist so schön. Ich weiß nicht, womit ich dich verdient habe, doch du raubst mir den Atem, MaryAnn.«

Und dann neigte er den Kopf und küsste sie. Es war ein kurzer, zarter Kuss, und seine Lippen waren warm und seidenweich, als sie zu ihrem Nacken hinunterwanderten und er ihre empfindsame Haut dort mit seinen Zähnen und seiner Zunge neckte und liebkoste. Das Blut dröhnte ihr in den Ohren, als sein heißer, verführerischer Mund von ihrer Kehle zu dem Ansatz ihrer Brüste glitt. Eine pulsierende Hitze breitete sich langsam von der empfindsamen Stelle zwischen ihren Schenkeln aus.

Manolito zog an dem Handtuch, und es fiel herab und gab den Blick auf ihren nackten Körper frei. Manolitos Augen glühten vor Verlangen, als er zurücktrat, um ihren Anblick in sich aufzunehmen, die wie Seide schimmernde Haut und ihre weichen, einladenden Kurven. Sein Daumen strich über ihre empfindsame Brustspitze, und MaryAnn sog scharf den Atem ein, als er eine prickelnde Linie von ihrem Kinn zu ihrem Nabel zog. »Ich gebe dir mein Wort darauf, dass ich in all den Jahrhunderten meines Lebens nie etwas Schöneres gesehen habe, *sivamet*.« Seine Stimme war rau vor sinnlicher Begierde, doch seine Offenheit ließ sie dennoch weich und samtig klingen. Seine Hand glitt langsam an ihrem Arm hinunter, bis ihre Finger sich verschränkten, und dann zog er an ihrer Hand, um sie noch näher an seinem Körper zu spüren.

8. KAPITEL

Manolito strich mit einer Hand über MaryAnns Hüfte und ließ die Spitzen seiner Finger nur ganz leicht auf ihrer Haut verweilen. Die Muskeln an ihrem Magen spannten sich an, als kleine Flammen über ihre Schenkel züngelten, die sich rasend schnell verbreiteten und auf ihren Bauch und ihre Brüste übergriffen. Manolitos Augen waren heiß und besitzergreifend geworden, und sein Gesicht und sein sinnlicher Mund verrieten seine wachsende Begierde. MaryAnn konnte kaum noch Atem holen, so sehr verlangte es sie nach ihm. Überall, wo sein Blick sie berührte, empfand sie ihn wie ein Brandzeichen, das Manolito ihr aufdrückte.

Verführte sie ihn oder er sie? Sie konnte es nicht sagen, und es war ihr auch egal. Was zählte, war nur, dass er seinen Blick nicht von ihr abwenden konnte. Sein Körper war hart und angespannt, die Wölbung vorne unter seinen Jeans nicht mehr zu übersehen, und Wellen der Hitze gingen von ihm aus. Seine Zärtlichkeiten waren pure Magie; sie rührten etwas Wildes, Ungezähmtes in ihr an, das frei sein wollte – und auf alles an ihm reagierte.

»Ich habe viele Menschenalter auf dich gewartet«, gestand er, und glühendes Verlangen brannte in seinen Augen, als er den Kopf auf ihren Nacken senkte, mit der Zunge ihr Ohrläppchen liebkoste und ihren Puls umkreiste. »Ich dachte an dich, stellte mir vor, was ich mir dir tun würde. Auf wie viele verschiedene Arten ich dir Lust bereiten würde …«

Ein Zittern durchlief seine breiten Schultern, als er ihren unglaublich femininen Duft einatmete. Den unverwechselbaren Duft seiner Gefährtin. Seiner Frau. Er verzehrte sich nach ihr und war so hart und heiß, dass er wusste, er würde keinen Frieden finden, bis er in ihr und aufs Innigste mit ihr vereint war. Dass die Morgendämmerung heraufzog, kümmerte ihn kaum, obwohl er seit einiger Zeit nicht einmal mehr das frühe Morgenlicht ertragen konnte. Er würde alles riskieren, um bei ihr zu bleiben, um für immer mit ihr eins zu werden und sie endlich auf die alte, rituelle Weise seines Volkes an sich zu binden. Sie atmete schneller, was seinen Blick auf das Heben und Senken ihrer festen Brüste lenkte. Sie gehörte *ihm*, und er würde jede Sekunde, die er mit ihr hatte, in vollen Zügen auskosten.

Er zwang sich, seine Hand von ihrem Arm zu nehmen, ging zu dem Bett am Kamin hinüber und ließ sich auf die breite Matratze fallen. »Ich möchte dich ansehen, MaryAnn.«

Für einen Moment blieb sie stehen, eine Hand auf ihrer Hüfte, umrahmt von ihrem langen schwarzen Haar, das ihr bis zur Taille fiel, und raubte ihm mit ihrer Schönheit fast den Atem. Dann machte sie einen einzigen Schritt auf ihren sexy roten Pumps, und ein schockierend heftiges Verlangen traf Manolito wie ein Faustschlag in den Magen, der ihn vielleicht in die Knie gezwungen hätte, wenn er noch gestanden hätte. Er zog scharf den Atem ein und gab sich keine Mühe mehr, gegen seine sinnliche Begierde anzukämpfen. Sein Körper war zu heiß, zu angespannt und brannte schier von dem Bedürfnis, diese Frau – *seine* Frau – zu nehmen. Die erotischsten Bilder gingen ihm durch den Kopf, während er dalag und MaryAnn betrachtete.

Mit jedem Schritt, den sie auf ihn zutrat, verschärfte sich der Hunger, bis das Blut wie wild in seinen Adern pochte und jede Zelle seines Körpers nach ihr schrie. Die bloße Freude, sie zu begehren, erschütterte ihn bis in die Grundfesten seiner Existenz. Noch nie hatte er etwas so begehrt wie sie. Er hatte niemals wirklich etwas gebraucht, doch plötzlich war ihr Körper für ihn alles. Ihre vollen Brüste und ihre wohlgeformten Glieder, ihre einladend schimmernde Haut, die nur darauf wartete, Zentimeter für Zentimeter von ihm erforscht zu werden. Jeder noch so geheime Winkel dieses Körpers – all das und noch viel mehr war für ihn da. Für *ihn*. Nach all den langen Jahrhunderten seiner Existenz, in denen ihm nie irgendetwas gehört hatte, konnte er fast nicht glauben, was er sah. Aber MaryAnn anzusehen, genügte nicht. Er würde sie berühren, sie in Besitz nehmen müssen – oder nichts von all dem hier wäre real.

Zum ersten Mal in ihrem Leben kam MaryAnn sich wirklich und wahrhaftig sexy vor, völlig frei und ohne Hemmungen, als sie auf ihren hochhackigen Schuhen durch das Zimmer stöckelte und sich bei jedem Schritt bewusst war, dass sie Manolito De La Cruz immer näher an die Grenzen seiner Selbstbeherrschung brachte. Es war ein erhebendes Gefühl zu beobachten, wie er nach Atem rang, wie seine schwarzen Augen sich sogar noch mehr verdunkelten und seine Lider halb geschlossen waren vor Verlangen und Leidenschaft. Er war so ein schöner Mann, dass ihr der Atem stockte, wenn sie ihn ansah. Und er begehrte sie. Oh ja, und wie er sie begehrte. Mit jeder Faser seines Körpers. Lust glitzerte in seinen dunklen Augen, dessen Intensität ihr eigenes sinnliches Verlangen noch verschärfte.

Eine berauschende Hitze durchflutete MaryAnn, die ihr das Atmen zunehmend erschwerte. Und sie war sich auch sehr stark des schon beinahe schmerzhaften Ziehens in ihren Brüsten und der Härte ihrer zarten Knospen bewusst. Oder der wonnevollen Feuchtigkeit, die von ihrer intimsten Körperstelle Besitz ergriff. Und alles nur, weil Manolito sie mit diesem wilden, glutvollen Verlangen in den Augen ansah. Sie wollte ihren Körper an seinem reiben, ihn streicheln, ihn beglücken, tun, was immer nötig war, um diesen quälenden Hunger in seinem Blick zu stillen.

Er winkte ihr mit einem Finger. »Komm her«, sagte er rau und klopfte neben sich auf das Bett.

Nervös befeuchtete sie ihre Lippen. Wenn er sie jetzt berührte, da sie ihn so heiß begehrte, was würde dann geschehen? Sie warf ihr dichtes schwarzes Haar zurück und ging mit schwingenden Hüften auf ihn zu, wobei sie zufrieden registrierte, wie seine Augen aufloderten, als sein Blick über ihren Körper glitt.

»Du bist wirklich wunderschön, MaryAnn.«

Seine Stimme war wieder rau und dennoch weich wie Samt, doch diesmal schwang auch ein fast unmerkliches Knurren darin mit. Trotzdem schien diese Stimme über ihre Haut zu streichen wie eine zärtliche Liebkosung. Ihr Schoß zog sich zusammen, als ein heißes Prickeln sie durchflutete, das so berauschend war, dass sie darüber beinahe vergaß zu atmen. Manolito schlang seinen Fuß um eines ihrer Beine, ließ ihn langsam an ihrer Wade auf und nieder wandern und schob ihr Bein dann sanft beiseite, bis sie mit gespreizten Beinen vor ihm stand.

Dann veränderte er seine Haltung und beugte sich vor, um mit den Fingern ihren Knöchel zu umfassen. Ganz langsam strich er mit der flachen Hand ihr Bein hinauf. Als sie sich bewegen wollte, verstärkte er seinen Griff. »Nicht.«

Sie versuchte stillzuhalten, doch seine Berührung sandte kleine Stromstöße durch ihre Blutbahn, und darum konnte sie nicht aufhören zu zittern. Seine Hand zeichnete den Umriss ihres Beines nach, bewegte sich streichelnd zu ihrem Knie hinauf und hinterließ winzige Flammen an ihrer Wade und an ihrem Schenkel, als seine Finger höher glitten und sich in ihre Haut pressten, um sich ihren Körper und dessen Beschaffenheit für immer einzuprägen.

»Ich weiß nicht, wie lange ich das noch aushalte.« War das ihre Stimme, ganz heiser und rau vor Sinnlichkeit und Leidenschaft? Warum war es so sexy, nackt vor ihm zu stehen, während er noch voll bekleidet war? Stillzustehen, während seine forschenden Hände über jeden Zentimeter ihres Körpers wanderten? »Ich bin kein Spielzeug, Manolito.« Aber sie fühlte sich wie eines. Wie *sein* Spielzeug. *Seine* Frau. Sie war sich mit einem Mal ihres Körpers sehr bewusst, den er mit seinen großen, warmen Händen berühren, bewundern und erregen konnte. Und wieso machte sie das an? Wieso gefiel es ihr, sich so vor ihm zur Schau zu stellen, seine körperliche Reaktion auf sie zu sehen und sich von Minute zu Minute mächtiger zu fühlen?

»Natürlich bist du das. Dein Körper ist ein wunderschöner Spielplatz, und ich will jeden Zentimeter davon kennenlernen. Ich will ganz genau wissen, was dich antörnt und was dir die größte Lust bereitet.« Er strich mit dem Daumen über die heiße Feuchte zwischen ihren Schenkeln und sah, wie ihre Augen sich verdunkelten. »Ich will wissen, was dich zum Schreien und zum Betteln bringt.« Seine Hände kreisten über die Innenseiten ihrer Schenkel, wanderten höher und strichen über die sanfte Rundung ihrer Hüften, um sich schließlich über ihren Po zu legen. »Ich möchte dich mit Haut und Haaren verschlingen, dich stöhnen und nach mehr verlangen hören. Und das ist es, was ich jetzt tun werde, MaryAnn – dich überall küssen, um deine Leidenschaft und Süße in mir aufzunehmen.«

Ein ersticktes Aufstöhnen entrang sich ihren Lippen, als er den Kopf senkte und aufreizend langsam mit der Zunge über ihre empfindsamste Stelle strich.

»Und noch viel, viel mehr.«

»Mehr? Was kann es denn sonst noch geben?« Sie war überzeugt, es nicht ertragen zu können, ihn noch mehr zu begehren, als sie es ohnehin schon tat.

Seine großen Hände umschlossen ihren Po, und heiße Feuerstöße durchzuckten ihren Körper, als seine Finger in einer unglaublich erotischen Liebkosung den Konturen ihres Gesäßes folgten.

»Es gibt immer noch mehr, MaryAnn, und all das wird dir mehr Lust bereiten, als du dir in deinen kühnsten Träumen hättest ausmalen können.«

Im Augenblick hatte sie absolut keine Mühe, sich das vorzustellen. Dennoch zog sie scharf den Atem ein, schockiert über die Dinge, die sie sich von ihm wünschte, und schockiert darüber, dass nichts anderes mehr zählte, als von ihm berührt und auf solch aufreizende Weise gestreichelt und geküsst zu werden. Die Wildheit in ihr wuchs, und all ihre Hemmungen schienen rasend schnell dahinzuschwinden.

Manolito musste den Impuls beherrschen, sie gleich hier und jetzt zu nehmen, wie sein Körper es verlangte, schnell und hart, mit kräftigen Stößen immer wieder in sie einzudringen, bis sein drängendes Verlangen Erfüllung fand. Doch obwohl das Ziehen zwischen seinen Schenkeln kaum noch zu ertragen war, wollte er sich Zeit lassen. MaryAnn war so schön mit ihrem makellosen Körper und den sanften Rehaugen, die in einer Mischung aus Furcht und sinnlicher Erregung glitzerten. Sie war eine Frau, die wenigstens das Gefühl haben wollte, die Situation im Griff zu haben. Aber er wollte sie an die Grenzen ihrer Selbstbeherrschung treiben und sie in einen Zustand purer Sinneslust versetzen.

Er zog sie zu sich herab, in seine Arme und auf seinen Schoß, sodass ihr Körper fest an seinem lag und der weiche Stoff seiner Hose sich an ihrer Haut rieb, als er sie an sich drückte und ihr Kinn anhob, um sie anzusehen. Er sog ihren femininen Duft ein, zog ihn tief in seine Lungen, hörte das wilde Pochen ihres Herzens in seinen Ohren, fühlte ihre weiche Haut, die glatt wie Seide war, und musste wieder das Bedürfnis unterdrücken, sie unter sich zu ziehen. Der Drang, sie zu nehmen, zu beherrschen und seine Zähne in ihre zarte Haut zu schlagen, wurde von Minute zu Minute stärker.

Vertrauensvoll lehnte sie sich an ihn. Sie fühlte sich zart und weich an, und kleine Schauer durchrieselten sie, die bewirkten, dass sie sich noch fester an ihn schmiegte. Ihre Augen waren dunkel und voller weiblicher Geheimnisse.

Manolito ergriff Besitz von ihrem Mund, sehr sanft zunächst nur, und kostete ihren süßen, frischen Atem, als ihre Zungen sich vereinten. Sie seufzte, und ihr biegsamer Körper begann, sich einladend an seinem zu bewegen.

»Was für eine Versuchung«, flüsterte er, als er sie in seinen Armen drehte und sie so über seinen Schoß legte, dass er die glitzernde Feuchtigkeit zwischen ihren gespreizten Schenkeln sehen konnte. »Du bist so bereit für mich, *sivamet*, so heiß und feucht.«

Seine Zähne zupften an ihrer Unterlippe, seine Zunge strich die Konturen ihrer Lippen nach. »Ich liebe deinen Mund.« Er liebte alles an ihr. Und genau das war das Problem. Je mehr er versuchte, einen Weg zu finden, sie bei sich zu behalten und dafür zu sorgen, dass sie ihn nie würde verlassen wollen, desto mehr begehrte er sie. Er würde nie genug von ihrem Körper bekommen. Und ihr Körper allein würde ihm niemals genügen. Er wollte, dass ihre Augen von mehr als Lust und sinnlichem Verlangen glänzten.

Manolito küsste sie erneut, in einer sanften Eroberung ihrer Sinne, weil er ihr Herz und ihre Seele wollte, obwohl er wusste, dass er nur einen kleinen Teil von ihr besitzen konnte. Das machte ihn entschlossener denn je, sie an sich zu binden. MaryAnn war sich ihrer Faszination gar nicht bewusst, wusste nicht, wie umwerfend sexy sie war; sie glaubte, das bewirke alles er. Seine Küsse waren berauschend, erschütterten sie und ließen ihr keine Chance zu denken – sie fühlte nur noch. Sie stöhnte leise, und er nahm jeden einzelnen ihrer Laute in sich auf, um sie für immer in seiner Erinnerung zu bewahren.

Er liebte es, ihre zunehmende Erregung zu beobachten und zu wissen, dass er der Grund dafür war. Und dass *er* diesen Ausdruck brennenden Verlangens in ihre Augen gezaubert hatte. Sie wandte ihm ihr Gesicht zu, barg es unter seinem Kinn und glitt mit ihrer Zunge über seinen Hals, bevor sie seinen Namen flüsterte.

»Manolito.«

Die atemlose kleine Bitte verschärfte seine Erregung noch. Seine Zähne streiften ihre Haut, als er sie langsam von ihrem Kinn zu ihrer Kehle hinunterwandern ließ. Ihre Haut war wie warmer Honig. Er konnte einem kleinen Biss nicht widerstehen, als seine Zähne ihren Puls berührten, doch seine warme Zunge linderte den winzigen Schmerz sofort. MaryAnn reagierte mit einem weiteren leisen Stöhnen und legte den Kopf zurück, um ihm noch besseren Zugang zu ihrer Kehle zu verschaffen. Ihr Haar umrieselte ihn wie ein Wasserfall, und er wollte die seidige Fülle an seiner nackten Haut spüren. Ihre Brüste hoben und senkten sich, als sie immer schwerer atmete.

»Du magst das, nicht?«, flüsterte er mit hypnotisierend weicher Stimme und zog ihre Haut wieder zwischen seine Zähne. Er registrierte ihre erhöhte Pulsfrequenz, ihren Duft, der nach ihm rief, und die von ihr ausgehende Hitze. »Oh ja, meine Süße, du magst das sogar sehr.«

Er runzelte die Stirn und konzentrierte sich, und augenblicklich lösten seine Kleider sich in Nebelfetzen auf, sodass er endlich ihre nackte Haut an seiner spüren konnte. Ihr langes Haar war wie eine sinnliche Liebkosung, als sie sich über ihn beugte und seine Erektion sich heiß und hart an ihren Körper presste. MaryAnn stand zwischen ihm und dem Monster, das er werden könnte – dem Untoten. Sie allein besaß die Macht, ihn davor zu bewahren, und das Wunderbare war, dass sie ihm freiwillig ihren Körper darbot. Es gab nichts Machtvolleres oder Erotischeres.

Sein Mund glitt hungrig über ihre Haut, die sich wie heiße Seide unter seinen Lippen anfühlte. Er hörte ihr Blut nach ihm rufen und spürte, wie es durch ihre Adern rauschte. Ihr Herz schlug im gleichen Rhythmus wie das seine, Schlag für Schlag, als seine Lippen über die sanfte Wölbung ihrer Brüste und durch die Mulde zwischen ihnen glitten, seine Zungenspitze verführerisch über ihren Puls kreiste und seine Zähne spielerisch über die zarten Knospen ihrer Brüste wanderten.

MaryAnn bog sich ihm entgegen, als er seinen warmen Atem auf die harten kleinen Knospen blies, und versuchte, ihre Arme anzuheben, aber er hielt inne, hob den Kopf und sah das brennende Verlangen in ihren Augen. »Halt still, *sivamet*. Ganz still. Ich möchte, dass du jede Liebkosung meiner Zunge und Finger spürst.«

»Ich kann nicht«, murmelte sie erstickt. Ihr Körper war zu aufgewühlt und unruhig, das Verlangen in ihr zu wild und ungestüm. Sie glaubte nicht, dass sie noch mehr würde ertragen können. Noch nie hatte sie ein so fiebriges Begehren verspürt, ein solch verzehrendes

Verlangen, von ihm berührt zu werden, das seine spielerischen kleinen Bisse nur noch mehr und mehr anfachten. So sehr, dass sie am Rande der Verzweiflung war, und das, obwohl sie immer eine eher kühle Frau gewesen war. Sie brauchte Manolito mehr, als sie das Atmen brauchte, doch statt ihr mehr zu geben, setzte er seine erotische Attacke auf ihre Sinne fort, bis sie schier zu sterben glaubte vor Verlangen.

»Natürlich kannst du«, sagte er. »Lass mich dich vor Lust zum Schreien bringen. Lass mich dich so schwach und hilflos vor Verlangen machen, dass du keinen anderen Namen mehr als meinen kennst.« Seine Stimme war verlockend und verführerisch wie seine Finger, die sie streichelten. Er senkte den Kopf auf ihre Brust, und seine Lippen streiften deren harte kleine Spitzen, als er flüsterte: »Gib dich mir ganz hin.«

Dann legte er eine Hand um eine ihrer festen Brüste, zog ihre Spitze in die warme Höhlung seines Mundes und attackierte ihre Sinne abwechselnd mit seiner Zunge und kleinen Bissen, bis MaryAnn nicht mehr zwischen Schmerz und sinnlicher Ekstase unterscheiden konnte. Sein Begehren war so heftig, dass er befürchtete, die Kontrolle zu verlieren, als sie ihren festen kleinen Po an seinem heißen, harten Glied kreisen ließ. Während er sich ihrer anderen Brust zuwandte, ließ er eine Hand zu der exquisiten Hitze zwischen ihren Schenkeln gleiten.

Ein gequälter kleiner Aufschrei entrang sich ihr, und sie wand sich noch heftiger in seinen Armen, obwohl sie sich bemühte stillzuhalten, wie er es ihr befohlen hatte. Aber die Nerven in ihren Schenkeln zuckten, und unwillkürlich spreizte sie noch weiter ihre Beine und presste sich an seine Erektion. Feuer raste durch seine Adern, und sein Verlangen wurde so übermächtig, dass sich sein Körper schmerzhaft verkrampfte. Ein Knurren entrang sich ihm, als seine Finger zu dem Dreieck dunkler Locken über ihrer intimsten Stelle fanden. Wieder hauchte er so sanft seinen Atem über ihre Brustspitze, dass MaryAnn sich erneut aufbäumte und sich verlangend seinem Mund entgegenbog.

Manolito strich einige Male mit seiner warmen Zunge über ihre harte kleine Brustspitze, nahm sie dann ganz plötzlich zwischen seine Zähne und biss so sanft hinein, dass Flammen sie durchzuckten und wie ein Sturm durch sie hindurchbrausten. Seine Liebkosungen wechselten zwischen sanft und hart, schnell und langsam, einem kleinen Biss und einem quälend langsamen Streicheln seiner Zunge, und die ganze Zeit hörte er nicht auf, mit seinen geschickten Fingern die warme, feuchte Stelle zwischen ihren Schenkeln zu liebkosen, wo ihre süße Qual am größten war. Ihre Bauchmuskeln verkrampften sich, ihre Hüften hoben sich in einer stummen Bitte um Erfüllung, die er ihr nicht gleich schenken wollte.

Sie rang nach Atem. »Du musst etwas tun.«

Männlicher Triumph erhellte seine schwarzen Augen, in denen winzige, bernsteinfarbene Lichtpünktchen erschienen. Sein Blick war heiß und besitzergreifend, als er den Kopf hob, um auf sie – und das, was ihm gehörte –, herabzusehen. Wortlos erhob er sich mit ihr und legte sie aufs Bett, ließ seine Zunge und seine Zähne über ihren Körper wandern, kostete ihre Süße, ihre Lust und die Erfüllung seiner kühnsten Fantasien. Er benahm sich wie ein dominantes Männchen, was sogar ihn ein bisschen konsternierte, aber er musste MaryAnn seinen Duft verleihen, damit sie – und jeder andere – wussten, zu wem sie gehörte.

Sie zitterte, ihre Brüste hoben und senkten sich, und sie spreizte weit die Beine, als er an ihrem Körper hinunterglitt und jeden Zentimeter für sich beanspruchte. Ihr Kopf flog hin und her, als er ihre überaus empfindsamen Brüste neckte und liebkoste, mit Lippen und Zunge jede Rippe nachstrich, sich über ihren bebenden Bauch bewegte und innehielt, um den entzückenden kleinen Nabel dort zu küssen.

Sie murmelte etwas sehr Erotisches, auf das sein Körper augenblicklich reagierte. Manolitos ganze Aufmerksamkeit galt ihr, dem Gefühl von ihr, ihrer makellosen Schönheit und der seidigen Glätte ihrer weichen Haut. Der Duft seiner Gefährtin umhüllte ihn, rief und beherrschte ihn, und sein ganzer Körper pochte und schmerzte von dem Bedürfnis, ihrem Ruf zu folgen. Lust und Liebe stiegen in ihm auf, denn das eine war vom anderen nicht zu trennen bei dieser Frau, die mutig genug war, ihm ins Land der Nebel und Schatten zu folgen und in einen Dschungel einzudringen, obwohl alles in ihr sie dazu drängte wegzulaufen. *Seine Gefährtin des Lebens*.

Sein langes Haar fächelte ihren flachen Bauch und ihre schmalen Hüften, als er noch tiefer an ihr hinunterglitt. Und dann erreichte er das Zentrum ihrer Lust, und sie lag unter ihm, krallte ihre Fingernägel in das Laken und bog sich ihm in einer stummen Einladung entgegen. Ihr Blick suchte seinen, sie war aufs Äußerste erregt, beinahe verzweifelt. Manolitos Lächeln hätte nicht sündhafter sein können, als er ihre Beine sanft noch weiter spreizte. Sein Blick wurde heißer, noch glutvoller und ungeheuer sinnlich, bevor er den Kopf senkte und ihre Süße kostete.

MaryAnn schrie auf, als seine warme, etwas raue Zunge in sie eindrang, und grub ihre Fingernägel in die Matratze, um sich festzuhalten, als die Welt um sie zu explodieren schien. Ihr ganzer Körper schien sich aufzulösen, und ihre Sicht verschwamm, als wahre Feuerströme über ihren Rücken rasten und sich alles in ihr zusammenzog. Ihre Kehle wurde so eng, dass sie nicht mehr atmen konnte, und Woge um Woge wonnevollster Empfindungen überschwemmten sie.

Manolito hörte nicht auf, sie auf äußerst erotische Weise zu liebkosen und sich an ihr zu laben wie ein Verhungernder. Seine Hände hielten sie mit einer Kraft fest, die sie ihm nicht zugetraut hätte, sodass sie seinem erotischen Angriff völlig hilflos ausgeliefert war. Jede Berührung steigerte noch das aufregende Prickeln an ihrer intimsten Körperstelle, bis es ganz und gar von ihr Besitz ergriff und sie es kaum noch zu ertragen glaubte.

»Ich halte das nicht mehr aus«, stöhnte sie und suchte verzweifelt mit ihren Händen nach etwas, um sich festzuhalten. »Du musst aufhören, Manolito«, sagte sie, weil er sie so vollkommen unter Kontrolle hatte, dass sie sich nicht einmal bewegen konnte.

Aber seine Zunge begann nun, ihren sensibelsten Punkt zu umkreisen, und steigerte ihre Begierde zu einem regelrechten Fieber, bis sie schier zerfloss vor Wonne. Mit der Macht eines ausbrechenden Vulkans brachen sich ihre Gefühle Bahn, bis sich erneut alles in ihr zusammenzog, ihr Leib sich verkrampfte und Ströme weiß glühender Lava ihren Rücken hinaufrasten und sich um ihre Brüste legten. Außerstande, sich noch länger zu beherrschen, bäumte sie sich auf und presste sich in wilder Lust an Manolitos Mund.

Bevor sie wieder zu Atem kommen konnte und ihr Körper noch von Wogen purer Ekstase geschüttelt wurde, drehte er sie um und hob sie auf das Bett, sodass sie auf allen vieren vor ihm kniete. Dann kniete er sich hinter sie, umfasste ihre Hüften und zog ihren Po zu sich heran, während er eine Hand auf ihren Rücken legte, um sie festzuhalten.

»Ist es das, was du brauchst, *sivamet*?«, flüsterte er rau, als er sie den Beweis seiner Begierde spüren ließ.

Nur vage war ihr bewusst, dass sie irgendetwas murmelte, das wie eine flehentliche Bitte klang. Es war, als durchzuckten Blitze ihren Körper, ganze Bündel von ihnen, als Manolito in sie einzudringen begann. Er war so groß, so hart – wie ein eiserner, in Samt gehüllter Speer beinahe, der in ihr weiches, empfindsames Fleisch eindrang. »Du bist zu groß«, keuchte sie, zum ersten Mal voller Angst, dass sie ihn nicht verkraften konnte, nicht so, nicht, wenn er ihre Hüften so umfasste und ihren Po zu sich zurückzog, während er unaufhaltsam und gnadenlos in ihren schmerzhaft engen Schoß eindrang. Doch obwohl sie protestierte, bog sie sich ihm entgegen und wollte mehr, brauchte mehr, während ihr fast die Tränen kamen von der überwältigenden Lust, die sie durchflutete. Nicht einmal ihre Enge und das Brennen, das seine Bewegungen begleitete, konnten die Wogen der Ekstase bremsen – oder vielleicht verstärkten sie sie ja sogar.

In dieser dominanten Position hatte Manolito seine Gefährtin vollkommen unter Kontrolle und nahm sich Zeit, als er immer wieder in ihre heiße Enge eindrang, die ihn weich wie Samt umschloss. »Du bist so eng, MaryAnn.« Seine Stimme war rau, fast wie ein Knurren, das tief aus seiner Kehle kam. Er hob ihren Po an, um noch tiefer in sie hineinzugleiten, und füllte sie mit seiner glutvollen Härte aus, bis sie es kaum noch zu ertragen glaubte. »Beweg dich nicht, Liebste, tu das bitte nicht.«

Aber sie konnte nicht verhindern, dass sich alles in ihr zusammenzog und eine reißende Flut von Erregung sie durchfuhr, als er mehr und mehr von ihr Besitz ergriff. Eigenartigerweise steigerte es ihre Erregung jedoch höchstens noch, als er sein Tempo beschleunigte, sie an sich zog und ihrer beider Lust mit jedem Stoß verschärfte.

Manolitos Finger bohrten sich in ihre Hüften, um sie festzuhalten, und er flüsterte gutturale Laute, die ihr unverständlich waren, während er wieder und wieder in sie eindrang und ihr mit jedem Stoß einen schockierten Schrei entlockte. Sie verspürte wieder einen leichten Schmerz, als er sogar noch größer wurde, bis zum Äußersten in sie eindrang und einen harten, erbarmungslosen Rhythmus begann, der einen Blitzstrahl nach dem anderen durch ihren ganzen Körper sandte, den quälenden Schmerz aber nicht lindern konnte.

Er trieb sie über jede Grenze, an die sie je gestoßen war, und steigerte ihr Verlangen ins schier Unerträgliche, bis sie schluchzend um Erfüllung bettelte. Sie versuchte, sich zu bewegen und unter ihm wegzukriechen, aus Angst, dass es zu viel war, um damit fertig werden zu können, doch er beugte plötzlich seinen langen Körper über ihren, während er sie mit einem Arm um ihre Taille festhielt, und schlug seine Zähne tief in ihre Schulter.

Unerwarteter Schmerz durchzuckte sie, der sich jedoch sogleich mit einem überwältigenden Gefühl der Lust vermischte, als er seine rhythmischen Bewegungen wieder aufnahm und, keuchend vor Anstrengung, aber mit enormer Kraft, immer wieder in sie eindrang. Sie hörte ihre eigenen erstickten Schreie, das Geräusch von Fleisch, das gegen Fleisch schlug, fühlte seine Hoden wie in einer rauen Zärtlichkeit an ihrem Körper, als er sich in diesem harten, fordernden Rhythmus tief in ihr bewegte. Als ihre lustvollen Empfindungen so übermächtig wurden, dass sie es nicht mehr aushielt, wand sie sich verzweifelt unter ihm, weil sie mehr brauchte, aber auch Angst davor hatte, dass er es ihr geben würde.

Sein Arm schloss sich noch fester um sie und zog ihre Hüften höher, sodass ihr Po ganz dicht an seinem lag und er noch weiter in sie eindringen konnte, so tief, dass er gegen eine Barriere in ihrem Innersten stieß. Sie spürte, wie er in ihr anschwoll, noch größer und noch härter wurde und ihre Muskeln sich zusammenzogen, bis sie in tausend Stücke zu zerspringen fürchtete.

Manolito hörte ihr schweres Atmen, die geschluchzten Bitten, und wusste, dass sie am Rande eines Abgrunds schwankte. *Ja*, sivamet. *Brenn für mich*.

Ein heiseres Stöhnen entrang sich ihr, als eine unfassbar heiße Woge sie durchströmte, die ihren Körper wild erschauern ließ. Atemlos fühlte sie den nächsten Höhepunkt nahen, der noch überwältigender als der vorangegangene war. In hemmungsloser Lust krümmte sie den Rücken und bog sich Manolito entgegen, dessen heisere Schreie ein Echo ihrer eigenen waren.

Am ganzen Körper erschauernd, gelangte er zum Höhepunkt, und unbeschreibliche Lust durchflutete ihn in Wellen und erfüllte ihn mit einer Hitze, die alles andere auszulöschen schien. Es war wie eine Explosion, die er bis in die Zehenspitzen spürte, in seinen Beinen und in seinem Unterleib, ja sogar in seiner Brust und seinem Kopf. Das hätte ihm genügen müssen, aber sein Körper wollte sich noch nicht zufriedengeben.

Er zog seine Gefährtin an sich, deren kleinerer Körper weich und offen und völlig schutzlos vor ihm war. Seine Erektion war unverändert, und auch das überwältigende Lustgefühl blieb, als MaryAnn immer noch erschauerte und er spürte, wie ihre Muskeln sich um ihn zusammenzogen. Er konnte sich nicht bewegen, hatte Mühe mit dem Atmen, versuchte, das wilde Pochen seines Herzens zu beruhigen und seine Eckzähne davon abzuhalten, sich zu verlängern. Denn erstaunlicherweise hatten sie das getan, und er hatte sie in MaryAnns Schulter geschlagen, um sie festzuhalten.

Der Drang, ihr Blut zu nehmen und sie voll und ganz in seine Welt zu bringen, war in ihm, doch er bezwang ihn, aus Angst, dass sie dann vielleicht ebenso gefangen wäre im Reich der Geister und der Schatten wie er selbst. Trotzdem verlangte es ihn so sehr nach ihrem Blut, dass er sie unter sich festhielt, auf den Knien, bedeckt von seinem Körper, während er darauf wartete, dass dieses Verlangen abebbte. Er strich mit der Zunge über seine Eckzähne und erfreute sich an ihrem wilden, weiblichen Geschmack, während er mit einer Hand ihre Brüste streichelte und die Feuchtigkeit genoss, die jedes Mal, wenn er ihre empfindsamen Brustspitzen berührte, seinen harten Penis in warmen Nektar tauchte.

»Ich könnte dich für immer so bei mir behalten«, flüsterte er, während er mit der Zunge über ihre Wirbelsäule strich.

MaryAnn biss sich auf die Lippe und versuchte, das schnelle Pochen ihres Herzens zu beruhigen. Nie in ihrem Leben hätte sie gedacht, zu solch rückhaltloser Hingabe imstande zu sein. Aber wenn Manolito sie berührte, wenn er ihr nahe war, kannte sie keine Hemmungen mehr. Furcht vielleicht, doch nicht vor ihm, sondern höchstens Furcht, sich in diesem absoluten Wahnsinn körperlicher Sinneslust zu verlieren.

Es gab kein Zurück mehr, und sie konnte nicht einmal Manolito die Schuld daran geben. Sie hatte ihn ebenso verführt wie er sie, und es war eine rein körperliche Angelegenheit gewesen. Sie schloss die Augen und versuchte, nicht das Pochen in ihrem Blut zu hören. Denn das hier war wie eine Sucht. *Er* machte sie süchtig, sodass sie sich für den Rest ihres Lebens nach seiner Berührung sehnen würde. Niemand würde je solche Empfindungen in ihr wecken, wie er es konnte. Und niemals würde ihr der Liebesakt mit einem anderen so richtig vorkommen. Aber Liebe war es nicht.

»Woher weißt du, *sivamet*, was bei mir Liebe ist?«

»Du spukst schon wieder in meinem Kopf herum!«

»Du hast dich mit mir vereint.« Er hauchte einen Kuss auf ihren

Rücken. »Vorsicht, *csitri*, ich werde dich jetzt auf die Matratze herunterlassen.« Sie zitterte so sehr, dass er Angst hatte, sie könnte fallen, wenn er sich aus ihr zurückzog.

Doch kaum bewegte er sich, zogen sich wieder alle Muskeln in ihr um ihn zusammen und durchflutete sie beide erneut mit lustvollen Empfindungen. Manolito hielt den Arm um MaryAnns Hüfte, als er sich widerstrebend von ihr löste und sie sanft aufs Bett hinunterließ. Dann drehte er sie auf die Seite, streckte sich neben ihr aus und schloss sie in die Arme.

»Ich glaube, ich kann mich nicht mal mehr bewegen.« Was er eigentlich auch gar nicht wollte.

»Ich *weiß*, dass ich es nicht kann«, murmelte MaryAnn, die nicht einmal mehr den Kopf anheben konnte. Die letzten wohligen Schauer waren noch immer nicht ganz abgeebbt, sie bekam nicht genügend Luft, ihre Lungen brannten, und ihr Körper glühte. Sie lag neben ihm und lauschte ihren Herzen, die im gleichen Rhythmus schlugen. »Was meintest du, als du sagtest, ich wüsste nicht, was bei dir Liebe ist?«

»Wie könnte ich die Frau *nicht* lieben, die allem, was sie fürchtet, trotzt, um mich vor ihr völlig unbekannten Gefahren zu retten? Wie könnte ich dich nicht lieben, wenn du zwischen mir und der Finsternis stehst? Wie könnte ich dich nicht lieben, wenn du mir mehr sinnliche Freuden schenkst, als ich mir je erträumt hätte?« Er sagte nicht, dass sie ihm auch Frieden brachte. Dass sich alles in ihm beruhigte und in Ordnung kam, sobald er nur mit ihr zusammen war. »Du bist es, die mich noch nicht liebt, aber du wirst es lernen.«

Er schloss sie noch fester in die Arme, sodass sein Kinn an ihrem Nacken lag und sein warmer Atem ihr Ohr berührte.

MaryAnns Körper pochte, brannte und sehnte sich schon wieder nach Manolito, und das war wirklich beängstigend. Er war so voller Selbstvertrauen, sich seiner selbst so sicher, dass er sie dazu bringen konnte, ihn zu lieben. Und selbst wenn sie es nicht tat, wusste sie, dass es fast unmöglich sein würde, nicht bei ihm sein zu wollen, wenn er eine derartige Leidenschaft in ihr entfachen konnte.

»Findest du nicht, dass das gerade ein bisschen beängstigend war?«

»Bei mir brauchst du niemals Angst zu haben«, sagte er und drückte sein Gesicht an ihr lockiges Haar. »Ich möchte hier bei dir bleiben und den Schlaf der Sterblichen schlafen.« Noch nie zuvor in seiner gesamten langen Existenz hatte er gedacht, dass er sich einmal dieses simple Vergnügen wünschen würde, doch jetzt wollte er nichts anderes mehr, als MaryAnn in seinen Armen zu halten und mit ihr einzuschlafen.

»Warum den Schlaf der Sterblichen?«, fragte sie und kuschelte sich an ihn. »Wie merkwürdig, dass du das sagst!«

»Ich möchte von dir träumen. Einschlafen, um von dir zu träumen, und mit dir an meiner Seite erwachen.«

Sie rieb sich an ihm wie eine Katze. »Du darfst aber nicht einschlafen. Du musst die Erde aufsuchen, Manolito. Sogar ich weiß das.«

Er sah sich in dem Zimmer um. Licht kroch schon durch die Fenster herein. Es hätte ihm in den Augen brennen müssen, doch stattdessen weckte es den Wunsch in ihm, sich zu rekeln und zu strecken und sich von der frühen Morgensonne bescheinen zu lassen. »Vielleicht bleibe ich hier. Wir können die Vorhänge zuziehen.«

MaryAnn erschrak. »Das ist zu gefährlich. Kommt nicht infrage. Du musst gehen.«

Er stützte den Kopf auf seine Hand und blickte mit seinen schwarzen Augen auf sie herab. »Du willst nicht, dass ich bleibe, nicht?«, fragte er in plötzlicher Erkenntnis. »Du willst allein gelassen werden.«

Sie unterdrückte das Bedürfnis, ihm zu widersprechen, weil es eine Lüge gewesen wäre. »Ich kann in deiner Nähe nicht klar denken.«

»Nein?« Die Gereiztheit in seiner Stimme wich einem tiefen Seufzer männlicher Zufriedenheit. Seine Hand legte sich um ihre Brust, sein Daumen glitt über ihre zarte Knospe, und MaryAnn erschauerte.

»Nein. Denkst du, ich wäre immer so … so *unterwürfig*?« Sie spie das Wort förmlich aus. »Ich stehe nicht auf Fesselspielchen und Unterwerfung.«

»Vielleicht weiß ich mehr über deine Vorlieben als du selbst«, sagte er. »Ich bin in deinem Bewusstsein und suche nach den Dingen, die dir Freude bereiten.«

Sie schloss für einen Moment die Augen und fragte sich, ob das die Wahrheit war. Sie *hatte* jede Einzelheit des Liebesspiels mit ihm gemocht. Und *mögen* war noch reichlich untertrieben. Sie konnte ihn nicht für ihre eigenen Handlungen verantwortlich machen. Sie hatte ihn schnell und hart gewollt, fast brutal. Und sie hatte ihm gehören wollen, ganz und gar – und wollte es noch immer. Wollte alles tun, was er von ihr verlangte. Und das machte ihr auf einer völlig anderen Ebene Angst, weil es eine bedeutende Persönlichkeitsveränderung darstellte, die Nachdenken erforderte.

Manolito sah sie prüfend an. Sie war erstaunt über ihr Verhalten, und er wiederum fragte sich, warum er so dominant mit ihr gewesen war. Er *war* ein dominanter Mann, so sehr, dass er es nicht nötig hatte, sich vor irgendjemand zu beweisen, doch irgendetwas in ihm hatte ihn dazu gedrängt, sie zu kennzeichnen, seinen Duft, den Beweis ihrer Paarung, an seiner Gefährtin zu hinterlassen. Er strich ihr das Haar zurück und berührte die kleine Wunde an ihrer Schulter. Karpatianer hinterließen häufig winzige Bissmale, und er hatte ein solches Mal auf ihrer Brust zurückgelassen, als er das erste Mal ihr Blut gekostet hatte. Die Wunde an ihrer Schulter allerdings war etwas völlig anderes. Verwirrt richtete er den Blick darauf. Sie war mit seinen *Eckzähnen* verursacht worden.

MaryAnn wandte den Kopf, um sich ebenfalls mit einem kleinen Stirnrunzeln die Wunde anzusehen. Wieso hatte sie das sexy gefunden, als er sie so gehalten hatte? »Du musst mich wohl mit irgendeinem Zauberbann belegt haben.«

»Ich glaube, es war andersherum.«

»Ach ja?«, fragte sie argwöhnisch. »Weil Destiny so etwas kann? Wie in anderer Leute Denken einzudringen und sie zu beeinflussen?«

»Werde wieder eins mit mir, und ich werde sehen, inwieweit ich Einfluss auf dich nehmen kann. Ich glaube, ich werde dich vor mir niederknien und dich mein Glied in deinen heißen, sexy Mund nehmen lassen.« Seine Hand glitt zärtlich über ihren Nacken, aber sein Körper reagierte sogleich wieder auf die erotische Fantasie und presste sich an MaryAnn. »Ich überlebe es vielleicht nicht, doch ich bin mehr als nur bereit, mich für das Experiment zu opfern.«

Sie hätte alarmiert sein müssen, aber der Gedanke, Manolitos Körper zu erforschen, ihn zum Höhepunkt zu bringen, und dies auf seinen eigenen Befehl zu tun und ihn ganz und gar seiner Beherrschung zu berauben, erregte sie. Seine Zunge glitt über ihre Schulter, seine Zähne knabberten spielerisch an ihr, und schon reagierte ihr Körper wieder mit dieser versengenden Hitze, die blitzartig von ihrem Schoß zu ihren Brüsten hinaufschoss.

»Vielleicht bin ich es ja, die dich beeinflusst«, erwiderte sie. »Du sagst immer, ich sei diejenige, die mit dir eins wird.«

»Natürlich beeinflusst du mich. Ich lese in deinen Fantasien und teile meine eigenen mit dir«, antwortete er, während seine Hände MaryAnns Brüste und deren harte Knospen liebkosten, bevor sie zu ihrem Po hinunterglitten, wo sie eine sehr erotische Massage begannen. »Wenn ich morgen Abend zu dir komme, trag doch bitte etwas Feminines.«

»Ich trage *immer* feminine Kleidung«, versetzte sie empört. »Ich habe einen exzellenten Geschmack in Sachen Kleidung. Ich kann nicht glauben, dass du mich so vor den Kopf stößt.«

Männliche Belustigung glitzerte in seinen Augen. »Ich entschuldige mich, *meu amor*, falls du das falsch verstanden hast. Ich bin altmodisch und würde eben ein Kleid oder einen Rock bevorzugen.« Er legte seine Hand auf ihren flachen Bauch und begann, dort sanfte Kreise zu beschreiben. »Abgesehen davon, dass sie deinen schönen Körper hervorragend zur Geltung brächten, wäre es für mich auch viel leichter, dich so zu berühren«, sagte er mit rauer Stimme und ließ seine Hand zu der warmen Feuchte zwischen ihren Schenkeln gleiten. »Ich will, dass dein Körper jederzeit verfügbar für mich ist.

Ich sehe dich an und will deine nackte Haut berühren. Es gibt nichts Schöneres auf dieser Welt.«

MaryAnn sog scharf den Atem ein, und alles zog sich in ihr zusammen, als er mit zwei Fingern in sie eindrang. Sie war wieder ganz die Seine, und jeder Gedanke an Widerstand verflog. Seine Finger streichelten und neckten sie und begaben sich erneut auf eine intime Forschungsreise. Sein raues Flüstern an ihrem Ohr schärfte ihre Sinne und steigerte ihr Verlangen nach ihm ins schier Unerträgliche.

Die ersten Sonnenstrahlen fielen durch das Fenster, und in ihrem Licht sah MaryAnn die unverhohlene sinnliche Begierde in seinem Gesicht. Er rollte sich auf den Rücken und hob sie einfach auf sich, sodass sie mit gespreizten Beinen über ihm saß. Ihr stockte der Atem, als sie auf seine Erektion herabblickte. Es schien unmöglich, dass sie ihn in sich aufnehmen konnte, aber ihr Körper brannte und pochte und schrie nach ihm. Manolito platzierte ihre Knie neben seinen Hüften, hob ihren Po an und drang nur ein ganz klein wenig in sie ein. Er lächelte, seine weißen Zähne blitzten, und seine schwarzen Augen leuchteten vor Freude, als sie sich langsam auf ihm niederließ.

Er bewegte kurz die Hüften und glitt in sie hinein, sehr behutsam und zärtlich dieses Mal, damit sie jede seiner Bewegungen genießen konnte, und sie legte ihm die Hände auf die Schultern und begann, sich seinem langsamen, sinnlichen Rhythmus anzupassen. Er war wie heißer, in Samt gehüllter Stahl, als er sie immer mehr ausfüllte und liebte, bis das Gefühl ihr schier den Atem nahm – und den Verstand. Es war ganz anders als seine ungestüme Eroberung zuvor, doch nicht weniger lustvoll. Und es hatte etwas herrlich Dekadentes, so auf ihm zu sitzen, während sein Blick auf ihren Brüsten ruhte und sie die unbändige Lust und schon fast ehrfürchtige Bewunderung in seinen Augen sah.

MaryAnn war erschöpft, als Manolito schließlich ging, doch die Sonne stand schon hoch, und sie wusste, wie gefährlich es für ihn war, sich zu einer solchen Zeit noch oberhalb der Erde zu befinden.

Ihr eigener Körper war so ausgelaugt, dass sie nicht mehr tun konnte, als seinen Kuss zu erwidern und schwach mit der Hand zu wedeln, als er sie liebevoll zudeckte und sie allein ließ. Sie registrierte kaum seinen geflüsterten Befehl zu schlafen, denn die Augen fielen ihr ohnehin schon zu.

9. KAPITEL

MaryAnn erwachte von den Tränen auf ihren Wangen und den leisen weiblichen Stimmen auf der anderen Seite der Tür. Stöhnend drehte sie sich um, weil ihr Körper an Stellen wund war, von denen sie nicht einmal gewusst hatte, dass es sie gab.

»Es war nur Sex«, sagte sie sich laut. »Er liebt dich nicht. Liebe ist wichtig, aber er liebt dich nicht.«

Er mochte sie nicht lieben, doch er beherrschte ihren Körper. Sie hätte alles getan, was er verlangte, und nicht einmal gewusst, dass so etwas für sie infrage kam. Die Innenseiten ihrer Schenkel und ihr Kinn waren gerötet von Manolitos Bartstoppeln. Und alles in ihr pochte vor Verlangen, sobald sie an ihn dachte. Ihre Brüste waren schwer und schmerzten. Da war kein Zentimeter ihres Körpers, den er nicht für sich beansprucht hatte oder den sie ihm nicht freiwillig gegeben hatte.

Ihr Kontrollverlust war geradezu erschreckend. Wie konnte sie ihn so sehr begehren, dass sie ihn sämtliche Grenzen, reale oder eingebildete, die sie zu haben geglaubt hatte, überschreiten ließ? Das einzig Sichere war zu gehen, und dazu war es viel zu spät. Sie war vernünftig, eine Frau, die sich stets genau überlegte, was sie tat, und hier gab es nichts zu überlegen.

Sie setzte sich auf und wischte sich noch mehr Tränen von den Wangen. So hatte sie nicht mehr geweint, seit sie ein Kind gewesen war. Eine heiße Dusche würde ihre sinnlichen Empfindungen höchstens noch verstärken. Ebenso die Erinnerung an Manolitos sanfte Finger auf jedem Zentimeter ihrer Haut und an seinen Mund, der sie ganz schwach vor Sehnsucht und Verlangen machte. »Das ist nicht normal«, sagte sie zu ihrem Spiegelbild. »Es ist nicht normal, ihn so sehr zu begehren und zugleich zu fürchten, dass er zu mir kommt, und noch viel mehr, dass er es nicht tun könnte.«

Konnte sie diesen Ort noch verlassen? War es möglich, zu ihrem Leben in Seattle zurückzukehren? Manolito war zwischen zwei Welten gefangen; konnte sie ihn verlassen, obwohl sie wusste, dass er es ohne ihre Hilfe vielleicht nie wieder zurückschaffen würde?

MaryAnn zog sich sorgfältig an und wappnete sich mit ihrer Kleidung, wie sie es so oft tat, wenn sie innere Kraft und Selbstvertrauen brauchte. Manolito hatte sie aufgefordert, ein Kleid zu tragen. Vielleicht zog sie gerade deshalb eine Hose und ein seidenes Top darüber an. Zitternd stand sie vor dem Spiegel, betrachtete sich und wünschte, sie hätte sich doch für ein Kleid entschieden, um ihm den Gefallen zu tun. Und weil er sie dann wieder mit diesem brennenden Hunger in seinen Augen ansehen würde, dem sie unmöglich widerstehen könnte. Ihre Hände griffen schon nach den kleinen Knöpfen ihrer Bluse, aber dann ließ sie sie wieder sinken. Sie würde nicht kapitulieren – weder vor sich selbst noch vor ihm. Wenn sie ihn schon nicht verlassen konnte, konnte sie ihm wenigstens die Stirn bieten.

MaryAnn hob das Kinn und rang sich ein Lächeln ab, als sie in das Wohnzimmer hinaustrat. Eine junge Frau mit langem Haar, das ihr wie ein Wasserfall über den Rücken fiel, saß mit angezogenen Beinen auf einer Fensterbank. Mit einem zögernden Lächeln, das nicht ganz echt war, blickte sie auf und nahm MaryAnn mit ihren smaragdgrünen Augen aufmerksam in Augenschein.

»Du musst Jasmine sein. Ich bin MaryAnn Delaney. Hat Juliette dir gesagt, dass ich komme?« Sie näherte sich dem Mädchen mit langsamen, behutsamen Schritten, um es nicht zu erschrecken. Denn Jasmine, diese junge Frau mit Augen, die zu alt wirkten und schon zu viel gesehen hatten, und dem von Kummer und Leid geprägten Gesicht war der eigentliche Grund, aus dem sie hergekommen war.

Jasmine streckte ihr lächelnd die Hand hin. »Wie schön, dich endlich kennenzulernen! Juliette hat mir nur Gutes über dich erzählt.«

»Du riechst nach karpatianischem Mann«, warf eine andere, verächtlich klingende Stimme ein.

MaryAnn wandte sich zu Solange um. Diese Frau konnte niemand anderes sein. Sie war auf eine wilde, ungezähmte Weise schön und hatte Augen wie eine Katze, bernsteinfarben, scharf und misstrauisch. Auch ihr Gang war wie der einer Katze und ihre schnellen, rastlosen Bewegungen flink und anmutig. MaryAnn nahm den tief sitzenden, nur mühsam unter Kontrolle gehaltenen Zorn in dieser Frau wahr. Solange hatte zu viel Schreckliches gesehen, um je wieder unbefangen und arglos sein zu können.

Sie trug eine locker sitzende Baumwollhose mit Durchziehband und einen Gürtel um die Hüften. Während MaryAnn sich auf ihr Pfefferspray verließ, hatte Solange Messer und Pistolen in ihrem Gürtel, als wären sie etwas ganz Alltägliches für sie. Sie besaß Waffen, die MaryAnn noch nie gesehen hatte und von denen viele klein und scharf waren und äußerst wirkungsvoll aussahen. Ihr Haar war struppig, passte aber zu der Form ihres Gesichts. Während Jasmine geradezu ätherisch schön war, schlank und wohlgestaltet, mit sanften Kurven und langem Haar, wirkte Solange eher derb, mit üppigen Kurven, harten Augen und einem von Leid geprägten Mund.

»Tue ich das? Dann werde ich duschen.« MaryAnn lächelte die Frau an, um sie zu beruhigen und ihr zu helfen, sich zu entspannen.

Solange verhielt den Schritt und zog die Nase kraus. »Tut mir leid. Das war unhöflich von mir. Aber ich habe einen sehr ausgeprägten Geruchssinn. Trotzdem hätte ich das nicht sagen sollen. Wir sind in Jaguargestalt umhergestreift, und das macht mich immer überempfindlich.«

»Nein, nein, schon gut, Solange. Du kannst ruhig sagen, was du denkst.« MaryAnn warf ihr ein schnelles, anerkennendes Lächeln zu. »Selbst wenn du sagst, ich rieche.«

»Nein, nein«, widersprach Jasmine, als sie sich schnell erhob. »Das meinte Solange überhaupt nicht.« Nach einem warnenden Blick auf ihre Cousine streckte sie ihre Hand nach MaryAnns aus. »Hast du Hunger? Wir wollten gerade zu Abend essen. Wir sind erst vor ein paar Minuten aufgestanden. Tut mir leid, falls wir dich geweckt haben.«

»Du hast im Schlaf geweint«, sagte Solange. »Ich habe auch ein sehr gutes Gehör. Fühlst du dich nicht wohl hier, MaryAnn?«

MaryAnn behielt ihr beruhigendes Lächeln bei. Jasmines Finger umklammerten ihre, und sie spürte, wie das Mädchen zitterte. »Ach, es ist nur so, dass ich ein Stadtmensch bin und der Dschungel mich ein bisschen ängstigt. Bei euch beiden ist das wahrscheinlich nicht so. Aber ich habe gestern Nacht mein Pfefferspray bei einem Jaguar benutzen müssen, als er mich angriff.«

Solange fuhr herum, und ihre dunklen Augenbrauen zogen sich zusammen. »Du bist von einem Jaguar angegriffen worden? Bist du sicher?«

MaryAnn nickte. »Ich war ihm ganz nahe.«

»Hatte er ein Halsband oder irgendein Bündel um den Nacken, das du sehen konntest?«, beharrte Solange. Sie lief schon von Fenster zu Fenster und spähte unruhig hinaus.

»Jetzt, da du es sagst . . . ja, das könnte sein.« MaryAnn ließ Jasmines Hand nicht los. Das Mädchen zitterte am ganzen Körper, als sie durch die große Eingangshalle in die ebenfalls sehr weitläufige, helle Küche gingen.

Solange hob den Kopf und schnupperte. »Warst du in der Nähe eines männlichen Jaguars? Bei einem anderen Mann als dem Karpatianer?«

Jasmine schnappte entsetzt nach Luft, schlug eine Hand vor ihren Mund und machte große Augen. »Sind sie hier auf der Insel?«

»Es wird schon nichts passieren«, beruhigte Solange sie. »Ich kann dich beschützen, und Juliette hat das Haus mit Schutzzaubern belegt. Solange wir drinnen bleiben, müssten wir sicher sein. Ich werde nur rasch oben nachsehen, um sicherzugehen, dass die Balkontüren und Fenster geschlossen und verriegelt sind. Die Fenster haben Gitter, Jazz.«

Jasmine lief zu ihr und packte sie am Arm. »Lass mich nicht wieder allein. Ich will nicht allein sein.«

Ihr junges Gesicht hatte einen gehetzten Ausdruck, und für einen Moment sah MaryAnn tiefe Qual in Solanges bernsteinfarbenen Augen. Sie schloss ihre Cousine in die Arme und drückte sie an sich. »MaryAnn ist hier, Liebes. Ich gehe nur kurz nach oben. Sie wird bei dir bleiben, und ich bin gleich wieder zurück. Warum gibst du MaryAnn nicht etwas zu essen? Sie ist doch sicher hungrig, nicht?«

Jasmine schluckte und nickte. »Ja. Tut mir leid, MaryAnn. Natürlich gebe ich dir etwas zu essen. Trinkst du einen Tee?« Sie sah Solange nach, als sie den Raum verließ. »Keine Angst, sie kommt gleich wieder zurück«, fügte sie wie zu sich selbst hinzu.

»Natürlich«, sagte MaryAnn beruhigend und legte einen Arm um das junge Mädchen, das sichtlich blass geworden war. »Und eine Tasse Tee wäre wunderbar.«

Jasmines Hände zitterten so sehr, dass das Teegeschirr klirrte, aber sie schenkte beiden eine Tasse ein, fügte Milch hinzu und setzte sich dann MaryAnn so gegenüber, dass sie die Tür im Blick behalten und nach ihrer Cousine Ausschau halten konnte.

»Es ist bestimmt nicht leicht für dich, Solange aus den Augen zu lassen«, bemerkte MaryAnn verständnisvoll. Sie konzentrierte sich darauf, die junge Frau zu beruhigen und zu trösten. Jasmine sollte erkennen, dass sie jemanden hatte, mit dem sie reden konnte.

Ich bin jetzt hier. Es wird alles gut. Ich mache, dass alles gut wird. Du bist stark, und wir können damit fertig werden. Jasmine war kaum aus dem Teenageralter heraus, und doch war ihr Leben schon von Gewalttätigkeit und Furcht geprägt. MaryAnn wollte sie in die Arme nehmen, sie wie ein Baby hin und her wiegen und die Welt irgendwie wieder für sie in Ordnung bringen.

Jasmine nickte. »Ich versuche, keine Last für sie zu sein, aber meistens kann ich nicht schlafen, und dann muss sie bei mir sitzen.«

»Ich bin sicher, dass ihr das nichts ausmacht, Jasmine. Sie liebt dich doch ganz offensichtlich.«

Solange mochte knallhart sein, doch sie war loyal und liebevoll ihrer Familie gegenüber. Sie würde für dieses Kind ihr Leben geben und ihren letzten Atemzug dazu benutzen, sie zu trösten. Das konnte MaryAnn bei beiden schon erkennen, aber Jasmine war mehr als nur verängstigt nach ihrem entsetzlichen Erlebnis. Noch etwas anderes quälte sie, irgendein dunkles Geheimnis, das sie weder Juliette noch Solange anvertraut hatte. In Gedanken streichelte MaryAnn das Mädchen, als wäre es noch ein kleines Kind, voller Wärme und liebevoller Fürsorge. Sie hatte keinen sehnlicheren Wunsch, als Jasmines Welt wieder in Ordnung zu bringen, den Kummer aus ihren Augen zu vertreiben und ihr die Angst und Beklommenheit zu nehmen.

Jasmine holte tief Luft. »Ich bin so froh, dass du gekommen bist. Danke, MaryAnn. Von Juliette weiß ich, dass du aus der Stadt kommst und hier alles sehr schwierig für dich ist.«

MaryAnn zuckte mit den Schultern und versuchte, das Mädchen dazu zu bringen, mit dem Smalltalk aufzuhören und mit dem herauszurücken, was ihr auf der Seele brannte. Denn was immer das auch sein mochte, es machte ihr Angst, und sie wollte es MaryAnn erzählen, solange Solange nicht im Zimmer war. »Ich bin gern gekommen, damit du jemandem zum Reden hast. Manchmal ist es leichter, wenn es keine Familienangehörigen sind.« *Es ist okay, Liebes. Jetzt bin ich ja hier. Und ich werde dich nicht enttäuschen. Ich bin von weit her gekommen, um dir zu helfen. Vertrau mir bitte. Vertrau mir alles an, was dich belastet, und gemeinsam werden wir schon eine Lösung finden.*

»Und du hast schon mit anderen Mädchen gesprochen, Mädchen wie mir, meine ich?«, fragte Jasmine mit gesenkter Stimme und blickte zur Tür, um sicherzugehen, dass Solange noch oben war.

»Was dir widerfahren ist, war besonders grausam«, sagte MaryAnn. »Du musst dir selbst ein bisschen Zeit geben.« *Na komm schon, Kleines. Erzähl es mir. Es frisst dich sonst noch auf. Was immer es auch ist, wir werden damit fertig. Ich weiß, was ich tue. Du kannst dich auf mich verlassen*. MaryAnn wünschte, sie könnte einen Weg finden, Jasmine zu übermitteln, dass sie ihr helfen wollte und ihr Vertrauen nie missbrauchen würde.

»Ich habe keine Zeit«, flüsterte Jasmine. Dann senkte sie den Kopf und stellte ihre Tasse ab. »Es macht es leichter, wenn du weißt, was passiert ist. Ich habe es noch niemandem erzählt, aber das wird sich bald nicht mehr vermeiden lassen.«

MaryAnn hielt den Atem an, und ihr Herz begann wie wild zu pochen. Sie hätte weinen können um dieses Mädchen, das noch so jung war und dessen Leben schon in Trümmern lag. Aber sie legte nur ihre Hand auf Jasmines, um eine Verbindung zu ihr herzustellen, und zwang das Mädchen unter Aufbietung ihrer ganzen Willenskraft, sich zu beruhigen. »Du bist schwanger.«

Jasmine bedeckte ihr Gesicht mit beiden Händen. »Es gibt eine Pflanze, die wir danach benutzen können, und Solange hat sie mir gegeben, doch ich konnte nicht ...« Sie brach ab und sah MaryAnn an. »Ich wusste es schon im selben Augenblick, als es geschah. Ich wusste es einfach, und ich konnte nichts dagegen tun.«

»Du hast nichts falsch gemacht, Jasmine. Diese Männer haben dir keine Wahl gelassen, und du hast dich den Folgen gestellt und deine eigene Entscheidung getroffen. Hast du Angst, dass du etwas falsch gemacht hast?«

»Es ist kompliziert. Unser ganzes Leben ist kompliziert, und ich habe es noch viel schwieriger gemacht. Sie werden jetzt nie mehr aufhören, diese Männer. Sie werden uns verfolgen, wohin wir uns auch wenden mögen.« Sie warf wieder einen Blick zur Tür. »Solange ...« Sie unterbrach sich. »Es ist so schwer für sie gewesen.«

»Bereust du deine Entscheidung?«

»Ich weiß nicht, was ich denken soll, und ich könnte es nicht ertragen, dass Solange böse auf mich wird. Sie hat schon so viel getan, und ich kann ihr nicht noch eine weitere Person aufbürden, um die sie sich kümmern muss.«

»Du möchtest das Kind behalten?«

Jasmines Augen sprühten förmlich, und zum ersten Mal sah MaryAnn die Ähnlichkeit zwischen Jasmine und ihrer Cousine. »Ich würde denen nie mein Baby geben. Nie im Leben. Wenn Solange will, dass ich gehe, werde ich gehen, aber ich werde denen kein Kind übergeben, nicht einmal, wenn es ein Junge ist.«

»Nein, natürlich nicht. Was diese Männer dir angetan haben, war kriminell, Jasmine.« MaryAnn trank einen Schluck Tee, betrachtete das junge Mädchen und wählte sehr behutsam ihre nächsten Worte. »Manolito hat mir erzählt, dass er einem der Jaguarmänner begegnet ist, demselben, der mir gestern das Leben gerettet hat, als der andere Jaguar mich angriff. Dieser Jaguarmann sagte, er sei von einem Vampir verdorben worden, der die Jaguarmänner dazu bringt, Verbrechen gegen ihre Frauen zu begehen. Wenn das stimmt, sind sie in gewisser Weise auch Opfer.«

»Was erzählst du ihr da?«, fragte Solange scharf.

MaryAnn drehte sich zu der anderen Frau um, die unbemerkt den Raum betreten hatte. Solange bewegte sich völlig lautlos und so geschmeidig, dass ihre Füße kaum den Boden zu berühren schienen. Mit einem bösen Blick auf MaryAnn trat sie zu Jasmine und legte einen Arm um sie.

Jasmine versteifte sich erschrocken, warf MaryAnn einen Blick zu und schüttelte warnend den Kopf, weil sie ihr Geheimnis nicht enthüllt sehen wollte.

Aber MaryAnn vermutete, dass Solange es ohnehin schon kannte. Sie war eine reinrassige Jaguarfrau mit all den scharfen Sinnen dieses Tieres. Es wäre Jasmine gar nicht möglich, so etwas vor ihr zu verbergen, doch MaryAnn würde nie etwas preisgeben, das ihr anvertraut worden war, egal, wie sie darüber dachte.

»Nur, dass es eine schreckliche Tragödie für alle ist, wenn ein Vampir die Männer dazu bringt, Frauen zu jagen und zu erbeuten«, sagte MaryAnn, noch immer um einen ruhigen, sachlichen

Ton bemüht. »Wenn es stimmt, was Manolito herausgefunden hat, ist der Vampir dabei, mit voller Absicht eine ganze Spezies auszulöschen.«

Solange biss sich auf die Lippe und schenkte sich Tee ein. »Vielleicht ist die Idee des Vampirs ja gar nicht mal so falsch. Wenn unsere Männer zu all diesen fürchterlichen Dingen fähig sind, sollte die Spezies auch nicht überleben.«

»Solange!«, protestierte ihre Cousine.

MaryAnn sah den gekränkten Blick in ihren Augen und wünschte, sie könnte ihr ein bisschen Trost vermitteln. *Sie meint es nicht so, wie es sich anhört. Sie hat zu viel gesehen, zu viel durchgemacht und ist traumatisiert. Sie würde das Kind annehmen.* Sie konnte Jasmine in dieser Hinsicht nicht beruhigen, auch wenn sie ziemlich sicher war, dass sie sich nicht irrte. Solange würde Jasmine oder ein Kind niemals im Stich lassen. Das lag nicht in ihrer Natur.

Solange zuckte mit den Schultern. »Du kennst meine Einstellung, Jazz. Ich habe noch nie ein Geheimnis aus meiner Verachtung für Männer gemacht.«

»Du hast dir niemals eine Familie gewünscht?«, fragte MaryAnn.

»Doch. Manchmal. Wenn ich nachts allein bin oder wenn ich läufig werde.« Sie legte eine Hand auf Jasmines Schulter. »Denn anders kann man das nicht nennen. Wir Jaguarfrauen haben einen stärkeren Sexualtrieb als die meisten Frauen, glaube ich, doch ich bin nicht bereit zu der Art von Leben, wie eine Frau es führen muss, um eine Familie zu haben.«

»Und was für eine Art von Leben ist das?«, hakte MaryAnn nach, während sie noch einen Löffel Honig in ihren Tee gab. Aus irgendeinem Grund fiel es ihr schwer, den Tee zu trinken. Und der Anblick des Essens auf dem Tisch drehte ihr den Magen um. Sie hatte lange nichts mehr zu sich genommen und müsste daher eigentlich sehr hungrig sein, aber nicht einmal das Obst verlockte sie.

»Seine Freiheit aufzugeben. Unter der Fuchtel eines Mannes zu leben.«

»Ist es das, was du dir unter den meisten Ehen vorstellst? Glaubst du, Juliettes Ehe wäre so? Ist sie gezwungen, alles so zu tun, wie Riordan es will?«

Solange öffnete den Mund, holte tief Luft und schloss ihn wieder. Seufzend ließ sie sich dann auf einem der Stühle nieder. »Wenn ich ehrlich sein soll, vielleicht nicht. Es mag nach außen hin so aussehen, aber so, wie er sie anschaut, und was er alles für sie tut – nein, ich glaube, sie hat genauso viel zu sagen wie er selbst. Sie *will* ihn glücklich machen.« Eine leise Neugier schwang in ihrer Stimme mit. »Ich kann mir nicht vorstellen, irgendetwas für einen Mann tun zu wollen.«

»Erstaunlicherweise dachte ich lange Zeit genauso, Solange. In meinem Beruf sehe ich das Schlimmste in den Männern – ähnlich wie du, könnte ich mir vorstellen. Aber wir sehen nur einen kleinen Teil der Wirklichkeit. Es gibt auch viele anständige Männer da draußen, die Frauen haben, die sie lieben und sie mit Zärtlichkeit und Respekt behandeln.«

MaryAnn bemühte sich mit aller Kraft, ihr verständlich zu machen, was sie meinte, weil Solange verbittert war und Verbitterung letztendlich Leben ruinierte. *Du bist eine zu gute Frau, Solange, um so zu leben.* MaryAnn wünschte, sie könnte ihr all die furchtbaren Erinnerungen nehmen, all das Tragische, was diesen beiden Frauen widerfahren war. Solange befreite seit einiger Zeit weibliche Gefangene der Jaguarmänner und hatte zu viel Tod und Brutalität mit angesehen. Und es gab hier keine Polizeistreifen an jeder Ecke, die man rufen konnte. Im Regenwald herrschte ein ständiger Kampf auf Leben und Tod, und Solange war es nicht nur gelungen, selbst zu überleben. Sie hatte auch noch viele andere Frauen gerettet.

»Vielleicht hast du recht«, räumte Solange ein. »Ich denke immer wieder, dass Jasmine und ich irgendwann gezwungen sein werden, diesen Ort hier zu verlassen. Er ist mein Zuhause, und ich liebe ihn, aber wenn wir diesen Kampf weiterführen, werden wir irgendwann getötet. Die Jaguarmänner kennen uns und unseren Ruf bereits.«

Das war nachvollziehbar, doch das noch viel größere Problem war, dass der ständige Kampf mit den Jaguarmännern sämtliche

Aspekte ihres Lebens überschattete. »Es ist nicht der beste Ort für Jasmine«, stimmte MaryAnn ihr zu.

Solange nickte. »Ich weiß. Uns ist schon seit geraumer Zeit klar, dass wir ein anderes Zuhause finden müssen, stimmt's, Jazz?«, fragte sie und strich ihrer Cousine übers Haar.

Es war zu viel Kummer in Solange, fast so, als lastete ein gewaltiges Gewicht auf ihren Schultern. Sie war jünger als MaryAnn, sah aber älter aus, weil ihr Gesicht so ernst und hart war, nicht jung und unbekümmert, obwohl sie höchstens ein paar Jahre älter sein konnte als Jasmine.

»Wir haben darüber geredet«, gab Jasmine zu. »Aber wo sollen wir denn hingehen? Keiner von uns könnte in einer Stadt leben, in solch großer Nähe zu anderen Menschen.«

»Juliette sagte, dass Riordan auf der Ranch ein Haus für uns hat erbauen lassen«, sagte Solange in beiläufigem Ton. »Vielleicht versuchen wir es dort.«

Jasmine versteifte sich und schüttelte nur stumm den Kopf.

MaryAnn war zu geschickt darin, andere Menschen zu durchschauen. Auch Solange wollte nicht auf die Ranch ziehen. Ihr Misstrauen Männern gegenüber war zu groß, und der Hauptwohnsitz der De La Cruz' war eine funktionierende Ranch mit Unmengen von Arbeitern. Aber dort würden sich beide Frauen unter dem Schutz und den wachsamen Augen der Brüder De La Cruz befinden, die ihre Beschützerrolle alle sehr, sehr ernst nahmen. Solange sorgte sich um Jasmine. Wenn sie über die Schwangerschaft im Bilde war, wie MaryAnn vermutete, würde sie Jasmine auf jeden Fall in die verhältnismäßige Sicherheit der Ranch bringen wollen.

»Kennst du Rafael und Colby?«, fragte MaryAnn. »Colbys jüngerer Bruder Paul und ihre Schwester Ginny leben auf der Ranch. Sie scheinen sich dort sehr wohl zu fühlen. Zumal Ginny ganz verrückt nach Pferden ist.«

Solange schenkte ihr ein dankbares Lächeln. »Ginny ist noch jung, nicht wahr? Elf oder zwölf vielleicht, aus Juliettes Erzählungen zu schließen.«

»Das wird nicht funktionieren, Solange«, sagte Jasmine. »Ich ziehe nicht ohne dich auf die Ranch.«

»Wer sagt denn, ohne mich? Ich würde auch dorthinziehen, wenn du es tust«, erklärte Solange. »Und du isst nicht mal genug, um ein Vögelchen am Leben zu erhalten. Also iss etwas.«

Jasmines Gesicht verdüsterte sich, als sie sich eine Banane nahm. »Du wirst mitkommen zu der Ranch, Solange, doch du weißt, dass du nicht bleiben würdest. Du würdest mich bei Juliette lassen und in den Dschungel zurückkehren und versuchen, hier ganz allein weiterzumachen.«

Solange lehnte sich auf ihrem Stuhl zurück und betrachtete Jasmine mit ernster Miene. »Ich habe gesagt, ich komme mit, und das werde ich auch. Ich werde versuchen, dort zu bleiben. Mehr kann ich dir nicht versprechen. Ich werde mir alle Mühe geben, es da auszuhalten. Ich dachte, wir wären hier sicher, doch wenn die Jaguarmänner von diesem Haus wissen und sie erfahren haben, dass die De La Cruz' es nur selten benutzen, werden sie uns holen kommen. Vielleicht sollten wir uns Juliette und Riordan anschließen, wenn sie zurückkehren.«

MaryAnn entging nicht der nervöse Unterton in ihrer Stimme. Solange glaubte keinen Augenblick lang, dass sie auf der Ranch würde bleiben können, doch Jasmine zuliebe würde sie es wenigstens versuchen.

»Was fürchtest du am meisten auf der Ranch?« MaryAnn stützte ihr Kinn auf ihre Hand und sah Solange prüfend ins Gesicht. Jasmine würde niemals bleiben, wenn ihre Cousine es nicht tat.

Solange schwieg so lange, dass MaryAnn schon befürchtete, keine Antwort zu erhalten. »Ich kann nicht gut mit Menschen umgehen, schon gar nicht mit Männern. Und ich bekomme Beklemmungen, wenn ich mich in meiner Bewegungsfreiheit eingeschränkt fühle. Seit ich zwölf war, hat mir niemand mehr Vorschriften gemacht, und ich kann mir nicht vorstellen, irgendwo zu leben, wo es Regeln gibt – jemand anderes Regeln. Ich habe mir zu lange meine eigenen gemacht und kann mich nirgendwo mehr anpassen.« Sie sah Jasmine an. »Ich will nicht, dass du auch so wirst, Jazz. Du verdienst ein Leben.«

»Und du auch«, warf MaryAnn ruhig, aber entschieden ein.

»Ich bin kein netter Mensch«, erwiderte Solange, deren Augen flach und hart geworden waren. »Ich habe Dinge getan, die ich nicht mehr rückgängig machen kann.«

Jasmine legte ihre Hand über Solanges. »Du hast Leben gerettet.«

»Und sie auch genommen.«

Nicht das geringste Bedauern offenbarte sich in ihrer Stimme oder auf ihrem Gesicht, doch MaryAnn konnte dennoch eine tiefe Wehmut in ihr spüren. Solange war eine Kriegerin, und auf der Welt gab es einfach keinen Platz mehr für eine Frau wie sie.

»Bedaure mich nicht«, sagte sie. »Ich habe meine Wahl getroffen.«

»Und ich meine«, bekräftigte Jasmine. »Ich bleibe bei dir. Hier auf der Ranch oder wo auch immer. Wir sind Cousinen und müssen zusammenhalten. Juliette denkt genauso. Tagsüber kann sie nicht bei uns sein, aber ansonsten ist sie mit uns zusammen, wann immer es ihr möglich ist.«

Bravo, Jasmine. MaryAnn schenkte ihr ein anerkennendes Lächeln. Das Mädchen hatte also doch Mumm. Sie würde Solange nicht aufgeben.

Jasmine warf ihr ein verschwörerisches kleines Lächeln zu, das MaryAnn bewusst machte, dass sie froh war, hergekommen zu sein. Denn *beide* Frauen brauchten sie. Sie war die geborene Psychologin, die Menschen half, ihren Weg zu finden, und sie war sehr gut in ihrem Beruf und stolz auf ihre Fähigkeiten. Solange war noch hilfsbedürftiger als Jasmine, weil sie die Hoffnung aufgegeben hatte. Die Hoffnung, das Leben, die Menschen und auch alles andere.

Solange hob plötzlich den Kopf, sprang auf und blieb dann völlig reglos stehen. Jasmine schlug sich eine Hand vor den Mund, um einen besorgten Aufschrei zu ersticken.

»Alles okay, Liebes«, beruhigte Solange sie.

»Sie sind hier«, wisperte Jasmine. »Draußen vor dem Haus, und es sind noch ein paar Stunden bis zum Sonnenuntergang.«

»Bring MaryAnn in den Schutzraum«, wies Solange sie an. »Und warte dort auf mich.«

»Ich werde schön hierbleiben und dir helfen«, sagte MaryAnn. »Ich verstecke mich nicht vor diesen Kerlen. Sollten sie es wagen, hierherzukommen, um euch etwas anzutun ...«

»Sie vergewaltigen und töten. Das ist es, was sie tun«, unterbrach Solange sie hart. »Wir leben hier nach dem Gesetz des Dschungels, und das heißt, töten oder getötet werden, und man muss darauf vorbereitet sein, danach zu handeln. Geh mit Jasmine.«

Jasmine schob ihren Stuhl zurück und griff unter den Tisch nach einer Pistole, die darunter festgeklebt war. MaryAnns Augen weiteten sich. Sie schienen schon mit einem Angriff gerechnet zu haben.

»Ich übernehme das obere Stockwerk«, sagte Jasmine. »Du verteidigst hier das untere, Solange. In den Schutzraum werden sie nicht eindringen können, MaryAnn. Sollten wir in Schwierigkeiten geraten, erkämpfen wir uns den Weg dorthin, also lass die Tür so lange wie nur möglich unverschlossen.«

»Ich bleibe bei euch«, beharrte MaryAnn. »Ich kann mit einer Waffe umgehen.«

»Riordan und Juliette haben das Haus mit Schutzzaubern gesichert«, sagte Solange, die keine Lust hatte, ihre Zeit mit unsinnigen Diskussionen zu verschwenden. »Jasmine, du überprüfst die Fenster. Halte dich außer Sicht. Wenn sie dich sehen und erkennen, könnten sie etwas Verrücktes tun, um hier hereinzukommen, und falls sie es trotz allem irgendwie schaffen sollten, schießt du, um zu töten. Hast du mich verstanden? Du darfst nicht zögern.«

»Natürlich nicht«, beruhigte Jasmine sie.

»Ich werde bei ihr sein«, fügte MaryAnn hinzu. Jasmine sah so jung und furchtsam aus, und ihre Schwangerschaft machte sie noch verwundbarer.

Solange zog Jasmine an sich und sah ihr in die Augen. »Pass auf dich auf, meine Kleine.«

»Du auch.« Jasmine küsste Solange auf die Wange und wandte sich dann ab, um die Treppe hinaufzustürmen.

MaryAnn folgte ihr, blieb aber noch einmal stehen, um zu beobachten, wie Solange durch die große Küche in die Eingangshalle ging. Sie sah aus wie eine Dschungelkatze, geschmeidig, stark und tödlich. Es war unmöglich, sie nicht zu bewundern – oder an sie zu glauben.

»Sie wird dafür sorgen, dass wir das überstehen«, versicherte Jasmine MaryAnn.

»Das bezweifle ich nicht.« Trotzdem war es immer besser, einen Plan B parat zu haben. Sie mussten durchhalten, bis Manolito, Riordan und Juliette erwachten und zu ihnen gelangten. MaryAnn schaute auf die Uhr. Das wäre in knapp zwei Stunden. Die Schutzzauber müssten eigentlich so lange halten.

»Oh, oh«, murmelte Jasmine, als sie aus dem Fenster spähte und sich dann blitzschnell wieder an die Wand zurückzog. »Sie haben jemanden da draußen, der so aussieht, als wüsste er, was er tut.«

MaryAnn riskierte einen schnellen Blick. Der Mann war kein Jaguarmensch; sein Körperbau war völlig anders. Er war klein und schlank und hatte kurz geschnittenes, blondes Haar. Er stand vor dem Haus und zeichnete mit seinen Händen ein geschickt verflochtenes Muster in der Luft. Sie hatte so etwas erst ein einziges Mal gesehen, und es ließ sie bis ins Mark erschaudern. »Ein Magier«, wisperte sie.

»Er entfernt die Schutzzauber, nicht wahr?«, fragte Jasmine.

»Es sieht so aus.«

Solange fluchte. Sie war wieder völlig lautlos hinter ihnen aufgetaucht. »Ich habe vier Jaguarmänner gezählt. Einen habe ich erkannt. Er ist ein zäher Kämpfer, Jazz. Er kennt unseren Geruch. Diesen Magier habe ich allerdings noch nie gesehen. Er muss extra hergebracht worden sein, um die Schutzzauber aufzulösen.«

»Was bedeutet, dass sie aus einem ganz bestimmten Grund hier sind«, sagte Jasmine mit vor Angst zitternder Stimme. »Sie sind unseretwegen hier, nicht, Solange? Meinetwegen.«

»Beruhige dich, Kleines«, antwortete Solange. »Du weißt, dass sie alle Frauen mit Jaguarblut jagen, insbesondere die, die ihre Gestalt verändern können. Wir sind beide im gebärfähigen Alter; außerdem sind wir reinrassiger und können uns verändern.«

Jasmine schüttelte den Kopf. »Nicht ich. Ich kann das nicht.«

»Du *willst* es nicht. Das ist nicht das Gleiche. Gib mir die Waffe, Jasmine.« Solange streckte ihre Hand aus.

Wieder schüttelte Jasmine den Kopf, diesmal noch viel heftiger. »Nein. Die brauche ich.«

»Ich meine es ernst. Gib sie mir.«

MaryAnn erschrak über die Härte in Solanges Stimme. »Jasmine, es besteht kein Grund zur Panik. Der Magier wird Zeit brauchen, um die Schutzzauber aufzulösen. Nachdem Juliette und Riordan das gesamte Haus gesichert hatten, ist Manolito in den frühen Morgenstunden zu mir gekommen und hat sie noch zusätzlich verstärkt. Gib Solange die Waffe, dann holen wir uns etwas Kühles zu trinken und werden unten in der Nähe des Schutzraums warten. Wenn wir die Treppe versperren oder dort irgendeine Alarmvorrichtung anbringen, brauchen wir sie nicht zu bewachen. Wir können uns darauf konzentrieren, das viel übersichtlichere Erdgeschoss zu verteidigen. Das wird leichter sein, und wir können einen Pfad zum Schutzraum freilassen. Was immer auch geschieht, uns wird nichts passieren, bis die Karpatianer kommen.«

MaryAnns beruhigende Stimme und ihr gelassener Gesichtsausdruck bewirkten, dass die Spannung nachließ, die sich in dem Zimmer aufgebaut hatte.

Solange lächelte sie an. »Das stimmt. Sollen sie doch ihre Spielchen draußen in der heißen Sonne treiben. Wir sind hier drinnen, wo wir jede Menge Essen und Wasser haben und vor dem Regen geschützt sind. Es fängt nämlich schon wieder an zu gießen. Der arme Magier sieht schon wie ein begossener Pudel aus.«

Jasmines Lächeln war nur dünn, aber sie brachte immerhin eins zustande, als sie ihrer Cousine die Pistole überreichte. »Was ist ein Magier eigentlich genau? Und warum ist er hier?«

Beide Frauen sahen MaryAnn an, die sich auf die Lippe biss und mit den Schultern zuckte. »Ich bin mir nicht ganz sicher. Ich kann euch nur sagen, was ich hier und da aufgeschnappt habe, als ich in den Karpaten war. Juliette und Riordan können das besser erklären als ich. Soweit ich verstanden habe, waren Magier größtenteils wie Menschen, aber mit magischen Kräften ausgestattet und der Fähigkeit, Energie zu erzeugen. Sie standen den Karpatianern nahe und tauschten untereinander sehr viel Wissen aus. Aber dann geschah irgendetwas, und es kam zu einem Krieg zwischen den Karpatianern und den Magiern.«

»Das ist viele Jahre her«, bestätigte Solange. »Als Kind habe ich von einigen der Geschichtenerzähler ein bisschen darüber gehört, doch ich dachte, sie wären längst von dieser Welt verschwunden.«

»Offensichtlich nicht«, sagte MaryAnn.

»Und sie sind alle gegen die Karpatianer?«, fragte Jasmine. »Heißt das, dass die Jaguarspezies es auch ist?«

»Meinen Beobachtungen zufolge«, sagte MaryAnn, »ist keine Spezies nur gut oder nur schlecht, Jasmine. Die meisten hassen nicht einfach nur, weil andere es tun. Ich bin einem Jaguarmann begegnet, der mir das Leben gerettet hat und sehr besorgt war über das, was mit seinen Leuten vor sich geht. Ich bin sicher, dass es Magier gibt, die auch nicht gutheißen, was hier geschieht. Viele wissen es wahrscheinlich nicht einmal. Vampire dagegen sind durch und durch verdorben, und wenn sie erst einmal eine Spezies infiltrieren und beeinflussen, bringen sie die ganze Natur aus ihrem Gleichgewicht.«

»Also nutzten die Vampire den Hang zur Gewalttätigkeit unserer Männer, um sie noch mehr zu verderben und unsere Spezies auszulöschen«, sagte Solange mit einem Anflug von Sarkasmus in der Stimme.

»Nicht alle Männer sind schlecht, Solange, und immer wieder davon zu reden, dass sie es wären, und Jasmine damit so zu beeinflussen, dass sie ein normales Leben fürchtet, macht es nicht besser.«

»Du hast nicht gesehen, was diese Männer tun.«

»Gut, aber sei ehrlich – ist es nicht nur ein winziger Prozentsatz von ihnen? Eine kleine Gruppe? Ich glaube, dass die anderen Jaguarmänner versucht haben, sie aufzuhalten. Wenn dem so ist, verurteilst du einige derselben Männer, die sich bemüht haben, das, was hier geschieht, zu unterbinden.«

»Ich bin noch nie einem dieser Wunderwesen begegnet«, sagte Solange spöttisch, um dann jedoch rasch mit einem Blick auf Jasmine hinzuzufügen: »Aber vielleicht gibt es sie ja wirklich.«

»Viele Männer opfern sich für das Allgemeinwohl auf. Ich habe gesehen, wie Manolito sich vor eine schwangere Frau geworfen hat, um sie vor einem vergifteten Messerstich zu bewahren. Er … er ist beinahe an der Verletzung gestorben.« Gefühle stiegen auf und überwältigten MaryAnn, bevor sie es verhindern konnte. Sie war nicht gefasst auf den Schmerz und den Kummer, die sie durchfluteten und alle Vernunft und Logik aufhoben.

Blinzelnd, um ihre Tränen zu verdrängen, wandte sie sich ab und starrte aus dem Fenster auf den Magier. Seine Hände zeichneten ein Muster nach, und er machte ein triumphierendes Gesicht, als wüsste er genau, welche Schutzzauber benutzt worden waren und wie sie sich aufheben ließen.

Wenn er doch nur müde würde, da draußen im strömenden Regen herumzustehen. Müde und nass, seine Arme schwer wie Blei. So müde, dass er kaum noch richtig sehen oder denken kann, um sich die uralten Formeln und fließenden Bewegungen in Erinnerung zu rufen.

MaryAnn beobachtete den Magier durch das Fenster, stellte sich seine Müdigkeit vor und hoffte, dass er es bald leid sein würde, so ungeschützt da draußen im Regen zu stehen. *Er fühlt sich schwach und will von hier verschwinden.* Wenn sie Glück hatten, fürchtete er sich sogar ein bisschen vor den Jaguarmännern und stellte sich vor, wie sie ihn angriffen, ihre furchtbaren Fänge in seinen Körper schlugen, ihm mit einem einzigen Biss den Schädel zermalmten …

Der Magier taumelte zurück, hob eine Hand an seinen Kopf und starrte MaryAnn durchs Fenster an. Er zeigte auf sie und sagte etwas, das sie nicht hören konnte, was aber zweifelsohne eine Anschuldigung war.

»Dort in den Bäumen«, wisperte Solange. »Du hast sie hervorgelockt.«

MaryAnn spähte durch das dichte Blattwerk, wo der Regenwald auf die ausgedehnte Rasenfläche stieß. Ein erst halb verwandelter Jaguar bewegte sich in den Ästen. Er war ein großer, gut gebauter Mann mit zotteligem Haar und von Grausamkeit geprägten Gesichtszügen.

Jasmine drängte sich ängstlich an Solange. »Das ist der, den sie Sergio nennen. Er ist furchtbar. Und alle hören auf ihn.«

Solange nickte. »Ich erinnere mich an ihn. Er ist ein starker Kämpfer. Er hätte mich töten können, doch er wusste, dass ich mich verwandeln kann, und wollte kein Risiko eingehen.« Sie schenkte Jasmine ein freudloses kleines Lächeln. »Das verschafft uns einen kleinen Vorteil.«

»Warum hast du gesagt, ich hätte sie hervorgelockt?«, fragte MaryAnn und legte in einer schützenden Geste eine Hand an ihren Hals. Der Magier starrte zu ihr herauf, und seine Hände bewegten sich erneut in einem merkwürdigen Muster. Sie hatte das Gefühl, dass er weniger versuchte, die Schutzzauber zu brechen, als ihr selbst etwas anzutun.

Solange zog sie vom Fenster zurück. »Er weiß, dass du ihn gestoppt hast. Wir sollten nach unten gehen.«

»Ich habe ihn nicht gestoppt. Ich hoffte nur, er würde ein bisschen müde werden.«

»Nun, dein Hoffen hat ihn jedenfalls aufgehalten, wenn auch nicht sehr lange. Ich will, dass du mit Jasmine in den Schutzraum gehst.« Solange eilte ihnen voran zur Treppe. »Du hast dich gerade zur Zielscheibe gemacht. Sergio wird wissen, dass du kein Jaguar, aber gefährlich bist.«

»Gefährlich? Ich?« MaryAnn lachte.

»Wenn du die Konzentration eines Magiers unterbrechen

kannst, bist du gefährlich, und er wird dich töten wollen. Bleib also hinter Jasmine.«

Das war das Letzte, was MaryAnn vorhatte zu tun. Jasmine sah entschlossen aus, doch auch so verängstigt, dass sie sie in die Arme schließen und beruhigen wollte. »Ich habe ebenfalls ein paar Waffen«, sagte sie und hob die Pfefferspraydosen hoch. »Damit werden sie nicht rechnen.«

»Diesmal lasse ich mich nicht von ihnen entführen«, sagte Jasmine. »Nicht schon wieder, Solange.«

»Sie müssten mich schon umbringen, um an dich heranzukommen, Kleines«, beruhigte Solange ihre Cousine. Ihre Stimme war ruhig und fest. »Und glaub mir, das werde ich nicht zulassen. Wenn wir Glück haben, hat MaryAnn uns genügend Zeit erkauft, bis die Sonne untergeht und Juliette herkommt, um uns zu helfen.«

MaryAnn bemerkte, dass Solange keinen der beiden männlichen Karpatianer erwähnte, als könnte – oder wollte – sie sich auf ihre Unterstützung nicht verlassen. Solange war erheblich mehr gestört, als Jasmine es zu sein schien. MaryAnn lächelte die jüngere Cousine an. »Keine Angst, Jasmine. Manolito wird herbeieilen, um uns beizustehen, und Riordan auch, obwohl ihr ihn besser kennt als ich. Er würde niemals zulassen, dass euch etwas zustößt, sofern er es verhindern kann.«

Jasmine blickte auf ihre Hände. »Ich habe noch keine Zeit gehabt, ihn kennenzulernen. Es ist mir sehr schwergefallen nach dem Angriff, mich wieder an ein normales Leben anzupassen.«

»Wir sind lieber für uns«, sagte Solange. Sie erwiderte MaryAnns Blick und akzeptierte die Kritik darin mit einem nachdenklichen Nicken. »Was aber vermutlich nicht der beste Weg war, damit umzugehen. Ich denke, wir sollten auf die Ranch umziehen und dort versuchen, uns ein neues, völlig anderes Leben aufzubauen.«

»Denkst du das wirklich, Solange?« Jasmine drückte eine Hand an ihren Bauch, und ihre Augen waren ganz groß vor Furcht.

MaryAnn wusste, dass es Furcht vor Solanges Enttäuschung über ihre Entscheidung war, ein Baby zu bekommen, ein fast völlig reinrassiges Jaguarkind. Solange hatte zu viele grauenhafte Vorfälle gesehen, um die Jaguarmänner je wieder ohne Vorurteile betrachten zu können, und das war Jasmine nur allzu gut bewusst. Dennoch war sie stark genug gewesen, ihre eigene Entscheidung zu treffen, was ein gutes Zeichen war.

»Natürlich. Wir können nicht für immer im Dschungel leben, und die Jaguarmänner wissen jetzt, wo wir sind, und jagen uns. Ich denke, es ist höchste Zeit, von hier zu verschwinden.«

Solange packte Jasmine am Arm und gab ihr einen kleinen Schubs. »Und nun setz dich in Bewegung. Sie werden jeden Moment die Schutzzauber durchbrechen. Geh mit ihr, MaryAnn.« In der einen Hand das Messer, in der anderen die Pistole, trat Solange mit entschlossener Miene auf das Fenster zu.

Dort fluchte sie jedoch und fuhr wieder zu ihnen herum. »Sie kommen. Haltet euch bereit!«

Die Eingangstür flog auf, und eine monströse Gestalt drang ein, halb Jaguar, halb Mensch, mit riesigen Fängen und rasiermesserscharfen Krallen statt Händen, preschte über den glatten Marmorboden direkt auf sie zu und setzte zum Sprung an, um Solange anzugreifen.

10. KAPITEL

Jasmine schrie auf und schlug die Hand vor den Mund, um das Geräusch zu dämpfen. Sie taumelte zurück, griff hinter sich und tastete nach der Tür des Schutzraums.

Ohne Zögern griff Solange den Jaguar an und feuerte gleich mehrere Schüsse ab, während sie auf ihn zulief. Ein zweiter Jaguar, der, den Jasmine als Sergio erkannt hatte, hatte sich jedoch unbemerkt von hinten an Solange herangeschlichen und schlug sie nieder. Als sie taumelte und stürzte, trat er ihr die Waffe auf der Hand. Mit einem ohrenbetäubenden Krachen landeten Möbel und Lampen auf dem Marmorboden.

Erbittert kämpfend, wälzten sich Sergio und Solange auf dem Boden, auch sie schon halb in Jaguargestalt, um die Kraft des Tieres ins Spiel zu bringen. Sie schlug ihre scharfen Krallen in Sergio, als dieser seinen weitaus kräftigeren Körperbau benutzte, um sie unter sich zu halten. Der Angriff war gut koordiniert, da die Gegner Solanges Fähigkeiten anscheinend eingehend studiert hatten. Der erste Jaguar schwankte, seine Flanken bebten, und sein Fell rötete sich schon von dem Blut aus seinen beiden Schussverletzungen. Trotzdem stürzte er sich auf Solange, um Sergio zu helfen, sie zu bändigen.

Ann besprühte ihn mit ihrem Pfefferspray und traf ihn wiederholt in Augen, Mund und Nase. Jasmine, die ihr in das Kampfgetümmel gefolgt war, hieb ihm eine Lampe über den Kopf und trieb ihn so ein Stück zurück.

Dann brach der verletzte Jaguarmann zusammen und landete zwischen MaryAnn und Solange. Heulend schlug er sich mit seinen Pranken ins Gesicht, rollte sich hin und her und hinterließ blutverschmierte Flecken auf dem Marmorboden.

Solange setzte ihr ganzes Körpergewicht und ihre Raubtierkraft ein, um Sergio einen harten Schlag gegen die Kehle zu versetzen. Mit ihren scharfen Krallen fuhr sie über seine Schnauze und zerfetzte ihm den Bauch. Aber dann warf er sich mit seinem ganzen Gewicht auf sie und schlug ihr seine Fänge in die Kehle. Sie erstarrte unter ihm, und obwohl ihre Flanken vor Erregung bebten und ihre bernsteinfarbenen Augen wütend funkelten, blieb ihr Körper völlig starr und angespannt.

Jasmine flitzte durch die Halle zu der Waffe auf dem Boden. Bevor sie sie jedoch aufheben konnte, kam ihr der Magier zuvor, trat die Pistole außer Reichweite und stieß Jasmine so hart gegen die Wand, dass ihr die Sinne schwanden.

Im selben Moment, in dem Jasmine versucht hatte, die Waffe zu erreichen, war ein weiterer Jaguarmann hereingestürzt, nur dass dieser schon vollständig verwandelt war. Seine Augen glitzerten Unheil verkündend, als er um Jasmine herumging und Sergio von Solange herunterstieß. Die beiden Jaguare bäumten sich auf und prallten so hart zusammen, dass sie die Wände erschütterten.

Der verwundete Jaguar brüllte vor Wut und schlug mit seiner Pranke nach MaryAnns Bein. Sie schrie auf vor Schmerz, als seine messerscharfen Krallen ihre Wade trafen und ihr durch die Hose hindurch Haut und Muskeln aufrissen. MaryAnns Bein knickte ein, und sie stürzte auf den Marmorboden, wo sie jedoch sogleich auf Händen und Knien zurückkroch, um sich außer Reichweite dieser tödlichen Krallen zu bringen. Sie war jedoch nicht schnell genug: Die Krallen trafen noch ihren Knöchel, und der Jaguar zog sie mit einem triumphierenden Brüllen zu sich heran, um ihr seine Fänge in den Hals zu schlagen. MaryAnn stieß ihre Fäuste gegen den Hals der Katze, wobei die Spraydose, die sie noch immer fest umklammert hielt, ihre Schläge etwas härter machte, aber der Jaguar kam weiter unerbittlich näher. In einem Anfall wilder Mordlust schwenkte er seine Pranken, als er, durch das Pfefferspray geblendet, blindlings seine Beute suchte. Sein Gesicht war nass von Tränen, und auch seine Nase und Schnauze liefen, doch er war gefährlich, so wütend, wie er auf der Suche nach seinem Angreifer in dem Raum herumtobte.

Solange sprang ihn von hinten an, jetzt ganz Katze, wild und außer Rand und Band, und schlug ihre Zähne mit enormer Kraft in seinen Schädel. Der Jaguar vergaß MaryAnn und rollte sich auf den Rücken, um Solange abzuschütteln. Erbarmungslos zerfetzte sie dem Tier den Bauch, während sie mit ihren scharfen Reißzähnen seine Schnauze attackierte.

MaryAnn zog ihr Bein aus dem Getümmel zurück. Vier Jaguare wälzten sich auf dem Boden und kämpften, um einander umzubringen. Jasmines Aufschrei riss MaryAnn aus ihrem Dunst aus Furcht und Schmerz. Der Magier hatte Jasmine an ihrem langen Haar gepackt und zog sie rückwärts aus dem Haus.

Und da erfasste MaryAnn blinde Wut, Wut und etwas anderes, etwas Dunkles, Wildes und Gefährliches. Sie konnte nur zu deutlich spüren, wie es an ihr riss und zerrte und sie bedrängte, es herauszulassen. Ihre Knochen, ihr Mund und ihre Zähne schmerzten, ihre Hände ballten sich zu Fäusten, aber ihre Fingernägel hatten sich verlängert und bohrten sich in ihre Hand.

»Schluss jetzt!« *Hört auf damit!* MaryAnn rappelte sich auf. *Das reicht!*

Zu ihrem Erstaunen verhielten alle vier Jaguare in der Bewegung, standen mit hängenden Köpfen, bebenden Flanken und hechelnd da und starrten sie nur an. Nur der Magier bewegte sich noch, obwohl er schwitzte und zitterte und MaryAnn nicht aus den Augen ließ, während er Jasmine aus dem Haus schleifte und die Tür hinter sich zutrat.

Das Geräusch der zuschlagenden Tür brachte die Jaguare wieder in Bewegung. Sofort biss Solange wieder zu und zerrte an der Kehle des anderen Jaguars. Die beiden männlichen Tiere stürzten sich zähnefletschend und mit ausgestreckten Krallen aufeinander. MaryAnn zog sich auf die Beine, ging um die kämpfenden Raubkatzen herum und verdrängte den Schmerz in ihrem Bein in einen fernen Winkel ihres Bewusstseins, als sie Jasmine und dem Magier hinterherlief.

Tief unter der Erde erwachte Manolito von einem jähen Auflodern von Schmerz und Furcht, das sein Herz zum Rasen brachte und seinen Puls in seinen Ohren dröhnen ließ. Mit dem den Karpatianern eigenen Instinkt wusste er, dass die Sonne noch nicht untergegangen war, sondern erst langsam tiefer sank. Aber er konnte nicht länger warten. MaryAnn steckte in furchtbaren Schwierigkeiten. Eine Hand über den Augen, fuhr er aus dem heilenden schwarzen Erdreich auf und verwandelte sich in Dunst, während er gleichzeitig die Wolken dazu aufrief, die Sonne zu verdecken. Das dichte Blätterdach über ihm half, und trotzdem geriet er für den Bruchteil von Sekunden in die Sonnenstrahlen. Ihre Helligkeit hätte ihm jetzt eigentlich die Haut versengen und schier unerträgliche Schmerzen verursachen müssen. Er hätte mit Brandblasen übersät sein müssen, und normalerweise hätte Rauch sich mit dem Dunst vermischt, der bei seiner Verwandlung entstand – doch erstaunlicherweise taten ihm nur die Augen weh.

Er verdrängte den Schmerz und begab sich schnell wie der Blitz durch das Blätterdach zum Haus hinüber. *MaryAnn! Nimm sofort Verbindung mit mir auf!* Obwohl er ihr Blut in sich aufgenommen hatte und daher wusste, wo sie sich befand, hatte sie ihren Geist mit starken Barrieren abgeschirmt. Und die waren jetzt an ihrem Platz, wie eine stählerne Mauer, die er nicht durchdringen konnte. Verdammt, dachte Manolito. Wenn er durch ihre Augen sehen könnte, könnte er ihr selbst aus der Ferne helfen!

Er hatte sie mit dem Befehl zurückgelassen, einzuschlafen, aber da war etwas gewesen ... eine kleine Blockade in ihrem Geist, die er nicht zu deuten vermochte, und vielleicht hatte seine Suggestion deshalb nicht so wie beabsichtigt gewirkt. Er musste einen Weg finden, die Barriere in ihrem Kopf zu umgehen, um in ihr Bewusstsein eindringen zu können. Sie schien ihn nicht absichtlich auszuschließen, doch er konnte einfach nicht in ihren Geist gelangen. *MaryAnn. Ich kann dir helfen. Lass dir von mir helfen.*

Sie waren miteinander verbunden, doch irgendwie auch wieder nicht. Ihr Geist müsste ihm offenstehen, wann immer er es wollte, doch egal, wie sehr er sich bemühte, er konnte die Sperre einfach nicht durchdringen. Er war einer der ältesten Karpatianer und durchaus imstande, mächtige Wesen unter seine Kontrolle zu bringen, aber nicht seine eigene Gefährtin.

Er konnte allerdings ihre Angst um Jasmine spüren, ihre grimmige Entschlossenheit. Sie hatte auch Schmerzen, die sie jedoch verdrängte, während sie fieberhaft überlegte, wie sie Jasmine aus den Händen des Magiers befreien konnte. Manolito spürte all das und noch mehr. Er spürte auch Jasmines Emotionen durch MaryAnn, als wäre ihre Beziehung zu der jungen Frau genauso stark wie eine Blutsverbindung zwischen Karpatianern. Entsetzen, Bedauern, die bedingungslose Entschlossenheit, entweder zu entkommen oder zu sterben – Jasmine würde sich niemals unterwerfen. MaryAnn war sich ihres Entschlusses nur allzu gut bewusst und verdoppelte ihre Bemühungen, eine Möglichkeit zu finden, die jüngere Frau zu retten.

Da Manolito an MaryAnns Geist rührte, spürte er die zunehmende Energie in ihr, das jähe Aufwallen wilden Zorns in ihrem Hirn. Die Luft um ihn veränderte sich; ein plötzlich aufkommender Wind schüttelte ihn und schleuderte Blätter und Zweige wie Fluggeschosse durch die Luft. Blitze durchzuckten die grauen Wolken. Die Luft war wie elektrisch aufgeladen. Unter ihm brach ein Ast ab und stürzte durch das Blätterdach zu Boden. Eine unkontrollierte, unberechenbare und sehr gefährliche Macht durchpulste die Umgebung.

MaryAnns Augen verengten sich, als der Magier zu ihr herumfuhr, die verängstigte Jasmine vor sich zog und seine Finger in ihre Kehle bohrte.

»Bleib stehen, sonst bringe ich sie um.«

MaryAnn verhielt den Schritt, doch innerlich war sie so aufgewühlt vor Zorn, dass ihr Magen wie ein einziger harter Knoten war. Sie war hierhergekommen, um diesem Mädchen zu helfen, und das würde sie auch tun. Jasmine hatte genug durchgemacht, und damit war jetzt *auf der Stelle* Schluss. MaryAnn wünschte sich, über die magischen Kräfte eines Karpatianers zu verfügen, sich von dem starken Wind in die Luft erheben und auf einem der höchsten Baumwipfel landen zu können. Ihre Wut durchlief sie wie eine Feuersbrunst, und das Mal über ihrer Brust pochte im gleichen wilden Rhythmus wie ihr Herz. Unwillkürlich presste sie ihre Hand auf diese Stelle. *Manolito. Ich kann nichts tun.*

Meinte sie den Magier? Oder die Wildheit, die sich tief in ihrem Innersten entfesselte? Sie wusste es nicht. Ihre Hände und Füße schmerzten, ihre Knochen knackten, ihr Kiefer knirschte. Ihr verletztes Bein brannte wie Feuer, und ein stechender Schmerz durchlief ihren ganzen Körper, als würde er mit tausend winzigen Nadeln malträtiert. Der Wald um sie herum geriet ins Schwanken und verlor seine leuchtenden Farben, doch ihr Geruchssinn wurde geradezu unglaublich scharf. Sie konnte sogar die von dem Magier ausgehende Angst spüren. Er hielt Jasmine so unnachgiebig vor sich, als könnte ihr schlanker Körper ihn vor MaryAnn schützen.

Jasmine setzte sich heftig zur Wehr, doch die Finger des Magiers schlossen sich noch fester um ihren Hals und schnürten ihr die Luft ab. »Schluss jetzt, MaryAnn«, zischte er. »Du wirst kooperieren.« Er sprach leiernd, als belegte er sie mit einem Zauber, um sie davon abzuhalten, sich zu wehren.

MaryAnn empfand seine Worte wie einen unerträglichen Druck in ihrem Kopf. »Vergiss es!«, fauchte sie. *Hör auf damit, verdammt noch mal!* Sie war so wütend, dass sie ihre Hände ausstreckte und instinktiv versuchte, die von ihm ausgehende Kraft zu ihm zurückzustoßen. Denn wenn er sie mit seinem Geist angriff, konnte sie kaum etwas dagegen unternehmen. Sie wusste nichts über Magier und ihre Fähigkeiten, aber es machte sie wütend, dass er Jasmine ohne Rücksicht auf ihr Leben fast erstickte.

Der Magier stolperte, wich zurück und zog Jasmine mit, wobei er ein paarmal hustete, als hätte er irgendetwas in den Hals bekommen. Vielleicht hatten sie ja Glück, und sein dummer Zauberspruch ging nach hinten los, hinterließ einen riesigen Kloß in seiner Kehle und erschwerte ihm das Atmen.

Der Magier griff sich voller Entsetzen an den Hals, als könnte er MaryAnns Gedanken lesen. Aber wieso sollte er denken, sie könnte ihm etwas antun? Sie hatte noch ihr Pfefferspray, doch die Dose war fast leer. Und sie bezweifelte, dass die zweite voller war. Aber wenn er nicht endlich seine Hand von Jasmines Kehle nahm, würde sie ihm alle Glieder einzeln ausreißen. *Bis nicht einmal mehr etwas für die Aasgeier übrig bleibt.* Unwillkürlich blickte sie zum Himmel auf, und da waren sie auch schon, die Geier, zogen langsam ihre Kreise über ihnen und warteten.

Der Magier folgte ihrem Blick, sah die sich versammelnden Aasfresser und wurde sichtlich blass.

»Sie wissen, dass du ein toter Mann bist.« MaryAnn zitterte, jedoch nicht aus Furcht. Es lag vielmehr an dem Adrenalinausstoß in ihrem Körper, dem Jucken überall, dem Prickeln ihrer Kopfhaut und dem unangenehmen Gefühl ihrer Zehennägel, die plötzlich gegen die Spitzen ihrer Schuhe stießen, als wären sie ihr auf einmal viel zu klein.

Ihre Sicht verschwamm, bis sie den Magier wie durch einen gelben Dunst wahrnahm. Sie fixierte ihn mit einem scharfen Blick, damit er merkte, dass sie zu einem Kampf auf Leben und Tod bereit war, um Jasmine zu retten. »Lass sie auf der Stelle gehen!«

Und da begann sie, ihn zu spüren, den Sturm, der sich in ihr zusammenbraute und sich zu entfesseln drohte. Der Wind heulte, und grelle Blitze zuckten am Himmel auf; Donner grollte und erschütterte die Bäume. Die Luft knisterte vor Elektrizität. Winzige Funken flogen auf, und orangefarbene und gelbe Flammen flimmerten in der Luft um sie herum.

»Ihre Augen«, stieß der Magier entsetzt hervor. »Sieh dir ihre Augen an!«

Jasmine stieß ihm ihren Ellbogen in die Rippen und rief die Raubkatze in sich zu Hilfe, was sie nur sehr selten tat, aber das Tier reagierte augenblicklich und verlieh ihr ungeheure Kraft. Die Luft entwich pfeifend aus den Lungen ihres Angreifers, und er nahm die Hände von Jasmines Hals. Sie flüchtete zu MaryAnn, mit Tränen in den Augen, die ihre Sicht verschwimmen ließen. MaryAnn packte sie am Handgelenk, stieß sie hinter sich und bereitete sich auf einen Angriff vor.

Der Magier trat zwei Schritte zurück und hob wieder die Hände. Bevor er jedoch einen Zauber wirken konnte, stürzte aus den Bäumen ein dicker Ast auf ihn herab und trieb den Mann ganz tief in die weiche Erde. Jasmine schrie auf und drückte ihr Gesicht an MaryAnns Schulter.

MaryAnn schloss die Arme um das Mädchen und hielt es fest an sich gedrückt. »Wir können Solange nicht allein gegen den Jaguar kämpfen lassen«, flüsterte sie. »Ich muss zurückgehen und ihr helfen.«

Jasmine nickte zustimmend, straffte ihre schmalen Schultern und trat von MaryAnn zurück. Sie warf einen Blick auf den mächtigen Ast, der herabgefallen war und dessen Blattwerk den Magier fast vollständig bedeckte. »Glaubst du, er ist wirklich tot?«

»Das ist mir im Moment ziemlich egal«, sagte MaryAnn, verblüfft, dass das die Wahrheit war. Aber sie ergriff Jasmines Hand und begann, mit ihr zum Haus zurückzulaufen, wobei sie fieberhaft überlegte, wie sie Jasmine vor den beiden Jaguarmännern beschützen konnte, die da drinnen warteten. Sie war ziemlich sicher, dass die Raubkatze, die Sergio angegriffen hatte, Luiz gewesen war, doch wenn sie sich irrte, kämpfte Solange ganz allein um ihr Leben.

Über den schmalen Pfad, der durch den Wald führte, rannten sie zum Haus zurück. Während sie über umgestürzte Stämme und Wurzelgeflechte sprangen, begannen über ihnen Affen warnend loszuschreien. Jasmine kam schlitternd zum Stehen, legte den Kopf zurück und blickte suchend in das Blattwerk über ihnen. Hunderte von aufgeregt herumspringenden Affen warfen mit Blättern und Zweigen um sich und starrten zähnefletschend zu einer kleinen Baumgruppe neben dem Haus hinüber.

»Da ist noch einer«, flüsterte Jasmine.

»Natürlich ist da noch einer. Es wäre ja auch zu leicht, nur drei von ihnen am Hals zu haben«, erwiderte MaryAnn seufzend. »Dieser da verfolgt uns, nicht?«

»Ja«, sagte Jasmine. »Er hockt dort in dem Baum, ich kann einen Teil des Fells erkennen. Sie wollen mich lebend, und wenn wir uns trennen, verfolgen sie vielleicht nur mich.«

»Das kannst du vergessen«, sagte MaryAnn. »Wir hatten Glück mit dem Magier, und vielleicht haben wir ja noch mal Glück, aber was immer wir auch tun, wir trennen uns *nicht*.«

Jasmines Augen weiteten sich. »So was nennst du Glück? Ich dachte, es wäre deine hervorragende Zielgenauigkeit gewesen.«

»Das war ich nicht, Jasmine. Der Blitz hat den Ast getroffen und abgetrennt, oder der Wind hat ihn herabgerissen. Auf jeden Fall hat es uns geholfen, und das ist das Einzige, was zählt.«

Die Luft war plötzlich so elektrisch aufgeladen, dass sich ihnen die Haare sträubten. Dunkle, von hellen Blitzstrahlen durchzogene Wolken brauten sich zusammen. MaryAnn packte Jasmine, warf sie zu Boden und bedeckte ihren Körper, so gut es ging, mit ihrem. Mit einem ohrenbetäubenden Krachen schlug der Blitz in den Baum ein und zersplitterte den Stamm. Der Jaguar brüllte auf, dann trat urplötzlich wieder Stille ein, und die Luft war erfüllt von dem Geruch nach verbranntem Fleisch und Fell.

Jasmine erschauderte, und MaryAnn hielt sie noch fester. »Das war Manolito«, flüsterte sie, um das Mädchen zu beruhigen.

»Ich wusste, dass es ein Karpatianer sein musste«, gab Jasmine zu. »Ich dachte nur, es wären Riordan und Juliette.«

»Gut, dass wir jetzt Hilfe haben. Solange ist in Gefahr, Jasmine, und wir müssen sie da rausholen. Manolito wird uns helfen.«

Jasmine schluckte sichtlich und richtete sich langsam auf, als der hochgewachsene Karpatianer auf sie zukam. Die dichte Wolkendecke war hilfreich, und die Sonne ging schon unter, was ihm weitaus mehr Bewegungsfreiheit ließ. Er sah aus wie ein Krieger aus alten Zeiten, der sich leichtfüßig durch Rauch und Trümmer eines Schlachtfeldes bewegte. Sein Gesicht war grimmig und wie aus Stein gemeißelt, sein Haar so lang, dass es ihm bis weit über die Schultern reichte. Ausgeprägte Muskeln spielten unter seiner goldbraunen Haut, und seine eiskalten Augen waren schwarz und düster und enthielten zu viele Geheimnisse.

Sein Blick glitt achtlos an Jasmine vorbei zu MaryAnn, und Wärme vertrieb das Eis aus seinen Augen, als sie sich umdrehte und setzte, um zu ihm aufzuschauen. Ohne auch nur den Schritt zu verhalten, bückte er sich, um sie aufzuheben, während er gleichzeitig Jasmines Arm ergriff und auch sie vom Boden hochzog. Seine Finger auf Jasmines Haut waren unpersönlich, er sah sie nicht einmal an, oder jedenfalls nur kurz, um sicherzugehen, dass ihr nichts geschehen war. Sein Blick registrierte die Würgemale an ihrem Hals, aber dann wandte er sich gleich wieder MaryAnn zu, um sie weitaus gründlicher in Augenschein zu nehmen.

Behutsam strich er mit den Fingerspitzen über ihre Haut, nahm deren Wärme und Weichheit in sich auf und konnte nun endlich wieder atmen, da er sie am Leben wusste. Jäher Zorn trat allerdings in seine Augen, als er die klaffenden Wunden an ihrem Bein bemerkte.

»MaryAnn«, sagte er leise und zärtlich. Es war nur ein einziger Laut, doch er machte ein Gedicht daraus, als wäre sie einfach alles für ihn.

Sie versuchte, nicht darauf zu reagieren. Aber er war einfach so gefühlsbetont, dass es schwierig war, seine absolute Konzentration auf sie zu ignorieren. Sie verdrängte den brennenden Schmerz in ihrem Bein und rang sich ein Lächeln ab. »Danke, dass du so schnell gekommen bist. Solange ist im Haus und kämpft mit zwei weiteren Jaguarmännern. Ich glaube, Luiz ist auch hier und versucht zu helfen.«

Manolito bückte sich, um die tiefen Kratzwunden an ihren Beinen zu untersuchen. Aber MaryAnn nahm seinen Arm und zog daran. »Du musst ihr helfen.«

»Ich kann dich in diesem Zustand nicht allein lassen.«

»Das brauchst du auch nicht, denn ich komme mit.« MaryAnn dachte nicht daran, mit ihm zu debattieren, als sie sah, wie er die Lippen zusammenpresste. Und deshalb ging sie einfach nur an ihm vorbei und begann, in Richtung Haus zu humpeln, überzeugt, dass er ihr folgen würde.

Manolito aber hob sie auf und rannte los, drückte sie an seine Brust, während er mit erstaunlicher Geschwindigkeit die Entfernung zum Haus überwand. Im letzten Moment setzte er sie ab, löste sich in Dunst auf und ließ MaryAnn vor der Tür stehen, als er darunter hindurchglitt.

Überall waren Blut und Fell, umgestürzte Möbel, zerbrochenes Glas und zersplitterte Stühle. Ein Jaguarweibchen lag auf der Seite, ihr Fell ganz dunkel von Blut und Speichel. Sie rang nach Atem, und bei jeder ihrer Bewegungen schoss ein Blutstrahl in die Luft. Trotzdem versuchte sie tapfer, einem männlichen Jaguar zu Hilfe zu kommen, der mit zwei anderen kämpfte. Er stand in einer Ecke, übersät mit Kratzspuren und Bisswunden, aber er war zu schnell, um niedergeworfen zu werden, und eins der anderen männlichen Tiere war fast blind von den Verätzungen in seinen Augen.

Als Manolito hereinkam, sprang Sergio vor, packte Luiz an der Kehle und schlug ihm seine starken Fänge in den Hals. Der andere Jaguar fiel Luiz von hinten an, doch bevor er landen konnte, hatte der Vampirjäger ihn schon um den Hals gepackt und zerrte ihn von Luiz weg. Manolitos Gesicht war hart und gnadenlos, seine Augen völlig ausdruckslos, als er dem Jaguarmann das Genick brach und das Tier zusammenbrach und leblos auf dem Boden liegen blieb.

Manolito hob den Kopf und sah Sergio an. Als der den Tod in den schwarzen Augen des Karpatianers sah, ließ er Luiz fallen, sprang mit einem Satz gegen die Tür, die unter seinem Gewicht zusammenkrachte, und flüchtete in den Dschungel.

Jasmine, die MaryAnn und Manolito blitzschnell gefolgt war, konnte gerade noch zur Seite springen, als er durch die Tür geflogen kam. Sie stand mit MaryAnn im Eingang und stützte sie nun mit einem Arm um ihre Taille, als sie das Haus betraten. Sie stieß jedoch einen Schrei aus, als sie Solange sah, und rannte zu ihr, ließ sich neben ihr auf die Knie fallen und drückte ihre Hand auf die heftig blutende Wunde. »Tut etwas! Sie stirbt!«

Manolito ging schon in Richtung Tür, um Sergio zu folgen, doch Jasmines Schrei hielt ihn zurück, und er drehte sich wieder um. Der Geruch von Blut war überall und löste nicht nur den unvermeidlichen Hunger, sondern auch sehr starke Aggressionen in ihm aus.

»MaryAnn, setz dich, bevor du hinfällst. Ich helfe dir gleich. Lass mich nur Solanges Wunden untersuchen und sehen, was ich tun kann.«

»Wo ist Juliette?«, fragte Jasmine. »Ich dachte, sie würde kommen.«

»Ich weiß es nicht, aber sie werden uns schon zu Hilfe eilen«, sagte Manolito, als er sich neben das Jaguarweibchen kniete und vorsichtig die Hände über die zitternde Katze gleiten ließ.

Solange fletschte die Zähne und wandte ihren Kopf ab. Diese Anstrengung kostete sie ihre letzte Kraft, und ein Schwall von Blut ergoss sich aus der Wunde an ihrem Hals.

»Kannst du irgendetwas tun?«, fragte Jasmine besorgt.

»Ich müsste ihre Wunden verschließen und ihr mein Blut geben. Aber sie wehrt sich ja sogar gegen meine Berührung, von meinem Blut ganz zu schweigen.« Manolito schüttelte den Kopf. »Tut mir leid, aber ich kann nichts für sie tun.«

»Solange!« Jasmine legte sich neben die große Katze. »Bitte. Lass mich nicht allein. Lass dir von ihm helfen.«

Manolito seufzte. »Sie denkt, sie hätte keinen Grund mehr zu leben, dass ihre Zeit im Regenwald vorüber ist. Sie kann sich nirgendwo anders anpassen, und sie will kein karpatianisches Blut.«

Es wurde kalt im Raum, und die Wände bebten förmlich von hereinfließender Macht. MaryAnn ließ sich neben Luiz auf den

Boden sinken und versuchte, das austretende Blut mit ihren Händen aufzuhalten. Es war überall, und der Jaguar lag so reglos da, als wäre er schon tot.

Manolito. Hör mir jetzt gut zu.

MaryAnn konnte die Stimme deutlich hören. Sie war hart, befehlsgewohnt und duldete keinen Widerspruch. *Heile sie und gib ihr Blut. Riordans Gefährtin ist außer sich. Wir können keine andere Entscheidung treffen.*

MaryAnn spürte eine Aura von Gefahr, eine Kraft und Intelligenz, die ihr noch nie begegnet waren und die sie auch gar nicht kennenlernen wollte. Sie ertappte sich dabei, dass sie den Atem anhielt, als sie Manolito beobachtete. Er schien völlig unberührt von dieser ungeheuren Macht zu sein und zuckte nur die breiten Schultern.

Zacarias hat mir einen Befehl erteilt, und ich werde ihn ausführen. Er drang so jäh und unerwartet in Solanges Bewusstsein ein, dass ihr keine Zeit blieb, eine Barriere zu errichten.

Wer ist er? MaryAnn dachte die Frage eher, als sie Manolito zu übermitteln, doch zu ihrer Überraschung stellte sie eine Verbindung zu ihm her.

Nun sprichst du endlich mit mir wie eine Gefährtin. Du brauchst nicht Luiz' Fell zu streicheln. Er stirbt. Ein unüberhörbarer Vorwurf schwang in seiner Stimme mit.

MaryAnn hörte das tödliche Rasseln in der Kehle des Jaguars. »Er wird *nicht* sterben. Weil du ihn nämlich retten wirst.«

Absolute Überzeugung schwang in ihrer Stimme mit. Und Vertrauen. Als Manolito ihr einen raschen Blick zuwarf, schimmerten ihre Augen von einer Gefühlsregung, die sein Herz zerfließen ließ. Er konnte sich nicht erinnern, dass irgendjemand ihn jemals so angesehen hatte, nicht ein einziges Mal in all den langen Jahrhunderten seiner Existenz. Er wollte, dass sie stolz auf ihn war; dieser Blick sollte ihm bis in alle Ewigkeit in Erinnerung bleiben.

»Dann erhalte ihn am Leben«, sagte er. »Bring ihn mit deiner Willenskraft dazu zu leben. Du scheinst ja fast jeden dazu bringen zu können, sich deinem Willen zu unterwerfen.«

MaryAnn warf ihm ein entschlossenes kleines Lächeln zu. Ihr Bein schmerzte so sehr, dass es ihr verlockend erschien, in Ohnmacht zu fallen, doch als sie das Gemetzel um sich herum betrachtete, beschloss sie, dass ihre Wunden im Vergleich dazu beinahe bedeutungslos waren. Manolito musste Solange heilen und dann Luiz und schließlich auch ihr Bein. Aber er war gerade erst aufgestanden, und sie wusste, dass Karpatianer beim Erwachen hungrig waren. Sie benötigten Blut, um ihre Energie zum Heilen einzusetzen. »Ich schaffe das schon. Tu, was du tun musst.«

Manolito wandte sich wieder Solange zu. Sie kämpfte gegen seine Anwesenheit in ihrem Bewusstsein an und versuchte, ihn abzuschütteln, war aber viel zu schwach dazu. Er hielt sie auf der Erde fest und ließ ihren Geist nicht entschwinden, als er seinen eigenen Körper verließ und in den ihren eintrat. Er war einer der ältesten und mächtigsten Karpatianer, doch wenn sie nicht so schwer verwundet gewesen wäre, hätte er vielleicht zu einer gefährlichen und brutalen Methode greifen müssen, um ihren Geist mit seinem zu beherrschen. Sie hatte einen eisernen Willen und kämpfte verbissen, um ihn von sich fernzuhalten.

Zuerst dachte er, es sei ihr generelles Misstrauen gegenüber Männern, als er dann aber seinen Geist mit ihrem verschmolz, sah er, dass es Furcht davor war, Juliette und Jasmine könnten erkennen, dass Solange ein Killer war – einer, für den es weder Rettung noch Hoffnung gab. Sie sah für sich keine andere Art zu leben mehr. Sie glaubte nicht, damit aufhören zu können. Irgendwo, irgendwann hatte sie eine Grenze überschritten, von der es kein Zurück mehr gab.

Und dann spürte er auf einmal eine sanfte Wärme in Solanges Bewusstsein eindringen. Er erkannte sogleich MaryAnns Berührung, so federleicht, als wäre sie fast nicht da, aber ruhig und tröstlich; ein Gefühl des Friedens und der Hoffnung, das Solange in ihre Wärme einhüllte und ihr den Glauben vermittelte, dass das Leben gut und voller Schönheit, Abenteuer und Liebe war.

Er vergaß fast, wo er war und was er tat, so sehr bewunderte er diese Frau, die die Gefährtin seines Lebens war. Sie verschmolz so glatt, so nahtlos mit Solange, dass diese unmöglich wissen konnte, dass auch MaryAnn in ihr Bewusstsein eingedrungen war. Er hätte es selbst nicht gemerkt, wenn er nicht Blut mit ihr getauscht hätte, so leicht war ihre Berührung, aber sie erfüllte Solanges Geist mit Hoffnung und Vertrauen. Unter MaryAnns Einfluss wurde Solange entgegenkommender und entspannte sich in diesem beruhigenden Kokon aus Wärme. Es war nicht leicht, diese tröstlichen Schwingungen zu verlassen und Solanges zerfetzte, blutende Organe ausfindig zu machen, um sie von innen heraus zu heilen.

Nur widerstrebend ließ Manolito seinen Geist durch den Körper der großen Katze reisen. Sergio hatte Solange nicht töten wollen, doch sie hatte hart gekämpft, und als der zweite Jaguar sie angegriffen hatte, war dieser nicht so vorsichtig gewesen. Solanges Hauptschlagader war fast vollständig zerfetzt, der Körper des Jaguarweibchens schon voller Blut. Manolito wusste, was das bedeutete und was unternommen werden musste, um ihr Leben zu retten. Er löste sich von allem, was er war, und wurde zu heilender Energie, schloss jede Wunde so schnell wie möglich und verließ sich darauf, dass seine Gefährtin Solange ruhighielt.

MaryAnn hielt den Kopf des männlichen Jaguars in ihrem Schoß, streichelte sein blutbeflecktes Fell und flüsterte ihm sanfte Worte zu, um ihn bei sich zu behalten. Er rang nach Atem, und seine Lungen füllten sich mit Blut. MaryAnn sprach auch mit Solange, aus Angst, dass sie Manolito die Kehle herausreißen würde, falls sie die Verbindung zu ihr unterbrach. Es war eine beängstigende Situation, zwei Menschen am Rande des Todes und niemand außer Manolito da, um sie zu retten. Jasmine drückte Handtücher auf Solanges Wunden und flüsterte ihr unter Tränen liebevolle Worte zu, aus Angst, sie zu verlieren.

Bleib bei uns, Solange. MaryAnn betete im Stillen und versuchte, die andere Frau zu erreichen, um ihr zu vermitteln, dass ihr Leben besser werden konnte – besser werden *würde* –, ganz gleich, wie düster ihr im Moment alles erschien. MaryAnn würde es sich zu ihrer Lebensaufgabe machen, Solange und Jasmin zu helfen, nach all den Opfern, die die beiden gebracht hatten, um Frauen zu retten und sie an einen sicheren Ort zu bringen.

Luiz starb. Sie konnte sein Leben entweichen und das Licht in seinen Augen erlöschen sehen, und sie konnte nichts anderes tun, als hilflos zuzusehen. MaryAnn versuchte mit all ihrer Willenskraft, ihn zum Leben zu bewegen, so wie sie Solange dazu brachte, Hoffnung zu fassen und eine Zukunft für sich zu sehen, aber sie war außerstande, wie Manolito Verletzungen von innen heraus zu heilen. Wie löste man sich von allem, was man war, und wurde zu einem Instrument der Heilung? MaryAnn hatte Manolito sein Leben für eine Frau und ihr ungeborenes Kind aufgeben sehen. Sie hatte gehört, dass er eine Narbe um den Hals hatte – obwohl Karpatianer nur selten Narben zurückbehielten –, weil er seinen Prinzen gerettet hatte. Und jetzt schaffte er es wieder, alles loszulassen, was er war, um ein Leben zu retten.

Nur wenige konnten eine Ahnung davon haben, was das wirklich hieß, doch sie war bei ihm, war eng mit ihm verbunden und erkannte daher ganz genau, was aufgegeben werden musste, um nur noch Geist zu sein. Der Körper war dann verwundbar für alle Angriffe, das ja, aber darüber hinaus hatte Manolito auch seine Persönlichkeit abgelegt, sein Ich, seine Hoffnungen und Träume, seine eigenen Bedürfnisse, *alles*. Und er hatte es aus freien Stücken und ohne lange zu überlegen getan.

Sie war in seinem Geist gewesen, als er bedenkenlos sein ganzes Wesen abgelegt hatte, um Solange zu retten. MaryAnn konnte nicht umhin, ihn zu bewundern. Manolito war eine starke Persönlichkeit mit festen Vorstellungen davon, wie Frauen zu sein hatten, und dennoch hatte er sie – und sich selbst – zurückgestellt, um zu helfen. Was für einen wunderbaren Charakter verbarg er hinter seiner Arroganz! Und hatte seine dominante Art Frauen gegenüber vielleicht wirklich etwas mit Beschützerinstinkt zu tun? Auf jeden Fall achteten und schätzten die Karpatianer ihre Frauen und Kinder. Ausnahmslos. Dass Shea Jacques' Gefährtin war, hatte keine Rolle gespielt, als

Manolito sich zwischen sie und den tödlichen Messerstich geworfen und ihn selbst abbekommen hatte.

Stirb nicht, Luiz. Halte aus, bis er dir helfen kann. Manolito wird dir das Leben retten. MaryAnn war sich dessen völlig sicher. Sie war in seinem Kopf und konnte seine Entschlossenheit sehen, Solange am Leben zu erhalten. Er war so konzentriert, so vollkommen in seine Arbeit versunken, dass er an nichts anderes mehr dachte. Sie sah die Güte in ihm, die ihr vielleicht entgangen wäre, wenn sie nicht durch den Blutaustausch mit ihm verbunden wäre, und erlaubte sich zum ersten Mal, diesen Austausch als etwas Positives zu betrachten. Sie hätte den herrischen Karpatianer abgelehnt, wenn sie nicht seine andere, viel weichere Seite kennen würde.

Mit sanften, langsamen Bewegungen streichelte sie Luiz' Fell, während sie Manolitos Gesicht betrachtete. Die Zeit schien stillzustehen, und alles um sie herum verblasste, bis es nur noch Manolito gab und seine dunklen Augen, die von bemerkenswert langen Wimpern beschattet wurden. Sie hätten die Augen einer Frau sein können, wenn sein Gesicht nicht viel zu maskulin gewesen wäre mit seinem starken Kinn und der geraden Nase. Sie spürte jeden seiner Atemzüge in ihrem eigenen Körper, genau wie seinen Herzschlag, der stark und ruhig war. Ihr Herz und Manolitos, Luiz' und Solanges, sie alle waren durch einen einzigen Mann verbunden. Durch einen einzigartigen, bewundernswerten Mann.

Schwankend vor Erschöpfung, zog Manolito sich aus Solanges Körper zurück und suchte den Blick seiner Gefährtin. Sie hatte sie alle miteinander verbunden gehalten und ihre Kraft und ihren unerschütterlichen Glauben an das Leben mit ihnen geteilt. Den Glauben an Liebe und Zusammengehörigkeit. Solange lebte nur, weil MaryAnn ihr einen Grund gegeben hatte, nicht aufzugeben. Luiz lebte noch, weil sie ihn auf der Erde festhielt und nicht einmal daran dachte, ihn gehen zu lassen.

Und sie glaubte, all das sei nur sein Werk! Manolito wusste nicht, ob er lachen oder vor Rührung weinen sollte. Er musste Solange Blut geben, und es würde Kraft erfordern, sie dazu zu zwingen, es anzunehmen. Er war jetzt schon völlig ausgehungert, und die Farben um ihn herum verblassten zu viel dumpferen Tönen, als könnte er seinen Geist nicht daran hindern, ins Reich der Schatten zurückzukehren.

MaryAnns Blick suchte seinen, und für einen Moment vermochte er sich weder zu bewegen noch zu atmen. Sie durfte niemals aufhören, ihn so anzusehen. Das Vertrauen und der Glaube, die absolute Zuversicht in ihren Augen waren ein Geschenk, das er nie vergessen würde. Die Schatten zogen sich zurück. »Ich muss Solange mit Blut versorgen. Versuch mal, ob du sie dazu bringen kannst, es anzunehmen. Es wird ihre Heilung beschleunigen und sie stärken. Ich werde kein Blut mit ihr austauschen, sondern ihr nur genug zum Überleben geben.«

Er klang so müde. Tiefe Furchen hatten sich in sein Gesicht gegraben. MaryAnn wollte ihn in die Arme schließen und ihn halten, trösten und ihm geben, was immer er auch brauchte, um in seinem Tun fortfahren zu können. Sie spürte die grimmige Entschlossenheit in ihm.

»Beeil dich, Manolito. Ich weiß, dass du müde bist, aber Luiz hält nicht mehr lange durch.«

Manolitos Blick glitt zu ihrer Hand, die Luiz' Kopf streichelte, und für einen Moment lang wurde er von wilder Eifersucht erfasst. Die Schatten rückten wieder näher. Wie aus weiter Ferne hörte er Stimmen nach ihm rufen. *Komm zu uns. Komm zu uns.* Erschüttert rührte Manolito an MaryAnns Geist und stellte augenblicklich fest, dass ihre Finger *seinen* Kopf streichelten; nur er war es, dem ihre Gedanken galten. Er schenkte ihr ein schnelles, kleines Lächeln, bevor er sein Handgelenk aufschlitzte und Solange zwang, sein Blut zu trinken.

Jasmine stieß einen erschrockenen kleinen Seufzer aus und wandte den Kopf ab.

»Schon gut, kleine Schwester. Sie wird nichts anders werden. Sobald sie genug von meinem Blut in ihrem hat, wird sie überleben und wieder stark wie immer sein«, beruhigte Manolito sie mit sanfter Stimme.

»Das weiß ich, Manolito. Mir ist nur ein bisschen schlecht. Danke, dass du das für sie tust. Es ist bestimmt nicht leicht. Sie mag dir vielleicht keine Anerkennung zeigen, doch das einzig Wichtige ist, dass du ihr hilfst«, erwiderte Jasmine.

»Ich brauche ihre Anerkennung nicht. Sie steht unter dem Schutz der Familie, genau wie du, kleine Schwester, und wir würden sie niemals sterben lassen, solange wir sie retten können.«

Manolito blieb völlig ruhig und sachlich, ohne auch nur daran zu denken, was ihn das alles kosten würde. Das Einzige, was ihn beunruhigte, war der Preis, den seine Gefährtin zahlen würde. Sie würde ihn mit Blut versorgen müssen, und das kindliche Vertrauen, das er in ihren Augen las, würde dann vielleicht für alle Zeit verblassen. Doch er durfte nicht zögern, seine Pflicht zu tun, nur um sein eigenes Leben einfacher zu machen.

Solange war ein Familienmitglied, das es zu behüten und zu beschützen galt, ob sie das nun wollte oder nicht. Nach diesem Fiasko würde Zacarias verfügen, dass die Frauen immer und unter allen Umständen zu gehorchen hatten. Manolito wollte sie alle in der Nähe haben, wo die Brüder De La Cruz und ihre Leute sie beschützen konnten.

Er schloss selbst die Wunde an seinem Handgelenk und wandte seine Aufmerksamkeit Luiz zu. Diesmal war es ein bisschen mühsamer, seinen Körper zu verlassen, da sein Hunger sich zu einem beängstigenden Grad gesteigert hatte. Er konnte seine Zähne kaum noch unter Kontrolle halten, und der allgegenwärtige Geruch von Blut war eine beständige Qual für ihn. Der Körper des Jaguarmannes war zerfetzt bis auf die Knochen. Seine Lungen füllten sich mit Blut, sodass er langsam, aber sicher starb. Selbst wenn Manolito die Schäden reparierte und Luiz Blut gab, würde er ihn nicht retten können.

Er kehrte in seinen eigenen Körper zurück und schüttelte bedauernd den Kopf. Er mochte und respektierte Luiz. »Tut mir leid, *päläfertiil*, ich kann ihn nicht mehr retten. Das ist ein großer Verlust für die Jaguarmenschen.«

»Natürlich kannst du ihn retten! Ich habe lange mit Gabrielle gesprochen, als ich in den Karpaten war. Erinnerst du dich an sie? Sie arbeitete für den Prinzen, um eine Lösung für so viele Totgeburten zu finden. Sie war ein Mensch. Als ihre Verletzungen einmal so ernsthaft waren, dass sie daran gestorben wäre, rettete einer der Männer ihr das Leben, indem er sie verwandelte. Du hättest Solange verwandelt, wenn es nötig gewesen wäre. Das konnte ich in deinem Bewusstsein lesen.«

»Das war etwas anderes.« Manolito war so schwach, dass er sich kaum noch auf den Beinen halten konnte. Er blinzelte ein paarmal, um sich zu sammeln, doch seine Sicht verschwamm, und auch die Farben wurden wieder trüber.

»Wieso ist das etwas anderes? Wenn Luiz ein Jaguarmensch ist, muss er übersinnliche Kräfte haben. Ist die Jaguar-Spezies nicht die Quelle vieler übersinnlicher Begabungen?«

»Du verstehst das nicht.«

»Was ich verstehe, ist, dass du Himmel und Erde in Bewegung setzen würdest, um sein Leben zu retten, wenn Luiz eine *Frau* mit übersinnlichen Fähigkeiten wäre. Aber da er ein Mann ist, ist er dir nichts wert.«

Der Jaguar drückte seine Schnauze an MaryAnns Hand. *Es ist schon gut. Ich bin müde.*

»Nein«, sagte Jasmine plötzlich. »Hilf ihm. Er hat Solange gerettet. Wenn er nicht gekommen wäre, wäre sie jetzt tot, oder diese schrecklichen Männer hätten sie in ihrer Gewalt. Bitte. Wenn du mein Bruder bist, wie du sagst, musst du mir diesen Gefallen tun.«

Manolito schloss für einen Moment die Augen. »Du kennst das Herz dieses Mannes nicht.«

»Aber du«, sagte MaryAnn. »Du hast den Vampir aus seinem Kopf vertrieben. Du hast seine Erinnerungen gesehen und weißt, wie er früher war. Ist er es wert, gerettet zu werden?«

11. KAPITEL

»Du weißt nicht, was du da für ihn verlangst, MaryAnn. Langlebigkeit ist nicht immer etwas Gutes. Das Leben eines Karpatianers ist äußerst schwierig. Vielleicht verlangst du etwas, was Luiz gar nicht will.«

»Dann frag ihn. Lass ihn nicht einfach sterben, nur weil er ein Mann ist.«

Manolito seufzte. Sie hatte nicht ganz unrecht, aber andererseits hatte sie auch keine Ahnung, wie es für einen karpatianischen Mann war zu wissen, wie gering seine Chancen waren, eine Gefährtin zu finden. *Sie* hatte nicht Jahrhunderte allein gelebt.

»Ich werde vorher Nahrung aufnehmen müssen, MaryAnn. Seid ihr beide bereit, mich darin zu unterstützen? Denn ohne Blut bin ich nicht mehr in der Lage, Luiz zu helfen.« Er kam um vor Hunger, und die Welt um ihn verblasste immer mehr. *Er* selbst verblasste. Als er auf seine Händen blickte, waren sie grau und schon fast durchsichtig.

MaryAnn schaute in Manolitos glitzernde Augen, sah die winzigen roten Flammen darin und spürte, wie ihr Herzschlag stockte. Sie vergaß immer wieder, dass er nicht menschlich war. Nach kurzem Zögern atmete sie tief ein und nickte.

Manolito wandte seine Aufmerksamkeit Jasmine zu. Das Mädchen saß auf dem Boden und streichelte das gefleckte Fell des Jaguarweibchens, mehr, um sich selbst zu trösten, als um Solange zu beruhigen. »Ich denke schon, dass ich das kann«, erklärte sie, ohne Manolito anzusehen. »Sag mir, was ich tun soll.«

»Gib mir deine Hand.«

Langsam streckte Jasmine den Arm aus, und Manolitos Finger schlossen sich wie eine Klammer um ihr Handgelenk. In seinem Kopf begann das Wispern. Leise. Heimtückisch. Dunkle, heiße Versuchung beschlich ihn.

Jasmine schnappte plötzlich nach Luft und versuchte, sich ihm zu entziehen. »Warte. Moment! Ich habe vergessen, dir zu sagen, dass ich schwanger bin. Wird das meinem Baby schaden?«

Manolito ließ ihre Hand fallen, als hätte er sich daran verbrannt. Seine Augen wurden schwarz wie Obsidian, seine Lippen pressten sich zu einer schmalen, unnachgiebigen Linie zusammen. »Du hast kein Recht, Blut zu spenden oder Jaguare zu bekämpfen. Ich werde dein Blut nicht nehmen. Du musst das Kind sehr gut behüten.«

Bevor Jasmine etwas erwidern konnte, entrang sich Luiz ein Röcheln, und seine Knochen knackten, und sein Körper verrenkte sich, als der Tod nach ihm griff und der Jaguarmann wieder seine menschliche Gestalt annahm.

Mit einem entsetzten Aufschrei kniete MaryAnn sich hin und legte ihr Ohr an seine breite Brust, um zu sehen, ob sein Herz noch schlug. Sie begann sogleich mit Wiederbelebungsversuchen. »Tu etwas, Manolito! Du kannst ihn nicht einfach sterben lassen.«

Sie hatte keine Ahnung, was sie da verlangte. Die andere Welt war schon so nah. Er war ausgehungert. Müde. Schatten bewegten sich überall durch den Raum. MaryAnn sah ihn mit ihren großen, dunklen Augen unverzagt an. Sie vertraute so sehr auf ihn. Mehr, als er sich selbst vertraute mit dem Gewisper im Hintergrund seines Bewusstseins und seinem eigenen, immer mehr dahinschwindenden Körper. Er blinzelte ein paarmal und zwang sich, sich auf seine Aufgabe zu konzentrieren.

Hör mir zu, Jaguarmann. Ich kann einen Karpatianer aus dir machen. Du wirst nie wieder ein Jaguar sein, doch du wirst leben und dich verwandeln können. Aber du sollst wissen, dass dieses Geschenk nicht unbedingt ein positives ist. Wenn du die andere Hälfte deiner Seele nicht findest, wirst du irgendwann deine Emotionen verlieren, keine Farben mehr sehen und nur noch von Erinnerungen leben. Du wirst Blut zum Leben brauchen. Du wirst dich nach den Gesetzen unseres Prinzen richten und ihm und unserem Volk deine Treue und Unterstützung, ja sogar dein Leben verpflichten müssen. Ich werde dein Leben in meinen Händen halten. Ich werde deinen Geist anrühren können, wann immer ich es will, und dich finden, wo immer du auch sein magst. Solltest du uns verraten, werde ich dich erbarmungslos und so schnell wie möglich töten. Du hast die Wahl, an einen anderen Ort zu gehen und Frieden zu suchen oder in dieser Welt zu bleiben und deinen Kampf fortzusetzen.

Das hier war keine Kleinigkeit. Manolito würde für immer für alles verantwortlich sein, was Luiz tat. Das war eine Verpflichtung, die nur wenige Karpatianer zu übernehmen bereit waren. Sie kannten die Gefahren und wussten, wie es war, frühere Freunde jagen und töten zu müssen. Er erlaubte Luiz einen Einblick in seine Erinnerungen, in diesen scheinbar endlos langen Korridor der Finsternis. Es gab keinen Weg, dem Jaguarmann zu beschreiben, wie es sein würde; er konnte ihm nur die dahinschwindenden Emotionen zeigen, die Jahrhunderte des Jagens und des Wartens, in denen ihn, Manolito, allein seine Ehre aufrechterhalten hatte, und schließlich die Erinnerungen an seine Ehre. Er war so aufrichtig, wie er nur konnte.

Ich habe meinen Kampf um die Rettung meiner Leute noch nicht beendet.

Luiz war weit entfernt, aber er klammerte sich ans Leben. Es war seltsam, doch je weiter sich Luiz' Geist zurückzog, desto klarer wurde die Schattenwelt um Manolito. Die Stimmen wurden lauter, und im Zimmer wurde es ganz still. Schatten mit pergamentartiger Haut und weit aufgerissenen Mündern voller scharfer Zähne schlitterten über die Wände und den Boden. Hunger brannte und tobte in Manolito und fraß an jeder Faser seines Körpers. Er fühlte sich seltsam dünn und schwach und unerträglich angespannt.

Dennoch versuchte er mit aller Macht, sich ausschließlich auf Luiz zu konzentrieren. *Die Jaguarmenschen werden nicht länger deine Leute sein, weil du karpatianisches Blut in deinen Adern haben wirst. Jaguare werden dir aus dem Weg gehen. Du musst dir ganz sicher sein, dass du verstehst, worauf du dich einlässt, bevor du deine Entscheidung triffst.*

Ich kann nicht zulassen, dass die Vampire sich weiter meiner Leute bemächtigen, ob mein Blut nun karpatianisch, menschlich oder das eines Jaguarmannes ist. Letztendlich sind wir alle gleich. Wir versuchen, uns ein Leben aufzubauen und es gut zu führen. Ich entscheide mich für das Leben.

Es wird schmerzhaft sein. Sehr schmerzhaft.

Und MaryAnn würde Zeuge sein. Wie könnte es sie nicht zu Tode erschrecken, das mit anzusehen? Alles in Manolito drängte ihn, aufzugeben, seine Gefährtin zu nehmen und zu verschwinden, doch das war ihm nicht mehr möglich, nachdem er so tief in Luiz' Bewusstsein eingedrungen war und wusste, was für eine Art von Mann er war und wie hart er darum gekämpft hatte, seine Artgenossen zu retten und ihren Frauen ein besseres Leben zu ermöglichen. Manolito konnte ihn nicht *lamti ból jüti, kinta, ja szelem*, dem Reich der Finsternis, des Nebels und der Geister, überlassen, und er konnte auch nicht viel länger warten, oder der Mann würde ein Reisender zwischen zwei Welten sein, wie Manolito selbst einer zu sein schien.

Ich entscheide mich für das Leben.

Manolito legte eine Hand auf MaryAnns Schulter, um sie von ihren Wiederbelebungsversuchen abzuhalten. Dann übernahm er das selbst mit seinem Geist, hielt Luiz' Herz am Schlagen und sandte Luft in seine Lungen. »Ich schaffe das nicht ohne Blut«, sagte er leise.

MaryAnn konnte sehen, dass Manolito so schwach und blass geworden war, dass seine Haut fast grau aussah. Er schwankte vor Erschöpfung. Es war etwas Furchterregendes, ihren Arm auszustrecken und ihm ihr Handgelenk zu reichen, aber sie vertraute ihm; trotz der roten Flammen in den Tiefen seiner schwarzen Augen vertraute sie ihm bedenkenlos ihr Leben an.

Ohne ihre Hand zu beachten, schlang er einen Arm um sie und zog sie an sich. »Ich könnte dir niemals wehtun, *sivamet*.«

Die Art, wie er das letzte Wort aussprach, war ungeheuer sinnlich und verführerisch. Aber vor allem erkannte sie die Bedeutung dieses Worts in seinem Geist. *Meine Liebste.* War sie seine Liebste? Empfand er schon mehr für sie als sinnliches Verlangen? Da sie in seinem Geist gewesen war, erkannte sie, dass das Teilen von Erinnerungen und die Unfähigkeit, etwas voreinander zu verbergen, ihre Beziehung unendlich viel intimer machte, als sie es sich jemals hätte vorstellen können. Falls er sie umwarb, dann machte er das sehr gut, indem er einfach nur er selbst war.

Sie umarmte ihn zärtlich und drückte ihr Gesicht an seinen Hals. Er hob ihr Kinn ein wenig an, suchte ihren Blick und ließ ihn nicht mehr los, bis sie wie hypnotisiert war und verloren in den dunklen Tiefen seiner Augen. In der Verlockung unverhohlenen Verlangens und hemmungsloser sinnlicher Begierde.

Er versuchte nie, seine Gefühle für sie zu verschleiern oder herunterzuspielen. MaryAnn stockte der Atem, und ihr Herz schien förmlich zu zerfließen, als ihr Magen sich verkrampfte und ein fast schmerzhaftes Pulsieren zwischen ihren Schenkeln erwachte.

Dieser Mann könnte ihr gehören – er *gehörte* ihr, obwohl sie keinen Anspruch auf ihn erhoben hatte, so wie er auf sie. Sie wusste ja nicht einmal, ob sie damit leben könnte, was und wer er war, aber sie bewunderte und respektierte ihn. Doch sie konnte auch den Hunger in ihm spüren. Die Erschöpfung. Er schwankte zwischen zwei Welten, und in ihrer zu bleiben, zehrte an seinen Kräften. Sein Pflichtbewusstsein Solange und auch ihr selbst gegenüber hatte ihn nur noch zusätzlich belastet.

»Nimm dir, was du brauchst«, flüsterte sie an seinen Lippen.

Oh, süße Versuchung. Himmel, in was für eine Versuchung sie ihn brachte, ohne es zu wollen! Wie rauer Samt glitt seine Zunge über ihren aufgeregt pochenden Puls. Sie fühlte sich in seinen Armen wie warme, lebendig gewordene Seide an. Niemand hatte zartere Haut. Seine Emotionen waren so lange in ihm erstarrt gewesen, so tief in ihm vergraben, dass er gedacht hatte, es sei unmöglich, das Vergnügen mit allen Sinnen wahrzunehmen, das der Körper einer Frau dem eines Mannes schenken konnte. Doch ihre Berührung, der Klang ihrer Stimme, ja sogar ihr Atem hatten ihn erweckt. Sie hatte ihm das Leben zurückgegeben. Er wollte sie bis ans Ende aller Tage bei sich haben und dafür sorgen, dass sie jederzeit an seiner Seite war.

Oh, süße Versuchung. Jetzt wusste er, wie sie sich anfühlte und wie sie schmeckte. Und dass sie die personifizierte Versuchung war und er seine ganze Willenskraft aufbieten musste, um sie nicht schnellstens von hier weg an einen Ort zu bringen, wo er mit ihr allein sein konnte.

Seine Zähne gruben sich tief in ihre Haut, und ihr Geschmack und ihre Lebenskraft strömten aus ihr in ihn hinein und durchfluteten sein Herz und seinen Körper und erfüllten seinen Mund mit ihrem sinnlichen, so unverwechselbaren Geschmack. Er umarmte sie noch fester und schloss die Augen, um ihre Essenz noch besser auskosten zu können. Dabei ließ er langsam eine Hand über ihren wohlgeformten Körper zu ihrem Bein hinuntergleiten. Sie hatte sich in seine Arme gekuschelt, sodass ihre Beine auf seinem Schoß lagen und er mühelos die feuchte Hitze zwischen ihren Schenkeln finden konnte.

Niemand, weder Frau noch Mann, sollten in der Lage sein können, den Schmerz beiseitezuschieben, um zu funktionieren und seine Pflicht zu tun. MaryAnn hatte dies sogar während des Laufens im Dschungel getan. Der Schmerz hätte ihr Denken trüben müssen und ihre Fähigkeit, ihre Energie zu steuern. Der Schmerz war auch jetzt in ihrem Kopf. Sie spürte ihn. Aber sie verschob ihn in einen Bereich ihres Gehirns, mit dem Manolito nicht vertraut war. Ein solches Muster hatte er noch nie gesehen. Er war viele Jahrhunderte alt und hatte Magier, Jaguare und Menschen zur Nahrungsaufnahme benutzt, und als die verschiedenen Spezies sich allmählich vermischt hatten, waren die Muster mit den Jahren undeutlicher geworden. In einer langsamen und zärtlichen Erforschung ließ er seine Hände über MaryAnns Schenkel gleiten. Sie erschauerte in seinen Armen und schmiegte sich noch fester an ihn.

Sie gehört dir.

Ja. Sie war seine Gefährtin. Seine andere Hälfte.

Sie ist für dich geschaffen.

Natürlich war sie das, mit ihrem weichen, sanft gerundeten Körper, ihrer zarten Haut, die wie heiße Seide in seinen Armen war, damit er wusste, wie es sein würde, sich in ihr verlockendes Fleisch zu versenken und sie beide auf ungeahnte Höhen der Ekstase zu führen.

Das ist dein gutes Recht.

Oh ja, er hatte jedes Recht auf ihren Körper. Er besaß sie, mit Leib und Seele, genauso wie sie ihn besaß. Er konnte sich sein Vergnügen nehmen, wann und wo er wollte. Seine Hand glitt an ihrem Bein entlang zu ihrer exquisiten Hitze – *seiner* Hitze, weil sie ihm gehörte. Er wusste ganz genau, was ihr gefiel, und würde sie mit seinen erotischen Liebkosungen schier zur Raserei bringen vor sinnlicher Begierde.

Warum dem Jaguarmann das Leben retten? Er wird sich bloß in einen Vampir verwandeln, und dann wirst du ihn jagen und töten müssen wie so viele andere.

Es war verrückt, einen anderen Mann in ihre Welt zu bringen, wo es doch ohnehin schon so wenige Gefährtinnen für Karpatianer gab. Vielleicht würde Luiz ja sogar versuchen, ihm MaryAnn zu stehlen.

Er war allein mit ihr. Nackt. Hat ihr seinen Körper gezeigt, um sie von dir wegzulocken. Er will sie. Er würde alles tun, um sie dir wegzunehmen.

Die Jaguarmänner hatten sich alle als Meister der Täuschung erwiesen. Sie lockten tatsächlich Frauen an, hielten sie dann gefangen und gingen sehr brutal mit ihnen um.

Er hat sie angefasst. Er hat deine Gefährtin berührt. Er hat dein Zeichen gesehen, deinen Geruch an ihr gewittert, und trotzdem hat er sie angefasst. Du hast ihn über sie gebeugt gesehen. Er war splitterfasernackt. Was glaubst du wohl, wozu er sie gerade zwingen wollte?

Sie hat ihn verteidigt. Sie hat gesagt, sie habe ihm ihr Leben zu verdanken.

Weil sie ihn begehrt. Mach sie zu der Deinen. Nimm sie jetzt. Nimm dir, was dir zusteht. Bring sie für alle Ewigkeit auf deine Seite.

Er konnte nicht aufhören. Er brauchte das. Er verhungerte. *Verhungerte*. Der Hunger machte ihn rasend. Niemand außer seiner Gefährtin konnte diesen Hunger stillen. Das frische, heiße Blut verbreitete sich in seinem Körper mit der Heftigkeit der stärksten Droge.

Er brauchte ihren Körper, ihre Hitze und ihr Feuer, um das Begehren zu befriedigen, das ihn so erregte und erhitzte, dass er an nichts anderes mehr denken konnte, als mit ihrem Körper zu verschmelzen. Er wollte sie in unbändigem Verlangen seinen Namen rufen hören. Er wollte sehen, wie ihre Augen vor Leidenschaft ganz glasig wurden; sie sollte ihn anflehen, mit ihr zusammen den Gipfel zu erklimmen. Er hatte eine Ewigkeit gewartet, in Dunkelheit und Qual, und jetzt war sie hier, in seinen Armen, ihr Körper reif und sehr bereit für ihn, und ihr Blut vermischte sich mit seinem.

Nimm sie. Du hast das Recht dazu. Sie kann es dir nicht verweigern. Alles, was du willst, muss sie dir geben. Sie gehört dir. Nimm sie jetzt, bevor der Jaguar sie für sich beansprucht. Du kannst nicht aufhören, wenn du schon so nahe dran bist. Nimm genug Blut von ihr, um sie zu verwandeln, dann kann sie dich nicht mehr verlassen. Koste sie. Das Gewisper wurde lauter, als andere Stimmen hinzukamen.

Für einen Moment verstärkten Manolitos Arme ihren Druck, und mit seinem Körper drängte er MaryAnn so weit zurück, dass er schon beinahe auf ihr lag. Wozu? Wollte er sie etwa gleich hier nehmen, während Luiz neben ihnen starb? Und mit Jasmine und Solange im Raum, damit sie Zeugen seines Wahnsinns wurden?

Ja, ja. Du nimmst sie jetzt, bevor es zu spät ist und du sie verlierst.

Angst erfasste ihn. Angst, dass er die Sucht nach MaryAnn nicht unter Kontrolle halten konnte, dass er nicht mehr würde aufhören können. Er verlor allmählich den Verstand, und er würde ausgerechnet dem Menschen etwas zuleide tun, den zu beschützen er geschworen hatte. Er dürfte nicht auf die Stimmen hören, doch sie waren heimtückisch, schlichen sich in sein Bewusstsein und machten sich seine größten Ängste und schlechtesten Charaktereigenschaften zunutze.

Seine schlechtesten Charaktereigenschaften wie zum Beispiel seinen Hang zur Dominanz. Das schreckliche Bedürfnis, MaryAnn seinen Willen aufzuzwingen, sodass sie nicht nur alle seine Wünsche erfüllen wollte, sondern gar nicht anders *konnte*, als das zu tun. Er wollte sie zu seinen Bedingungen und wusste, dass er sie durch eine starke sexuelle Beziehung beherrschen konnte. Er kannte ihre erotischen Fantasien und Wünsche und wusste, wie er ihr die lustvollsten Reaktionen entlocken konnte. Nicht zum Vergnügen – ihrem oder seinem –, sondern der Kontrolle wegen.

Er würde nicht nur sich entehren und alles, wofür er stand, wenn er ihr Blut *und* ihren Körper nahm und sie ganz in seine Welt hinüberbrachte, sondern sich auch jede Chance verbauen, MaryAnns Zuneigung zu gewinnen. Nein, das war es nicht, worum es bei Gefährten des Lebens ging. Und er *war* ihr Gefährte des Lebens und wollte es im wahrsten Sinne des Wortes sein.

Die Stimmen wurden lauter, eindringlicher; die Schatten um ihn verlängerten sich und nahmen zu. Er ergriff MaryAnns Arm, um sie von sich fortzuziehen, aber da regte sie sich in seinem Geist und erfüllte ihn mit einer beruhigenden Wärme und einem wundervollen Gefühl des Wohlbehagens.

Das ist nicht wahr, Manolito. Ich höre die Stimmen auch, und sie belügen dich. Natürlich denkst du, ich gehörte dir. Wenn ich deine Gefährtin bin, bin ich die andere Hälfte deiner Seele. MaryAnn war froh, dass Destiny sich die Zeit genommen hatte, ihr die Verbindung zwischen karpatianischen Gefährten zu erklären. *Natürlich willst du mich ganz in deiner Welt haben. Sie spielen mit deinen Instinkten, aber du bist stärker als sie. Wir sind stärker als sie.*

Du kannst sie hören? Er wusste nicht, wie er ihr begreiflich machen sollte, dass er sich in zwei Welten bewegte. Für einen normalen Menschen hörte sich das völlig unglaubwürdig an. Und trotzdem fühlte er sich umzingelt von den Schatten, den Stimmen und der Eiseskälte, die er nicht abzuschütteln vermochte, obwohl ein Karpatianer seine Körpertemperatur steuern konnte.

Natürlich höre ich sie. Und sie würde nicht zulassen, dass sie von ihm Besitz ergriffen. Was immer auch geschah, war sehr real und keine Einbildung. Sie war eine Frau, die im Dschungel der Stadt gelebt hatte und mit allem fertig werden konnte, was dieser Abschaum ihr oder ihrem Mann um die Ohren schlug.

Da war es wieder, dieses eigenartige Flattern in ihrem Herzen. Nun nannte sie ihn bei sich schon ›ihren Mann‹. Und wenn schon! Sie würde ihn jedenfalls nicht im Stich lassen, bis er sich wieder wohlbehalten im Land der Lebenden befand, ohne Vampire und andere makabere Kreaturen überall in seiner Nähe.

Manolito versuchte, sein wild pochendes Herz und das heiße Blut zu beruhigen, das durch seinen Körper geradewegs in seine Lenden schoss. Das Gute war, dass MaryAnn mit ihrer Körperwärme, ihrer weichen Haut und absoluten Akzeptanz die Stimmen so weit gedämpft hatte, dass er den Dämon unterdrücken konnte, der ihn dazu drängte, sie zu nehmen, und er endlich wieder vernünftig denken konnte.

Sie war sich seiner Gedanken bewusst gewesen, aber sie hatte nicht dagegen angekämpft, und sie hatte sich ihm auch nicht entzogen. Sie hatte darauf gewartet, dass er mit sich ins Reine kam und während des gesamten Austauschs fest an ihn geglaubt. Ihr Vertrauen ängstigte ihn. Und wenn er sie nun enttäuschte? Was, wenn der Mann, für den sie ihn hielt, nicht existierte? Sie beschämte ihn mit ihrem Vertrauen in ihn.

Sanft strich er mit seiner Zunge über die kleine Bisswunde, diesmal sehr sorgfältig darauf bedacht, kein Mal zu hinterlassen. Eins war genug, und er vergewisserte sich, dass es noch da war, um sie in seiner Abwesenheit an die Verbundenheit ihrer Seelen zu erinnern. Mit klopfendem Herzen hielt er sie einen Moment umfangen. Waren die Stimmen mehr gewesen als eine Versuchung, ihr unrecht zu tun? Hatten die Kreaturen in der Schattenwelt gespürt, dass sie mit ihm verbunden war, und hatte Maxim versucht, sie in das Schattenreich hineinzuziehen, wo er sie töten konnte?

»Lass mich dein Bein versorgen.« Er ertrug es nicht, diese Kratzspuren an ihr zu sehen, und sie hatte lange genug gelitten, während er anderen geholfen hatte. Sanft strich er mit den Fingern über die Risse an ihrer Wade, das aufgerissene Fleisch und den freigelegten Muskel.

»Aber Luiz ...«

»Ich erhalte ihn am Leben. Erlaube mir, das für dich zu tun.«

MaryAnn presste die Lippen zusammen, um nicht zu protestieren, und blickte rasch zu Jasmine und Solange hinüber, in der Hoffnung, dass sie ihre Reaktion auf Manolitos Fürsorglichkeit nicht bemerkten. Denn die war ausgesprochen sinnlicher Natur. Inmitten von Blut und Chaos überfluteten Empfindungen ihren Körper, die in dieser Situation äußerst unangebracht waren. Aber Solange lag reglos mit geschlossenen Augen da und beanspruchte Jasmines volle Aufmerksamkeit.

»Dann tu es, doch beeil dich«, flüsterte MaryAnn erstickt. Sie konnte kaum denken, geschweige denn sprechen, wenn Manolitos Finger so verführerisch über ihren Schenkel wanderten.

Er beugte sich über ihre Wade und legte eine Hand um ihren Knöchel, um ihn stillzuhalten. Ihr stockte der Atem, als sie sein glänzendes Haar wie einen Wasserfall um seine Schultern fallen sah. Sie konnte sein Profil, seine langen Wimpern und die Konturen seiner Lippen sehen. Er war zu schön, um wahr zu sein. Unwillkürlich glitt ihre Hand zu ihrem eigenen Haar, das sich halb aus seinem Zopf gelöst hatte und in wirren Strähnen ihr Gesicht umrahmte. Bei der Bewegung fiel ihr Blick auf den Blutfleck auf ihrer Seidenbluse.

Bestürzt blickte sie auf ihre einst so elegante schwarze Hose. Eine Seite war zerrissen, der hübsche Aufschlag vollkommen zerfetzt. Ihr Bein darunter wies so tiefe Kratzspuren auf, dass die Muskeln aus den Rissen drangen. Jäher Schmerz packte sie, und für einen Moment lang glaubte sie, sich übergeben zu müssen.

»Manolito«, keuchte sie entsetzt, als der Schmerz so unerträglich wurde, dass ihr die Tränen kamen. »Es tut weh.«

»Ich weiß, *sivamet*, aber ich kann ihn dir abnehmen.« Interessant war, dass sie im selben Moment, als sie sich der Verwundung bewusst geworden war, auch wieder von der vollen Wucht des Schmerzes überfallen worden war. Dass er nicht mehr in irgendeinem fernen Winkel ihres Gehirns vergraben, sondern wieder Teil ihres bewussten Ichs geworden war.

Manolito nahm ihren Schmerz auf sich und begann mit der Aufgabe, ihre Wunden von innen heraus zu heilen. Als die Verletzungen geschlossen und gereinigt waren, kehrte er zurück in seinen eigenen Körper und bückte sich, um ihr Bein zu untersuchen. MaryAnn schloss die Augen, als seine Zunge wie rauer Samt über ihre Wunde strich.

Sie wusste, dass sein Speichel ein heilendes Element enthielt und sie das Ganze eigentlich ein bisschen eklig finden müsste, aber so war es keineswegs. Es war sogar ein überaus erregendes Gefühl, das ein Flattern tief in ihrem Innern auslöste und sie mit einer prickelnden Hitze erfüllte. Weiter oben, an der Innenseite ihrer Schenkel, tat er irgendetwas mit seinen Fingerspitzen, das ihr den Verstand zu rauben drohte, doch bevor es so weit kommen konnte, hob er den Kopf und sah sie aus halb geschlossenen Augen an, die verschleiert waren vor Verlangen und Leidenschaft.

»Wir müssen uns um Luiz kümmern«, erklärte er mit vor Emotion ganz heiserer Stimme.

MaryAnn nickte. »Sag mir, wie ich dir helfen kann.«

Karpatianische Männer teilten ihre Frauen mit niemandem,

und Manolito war eifersüchtiger als die meisten, doch Luiz tat ihm leid, als er sich über ihn beugte und seine Beklommenheit spürte.

Versuch, ihn festzuhalten, MaryAnn, um seine Verwandlung einfacher zu machen. Ich fürchte, dass das Raubtier in ihm stark ist und ihn nicht so einfach freigibt. Es war nicht leicht, sie darum zu bitten, doch er verschmolz bereits mit dem Jaguarmann, und der Geschmack von Angst war bitter für einen Mann, der so viele Kämpfe ausgefochten und solche Anstrengungen für seine Leute unternommen hatte. Manolito wollte nicht, dass Luiz ängstlich und verstört von einem Leben in das andere überwechselte. Manolito ließ sich ganz und gar mit Luiz verschmelzen, um ihn zu beruhigen, doch das Raubtier in ihm spürte, was geschehen würde, und begann zu toben.

Du wirst trotzdem weiter existieren, versuchte MaryAnn den Jaguar zu trösten. *Wie könntest du auch nicht? Du bist so viele Jahre ein Teil von Luiz gewesen. Ihr seid ein und derselbe. Was Manolito tut, wird euch beiden ermöglichen zu leben. Er hat beschlossen, dich zu retten, damit du eure Leute retten kannst.* MaryAnn streichelte dem Mann das Haar, beruhigend und zärtlich.

Sie berührt einen anderen Mann.

Denselben, der vorher schon mit ihr zusammen gewesen war.

Die Stimmen waren abscheuliche Dämonen, die Manolitos Vertrauen in sie unterminieren sollten. Deshalb hielt er es für klüger, einen Blick auf ihre Hand zu werfen, um ihre Absicht zu erkennen – *ihr* anstatt der Stimmen zu vertrauen. Ihre Finger waren geradezu hypnotisch, und Manolito spürte sie in seinem eigenen Haar – an seinem eigenen Kopf. Durch MaryAnn waren sie alle drei fest miteinander verschmolzen, doch er war sicher, dass sie keine Ahnung hatte, was sie tat.

Er begann allmählich zu verstehen, wie sie vorging. Ihre Fähigkeiten waren anders als alle, denen er je begegnet war. Sie bündelte Energie und benutzte sie so selbstverständlich, wie sie atmete. MaryAnn versuchte, jeden zu erreichen, der litt oder Trost benötigte, und »las« in ihnen, ohne sich dessen auch nur bewusst zu sein.

Sobald sie genug Informationen über die Person und ihr Problem gesammelt und verarbeitet hatte, benutzte sie die Energie, um ihr Hoffnung, Trost oder Mut zu geben.

Luiz gab sie ihr Mitgefühl, beschwichtigte und beruhigte ihn, aber Manolito gab sie etwas völlig anderes. *Partnerschaft*. Sie gehorchte ihm nicht, wie eine Frau es seiner Meinung nach tun sollte, sondern stand neben ihm und arbeitete mit ebenso viel Energie daran, ihn zu beschützen und vor der Schattenwelt zu retten, in der er weilte, wie er sich einsetzte, um sie zu beschützen. Ihre Energie war nur eine andere, und sie hatte auch eine andere Sichtweise.

Er sog Luiz' Leben, Blut und Geist aus ihm heraus und nahm alles in seine Obhut. Dann schlitzte er sein eigenes Handgelenk auf und gab Luiz den Befehl zu trinken, und Luiz, der so tief mit ihm verschmolzen war, leistete keinen Widerstand. Der Jaguar in ihm brüllte nur einmal protestierend auf und ließ sich dann wieder von MaryAnn beruhigen.

MaryAnn biss sich auf die Lippe und fuhr fort, Luiz' Haar zu streicheln, während sie überlegte, wie sie allen die Situation erleichtern konnte. Sie wusste nicht, was sie zu erwarten hatte, doch falls etwas Schlimmes geschehen sollte, wollte sie Jasmine nicht dabeihaben. »Kannst du Solange in ihr Schlafzimmer helfen?«, fragte sie, nicht sicher, ob der Jaguar bewusstlos war oder sich nur nicht bewegte.

In diesem Moment sprang die Tür auf, und Riordan kam herein, dicht gefolgt von Juliette. Sie war offensichtlich völlig außer sich und stieß ihn ungeduldig an, um an ihm vorbei zu ihrer Schwester und Cousine zu gelangen. An Riordans Arm und seiner linken Wange waren Brandmale zu sehen, und eine blutende Schnittwunde verlief über sein Bein. Juliette schien unverletzt, aber zutiefst erschüttert zu sein. Ein leiser Schrei entrang sich ihr, als sie all das Blut auf dem Boden und an den Wänden sah, aber Riordans Körper beschirmte ihren vor jeder möglichen Gefahr, während er die Szenerie in sich aufnahm.

»Braucht Solange noch weitere Hilfe?«, fragte er Jasmine, als er beiseitetrat, damit seine Gefährtin zu ihrer Cousine laufen konnte.

»Wir müssen sie in ein Zimmer bringen und sie wieder menschliche Gestalt annehmen lassen«, sagte Jasmine. »Sie ist jetzt ruhig, aber sie hat Schmerzen.«

»Es tut mir so leid.« Juliette war den Tränen nahe. »Wir haben versucht herzukommen, doch unsere Feinde sind ganz in der Nähe. Sie müssen erraten haben, wo wir uns zur Ruhe legen, und als wir aufstehen wollten, griffen sie uns an.«

Manolito warf einen schnellen Blick auf seinen Bruder, um sicherzugehen, dass er keine Verletzungen hatte, die eine sofortige Behandlung nötig machten. Riordan schüttelte den Kopf, um ihn zu beruhigen.

»Jasmine und ich können Solange in ihr Zimmer bringen«, sagte Juliette zu MaryAnn, »während du Manolito unterstützt.«

»Was tust du da?«, fuhr Riordan seinen Bruder an, obwohl er es schon wusste. Er wollte es nur nicht wahrhaben. »Hast du den Verstand verloren? Wir können keinen männlichen Jaguar verwandeln!«

»Und wieso nicht?«, versetzte MaryAnn herausfordernd. »Ihr habt doch auch kein Problem damit, Frauen zu verwandeln. War Juliette nicht menschlich und hatte auch ein bisschen Jaguarblut in sich?«

Riordans Blick glitt zu ihrem Gesicht und dann zu ihrem verletzten Bein.

»Riordan?«, rief Jasmine, um seine Aufmerksamkeit wieder auf sich zu lenken.

Sein Gesichtsausdruck wurde augenblicklich weicher. »Was ist denn, kleine Schwester?«

»Ich habe Manolito gebeten, den Jaguar zu retten. Wenn er Solange nicht zu Hilfe gekommen wäre, wäre sie jetzt eine Gefangene der Jaguarmänner oder tot.«

»Ein Magier war bei ihnen«, ergänzte Manolito mit grimmiger Miene, als er seine Hand von Luiz' Mund zurückzog. »Er hat die

Schutzzauber aufgehoben, um die Jaguare ins Haus zu lassen, und dann ist er hinter ihnen hereingekommen und hat Jasmine gepackt.«

Juliette fuhr herum und wurde kreidebleich. »Oh nein, dann war das ja doch eine Falle! Wir haben schon so etwas befürchtet, als wir einen Jaguar sahen, der den Kampf beobachtete. Jasmine, geht es dir gut?«

Das junge Mädchen nickte. »Aber der Magier war nicht hinter mir her. Er hielt mich für Solange. Er sprach mich sogar mit ihrem Namen an. Ich habe weder darauf reagiert noch widersprochen, doch er war definitiv hinter ihr her.«

Manolito zog sich von Luiz zurück und strich sich mit dem Handrücken über die Stirn, die blutverschmiert war, als er die Hand zurückzog. »Luiz war von einem Vampir korrumpiert worden. Die Brüder Malinov benutzen diese Strategie, um die Kontrolle zu gewinnen. Sie vernichten die Jaguarrasse von innen heraus, so wie wir es besprochen hatten, als wir jünger waren. Ich weiß, dass sie auf der Suche nach königlichem Blut sind, aber ich habe keine Ahnung, warum. Zuerst dachte ich an Juliette oder Jasmine, doch Luiz sagte mir, dass es Solange ist, die sie wollen. Ein Vampir hat den Männern der Jaguarspezies suggeriert, sie zu entführen und sie ihm zu übergeben.« Auf mentalem Wege gab er seinem Bruder einen kurzen Überblick über alles, was sich zugetragen hatte.

Juliette schüttelte den Kopf. »Solange ist reinrassig und von königlicher Abstammung.«

»Sie kann nicht auf der Insel bleiben«, erklärte Riordan. »Wir müssen sie auf die Ranch bringen, sobald sie reisefähig ist.«

»Sie wird nicht mitkommen«, sagte Juliette.

»Sie hat davon gesprochen«, wandte Jasmine ein. »Ich glaube, wir können sie dazu überreden.«

»Bringt sie auf ihr Zimmer«, befahl Riordan. »Ich werde hier aufräumen. Diesmal benutzen wir nur die Schutzzauber, die noch nie von Magiern angewandt wurden.«

»Verbrenn den Jaguar, den ich getötet habe. Er war von dem

Vampir beherrscht und würde mit ziemlicher Sicherheit wieder benutzt werden«, riet Manolito. »Ich will nicht, dass er unseren Feinden noch einmal dienen kann.«

»Von welcher Strategie sprachst du vorhin?«, fragte MaryAnn und sah Manolito prüfend ins Gesicht.

Seine Miene ließ keine Regung erkennen, aber er warf seinem Bruder einen Blick zu.

Und so war es Riordan, der antwortete. »Wir waren noch sehr jung und betrachteten uns als Intellektuelle. Wir glaubten, wir könnten die Welt verbessern.«

»Wir dachten, wir seien allen anderen überlegen«, ergänzte Manolito. »Wir waren alle kluge Köpfe und hatten sehr schnelle Reflexe. Nur wenige Jäger waren besser als wir. Wenn wir im Ratskreis saßen, war es immer Zacarias, der die Strategien für unseren Kampf vorschlug. Es war stets einer von uns, der die richtigen Ideen hatte, wie wir unser Volk daran hindern könnten, seinem Untergang entgegenzugehen.«

»Und was geschah?«, beharrte MaryAnn.

Manolito seufzte und fuhr sich mit der Hand durchs Haar. »Heute weiß ich, dass unser aller Gedanken zusammenflossen und uns mit Informationen überschwemmten. Unsere Gaben befähigten unsere Gehirne, besonders schnell zu arbeiten, um die Lösungen zu entwickeln, die wir brauchten. Das war es, was wir zu den Ratsversammlungen beitrugen, so wie auch alle anderen etwas Wertvolles beizutragen hatten. Doch damals glaubten wir zu wissen, welche Richtung unser Volk einschlagen müsste, und es war nicht die gleiche Richtung, die Vlad Dubrinskry eingeschlagen hatte. Er war damals unser Prinz, und es gab nur noch sehr wenige karpatianische Frauen.«

Riordan schüttelte den Kopf. »Damals bestand kaum Hoffnung für einen karpatianischen Mann, eine Gefährtin zu finden. Nur wenige Kinder überlebten, und wenn, dann immer nur die Jungen. Wir konnten alle sehen, dass unser Volk vom Aussterben bedroht war. Es war nur noch eine Frage der Zeit. Viele ärgerten sich darüber, auf das Geschwätz alter Männer und alter Völker reduziert zu werden. Wir waren dabei, zu einem Mythos zu werden wie die anderen – die Magier, Werwölfe und Jaguare. Es gab viele verwandlungsfähige Spezies, doch die meisten waren schon ausgestorben, und das Gleiche geschah überall, wohin wir blickten.«

»Wir sollten unsere Leute retten, deshalb saßen wir mit unseren Freunden herum und schmiedeten Pläne, um die Herrschaft zu übernehmen. Wir wollten die vom Aussterben bedrohten Karpatianer aus ihrem Schattendasein heraus- und wieder in die Welt zurückführen. Jeder, der den Dubrinskys folgen und an ihrer Seite kämpfen würde, musste weg, dachten wir. Und so spielten wir mit Ideen, wie das zu schaffen wäre.«

»Es waren anregende intellektuelle Debatten, die jedoch von keinem von uns wirklich ernst gemeint waren«, fügte Riordan hinzu und blickte auf seine gespreizten Hände, als könnte er das Blut seiner eigenen Leute daran sehen.

»Doch ungeachtet dessen, was wir damals dachten«, wandte Manolito ein, »gehen die Malinov-Brüder heute genau nach diesem Plan vor.«

»Wer sind die Malinov-Brüder?«, fragte MaryAnn.

Luiz regte sich, schlug die Augen auf und atmete tief aus. Sein Körper wand sich wie unter großen Qualen, seine Muskeln verkrampften und verzerrten sich.

MaryAnn beugte sich mit einem besorgten kleinen Ausruf über ihn. »Es funktioniert nicht, Manolito.«

Manolito nahm MaryAnn am Arm und zog sie von dem Jaguarmann fort. »Das wird hart für ihn, *ainaak enyem*. Er wird nicht wollen, dass du seine Verwandlung mit ansiehst.«

Sie schob das Kinn vor und blickte von einem Bruder zu dem anderen. »*Du* willst nicht, dass ich sie mit ansehe, weil du nicht willst, dass ich weiß, was aus ihm wird«, erklärte sie.

»Das auch«, gab Manolito zu. »Aber sein Körper wird sich von Giften befreien müssen, während das Raubtier um die Vorherrschaft über ihn kämpft.«

»Juliettes Verwandlung war äußerst schwierig«, fügte Riordan hinzu.

MaryAnn ließ Manolitos Blick nicht los. »Ich bin sicher, dass ich ihm bei der Verwandlung helfen kann.«

Riordan schüttelte den Kopf. »Dabei kann ihm niemand helfen. Wenn es so wäre, würden wir den größten Teil des Schmerzes selbst tragen, aber das können wir nicht, nicht einmal für unsere *avio päläfertiil*, die andere Hälfte unserer Seele.«

MaryAnn streckte ihre Hand nach Manolito aus. Er ergriff sie sofort und verschränkte seine Finger mit ihren. »Ich kann ihm helfen, Manolito. Ich beruhige Menschen. Das ist mein Job.«

»Tut mir leid, Liebste«, sagte er, so sanft er konnte. »Das wäre ein zu großes Risiko. Du bist dir deiner Fähigkeiten nicht bewusst und verschmilzt mit Leuten, ohne es auch nur zu merken. Ich kann nicht das Risiko eingehen, dass du womöglich in ihm festsitzt und sein Körper aufgibt, bevor der Kampf beendet ist. Das werde ich nicht riskieren.«

»Es ist nicht dein Risiko.«

Etwas Dunkles, Gefährliches flackerte in seinen schwarzen Augen auf. Ein Muskel zuckte an seinem Kinn, aber sein Gesicht blieb völlig ausdruckslos. »Ich sagte Nein.«

MaryAnn funkelte ihn verärgert an. »Manolito, du kannst mir nicht diktieren, was ich tun darf und was nicht.«

Schneller als erwartet war er bei ihr und hob sie auf seine Arme, die so stark waren, dass sie nicht die geringste Chance hatte, sich zu wehren. Bevor sie daran denken konnte, auch nur verbal zu protestieren, trug er sie schon mit großen Schritten durch das Haus. Noch nie in ihrem Leben war MaryAnn auf diese erniedrigende Weise von jemandem gefügig gemacht worden. In jäher Wut trat sie nach ihm, aber seine Kraft war enorm, und er hatte einen solch eisernen Willen, dass er nicht aufzuhalten war.

»Tut mir leid, *ainaak sivamet jutta*.«

Die für immer mit meinem Herz Verbundene. Das las sie in seinem Geist, als er mit ihr durch das Haus zu ihrem Zimmer eilte und sie dort aufs Bett legte. Seine Lippen berührten einmal kurz ihr Haar, dann ging er auch schon wieder und zog die Tür hinter sich zu.

Einen Moment lang blieb er draußen stehen und murmelte einen Zauber, der die Tür verschlossen halten würde, falls MaryAnn auf die Idee kommen sollte, die Angeln zu entfernen. Wenn irgendeine Frau zu so etwas imstande war, dann sie. Sie würde zwar furchtbar wütend auf ihn sein, aber sowohl Luiz als auch ihr selbst zuliebe war es besser, dass sie nicht mitbekam, was gleich geschehen würde. Ein Schuh krachte gegen die Tür, dann ein zweiter. Ja, und ob sie wütend war!

»Beeil dich, Manolito«, rief Riordan. »Das wird schlimm hier.«

MaryAnn, die Riordans Schrei gehört hatte, schnappte sich ein Kissen und drückte es an ihren Bauch, weil ihr plötzlich furchtbar übel war. Sie war es gewesen, die Manolito überredet hatte, Luiz zu retten, und jetzt hatte sie sie alle im Stich gelassen. Luiz war allein und sah sich einer furchtbaren Strapaze gegenüber. Sie wusste nicht, was es war, doch sie spürte, dass es ein traumatisches Erlebnis für ihn und auch für die beiden Karpatianer war.

Hatten sie schon einmal ein männliches Wesen verwandelt? Denn falls das noch nie geschehen war, gab es vielleicht einen Grund dafür. Einen guten Grund. Möglicherweise war sie in ihren Bemühungen zu voreilig gewesen. Entsetzt drückte sie ihr erhitztes Gesicht ins Kissen und spürte Tränen hinter ihren Lidern brennen. Luiz würde leiden, und irgendwie wusste sie, dass Manolito mit ihm leiden würde. Sie wollte an ihrer Wut darüber festhalten, wie selbstherrlich er sie in ihr Zimmer gesperrt hatte. Als wäre sie ein kleines Kind, hatte er ihr verboten, bei Luiz' Verwandlung anwesend zu sein, aber da ein Teil von ihr noch immer dort war, bei Luiz und Manolito, und sie ihre Qual spürte, konnte sie ihre Wut nicht lange aufrechterhalten.

Sie ging ins Bad und ließ heißes Wasser in die Wanne laufen, um ihre verspannten Muskeln zu entspannen. Auch ihr Magen war vollkommen verkrampft. Sie empfing Eindrücke von Krämpfen, die Luiz Körper quälten. Er wurde in die Luft gerissen und fiel wieder hart zu Boden. Die Eindrücke waren aber nur sehr flüchtig, woran sie gleich erkannte, dass Manolito seinen Geist vor ihr verschloss. Es hatte eine Weile gedauert, bis sie gelernt hatte, wie sie es anstellen musste, sich geistig mit ihm zu verbinden, und wenn sie es versuchte, war sie immer noch nicht besonders gut darin. Doch jetzt schien es unmöglich.

MaryAnn schöpfte tief Luft und ließ sie wieder entweichen. Sie würde Luiz nicht im Stich lassen, nicht in diesem Stadium, in dem er sie am meisten brauchte. Manolito versuchte, sie abzuschirmen und zu beschützen, aber ob er es nun wusste oder nicht, er brauchte sie genauso sehr. Und so schloss sie die Augen und konzentrierte sich auf ihn. Darauf, wie er sich anfühlte. Auf die Intimität dieser ganz privaten geistigen Verbindung zwischen ihnen – die so ein unerwartetes Geschenk gewesen war. Denn obwohl sie ihn nach wie vor für arrogant hielt, kannte sie ihn jetzt besser und wusste auch um die Sanftheit, die er vor dem Rest der Welt verbarg. Sie sah, mit welchem Mitgefühl er Luiz hielt, und spürte, wie er sich bemühte, das Raubtier in ihm zu beruhigen.

Sie fühlte auch, wie dieses Raubtier mit seinen Pranken um sich schlug und ums Überleben kämpfte – doch dann waren die Bilder schlagartig verschwunden. Langsam ließ MaryAnn den Atem entweichen und fuhr fort, sich Manolito vorzustellen, wie er den Jaguar in Luiz' zu bändigen versuchte. Sie empfing eine kleine Welle des Mitgefühls von Manolito und auch von Riordan, und dann spürte sie die Katze wieder, deren Unruhe sich zu Panik steigerte und die um sich schlug und biss, um sich gegen den Ansturm des karpatianischen Blutes zu wehren.

MaryAnn wurde so übel, dass sie auf die Knie fiel. Auf allen vieren kniete sie auf dem Badezimmerboden und rang nach Atem, als Schmerzen sie durchfluteten. Sie empfing Manolitos Überraschung darüber, dass sie bei ihm war, und dann, wie er sie wieder ganz entschieden von sich schob.

Es war die reinste Qual, allein zu sein, zu wissen, dass Luiz litt und Manolito sie bei sich brauchte. Sie verspürte den Wunsch, das dringende Bedürfnis, konnte aber absolut nichts tun, um ihnen beizustehen. Manolito war unnachgiebig geblieben. Wusste er nicht, dass er von ihr verlangte, wider ihre Natur zu handeln? Wieder schob sie ihre Angst beiseite und konzentrierte sich auf Manolito, weil sie im selben Moment, als sie seinen Geist berührte, seinen Kampf mit der Schattenwelt spüren konnte. Luiz mochte sie nicht erreichen können, aber Manolito schon. Die Verbindung zwischen ihnen war unglaublich stark.

Und dann war sie ganz und gar in seinem Geist, in seinem und in Luiz', und sah mit eigenen Augen die wahren Schrecken der Verwandlung. Die Qual, die den Jaguarmann zerriss, als der Tod ihn zu sich rief und die Katze in ihm kämpfte. Manolito nahm viel zu viel auf sich, er nahm Luiz so viel von seinen Schmerzen ab, wie die Natur es ihm erlaubte. Beide Männer waren gefasst und sich des anderen voll bewusst, und Luiz versuchte, alles mit großer Würde zu ertragen. Manolito bemühte sich, mitfühlend und ermutigend zu sein, ohne dem Jaguarmann seine Selbstachtung zu nehmen. In diesem Moment, während Tränen über ihr Gesicht liefen und ihr Körper sich unter der geteilten Qual der beiden Männer krümmte, wusste MaryAnn, dass sie Manolito wirklich lieben konnte, von ganzem Herzen und mit jeder Faser ihres Körpers.

Die starke Anziehung zwischen ihnen mochte mit einem uralten Ritual begonnen haben, und sie mochte körperlich geradezu besessen von ihm gewesen sein, doch letztendlich sah sie nun endlich seinen wirklichen Charakter. Er war wie ein offenes Buch für sie, als er unermüdlich daran arbeitete, Luiz in seine Welt herüberzuhelfen, und ihr Herz reagierte auf die einzige Art und Weise, die sie kannte – mit grenzenloser Liebe und völlig ohne Vorbehalte.

12. KAPITEL

Die Verwandlung war das Furchterregendste, was MaryAnn sich vorstellen konnte, wie ein qualvolles Versterben und eine Wiedergeburt. Sie wusste, dass das Gleiche auch ihr bevorstand und dass Manolito, nachdem er Luiz' Qual gesehen hatte, nicht mehr so sicher war wie vorher, es bei ihr riskieren zu wollen. Doch merkwürdigerweise war sie tatsächlich zu jedem Risiko bereit, denn was sie heute hier gelernt hatte, war das: Manolito De La Cruz war erheblich mehr als ein gut aussehender, arroganter Mann, und sie war schon weitaus mehr als nur verliebt in ihn.

Geschickt flocht sie ihr Haar zu einem dicken Zopf, eine vertraute Aufgabe, die sie beruhigte, während sie daran dachte, was Manolito heute alles durchgemacht hatte und ihr erneut die Tränen kamen. Seine Brüder hielten ihn für verrückt. Doch er hatte den Jaguarmann mit großer Sorgfalt und Respekt behandelt und einen hohen Preis dafür gezahlt. Er hatte gewusst, dass sie in seinem Geist war, Luiz half und ihn beruhigte, so gut sie konnte, und hätte alles getan, um ihr das Erlebnis zu ersparen, aber nun fühlte sie sich ihm nur noch näher.

Sie zog ein mitternachtsblaues Spitzenhöschen an, mit schmalen Goldkettchen an den Hüften, in dem sie sich auch unter den ärgsten Umständen sexy und wagemutig fühlte. Ihr königsblauer Rock war wadenlang und fiel in breiten Rüschen auf die kniehohen blauen Lederstiefel mit Aufschlägen, die sie dazu angezogen hatte.

Das butterweiche Leder war wie eine zweite Haut an ihren Füßen und wisperte verführerisch beim Gehen. Der Rock brachte ihren hübsch gerundeten Po sehr vorteilhaft zur Geltung, und sie würde jeden Vorteil brauchen können bei Manolito, wenn sie mit ihm über die Bedingungen ihrer Beziehung sprach. Denn heute hatte sie den Entschluss gefasst, dass sie es miteinander versuchen sollten.

Ihr zu dem Höschen passender Push-up-BH gab ihren Kurven etwas sehr Verführerisches und unterstrich den Sitz ihrer kurzen, ebenfalls königsblauen, ärmellosen Bluse mit den kleinen Perlenknöpfen vorne. Accessoires waren alles, und sie besaß jede Menge. Als sie Armreifen über ihre Handgelenke streifte, beschwor sie Manolitos Bild herauf.

Sein Lächeln. Sein dichtes, rabenschwarzes Haar, das sogar noch glänzender und üppiger war, als sie es am Abend zuvor wahrgenommen hatte. Seine Augen. Oh Gott, er hatte solch glutvolle, gebieterische Augen und einen so sündhaft schönen Mund ... und warum zum Teufel zog sie sich dann so an, als wollte sie ihn verführen? Sie versuchte, ihre Emotionen in den Griff zu bekommen, und ihre Aufmachung war auf jeden Fall dazu angetan, seine Aufmerksamkeit – oder mehr als das – zu wecken. Sie spielte mit dem Feuer, und sie kannte das Leben gut genug, um zu wissen, dass sie später nicht weinen durfte, wenn sie sich daran verbrannte.

Von der Anspannung in dem Haus war nichts mehr zu spüren, und auch MaryAnn atmete tief aus und setzte sich auf ihr Bett, um auf Manolito De La Cruz zu warten. Sie konnte die Uhr ticken hören. Ihr endloses, lautes Ticken. Er würde kommen. Bald. Sofort. Sie wartete, doch als die Minuten verstrichen, verblasste auch das Lächeln auf ihrem Gesicht. Ein paar weitere Minuten später knirschte sie vor Wut schon mit den Zähnen. Er würde sie doch wohl nicht wie ein unartiges Kind in ihrem Zimmer eingesperrt lassen? Manolito täte besser daran zu kommen. Auf der Stelle. Bevor sie ihr liebevolles, *nachsichtiges* Wesen ein für alle Mal verlor.

Sie ging zur Tür und hieb mit ihrer Faust dagegen. »Nun komm schon, Dschungelmann. Jetzt reicht es aber langsam. Lass mich hier raus!«

Nichts rührte sich auf ihre Forderungen. Sie würde ihn mit ihren bloßen Händen umbringen! Ihre pazifistischen Überzeugungen waren verlorene Liebesmüh im Regenwald und völlig überholt bei ihrem Dschungelmann. »Ich nehme alles zurück, was ich jemals Positives über dich gesagt habe«, brüllte sie die Tür an und schlug zur Unterstreichung noch einmal mit der flachen Hand darauf. Genau an der Stelle, wo sein Gesicht sein müsste. »Du brauchst jemanden, der dir mal ordentlich was auf deinen sturen Kopf gibt!«

Und nicht einmal ein richtig harter Schlag würde genügen. Vielleicht würde sie sich andere, brutalere Bestrafungen ausdenken müssen, doch dazu fehlte ihr die Fantasie. Peitschen und Ketten. Aber die beschworen Bilder von schwarzen Lederstiefeln mit Stilettoabsätzen herauf, von Netzstrümpfen und einem ledernen Bustier. Und das kam natürlich absolut nicht infrage, weil Manolito nicht verdiente, dass sie sich die Mühe machte. Was er brauchte, war eine Abreibung, die er nie vergessen würde. Keine sexy Lederklamotten und Stiefel mit Stilettoabsätzen, sondern eine dieser schauderhaften Fernsehshows, bei denen Männer in Käfigen kämpften und sich gegenseitig mit den Fäusten bearbeiteten, wäre genau das Richtige für ihn.

Die Tür wurde geöffnet, und Manolitos breitschultrige Gestalt erschien im Rahmen. Mit einem ganz merkwürdigen Gesichtsausdruck stand er da, blickte auf sie herab und rieb sich nachdenklich das Kinn. »Ich glaube, es ist besser, wenn du nur Gutes von mir denkst.«

Sie öffnete schon den Mund, um ihn mit Worten zu attackieren, aber dann schloss sie ihn schnell wieder. Er sah erschöpft aus. Total erschöpft von seinem Kampf, zwei Leben zu retten, sie selbst zu heilen und die zwei Welten, in denen er lebte, auseinanderzuhalten. MaryAnn spürte die Erschöpfung wie eine große Last auf seinen Schultern – und auf ihren. Sie wusste, was er durchgemacht hatte, und warum er versucht hatte, ihr das alles zu ersparen.

MaryAnn stützte die Hände in die Hüften und taxierte ihn von

Kopf bis Fuß. »Wie ich sehe, hast du es geschafft, dich vollkommen zu überanstrengen. Hat dein Bruder dir noch etwas Blut gegeben?« Sie kam sich sehr mutig vor, als sie die Frage stellte und sich zwang, sich mit seinem Wesen auseinanderzusetzen, ohne vor seinen makabren Bedürfnissen zurückzuschrecken.

Ein schwaches Lächeln ließ die harte Linie seines Mundes etwas weicher erscheinen und vertrieb die Düsternis aus seinen Augen. »Du hast recht, ich habe mich überanstrengt. Du siehst übrigens bezaubernd aus, MaryAnn. Ein Blick auf dich, und alles andere ist vergessen.« Er streckte seine Hand aus. »Komm mit.«

Sie wollte so unbedingt mit ihm allein sein, dass sie unwillkürlich einen Schritt zurücktrat. »Wohin?«

»Ich habe eine Überraschung für dich.« Er hielt die Hand noch immer ausgestreckt, und sein Blick wich nicht von ihrem.

Tief ausatmend legte sie ihre Hand in seine. Sogleich schlossen sich seine Finger um ihre und zogen sie an seinen warmen Körper. Sie konnte seine Hitze und die unwiderstehliche Anziehungskraft ihrer geistigen Verbindung spüren.

»Luiz?«

»Er ist gut bewacht unter der Erde. Diesmal haben wir Schutzzauber benutzt, die mit Sicherheit kein Magier wieder entfernen kann. Es ist lange her, seit wir mit dieser Spezies zu tun hatten, und im Laufe der Jahrhunderte sind wir unvorsichtig geworden. Dieser jüngste Kampf mit ihnen dürfte uns gelehrt haben, stets an sie zu denken, wenn wir unsere Häuser und Schlafzimmer mit Schutzzaubern versiegeln. So ein Fehler wird nicht noch einmal passieren.«

»Danke für alles, was du für ihn getan hast.«

Er beugte sich vor und strich mit den Lippen über ihre, ganz zärtlich und behutsam, als kostete er sie nur. »Gern geschehen. Wir werden sehen, wie Luiz über all das denkt, wenn er die Erde wieder verlassen kann.«

Manolito würde Luiz' natürliche Instinkte hinsichtlich der Nahrungsaufnahme unter Kontrolle halten müssen. Luiz hatte schon jahrelang Jaguarinstinkte, und er würde beim Erwachen völlig ausgehungert sein. Wenn er dem Bedürfnis nachgab, seine Beute zu töten, würde Manolito ihn schnell und effektiv beseitigen müssen, doch darüber wollte er jetzt nicht nachdenken, sondern seine Gedanken ausschließlich auf MaryAnn, seine Gefährtin, konzentrieren. Er wollte weder an die Schattenwelt, die reale Welt oder die Schwierigkeiten denken, in die er sich gebracht hatte, nur um einen Ausdruck der Dankbarkeit auf dem Gesicht einer Frau zu sehen.

»Er kann jetzt keinen Schmerz empfinden, oder doch?«

Manolito zog ihre Hand unter sein Kinn und glitt streichelnd mit dem Daumen über ihre Haut. »Nein. Es geht ihm gut. Er wird ein oder zwei Nächte unter der Erde bleiben, ehe er sich wieder erhebt, und dann werde ich bei ihm sein, um ihm so gut wie möglich zu helfen.«

»Und Solange?«

»Juliette und Riordan sind bei ihr.« Manolito zog MaryAnns Fingerknöchel an seine Lippen. »Das Haus ist gesäubert und gesichert. Alles ist still. Ich will dich von hier wegbringen, um dich ein bisschen für mich allein zu haben.«

Ihr Herz machte einen seltsamen kleinen Sprung. Mehr als alles andere wünschte sie, mit ihm allein zu sein. Sie hatte sich sorgfältig angezogen und dafür gesorgt, dass sie gut aussah, um den Mut zu haben, sich mit ihm und dem, was auch immer zwischen ihnen war, auseinanderzusetzen. Aber jetzt, da er vor ihr stand und besser aussah, als ein Mann aussehen durfte, war sie nicht mehr so sicher, ob es eine gute Idee war, mit ihm allein zu sein. Er war viel zu sexy und verführerisch. Sie wollte nicht nur eine sexuelle Beziehung zwischen ihnen, und ihre neu entdeckten Gefühle machten sie anfälliger denn je für ihn.

»Ich finde meine Gefährtin überaus faszinierend und würde sie sehr gern besser kennenlernen«, fügte er hinzu. Er versuchte nicht, MaryAnn zu beeinflussen; es war weder ein Befehl noch eine Forderung, sondern nur eine simple Feststellung. Aber sie klang so aufrichtig, dass sie MaryAnns Barrieren sprengte.

»Bist du sicher, dass ich vorher nicht nach Jasmine und Solange sehen sollte? Schließlich bin ich hergekommen, um ihnen zu helfen, auch wenn ich leider nicht viel Gutes bewirkt habe.«

»Du hast geholfen, ihnen das Leben zu retten«, sagte er und legte den Arm um sie. »Solange schläft, und Juliette ist bei ihrer Schwester.« Manolito atmete tief ein und sog hungrig MaryAnns Duft in seine Lungen. »Ich brauche dich.« Seine Stimme war rau vor Sehnsucht, seine schwarzen Augen funkelten vor sinnlicher Begierde.

MaryAnn nickte. Das Herz schlug ihr bis zum Hals, ihr Puls hämmerte, und die zarten Spitzen ihrer Brüste richteten sich auf. Ihr Mund wurde trocken, und sie befeuchtete ihre Lippen und sah, wie aufmerksam Manolitos Blick ihrer Bewegung folgte.

»Ich weiß nicht, ob das nicht gefährlich ist.«

»Dir wird nichts geschehen«, versprach er und strich mit dem Daumen die Konturen ihrer Lippen nach. »Nicht, solange ich bei dir bin.«

»Du!« Sie konnte kaum atmen, vom Reden ganz zu schweigen. »Du bist bei mir nicht sicher. Ich reagiere immer so verrückt auf dich.« Das Beste war, ganz aufrichtig zu sein und es ihm gleich zu sagen. »Die Sache ist die, dass ich vor langer Zeit gewisse Regeln für mich aufgestellt habe.«

»Regeln?« Er zog fragend eine Augenbraue hoch, aber sein Blick verweilte nach wie vor auf ihrem Mund.

»Ja. Für mich. Für Männer. Ich schlafe nicht mit jedem.« Oh nein! Das hörte sich ganz anders an, als es gemeint war, weil sie einfach nicht klar denken konnte, wenn er sie so ansah.

»Ich bin froh über deine Regeln.«

Seine Mundwinkel zuckten vor Belustigung, was ihn jedoch höchstens noch verführerischer machte. Wie konnte sie ihm das Gefühl erklären, dass ihre Selbstachtung und jahrelang geübte Selbstbeherrschung jeden Augenblick den Bach hinuntergehen würden? Wenn sie mit ihm allein war, würde sie alles tun, um ihn zu verführen, oder ihn schlicht und einfach auffordern, sie gegen die nächste Wand zu drücken und es mit ihr zu treiben …

Eine *bequeme* Beziehung mit einem Mann hatte sie nie gewollt. Entweder hemmungslose Leidenschaft oder gar nichts, hatte sie gedacht, und entschieden hatte sie sich dann für gar nichts. Aber sie hatte sich immerhin die wildesten Fantasien über eine Beziehung zu einem Mann erlaubt. Und jetzt war alles da, wovon sie je geträumt hatte.

MaryAnn war sich ziemlich sicher, dass Manolito De La Cruz der aufregendste Mann auf Erden war. Mit seinen Blicken, der Haltung seiner breiten Schultern, den schmalen Hüften und der nicht zu übersehenden Wölbung unter seinen Jeans strahlte er eine unwiderstehliche Sinnlichkeit aus. Seine Augen waren halb geschlossen und dunkel vor Verlangen nach ihr. Aber obwohl dieses unverhohlene Begehren in seinen Augen ihr Herz außer Kontrolle brachte und ihren Körper schier zerfließen ließ, war das Problem Folgendes: Der Mann in ihren Fantasien war nicht nur ganz wild nach ihr, sondern auch sehr verliebt in sie gewesen. Und das eine ohne das andere war für sie nicht akzeptabel.

»Wenn ich jetzt wieder mit dir gehe, Manolito, weiß ich nicht, ob ich danach noch mit mir leben kann.«

»Ich werde nichts tun, womit du nicht leben kannst.«

Dem Klang seiner Stimme nach zu urteilen hoffte er, Dinge zu tun, *ohne* die sie nicht leben konnte, und das war genau das, was sie befürchtete. Weil sie diese Dinge wollte. Weil sie wollte, dass er sie all das lehrte, von dem sie geträumt hatte, dass er sie liebte und ihr zeigte, dass ihre Fantasien real sein konnten.

»Du schließt mich aus deinem Bewusstsein aus.«

War das Gekränktheit in seiner Stimme? Das Letzte, was sie wollte, war, ihn zu verletzen. »Ich weiß nicht, wie ich dich in mein Bewusstsein lassen oder dich daraus ausschließen kann. Es ist mir wirklich völlig schleierhaft, wieso ihr alle glaubt, ich hätte übersinnliche Kräfte. Jasmine dachte, ich hätte sie vor dem Magier gerettet. Und dabei war nur der Wind so stark, dass ein Ast abbrach und auf ihn stürzte. Das war nicht mein Werk. Wie hätte ich das bewerkstelligen sollen?«

In gewisser Weise war sie froh, dass Manolito nicht in ihren Geist eindringen konnte. Wenn es von ihr abhinge, würde er nie hineingelangen. Das fehlte gerade noch, dass er ihre Fantasien las und sie sich in noch größere Schwierigkeiten brachte – weil ihre Fantasie, wenn es um Sex ging, nämlich wirklich viel zu lebhaft war.

Manolitos dunkle Augen glitten besitzergreifend über ihr Gesicht. »Komm mit mir, MaryAnn. Lass mich dir meine Welt zeigen.«

Das wäre ein Fehler. Sie riskierte noch mehr Probleme, wenn sie es tat. Aber dann seufzte sie. Natürlich würde sie mit ihm gehen. Weil sie den Verstand verloren hatte, weil sie ihn in ihrem Mund noch immer schmecken konnte, seine Hände auf ihrem Körper spürte und sich nach ihm verzehrte. »Ich nehme das Pfefferspray mit.«

Sein Lächeln löste ein erwartungsvolles Erschauern und ein schon fast schmerzhaftes Ziehen zwischen ihren Schenkeln aus. Sie atmete so tief aus, als wäre sie gerade von einem Kliff gesprungen.

»Ich hätte auch nicht weniger als Pfefferspray erwartet«, erwiderte er mit von Belustigung geprägter Stimme.

Dieser kleine Anflug von Humor, der etwas Seltenes bei ihm war, erhöhte noch seinen Reiz. Sie hob den Blick zu ihm empor und verlor sich in seiner absoluten Konzentration auf sie, die sie dort sah. Im Moment existierte nichts und niemand außer ihr für ihn.

Mit exquisiter Zärtlichkeit nahm er sie in die Arme und zog sie langsam an sich hinauf. Sein Körper war heiß und hart, sein Duft unglaublich maskulin. Sein pechschwarzes Haar fiel ihm ins Gesicht, als er sie an sich presste, sodass sie seine männliche Erregung an ihrem sehr viel weicheren Körper spüren konnte. »Leg deine Arme um meinen Nacken und deine Beine um meine Taille. Falls du noch immer Angst vorm Fliegen hast, drück dein Gesicht an meinen Hals, dann siehst du nichts. Verlass dich darauf, dass ich mich immer um dich kümmern werde, MaryAnn.«

Es lag etwas grenzenlos Intimes in dem Tonfall seiner samtig rauen Stimme, etwas Verheißungsvolles und so Schockierendes, als wäre er die personifizierte Sünde, die nach ihr griff, um sie in eine Welt aus purer Leidenschaft hineinzuziehen. Der Doppelsinn seiner Worte ließ sie vor Begehren erschauern. MaryAnn rang um Beherrschung, und dieser Mann war nur darauf aus, sie ihr zu nehmen. Sogar ihr Puls passte sich dem Rhythmus des seinen an, und ihr Herz schlug im gleichen Tempo wie seines. Die Versuchung, ihre eigenen Tabus zu brechen, war so stark, dass sie ihre Hände für einen Moment unter sein Haar schob und sich erlaubte, seine kühle, seidige Fülle über ihren Fingern zu genießen.

Sie schloss die Augen, als sie keinen Boden mehr unter den Füßen spürte. Es war unglaublich, aber dieser Mann raubte ihr so spielend leicht den Atem und brachte sie so mühelos aus dem Konzept, dass sie vergaß, dass sie MaryAnn, die Psychologin, war und sich nur noch durch und durch als Frau empfand. Die Biegung seines Halses war warm und einladend, und sie schob Manolitos Hemd beiseite, um ihr Gesicht an seine nackte Haut zu legen. Als sie zärtlich ihre Lippen darübergleiten ließ, durchrieselte ein wohliges Erschauern seinen starken Körper.

Die Nacht war überraschend warm. Während er mit ihr durch den Wald flog, konnte sie hören, wie alle Geräusche verstummten, als Tiere, Vögel und Insekten ihre Präsenz wahrnahmen. MaryAnn lief es kalt über den Rücken, denn ihr wurde bewusst, dass die Tierwelt die Nähe eines *Raubtiers* spürte. Trotzdem war es unmöglich, sich nicht ungemein lebendig mit Manolito zu fühlen. Er erzeugte eine Energie, die sinnlich und erregend, vor allem aber auch gefährlich war, verlockte sie mit seinem unersättlichen sexuellen Appetit nach ihr und seinem Bedürfnis, auch ihre erotischen Bedürfnisse und Wünsche zu verwirklichen.

Trotz seiner überwältigenden Sinnlichkeit und ihrer Leidenschaft für ihn bestand das allergrößte Risiko jedoch darin, ihn in ihr Herz zu lassen. Er war so hilfsbereit und gab so viel von sich, ohne einen Gedanken an die Folgen für ihn selbst zu verschwenden, und kein anderer Wesenszug bei einem Mann hätte sie mehr ansprechen können. Außerdem war er von schonungsloser Ehrlichkeit in allem, und auch das sprach sie sehr an. Er offenbarte ihr seine Verwundbarkeit, wenn er von Dingen sprach, die er in einer anderen Welt sah und hörte. Er ließ sie vorbehaltlos in sein Innerstes hinein.

Und genauso öffnest du mir dein Bewusstsein.

MaryAnn wurde so warm, als hätte er sie in einen samtenen Umhang eingehüllt. »Habe ich das getan?«

Wenn ja, hatte sie nicht an die Gefahr gedacht, ihm ihren Geist zu öffnen. Nur an die, ihn in ihr Herz zu lassen. Sie ließ ihr Gesicht an seinem Nacken liegen, als sie sich weiter durch die Luft bewegten.

Jetzt schau dich doch mal um.

»Ich habe Höhenangst.«

Sie hatte Angst, dass ihr gefallen könnte, was er ihr zeigen wollte. Angst, diesen Mann zu lieben und ihr Leben, für das sie so hart gearbeitet hatte, für immer zu verändern. Sie liebte ihre Arbeit, weil sie wusste, dass sie anderen damit helfen konnte, und sie liebte ihre Unabhängigkeit. Und da war auch dieses furchteinflößende Etwas in ihr, das sie strikt unter Verschluss hielt, weil es ihr solche Angst einjagte, doch dieses Etwas fühlte sich sehr stark zu Manolito hingezogen. In der Stadt, wo sie von Menschen und hektischer Geschäftigkeit umgeben war, verhielt es sich ruhig und blieb unter Kontrolle. Hier jedoch, bei diesem Mann, konnte sie spüren, wie es in ihr wütete und sich zu befreien versuchte. Und sie wagte nicht, es freizulassen.

Seine Lippen strichen über ihren Kopf. *Du wirst keine Angst haben, ich verspreche es dir. Du wirst nur meine Welt so sehen, wie ich sie sehe.*

MaryAnn schloss kurz die Augen und drückte sich noch fester an ihn. Genau *das* war es, was sie befürchtete. Sie wollte keine Schönheit in dem Dschungel sehen, sondern höchstens die Insekten. Schwärme lästiger Insekten. Und Blutegel. Denn die gab es hier, das wusste sie. Wenn sie hinschaute, würde sie sich nur auf diese Dinge konzentrieren. Das war das einzig Sichere. Mit einem Bild von großen, fetten, blutsaugenden Insekten im Sinn, hob sie vorsichtig den Kopf und schaute sich um.

Manolito und sie befanden sich hoch oben im Blattwerk eines riesigen Baumes, und als MaryAnn hinunterschaute, sah sie, wie sich die Lianen unter ihnen verflochten und nach und nach eine stabile Plattform bildeten. Immer höher schlangen sie sich hinauf und verwoben sich miteinander, bis sie ein ebenso solides Geländer formten, damit MaryAnn in den Baumwipfeln herumspazieren konnte, als befände sie sich daheim auf einer Dachterrasse. Langsam entließ Manolito sie aus seinen Armen und sah, wie sie ihr Gesicht gen Himmel richtete.

MaryAnn hielt den Atem an, als sie sich umschaute. Ein dünner Nebelschleier lag vor dem mitternächtlich dunklen Himmel, an dem die Sterne funkelten wie Diamanten. So hoch oben in den Bäumen war es beinahe so, als könnte sie den Mond berühren. Und obwohl der Mond noch längst nicht voll war, bot er einen zauberhaften Anblick. MaryAnn ging zu dem Geländer, hielt sich mit beiden Händen fest und blickte hinunter. Sie sah Baumkronen, deren Blätter statt grün silbern schimmerten, Äste, die Gehwege für Tiere bildeten, sie hörte das Geflatter von Vögeln, deren farbenfrohe Federn sich in den Mondstrahlen spiegelten, als sie sich zum Schlafen in den Bäumen niederließen. Nebelfetzen, die zwischen den Baumstämmen aufwaberten, verstärkten noch die Aura des Geheimnisvollen.

An das Geländer gelehnt, drehte MaryAnn sich zu Manolito um und betrachtete ihn fasziniert. Er gehörte zu der Nacht, war wie der Fürst der Dunkelheit. Seine markanten Züge verliehen seinem Gesicht ein edles, maskulines Aussehen, und sein schön geschnittener Mund hatte sowohl etwas Sinnliches wie Grausames. Gefahr und Leidenschaft. MaryAnn drückte ihre Hand an ihren Bauch, um das jähe Flattern darin zu beruhigen.

»Es ist wunderschön, Manolito. Danke, dass du mich hierhergebracht hast.«

Hier gab es weder den Geruch nach Blut noch Tod. Keine jungen Frauen mit Entsetzen in den Augen. Nur die Nacht und Manolito.

MaryAnn lächelte ihn an. »Ich kann den Nebel spüren, aber er ist gar nicht kalt, und auch meine Kleider sind nicht feucht.«

»Ich bin Karpatianer. Ich kann solche Dinge steuern.« Er schwenkte die Hand, und das Laub begann, sich mit Blumen zu verflechten, und ein dickes, weiches Bett zu formen.

MaryAnns Herz schlug in freudiger Erwartung schneller.

»Warum hast du dein Haar zu einem Zopf geflochten? Es ist so schön mit seinen Locken und Wellen und dieser wundervollen Farbe, die im Mondlicht schimmert. Warum trägst du es nicht offen?« Er streckte seine Hand schon nach dem Band aus, mit dem sie es einigermaßen zu bändigen versucht hatte.

Doch sie ergriff seine Hände, um ihn aufzuhalten. »Ich habe von Natur aus krauses Haar, Manolito. Bei diesem Wetter würde es wie eine Löwenmähne aussehen, und ohne einen Friseur in der Nähe hätte ich ernstliche Probleme.«

»Es ist wild und wunderschön.« Seine Finger waren schon dabei, das Band von ihrem Haar zu streifen.

»Du verstehst nicht, Manolito. Mein Haar ist mehr als wild. Ich könnte Tonnen von Produkten benutzen, um es einigermaßen in Form zu halten, aber der Nebel würde es mir ins Gesicht und in die Augen spülen, und das würde brennen und Streifen hinterlassen und ganz furchtbar aussehen. Also lass es bitte, wie es ist.« Sie versuchte, ihrer Stimme eine gewisse Schärfe zu verleihen, was jedoch unmöglich war mit seinen warmen Fingern an ihrem Nacken, die langsam ihren Zopf entflochten. Sie schaffte es bloß, sehr atemlos zu klingen.

»Der Rock gefällt mir auch. Danke, dass du ihn mir zuliebe angezogen hast.«

Das stimmte. Sie hatte ihn nur seinetwegen angezogen. Sie verriet viel zu viel von sich, aber sie wollte auch nicht weniger ehrlich sein, als er es war. Der Rock und die Bluse waren nicht nur superfeminin, sondern sie fühlte sich auch sexy und begehrenswert darin. So, wie sie sich für ihn fühlen wollte. Sie hoffte nur, dass er sie auch so sah.

»Es ist einer meiner Lieblingsröcke.« War das ihre Stimme? Sie klang verführerischer als seine, und das wollte sie nicht. Vorher wollte sie ihn besser kennenlernen, wollte eine Gelegenheit ... zu *allem*.

Ihr Haar, das nun aus dem Zopf befreit war, umschmeichelte ihr Gesicht und ihre Schultern. Manolito schob seine Hand darunter, um ihren Nacken zu umfassen, und sein Daumen glitt darüber, als erfreute er sich an der Wärme ihrer Haut. Eine unerwartete Zärtlichkeit lag in der Berührung, die MaryAnn mit einer süßen, trägen Hitze durchflutete. Sie konnte sie bis in ihre Zehen spüren und hatte plötzlich Schwierigkeiten mit dem Atmen.

»Tut dein Bein weh?«

Die Erinnerung an seinen Mund an ihrem Bein und das Gefühl seiner Zunge auf ihrer Haut weckten eine weitere Welle wohliger Empfindungen in ihr. Sie schüttelte den Kopf, aus Angst, etwas zu sagen, solange sein Daumen die empfindsame Haut unter ihrem Ohr liebkoste und ihr einen Schauer nach dem anderen über den Rücken jagte.

»Komm, leg dich mit mir hin und schau dir die Sterne an, während wir uns unterhalten.«

Sie war nicht sicher, ob sie imstande sein würde zu reden, ohne nur dummes Zeug daherzuplappern oder, was noch schlimmer wäre, um seine Berührung zu betteln.

Vorsichtig ließ sie sich auf dem Bett aus Laub und Blumen nieder und versuchte, an Insekten, Ameisen und Blutegel zu denken, doch die Blumen gaben einen wundervollen Duft ab, und das Bett war weicher als die beste Matratze, auf der sie je gelegen hatte. Aus Angst blieb sie aber trotzdem sitzen.

Manolito griff nach einem ihrer Beine, zog den Reißverschluss ihres Stiefels herunter und streifte ihn ihr ab. »Du kannst es dir auch ruhig bequem machen, MaryAnn.«

In seiner Berührung lag etwas Gebieterisches, doch seine Stimme war sanft und fürsorglich. MaryAnn erhob keinen Widerspruch, sondern ließ sich einfach nur die Stiefel von ihm ausziehen und sie beiseitestellen, damit sie ihre Knie anziehen konnte. Er schenkte ihr ein kleines, etwas spöttisches Lächeln, legte sich neben sie und verschränkte die Hände hinter seinem Kopf.

»Ich dachte, ich würde mich hier oben fürchten«, gestand sie, um das Schweigen zu brechen. Und um ein sicheres Gesprächsthema zu haben.

»Du fürchtest dich ja auch.«

»Das ist eine ungewohnte Situation für mich.« Sie warf einen raschen Blick über ihre Schulter. Völlig ruhig und entspannt lag Manolito neben ihr, was allerdings täuschte, da MaryAnn die von ihm ausgehende Hitze spüren konnte und die Ausbuchtung unter seinen Jeans sah, die er nicht einmal zu verbergen versuchte. Auch sein Gesicht war von unverhohlenem Verlangen geprägt, und er verschlang sie buchstäblich mit seinen Blicken.

Er zog einen Arm unter seinem Kopf hervor, legte seine warmen Finger an ihr Bein und begann, sie durch die dünne Seide ihres Rockes zu streicheln. »Ich bin dein Gefährte, MaryAnn, dein Ehemann. Du brauchst keine Angst zu haben vor den Dingen, die ich von dir will. So wie dein Haar, deine Haut und deine Gedanken ist auch das, was zwischen uns ist, so natürlich wie das Atmen.«

»Ich kenne dich nicht gut genug für diese Art Vertrauen. Eine Frau wie ich muss einem Mann voll und ganz vertrauen, um ihm all das zu geben, worum du mich bittest.«

»Ich bitte nicht.« Ein leises Lächeln schwang in seiner Stimme mit.

Nein, er *forderte*. Verärgert legte sie das Kinn auf ihre Knie und überlegte, ob sie ihm nicht einen kurzen Überblick über menschliche Regeln geben sollte.

Mit aufreizend langsamen Bewegungen ließ er seine Finger über ihr Knie und dann wieder zu ihrem Oberschenkel hinaufwandern. »Ich bin nicht menschlich, *sivamet*, und mehr alles andere möchte ich meiner Gefährtin Vergnügen schenken. Was ist daran so falsch?« Er klang aufrichtig verwundert.

»Vielleicht will ich das ja nicht.«

Sein leises, sexy Lachen weckte die gleichen wohligen Empfindungen in ihr wie die erotischen Liebkosungen seiner Finger. »Aber sicher willst du das. Es ist das, was dir am meisten Angst macht, aber auch das, was du am meisten willst. Und da ich weiß, dass du bei mir sicher bist, besteht kein Grund, es dir zu verweigern.«

»Das wird noch einige Zeit erfordern, fürchte ich.« Seine Berührung war sanft, aber die sich langsam erhitzende Seide an ihrer Haut bewirkte, dass ihre Muskeln sich zusammenzogen.

»Das glaube ich nicht, MaryAnn. Wenn wir uns lieben und ich ganz tief in dir bin, vertraust du mir mehr, als wenn wir nicht zusammen sind.«

Heiße Röte stieg in ihren Nacken und ihr Gesicht, bevor sie es verhindern konnte. Er hatte recht. Sie hätte alles getan, was er von ihr verlangte. Und *hatte* es auch schon getan. Aber es war zu viel, es ging ihr zu schnell. Sie befeuchtete ihre trockenen Lippen. »Ich bin noch nicht so weit.«

»Na schön.«

Seine Antwort kam so unerwartet, dass sie sich umwandte, um ihn anzusehen. Das war ein Fehler. Seine schwarzen Augen glitzerten vor Besitzerstolz und unverhohlenem Verlangen.

Er klopfte auf die Matratze aus Laub und Blumen. »Leg dich zu mir. Dann reden wir.«

Es lag kein Zwang in seiner Stimme, aber trotzdem gehorchte sie ihm und streckte sich an seiner Seite aus. Schenkel an Schenkel, Hüfte an Hüfte. Sie blickte zum Himmel auf, betrachtete den funkelnden Nebel über ihnen und suchte nach einem Thema, das zu einem wirklichen Gespräch führen würde, bei dem sie vielleicht mehr darüber erfahren würde, wer und was er war.

»Lebst du gern hier?«

»Ich habe angefangen, dieses Land als mein Zuhause zu betrachten. Ich liebe alles hier. Den Regenwald, die Ranch, die Menschen und sogar die Pferde. Ich war kein besonders guter Reiter, als wir die Ranch anfangs betrieben.« Er lachte leise bei der Erinnerung daran. »An diese Zeit habe ich schon seit Jahren nicht mehr gedacht. Wir hatten von nichts eine Ahnung, wollten aber unbedingt wie Menschen wirken. Zum Glück hatten wir die Familie Chavez, die uns dabei half. Wir hatten das Geld und sie das Wissen. Seitdem haben wir immer eng zusammengearbeitet.«

»Ich hätte dich gern gesehen, als du zum ersten Mal auf einem Pferd gesessen hast.«

»Glaub mir, ich verbrachte nicht viel Zeit im Sattel. Ich wollte ein Macho sein wie die Chavez-Brüder, und darum habe ich nicht meinen Geist benutzt, um das Pferd zu bändigen.«

MaryAnn entspannte sich ein wenig, als sie lachte. »Ich wünschte, ich wäre dabei gewesen.«

Seine Fingerspitzen glitten wieder streichelnd über ihren Schenkel. »Ich bin froh, dass du nicht dabei warst – es sei denn, *du* hättest dieses Pferd für mich gebändigt.«

»Das wäre interessant gewesen und sehr verlockend, obwohl ich mir wirklich nicht erklären kann, warum du glaubst, ich hätte übernatürliche Fähigkeiten.«

»Weil du welche hast.«

»Falls das so ist, warum bin ich mir dann ihrer nicht bewusst, aber allem anderen schon? Ich meine, was tue ich schon, was dich auf diesen Gedanken bringt?«

Seine Finger begannen wieder mit diesem aufreizenden Streicheln durch die Seide ihres Rocks hindurch. »Du bist sogar ziemlich mächtig, MaryAnn. Du bündelst Energie und setzt sie ein, wenn du sie brauchst. Ich glaube, dass du das schon dein Leben lang getan hast, wahrscheinlich schon seit deiner Kindheit, deshalb ist es ganz selbstverständlich für dich.« Seine Hand glitt zu ihren verführerischen Locken, und er zupfte sanft daran, nur gerade so, dass sie ein leichtes Ziepen an der Kopfhaut spürte.

Trotzdem fühlte sie es bis in ihre Zehenspitzen, wie eine blitzartige Hitzewelle, die sie weder beherrschen noch verleugnen konnte. »Das tue ich nicht.« Jedenfalls nahm sie das an. »Wie sollte ich etwas anwenden, von dem ich nicht einmal etwas weiß? Wie sollte das denn funktionieren?«

Manolitos Hand bewegte sich von ihrem Haar zu ihrem Handgelenk, und er umschloss es sanft mit seinen Fingern. »Wenn ich das wüsste, *päläfertiil*, würde es mich nicht beunruhigen, dass du mich buchstäblich auf mein Hinterteil befördert hast.«

»Das habe ich nicht getan.«

»Oh doch.« Er zog ihre Hand an seinen Mund und begann, an ihrem Handballen zu knabbern. »Und es war ein ganz schön harter Stoß, kann ich dir sagen. Ich war richtig stolz auf dich – nachdem ich darüber hinweg war, dass meine eigene Frau mich niedergeschlagen hatte.« Seine samtig raue Zunge glitt streichelnd über die Innenfläche ihrer Hand und milderte den leichten Schmerz, den seine Zähne hinterließen. Seine heißen, feuchten Lippen, die sich fest um ihren Finger schlossen, entfachten tausend kleine Feuer auf ihrer Haut, die bis auf die empfindsame Stelle zwischen ihren Schenkeln übergriffen.

Der glutvolle Blick seiner schwarzen Augen glitt zu ihren Brüsten unter der dünnen Seidenbluse, die sich im Rhythmus ihrer schnellen Atemzüge hoben und senkten.

Sie befeuchtete ihre Lippen und unterdrückte ein Stöhnen, als er seine Aufmerksamkeit ihrem Mund zuwandte. »Bleib bei der Sache, Manolito. Ich möchte wirklich klären, inwiefern ich übernatürliche Fähigkeiten haben könnte«, sagte sie, weil seine Zärtlichkeiten allmählich ihr Denkvermögen zu beeinträchtigen begannen.

»Natürlich hast du welche. Du kannst Gedanken lesen und weißt genau, was du den Leuten sagen musst, um ihnen zu helfen, ihren Weg zu finden.«

MaryAnn lachte. »Ich hatte gehofft, eine vernünftige Erklärung von dir zu bekommen, statt Fantastereien. Ich habe lange studiert, um Psychologin zu werden. Ob ich gut in meinem Beruf bin oder nicht, hat nichts mit übernatürlichen Fähigkeiten zu tun. Ich bin hervorragend ausgebildet und habe viel Erfahrung.«

»Du kannst den Leuten in die Köpfe schauen. Du glaubst, es sei Instinkt, und vielleicht ist das ja auch nur ein anderes Wort für dein Talent. Du verlässt dich sehr auf deine Intuition.« Er drehte ihre Hand um und biss sie sanft in ihre Fingerknöchel. »Ein bisschen Intuition könnten wir jetzt gut gebrauchen.«

»Ich glaube nicht, dass übersinnliche Fähigkeiten sehr nützlich sind, wenn einem nicht einmal bewusst ist, dass man sie benutzt«, widersprach sie. Ein solches Talent zu besitzen, wäre natürlich cool, aber nicht, wenn sie nicht richtig damit umgehen konnte. »Mit dir kann ich telepathisch in Verbindung treten, doch nur wegen des Blutaustauschs. Zu mehr bin ich wirklich nicht imstande.«

»Da irrst du dich. Deine Macht ist sehr viel größer. Du kannst Leute aus deinem Bewusstsein hinauswerfen, wann immer du es willst. Das können nur sehr wenige, MaryAnn. Es ist eine faszinierende Fähigkeit.« Seine Hand glitt wieder zwischen sie und legte sich auf die dünne Seide ihres Rockes.

»Woher kommt das?«

»Dafür gibt es viele Quellen. Ich glaube, in allen Gesellschaften gab es einige wenige, die die Fähigkeit besaßen, Energie zu steuern. Einige Spezies sind stärker als andere, doch sobald sie sich mit den Jahren zu vermischen beginnen, findet man erstaunliche Talente oder auch überhaupt keine.«

Das machte Sinn. Sie fühlte die streichelnden Bewegungen seiner Finger, als er ihren Rock hinaufschob, um ihre nackte Haut darunter freizulegen. Ohne seine Haltung zu verändern, lag er neben ihr, blickte zu den Sternen auf und ließ wie geistesabwesend seine Hand über ihre schmale Hüfte und ihren schlanken Schenkel gleiten.

MaryAnn hielt den Atem an, und all ihre Muskeln verkrampften sich in Reaktion auf seine hauchzarte Berührung. »Was machst du da?«

»Dich mir einprägen. Du hast so weiche Haut. Es ist schwer, dich nicht zu berühren.«

Nicht, dass er sich große Mühe damit gab. Wieder befeuchtete sie ihre Lippen und versuchte, sich auf das Gespräch zu konzentrieren. »Kanntest du die Jaguarleute, als es noch ziemlich viele von ihnen gab?«

»Die verwandlungsfähigen Spezies, insbesondere die der Jaguare und Werwölfe, waren immer in sich geschlossene Gesellschaften und hielten sich von anderen fern. Wir lebten alle nach dem Leitsatz ›leben und leben lassen‹, sodass wir keinen Umgang miteinander hatten, solange niemand Verbrechen in unseren Territorien beging. Karpatianer, Magier und Menschen standen sich nahe. Die anderen hielten sich von uns und voneinander fern. Die anderen ›Shifter‹, wie wir die verwandlungsfähigen Spezies nennen, verschwanden so schnell, dass sie heute kaum mehr als eine Erinnerung sind. Es war nur allzu offensichtlich, dass die Jaguarspezies nicht weiterleben konnte, wenn sie nicht für ihre Frauen und Kinder sorgte, doch die Jaguare weigerten sich, das einzusehen oder aus den Fehlern anderer Spezies zu lernen. Sie wollten ihre animalischen Instinkte behalten und ein freies Leben führen.«

MaryAnn schwieg sehr lange, beobachtete den schimmernden Nebel und das Geflatter und den Tanz von Fledermäusen, die am Nachthimmel Insekten jagten. Es lag etwas Schönes und Friedliches in dem seltsamen Ballett, das sie aufführten. Während MaryAnn so dalag, konnte sie plötzlich verstehen, warum einige Leute den Regenwald der Stadt vorzogen, besonders, wenn sie in Begleitung eines Karpatianers waren, der Insekten und selbst den Regen daran hindern konnte, sie zu stören.

»War es nicht schwierig, mit so vielen Veränderungen fertig zu werden?« Er musste in all den Jahrhunderten unendlich viel gesehen, gelernt und auch gelitten haben.

»Langlebigkeit ist ein Fluch, aber auch ein Segen. Du siehst Leute, die dir etwas bedeuten, kommen und gehen, während du selbst endlos weiterlebst. Der Krieg ist immer der gleiche. Die Armut, der Ehrgeiz und die Gier. Aber es gibt auch so viel Wunderbares, MaryAnn, Wunder, die all das andere wert sind.« Er wandte sich ihr zu, und seine schwarzen Augen waren wie tiefe, dunkle Seen im Schein des Mondes. Das war sie für ihn: ein Wunder. Und es war ihr nicht einmal bewusst. Manchmal konnte er einen Blick in ihre Gedanken tun, wenn sie ihm ihr Bewusstsein öffnete. Sie verstand nicht, wie ein Mann wie er sich für sie interessieren konnte, geschweige denn, dass er in alle Ewigkeit mit ihr zusammen sein wollte. Sie war sich nicht einmal ihrer Attraktivität bewusst. Das Licht in ihren Augen leuchtete wie ein Signalfeuer.

Alles an ihr zog ihn an. Sie war mutig, obwohl sie sich selbst nicht dafür hielt. Sie war mitfühlender als jede andere Person, der Manolito je begegnet war. Immer wieder, auch wenn es ein großes Risiko für sie bedeutete, kam sie anderen zu Hilfe. Sie hatte etwas Unschuldiges an sich, aber ihre Augen waren alt. Sie hatte das Leben von seiner schlimmsten Seite erlebt, es jedoch abgelehnt, die Hoffnung aufzugeben.

»Was erwartest du von mir?«, fragte sie mit vorgeschobenem Kinn.

»Dass du mich akzeptierst.« Er hatte nicht vor, ihr seine Gefühle zu verheimlichen. Er brauchte vielmehr diese uneingeschränkte Vertrautheit mit seiner Gefährtin. Dass sie ihn sehen konnte, nicht nur sein Äußeres, sondern alles von ihm. Er wollte mit all seinen Fehlern vor ihr stehen und wissen, dass sie trotz allem akzeptieren konnte, wer und was er war. Das hatte ihm noch nie etwas bedeutet, doch nun war es das Allerwichtigste für ihn.

Wieder strich er sanft mit seinen Fingerspitzen über ihre warme Haut. Nichts hatte sich je so weich und einladend angefühlt. Es war wie ein Wunder – ein weiteres Wunder des Lebens –, sie so berühren zu können, neben ihr unter den Sternen zu liegen und sich in aller Ruhe mit ihr zu unterhalten.

»Sag mir, was dein schlimmster Charakterfehler ist.«

Seine Zähne blitzten weiß im Mondschein auf. »Ich finde, wir sollten mit etwas Positivem beginnen.«

»Wenn wir mit dem Schlimmsten anfangen, schaffen wir es aus dem Weg. Wir wissen, was es ist und ob wir damit fertig werden können. Bei mir zum Beispiel ist es Sturheit. Und ich bin nicht nur ein bisschen, sondern richtig stur. Ich mag es nicht, herumkommandiert zu werden.«

»Und ich habe immer recht.«

Ihr leises Lachen löste ein scharfes Ziehen in seinen Lenden aus. Er hatte vergessen oder es vielleicht auch nur noch nie erlebt, was für eine Freude es war, mit einer Frau zusammen zu sein, die ihn so erregen konnte wie MaryAnn. Er könnte bis in alle Ewigkeit ihr Lachen hören und seiner niemals müde werden.

»Das denkst du.«

»Das weiß ich.«

»Und du erwartest von allen, dass sie dir gehorchen, weil du ja immer recht hast.«

»Selbstverständlich.«

Sie wickelte ihr langes Haar um ihren Finger. »Da wir schon dabei sind, uns gegenseitig Geheimnisse anzuvertrauen – stört es dich eigentlich nicht, Manolito statt Manuel genannt zu werden? Ich weiß, dass ›kleiner Mann‹ in manchen Ländern für Jungen, aber nicht für Männer verwendet wird.«

»Für meine Brüder ist es ein Ausdruck ihrer Zuneigung zu mir. Mich stört es nicht, es hat mich noch nie interessiert, was andere denken, ich will nur akzeptiert werden von denen, die ich liebe. Ist das ein Problem für dich?«

»In anderen Ländern ist Manolito ein häufig vorkommender Name ohne zusätzliche Bedeutung. Schon in meiner Kindheit fand ich, dass es ein sehr hübsch klingender Name war. Es ist schön zu wissen, dass deine Brüder dich so liebevoll verulken.«

Ein Schatten fiel über sein Gesicht. »Nicolas und Zacarias haben ihre Gefährtinnen noch nicht gefunden. Sie haben nur noch ihre Erinnerung daran, wie es einmal war, etwas zu empfinden, und mit jeder Nacht wird es schwieriger für sie, sie aufrechtzuerhalten.«

»Das tut mir leid, Manolito«, sagte MaryAnn, die seine Besorgnis spüren konnte.

»Sie werden es ertragen, weil sie müssen.« Er strich ihr zärtlich mit der Hand über die Wange. »Sag mir, was dir zu schaffen macht, MaryAnn. Ich kann sehen, wie unruhig du bist.«

Sie zögerte, presste die Lippen zusammen und seufzte dann. »Ich habe furchtbare Angst vor dem, was in mir ist.«

Über ihnen schwankten die Äste von mehr als nur den Vögeln. Sie konnte kleine, behaarte Körper sehen, die sich für die Nacht in den Bäumen einen Schlafplatz suchten. Die meisten scharten sich auf einer Seite des Baumes zusammen, ihr direkt gegenüber, während ein paar der anderen Affen sich auf Ästen neben Manolito niederließen.

»Du kannst nichts anderes sein, als du bist, *ainaak enyem.* Fürchte nicht, was in dir ist. Ich fürchte mich auch nicht davor.«

Sie sah ihm ruhig in die Augen. »Das solltest du aber.«

13. KAPITEL

Manolito, der die jähe Anspannung in ihr spürte, legte zärtlich eine Hand unter ihr Kinn. »Warum sollte mich ängstigen, was in dir ist? Ich kann dein Licht so hell strahlen sehen, dass es niemals nötig sein wird, sich vor irgendeinem Teil von dir zu fürchten.«

Sie senkte den Kopf, sodass ihr langes Haar fast ihr Gesicht verdeckte. »Vielleicht durchschaust du mich nicht so gut, wie du glaubst.«

»Dann sag mir, was dich so belastet.«

»Ich weiß nicht, wie ich es dir beschreiben soll. Ich kann es nicht sehen, nur spüren, und es jagt mir eine Höllenangst ein.«

Er schwieg einen Moment und versuchte, einen Weg zu finden, wie er es ihr erleichtern konnte, sich ihm anzuvertrauen. Denn das wollte sie. Es war nicht so, dass sie ganz bewusst etwas vor ihm verbarg, aber sie rang mit sich, um mit irgendetwas zurechtzukommen, das sie nur vermutete, und war noch nicht so weit.

»Erzähl mir von deiner Kindheit«, sagte Manolito in sanftem Ton, ohne seine dunklen Augen von ihr abzuwenden.

Sie begann, sich sichtlich unbehaglich zu fühlen, und rückte ein Stückchen von ihm ab. »Meine Kindheit war normal. Du würdest sie wahrscheinlich langweilig finden, aber mir hat sie gefallen. Ich habe wunderbare Eltern. Mom ist Ärztin, und Dad gehört eine kleine Bäckerei. Als junges Mädchen habe ich dort mitgeholfen und mir den größten Teil des Geldes für das College selbst verdient. Als Einzelkind war ich ein bisschen einsam, doch dafür hatte ich jede Menge Freunde in der Schule.«

Manolitos Blick glitt über ihr Gesicht, über ihre Augen und den heftig pochenden Puls an ihrer Kehle. »Irgendetwas muss damals geschehen sein. Dinge, die dir unerklärlich waren. Erzähl mir davon.«

MaryAnns Herz begann, in ihren Ohren zu dröhnen, und sie spürte, wie ihr der Atem stockte. Sie wollte nicht an diese Dinge denken, denn es hatte jede Menge davon gegeben, Vorfälle, für die es keinerlei Erklärung gab. Sie entfernte sich noch ein bisschen mehr von Manolito, sodass ihre Körper sich nicht mehr berührten, für den Fall, dass er ihre Gedanken lesen konnte. Und da spürte sie, wie sich etwas in ihr regte; es bewegte sich und stieß sie schon beinahe fragend an. *Brauchst du mich? Was ist?*

Sie sog scharf den Atem ein, biss sich auf die Lippe und versuchte, die Wahrheit wieder in diesen tiefen Abgrund zu verdrängen, wo sie sich ihr niemals stellen musste. Hier draußen im Dschungel, wo alles so wild war, dass es »töten oder getötet werden« hieß, und sie sich völlig unbekannten Feinden gegenübersah, konnte sie dieses andere Wesen, das sich in ihr entfaltete, nicht länger zurückzuhalten.

Manolito verhielt sich ganz still; er bewegte keinen Muskel, als er spürte, wie sie sich plötzlich von ihm entfernte, nicht nur von ihm, sondern auch von etwas, das ihr nahe genug gewesen war, um es zu sehen. Sie hatte wieder diese unüberwindliche Barriere zwischen ihnen errichtet, um zu verhindern, dass auch er es sah. Und im selben Moment, als sie ihre geistige Verbindung unterbrach, wurde er sich wieder der anderen Welt bewusst, in der er immer noch verweilte.

Die Farben um ihn herum wurden sichtlich blasser, und die Geräusche des Regenwaldes verstummten, bis absolute Stille ihn umgab. Merkwürdigerweise war sein Geruchssinn jetzt sogar noch ausgeprägter, genau wie sein Gehör. Er konnte nicht nur die Tiere ringsum bestimmen, sondern auch ihren *genauen* Aufenthaltsort wahrnehmen. Er brauchte dafür nicht erst seine geistigen Fühler auszustrecken; seine Nase und seine Ohren übermittelten ihm die Information. Je länger er im Schattenreich verweilte, desto schärfer wurden seine Sinne. Nur seine Sicht war irgendwie anders, etwa so, als nähme er die Gestalt eines Tieres an, aber trotzdem konnte er noch immer sofort jede Bewegung sehen. Ihm gefiel nur nicht das Graue in den Farben, weil es ihn zu sehr an die Jahrhunderte der Dunkelheit erinnerte.

Er ergriff MaryAnns Hand und umklammerte sie ganz fest. Seit er Luiz unter die Erde gebracht hatte, war ihm undeutlich bewusst gewesen, dass das Reich der Finsternis und Schatten sich in seinen Geist und seine Sicht einschlich, doch es war so weit entfernt gewesen, als hätte er sich viel mehr der Welt genähert, in der sich MaryAnn aufhielt. Jetzt, ohne die geistige Verbindung zwischen ihnen, verschlang das Grau wieder die Farbe.

Manolito drückte beruhigend ihre Hand, obwohl er sich gar nicht sicher war, wer hier eigentlich wen beruhigte. »Du bist hier bei mir sicher. Was immer du auch befürchtest, sag es mir. Geteilte Bürden sind leichter zu tragen, MaryAnn.«

Da er sich im Augenblick jeder noch so kleinen Einzelheit von ihr bewusst war, bemerkte er auch ihre große Angst, hörte ihr Herz und sah das wilde Pochen ihres Pulses. Sie hatte darauf bestanden, ihm beizustehen, und sich geweigert, ihn allein im Reich der Finsternis zurückzulassen, obwohl sie sich nicht einmal seiner sicher gewesen war. Er wollte ihr zeigen, dass er für sie nicht weniger tun würde.

Sie schüttelte den Kopf, als sie zu sprechen begann, als wollte sie sich nicht an den Zwischenfall erinnern oder darüber reden. Doch sie schien auch jemanden zu brauchen, der wusste, dass sie nicht verrückt war. »Es gab eine Zeit – ich war damals auf der Highschool –, wo ich mit dem Laufen anfing. Meinen Eltern lag sehr viel daran, dass ich Sport betrieb, aber ich hatte kein Interesse. Ich war schon immer mehr ein Girlie-Typ, doch mein Dad dachte, wenn ich mit Sport anfinge, wären mir die neuesten Modetrends vielleicht nicht mehr so wichtig.«

Manolito schwieg, beobachtete die Schatten, die über ihr Gesicht glitten, und wartete darauf, dass sie sich entschloss, ihm die ganze Geschichte zu erzählen und nicht nur eine abgemilderte Version.

»Ich ging also zum Training und begann zu laufen. Zuerst konnte ich nur daran denken, dass ich stolpern, hinfallen oder mich total blamieren würde. Aber dann vergaß ich mich und wie unbequem das Laufen war, und plötzlich fühlte ich mich ... *frei.*« Sie atmete hörbar aus, als sie sich an das Gefühl erinnerte. »Mir war gar nicht bewusst, was ich tat, doch ich überholte alle und rannte und rannte, ohne nachzudenken. Ich verspürte überhaupt keinen Schmerz mehr, nur noch eine unglaubliche Euphorie.«

Manolito zog ihre Hand an seine Lippen und küsste ihre Fingerspitzen. »Sprich weiter, *sivamet*. Was hast du sonst noch empfunden? Denn das hat ja offensichtlich einen starken Eindruck bei dir hinterlassen.«

»Zuerst war es wunderbar, aber dann begann ich, ganz eigenartige Dinge zu bemerken.« Sie entzog ihm ihre Hand, als könnte sie ihm nicht ihr Herz ausschütten, solange sie ihn berührte. »Meine Knochen fingen an wehzutun, meine Gelenke knackten und knirschten, sogar meine Fingerknöchel schmerzten.« Sie rieb sie, als erinnerte sie sich noch gut an das Gefühl. »Mein Kiefer pochte, und mir war, als würde ich immer länger und dünner. Ich konnte Sehnen und Bänder schnappen hören. Ich rannte so schnell, dass ich alles um mich herum nur ganz verschwommen sah. Meine Sicht veränderte sich, mein Gehör- und Geruchssinn waren so geschärft, dass ich wusste, wo sich jeder einzelne Läufer hinter mir befand. Ich kannte die *genaue* Stelle, wo sie waren, und ohne hinzusehen. Ich konnte ihr Atmen hören, die Luft, die sie in ihre Lungen einsogen und wieder ausstießen. Und ich konnte auch ihren Schweiß riechen und ihre Herzen schlagen hören.«

Wie sollte sie ihm erklären, was an jenem Tag geschehen war? Wie sie gespürt hatte, dass sich in ihr etwas veränderte, das wuchs und wuchs und versuchte, aus ihr herauszukommen, um erkannt und akzeptiert zu werden. *Es* wollte aus ihr heraus. MaryAnn befeuchtete ihre Lippen und griff wieder nach Manolitos Hand.

»Ich war anders in dem Moment, völlig anders, und trotzdem dieselbe. Ich konnte Hindernisse überspringen, ohne auch nur mein Tempo zu verlangsamen. Jeder meiner Sinne war hellwach. Mein Körper ... *sang*, als erwachte er zum ersten Mal richtig zum Leben. Ich kann nicht erklären, wie es sich anfühlte, mit all diesen geschärften Sinnen, die unablässig Informationen sammelten. Und dann begann ich, im Geiste Dinge zu sehen, ich hatte Visionen, die ich weder aus meinem Kopf verbannen noch verstehen konnte.«

Manolito zog tröstend ihre Hand an seine Brust. Sie schien gar nicht zu bemerken, wie aufgeregt sie inzwischen war und dass ihre geistige Verfassung sich auf die Affen in den umstehenden Bäumen übertrug. Die Luft über ihnen kam in Bewegung, als sich auch die Vögel erhoben und ängstlich tschilpend mit den Flügeln schlugen. Manolito strich mit dem Daumen über MaryAnns Handrücken und spürte harte Knötchen unter ihrer Haut, als ihre Anspannung sich noch erhöhte. »Was hast du gesehen?« Was immer es auch war, es musste sie zutiefst beängstigt haben.

»Einen Mann, der einer Frau zurief, das Baby zu nehmen und zu fliehen. Das Baby war ... *ich*. Ich lag in einer Wiege, und die Frau wickelte mich in eine Decke, küsste den Mann und klammerte sich verzweifelt an ihn. Draußen konnte ich Stimmen hören und sah Lichter vor den Fenstern tanzen. Der Mann küsste sie und mich ein letztes Mal und riss dann eine Falltür im Boden auf. Ich war voller Angst und Schrecken. Ich wollte ihn nicht verlassen, und sie wollte es auch nicht. Ich glaube, wir wussten beide, dass wir ihn nie wiedersehen würden.«

MaryAnn strich mit der Zungenspitze über ihre trockenen Lippen. »Das Kind war umgeben von Wald, während ich über die Bahn rannte, mein Herz und meine Schritte hörte und die anderen roch, und ich erinnere mich, dass Sterne um mich herum explodierten. Aber das geschah nicht wirklich an der Schule; die Lichter umflackerten die Frau und mich, das Kind, im Wald. Ich konnte etwas durch die Luft pfeifen hören, und dann zuckte die Frau zusammen und strauchelte. Als Nächstes war ich wieder auf der Bahn, aber zur selben Zeit rannte die Frau mit mir – dem Baby – durch den Wald.«

»War die Frau deine Mutter?«

»Nein!«, schrie MaryAnn und hätte fast noch heftiger protestiert. Aber sie nahm sich zusammen und rang nach Atem, während sie den Schock über die mögliche Bedeutung seiner Worte zu verarbeiten versuchte. »Nein, ich weiß nicht, wer sie war, aber sie war nicht meine Mutter.«

Manolito zog sie sanft zu sich heran, bis ihr Kopf an seiner Schulter lag. »Reg dich nicht so auf, *sivamet*.« Seine Stimme war weich wie Samt. »Beruhige dich. Die Nacht ist wunderschön, und wir unterhalten uns nur und lernen uns besser kennen. Ich bin sehr interessiert an deinem Erlebnis. Glaubst du, dass es wirklich so geschah? Wie alt warst du deiner Schätzung nach bei dieser Flucht durch den Wald? Und wo war das? In Amerika? Europa? Welche Sprache wurde dort gesprochen?«

MaryAnn atmete tief ein und blieb ganz still liegen, um seine Kraft und Wärme in sich aufzunehmen. Sie konnte fühlen, wie sie in sie hineinströmten. Manolito rührte nicht an ihren Geist, aber er übermittelte ihr Verständnis und Akzeptanz. Er akzeptierte etwas in ihr, das sie selbst ganz offenbar nicht als Teil ihrer selbst akzeptieren konnte.

»Es war kein Englisch. Ich weiß nicht. Ich hatte Angst. Große Angst.« Und jedes Mal, wenn sie einen Wald betrat, erstickte diese Angst sie fast. »Sie wollten uns töten. Ich wusste das, sogar als Baby schon. Wer auch immer das Haus in Brand steckte, wollte, dass wir alle starben, sogar ich.«

Sie konnte kaum noch atmen, so eng war ihre Brust, und ihr Herz hämmerte gegen ihre Rippen. »Die Frau rannte und rannte, aber ich wusste, dass mit ihr etwas nicht stimmte. Sie war völlig aus dem Rhythmus und keuchte und rang nach Atem. Wir beide wussten genau, in welchem Moment der Mann, der in dem Haus zurückgeblieben war, gestorben war. Ich hörte ihren stummen Aufschrei, der ein Echo meines eigenen war. Trauer übermannte sie und mich, fast so, als empfänden wir genau das Gleiche. Ich wusste, dass sie verzweifelt bemüht war, durch den Wald zu einem benachbarten Haus zu gelangen. Das Haus stand für gewöhnlich leer, doch diesmal waren die Besitzer da und machten Ferien.«

Ein Erschaudern durchlief sie, und Manolito zog sie noch fester an sich. Ihre Haut war eisig kalt, und er drehte sich mit ihr um und deckte sie mit seinem Körper zu. »Du brauchst mir nicht mehr zu erzählen, MaryAnn, wenn es zu schmerzlich für dich ist«, sagte er, weil er nämlich ziemlich sicher war, dass er den Rest ihrer Geschichte kannte. Er wollte, dass sie ihm genug vertraute, um ihm alle Einzelheiten zu erzählen, doch ihre Verzweiflung steigerte sich, und mit ihr verschärfte sich auch die Unruhe der Tiere in den Bäumen um sie herum.

MaryAnn hatte noch nie mit jemandem darüber gesprochen und wollte es Manolito unbedingt erzählen. Aber die Enge in ihrer Brust nahm zu; das Gefühl, wie sie sich immer mehr zusammenzog, war grauenvoll, fast so, als würde ihr eigenes Ich an einen kleinen, dunklen Ort gezogen, um dort für immer gefangen gehalten zu werden. Sie wollte mit Armen und Beinen um sich schlagen, um sich selbst zu beweisen, dass sie sich überhaupt noch in ihrem eigenen Körper befand.

»Ich versuchte, es meiner Mutter zu erzählen, und sie sagte, es wäre ein Traum gewesen – ein böser Traum, an den ich mich beim Laufen vielleicht wieder erinnert hätte. Sie wollte nicht, dass ich weiter lief, und ich auch nicht. Ich habe es nie wieder getan. Und ich bin danach auch niemals mehr in einen Wald gegangen.« Es hatte ihren ganzen Mut erfordert, hier an diesen Ort zu kommen, um Solange und Jasmine zu helfen, um Manolito zu finden und zu versuchen, ihn zu befreien. Aber ihr Mut schwand, und jetzt wollte sie die Sicherheit ihres Zuhauses.

»Weil Wälder die Erinnerung daran auslösen?«

»Das Gefühl des Entsetzens und der Atemlosigkeit. Die Angst, eingesperrt zu werden und nie wieder herauszukönnen.« MaryAnn befeuchtete ihre trockenen Lippen und legte eine Hand um Manolitos Nacken. Sie musste jetzt die Kraft seines viel größeren Körpers spüren, seine Hitze und das gleichmäßige Schlagen seines Herzens.

Manolito schwieg und hielt sie nur ganz fest in den Armen, während sie zu den Sternen aufschaute und die Tiere auf den Bäumen ringsum ignorierte. Erstaunlicherweise verspürte sie keinerlei Bedrohung von ihnen ausgehen, nur eine Art Verwandtschaft, eine Welle des Mitgefühls und große Besorgnis um sie. MaryAnn atmete tief ein und wieder aus. Sie würde Manolito nichts von dieser Erinnerung verschweigen, weil sie absolut sicher war, dass all das tatsächlich geschehen war, und weil es ihre einzige Möglichkeit war, endlich damit fertig zu werden.

»Die Frau kroch auf allen vieren mit mir durchs Unterholz. Wir wurden verfolgt, und sie weinte leise. Ich wusste, dass sie verletzt war, aber sie hielt mich fest und zwang sich, meilenweit zu laufen, bis wir zu einem anderen Haus kamen, dem Ferienhaus einer Dame und ihres Ehemanns, die mit der Frau befreundet waren, die mich trug. Die Dame kam heraus. Ich erinnere mich, wie entsetzt, besorgt und schockiert sie war, als sie das viele Blut sah. Die Frau übergab mich ihr und sagte, sie würden mich umbringen, wenn ich ihnen in die Hände fiele. Sie flehte die Dame an, mich zu retten.«

Wieder musste MaryAnn sich unterbrechen, weil ihre Kehle sich erneut zusammenzog und da wieder diese schreckliche Enge in ihrer Brust war, die sie jetzt immer öfter überfiel. Sie drückte ihr Gesicht an Manolitos Schulter, als sie heftig erschauderte.

»MaryAnn.« Er strich ihr übers Haar und streichelte beruhigend ihren Rücken. »Hast du die Dame erkannt? Die Nachbarin? Kam sie dir bekannt vor?«

Sie wusste es nicht. Woher denn auch? Das Herz schlug ihr bis zum Hals, und sie rang nach Atem wie eine Erstickende. Aber dann, ohne ihr eigenes Zutun oder Wollen, brach etwas aus ihr heraus, das selbst für sie eine zutiefst schockierende Enthüllung war.

»Sie war meine Großmutter«, sagte sie, nach Atem ringend, und ihre Fingernägel gruben sich in Manolitos Haut. »Die Dame, die mich aufnahm, war – *ist* – meine Großmutter!«

Er schloss MaryAnn in die Arme und hielt sie beschützend an seine breite Brust gedrückt, während er sanft mit einer Hand ihren Nacken massierte, um sie zu beruhigen. Er war nicht auf die Gefühle gefasst, die ihn übermannten, sondern fühlte sich bis ins Mark erschüttert von der Intensität dieser Empfindungen, die seinen Körper, sein Herz und seinen Verstand durchfluteten. Beruhigend murmelte er ein paar sanfte Worte in karpatianischer und portugiesischer Sprache, während MaryAnn in seinen Armen lag und haltlos weinte.

Sie fühlte sich klein, verloren und viel zu verletzlich an. MaryAnn war eine selbstbewusste Frau, nicht dieses gebrochene kleine Geschöpf, das sich in seine Arme kuschelte, als wollte es in ihn hineinkriechen, ohne sich dessen auch nur bewusst zu sein. Ihre Verzweiflung war so groß, dass ihn Wellen davon überfluteten, sich im ganzen Regenwald verbreiteten und sämtliche Geschöpfe dort in große Unruhe versetzten.

»Wie konnten sie mir das antun?«

Manolito wartete. Sie erhielt die Barriere vor ihren Gedanken noch immer aufrecht und ließ ihm keinen Zugang zu ihrem Schmerz – oder auch nur zu ihren Erinnerungen. Und er ging davon aus, dass sie noch mehr hatte.

»Meine Eltern hätten es mir sagen sollen. Diese Frau ... ich kenne sie. Ich fühle sie hier«, sagte MaryAnn und presste eine zitternde Hand auf ihr Herz. »Es tut mir weh, an sie zu denken. Sie hat ihr Leben geopfert, um mich zu retten, genau wie der Mann es tat.«

»Die meisten Eltern würden bereitwillig ihr Leben für ihre Kinder opfern, MaryAnn. Es gibt keine größere Liebe als die der Eltern zu ihren Kindern.« Er sprach mit leiser, hypnotischer Stimme, achtete aber darauf, sie nicht zu bedrängen oder geistig zu beeinflussen. Er vermittelte ihr Wärme und Sicherheit, so gut er konnte, obwohl er geneigt war, seine Suggestionskraft anzuwenden, um MaryAnn zu beruhigen, zu trösten und alles wiedergutzumachen. Es fiel ihm schwer, seinen Instinkt zu unterdrücken, die Kontrolle über sie zu übernehmen. Aber sie war keine Frau, die sich beherrschen ließ.

Deshalb beschränkte er sich darauf, sein Kinn auf ihren Kopf zu legen und Dutzende kleiner Küsse in ihr Haar zu hauchen. Die unterschiedlichsten Emotionen strahlten von ihr aus. Trauer. Zorn. Das Gefühl, verraten worden zu sein. Gewissensbisse, auch nur für einen Moment gedacht zu haben, jemand anders könnte sie zur Welt gebracht haben.

»Ich liebe meine Eltern. Wir sind eine ganz normale Familie.«

MaryAnn öffnete ihm wieder ihr Bewusstsein und ließ ihn Bilder ihrer Kindheit sehen. Sie versuchte, ihm – und sich selbst – zu beweisen, dass ihre Erinnerungen an das Aufwachsen in ihrer Familie real und wahr waren und alles andere nur eine Illusion, ein schlechter Traum. Er konnte ihre Eltern sehen, die sie hielten und küssten, sie in die Luft warfen und lachten und mit ihr glücklich waren. Sie war ihr ganzes Leben lang von Glück und Liebe umgeben gewesen.

»Sie lieben mich.«

In ihrer Stimme schwang Genugtuung mit, aber ihre Hand umklammerte Manolitos, und ihre Nägel gruben sich in sein Fleisch. Er blickte auf ihre miteinander verschränkten Hände herab und konnte die harten Knötchen unter MaryAnns Haut sehen, die Form ihrer Nägel, einer davon ohne Nagellack.

»Es ist nur zu offensichtlich, dass sie dich lieben«, stimmte er zu und brachte ihre Hand an die Wärme seines Mundes, drückte seine Lippen auf die Knötchen, strich sie glatt und zupfte mit seinen Zähnen daran, bis sich ihre Hand entkrampfte und sie sich ein bisschen mehr entspannte.

»Ich weiß nicht, was ich denken soll«, sagte sie und klang zutiefst verletzlich und verloren.

Sein Herz griff instinktiv nach ihrem. »Egal, wie deine Vergangenheit aussah, MaryAnn, du bist immer noch du selbst. Deine Eltern haben dich geliebt und dich von dieser Liebe umgeben aufgezogen. Falls sie nicht deine leiblichen Eltern sind, ändert das in keinster Weise diese Tatsache.«

»Du weißt, dass mehr dahintersteckt als das.« Sie entzog ihm ihre Hand und setzte sich mit abgewandtem Gesicht auf, um zu den Baumwipfeln hinaufzuschauen. Sie konnte die Tiere im Blätterdach der Bäume sehen, die sich berührenden Äste, die ihnen als Brücke von Baum zu Baum dienten und auf denen sogar die größeren Tiere schnell vorankamen.

Dann schluckte sie, weil der Kloß in ihrer Kehle sie zu ersticken drohte. »Mein ganzes Leben ist auf einer Lüge aufgebaut, Manolito. Die Geschichte, die meine Eltern mir gegeben haben, ist nicht meine. Ich habe nicht die Stabilität der festen Strukturen, auf denen ich mein Leben aufgebaut zu haben glaubte. Ich weiß nicht, wer ich bin. Oder was ich bin. Als ich aufwuchs, hatte ich manchmal unerwartete Gedächtnisblitze, und jedes Mal taten meine Eltern sie als belanglos ab, obwohl sie doch in Wirklichkeit sehr wichtig waren.«

»Vielleicht hatten sie ihre Gründe, *sivamet*. Geh nicht zu hart mit ihnen ins Gericht, solange du nicht alle Fakten kennst.«

»Du hast gut reden. Es ist ja nicht dein ganzes Leben, das aus den Fugen geraten ist«, sagte sie mit einem bösen Blick über die Schulter, bevor sie sich wieder abwandte. »Und dann kommst du daher und machst alles nur noch schlimmer, indem du mich beanspruchst und uns mit einem Ritual aneinanderbindest, ohne mich vorher auch nur gefragt zu haben. Und nun verwandele ich mich in etwas anderes. Wie würdest du dich fühlen, wenn dir so etwas geschähe?«

»Das weiß ich nicht. Aber ist es so schlimm, Karpatianerin zu werden?« Er fuhr sich mit einer Hand durchs Haar und wünschte, er hätte seine gesamte Erinnerung zurück. »Du wirst so viele Dinge tun können, zu denen du jetzt nicht in der Lage bist. Mit der Zeit wirst du schon sehen, dass du keinen Grund zur Sorge hast.« Ihr Leben als seine Gefährtin würde perfekt sein, dafür würde er schon sorgen. »Es erscheint mir doch sehr unvernünftig, sich über etwas Sorgen zu machen, was sich ohnehin nicht ändern lässt.«

Seine Stimme klang so ruhig, dass sie sie ganz nervös machte. Er redete, als führten sie eine philosophische Debatte, statt die unwiderruflichen und dramatischen Veränderungen in ihrem Leben zu erörtern. Wut erfasste sie. »Unvernünftig? Du meinst, es sollte mich nicht beunruhigen, dass ich gewissermaßen aus meinem eigenen Körper herausgedrängt werde? Du ergreifst Besitz von mir, schreibst mir vor, was ich zu tun habe, und ich soll mir das gefallen lassen, nur weil du es sagst. Wie schön für dich, in deiner bequemen Haut zu leben und zu wissen, wer und was du bist. Mich für dich zu beanspruchen, verändert *dein* Leben wohl überhaupt nicht?«

»Es verändert alles.« Seine Stimme war ganz weich vor Emotion – Empfindungen, die er jetzt wieder verspüren konnte, weil sie ihm diese Gabe zurückgegeben hatte.

Er verstand nicht die Ungeheuerlichkeit dessen, was er getan hatte, als er sie unwiderruflich an sich gebunden hatte. Er schien nicht einmal zu verstehen, welche Auswirkung das auf ihr Leben hatte. Sie würde ihre Familie sterben sehen. Sie würde nicht mehr die Person sein, die sie immer gewesen war. Selbst die Chemie ihres Körpers würde anders sein. Sie würde sich von Grund auf verändern und konnte nichts dagegen tun. Manolito würde der Mann bleiben, der er immer schon gewesen war, nur dass er wieder Farben sehen und Empfindungen haben konnte. Er mochte denken, dass sie sich mit der Zeit an die Veränderungen gewöhnen würde, aber sie widerfuhren ja auch nicht ihm.

Adrenalin brodelte durch ihre Adern und mit ihm Wut. Wie konnte jemand anderes willkürlich und ohne ihre Zustimmung ihr Leben für sie bestimmen? Ohne sie zu fragen? Manolito. Ihre Eltern. Selbst ihre geliebten Großeltern. Wie konnten sie entscheiden, was das Beste für sie war, und sie selbst bei ihrer Entscheidung nicht nur außer Acht lassen, sondern sie ihr außerdem auch noch verschweigen?

Sie sprang auf, bevor Manolito merkte, dass sie sich bewegen würde. Keine noch so kleine Bewegung ihres Körpers hatte eine Veränderung angekündigt. Sie war einfach blitzartig auf den Beinen und sprang über das Geländer, bevor er wusste, was sie vorhatte. Mit angehaltenem Atem jagte Manolito hinter ihr her. Sie befanden sich etwa hundertfünfzig Fuß über der Erde. Der Sturz würde sie umbringen.

MaryAnn! Er rief ihren Namen, als er ihr folgte, und sandte Unmengen von Luft hinunter, um sie in der Schwebe zu halten, doch sie war schon unten, als er zu ihr hinunterschoss, und hockte in kämpferischer Haltung auf dem Boden.

Er verlangsamte seinen Fall, um sie genauer zu betrachten. Ihr langes Haar fiel ihr in üppigen, blauschwarzen Wellen über die Schultern und den Rücken, ihre Hände krümmten sich zu Klauen, und ihre Gesichtsknochen zeichneten sich deutlich unter ihrer straff gespannten Haut ab. Sie wich vor ihm zurück, als er sich vor sie hockte.

»Ich will nach Hause.«

Er wusste, dass sie in guten Händen war – in seinen Händen, aber ihre Stimme zitterte, und sie sah so verängstigt aus, dass er sich schrecklich schuldig fühlte.

»Das weiß ich, MaryAnn. Ich werde dich zu dir nach Hause bringen, sobald ich kann.« Und ihm wurde klar, dass das die Wahrheit war. Zum ersten Mal wurde ihm bewusst, dass sie vielleicht wirklich Seattle brauchte. Dass sie diese kalte, regnerische Stadt vielleicht genauso sehr brauchte wie er den Regenwald. »Ich verspreche dir, *csitri*, dass ich dich nach Hause bringen werde, sobald ich das Reich der Schatten ganz verlassen kann.«

MaryAnn tat einen tiefen, unsicheren Atemzug. »Du versprichst es mir?«

»Absolut. Ich gebe dir mein Wort, und das habe ich in all den Jahrhunderten meiner Existenz noch nie gebrochen.« Er streckte ihr seine Hand hin. »Es tut mir leid, dass ich nicht verstehen kann, was du durchmachst.« Würde sie ihm ihr Bewusstsein öffnen, könnte er ihre Emotionen spüren und sie nicht nur sehen, doch sie gab ihren geistigen Widerstand nicht auf.

Sie sah sich um. »Ich weiß nicht, wie ich hierhergekommen bin«, sagte sie und blickte zu dem Blätterdach der Bäume auf. Sie konnte nicht einmal die Terrasse sehen, die er errichtet hatte. »Wie habe ich das gemacht, Manolito?«

Er hielt ihr noch immer seine Hand hin. Die Blätter in den Bäumen über ihnen raschelten. Schatten regten sich. Manolito trat noch einen Schritt näher zu MaryAnn. Endlich legte sie ihre Hand in seine, und er zog sie in die Arme und erhob sich mit ihr in die Lüfte, um sie zu der geschützten kleinen Terrasse zurückzutragen, die er für sie erschaffen hatte. Sie stand auf der Plattform, ihre Arme um seinen Nacken, ihr Gesicht an seiner Schulter, und zitterte vor Schreck über die Wahrheit.

»Die Wahrheit«, murmelte er sanft.

MaryAnn entzog sich ihm abrupt. Sie *wusste*, dass es die Wahrheit war. Sie war dieses Kind gewesen, das jemand durch den Wald verfolgt und fast getötet hätte. Ihre Eltern hatten ihr jahrelang die Wahrheit vorenthalten. Ihre Welt war bis in ihre Grundfesten erschüttert, und sie musste einen Weg finden, das wachsende … Etwas in ihr zu bezähmen, um verarbeiten zu können, was geschah, aber sie wollte Manolito auch nicht die ganze Wahrheit ihres Lebens offenbaren.

Er ließ seinen Blick über die Blätter gleiten. Einige waren breit, andere gefächert, einige klein und andere groß, doch alle waren von einem dumpfen Silber, statt grün und glänzend, wie sie eigentlich sein müssten. Die Schutzzauber hielten alle Feinde fern, damit er Zeit mit MaryAnn verbringen und versuchen konnte, sie in seine Welt hinüberzubringen. Er hatte vorgehabt, sie ganz hinüberzubringen, damit sie eine vollblütige Karpatianerin wurde, doch stattdessen hatte er sie gezwungen, sich ihm zu offenbaren und alles für ihn zu riskieren. Und nun musste er ihr etwas dafür zurückgeben. Etwas, das den gleichen Wert besaß. Sie war völlig aufrichtig zu ihm gewesen; weniger konnte auch er nicht tun.

Unruhig begann er, über den kleinen, luftigen Balkon zu schreiten. »Du warst ganz offen zu mir, MaryAnn, obwohl dir das nicht leichtgefallen ist. Ich habe dir auch etwas zu sagen. Etwas, das mich beschämt, und nicht nur mich, sondern meine ganze Familie. Was in dir ist, ist stark und edel, und ich glaube nicht, dass du es fürchten musst. Ich habe kein solches Geheimnis, das ich dir anvertrauen könnte, obwohl ich wünschte, es wäre es so.«

Sie blinzelte, um ihre Tränen zu verdrängen, und wirkte irgendwie schockiert, als sie ihn ansah. Es war das Letzte, was sie von einem so selbstbewussten Mann wie Manolito erwartet hätte. Ihr instinktives Mitgefühl erwachte, und sie legte ermutigend eine Hand auf seinen Arm.

»Hilf mir dabei nicht«, protestierte er und schüttelte den Kopf, doch sie hatte ihm schon ihren Geist geöffnet und ihn wieder mit den leuchtenden Farben und ihrer beruhigenden Persönlichkeit umgeben. »Das verdiene ich nicht.«

Er verdiente es nicht, weil er sie ohne ihre Zustimmung für sich beansprucht hatte, aber MaryAnn verdrängte diesen plötzlichen Gedanken und warf Manolito einen aufmunternden Blick zu. Er ging weiter unruhig auf und ab, und so ließ sie sich auf dem Bett aus Blumen nieder, erstaunt, dass sie noch immer ihren süßen Duft abgaben und die ganze Luft damit erfüllten. Sie zog die Knie an, schlang ihre Arme darum und legte ihr Kinn darauf, während sie wartete, dass Manolito fortfuhr.

Nachdem er ihre Umgebung langsam und sorgfältig in Augenschein genommen hatte, erzeugte er noch mehr Schutzzauber, indem er die Pflanzen zu einer sehr soliden Geräuschbarriere um sie verwob, die ihnen sogar noch mehr Ungestörtheit gab. »Manchmal hat der Dschungel Ohren.«

MaryAnn nickte und sagte nichts dazu, aber irgendwo in ihrem Magen hatte sie das ungute Gefühl, dass das, was er ihr mitteilen wollte, von immenser Bedeutung für sie beide sein würde.

Manolito stützte sich mit den Ellbogen auf das Geländer und blickte auf den Waldboden unter ihnen. »Meine Familie war immer ein bisschen anders als die meisten anderen. Zum einen haben die anderen meist keine Kinder, zwischen denen nicht mindestens fünfzig oder bis zu hundert Jahren Altersunterschied liegen. Es kommt vor, aber nur sehr selten. Meine Eltern bekamen uns jedoch alle fünf mit nicht mehr als fünfzehn Jahren zwischen uns, bis auf Zacarias. Er ist fast hundert Jahre älter, doch wir sind zusammen aufgewachsen.«

MaryAnn konnte sofort die Probleme sehen, die bei solch tiefer Verbundenheit auftreten konnten, insbesondere bei Jungen, die ihren ersten Vorgeschmack von Macht erhielten. »Ihr hattet also eine Bandenmentalität, wie ich als Psychologin sagen würde.«

Ein kurzes Schweigen entstand, während er nachdachte. »Ja, so könnte es gewesen sein. Wir waren überdurchschnittlich intelligent und wussten es; wir hörten es schließlich oft genug von unserem Vater und den anderen Männern. Wir waren hochbegabt und lernten schnell, und auch das hörten wir von allen, wenn uns eingetrichtert wurde, worin unsere Pflicht bestehen würde.«

MaryAnn runzelte die Stirn. Sie hatte sich nie Gedanken darüber gemacht, in was für unsicheren Zeiten Manolito und seine Brüder aufgewachsen waren. »Wurden selbst damals schon mehr männliche Kinder als weibliche geboren?«

Er nickte. »Der Prinz war besorgt deswegen, und wir alle wussten das. So viele Kinder starben. Den Frauen blieb allmählich nichts anderes übrig, als sich unter die Erdoberfläche zu begeben, um zu gebären, und einige Kinder konnten die heilende Erde als Säuglinge nicht vertragen; andere dagegen schon. Veränderungen gingen vor sich, und die Angespanntheit wuchs. Wir wurden zu Kriegern ausbildet, erhielten aber auch so viel Unterricht wie nur möglich auf allen anderen Gebieten. Verbitterung erwachte in uns, als andere, weniger Intelligente, die Chance zu weiterführenden Studien erhielten, während wir unsere kämpferischen Fähigkeiten auf dem Schlachtfeld vervollkommnen mussten.«

»Glaubst du rückblickend, dass du Grund zu dieser Verbitterung hattest?«

Er zuckte seine breiten Schultern. »Vielleicht. Ja. Damals schon. Heute, als Krieger und angesichts dessen, was mit unserem Volk geschehen ist, weiß ich, dass der Prinz uns zum Kämpfen brauchte. Die Vampire wurden immer zahlreicher, und um unsere Spezies und auch die anderen zu beschützen, wurden unsere kämpferischen Fähigkeiten vielleicht dringender gebraucht als unsere klugen Köpfe.«

Er seufzte, als er von den Bäumen herunterschaute. »Du darfst nicht vergessen, dass es anfangs, als wir herkamen, hier nur wenige oder fast überhaupt keine Leute gab. Wir waren allein und mussten unsere Kräfte bloß ganz selten mal mit einem Gegner messen. Fünf Brüder, deren Emotionen immer schwächer wurden, und deren Erinnerungen an unser Volk und unsere Heimat zusammen mit den Farben um uns herum verblassten. Wir fanden das sehr schlimm. Und dann begannen wir mehr und mehr alten Freunden zu begegnen, die zu Vampiren geworden waren. Unser Leben, wie wir es als Karpatianer gekannt hatten, war endgültig vorbei.«

MaryAnn biss sich auf die Unterlippe. »Hat euer Prinz euch eine Wahl gelassen, die Karpaten zu verlassen? Oder hatte er euch einfach hierhergeschickt?«

»Uns wurde eine Wahl gelassen. Allen Kriegern wurde erklärt, was auf uns und unser Volk zukam und wie und wo wir gebraucht wurden. Wir hätten bleiben können, doch unsere Ehre hätte das nie zugelassen. Unsere Familie stand in dem Ruf, über einige unserer besten Krieger zu verfügen.«

»Aber du hättest bleiben können«, beharrte MaryAnn. »Deine kämpferischen Fähigkeiten wurden doch bestimmt auch dort gebraucht?«

»Angesichts dessen, was geschah, muss ich dir zustimmen«, sagte Manolito.

Zum ersten Mal fühlte er wieder Verbitterung in sich erwachen. Sie waren dem Ruf des Prinzen gefolgt, als er die ältesten Krieger aufgerufen hatte, weil sie geglaubt hatten, der Prinz könnte in die Zukunft blicken und wüsste, was das Beste für sein Volk war. Als sich die Reihen lichteten und ihre Feinde vorrückten, hatte sich der Prinz mit Menschen verbündet. Alles war verloren und zu einer einzigen Niederlage geworden, als sie versucht hatten, ihre menschlichen Verbündeten zu schützen.

Jahrhunderte später, heute, da er wieder etwas fühlen konnte, war Manolito noch immer wütend über diese Fehlentscheidung und verstand nicht, wie Vlad ein solcher Fehler hatte unterlaufen können. Hatte das Gefühl über den Verstand gesiegt? Wenn ja, würde kein De La Cruz je einen solchen Fehler machen.

»Du bist verärgert«, sagte MaryAnn, die seine Verbitterung spüren konnte.

Er drehte sich zu ihr um und lehnte sich mit der Hüfte an das Geländer. »Ja. Ich hatte keine Ahnung, dass ich wütend auf ihn war, aber ich bin es. Nach Hunderten von Jahren mache ich noch immer den Prinzen dafür verantwortlich, in einen Kampf verwickelt worden zu sein, den wir nicht gewinnen konnten.«

»Du weißt, dass es nicht das war, was dein Volk so dezimiert hat«, wandte sie so sanft wie möglich ein. »Du hast selbst gesagt, in deiner Jugend wäre dir der Frauenmangel bereits aufgefallen und dass Babys auch damals schon nur selten überlebten. Die Veränderungen hatten also schon begonnen.«

»Niemand will glauben, dass seine Spezies von der Natur dazu verdammt ist auszusterben.«

»Ist es das, was du denkst?«

»Ich weiß nicht, was ich denke, nur, was ich getan hätte. Und *ich* hätte unser Volk nicht in diesen Krieg geführt.«

»Und inwiefern wäre dann alles anders ausgegangen?«

»Vlad würde noch leben«, sagte Manolito. »Er wäre nicht unter den Gefallenen. Wir wären nicht mit so wenigen Frauen und Kindern hilflos unserem Schicksal überlassen, dass es schier unmöglich ist, unser Volk am Leben zu erhalten. Füg unsere Feinde noch hinzu, und wir sind verloren.«

»Wenn du das glaubst, warum hast du Mikhail dann das Leben gerettet? Ich habe natürlich davon gehört. Alle sprachen darüber, was du für ihn getan hast, als er in den Höhlen angegriffen wurde. Wenn du ihn nicht für fähig hältst, die Karpatianer zu regieren, warum hast du dann für ihn dein Leben riskiert? Warum warst du bereit, für ihn zu sterben? Zumal du mich bereits gesehen hattest und wusstest, dass du eine Gefährtin hast. Warum hast du dir die Mühe gemacht?«

Er verschränkte seine Arme vor der Brust und blickte stirnrunzelnd von seiner überlegenen Höhe auf sie herab. »Weil es meine Pflicht ist.«

»Manolito, das ist lächerlich. Du bist kein Mann, der blindlings jemandem folgt, an den er nicht glaubt. Du magst die Entscheidung deines Prinzen zwar angezweifelt haben, doch du hast an ihn geglaubt, und du musst auch an seinen Sohn glauben, denn sonst wärst du nicht mit ihm in den Krieg gezogen, hättest ihm nicht die Treue geschworen oder gar dein Leben für das seine hingegeben.«

»Ich habe viel mehr getan, als die Entscheidung meines Prinzen anzuzweifeln«, sagte er.

Sie sah den Schatten, der über sein Gesicht glitt, und den gequälten Blick in seinen schwarzen Augen. Jetzt kamen sie endlich voran. Nun würde er ihr seine tiefsten Schuldgefühle offenbaren. Sie wusste schon, was er sagen würde, weil sein Geist mit ihrem verschmolzen war und sie dort das Schuldbewusstsein sehen konnte, die Furcht, dass er einen Prinzen verraten hatte, den er nicht nur bewunderte und respektierte, sondern sogar liebte.

Manolito sah das jedoch nicht so, und das faszinierte sie. Ihm war nicht einmal bewusst, wie sehr er Vlad Dubrinsky bewundert hatte und wie unglücklich er über die endgültige Niederlage und den Tod des Prinzen in den Händen ihres Feindes gewesen war. Vor allem jedoch erkannte er nicht, dass sein Zorn sich gegen ihn selbst richtete, weil er seine Heimat verlassen und sich dazu entschlossen hatte, in einem fernen Land zu kämpfen, für Menschen, die nichts für Karpatianer übrig hatten.

»Ich habe Vlad jedes Mal verraten, wenn ich mich mit meinen Brüdern zusammensetzte und seine Ansichten und Entscheidungen infrage stellte. Riordan und ich haben dir schon davon erzählt, doch das war nur eine sehr abgeschwächte Version unserer Gespräche. Wir machten eine regelrechte Kunst daraus. Wir zerpflückten jeden einzelnen Befehl des Prinzen und betrachteten ihn von allen Seiten. Wir glaubten, dass er auf uns hören müsste, dass wir mehr wüssten als er.«

»Ihr wart jung, noch nicht einmal erwachsen und noch zu starken Gemütsbewegungen imstande.« Auch ohne ihre geistige Verbindung wusste sie, dass seine Emotionen damals sehr stark gewesen sein mussten. Er hatte sich vielen der anderen Krieger überlegen gefühlt, körperlich wie geistig. Seine Brüder waren wie er gewesen und hatten ihre Debatten darüber genossen, wie sie ihrer Spezies am besten dienen und das karpatianische Volk durch die Gefahren jedes neuen Jahrhunderts führen konnten. »War Verrat in euren Herzen und Gedanken, Manolito, wenn ihr debattiert habt, oder habt ihr nur versucht, neue Wege zu finden, um das Leben eures Volkes zu verbessern?«

»So mag es angefangen haben.« Er fuhr sich mit beiden Händen durch das Haar. »Ich weiß, dass wir ganz klar das Schicksal unseres Volks erkannten, während nur sehr wenige andere in die Zukunft blicken konnten. Wir brauchten keine hellseherischen Fähigkeiten, nur unseren Verstand, und es war äußerst irritierend, dass andere nicht das Gleiche sehen konnten wie wir.«

»Hat der Prinz euch zugehört? Ihr seid doch bestimmt zu ihm gegangen.«

»Als Oberhaupt unserer Familie ging Zacarias zu ihm. Natürlich hörte Vlad ihm zu. Er hörte jedem zu. Er regierte uns, doch er gestattete den Kriegern immer, in der Ratsversammlung ihre Meinung kundzutun. Wir waren noch jung, aber er respektierte uns.«

MaryAnn verfolgte die wechselnden Gemütsbewegungen in seinem Gesicht. Manolito hatte sich, ohne zu zögern, Vampiren und Magiern mit vergifteten Messern entgegengestellt, doch nun war er nervös, weil seine Vergangenheit zu dicht an die Oberfläche gekommen war. Sie wollte ihn dazu bringen zu verstehen, dass diese

Jugenderinnerungen nichts mit Verrat zu tun hatten. Sie suchte nach den richtigen Worten, den richtigen Gefühlen ...

Lass das! Der Befehl war so scharf, dass er geradezu durch ihr Bewusstsein schallte. »Ich verdiene die Wärme nicht, die du mir schickst. Und ich verdiene auch nicht die Gefühle, die du mir ins Gedächtnis setzen willst.«

Sie blinzelte ihn an, schockiert, dass er ihr zutraute, seine Erinnerung beeinflussen zu wollen.

»Wir dachten uns einen Plan aus, MaryAnn. In unserer Arroganz und Überheblichkeit, in unserem Glauben, mehr als alle anderen zu wissen, schmiedeten wir einen Plan, nicht nur die Dubrinskys, sondern sämtliche Feinde des karpatianischen Volkes zu vernichten. Die Karpatianer sollten alle Spezies regieren. Und der Plan war nicht nur brillant und ausführbar, sondern wird jetzt, in ebendiesem Augenblick, während wir uns noch darüber unterhalten, gegen unseren Prinzen eingesetzt.«

Manolitos Stimme brach bei seinen letzten Worten, und er senkte beschämt den Kopf.

14. KAPITEL

MaryAnn atmete mehrmals tief ein, während sie vergeblich versuchte, den geistigen Kontakt mit Manolito wiederherzustellen. Sie wusste nicht, ob sie ihn unterbrochen hatte oder er sie, aber sie konnte ihn nur ungläubig anstarren. Manolito De La Cruz war Mikhail Dubrinsky treu ergeben. Sie hatte seinen Heldenmut gesehen. Noch jetzt konnte sie die Narbe an seiner Kehle erkennen, die ein weiterer Beweis war, dass er fast getötet worden wäre. Es war äußerst schwierig, einen Karpatianer umzubringen, doch irgendjemand hatte es geschafft, während Manolito seinen Prinzen beschützt hatte. Und deshalb glaubte sie nicht einmal eine Sekunde lang, dass er in ein Mordkomplott gegen die Dubrinskys verwickelt gewesen war.

»Ich verstehe deine Denkweise nicht, Manolito. Meine Freunde und ich reden tagtäglich über Politik, und wir sind auch nicht immer mit unserer Regierung einverstanden, aber das macht uns doch nicht zu Verrätern an unserem Land oder unseren Leuten.«

Eingeschlossen in der Geräuschbarriere, die Manolito erzeugt hatte, damit kein Laut nach draußen drang, konnte MaryAnn weder die Vögel noch Insekten hören. Die absolute Stille war fast so überwältigend wie Manolitos Kummer. Es war eigenartig, dass sie nicht seine Gedanken lesen konnte, doch sie konnte seine starken Emotionen spüren. Die Scham. Die Wut. Die Schuldgefühle …

»Erzähl es mir.« Diesmal ließ sie es wie einen Befehl klingen. Wenn sie seine Gefährtin war, wie er behauptete, musste er diese Erinnerungen mit ihr teilen. Sie machten ihn ganz krank. Mit einem Ausdruck der Verwunderung starrte er auf seine Hände, und MaryAnn begann zu verstehen, dass er im Moment weit mehr in jenem anderen Reich war als bei ihr.

Sie griff nach seiner Hand und zog ihn zu sich auf das Bett aus Laub und Blumen. »Manolito. Deine Zweifel zerstören dich. Du musst sie beseitigen.«

»Und wie beseitigt man Verrat?«

Sie drückte seine Hand noch fester. »Hattest du die Absicht, deinen Prinzen zu stürzen?«

»Nein!« Sein Widerspruch war prompt und heftig.

Und die Wahrheit. Das konnte sie an seiner Stimme hören.

»Meine Brüder nicht und ich schon gar nicht. Wir redeten nur, nörgelten und kritisierten vielleicht und debattierten heftig. Aber das war alles.« Er ließ den Kopf in seine Hände fallen und rieb sich die Schläfen, als schmerzten sie. »Ich weiß wirklich nicht, wieso wir anfingen, die Einzelheiten auszuarbeiten. Ich habe keine Ahnung, wie oder warum sich ein konkreter Plan entwickelte, den Prinzen zu stürzen … doch später, wenn wir wütend waren, sprachen wir darüber, als wäre dieser Plan real.«

Seit sein Bruder Rafael Kirja Malinov getötet hatte, hatte Manolito versucht, sich zu erinnern. Alle seine Brüder hatten versucht, sich zu erinnern. Anfangs hatten sie nur ruhig um ein Lagerfeuer gesessen und über die Vor- und Nachteile von Vlads Entscheidungen diskutiert. »Es gab nur eine andere Familie mit Kindern, bei denen der Altersunterschied so gering war wie bei uns: die Malinovs. Wenn unsere Mutter ein Kind zur Welt brachte, tat die ihre es auch. Wir sind mit den Malinovs aufgewachsen. Als Kinder spielten wir zusammen, und als Männer kämpften wir zusammen. Unsere Familien standen sich sehr nahe. Wir waren anders als andere Karpatianer. Wir alle. Vielleicht, weil wir so kurz hintereinander geboren waren. Wie gesagt, die meisten karpatianischen Kinder kommen in Abständen von mindestens fünfzig Jahren auf die Welt. Womöglich gibt es ja einen Grund dafür.«

»Ihr wart anders? Inwiefern?«

Manolito schüttelte den Kopf. »Wir waren dunkler. Schneller. Stärker. Das Töten zu lernen, fiel uns zu leicht, schon bevor wir unsere Kindheit hinter uns gelassen hatten. Wir waren rebellisch.« Er seufzte und rieb sein Kinn in MaryAnns lockigem weichem Haar, weil er jetzt das Gefühl von Nähe brauchte. »Die Brüder Malinov hatten Glück. Fünfzig Jahre nach Maxim – dem Jüngsten – bekamen sie eine entzückende kleine Schwester. Leider lebte ihre Mutter nicht mehr lange nach der Geburt, und ihr Mann folgte ihr in die nächste Welt. Wir anderen zehn wurden gewissermaßen ihre Eltern.«

MaryAnn spürte den Kummer in ihm, den Gram, der sich im Laufe der Jahrhunderte und all den Jahren, in denen er keine Emotionen gehabt hatte, nie verringert hatte. Er war noch immer da, fraß an ihm, schnürte ihm die Brust zusammen, drehte ihm den Magen um und setzte sich in seinem Hals fest, bis er kaum noch atmen konnte. In seinem Bewusstsein sah sie ein Kind mit glänzendem schwarzem Haar, das dicht und glatt war und wie Seide bis zu einer schmalen Taille hinunterfloss. Große, smaragdgrüne Augen in einem reizenden Gesicht. Ein Mund, der gerne lachte, und ein aristokratisches Flair in jeder Linie ihres Körpers.

»Ivory«, flüsterte Manolito ihren Namen. »Sie war ebenso sehr unsere Schwester wie die der Malinovs. Sie war ein fröhliches, glückliches Geschöpf, das alles ungeheuer schnell erfasste. Sie konnte kämpfen wie ein Krieger, aber sie wusste auch ihren Verstand zu benutzen. Es gab keinen Schüler, der sie überflügeln konnte.«

»Was ist aus ihr geworden?« Denn das war es vermutlich, was zu der Verbitterung geführt hatte, die sie in Manolitos gemischten Gefühlen seinem Prinzen gegenüber so oft wahrgenommen hatte.

»Sie wollte bei den Magiern in die Schule gehen. Und sie brauchte auch die nötigen Voraussetzungen mit. Sie war intelligent genug und konnte Zauber wirken, die nur wenige brechen konnten. Doch wir alle, ihre Brüder und meine Brüder, erlaubten ihr nicht, unbegleitet irgendwohin zu gehen. Sie war eine junge Frau und musste sich mit zehn Brüdern herumquälen, die ihr sagten, was sie zu tun und zu lassen hatte. Uns war das egal; wir wollten nur, dass sie in Sicherheit war. Und das hätte sie auch sein müssen. Sie war die Schönheit, um die wir kämpften und die wir beschützen wollten. Ihr Lachen war so ansteckend, dass selbst die Jäger, die schon lange ihre Empfindungen verloren hatten, lächeln mussten, wenn sie in der Nähe war.«

Er drückte MaryAnns Hand so fest an sein Herz, dass sie sein Pochen unter ihrer Hand spüren konnte. »Wir verboten ihr, bei den Magiern in die Lehre zu gehen, bis wir sie begleiten und beschützen konnten. Jeder kannte unsere Wünsche und hätte sich niemals eingemischt. Aber dann, während wir bei einer Schlacht waren, trug sie ihr Anliegen dem Prinzen vor.«

Ein Frösteln durchlief Manolito. MaryAnn fühlte es und wusste, dass sein Kummer tiefer ging, als andere es bemerkt hätten. Die Zeit hatte seine Wunden nicht geheilt. Sie fragte sich, ob der Verlust des Empfindungsvermögens in all den Jahren den Schmerz nicht sogar frisch gehalten hatte, sodass vergangene Gefühle verstärkt und umso lebendiger für die Männer waren, wenn sie wieder etwas empfinden konnten.

»Der Prinz hatte kein Recht, unsere Autorität zu untergraben, aber er tat es. Obwohl er wusste, dass wir es Ivory verboten hatten, erlaubte er es ihr.« Manolitos Stimme war nur noch ein Flüstern, und er drückte MaryAnns Hand noch fester an sein Herz, als könnte er so den Schmerz dort lindern.

»Warum hat er das getan?«

»Wir glaubten, dass sein ältester Sohn, den wir nie erwähnen, schon Anzeichen von Krankheit zeigte. Die Dubrinsky-Linie verfügt über die Fähigkeit zu großer Macht, doch es bedarf einer noch viel weiter reichenden Macht, um sie zu steuern. Wahnsinn regiert, wenn keine Disziplin vorhanden ist. Vlads ältester Sohn hatte schon ein Auge auf Ivory geworfen, obwohl er nicht ihr Gefährte war. Wir hätten ihn umgebracht, wenn er sie angerührt hätte. Eine spürbare Spannung herrschte, wann immer er in unser Dorf zurückkehrte. Ich selbst habe zwei Mal mein Messer gezogen, als er sie in der Nähe des Marktes belästigt hatte. Es ist einem Karpatianer strengstens verboten, eine Frau anzurühren, die nicht seine Gefährtin ist, aber es stand außer Frage, dass er genau das vorhatte, sobald er Gelegenheit dazu bekam.«

»Ich dachte, karpatianische Männer sähen keine anderen Frauen als ihre eigenen Gefährtinnen an.«

»Manche tun es, wenn sie jung sind, und andere sind krank und verdorben von einem zwanghaften Bedürfnis nach Macht über das andere Geschlecht. Es ist eine Art von Wahnsinn, der oft die Allermächtigsten befällt. Auch unsere Spezies hat ihre Anomalien, Mary-Ann.«

»Warum hat ihn keiner aufgehalten?«

»Ich denke, dass viele wohl nicht glauben wollten, dass der Sohn eines Prinzen diese Krankheit in sich trug, aber wir wussten, dass es so war. Zacarias, mein ältester Bruder, und Ruslan, der älteste Malinov, gingen zu Vlad und unterrichten ihn über die Gefahr, in der sich Ivory befand. Der Prinz schickte seinen Sohn fort, und eine Zeit lang herrschte Frieden. Doch dann kam Vlads Sohn zurück, und als Ivory um Erlaubnis bat, die Magierschule zu besuchen, war das für Vlad die einfachste Lösung des Problems. Er dachte, ohne Ivory in der Nähe würde sich sein Sohn wieder beruhigen.«

Manolito fuhr sich mit der Hand durchs Haar. »In Wahrheit wusste er es natürlich besser. Vlad hätte sich mit der Krankheit seines Sohnes abfinden und den Befehl erteilen müssen, ihn zu töten. Ohne Ivory in der Nähe hatte er jedoch mehr Zeit, sich mit der Sache zu befassen und vielleicht noch eine andere Lösung zu finden.«

»Und darum erlaubte er ihr zu gehen.«

»Ja. Er schickte sie fort, ohne ihr jemanden mitzugeben, um für ihre Sicherheit zu sorgen. Er ließ uns nicht einmal benachrichtigen, weil er wusste, dass wir sofort zurückkehren würden.«

MaryAnn legte die Arme um Manolito und zog ihn an sich. »Und was geschah?«

Für einen Moment legte er den Kopf an ihre Schulter und drückte sein Gesicht an ihre warme Haut. Ihm war kalt, und es wollte ihm einfach nicht gelingen, die Kälte abzuschütteln. Mit einem resignierten kleinen Seufzer zwang er sich, den Kopf zu heben und MaryAnn in die Augen zu sehen. »Du bist die Gefährtin meines Lebens. Es war Destiny, die bewirkte, was zwischen uns ist. Ich bin vieles, MaryAnn, und ich kenne mich sehr gut. Ich werde dich nicht freigeben. Du wirst lernen müssen, mit meinen Sünden zu leben, und ich schulde dir die Wahrheit über meine schlimmsten.«

Sie hielt ihren Blick auf ihn gerichtet und sah mehr Trauer als Gewissensqual in seinen schwarzen Augen. Seine Liebe zu Ivory war stark gewesen, wahrscheinlich nicht weniger stark als die ihrer wahren Brüder. Bei dem Frauenmangel, der in ihrer Spezies herrschte, hatten so starke, fürsorgliche Männer es ganz gewiss für ihre heilige Pflicht gehalten, dieses junge Mädchen auf Händen zu tragen und vor allem Unheil zu beschützen. Mit ihrer Mission zu scheitern, musste für sie unerträglich gewesen sein.

»Als wir erfuhren, dass ein Vampir sie angegriffen und getötet hatte, waren wir alle völlig außer uns. Und wir hatten eine mörderische Wut. Ruslan und Zacarias waren zum ersten Mal nicht mehr die besonnenen, kühlen Köpfe, die sie stets gewesen waren, sondern wollten den Prinzen umbringen. Wir alle wollten das. Wir gaben ihm die Schuld daran, durch seine Widerrufung unserer Anordnungen Ivorys Tod herbeigeführt zu haben.« Manolito schüttelte den Kopf. »Wir konnten nicht einmal ihren Leichnam finden, um wenigstens zu versuchen, sie aus der Schattenwelt zurückzuholen, obwohl jeder Einzelne von uns ihr mit Freuden dorthin gefolgt wäre, um den Versuch zu unternehmen.«

MaryAnns Herz verkrampfte sich. Die Welt der Schatten und der Nebel war der Ort, an den die Karpatianer nach dem Tode gingen. Der Ort, an dem Manolito teilweise noch immer war. »Wie kann man jemandem an einen solchen Ort folgen?«

Manolitos Augen flackerten. »Damals hieß es, dass nur die mächtigsten Krieger oder Heiler so etwas versuchten ... oder Liebende – Gefährten –, und trotzdem hätte jeder von uns mit Freuden den Versuch gewagt. Und anscheinend ist es ja auch möglich. Gregori hat es geschafft, und du auch.«

MaryAnn war nicht einmal bewusst gewesen, was sie getan hatte, als sie jene andere Welt betreten hatte. Manchmal wollte sie noch immer nicht ganz glauben, dass es sie überhaupt gab. »Ich wusste es nicht.«

»Allem Anschein nach ist es gefährlich für jemanden, der noch nicht tot ist.«

Sie schenkte ihm ein widerstrebendes kleines Lächeln. »Vielleicht ist es gut, dass ich das nicht wusste. Aber keiner von euch konnte Ivorys Weg verfolgen, weil ihr nicht ihren Leichnam hattet.«

»Wenn der Geist den Körper verlässt, muss er behütet werden, bis der Geist zurückkehrt und wieder in ihn eindringt, weil unsere Feinde uns sonst für immer in der anderen Welt gefangen halten können.« Er zuckte mit den Schultern. »Es genügt zu sagen, dass nur die Toten dorthin gehen. Ein Lebender muss schon einen sehr gewichtigen Grund haben, um es zu versuchen.«

»Dann war es das, was Gregori und deine Brüder wagten. Sie folgten dir ins Reich der Schatten und brachten deinen Geist zurück«, fasste MaryAnn zusammen, um besser zu verstehen. Manolito war also teilweise noch immer in der Schattenwelt. Wenn es so war, musste sie einen Weg finden, ihn wieder ganz in ihre Welt zurückzubringen. Und ihr war klar, dass das ihre Möglichkeiten bei Weitem überstieg.

»Ja, aber dazu hatten wir bei Ivory keine Chance. Sie war für immer für uns verloren, und wir begannen, Vlad Dubrinskys Urteilsvermögen ernsthaft infrage zu stellen. Er hatte kein Recht, sich in Familienangelegenheiten einzumischen. Es ergab keinen Sinn für uns. Wenn sein Sohn geistesgestört war und er nichts unternahm, wäre es dann nicht möglich, dass auch er nicht frei von diesem Wahnsinn war? Je mehr wir darüber diskutierten, was er getan hatte, desto größer wurde unser Zorn. Wir fingen an, uns Möglichkeiten auszudenken, seine Herrschaft zu beenden. Ein Schritt führte zum nächsten. Uns wurde klar, dass die anderen, mit uns verbündeten Spezies vielleicht an Dubrinskys Seite kämpfen würden, um ihn als Regenten zu behalten, und dass die Karpatianer sich entzweien würden. Deshalb suchten wir nach einem Weg, um alle anderen loszuwerden. Die Jaguarmänner blieben nie bei ihren Frauen. Die Frauen gingen bereits mit Menschen eine Partnerschaft ein und entschieden sich dafür, ihre menschliche Gestalt nicht aufzugeben. Es wäre also kein Problem, dachten wir, die restlichen Frauen gegen ihre Männer aufzubringen und aus der Brutalität der Jaguarmänner Kapital zu schlagen.«

»Was dann letztendlich ja auch geschah.«

Manolito nickte. »Und es kam sogar noch schlimmer. Heute besteht keine Hoffnung mehr, die Jaguarspezies zu retten. Selbst wenn zehn Paare überleben würden, wären es zu wenige, um die Spezies vor dem Aussterben zu bewahren.«

»Die Evolution könnte dabei eine größere Rolle gespielt haben, als du glaubst. Dass ihr von einem Plan spracht, der im Grunde nur eine rein theoretische Überlegung war, bedeutet nicht, dass ihr die Verantwortung für das Aussterben dieser Spezies tragt. Ihr seid nicht Gott, Manolito.«

»Nein, aber wir haben auch nichts unternommen, um dem Jaguarvolk begreiflich zu machen, dass es sich selbst zerstörte. Wir haben es allein gelassen, und währenddessen setzten die Brüder Malinov den Plan in die Tat um und begannen, ihren Beitrag zum Aussterben des Jaguarvolks zu leisten. Wenn sie das getan haben, welche anderen Teile des Plans mögen sie dann auch noch in Bewegung gesetzt haben?«

MaryAnn wartete und beobachtete, wie sich Manolitos Gesicht umwölkte und er seine Finger knetete, als schmerzten sie. In seiner Stimme schwang jetzt etwas mit, das wie ein leises Knurren klang und mindestens genauso sexy war wie seine samtige, hypnotische

Stimme. Die ungewohnte Note prickelte auf ihrer Haut und machte sie ganz unruhig.

»Die Menschen fürchten Karpatianer, weil sie Vampire fürchten. Von irgendwoher musste die Legende kommen. Das Getuschel und die Gerüchte über Morde und Gräueltaten nahmen zu, bis die Karpatianer nicht länger Verbündete der Menschen waren. Heute werden wir von ihnen gejagt und getötet. Und mithilfe des Werwolfs, des einzigen Verbündeten, der unseres Wissens nach die Macht besaß, uns aufzuhalten, wäre es ein Leichtes, das Gleiche zu tun, einen Keil zwischen die Spezies zu treiben, sie zu entzweien und zu erobern. Die Werwölfe waren ohnehin sehr scheu, und sie unter die Erde zu bringen oder durch gut organisierte Treibjagden auszurotten, würde auch ihre Reihen langsam lichten. Irgendwann würde jemand dann den Thron besetzen müssen, um das Durcheinander aufzuräumen.«

MaryAnn wich ein bisschen vor ihm zurück und atmete tief durch. »Aber ihr habt doch nichts von all dem getan?« Sein maskuliner Duft drang mit jedem ihrer Atemzüge bis in ihre Lungen und durchflutete sie mit einer prickelnden Erregung. Vielleicht lag es an der Geräuschbarriere, die er errichtet hatte, aber sie konnte nichts dagegen tun, dass sich alles in ihr erwartungsvoll zusammenzog und das Blut durch ihre Adern raste, wenn sie in Manolitos Nähe war.

Sie wollte mit der Sachlichkeit einer Psychologin reagieren, wie es ihr schon zur zweiten Natur geworden war; doch etwas anderes, Wildes, begann, sich in ihr zu entfalten, sodass sie das Heben und Senken seiner Brust betrachtete, die fast unmerkliche Veränderung seines Gesichtsausdrucks, die feinen Linien um seine Augen, die Form seines sinnlichen Mundes ... und ihm ohne Worte Trost vermitteln wollte.

»Nein, natürlich nicht. Wir wussten, dass es falsch war, was wir taten. Als unsere Trauer nachließ und wir wieder zur Vernunft kamen, wurde uns klar, dass es ebenso wenig Vlads Schuld wie unsere war, dass Ivory nicht mehr lebte. Wir hörten auf, darüber zu reden, und begaben uns auf die Jagd nach Untoten. Wir wurden zu Barbaren, so sehr, dass wir alle ihre Emotionen viel schneller verloren, als es normalerweise der Fall gewesen wäre. Wir schlossen einen Pakt, einander zu beschützen und unsere Erinnerungen an Zuneigung und Ehre miteinander zu teilen, und so geschah es auch. Als der Aufruf unseres Prinzen kam, uns in andere Länder zu begeben, folgten wir und die Malinovs seinem Appell. Wir wurden hierhergeschickt, nach Südamerika, und sie nach Asien.«

MaryAnn lehnte sich an Manolito, um ihm näher zu sein und ihm Trost und Wärme zu vermitteln, obwohl es sie große Mühe kostete, ihr wachsendes Verlangen zu unterdrücken. Was war so anders an ihm? Dass er ihr seine Verfehlungen eingestanden hatte? Hatte sie das noch empfänglicher für ihn gemacht? Oder war es die Tatsache, dass er noch immer um diese verlorene kleine »Schwester« trauerte?

Sie war wütend auf ihn gewesen, weil er sie ohne ihre Zustimmung in sein Leben hineingezogen hatte, ihr keine Wahl gelassen hatte und sich nicht einmal der Ungeheuerlichkeit seines Tuns bewusst war, doch sie konnte sich ihrer starken Gefühle für ihn nicht erwehren, als sie ihn zu verstehen versuchte. Vielleicht, weil er ihr seine größte Schande anvertraut hatte. Denn das war ein erheblich größeres Geschenk an sie, als er vermutlich glaubte.

Als er ihr eine Haarsträhne aus dem Gesicht strich und seine Finger ihre Haut berührten, durchlief sie ein wohliges Erschauern.

»Die Brüder Malinov kamen vor unserer Abreise zu uns, um mit uns zu reden.« Manolitos rauer gewordene Stimme löste ein wonnevolles Prickeln in ihr aus und durchströmte sie mit einer Welle köstlichster Empfindungen. Er strich ihr das Haar zurück, senkte den Kopf auf ihre Schulter und berührte sanft mit seiner Zunge ihren Puls. »Sie wollten, dass wir dem Prinzen abschworen.«

Winzige Flammen tanzten über ihren Nacken und ihre Kehle und bewegten sich zu ihrer Brust hinunter. Ihre Brustspitzen unter der dünnen Seide ihrer Bluse richteten sich auf, und eine so süße, träge Wärme breitete sich in ihr aus, dass sie sich noch fester an ihn schmiegte. »Aber ihr habt es nicht getan.« Sie war sich dessen sicher. Sie wusste, wie sehr er Vlad Dubrinsky trotz der furchtbaren Tragödie schätzte.

»Nein. Das konnten wir nicht.« Absolute Überzeugung schwang in seiner Stimme mit. »Und damals konnten auch die Malinovs es nicht. Auch sie leisteten ihm den Treueeid.«

Und MaryAnn liebte ihn dafür. Weil er Recht von Unrecht unterscheiden konnte. Weil er so überaus loyal war, obwohl er die Brüder Malinov so liebte. Sie waren seine Familie gewesen, und dennoch war er sich im Klaren darüber gewesen – und seine Brüder auch –, dass gegen den Prinzen vorzugehen bedeutete, sich auch gegen ihr eigenes Volk zu wenden.

»Nein, natürlich konntet ihr das nicht.« MaryAnn ließ ihre Hand an seinem Arm hinaufwandern und strich die harten Muskelstränge dort mit ihren Fingern nach. Für einen Moment schloss sie die Augen und wollte seine nackte Haut an ihrer spüren. Ihn verführen, ihn tief in ihrem Körper aufnehmen und die Leere füllen, die sie in ihm spürte.

Und plötzlich loderte eine solch versengende Hitze in seinen Augen auf, dass sich ihr Herz zusammenzog. Seine schwarzen Augen, die jetzt fast schon golden glühten, raubten ihr den Atem. Das Wilde in ihr, dieser Teil von ihr, zu dem sie sich nie bekennen wollte, tanzte vor Erwartung. Bevor sie denken oder sich beherrschen konnte, streifte sie Manolitos Mund mit ihrem, sog seinen warmen Atem ein und konnte den Adrenalinstoß spüren, der das Blut in ihren Adern brodeln ließ. Manolitos brennendes Verlangen. Seinen verführerischen Duft. Sein ganzes Sein …

Er erwiderte den Kuss und drang tief mit seiner Zunge in die feuchte Hitze ihres Mundes ein. Jeder Nerv in ihr erwachte. Falls er noch irgendeinen Groll gegen seinen Prinzen, gegen sich selbst oder die Malinovs hegte, so wich dieser augenblicklich einem überwältigenden Verlangen nach seiner Gefährtin, das sein Blut zum Rasen brachte.

MaryAnn schloss die Augen, als er sie noch fester an sich zog, um sie seine Erregung spüren zu lassen, und sie so leidenschaftlich küsste, dass sein Puls in ihren Ohren dröhnte. Aufgrund der geistigen Verbindung zwischen ihnen spürte sie die blitzartige Veränderung in ihm und wusste, dass jede einzelne seiner Zellen sie erkannte, sie begehrte und sie *brauchte*. Seine Zähne zupften an ihrer Unterlippe, neckten sie mit kleinen Bissen, die spielerisch, aber auch fordernd waren. Hitze flammte auf, vertrieb die Kälte von Manolitos Haut und verdrängte die Schatten und den Kummer alter Erinnerungen, bis es nur noch eins gab – diese rückhaltlose, hemmungslose Leidenschaftlichkeit, die sie verband.

»Ich will deine Haut an meiner spüren«, flüsterte er, während seine Hand schon an ihrem Bein hinaufwanderte, über ihre Wade zu ihrem Schenkel und zu der Stelle, wo sie sich nach seiner Berührung sehnte und ihn brauchte. Wo sie ihm einen sicheren Zufluchtsort anbot. Seine Fingerknöchel beschrieben kleine Kreise über ihrer empfindsamsten Stelle, während sein Mund sie küsste, bis sie wie von Sinnen war.

Um Manolito herum versank die Welt. Beide Welten. Die Schatten zogen sich zurück, bis nichts anderes mehr da war als das Bett aus Blumen und der erregende Duft von Mann und Frau, deren Körper nacheinander riefen. In leidenschaftlichem Verlangen schloss er MaryAnn in die Arme und drückte sie an sich, legte eine Hand um ihren Hinterkopf und ließ sich langsam mit ihr auf dem Bett aus Laub und Blumen nieder. Diesmal war er weder wild noch ungestüm und wollte es auch gar nicht sein. Er nahm sich alle Zeit der Welt für sie, war zärtlich und behutsam, weil er jeden Zentimeter von ihr kosten, das Liebesspiel mit ihr genießen und sie beide in ungeahnte Höhen sinnlicher Ekstase bringen wollte.

MaryAnn hob die Hand, um sein seidiges Haar zurückzustreichen, das so lang und üppig war und noch viel dichter, als sie es in Erinnerung hatte. Sie wollte es streicheln und darin ihr Gesicht vergraben. Vor allem jedoch wollte sie ihn beruhigen; er sollte sich wieder vollständig, lebendig und sehr viel besser fühlen.

MaryAnn legte ihre Hand um seinen Nacken und erhob ihren

Mund zu seinem. Sein Kuss kam der langsamen, gemächlichen Bewegung seiner Hände gleich, als sie unter ihre Bluse glitten, um ihre Brüste zu umfassen. Im gleichen trägen Rhythmus streichelten und liebkosten sie auch seine Daumen und erzeugten winzig kleine Flammen, die von ihren Brüsten zu ihrem Bauch ausstrahlten, um sich zu einer pulsierenden Hitze zwischen ihren Schenkeln zu vereinen. Ihr ganzer Körper schien sich zu verflüssigen und sich für seinen bereitzumachen.

Sie liebte seinen Mund. Wie er aussah und sich anfühlte. Wie heiß und fordernd er sein konnte. So sanft und zärtlich Manolito auch begann, innerhalb von Sekunden ergriff sein Mund Besitz von ihrem, berauschte sie mit seinen Küssen und steigerte ihre sinnliche Erregung schier bis ins Unerträgliche. Seine Hände glitten streichelnd über ihre Haut, so sanft und geduldig, dass sie sich ihm verlangend entgegenbog und schockiert war, als er so plötzlich ihre Bluse aufriss, dass die Knöpfe in alle Richtungen flogen, den Kopf senkte und ihre Brust mit seinem heißen, feuchten Mund bedeckte.

Wieder streckte sie sich ihm entgegen, umfasste seinen Kopf und streichelte sein Haar, flüsterte ihm ermutigende Worte zu und bat um mehr.

Manolito hob den Kopf, um auf sie herabzusehen. Sie war so schön, wie sie sich ihm anbot, um ihn die Vergangenheit vergessen zu lassen. Falls irgendjemand in der Lage dazu war, dann sie. Er war erregter, als er je für möglich gehalten hätte. Ob MaryAnn es wusste oder nicht, sie war in seinem Geist, verschärfte sein Verlangen und zeigte ihm ihre Bereitschaft, ihn in jeder nur erdenklichen Weise zu erfreuen und zu beglücken. Sie war sein ganz privater Spielplatz, doch diesmal war sein lustvolles Begehren verknüpft mit Liebe. Das wusste er mit absoluter Sicherheit. Wie hätte er sie auch nicht lieben können, wenn sie ihm so vorbehaltlos alles von sich gab und den Mut besaß, ihren Körper einem so dominanten Mann, wie er einer war, zu überlassen?

Er zog ihr den Rock aus, entledigte sich seiner plötzlich viel zu schweren Kleider und kniete sich über sie, um ihre üppigen Brüste mit den harten kleinen Spitzen zu betrachten. Ihre Beine waren leicht gespreizt, damit er die einladende Feuchte zwischen ihren Schenkeln sehen konnte. Mit einem Laut, der wie ein Knurren klang, senkte er wieder seinen Mund auf ihren. Sie öffnete bereitwillig die Lippen, um seine Zunge in der warmen Höhlung ihres Mundes aufzunehmen. Mit den Zähnen zupfte Manolito an ihrer Unterlippe, biss sogar ganz leicht hinein, bevor ihre Zungen sich zu einem aufregenden Tanz vereinten. Ihr Körper unter seinem fühlte sich wie heiße Seide an, und sie zitterte und bebte vor Erwartung.

MaryAnn legte ihm die Hände auf die Schultern und grub ihre Fingernägel in sein Fleisch, um sich festzuhalten, als er den Kuss vertiefte. Sie hielt sich an ihm fest wie eine Ertrinkende, als seine Hände fordernd und besitzergreifend über ihren Körper glitten, während er sie wieder und wieder küsste, seine Zunge mit ihrer vereinte, ja, sie sogar in seinen eigenen Mund hineinzog und seine Lippen auf die gleiche Weise von ihr Besitz ergriffen, wie es seine Hände taten.

Seine Finger glitten über ihre Brüste und zupften an ihren harten kleinen Spitzen. Eine versengende Hitze durchflutete MaryAnn und bündelte sich zwischen ihren Schenkeln. Ein kleines Aufstöhnen entrang sich ihr, dessen leises Vibrieren Manolito auf seinem Rücken, in seinen Lenden und sogar in seiner Erektion spüren konnte. Er schob ein Knie zwischen ihre Beine und spreizte sie noch weiter.

Seine Lippen hinterließen einen feurigen Pfad von ihren Lippen zu ihrem Nacken, zu dem heftig pochenden Puls an ihrer Kehle, seine Zähne zupften daran, und seine Zunge umschmeichelte die Stelle, während er dem Rauschen ihres Blutes lauschte, das in ihren Adern für ihn pochte. Es war Musik – pure Musik, die auch sein Blut zum Rasen brachte. Nur MaryAnn konnte das bei ihm bewirken: alle Dämonen in ihm verstummen und seine Seele in schwindelerregende Höhen schweben lassen und Magie und Poesie in sein Leben bringen.

Mit einem hilflosen kleinen Seufzer begann sie sich an seinem Bein zu reiben, um das kaum noch zu ertragende Verlangen in ihr zu lindern. Manolito konnte ihre einladende Feuchte an seiner nackten Haut spüren, wo sie sich ruhelos an ihm bewegte, was so überaus erotisch war, dass er kaum noch die Beherrschung über sich bewahren konnte.

Er strich mit der Zunge über ihre Brustspitze, schnell und hart, und sie zuckte unter ihm zusammen, so empfindlich schon, dass sie sich ihm aufstöhnend entgegenstreckte, als er die zarte Knospe zwischen seine Lippen nahm und ihre lustvollen kleinen Schreie ihn noch mehr zu Raserei trieben.

Ihr Herz schlug laut und in einem ebenso schnellen Rhythmus wie das seine. Er ließ sich an ihr hinuntergleiten, über die seidige Glätte ihrer Haut, bis er seine Arme um ihre Schenkel legen konnte, um ihre verführerische Süße an seinen hungrigen Mund zu bringen. Schon beim Erwachen hatte es ihn nach ihrem Geschmack und Duft verlangt, und das Gefühl war fast noch stärker gewesen als sein Hunger nach Blut. Er bedeckte ihr empfindsames weibliches Geschlecht mit seinem Mund und liebkoste sie mit seiner Zunge, wo ihre süße Qual am größten war. Ihr erster Höhepunkt kam schnell und hart, und sie presste sich in wilder Lust noch enger an ihn, aber er hörte nicht auf, sie mit seiner Zunge und seinem Mund zu lieben.

MaryAnn versuchte, sich ihm zu entziehen, aber er war viel zu stark für sie. Sie konnte nichts anderes tun, als sich verzweifelt unter ihm hin und her zu werfen, um seinem Mund zu entkommen, was ihn aber nur noch mehr erregte.

Ja, sivamet. *So ist es gut. Brenn für mich. Geh in Flammen auf. Schrei. Werde ganz und gar die Meine*.

Seine Stimme war nur ein raues Wispern in ihrem Bewusstsein, denn sein Mund war voll und ganz damit beschäftigt, ihr den letzten Rest Verstand zu rauben. Es war zu viel, zu schnell, ihr Körper zu empfindsam.

Ich kann nicht. Du bringst mich um. Vielleicht nicht gerade das, aber er würde alles zerstören, was sie gewesen war, und sie in jemand anderen verwandeln, in ein Geschöpf von hemmungsloser Sexualität, das in alle Ewigkeit seine Hände, seinen Mund und seinen Körper brauchen würde. Es war beängstigend, so außer Kontrolle zu geraten, so gar keine Macht mehr über sich zu haben und von einem Abgrund rauschhafter Gefühle in den anderen gestürzt zu werden. Denn schon überwältigte sie ihr zweiter Höhepunkt, und sie schrie Manolitos Namen, aber ob sie damit erreichen wollte, dass er aufhörte oder ihr mehr gab, hätte sie selbst nicht sagen können.

Nein, ainaak enyem. *Ich liebe dich auf die einzige Art, die ich kenne. Ich gebe dir alles, was ich bin, und nehme mir alles, was du bist.*

Er hörte die lustvollen kleinen Laute, die sich ihr entrangen, und spürte, wie sie erschauerte und sich alles in ihr zusammenzog. Doch statt von ihr abzulassen, umfasste er noch fester ihre Hüften und nahm und forderte noch mehr. Diesmal ließ er seine Zunge in einem aufreizend schnellen Rhythmus über die sensible kleine Knospe schnellen, während er ihre Süße kostete, und Lust und Liebe packten ihn mit einer solchen Macht, dass er selbst erschauerte, als er sie zum dritten Mal zum Orgasmus brachte und sie einen schrillen Schrei ausstieß.

Manolito, bitte. Bitte, bitte tu etwas. Irgendwas.

Und da kniete er sich endlich über sie, seine Züge schroff vor Lust, seine Augen jedoch voller Liebe, und diese Kombination wurde MaryAnn beinahe zum Verhängnis. Ihr Herz schien einen Schlag lang auszusetzen, und dann begann es so wild zu pochen, dass ihr die Brust wehtat. Manolito hob wieder ihre Hüften an und zog sie zum Rand des dicken Bettes aus Blumen, wo er ihre Beine auf seine breiten Schultern legte und mit der Spitze seines samtig heißen Glieds in ihre feuchte Hitze glitt.

MaryAnn hielt den Atem an, alles in ihr konzentrierte sich vollkommen auf diesen einen fiebrig heißen Punkt. Ihr ganzer Körper pochte vor Erwartung. Dann schob Manolito seine Hüften vor und drang mit einer einzigen kraftvollen Bewegung in sie ein, die sie augenblicklich wieder in jäher, lustvoller Ekstase unter ihm erbeben ließ. Er konnte spüren, wie Welle um Welle wonnevollster Gefühle sie durchfluteten und ihre Muskeln sich um ihn zusammenzogen, und stöhnte von der Anstrengung, nicht die Beherrschung zu verlieren.

Doch das war selbst für ihn unmöglich. Ihr Duft und das Gefühl ihrer samtigen Weichheit überall um ihn herum raubten ihm fast den Verstand, und er drang wieder und wieder in sie ein, in schnellen, langen Stößen, und überließ sich ganz und gar den überwältigenden Empfindungen, die ihn erfassten.

Manolito. Er hörte Furcht in ihrer Stimme und fühlte sie in ihrem Geist. Sie umklammerte seine Schultern so fest, dass er wieder ihre Nägel in seinem Rücken spürte, und warf ihren Kopf vor und zurück, während sie ihre Hüften anhob, um sich seinem wilden Rhythmus anzupassen.

Lass dich gehen, sivamet. *Ich halte dich. Entspann dich und lass dich von mir zu den Wolken hinauftragen.*

Manolito biss die Zähne zusammen und versuchte, sich im Zaum zu halten, obwohl ihn eine wahre Sturzflut sinnlicher Gefühle überwältigte und er nur noch seinen lustvollen Empfindungen nachgeben und sich ganz und gar in selbstvergessener Ekstase verlieren wollte. Es gab keine Scham mehr, keinen Schmerz und keine andere Welten mehr um oder in ihm. Nur noch MaryAnn, seine andere Hälfte, und der Trost und die überwältigende Lust, die sie ihm schenkte.

Lass dich gehen, päläfertiil. *Flieg mit mir.*

MaryAnn spürte, wie er sie geistig noch tiefer in seinen Bann zog, sodass sie seine Lust so deutlich spüren konnte, wie er ihre spürte, und all ihre Empfindungen sich noch steigerten durch ihre geistige Verbindung. Und da schloss sie die Augen und gab sich ganz der Leidenschaft hin, hielt ihn umklammert und ließ sich auf seinen Rhythmus ein, der sie höher und höher trug. Schweiß glitzerte auf ihrer und seiner Haut, als sie sich in perfektem Einklang miteinander bewegten und beide bestrebt waren, die Lust und Leidenschaft des anderen noch zu steigern.

Manolito nahm sie schnell und hart, drang immer tiefer in die enge Hitze ihres Körpers ein und spürte zu seinem eigenen Erstaunen, wie sein Glied sogar noch größer und härter wurde, als sich seine Gefühle in einer gewaltigen Flut Bahn brachen. Und während die wilden Schauer seines Orgasmus ihn durchzuckten, schrie MaryAnn unter ihm auf und erreichte im selben Augenblick wie er den Höhepunkt.

Die Blätter über ihrem Kopf glitzerten wie silberne Sterne, und ihr Gesichtsfeld verengte sich, bis sie nur noch Manolito sehen konnte. Seine Brust und Schultern verdeckten die Welt um sie herum, als er den Kopf senkte und sich sehr, sehr langsam zu ihr vorbeugte.

Manolito ließ zu, dass seine Eckzähne sich verlängerten. Sein Körper war noch immer heiß und hart und aufs Innigste mit MaryAnns verbunden. Durch die Bewegung, als er sich zu ihr hinunterbeugte, presste sich sein Glied an ihre empfindsamste Stelle, und ein Erschauern durchlief sie. Er ließ sich Zeit, denn sie sollte merken, was er vorhatte. »Verhalt dich still«, flüsterte er, als sie zu zittern begann und ihre Augen sich vor Furcht weiteten. »Ich würde dir niemals wehtun, MaryAnn.«

Er murmelte ihren Namen, bevor er seine scharfen Zähne in die Stelle über MaryAnns Brust senkte, die er schon mit seinem Mal gezeichnet hatte. Sie schrie auf, als der Schmerz einem exquisiten Pochen und Pulsieren zwischen ihren Schenkeln wich. In erotischer Verzückung schlang sie aufstöhnend ihre Arme um Manolito, als er ihr Blut trank, drückte seinen Kopf an sich und gab ihm alles, was sie war.

Als er schließlich mit der Zunge über die Stelle strich und die Wunde schloss, küsste er sie sanft. Merkwürdigerweise hatte er schon wieder das Verlangen, sie zu beißen und von ihrem süß schmeckenden Lebenssaft zu trinken. Aber er widerstand dem Drang, zog sich langsam aus MaryAnn zurück und genoss es, wie widerstrebend sie ihn freigab. Dann rollte er sich auf den Rücken und zog sie auf sich, sodass ihre Wärme ihn umgab wie eine Decke.

Er lag unter ihr, spürte den Druck ihres Körpers auf seinem, die sanften Rundungen ihrer Brüste und deren harte Spitzen, die sich an seinen Oberkörper drückten. Sie war weich und anschmiegsam und fühlte sich an seiner Haut wie heiße Seide an. Er konnte ihr Herz schlagen hören, die Hitze zwischen ihren Schenkeln fühlen und ihr Blut durch ihre Adern rauschen hören. Ihre Finger spielten mit seinem langen Haar. Sie war perfekt. Der Moment war perfekt.

»Ich habe gestern Nacht von dir geträumt«, murmelte sie und hob ihr Gesicht, um seinen Hals zu küssen. Ihre Zunge umspielte den Puls an seiner Kehle, ihre Zähne knabberten an seiner Haut. »In dem Traum haben wir uns geliebt, und ich schrie deinen Namen, Manolito. Für eine Weile war es so ein schöner Traum.« Wieder leckte sie an seiner Haut, und ihre Zunge verweilte an der Stelle. »Aber dann kamen die Wölfe …« Sie brach ab und küsste seinen Hals, presste ihren Mund auf seinen Puls und wollte mehr, viel mehr; sie hungerte geradezu nach dem Geschmack von ihm. Das Bedürfnis war so stark, dass ihre Kiefer schmerzten, und ihre Zähne fühlten sich länger und schärfer an, als ihre Zunge darüberglitt. Wieder strich sie verlangend mit den Lippen über seine Schulter und biss ihn sanft.

Aber Manolito versteifte sich plötzlich unter ihr, seine Finger schlossen sich wie Klammern um ihre Arme, und er hob sie von sich herunter. In seinen schwarzen Augen lag plötzlich etwas so Gefährliches, Bedrohliches, dass MaryAnn sich abwandte und das Blätterdach über ihnen nach einem Grund dafür absuchte. Seine Bewegungslosigkeit und Stille lenkten ihren Blick jedoch wieder auf ihn.

»Was ist?«

Sehr langsam schob er sie von sich, setzte sich und fuhr sich mit den Händen durch sein langes schwarzes Haar. Der Blick, mit dem er ihren erwiderte, war kalt und hart und extrem bedrohlich. Sein

Geist hatte sich aus ihrem zurückgezogen, und sie fröstelte und rieb sich ihre Arme.

»Was hast du, Manolito?«

»Ich habe auch gestern Nacht von dir geträumt«, erwiderte er leise, aber in einem Ton, der ihr eine Gänsehaut verursachte. »Ich träumte davon, ganz tief in dir zu sein, von Dingen, die ich mit dir tat und die dich aufschreien ließen vor sinnlichem Vergnügen. Und dann kamen die Wölfe ...« Genau wie sie brach er hier ab.

Sie setzte sich ebenfalls auf, zog ihre Knie an und wünschte, sie könnte sich genauso schnell anziehen, wie er es gerade tat. »Den gleichen Traum zu haben wie ich, beunruhigt dich? Wieso? Glaubst du nicht, dass das passieren kann, zumal wir geistig jetzt so eng miteinander verbunden sind?«

»Karpatianer träumen nicht.« Er nahm sein langes Haar zurück und befestigte es mit einem Lederriemen. »Wir schlafen den Schlaf der Toten. Wir stellen die Tätigkeit unserer Herzen und Lungen ein, um neue Kräfte zu sammeln. Auch unser Gehirn hört auf zu arbeiten. Wir können gar nicht träumen.«

MaryAnn war nicht sicher, was er ihr damit zu verstehen geben wollte, aber sie bekam einen trockenen Mund, und ihr Herz begann, fast schmerzhaft hart zu pochen. »Wahrscheinlich hast du das beim Erwachen oder vor dem Einschlafen geträumt.«

»Und wie willst du das plötzliche Nachlassen meiner Sonnenunverträglichkeit erklären? Jahrhundertelang konnte ich nicht einmal das frühe Morgenlicht ertragen. Selbst bei bewölktem Himmel und starkem Regenwetter tat mir die Sonne in den Augen weh, und meine Glieder wurden schwer wie Blei. Und trotzdem konnte ich fast bis mittags bei dir bleiben. Erklär mir das doch mal.« Eine unausgesprochene Anklage schwang in seiner leisen, schroffen Stimme mit. »Als ich dein Bett verließ, stand die Sonne schon am Himmel, aber meine Haut hat weder Verbrennungen noch Brandblasen davongetragen.«

»Wie könnte ich dir so etwas erklären? Ich weiß kaum etwas über Karpatianer und ihre Gefährtinnen. Vielleicht kommt auch die Sonnenverträglichkeit zurück, wenn du deine Gefährtin gefunden hast?« Sie zog ihre Bluse zu sich heran und schlüpfte hinein. »Du hast die Knöpfe abgerissen.«

Ungeduldig schwenkte er eine Hand, und von einem Moment zum anderen trug MaryAnn nicht mehr ihre eigenen Kleider, sondern ein Baumwollshirt und Jeans. *Jeans*. Nicht den Rock, den zu tragen er sie gebeten hatte, sondern die Hosen, die er nicht mochte. MaryAnn schluckte ihre Angst hinunter und versuchte, nicht zu weinen, als sie ihr langes Haar zu flechten begann, weil sie etwas tun musste, um Manolitos kalten Blick nicht sehen zu müssen. Sie hatten gerade etwas miteinander erlebt, was nur wenige in einem ganzen Leben erfuhren, und nun war er so barsch und abweisend zu ihr. Es war fast so, als hätte er sie geschlagen.

»Du wolltest mich beißen«, sagte er. »Das habe ich in deinem Geist gesehen.«

Sie trat vor ihm zurück, bis sie mit dem Rücken am Geländer stand. »Ach ja? Du hast recht, das wollte ich. Aber dann sah ich, dass es *dein* Wunsch war. Du hattest mein Blut getrunken und wolltest, dass ich auch das deine trank. Du wolltest mich voll und ganz in deine Welt hinüberbringen, ohne mich vorher zu fragen. Du hättest das ohne meine Einwilligung entschieden.«

»Du bist meine Gefährtin des Lebens. Ich brauche deine Einwilligung nicht.« Etwas Dunkles, Unheimliches flackerte in seinen Augen auf, und kleine bernsteinfarbene Lichter begannen in dem schwarzen Obsidian zu glitzern.

Wut stieg in ihr auf. »Weißt du, was? Ich brauche deine Erlaubnis nicht, um zu gehen, und ich gehe jetzt zum Haus zurück.« Sie stand auf, und ihre Hände umklammerten das Geländer, als auch er aufstand. Mit der Geschmeidigkeit einer großen Raubkatze trat er vor sie hin, und auch seine Augen, die besitzergreifend auf ihr ruhten, erinnerten an die eines Raubtieres.

»Natürlich brauchst du meine Erlaubnis. Und du wirst bleiben und dir anhören, was ich dir zu sagen habe. Ich will die Wahrheit wissen, MaryAnn.«

Sie verengte ärgerlich die Augen. »Du würdest die Wahrheit nicht einmal dann erkennen, wenn sie dich in den Hintern bisse.«

»Du hast mich gebissen. Und ich habe bei verschiedenen Gelegenheiten dein Blut zu mir genommen.«

Sie legte den Kopf ein wenig schief. »Ist das meine Schuld? Beim ersten Mal wusste ich ja nicht einmal, dass du es tatest.«

»Was bist du?«

»Eine sehr wütende Frau.«

Er trat noch näher, so nahe, dass sie die Hitze seines Atems spüren konnte. »Du bist ein Werwolf. Und du infizierst mich mit deinem Blut.«

15. KAPITEL

MaryAnn starrte Manolito mehrere Sekunden lang an, dann brach sie in schallendes Gelächter aus. »Du bist total verrückt.«

Manolito allerdings sah alles andere als belustigt aus. Wenn überhaupt, verhärtete sich sein Gesichtsausdruck sogar noch mehr. »Ich bin nicht verrückt. Ich rieche den Wolf in dir, und wenn du ehrlich zu dir bist, kannst du ihn auch an mir wahrnehmen.«

Sie schüttelte den Kopf, aber das Lachen war ihr vergangen. »Das ist doch kompletter Unsinn. Ich weiß, dass Karpatianer ihre Gestalt verändern können, doch ich kann das nicht. Ich bin mein Leben lang ein Mensch gewesen. Meine Eltern sind keine Werwölfe – und ich glaube auch nicht, dass es so etwas überhaupt gibt.«

»Wieso zweifelst du an ihrer Existenz, nachdem du Jaguarmenschen und Vampire gesehen hast und weißt, dass es uns Karpatianer gibt? Warum fällt es dir da so schwer, an Werwölfe zu glauben?«

Ein feiner Schweißfilm bedeckte seine Stirn. Karpatianer schwitzten Blut, bemerkte MaryAnn, als Manolito sich mit dem Handrücken darüberfuhr.

»Wo sind sie denn dann? Und falls es sie wirklich gibt und ich einer von ihnen bin, warum hast du das dann nicht früher schon erkannt?« Das mit dem Blutschwitzen war wirklich eklig, und sie würde ganz bestimmt nicht Karpatianerin werden. Da wäre sie ja lieber noch ein Wolf!

»Weil ich seit Jahrhunderten keine mehr gesehen habe.«

MaryAnn stützte die Hände in die Hüften. »Okay, mal sehen, ob ich dich richtig verstanden habe. Du warst total verliebt in mich und bereit, mich in eine Karpatianerin zu verwandeln, als du dachtest, ich sei ein Mensch. Aber das hat sich jetzt geändert, weil *ich* dich vielleicht in etwas anderes verwandeln könnte?« Sie hob herausfordernd das Kinn. »Was du meinst, ist, dass es für mich vollkommen in Ordnung ist aufzugeben, wer und was ich bin, aber nicht für dich.«

Er runzelte die Stirn. »Ich bin schon als Karpatianer auf die Welt gekommen. Es ist das, was ich bin.«

Sie legte eine Hand an ihren Magen, als eine Welle der Übelkeit in ihr hochstieg. »Du scheinheiliges Chauvinistenschwein, Neandertaler und unverbesserlicher Idiot! Ich muss vollkommen verrückt gewesen sein, als ich dachte, ich könnte mit jemandem wie dir zusammenleben.«

Er tat ihre Meinung über ihn mit einer Handbewegung ab. »Wir sind Gefährten des Lebens. Natürlich werde ich alles tun, um die Verwandlung zu vervollständigen und dich voll und ganz auf meine Seite zu bringen, aber ich muss dieses Problem aus allen Blickwinkeln betrachten. Ich habe noch nie von einer Verbindung zwischen einem Werwolf und einem Karpatianer gehört. Das Blut des Werwolfs ist genauso mächtig wie das des Karpatianers.«

»Ich kann nicht meine Gestalt verändern.«

»Der Wolf lebt in dir, ist ein Teil von dir. Die Verwandlung geht nicht auf die gleiche Weise vor sich wie bei mir. Der Wolf ist dein Beschützer und wird erscheinen, wenn er gebraucht wird. Du hast gefühlt, wie nahe er dir ist. Deshalb hast du diese Erinnerungsblitze. Und das ist auch der Grund, warum wir beide das frühe Sonnenlicht ertragen können. Es hat nur meinen Augen, nicht meinem ganzen Körper geschadet. Und du verbrennst nicht in der Sonne, obwohl mein Blut in deinen Adern fließt. Die Verwandlung müsste schon begonnen haben.«

»Und du denkst, ich hätte das die ganze Zeit gewusst und dich irgendwie hinters Licht geführt? Falls ich wirklich einen Wolf in mir haben sollte, wäre dies der richtige Moment für ihn hervorzukommen. Dann könnte ich dir nämlich wenigstens an die Kehle gehen.« Wütend stieß sie mit den Fäusten gegen seine Brust, um ihn dazu zu bringen, sie vorbeizulassen. »Du solltest dich mal selbst reden hören! Glaubst du wirklich, ich wollte den Rest meines Lebens mit einem Mann verbringen, der keinerlei Rücksicht auf meine Gefühle nimmt?«

»Du weißt, dass das nicht stimmt.«

»Oh, nein, natürlich nicht! Deshalb wirfst du mir ja auch vor, ich ›infizierte‹ dich«, fauchte sie ihn an. »Als wäre ich so etwas wie eine ansteckende Krankheit. Ein Virus. Weißt du, was, Manolito De La Cruz? Du verdienst es, in der Hölle zu verrecken. Und ich bin ein Idiot, weil ich gedacht habe, eine Beziehung mit dir könnte irgendetwas Sinnvolleres als nur heißer Sex sein!«

MaryAnn ging zum Rand der Plattform, umfasste das Geländer und blickte hinunter. Sie war vorher schon einmal gesprungen, doch jetzt kam es ihr sehr weit bis zum Boden vor. Das Ding in ihr, der *Wolf*, wie Manolito glaubte, regte sich, weil es ihre Wut erkannte. Sie schluckte die jähe Furcht hinunter, die in ihr aufstieg, und wandte sich ihm wieder zu. Ihr Herz klopfte so schnell und dumpf, dass er es hören musste, und der Kopf tat ihr weh von einem summenden Geräusch, als schwirrten Tausende von Insekten hinter ihrer Stirn und machten sie verrückt. Ihr Schädel fühlte sich zu eng an, und ihr Gehirn begann zu pochen, während das Blut wie wild durch ihre Adern rauschte.

»Du weißt es.« Es war keine Frage, sondern eine Feststellung. »Dir war voll und ganz bewusst, dass ich dein Blut nahm. Und du wolltest meines, wolltest den Geschmack von mir in deinem Mund spüren, heiß und süß und voller Leben. So verhält ein Mensch sich nicht.«

»Du hast mich dazu gebracht, das zu wollen«, flüsterte MaryAnn und drückte wieder ihre Hand an ihren aufgewühlten Magen. Sie hätte eine Art Balance zwischen Wut und Furcht finden müssen, fühlte sich aber nur völlig desorientiert und innerlich zerrissen.

»Das ist nicht wahr. Ich habe dich zu nichts gezwungen. Das war der Ruf des Wolfes in dir.«

MaryAnn wandte sich mit wild pochendem Herzen von ihm ab. Plötzlich ergab alles einen Sinn, obwohl es nicht so sein dürfte. Sie konnte nicht akzeptieren, was er sagte. Sie wollte keinen Wolf in sich tragen. Sie wusste nicht einmal, was das bedeutete oder wie es möglich war. »Bring mich zurück.« MaryAnn sah ihn nicht an, weil sie ihm nicht in die Augen sehen konnte. Sie fühlte sich auf einmal sehr allein. »Ich will jetzt sofort wieder zurückgehen.« Sich allein zu fühlen, brachte sie erneut in Wut. Als Manolito seinen schlimmsten Moment hatte durchstehen müssen, hatte sie ihm beigestanden, aber *er* ließ sie nun im Stich. *Ließ sie im Stich und zeigte ihr die kalte Schulter.*

»Du hast dein Bewusstsein vollkommen vor mir verschlossen.«

»Du Idiot!« Am liebsten wäre sie über die kleine Terrasse gesprungen und hätte ihn geschlagen. War er wirklich so begriffsstutzig? Sie holte tief Luft und zwang sich, sich im Zaum zu halten. »Hast du nicht gehört, was ich gesagt habe? Ich will, dass du mich zurückbringst.« Denn jetzt würde sie nach Hause fahren. So schnell sie konnte, würde sie nach Seattle zurückkehren, wo das Leben normal war und sie kein solch unbändiges Verlangen nach idiotischen Männern aus längst vergangenen Jahrhunderten empfand.

»MaryAnn, keiner von uns beiden hat eine Wahl. Wir müssen zusammen eine Lösung finden.«

Ihr Kinn fuhr hoch, ihre dunklen Augen funkelten ihn an. »Ich *habe* eine Wahl. Ich lasse mir mein Leben nicht einfach so aus den Händen nehmen. Du hast mich *zurückgewiesen*, als du dachtest, ich verwandelte dich aus einem großartigen Karpatianer in etwas anderes. Was mich angeht, so hast du dir jedes Recht auf mich als deine Gefährtin verspielt. Ich habe dich gebeten, mich nach Hause zu bringen. Und das sehr höflich, Manolito.« Aber jetzt war ihr gar nicht mehr nach Höflichkeit zumute. Ihre Fingernägel bohrten sich in ihre Handflächen. Das Summen in ihrem Kopf wurde lauter. Ihr Mund fühlte sich an, als wäre er mit Kupfer überzogen.

»Ich habe dich nicht zurückgewiesen.«

»Hast du nicht? Nun, was mich anbelangt, bist du ein Feigling, Manolito. Du willst, dass ich alles riskiere. Du willst, dass ich etwas für mich Unbekanntes und Beängstigendes werde, und ich muss das akzeptieren, weil das Schicksal irgendwie bestimmt hat, dass wir zusammen sein müssen. Aber weißt du, was? Ich denke gar nicht daran, mit jemandem zusammen zu sein, der will, dass ich alles riskiere, selbst jedoch gar nichts riskieren mag. *Bring mich jetzt sofort nach Hause.*«

Es war ein Befehl, ein geistiger Zwang, und zum ersten Mal erkannte sie, dass sie es nicht nur gedacht oder gesagt hatte. Sie hatte ihm den Befehl regelrecht suggeriert, weil seine Doppelmoral sie furchtbar wütend machte. Außerdem war sie wütend auf sich selbst, weil sie zugelassen hatte, dass er sie so beherrschte. Und sie fühlte sich ängstlicher als je zuvor in ihrem Leben, denn sie argwöhnte, dass es kein Zurück mehr gab und dass das, was auch immer in ihr war, keine Ruhe mehr geben würde, selbst wenn sie es bis nach Hause schaffte.

Sie *besaß* übersinnliche Fähigkeiten, genau wie alle sagten. Und sie hatte diese Fähigkeiten die ganze Zeit benutzt, ohne sich dessen bewusst zu sein. MaryAnn erhob den Blick zu Manolito, und ihr stockte der Atem. Mit einem gefährlichen Glitzern in seinen schwarzen Augen blickte er auf sie herab. Er war genauso wütend wie sie selbst und sehr viel Furcht erregender.

»Ich habe Nein gesagt. Du wirst nirgendwohin gehen.«

Sie stürzte sich auf ihn, holte mit ihren langen Fingernägeln nach seinem Gesicht aus und verfehlte es nur um Millimeter, als er sie an den Armen packte und sie schüttelte. »Denkst du, du könntest mir etwas befehlen?« Wieder schüttelte er sie. »Mir? Deinem Gefährten des Lebens? Du wagst es, meinen Geist beeinflussen zu wollen? Mich anzugreifen?«

Mit wem hatte sie sich verschworen, um ihn in eine Falle zu locken und zu töten? Sie hatte ihn getäuscht. Aber noch während die Worte ihm entschlüpften, während er auf die Idee kam, sie könne ihm etwas antun wollen, verwarf er den Gedanken schon.

Was tat und dachte er? Hatte er tatsächlich den Verstand verloren? War er ein Feigling, wie sie sagte? Er war ohne jede Furcht in den Kampf gegen den Vampir gezogen. Niemand hatte seinen Mut je angezweifelt, doch er schikanierte seine Gefährtin, wenn sie Liebe brauchte und beruhigt werden musste. Er unterstellte ihr Dinge, die die Unschuld in ihren Augen und in ihrem Bewusstsein Lügen straften.

War das sein wahrer Charakter? Oder war es irgendeine Manifestation des Wolfes, der sich mit seinem karpatianischen Blut vermischte? Beide Spezies waren dominant. Beide verlangten sofortigen Gehorsam, der Wolf vielleicht sogar noch mehr. Wer wusste schon, was für Geheimnisse sich diese scheue Gesellschaft bewahrt hatte? Es war offensichtlich, dass sie in den Untergrund gegangen waren und noch immer existierten, aber er hatte keine Chance zu verstehen, was geschah – die dichte Mähne, der verschärfte Geruchssinn, das ausgezeichnete Gehör, das brennende Bedürfnis, seine Gefährtin an seiner Seite zu behalten, sein Duft überall an ihr …

Er war wütend auf sich selbst, nicht auf sie. Er hätte die Wolfseigenschaften in ihr erkennen müssen, hätte besser darauf vorbereitet sein müssen, was geschehen könnte, wenn er ihr Blut zu sich nahm. Doch er war so besessen von ihr gewesen, dass sein Bedürfnis nach der körperlichen Vereinigung mit ihr beim Erwachen sogar noch größer gewesen war als das zwingende Bedürfnis, Nahrung aufzunehmen. In all den Jahrhunderten seiner Existenz hatte er so etwas noch nie erlebt. Sie war in jedem seiner Gedanken und hatte so gründlich Besitz von ihm ergriffen, dass er wusste, ohne sie würde er nicht überleben können. Schlimmer noch – als sie ihren Geist vor ihm verschlossen hatte, war die andere Welt wieder in sein Bewusstsein eingedrungen, und er war in den grauen Schatten umhergeirrt und hatte versucht, einen Weg zu finden, sich wieder mit Geist und Körper mit ihr zu verbinden.

Er konnte sie nicht zwingen, ihn zu akzeptieren. Er konnte nicht mehr in ihren Geist eindringen und mit ihm verschmolzen bleiben, und er konnte ihr auch nicht klarmachen, was es für Konsequenzen für ihn hatte, wenn sie ihm diese geistige Verbindung vorenthielt. Und da sie sich von ihm zurückgezogen hatte, konnte er auch nicht mehr die nötige Kraft aufbringen, geistig ganz und gar im Land der Lebenden zu bleiben. Um ihn herum verblassten schon die Farben, bis alles grau und düster war, und als er auf seine Hände herabblickte, konnte er durch sie hindurchsehen. Sein Gehirn fühlte sich an, als würde es jeden Moment seinen Schädel zum Zerbersten bringen, so heftig war der Schmerz, der in seinen Schläfen pochte. Normalerweise konnte er Schmerz aus seinem Bewusstsein ausschließen, aber das war jetzt unmöglich. Auch seine Zunge fühlte sich ganz seltsam an, dick und wie mit Kupfer überzogen.

MaryAnn wehrte sich gegen Manolitos harten Griff und öffnete den Mund, um ihn zurechtzuweisen, so verletzt, dass sie sich am liebsten in ein Mauseloch verkrochen hätte, und so wütend, dass sie versucht war, noch einmal mit ihren viel zu scharfen Fingernägeln nach ihm auszuholen. Aber irgendetwas an ihm erregte ihre Aufmerksamkeit, und deshalb unterdrückte sie ihre verletzten Gefühle und zwang sich zur Vernunft.

»Hast du Kopfschmerzen, Manolito?«

Er nickte und presste die Hände gegen seine Schläfen. »Ich dürfte keinen solchen Schmerz verspüren. Ich verstehe das nicht.« *Es sei denn, es ist der Wolf. Oder diese Frau, die vorgibt, meine Gefährtin zu sein, obwohl sie in Wahrheit eine Marionette des Vampirs und auf meine Vernichtung aus ist.*

MaryAnn schrak zusammen, als sie diese Gedanken auffing, und zog sich fast aus seinem Geist zurück, aus Angst, dass er sie mit seinen Unterstellungen noch mehr verletzen würde, aber dann vernahm sie plötzlich ein Geräusch. Ein Summen wie von Millionen von Insekten, nur viel schlimmer noch als das, was sich bereits in ihrem Kopf abspielte. Vor Schreck verschlug es ihr den Atem. Ihr Instinkt riet ihr, sich schnell zurückzuziehen, doch sie zwang sich, ruhig zu bleiben. Sie hatte übersinnliche Fähigkeiten. Sie konnte

Gedanken lesen. Sie hatte es schon seit Jahren getan; ihr war es nur nicht bewusst gewesen. Es war nichts, wovor sie Angst zu haben brauchte. Sie musste nur herausfinden, *wie* sie es tat.

Sie atmete tief aus und konzentrierte sich auf Manolito, erfüllte ihre Gedanken mit ihm und wünschte ihm mit aller Kraft, dass er sich besser fühlte. Sie versuchte, ihm den Schmerz zu nehmen und zu sehen, was – oder wer – ihn quälte. Das Summen wurde stärker, lauter; es drängte sich in ihr Bewusstsein und verursachte ihr eine solche Übelkeit, dass sie zum Geländer lief und sich darüberbeugte, aber sie hielt durch, entschlossen, noch weiter vorzudringen. Nun hörte sie Stimmen, leise, doch beharrlich, die sich in Manolitos Bewusstsein einschlichen und ihm das Hirn zermarterten.

»Manolito.« Sie nahm seine Hand und drückte sie ganz fest. »Wir werden angegriffen. *Du* wirst angegriffen. Ich kann sie hören. Sie versuchen, dich dazu zu bringen, mich zu töten.«

Er zögerte nicht, ihre Hand mit seiner zu umfassen. »Das sind die Untoten. Maxim versucht, mich von der anderen Seite her in eine Falle zu locken.« Endlich ergab jetzt alles einen Sinn, und in gewisser Weise war es eine Erleichterung zu wissen, dass er nicht verrückt war. Er hatte seine Gefährtin nicht angegriffen. Ihm war gar nicht der Gedanke gekommen, wie angreifbar er in der Welt der Schatten sein würde, doch er hätte das bedenken müssen. Sein Körper lebte, und ein Teil seines Geistes war wieder zu dem eines Lebenden geworden, was bedeutete, dass den Toten bewusst sein würde, dass er nicht zu ihnen gehörte.

»Wie kann er das, da er doch tot ist?«

»Maxims Geist verweilt noch im Land der Schatten, und dort ist auch mein Geist. Er muss mich von innen heraus angreifen.« Manolito zog MaryAnn in seine Arme. »Ich will nicht, dass deine letzten Erinnerungen an deinen Gefährten Zurückweisung und Ärger sind. Ich kann nicht glauben, dass Maxim sich Zugang zu dem Geist eines so kampferprobten, ausgefuchsten Karpatianers, wie ich es angeblich bin, verschaffen konnte. Ich bin seinem Einfluss wie ein unerfahrener grüner Junge erlegen.« Manolito hob ihre Hand an seinen Mund und küsste ihre Fingerknöchel. »Verzeih mir, MaryAnn. Ich hätte dir um nichts auf der Welt wehgetan. Es ist mein Privileg, dich zu beschützen, und schon bei der ersten Prüfung habe ich versagt.«

»Nein, das hast du nicht«, widersprach sie. »Sag mir einfach nur, wie wir ihn dazu bringen können aufzuhören.« Denn was immer auch Maxim ihm antat, quälte Manolito; das konnte sie in seinen Augen sehen und in seinem Bewusstsein spüren. »Sag mir, was es dazu braucht.«

»Ich muss ganz in jene andere Welt hinüberwechseln. Aber das bedeutet, dass mein Körper hierbleibt und schutzlos und leicht angreifbar sein wird. Falls sie dich umbringen oder meinen Körper zerstören, bin ich verloren. Sie müssen einen Plan haben.«

MaryAnn schob das Kinn vor. »Ich kann dich dorthin begleiten. Ich bin ziemlich sicher, dass ich weiß, wie.«

Manolito schüttelte den Kopf. »Nein. Das ist viel zu gefährlich. Ich kann mich durch die Schattenwelt bewegen, weil mein Geist dorthin gezogen wurde, aber du lebst und gehörst nicht in dieses Reich. Sie würden sofort auf dich aufmerksam werden, wenn du es betrittst. Ich glaube, dass sie dich dort töten können.«

»Und ich glaube, dass dieser Maxim bereits dabei ist, dich in jener anderen Welt zu töten.«

»Er wird mich nicht töten.« Manolito nahm ihr Kinn in seine Hand. »Hör mir zu, MaryAnn. Es ist wichtig. Ich war verärgert, als ich merkte, dass ich mich veränderte und zum Werwolf wurde, so wie du dich veränderst und Karpatianerin wirst, aber ich war nicht wütend aus den Gründen, die du mir unterstellst. Auch nicht aus denen, die ich dir genannt habe. Was auch immer für einen Einfluss Maxim auf mich haben mag, im Moment denke ich völlig klar. Andere Frauen mit übersinnlichen Fähigkeiten sind erfolgreich in Karpatianerinnen verwandelt worden. Es ist ein schmerzhafter Prozess, doch sie sind gesund und glücklich und scheinen sehr zufrieden zu sein mit ihrem Leben. Ich erwarte nicht weniger für dich.«

Er beugte sich vor, um einen Kuss auf ihren Oberkopf zu hauchen. »Die Entdeckung des Wolfes verändert allerdings die Situation. Es gibt keinen Präzedenzfall. Wir haben keine Ahnung, was dir widerfahren könnte, wenn ich dich verwandle. Und wir wissen auch nicht, wie sich der Wolf in mir auswirken würde. Ich kann spüren, dass ich aggressiver und dominanter bin, und du hast mir ja schon zu verstehen gegeben, dass du auf diesem Gebiet ein Problem mit mir hast. Ich will nicht dein Leben riskieren, MaryAnn. Bis wir mehr wissen, müssen wir auf der Hut sein. Ich könnte gefährlich werden, und du könntest getötet werden. So, wie die Dinge liegen, wissen wir das einfach nicht.«

MaryAnn schmiegte sich an ihn, weil sie ihn berühren musste und Panik in ihr hochstieg, denn mit seinem Blick stimmte etwas nicht. »Bleib bei mir«, flüsterte sie und klammerte sich an seine Hand. »Bleib bei mir, Manolito.«

»Ich muss dorthin zurück. Was auch immer Maxim tut, spielt sich dort in der Welt der Schatten und der Geister ab. Ich kann nicht an zwei Orten zugleich sein und Maxim bekämpfen.«

»Dann begleite ich dich.«

»Das kannst du nicht. Mein Körper wird hier bei dir bleiben und völlig schutzlos sein. Ich übermittle meinem Bruder eine Nachricht, sofort hierherzukommen und dich in Sicherheit zu bringen. Er wird wissen, wie er mit meinem Körper verfahren soll.« Manolito nahm ihr Gesicht zwischen seine Hände und strich mit den Daumen über ihre seidig weiche Haut. »Du bist der wichtigste Mensch in meinem Leben, MaryAnn. Ich kann nicht riskieren, dich zu verlieren. Bitte tu, was ich dir sage, und warte hier, wo du geschützt bist, bis Riordan kommt. Ich kann mir nicht Sorgen um dich machen und gleichzeitig Maxim bekämpfen.«

Sie starrte zu seinen glitzernden schwarzen Augen auf und erkannte, dass sie ihn nicht aufhalten konnte. Er glaubte, sie beschützen zu müssen, und das würde er auch tun. Er würde für sie sterben. Für sie töten. Er würde alles für sie tun. Ungeachtet der Konsequenzen für ihn selbst würde er dorthin gehen, wo der Vampir ihm gegenüber sehr im Vorteil war.

Sein Lächeln war sanft und zärtlich, als er mit dem Daumen über ihre Unterlippe strich. »Wie kommst du darauf, dass er mir gegenüber im Vorteil ist, *csitri*?«

»Er ist gemeiner und viel gerissener als du. Und er hat Zeit gehabt zu planen.«

Manolitos Lächeln vertiefte sich, bis es ausgesprochen *wölfisch* wirkte.

»Ich glaube nicht, dass du dir Sorgen machen musst, wer gemeiner oder gerissener ist. Er hat Zeit gehabt zu planen, doch er verlässt sich darauf, dass ich versuche, in dieser Welt zu bleiben. Er wird andere herschicken. Und sie werden kommen, also bleib hier, bis Riordan dich abholt.«

Er verblasste schon, sein Geist entfernte sich, von ihr und von der Welt der Lebenden. MaryAnn versuchte, ihn zurückzuhalten, aber es war sinnlos. Er war fort, und nur sein Körper war geblieben, eine leere Hülle, verblasst und ohne Leben. Es war gerade noch genügend Willenskraft in ihm, um sich auf den Boden zu setzen, mit dem Rücken gegen das Geländer, und dann war auch dieser Rest von Leben verschwunden, und sie hörte seinen Ruf.

Riordan. Ich brauche dich ganz dringend. MaryAnn ist ohne Schutz, und der Vampir wird jeden schicken, den er hat, um sie zu töten. Du musst zu ihr gehen.

Die Stimme in seinem Kopf, die antwortete, klang undeutlich und dämonisch. Sie konnte gerade erkennen, dass er eine andere Sprache sprach, die sie nicht verstand. Verwirrt zog Manolito sich zurück. Die Stimme war so verzerrt, dass er nicht entscheiden konnte, ob er mit seinem Bruder kommunizierte oder nicht.

MaryAnn atmete tief ein und wieder aus. Sie konnte das. Sie hatte ihren Geist schon erfolgreich mit Manolitos verschmolzen, wenn sie es gewollt hatte; sie konnte das Gleiche auch bei Riordan versuchen. Sie musste nur dem ursprünglichen Pfad folgen, den Manolito benutzt hatte.

Riordan. Ihr erster Versuch war zögerlich, aber sie spürte, wie er sich regte und sogleich die Verbindung zu ihr aufnahm.

MaryAnn. Was ist mit Manolito? Juliette und ich sind unterwegs, um Solange und Jasmine zu der Ranch zu bringen. Niemand ist hier sicher. Ich kann spüren, dass er in Schwierigkeiten steckt, doch ich kann ihn nicht erreichen.

Sie schluckte die Furcht hinunter, die in ihr aufstieg. *Wie lange werdet ihr brauchen, um hierher zurückzukommen?* Ihr drehte sich fast der Magen um, aber sie bohrte ihre Fingernägel in das Geländer und wartete.

Wir machen uns sofort auf den Rückweg. Wenn wir Jasmine und Solange nach Hause zu den anderen bringen, können wir dir nicht rechtzeitig zu Hilfe kommen. Wir kehren um, also halte durch. Kannst du Manolito erreichen und ihn in dieser Welt zurückhalten?

MaryAnn warf einen Blick auf Manolitos Körper. Wenn sie versuchte, ihn in dem Schattenreich zu finden, würde sein Körper völlig schutzlos sein. *Ich kann zu ihm, wenn ihr hier seid, und ich weiß, dass ich ihn zurückholen kann.* Sie legte weit mehr Zuversicht in ihre Stimme, als sie tatsächlich verspürte. Zu akzeptieren, dass sie übersinnliche Fähigkeiten hatte und sich telepathisch verständigen konnte, fiel ihr nicht leicht. Ihr Verstand sagte ihr immer noch, dass sie verrückt war. *Beeilt euch, Riordan. Ich glaube nicht, dass uns viel Zeit bleibt.*

Die Affen in den Bäumen kreischten warnend. Vögel flogen auf und brachten mit ihrem Flattern Bewegung in die Luft, sodass MaryAnn die Eindringlinge riechen konnte. Ein Jaguar. Ein Mensch, den sie für einen Magier hielt. Er hatte den Geruch an sich, den sie mit Vampiren in Verbindung brachte. Und noch ein anderer. Ihr Herz raste, als sie angewidert die Nase rümpfte. Der Wind trug den Geruch von Fäulnis zu ihr herüber. Ein Vampir? Sie war nicht gerüstet für eine Begegnung mit einem Untoten.

MaryAnn lief zu dem Geländer und warf einen Blick hinunter. Oh ja. Sie steckte bis zum Hals in Schwierigkeiten. Der Jaguar trat gerade aus den hohen Farnen am Ufer hervor. Sein Fell war dunkel vor Nässe, und während sie noch zu ihm hinunterblickte, hob er den Kopf und sah sie an. Ihre Blicke begegneten sich, und er fletschte die Zähne.

Unwillkürlich strich sie mit der Hand über ihren Schenkel. Zum Glück hatte Manolito sie mit einem Paar Designer-Jeans versorgt, von einem ihrer liebsten, sodass sie also zumindest gut aussehen würde, wenn sie starb. Sie atmete tief durch und überdachte ihre Möglichkeiten. Wenn sie losrannte, würden sie ihr vielleicht folgen, aber sie bezweifelte, dass alle drei sich an ihre Fersen heften würden, und das würde Manolitos Körper in Gefahr bringen. Sie würden ihn auf jeden Fall zerstören – und mit seinem Körper auch ihn selbst.

Du musst von dort verschwinden, MaryAnn. Der Magier wird die Schutzzauber aufheben, und du kannst dich nicht einem Jaguar, einem Magier und einem Vampir stellen. Geh jetzt.

Manolitos Stimme war weit entfernt und schwach, sein Geist in einer völlig anderen Welt.

Ich lasse deinen Körper nicht für sie zurück. Riordan ist schon auf dem Weg hierher.

Du darfst nicht zu lange warten. Du kannst dich nicht allein einem Vampir entgegenstellen.

Das wollte sie auch ganz bestimmt nicht, weder allein noch mit einer ganzen Armee im Rücken. *Ich denke, du brauchst dir keine Sorgen zu machen, dass ich ihnen zu nahe komme.*

Er schien so weit entfernt zu sein, dass sie die aufsteigende Panik niederkämpfen musste.

Wie war er ihr so schnell so wichtig geworden? Sie hatte gedacht, es sei nur körperliche Anziehung und nichts weiter. Er war so unglaublich gut aussehend. Und kein Mann hatte sie je so angeschaut wie er. Sie war intelligent genug, um sich darüber im Klaren zu sein, dass Frauen sich von der Aura der Gefahr, die ihn umgab, und seiner ausgeprägten Männlichkeit angezogen fühlten, doch sie selbst war zu vernünftig, um sich deswegen für einen Mann zu interessieren. Vielleicht hatte sie die ganze Zeit gewollt, dass es nur der sexuelle Reiz zwischen ihnen war, weil sie sich dann sicher wähnte.

Manolito De La Cruz zu lieben wäre ungefähr genauso gefährlich, wie von einem Kliff zu springen.

MaryAnn atmete tief aus. Irgendwann *war* sie bereits gesprungen, ohne es zu merken. Es spielte keine Rolle, dass er ein Karpatianer war und sie … was auch immer. Manolito war ihre andere Hälfte, und sie würde ihn am Leben erhalten. Sie würde alles in ihrer Macht Stehende tun, um ihn aus jener anderen Welt zurückzubringen, zurück ins Land der Lebenden, zurück zu ihr.

Sie stand auf, damit der Jaguar sie besser sehen und die Herausforderung spüren konnte. Er sollte sehen, dass er sich auf einen Kampf gefasst machen musste. Denn Manolitos Körper würden sie nicht bekommen. Sie würde einen Weg finden und sich all ihre Fähigkeiten zunutze zu machen, um Manolito zu beschützen, bis Riordan kam und das für sie übernehmen konnte. Und dann würde sie ins Land der Nebel und Geister marschieren – oder wie auch immer Manolito es nannte – und ihn dort herausholen.

Unter ihr fauchte der Jaguar antwortend und entblößte dabei Furcht erregend lange Zähne. Er gab es auf, seine Absichten noch länger zu verbergen, und sprang auf den Stamm eines hohen Baumes. Mit seinen scharfen Krallen zog er sich auf den niedrigsten Ast hinauf und begann, über den Pfad aus dicken, sich überlappenden Zweigen zu laufen. Die Augen der Katze glühten bösartig, als sie auf sie zurannte.

MaryAnn sah den Jaguar kommen, und ihr Puls pochte buchstäblich im Rhythmus seiner Pfoten auf den Zweigen, von denen viele kleinere abbrachen, als die große Raubkatze immer näher kam. MaryAnns Brust wurde schmerzhaft eng, zu eng, und ihr Kopf tat weh, als wäre ihr Gehirn angeschwollen und passte nicht mehr in ihren Schädel hinein. Ihre Zähne und ihr Kiefer schmerzten; ihre Muskeln zogen sich zusammen. Ihre Haut kräuselte sich, als lebte irgendetwas darunter. Ihre Fingerspitzen begannen sich zu spalten, während sie sich krümmten und nach innen bogen. Ihr war, als würde sie in ein enges, winziges Fach gezwängt, in einen Bereich, aus dem es kein Entkommen gab.

Panik schränkte ihr Sichtfeld ein, sodass sie an seinen Rändern nur noch Schwärze sah. Sie konnte spüren, wie ihr eigenes Ich und alles, was sie ausmachte, in einen Strudel hineingezogen wurde, wie sie herumwirbelte und schrumpfte, bis sie immer kleiner wurde.

Von wilder Furcht gepackt, streckte sie die Hände nach dem Geländer aus, um sich festzuhalten – und fuhr mit einem entsetzten Schrei wieder zurück. Scharfe Krallen bohrten sich in das hölzerne Geländer und hinterließen Rillen darin, während sie tief durchatmete, um den Eindruck zu verdrängen, bei lebendigem Leib verschluckt zu werden. Mit ausgestreckten Pranken griff der Jaguar sie an, und sie sprang zurück, wobei sie über Manolitos Beine stolperte und hart auf ihrem Po aufkam.

Der Jaguar prallte gegen eine unsichtbare Wand, stürzte ab und schlug verzweifelt mit seinen Pranken um sich, um an den Ästen und Zweigen, durch die er hinunterkrachte, Halt zu finden.

MaryAnn stand langsam auf und blickte vorsichtig hinunter. Der Jaguar war auf einem der größeren Äste aufgeschlagen und hatte es geschafft, sich daran festzuklammern, und nun lag er hechelnd und mit zitternden Flanken da und rang nach Atem. Unterhalb der Raubkatze trat ein Mann aus dem dichteren Laubwerk und hob die Hände. Ein Magier. Und einer, der etwas von seinem Handwerk zu verstehen schien. Im Gegensatz zu dem anderen Magier, der unentschlossener vorgegangen war, begann dieser Mann, mit flinken, entschiedenen Bewegungen Manolitos Schutzzauber außer Kraft zu setzen. Die unsichtbaren, aber sehr fest miteinander verwobenen Fäden fingen an, sich so schnell aufzulösen, dass MaryAnn sie beinahe fallen hören konnte.

Sie kniff die Lippen zusammen und zwang sich, die Panik aus ihrem Bewusstsein zu verdrängen. Sobald der Magier die Schutzzauber entfernt hatte, würde der Jaguar sie wieder angreifen. Möglicherweise gelang es ihr, die Raubkatze zu töten, doch sie wusste überhaupt nichts darüber, wie man Vampire bekämpfte. Und der Magier war auch gefährlich. Was hatte sie beim letzten Mal getan, um den Magier zu töten? Sie konnte sich nicht erinnern. Sie hatte ihn nicht absichtlich getötet, sondern nur gewollt, dass er das Feld räumte und sie in Ruhe ließ.

Die Affen kreischten den Jaguar an und bewarfen ihn mit Zweigen. Die große Katze fauchte und sprang eins der kleineren Tiere in den niedrigeren Ästen an. Sofort begann die gesamte Affengemeinde vor Wut zu rasen und veranstaltete einen ohrenbetäubenden Lärm. MaryAnn merkte, dass der Magier die von Manolito errichtete Geräuschbarriere schon beseitigt hatte.

Riordan. Komm schnell, flehte sie und versuchte, ihm einen Eindruck von dem Magier, dem Vampir und Jaguar zu übermitteln.

Sie konnte seine jähe Angespanntheit spüren. *Kannst du von dort verschwinden?*

Ich kann Manolitos Körper nicht schutzlos hier zurücklassen. Ich glaube nicht, dass mir viel Zeit bleibt, bevor der Magier die Sicherheitsvorkehrungen durchbricht. Er scheint zu wissen, was er tut.

Manolito wird ein paar Überraschungen mit eingewoben haben, doch wahrscheinlich wollte er vor allem ungestört mit dir sein und rechnete nicht mit einem direkten Angriff auf euch zwei.

»Beeil dich einfach nur.« Die letzten Worte sprach sie laut aus.

Es musste einen Weg geben, den Magier abzulenken. MaryAnn konzentrierte sich auf ihn, auf sein Gesicht, seinen Ausdruck, die Bewegungen seiner Lippen, als er die von Manolito erzeugten Schutzzauber aufhob. Wie konnte sie ihn daran hindern? Oder ihn zumindest aufhalten? Das Beste wäre, wenn sie die Erde unter seinen Füßen irgendwie dazu bringen könnte, sich zu einem schönen großen Spalt zu öffnen, der jedem seiner Schritte folgen würde, falls er versuchen sollte, ihm zu entkommen.

Der Baum schwankte, der Erdboden unten erbebte und riss den Magier von den Füßen. Er funkelte MaryAnn böse an, als er auf allen vieren zurückkrabbelte und versuchte, dem immer breiter werdenden Spalt im Boden auszuweichen. Ihr stockte der Atem, und sie erstarrte. Bewirkte *sie* all das? War das möglich? Konnte sie tatsächlich einen Ast über dem ersten Magier abgebrochen und auf ihn herabgeschleudert haben? Der Gedanke widerstrebte ihr, aber er stimmte sie auch zuversichtlicher. Doch wie bewirkte sie das alles? Was hatte sie sonst noch verursacht? Wozu war sie sonst noch fähig?

Zum ersten Mal keimte wieder Hoffnung in ihr auf. Die aufgeregt umherspringenden Affen erregten ihre Aufmerksamkeit. Sie bewarfen nicht nur den Jaguar mit Blättern und Zweigen, sondern auch den Magier, als wären sie ihre, MaryAnns, Verbündete. Sie holte tief Luft und ließ sie langsam wieder entweichen. Waren die Tiere ihr gefolgt? Hatten sie ihr gehorcht, als sie ihnen befohlen hatte zu verschwinden? Und die Jaguare, selbst die verwandlungsfähigen, hatten innegehalten, als sie den Befehl gegeben hatte. Sie hatte sie nicht lange zurückgehalten, doch ein paar Sekunden lang hatten auch sie gehorcht.

Sie rieb sich den Kopf, der pochte, als würde er jeden Moment auseinanderbrechen. Ihre Brust fühlte sich so eng an; alles in ihr schien sich zu erweitern, während sie selbst sich zusammenzog und immer kleiner wurde. Ihr Körper schien ihr nicht mehr zu passen, und harte Knoten bildeten sich an jedem Muskel unter ihrer Haut. Es war einfach zum Verrücktwerden und verstörte sie zutiefst. Für einen Moment war sie so erschüttert, dass sie nur noch fliehen wollte, aber dann fiel ihr Blick auf Manolito, der reglos und mit leeren Augen dasaß, obwohl sein Körper noch genauso lebendig, stark und männlich schien wie immer. Er schreckte nicht davor zurück, sie zu beschützen, und sie hatte nicht vor, ihn hier allein zurückzulassen.

MaryAnn straffte ihre Schultern und blickte zu den Tieren in dem Blätterdach empor. Es waren so viele. Allein schon ihre Anzahl war beruhigend. *Wir mögen diesen bösen Mann nicht, was? Er versucht, mir wehzutun. Werft etwas nach ihm. Schöne, dicke Äste. Jagt ihn fort. Lasst nicht zu, dass er seine Arme so erhebt.*

Die Affen gerieten völlig außer sich, sprangen auf und nieder und schüttelten die Äste der Bäume, rannten hin und her und fletschten ihre Zähne und schlugen sich an die Brust, als ihre Erregung zunahm und sie immer aggressiver wurden. Und MaryAnn entwickelte allmählich ein Gefühl für die Steuerung ihrer Energie. Zuerst war es noch nicht sehr ausgeprägt, aber als die Tiere reagierten und sich die Energie um sie herum erhöhte, wurde sie sich ihrer nur zu gut bewusst. Und so holte sie tief Luft und begann, ihre Macht gezielter einzusetzen, diesmal bei dem zähnefletschenden Jaguar.

Dieser Mann gehört nicht in euer Reich. Sie haben versucht, euch zu versklaven. Sie haben euch alles genommen und eure Spezies beinahe ausgelöscht. Seht sie als das, was sie tatsächlich sind. Der Vampir hat dich gezeichnet. Du warst einst ein stolzer Mann; jetzt tust du das, was andere dir befehlen. Sie gehören nicht hierher.

Der Jaguar wirkte sehr verwirrt und schüttelte immer wieder seinen breiten Kopf. Er machte ein paar Schritte auf den Baum zu, als wollte er sie wieder angreifen, aber dann blieb er stehen und fing an, am ganzen Leib zu zittern.

Der Magier rief ihm einen Befehl zu und zeigte auf MaryAnn.

Warum darf dieser Mann dir sagen, was du zu tun hast? Ist er dein Herr? Gehörst du ihm? Du bist ein Jaguar. Dir gehört der Regenwald. Wer sich darin aufhält, sollte es mit deiner Erlaubnis tun und nicht umgekehrt.

Der Jaguar fauchte und drehte sich mit wild funkelnden Augen nach dem Magier um. Dann kauerte er sich wie zum Angriff nieder. Der Magier erschrak zunächst, aber dann begann er, leise vor sich hin zu reden und zu skandieren, während seine Hände in rascher Folge Muster vor ihm in der Luft beschrieben.

Pass auf! Er versucht, seine Macht gegen dich einzusetzen. Sieh ihn an. Er belegt dich mit einem Zauber. Greif ihn an, bevor er fertig ist. MaryAnn legte aufrichtige Besorgnis und großen Nachdruck in ihre Gedanken.

Der Jaguar fauchte den Magier an und zeigte ihm seine Zähne, während er ein paar Schritte auf den Mann zutat. Der Magier wich zurück, und diesmal streckte er eine Hand aus, um die große, bedrohliche Raubkatze zurückzuhalten.

Die dichte Hecke aus Farnen welkte und färbte sich braun, fächerartige Wedel knickten kraftlos ein, als ein dritter Mann aus dem Gebüsch heraustrat. Er war schön und grotesk zugleich. MaryAnn blinzelte ein paarmal, um seine wahre Gestalt klarer zu erkennen. Mit einer beiläufigen Handbewegung brachte er die Affen zum Verstummen. Dann sagte er etwas zu dem Jaguar, und auch die Raubkatze hielt inne.

MaryAnn befeuchtete ihre Lippen, die plötzlich trocken geworden waren. Sie hatte einen Vampir vor sich – den Inbegriff des Bösen. Er blickte zu ihr auf und lächelte. Seine spitzen Zähne waren blutbefleckt, die Haut umspannte seinen Schädel viel zu straff. Im nächsten Moment jedoch war er ein gut aussehender Mann mit einem breiten, einnehmenden Lächeln.

»Komm zu uns herunter und leiste uns Gesellschaft«, forderte er MaryAnn mit sanfter Stimme auf.

Sie spürte das Summen in ihrem Kopf und erkannte darin den unterschwelligen Zwang in seiner Stimme. MaryAnn rang sich ein Lächeln ab und wartete dann ein paar Herzschläge lang, um genügend Energie in ihrer Stimme und ihrem Geist zu sammeln, damit sie seine eigene Suggestivkraft gegen ihn selbst verwenden konnte. »Mir geht es eigentlich ganz gut hier oben. Bemüh dich also nicht und geh ruhig wieder.«

Der Vampir blinzelte und runzelte die Stirn. Dann schüttelte er den Kopf, als könnte er sich nicht erinnern, was er vorgehabt hatte.

»Nur zu, du willst doch gehen. Also geh auch ruhig.« Sie legte ihre ganze Macht in ihre Stimme.

Für einen Moment gehorchte er, wandte sich von ihr ab und ging wieder auf die Farne zu.

MaryAnn stockte der Atem, und sie beeilte sich, den anderen Tieren ihren Befehl zu übermitteln. *Los jetzt! Greift ihn an. Ihr alle. Beeilt euch. Vernichtet sie, bevor sie euch vernichten.*

Der Jaguar sprang den Vampir von hinten an und schlug ihm tief die Fänge in den Schädel. Gleichzeitig stürzten sich die Affen auf den Magier, bissen und schlugen ihn und attackierten ihn wie eine ganze Heerschar von Soldaten. Selbst die Vögel flogen auf und flatterten dann um die Kämpfenden herum, um die Angreifer mit ihren scharfen Krallen zu unterstützen.

Der Magier stürzte unter dem Ansturm solcher Mengen von Affen. MaryAnn wollte sich abwenden, weil ihr ganz übel wurde von dem Anblick, als der Jaguar erneut zubiss und Blut aus der Wunde herausschoss und in Strömen über den Kopf des Vampirs lief. Er brüllte auf vor Wut und packte den Jaguar mit beiden Händen, zog die Raubkatze mit seiner enormen Kraft von sich herunter und verdrehte ihr das Genick. Selbst inmitten des Geschreis der Affen und der Vögel konnte MaryAnn das Knacken hören.

Der Vampir blickte zu dem Magier hinüber, der unter einem Berg von Affen begraben war, und drehte sich langsam wieder zu MaryAnn um. Sein Kopf war zerbissen, der Schädel gebrochen von dem starken Biss des Jaguars, aber das schien dem Untoten nichts auszumachen. Seine Augen glühten wie rötliche Flammen, sein Mund war weit geöffnet und sein Gesicht nur noch eine hassverzerrte Fratze.

Einen Moment lang stand er da und starrte MaryAnn an. Dann krümmte er die Finger und ließ seine Nägel zu langen, scharfen Krallen wachsen. Ohne den Blick von ihr abzuwenden, flog er durch die Luft, landete auf dem Baum neben ihrem und begann, sich an dem Stamm hinaufzuschlängeln. Er sah furchtbar aus. Abscheulich. Wie einer der Vampire aus den Filmen, eine dunkle, unnatürliche, durch und durch böse Erscheinung, die darauf aus war, sie zu töten – und Manolito zu vernichten.

Im ersten Moment war MaryAnn zu Tode erschrocken. Der Schutzzauber würde nicht mehr lange halten. Er war eigentlich nicht so sehr zu ihrem Schutz, sondern mehr als Geräuschbarriere gedacht gewesen. Und Riordan war nicht hier, um sie zu retten. Um zu überleben und Manolitos Körper zu beschützen, musste sie schnellstens etwas unternehmen.

Schon spürte sie wieder die Macht in sich aufsteigen. Ihr Kopf dröhnte erneut, und dieses Mal sogar noch stärker. Als würde ihr Körper den Weg schon kennen und wartete nur noch auf ihre Erlaubnis. Die Vorstellung, ihr eigenes Ich loszulassen und das, was in ihr war, herauszulassen, war fast noch beängstigender als der Vampir, der den Baum hinaufstieg.

Ihr Kiefer schmerzte und pochte, ihre Bänder und Sehnen dehnten sich, während die Muskeln in ihrem Körper sich zusammenzogen und zu schmerzhaften Knoten verhärteten, die sie unschwer unter ihrer Haut erkennen konnte. Ihr drehte sich der Magen um, und wieder kämpfte sie ihre Panik nieder. Selbst wenn sie das hier nicht für sich tun wollte, musste sie es für Manolito tun.

Bilder schossen ihr so blitzartig durch den Kopf, dass ihr ganz übel davon wurde. Sie zogen so schnell vorüber, dass sie sie weder unterscheiden noch richtig sehen konnte, aber es waren Bilder von Wölfen, die auf zwei Beinen gingen. Eine kollektive Erinnerung. Ihre Haut spannte sich und wurde viel zu straff. Ihre Sicht umwölkte sich, bis sie nur noch Rot und Schwarz wahrnahm. Wieder krümmten ihre Finger sich zu Klauen, ohne dass sie etwas dagegen unternehmen konnte. Ein wahnsinniger Schmerz durchzuckte sie.

Sie versuchte, zu atmen und sich zu zwingen loszulassen, aber ihr Verstand weigerte sich nachzugeben. Ihr Kopf ließ es nicht zu. Was, wenn sie für immer gefangen blieb in diesem Zustand?

Der Baum schwankte, der Vampir kreischte, und der schrille Laut ging ihr durch Mark und Bein und krampfte ihr vor Furcht das Herz zusammen. Er war auf den Rand der Plattform gesprungen, stand direkt vor dem Geländer und beeilte sich, den Schutzzauber außer Kraft zu setzen. Ihr blieben nur noch Sekunden, um sich zu entscheiden.

MaryAnn legte ihre Hand auf Manolitos Schulter und berührte sein Gesicht. Er war woanders und kämpfte für sie. Er verließ sich darauf, dass sein Bruder kam und seinen Körper beschützte, doch sie war alles, was er hatte. Sie atmete tief ein und wieder aus.

Sogleich spürte sie, wie ihr eigenes Ich in einen Strudel hineingerissen wurde und innerlich schrumpfte. Sie war sich dessen voll bewusst, aber ihre Herrschaft über ihren eigenen Körper ließ rapide nach. Alles in ihr bestürmte sie zu widerstehen, aber sie hielt ihren Blick auf Manolito gerichtet, und sein Anblick gab ihr den Mut, sich dem Unvermeidlichen zu beugen.

Während das, was MaryAnn ausmachte, sich immer mehr zurückzog, sprudelte die Wut des Wolfes aus ihr heraus, und sie konnte die unabwendbare Macht des Tieres spüren, seine immense körperliche Kraft und Willenskraft. Es war ihr Wächter, ihr Beschützer, der jetzt ihren Platz einnahm und ihre Muskeln, Knochen und Gelenke streckte und dehnte, um sie seinem kraftstrotzenden Körper anzupassen.

MaryAnn merkte, wie ihre Haut aufriss, verspürte aber keinen Schmerz dabei. Sie fühlte auch nicht, wie ihre Knochen und ihr Körper sich verformten oder ihre Organe sich verlagerten; da war nur tief in ihr das Gefühl, beschützt und sicher zu sein.

In diesem Moment durchbrach der Vampir die Barriere und stürzte sich mit einem hasserfüllten Zischen auf Manolitos Körper. Die Wölfin warf sich dazwischen, und noch im Sprung vollzog sich die Verwandlung ihren Körpers. Sie prallten zusammen, die Wölfin knurrend, der Vampir mit einem schrillen Kreischen. Überall im Wald brach ein wahnwitziges Geschrei aus, als die Affen und Vögel auf den schrecklichen Lärm des Kampfes reagierten.

16. KAPITEL

Manolito bewegte sich schnell durch die öde Schattenwelt und suchte die dunkleren Ecken, wo sich die Untoten in Horden zum Heulen und Wehklagen zusammenfanden, während sie darauf warteten, ihr Schicksal zu erfahren. Manolito hatte den Eindruck, sich noch immer in seinem Körper zu befinden, als er über den unebenen Boden schritt und sich einen Weg durch das Gewirr riesiger Wurzeln bahnte, als befände er sich noch im Regenwald. Aber er war zu leicht, so leicht, dass er fast schwebte, und seine Arme und Hände waren durchsichtig, als er an sich heruntersah. Er konnte die verrottende Vegetation auf dem Weg zu den Bergen schroffer Felsen sehen, die den Übergang zur Wiese der Nebel bildeten.

Ein paar Geister warfen ihm finstere Blicke zu, als er an ihnen vorbeiging, zwei hoben eine Hand, als hätten sie ihn erkannt, aber meistens wurde er kaum beachtet. Es war ein merkwürdiges Gefühl für ihn, als er durch die Wälder und über die Hügel glitt, dass er zwei Arten von Bewohnern sehen konnte, die das Land bevölkerten, obwohl ihm das vorher noch nie aufgefallen war.

Die Wiese der Nebel schien diejenigen, die wenig oder gar keine Reue für ihre Taten in ihrem früheren Leben empfanden, von jenen zu trennen, die sich bemühten zu verstehen, wo sie falsch gehandelt hatten. Nur wenige waren da gewesen, um ihn zu begrüßen.

Als er der Wiese näher kam, stiegen Hitze und Dampf auf, um ihn von allen Seiten einzuhüllen. Wo die Nebel vorher einfach nur grau und schwarz gewesen waren, ohne jegliches Gefühl der Hoffnung, war die Luft jetzt drückender und zum Schneiden dick vor Anspannung, als beherrschten Unbehagen und Beklommenheit dieses Gebiet. In der Ferne hörte er spöttisches Gelächter und das Gewisper von Stimmen, die seinen Namen riefen. Sie wussten, dass er kam, und warteten auf ihn.

War es wirklich möglich für eine ganze Armee von Untoten, einen Weg zurück ins Land der Lebenden zu finden? Wenn ja, würde er einen Weg finden müssen, sie daran zu hindern. Er musste seine Ängste um MaryAnn in den Hintergrund verdrängen und dieser Welt seine volle Aufmerksamkeit widmen. Er konnte nicht an zwei Orten zugleich sein. Ihm blieb nichts anders übrig, als sich darauf zu verlassen, dass Riordan schon eingetroffen war, um MaryAnn vor Unheil zu bewahren. Manolito wagte nicht, an ihr Bewusstsein zu rühren, weil er nicht riskieren wollte, sie versehentlich in diese Geisterwelt hineinzuziehen. Er musste sie vor jeglicher Gefahr bewahren, koste es, was es wolle – selbst wenn der Preis dafür sein eigenes Leben war, wenn es sich nicht verhindern ließ. Und so verbannte er sämtliche Gefühle aus seinem Bewusstsein und wandte seine ganze Aufmerksamkeit seinem unmittelbaren Problem zu.

Falls die Vampire vorhatten, ins Land der Lebenden einzufallen, hatten sie jemanden mit großer Macht, der ihnen half. Razvan oder Xavier, die beiden mächtigsten Magier, die es gab. Vielleicht sogar beide. Niemand sonst könnte diese Art von Macht ausüben. Und falls Xavier und Maxim Verbündete waren und zusammenarbeiteten, um das Volk der Karpatianer zu vernichten, würde Xavier Maxim mit Sicherheit darüber informiert haben, dass er versuchte, einen Weg zu finden, eine Armee von Untoten um sich zu scharen. Jeder wusste, dass Xavier über Schattenkrieger verfügte, vor langer Zeit verstorbene Ehrenmänner, deren Seelen von dem geschickten Magier gefangen gehalten wurden, damit sie taten, was er von ihnen verlangte. Falls Xavier also die Schattenkrieger einspannen konnte, würde er vielleicht auch einen Weg finden, die Legionen von Untoten, die auf der Wiese der Nebel warteten, für seine Zwecke zu benutzen.

Der Weg erschien Manolito irgendwie länger, und mehr Leute grüßten ihn zaghaft, was ihn überraschte. Als sein Geist beim ersten Mal erschienen war, hatten die meisten sich mit einer schnellen Geste zur Wiese der Nebel abgewandt, doch nun schienen die Bewohner ihn zu akzeptieren. Je mehr er sich seinem Ziel näherte, desto leichter wurde ihm ums Herz, und er erkannte jetzt, dass sein Geist beim ersten Mal düster und der Verwandlung nahe gewesen war, so nahe, dass er sogar im Land der Toten mehr als Vampir denn als Vampirjäger betrachtet wurde. Die Atmosphäre um die Wiese hatte ihn nicht gestört, er hatte sie sogar instinktiv gesucht. Nun musste sein Geist viel heller und normaler erscheinen. Der zunehmend dunklere Fleck auf seiner Seele war dank MaryAnn kleiner geworden. Er schuldete ihr mehr, als ihm bewusst gewesen war.

Schließlich gelangte er zu der Wiese, hielt an und ließ seinen Blick über die weite Fläche voller Schlicklöcher und Moore gleiten. Sie sah aus wie ein schwammiger Sumpf, und als er versuchsweise einen Fuß daraufsetzte, sank er bis zum Knöchel ein. Sein Körper besaß hier kein Gewicht, weswegen das Einsinken überhaupt keinen Sinn ergab. Er zögerte und betrachtete das Ödland prüfend. Nur ein bisschen Unkraut und Disteln waren in der Mitte des Sumpfes zu erkennen. Dunkles Schilf, geknickt wie alte Strohhalme, säumte die Ränder. Dampf stieg aus Luftlöchern in der Erde auf, und Minerale aller Farben – aber nur dumpfe, keine hellen – umrahmten brodelnde Tümpel voller Schlick. Der Schlamm gurgelte und blubberte und verspritzte große, dunkle Klumpen in den aufsteigenden Dampf.

Der Nebel lag wie ein dichtes Tuch über der Wiese, ein graugrüner Dampf, der stark nach Schwefel roch. Manolito stand eine Zeit lang da, beobachtete die aufsteigenden heißen Gase und fragte sich, wieso es bei seinem ersten Besuch so leicht gewesen war, die Wiese zu überqueren.

»Du siehst ein bisschen ratlos aus, Manolito«, begrüßte ihn eine Stimme hinter ihm.

Manolito fuhr herum und fand sich Auge in Auge mit Vlad Dubrinsky wieder. Gefühle wallten so schnell und heftig in ihm auf, dass der Schock über das Wiedersehen seine Zuversicht zu erschüttern drohte. Freude. Schuldbewusstsein. Scham. Erstaunen. Stolz. Vlad Dubrinsky war mehr als ein Prinz für ihn gewesen. Als Manolitos Vater beschlossen hatte, seiner Gefährtin in den Tod zu folgen, war Vlad eingesprungen, um die Lücke zu füllen, die der Tod seiner Eltern hinterlassen hatte. Er hatte Manolito und seine Brüder angeleitet, war ihr Mentor gewesen und hatte ihren Rat respektiert. Und trotzdem hatten sie ihn am Ende nicht mehr anerkannt, weil er versucht hatte, seinen Sohn zu retten, obwohl er wusste, dass keine Hoffnung mehr für ihn bestand.

»Mein Prinz. Ich habe nicht erwartet, dich an einem solchen Ort zu finden.«

Vlad trat vor und umfasste Manolitos Unterarme in der klassischen, respektvollen Begrüßung unter karpatianischen Kriegern. »Es ist schön, dich zu sehen, alter Freund.«

»Ich verstehe nicht, wie du an diesem Ort sein kannst.«

Vlads Augenbrauen fuhren in die Höhe. »Nein? Das hier ist der Ort, wo wir zwischen den Welten warten, Manolito.«

»Warten worauf? Ich kam her und fand nur Verdammnis, Anklagen und Aufforderungen, mich den Untoten anzuschließen.«

»Du bist noch nicht ganz Geist, aber auch noch nicht wieder ganz eins mit deinem Körper.«

»Ich wurde getötet, doch meine Brüder hielten meinen Geist auf Erden fest. Gregori ging den Baum des Lebens hinunter, um mich zurückzuholen, aber ich erwachte zu früh. Mein Geist und Körper hatten noch keine Zeit gehabt, wieder miteinander zu verschmelzen, und deshalb halte ich mich in beiden Reichen auf.«

Vlad zeigte über die Wiese. »Du gehörst nicht zu den Vampiren. An deinem Geist kann ich erkennen, dass du der dunkleren Seite unserer Natur nicht unterlegen bist.«

»Ich war nahe daran. Zu nahe.«

»Du solltest dich nicht zu ihrem Ruheplatz begeben. Sie können dich nicht töten, aber sie haben Mittel und Wege erfunden, den Geist zu quälen und verrückt zu machen. Sie können diesen Ort nicht verlassen, ohne ihre eigene Schuld zu akzeptieren, doch das tun sie nicht. Sie machen alle anderen verantwortlich. Und ich glaube, dass viele nur zu gern ihre Zähne in dich schlagen würden. Komm mit mir zum Lagerfeuer der Krieger, dort können wir uns in Ruhe unterhalten.«

»Mein Körper ist leicht angreifbar in der anderen Welt, Vlad, und es gibt Verschwörungen, die ich aufdecken muss, um unsere Leute zu beschützen. Ich glaube, dass Maxim eine Armee von Untoten aufstellt und hofft, einen Durchgang von dieser Welt zu der der Lebenden zu finden.«

Vlad hörte auf, die Stirn zu runzeln, und schüttelte den Kopf. »Ich hätte mir denken können, dass er nichts Gutes im Schilde führt. Komm. Es ist nicht weit, und wir können dir vielleicht weiterhelfen. Auf jeden Fall wird Sarantha dich sehen wollen. Erzähl uns ein paar Neuigkeiten und lass dir von uns helfen.«

»Ich verstehe immer noch nicht, wie du hier sein kannst, um dein Urteil abzuwarten. Du warst doch niemals kurz davor, dich zu verwandeln. Du hast deinem Volk in Ehren gedient.«

»Glaubst du nach all dieser Zeit, ich hätte nie Fehler begangen, Manolito? Es waren sogar viele. Ich versuchte, mein Bestes zu geben, doch wie jeder Mann hatte ich meine Schwächen. Das müsstest du besser wissen als die meisten. Ich habe versucht, meinen ältesten Sohn um jeden Preis zu retten. War das eine kluge Entscheidung? Oder auch nur eine faire?«

»Du konntest nicht wissen, was geschehen würde.«

»Natürlich wusste ich das. Ich wollte es nicht glauben, aber ich hatte die Gabe, in die Zukunft schauen zu können. Ich wusste es, trotzdem habe ich es nicht verhindert, weil ich es nicht ertragen konnte, meinen eigenen Sohn zu töten. Als ich es Sarantha beichtete, flehte sie mich an, ihn nicht sterben zu lassen, und dumm wie ich war, wählte ich den Weg der Zerstörung für unser gesamtes Volk. Ich bin für viele Dinge verantwortlich, die nie hätten geschehen dürfen. Am Ende war es mein Sohn Mikhail, der die Aufgabe auf sich nahm, die eigentlich die meine gewesen wäre.«

Manolito konnte fast nicht akzeptieren, was er hörte. Die ganze Zeit hatte er Schuldgefühle und Scham empfunden, weil er damals Vlads Entscheidung verurteilt hatte. Er liebte und respektierte ihn, und dennoch war er sich wie ein Verräter vorgekommen, weil er mit den anderen geplant hatte, ihn zu stürzen.

»Es war nicht im besten Interesse unseres Volkes.« Er erstickte fast an dem Wort, an dem Kloß, der sich in seiner Kehle bildete. Die Brüder Malinov hatten ihre geliebte Schwester Ivory verloren, und für die Brüder De La Cruz war es ein nicht minder tragischer Verlust gewesen. Ivory war ihr Licht gewesen, der Grund, warum sie alle sich noch ihre Hoffnung und ihren Glauben an ihr Volk bewahrt hatten. Mit ihrem Tod war die Dunkelheit über sie alle hereingebrochen und hatte eine Kette von Ereignissen ausgelöst, die immer noch zu der Vernichtung ihrer gesamten Spezies führen konnten.

»Nein«, stimmte Vlad ihm ruhig zu. »Das war es nicht. Aber ich bin kein Gott. Kein karpatianischer Mann ist das. Wir sind alle zu großem Unrecht fähig.«

Manolito schluckte die anklagenden Worte, die ihm auf der Zunge lagen, herunter. Was sollte er auch schon dazu sagen? Er selbst hatte viele Dinge im Leben getan, die er bereute. In jener Zeit hatte er völlig ohne Emotion gehandelt, aber er konnte sich noch an jeden einzelnen Vorfall erinnern, und sein schlimmstes Verbrechen war das gewesen, das er an seiner eigenen Gefährtin verübt hatte.

Er senkte bedrückt den Kopf. »Was du sagst, ist wahr. Ich war kurz davor, auf die dunkle Seite überzuwechseln, als ich die Stimme meiner Gefährtin hörte. Sie stand unter dem Schutz Mikhails und Gregoris sowie noch einiger anderer Karpatianer. Und ich … ich scherte mich nicht um die Regeln und nahm ihr Blut ohne ihre Einwilligung oder ihr Wissen, um sie an mich zu binden.«

Vlad nickte bedächtig. »Es war eine Herausforderung für dich.«

»Durch die Reihen ihrer Beschützer hindurchzugelangen und zu beanspruchen, was mir gehörte? Ja. Bereue ich es? Das kann ich nicht beantworten. Es tut mir leid, dass ich mich ihr nicht offenbart und ihr erklärt habe, warum ich ihr ihr Leben ohne ihre Zustimmung aus den Händen genommen habe. Aber ich glaube nicht, dass es falsch war, es zu tun. Die Art, *wie* ich es getan habe, war falsch.«

»Unsere Leute haben lange neben Menschen gelebt, und es hat seinen Grund, dass unsere Regeln andere sind, Manolito. Uns wurde die Fähigkeit gegeben, unsere Gefährtinnen an uns zu binden, weil unser Volk schon lange ausgestorben wäre, wenn dem nicht so wäre. Nur wenige werden das je verstehen können, doch wenn wir unser Bestes tun, um unsere Frauen zu lieben und zu achten, sie über alles andere zu stellen, wenn sie erst einmal in unserer Obhut sind, haben wir eine bessere Chance, dass andere Spezies uns mit der Zeit verstehen und akzeptieren werden.«

»Die Welt hat sich sehr verändert, seit du nicht mehr unter uns bist, Vlad, und mit ihr unser Volk. Mir ist es schwergefallen, mich mit den Neuerungen abzufinden.«

Vlad klopfte ihm auf die Schulter, so leicht, dass Manolito es kaum spürte. Vlads Körper war sogar noch weniger real als seiner. »Wir alle haben Schwächen, Manolito, und müssen daran arbeiten, sie zu überwinden. Das ist nichts Beschämendes. Komm, begrüß Sarantha und erzähl uns all die Neuigkeiten von unseren Lieben.«

»Ich habe wirklich wenig Zeit, Vlad. MaryAnn, meine Gefährtin, bewacht meinen Körper, und ich glaube, dass sie angegriffen werden wird. Ich muss Maxim aufhalten, bevor er einen Weg findet, diesen Ort mit einer ganzen Armee von Untoten zu verlassen.«

Vlad schüttelte den Kopf. »Er kann keinen Weg aus dieser Welt herausfinden.«

»Sei dir nicht so sicher. Maxim hat sich mit Xavier verbündet und arbeitet mit ihm zusammen.«

Vlads Lächeln verblasste. »Xavier lebt noch?«

»Soviel wir wissen, ja. Und sein Enkel Razvan arbeitet Hand in

Hand mit ihm, um unser Volk zu vernichten. Wir sind fast sicher, dass Maxims Brüder alle an einem Komplott beteiligt sind, Mikhail zu töten. An einem Komplott, das zu planen ich mitgeholfen habe.« Manolito konnte Vlad nicht ansehen, als er das gestand. Er war der Mann, den er mehr geschätzt und respektiert hatte als jeden anderen, mit Ausnahme seiner Brüder. Der Mann, der einmal wie ein Vater für ihn gewesen war. Und der Mann, dessen Sturz er mit mitgeplant hatte. Aber er würde nicht lügen oder sich der Verantwortung und Schande seiner Tat nicht stellen.

Vlad schwieg sehr lange. Nicht einmal ein Anflug von Enttäuschung oder Abscheu zeigte sich auf seinem Gesicht; er suchte nur Manolitos Blick und sah ihm ruhig in die Augen. »Denkst du, es sei eine Überraschung für mich, dass du und deine Brüder daran dachtet, die Herrschaft der Dubrinskys zu beenden? Ihr wart intelligent, und mein Verbrechen ist euch nicht entgangen. Ihr wusstet darum. Um meinen Sohn zu retten, habe ich unser Volk verraten. Ihr hattet jedes Recht, mein Urteilsvermögen infrage zu stellen. Es war nicht gut.«

»Wir hatten nicht das Recht, deinen Sturz oder die Vernichtung jeder anderen Spezies, mit der wir verbündet waren, zu planen.«

»Um mich zu entmachten, musstet ihr auch sie beseitigen.« Vlad nickte. »Das ist nur verständlich«, sagte er und deutete mit einer Handbewegung auf ein kleines Wäldchen. »Bitte komm ein paar Minuten mit. Einige von uns bewachen diesen Bereich, um Neuankömmlinge davon abzuhalten, das Land der Verdammten zu betreten.«

Manolito ging mit Vlad, obwohl er es so eilig hatte, Maxim zur Rede stellen und zu MaryAnn zurückzukehren. Das Gefühl, dass sie ihn brauchte, wurde immer stärker. Aber ihm lag auch viel daran, mit Vlad zu sprechen und vielleicht sogar etwas über die scheue Spezies der Werwölfe herauszufinden.

Er hatte erwartet, dass Vlad ihn verurteilen würde, und vielleicht wäre es leichter gewesen, mit seiner Schuld umzugehen, wenn sein Prinz verärgert gewesen wäre. »Es tut mir leid«, sagte er leise. »Ich hatte keine Ahnung, dass der Plan je in die Tat umgesetzt würde. Ich wusste nicht, dass die Malinovs dich so sehr hassten. Am Ende haben wir stundenlang geredet, und Zacarias und Ruslan waren sich einig, dass wir dir alle treu bleiben und dir in Ehren dienen würden. Wir besiegelten den Eid mit Blut.«

»Du und deine Brüder habt unserem Volk sehr treu gedient«, sagte Vlad. »Selbst hier erfahren wir Neuigkeiten, wenn Krieger oder Vampire kommen.« Er schob sich durch eine Wand aus Farnen. »Ah, da ist Sarantha. Mein Liebling, ich bringe dir einen lieben Gast mit.«

Sarantha strahlte über das ganze Gesicht, als sie sich umdrehte, und das Leuchten ihrer Augen hellte sogar die dumpfen Farben ringsum auf. »Manolito! Es ist wundervoll, dich zu sehen, obwohl ich Gerüchte gehört habe, dass du in beiden Welten weilst. Wie geht es meinen Söhnen und ihren Gefährtinnen? Und meiner Enkelin? Sie soll sehr hübsch sein, hörte ich. Du musst mir alles erzählen, alle Neuigkeiten.« Sie umarmte ihn. »Du musst eine Gefährtin haben, sonst wäre dein Geist nicht so strahlend hell. Erzähl mir von ihr.«

Vlad lachte. »Gib ihm eine Chance, etwas zu sagen, Liebes. Er ist in großer Eile.«

»Entschuldige. Ich freue mich nur so, dich zu sehen.« Sie zeigte auf einen Platz am Lagerfeuer. »Hast du ein kleines bisschen Zeit für mich?«

»Natürlich.« Manolito beugte sich vor, um sie auf die Wange zu küssen. »Mikhail ist ein wunderbarer Herrscher. Du wärst stolz auf ihn. Seine Gefährtin ist eine gute Partnerin für ihn und hilft mit, unser Volk in eine einvernehmlichere Gesellschaft zurückzuführen. Jacques und Shea haben einen Sohn bekommen, einen Jungen. Ich war schon vor der Namensgebungsfeier fort, deshalb weiß ich nicht, wie sie ihn genannt haben. Ich hörte, dass Savannah, deine Enkelin, Zwillinge erwartet.«

Sarantha warf sich in Vlads Arme. »Ich wünschte, wir könnten sie sehen.«

»Eines Tages«, sagte Vlad, während er sie an sich zog. »Eines Tages werden wir wieder vereint sein mit unseren Lieben. Schon sehr bald wechseln wir von diesem Leben in das nächste über.«

Sie nickte und hob den Kopf, um ihm einen Kuss zu geben. »Und deine Gefährtin, Manolito? Erzähl uns von ihr.«

»Sie ist mutig. Und schön. Und sie lässt mich jeden Tag von Neuem wünschen, besser zu sein, als ich bin.« Manolito runzelte die Stirn, weil er Informationen wollte, ohne zu viel preiszugeben. »Vlad, erzähl mir, was du von den Wächtern weißt. Den Werwölfen.«

Vlad setzte sich mit gekreuzten Beinen auf den Boden. »Von ihrer Gesellschaft ist nicht viel bekannt, obwohl es reichlich Legenden über diese Spezies gibt. Ich glaube, sie haben die meisten Mythen selbst in die Welt gesetzt, um die Menschen zu ängstigen und von sich fernzuhalten, aber dann ging das ins Auge und die Menschen machten Jagd auf sie. Sie leben die meiste Zeit in menschlicher Gestalt. Es gibt sie auf allen Kontinenten, oder zumindest war es früher so. Nur wenige können sie von echten Menschen unterscheiden.«

»Wie können sie ihre Existenz vor uns verheimlichen?«

»Weil ihr Gehirn nicht viel anders ist als das der Menschen; sie benutzen einfach mehr ihren Verstand, wie wir es tun. Die meiste Zeit verhält der Wolf in ihnen sich ruhig, und deswegen wirken sie ganz menschlich.«

»Was würde einem Wolf geschehen, wenn er ein Karpatianer würde?«

»Die Spezies kreuzen?« Vlad sah Sarantha an. »Ich weiß es nicht. Ich habe noch nie von so etwas gehört.«

»Ist es überhaupt möglich?«, fragte Sarantha.

»Ich habe keine Ahnung«, sagte Manolito. »Aber bei Menschen ist es kein Problem, sie zu Karpatianern zu machen. Und da Werwölfe übersinnliche Fähigkeiten haben, ist es theoretisch möglich.«

Vlad atmete tief aus. »Ich bin froh, dass es keine Entscheidung ist, die ich zu treffen habe. Ein Wolf und ein Karpatianer. Die Kombination aus beiden könnte tödlich sein.«

»Oder interessant«, warf Sarantha ein. »Zwei Spezies mit gleicher Macht.«

»Aber was würde es bei der Person bewirken? In ihrem Körper und in ihrem Geist? Was würden sie werden?«

Vlad öffnete den Mund und schloss ihn gleich wieder. »Ich verstehe dein Dilemma«, sagte er plötzlich. »Ich kann dir nicht helfen. Soweit ich weiß, ist so etwas noch nie geschehen. Beide Spezies verfügen über die gleiche Macht. Ich weiß nicht, welche siegreich aus einer solchen Verbindung hervorgehen würde.«

»Und was weißt du über Xavier?«

Vlad seufzte und griff nach Saranthas Hand. »Ach, es ist so lange her, seit ich Entscheidungen für meine Leute treffen musste. Ich bin froh, dass ich hier einfach nur existieren kann, ohne dass meine Handlungen sich auf irgendjemand anderen als meine Gefährtin auswirken. Selbst über Xavier zu reden, fällt mir schwer. Er war ein guter Freund. Jemand, an den ich geglaubt und den ich wie einen Bruder geliebt habe. Er hat uns verraten, wie kein anderer es gekonnt hätte.«

»Warum?«

»Gier. Neid. Er wollte Unsterblichkeit erlangen. Ich versuchte, ihm klarzumachen, dass es wirkliche Unsterblichkeit nicht gibt – schließlich können auch wir getötet werden –, aber er begann zu glauben, etwas Besseres zu sein und deshalb die Art von Langlebigkeit erlangen zu müssen, die wir Karpatianer haben. Leider beruhten all unsere Schutzzauber auf Magierzaubersprüchen – Zaubersprüchen, die Xavier uns zur Verfügung gestellt hatte. Im Laufe der Jahre erweiterten wir sie, doch die Verflechtung von Energie ist die Gleiche, und das machte uns – und macht uns immer noch – leicht angreifbar für ihn.«

»Da ihr doch so gute Freunde wart ...«

»Er wollte, dass ich ihm eine karpatianische Frau gab. Ich versuchte, ihm die Sache mit den Gefährtinnen zu erklären, aber er wollte nicht zur Einsicht kommen. Wir hatten viele Auseinandersetzungen, und er kam zu der Überzeugung, dass ich ihn ganz bewusst daran hinderte, unsterblich zu werden, weil ich seine Macht fürchtete. Schließlich begannen wir, unsere beiden Gesellschaften zu trennen, obwohl er die Schulen für unsere jungen Leute auch weiter offen hielt. Rhiannon war eine seiner besten Schülerinnen, und er beschloss, sie für sich zu behalten. Er ließ ihren Gefährten ermorden und nahm sie sich einfach. Er musste das schon eine ganze Weile geplant haben, denn sie war ein Drachensucher und nur wenige vermochten sie gegen ihren Willen festzuhalten, ganz zu schweigen davon, sie zu schwängern. Ja. Wir haben gehört, dass er Kinder mit ihr hatte.« Vlads Hand schloss sich noch fester um Saranthas. »Ich konnte nichts unternehmen, um ihn daran zu hindern, und jetzt versucht er, unser Volk zu vernichten.«

»Er war schon damals böse und ist es heute noch«, sagte Manolito. »Er hat sich mit den Malinovs zusammengetan und setzt den Plan um, den wir uns damals ausgedacht hatten. Nun, da wir wissen, was er vorhat, wird Zacarias Mikhail darüber informieren, und wir werden Gesandte zu all unseren Verbündeten schicken und versuchen, Xavier das Handwerk zu legen, bevor er noch weiter geht. Aber zuerst muss ich Maxim aufhalten.«

»Oje.« Sarantha sah ihren Gefährten an. »Maxim ist so ein Unruhestifter. Er kann seine Fehler nicht akzeptieren. Er weist jede Verantwortung dafür zurück, und bis er lernt, sie abzubüßen, kann er nicht ins nächste Leben überwechseln.«

Manolito erhob sich. »Ich kann nicht länger bleiben. Ich fürchte um MaryAnns Sicherheit. Es war mir eine Ehre, euch wiederzusehen.«

»Ich werde dich begleiten und sehen, was ich tun kann, um zu helfen«, erbot sich Vlad.

Manolito schüttelte den Kopf. »Du weißt, dass du nichts tun kannst. Das ist mein Problem, und deshalb muss ich es auch selbst lösen. Ich bin in zwei Welten gefangen und kann nicht in beiden leben. Diese Last ist ganz allein die meine, Vlad, aber ich danke dir, dass du sie mit mir tragen wolltest.« Er umfasste die Unterarme seines Prinzen in der traditionellen Art der Krieger und beugte sich dann vor, um Sarantha einen Kuss zu geben. »Ich werde eurer Familie liebe Grüße von euch überbringen.«

»Pass auf dich auf, Manolito«, sagte Sarantha.

»Und lebe lange«, fügte Vlad hinzu.

Manolito ging durch das Wäldchen zurück, wobei er sich noch einmal nach dem einstigen Führer seines Volkes umblickte. Sarantha und Vlad hielten sich in den Armen, und ihre Körper strahlten einen schwachen Lichtschein aus, der stärker und blendender zu werden schien inmitten dieser grauen, trüben Welt. Als Manolito sie so sah, so voller Liebe füreinander und so inniglich verbunden, wünschte er sich nichts sehnlicher, als das gleiche Glück mit seiner eigenen Gefährtin zu erlangen. Seufzend wandte er sich ab, um den Weg zur Wiese einzuschlagen. Ein leichter Wind fuhr durch das Blattwerk in dem Wäldchen, der Manolito aber nicht erreichte, nicht einmal, als er den Kopf hob, um die leichte Brise im Gesicht zu spüren.

Wie konnte er Maxims Verschwörung aufdecken? Der Vampir würde ihm nie vertrauen, ihm niemals glauben, dass er die Seiten gewechselt hatte. Was blieb ihm also noch an Möglichkeiten? Vlad hatte gesagt, dass die Untoten Mittel und Wege entwickelt hatten, um einen Geist zu foltern und wahnsinnig zu machen. Wie trieb man einen *Geist* in den Wahnsinn? Oder folterte ihn? Manolito runzelte die Stirn, als er darüber nachdachte. Ein geistiges Kräftemessen, ein intellektueller Schlagabtausch, das war die einzige Lösung, die er sah. Komme, was da wolle, er musste alles für seine Leute riskieren – und für MaryAnn. Falls er sich irrte . . .

Er zuckte mit den Schultern und ging zu der von dichtem Nebel bedeckten Wiese weiter, wo die brodelnden Schlammtümpel hässliche dunkle Kleckser ausspien. Maxim und seine Armee von Untoten warteten auf der anderen Seite. Manolito konnte Schatten wahrnehmen, die sich in den grauen Nebelschwaden bewegten, rot glühende Augen und Stimmen, die sich über dem Dampf erhoben.

Manolito eilte über die Wiese, wich den Dampfwolken und plötzlich hoch aufschießenden Geysiren aus, die noch mehr von dem schwarzen Schlamm in alle Richtungen schleuderten. Dann passierte er den Nebelschleier und fand sich direkt vor den im Kreis stehenden Vampiren wieder.

Maxim fauchte überrascht und blieb wie angewurzelt stehen, die Arme noch immer hoch erhoben. Der Sprechchor verstummte, und die anderen, die den Kreis um Maxim bildeten, traten zurück und bedeckten ihre Gesichter.

Maxim zwang sich zu einem Lächeln und zeigte die Stümpfe seiner hässlichen, verfärbten Zähne. »Wie ich sehe, bist du zu uns zurückgekehrt, mein Freund. Dann beteilige dich doch an unserer kleinen Zeremonie.«

»Ich hatte wirklich nicht die Absicht, euch zu stören, Maxim. Fahrt doch bitte in eurem Tun fort.«

»Es stört dich also nicht?«, fragte Maxim mit einem leichten, aber bedrohlichen Grinsen.

»Nein, natürlich nicht.« Manolito verschränkte die Arme vor der Brust.

Maxim hob die Arme und stimmte wieder einen Sprechchor an. Die Vampire, die ihn umringten, bewegten ihre Füße in einem hypnotischen Rhythmus und begannen, ihre Stimmen in einer fesselnden Beschwörung zu erheben.

Manolito ging langsam um Maxim herum, um ihn von allen Seiten zu betrachten. Er beobachtete die Muster, die seine Hände beschrieben, und prägte sich jede einzelne Bewegung genau ein.

Maxim seufzte und ließ die Arme sinken. »Was ist?«

»Mach weiter, Maxim. Ich überlege nur gerade, wo ich gerade diesen Zauber schon angewandt gesehen habe. Ich glaube, er ist einer von Xaviers frühen Werken, als er das erste Mal versuchte, die Schattenkrieger an sich zu binden. Da haben wir ihn beobachtet, erinnerst du dich? Er war ein brillanter Mann.«

»Er *ist* ein brillanter Mann.«

»Bei Weitem nicht mehr«, wandte Manolito ein. Die anderen

Untoten hatten wieder mit ihrer Beschwörung aufgehört und beobachteten sie. »Er ist senil geworden und lebt von dem Blut unserer Leute, aber er war nie für Langlebigkeit bestimmt, und sein Verstand verlässt ihn allmählich.« Er trat näher an Maxim heran und senkte die Stimme, damit nur der Meistervampir ihn hören konnte. »Er kann keine neuen Zauber mehr hervorbringen. Er muss sie sich von anderen, geringeren Magiern zur Verfügung stellen lassen.«

»Du lügst!«, zischte Maxim. »Ich weiß, dass du lügst.«

»Du weißt, dass ich die Wahrheit sage«, erwiderte Manolito ruhig und umkreiste Maxim noch einmal. »Du hast immer einen so überlegenen Verstand besessen. Und ich schmeichle dir nicht, wenn ich dich daran erinnere. Du hättest es schon selbst merken können. Xavier hat die Fähigkeit verloren, sich etwas Neues auszudenken. Er verlässt sich auf die Dinge, die er vorher wusste, und ich bezweifle, dass er sich noch an sehr viele erinnert.« Manolito blieb auf der anderen Seite des Vampirs stehen und flüsterte ihm ins Ohr: »Was glaubst du, warum er das Buch zurückhaben will?« Xavier hatte seine Zaubersprüche in einem Buch festgehalten, das jetzt in der Obhut des Prinzen der Karpatianer war.

Maxim knurrte, und seine Augen glühten rot, als er den Kopf vor und zurück bewegte. »Er ist ein mächtiger Mann.«

Manolito nickte und begann, wieder im Kreis zu gehen, wobei er seine Füße in einem Tanzmuster bewegte und beobachtete, wie der Herr der Untoten versuchte, die komplizierten Schritte nachzuahmen. »Sehr mächtig. Obwohl er nicht mehr in der Lage ist, seine eigenen Zauber zu wirken, ist er immer noch ein mächtiger Magier. Aber er kann nicht tun, was er dir und deinen Brüdern versprochen hat. Er kann nicht das Portal zur Welt der Lebenden öffnen, um deine Armee von Untoten hindurchzulassen. Deshalb hat er dir den uralten Zauber der Schattenkrieger angedreht.«

Maxim fuhr fort, sich mit ihm im Kreis zu drehen, und verfolgte jede seiner Bewegungen mit misstrauischem Blick. Als Manolito stehen blieb und sich zu ihm vorbeugte, tat Maxim es ihm ganz unwillkürlich nach.

»Er weiß, dass Vikirnoffs Gefährtin die Krieger wieder in ihr eigenes Reich zurückschicken kann. Er hat ihre Zauber benutzt, und jetzt hat er nicht mehr die Kontrolle über sie. Ihm ist nichts geblieben, aber er wagt nicht, Ruslan und deinen Brüdern die Wahrheit zu gestehen. Von welchem Nutzen wäre er dann noch für euch?« Bevor Maxim antworten konnte, ging Manolito wieder im Kreis um ihn herum.

Der Vampir griff sich mit beiden Händen an den Kopf und kreischte los. »Das macht gar nichts, Manolito! Nicht Xavier hat herausgefunden, was zu tun ist, sondern Ruslan, und er hat immer recht. *Immer*. Zacarias war ein Narr, Vlad anstelle von Ruslan zu folgen. Wir hatten einen Bluteid, und du hast ihn gebrochen.«

»Unser Bluteid galt uns untereinander und dem Prinzen, Maxim. Die Familie De La Cruz ist den Dubrinskys immer treu geblieben.«

»Wir gaben dir die Chance, dich uns anzuschließen. Wir haben die ganze Nacht davon geredet. Aber du hast darauf bestanden, dem Prinzen und seinem Sohn, diesem Mordbuben, zu folgen.« Maxim spie die letzten Worte förmlich aus, sein Gesicht verzerrt vor Hass und Wut. Er trat ganz dicht an Manolito heran und starrte ihm in die Augen, sodass die roten Flammen, die in den eingesunkenen Höhlen brannten, deutlich sichtbar waren. »Verräter!«, beschuldigte er ihn. »Du verdienst zu sterben.«

Manolito zuckte weder vor dem widerlichen Geruch von Maxims Atem noch dem wilden Hass in seinem Gesicht zurück. »Ich bin gestorben. Wie könnte ich sonst hier sein?«

»Du bist in die Welt der Lebenden zurückgekehrt, und das bedeutet, dass es möglich ist. Xavier wird einen Weg finden, mich zu den anderen zurückzubringen, oder er wird einen langen, qualvollen Tod erleiden. Er weiß, dass er uns nicht hintergehen darf. Unsere Erinnerung reicht weit zurück, und du wirst für deinen Verrat bezahlen.«

»Meinst du?«

Maxims Wut war so unbändig und stark, dass er nicht mehr an

sich halten konnte. Er warf den Kopf zurück und heulte auf, griff mit seinen Klauen nach Manolitos Schultern und bohrte ihm seine Krallen so tief ins Fleisch, dass Blut aus den Wunden lief und die anderen Vampire in wilde Raserei gerieten und vorstürmten, um die dunkelroten Tropfen auf dem Boden aufzulecken.

Für einen Moment wurde Manolito von Panik ergriffen, von solch jäher, heftiger Panik, dass sie ihm den Magen umdrehte und seinen Verstand beeinträchtigte, doch er brachte die Reaktionen seines Körpers schnell unter Kontrolle und blieb reglos stehen, als die Vampire ihm umringten. Er unterdrückte sogar seinen Abscheu und lächelte Maxim an. »Denkst du wirklich, ich wäre so leicht zu täuschen? Es ist eine Illusion, mehr nicht. Du kannst nicht töten, was schon tot ist. Ich habe keinen Körper hier an diesem Ort. Diese Narren wollen es glauben, aber selbst sie werden nichts als Dreck auf dem Boden finden, und wenn sie noch so sehr darin herumwühlen.«

Mit verächtlicher Miene berührte er einen Vampir mit dem Fuß, als der Untote in dem öden Boden scharrte. Sie veranstalteten einen grauenvollen Lärm, als alle vergeblich versuchten, an frisches Blut zu gelangen, fauchten und zischten wie außer Rand und Band geratene Tiere. »Bist du wirklich so heruntergekommen, Maxim? Du warst einmal ein großer Mann, und nun lebst du wie ein Schwein in seinem Stall.«

Kreischend vor Wut, schlug Maxim ihn mehrmals ins Gesicht und zerfetzte ihm die Haut mit seinen langen, gelben Nägeln. Es war nicht leicht für Manolito, bei diesem Angriff stillzuhalten und seinen Verstand daran zu hindern, die Geschehnisse für Wirklichkeit zu halten. Fleischfetzen schienen in alle Richtungen zu fliegen, und überall war Blut.

Aber Manolito ließ die Arme hängen und zwang sich, sein Lächeln beizubehalten, selbst als die anderen Vampire wieder völlig außer sich gerieten, sich Stückchen von seinem Fleisch in den Mund zu stopfen versuchten und sogar so weit gingen, ihre Zähne in seine Schultern und seine Brust zu schlagen. Es war eins der schwierigsten Dinge, die er je getan hatte, sich ruhig zu verhalten, während die Untoten sich in einem wahren Blutrausch um ihn scharten, ihm das Fleisch von den Knochen rissen und versuchten, ihn lebendig aufzufressen.

Manolito hielt seine Gedanken fest auf MaryAnn gerichtet. Er dachte an ihr Lächeln, ihr Haar, das Strahlen in ihren Augen, wenn sie lachte. Ah, der Klang ihres Lachens war so warm und überdeutlich in seinem Bewusstsein, dass er sogar den Lärm der an ihm herumzerrenden Vampire übertönte. Er rief sich jede Einzelheit ihres Körpers in Erinnerung und lächelte, als er an ihre ausgeprägte Vorliebe für topmodische Kleidung dachte, an ihre hochhackigen roten Pumps und schicken Stiefel. Selbst hier, in diesem Land, das so irreal war, kam sie ihm zu Hilfe und bewahrte ihn mit ihrem Bild davor, dem Wahnsinn zu verfallen.

»Schluss jetzt!«, schrie Maxim und winkte die Vampire von Manolito fort. Die Untoten gehorchten nur widerstrebend, einige krochen immer noch über den Boden, um Fleisch und Blut aufzusammeln, obwohl sie sich in Wirklichkeit nur Erde in die Münder stopften. Einige umklammerten Maxims Beine, erhoben ihre schmutzbesudelten Gesichter zu ihm und bettelten um mehr. Er verscheuchte sie mit einem Fußtritt und funkelte Manolito böse an. »Hör auf zu grinsen!«

»Ich grinse nicht, Maxim. Ich empfinde nur Mitleid mit der Kreatur, die einmal ein großer Mann und guter Freund von mir war. Und nun gibst du dich damit zufrieden, diesem Abschaum hier zu dienen. Du bist durch deine eigene Schuld zu Wurmfutter geworden und hast das einzig wirklich Wichtige verloren – deine überragende Intelligenz. Wie konnte ein so scharfsinniger Mann wie du auch nur ein Wort von Xaviers Gerede glauben? Es ist mir völlig unverständlich, dass du und Ruslan – oder auch nur irgendeiner deiner Brüder – eure Zeit mit jemandem wie ihm verschwendet habt.«

Manolito achtete darauf, seine Schmeichelei auf ein Minimum zu beschränken, als er den Vampir wieder auf das Thema Magier brachte. Maxim war gerissen und würde es bemerken, wenn Manolito übertrieb. Deshalb behielt er auch diesen kühlen, leicht verächtlichen Tonfall bei, von dem er wusste, dass er Maxim auf die Nerven ging.

Der Herr der Vampire zog so scharf den Atem ein, dass die Luft zwischen den Stümpfen seiner Zähne hindurchpfiff. Manolito konnte sehen, wie er um Beherrschung und Würde rang, als er zurücktrat, seine Hände hinter seinem Rücken verschränkte und eine ausdruckslose Miene aufsetzte.

»Du irrst dich in Bezug auf Xavier, Manolito. Er wird meine Armee durch das Portal bringen, und niemand wird uns daran hindern können. Die Toten kann man nicht besiegen.« Er lachte, als fände er sich selbst sehr amüsant.

Maxims Beispiel folgend, begannen sich auch die Vampire um sie herum zusammenzunehmen. Sie rissen ihre Münder auf und gaben Geräusche von sich, die eine grausige Parodie aufs Lachen waren. Der Lärm war ohrenbetäubend, ein wildes Gekreische, das durch Manolitos Kopf echote und ihn mit den Zähnen knirschen ließ. Aber er zwang sich schnell wieder zu einem Lächeln, hielt seinen Blick auf Maxim gerichtet und versuchte zu ergründen, was sich hinter dieser üblen Maske befand.

»Glaubst du das wirklich, Maxim? Denkst du, Xavier hätte die Macht, euch zurückzubringen? Er hat den Schattenkrieger-Zauber geschaffen, als er sich auf dem Höhepunkt seiner Macht befand. Jetzt ist er bloß ein alter Wurm, der sich von dem Blut kleiner Kinder nährt und die Magie geringerer Magier als die seine ausgibt. Glaubst du allen Ernstes, er könnte euch hier herausbringen?«

»*Du! Du* wirst uns hier herausbringen«, entfuhr es Maxim, bevor er es verhindern konnte. Er war so aufgebracht, dass Speichel aus seinem Mund sprühte und die Flammen in seinen Augen noch mehr aufloderten. »Selbstgefällig wie immer, kleiner Mann. Denn das ist es, was du wirklich bist. Deine Brüder kennen die Wahrheit. Du bist ein kleiner Mann, der jammert und quengelt, um jemand Wichtiges zu werden. Du denkst, du bekämpfst uns, aber dazu bist du gar nicht in der Lage. Das konntest du noch nie. Du hast es gewagt, meine Welt zu betreten, und du hattest einmal die Gelegenheit, dich uns anzuschließen. Zwei Mal habe ich dir sogar die Chance gegeben.«

»Du wolltest meine Gefährtin töten.«

»Du hättest dich mir anschließen und mir dienen sollen. Mit deinem Verstand hätten wir sehr weit kommen können, doch du konntest ja noch nie in großen Schritten denken. Lieber wolltest du vor diesem Narr Dubrinsky katzbuckeln. Und du hast nie verstanden – und dein Bruder Zacarias auch nicht –, dass Vlad Dubrinsky euch für seinen Sohn verraten hat. Er hat uns alle für seinen Sohn verraten.«

Manolito versteifte sich, und seine Gedanken rasten. Die Antwort lag direkt vor ihm, wenn er nur die Teilchen des Puzzles zusammensetzen konnte. Maxim wollte es ihm sagen, ihm seine Überlegenheit zeigen; Manolito musste nur Geduld haben und ihn in diese Richtung führen. »Glaubst du, mit deinen kindischen Spötteleien könntest du mich so beeindrucken wie deine lächerlichen Hunde da?«, sagte er mit einer verächtlichen Handbewegung auf die Vampire, die verzweifelt versuchten, Maxims Aufmerksamkeit zu erringen. »Ich bin ein karpatianischer Jäger. Ich bin tausend Jahre ein Jäger gewesen. Du bist zum Kasper geworden, von deiner einstigen Größe ist längst nichts mehr zu spüren. Du bist zu einer Marionette für jemanden wie Xavier mutiert.«

Maxim sah aus, als würde er jeden Moment explodieren. Seine Augen in den tiefen Höhlen glühten rötlich und gelb. Er spie Gift zwischen seinen Zähnen hervor, und die Säure landete auf Manolitos Haut, wo sie zischte und verrauchte.

Manolito blieb jedoch völlig unbewegt von der Attacke, er zuckte mit keiner Wimper, sondern sah Maxim einfach nur weiter mit diesem kleinen, verächtlichen Lächeln an, das den Vampir so rasend machte.

»Du weißt nichts. *Gar* nichts. Auch du glaubtest, du wärst allen anderen geistig überlegen. Du und deine lieben Brüder. Zacarias befahl uns, diesem mörderischen, jämmerlichen Prinzen zu folgen. Dubrinsky hätte eine Frau töten können, aber nicht seinen eigenen Sohn, und die Brüder De La Cruz folgten ihm wie brave Hündchen.«

Manolito zuckte gleichmütig die Schultern. »So wie du Xavier blindlings folgst, wenn du seine Lügen glaubst. Er will kein Futter für die Untoten sein. Er wird dir sagen, was immer du auch hören willst.«

»Ich habe das Portal *gesehen*«, versetzte Maxim scharf. »Und deine Gefährtin wird hierherkommen. Du bist der Köder. Sie wird zu dir kommen, wenn sie dich schreien hört.«

Manolitos Herz verkrampfte sich, doch er behielt seine unbewegte Miene bei und legte so viel Verachtung wie nur möglich in seinen Blick, als kümmerte ihn Maxims Offenbarung nicht. Er hatte schon damit gerechnet, aber es zu hören, brachte seine ganze Angst um MaryAnn zurück. Trotzdem schaffte er es, seine Gefühle ganz tief in sich zu verbergen und den Herrn der Vampire weiter ruhig anzusehen. »Es wird interessant sein zu sehen, wie du das tust.«

»In ebendiesem Augenblick erfüllen *meine* Marionetten schon meinen Auftrag und greifen sie an, während dein Körper schutzlos und verwundbar bei ihr liegt. Wir werden ihn verbrennen, und dann gibt es keine Hoffnung mehr für dich, zurückzukehren. Sie wird dich schreien hören und ihren Geist so voll und ganz mit deinem verschmelzen, wie sie es vorher schon getan hat. Und wenn sie erst einmal hier ist, können wir ihren lebenden Geist dazu benutzen, in die Welt zurückzukehren.«

Manolito schmeckte die Furcht schon auf der Zunge, aber er zwang sein Herz, ganz ruhig und leicht zu schlagen. »Und wie wollt ihr mich zum Schreien bringen, Maxim? Bisher ist euch das nicht gelungen.«

Maxim grinste böse. »Es gibt nur einen, der jedem Kommunikationspfad folgen kann.« Er schwenkte die Arme und glühte förmlich vor Zufriedenheit. »Darf ich dir Draven Dubrinsky, Mikhails älteren Bruder, vorstellen?«

Manolito drehte sich um, und Vlads Sohn stand hinter ihm und glühte förmlich von der ererbten Macht seiner Familie, aber seine Augen brannten vor Hass, und sein gut aussehendes Gesicht war ganz verzerrt vor Bosheit.

»Sie wird zu dir kommen«, versicherte er Manolito. Er stand hoch aufgerichtet vor ihm, die Arme seitlich ausgestreckt, und Manolito spürte das Verschmelzen seines Geistes mit seinem eigenen im selben Augenblick, als es geschah.

17. KAPITEL

Der Vampir durchbrach die Überreste der Barriere, die MaryAnn umgab, und riss Manolitos Schutzzauber in Fetzen. Die Krallen der Kreatur waren ausgestreckt, um Manolitos Körper zu erreichen, der an dem Geländer der Terrasse hoch im Blattwerk lehnte. Der Werwolf begegnete dem Untoten noch in der Luft, sie prallten hart zusammen, und die Wölfin trieb den Vampir mit der Kraft seiner eigenen Vorwärtsbewegung zurück. Erbarmungslos bearbeitete sie den Vampir mit ihren Tatzen, während sie zusammen von der Terrasse herunterfielen.

Sie stürzten auf den Waldboden zu, die Wölfin auf dem Untoten, und die beiden sich heftig windenden Gestalten zerbrachen ganze Äste, da der Vampir während des Sturzes immer wieder mit dem Rücken dagegenprallte. Überall um sie herum erwachte der Dschungel zum Leben von den Kampfgeräuschen, dem Kreischen der Vögel, dem Geschrei der Affen und dem Fauchen des Vampirs.

Der Vampir schlug der Wölfin seine Zähne in die Schulter und zerriss ihr Fleisch, während er ihr mit seinen Krallen den Bauch aufriss. MaryAnn spürte, wie tief die Krallen eindrangen; sie konnte sogar das Geräusch des zerreißenden Fleischs und Fells des Wolfes hören. Ihr drehte sich der Magen um, doch die Wölfin schlug mit der Tatze den Kopf des Vampirs beiseite, sodass sich seine Zähne aus ihrer Schulter lösten, und ignorierte den Schmerz, als Fleischfetzen und Blut die Blätter besprenkelten.

Der Vampir kam auf dem Boden auf, schon halb in Dunst aufgelöst, um dem Wolf zu entkommen, aber MaryAnns Beschützerin war schneller und schlug ihm ihre Fänge in die Kehle und die Krallen in die Brust, um ihm das verdorrte, schwarze Herz herauszureißen. Das Tier folgte seinem Instinkt, der kollektiven Erinnerung an ein uraltes Vermächtnis, das von einer Generation an die nächste weitergegeben wurde. Tief in ihrem Innersten, wo nichts sie berühren konnte, schwor sich MaryAnn, nie wieder ohne ihr Pfefferspray irgendwohin zu gehen. Die Wölfin hätte den Vampir damit blenden und sich so wenigstens vor diesen schrecklichen Zähnen schützen können.

Beim Aufprall auf dem Boden landete sie auf dem Vampir, und sie wälzten sich über den Boden, wobei der fauchende Vampir ihr seinen widerlichen Atem ins Gesicht blies. Die Kreatur, die nach verfaulendem Fleisch stank, beleidigte den feinen Geruchssinn der Wölfin. Der Vampir packte sie, schleuderte sie von sich und nutzte die Gelegenheit, um sich in Dunst aufzulösen und zu der Terrasse hoch oben in den Bäumen hinaufzuströmen.

MaryAnns Herz drohte, ihr die Brust zu sprengen. Sie hörte sich schreien und versuchte mit aller Macht, die Kontrolle über den Wolfskörper zu erlangen, damit sie zu Manolito eilen konnte, aber das Tier war schon in Bewegung, sprang mit unglaublicher Geschwindigkeit die Baumäste hinauf und stürzte sich auf den Vampir, der gerade neben Manolitos Körper wieder Gestalt annahm. Diesmal packte die Wölfin den Kopf des Vampirs mit seinen Tatzen und brach ihm mit einer schnellen Drehung das Genick. Ein lautes Knacken, und der Kopf des Vampirs fiel schlaff zur Seite. Knurrend, ihre Augen rot vor Zorn, senkte die Kreatur ihre Schulter und trieb die Wölfin zurück, sodass sie schon wieder zusammen über das Geländer in die Tiefe stürzten.

MaryAnn spürte, wie sie fielen, sie fühlte die Zweige, die gegen ihren Rücken peitschten, aber ihre Wölfin verlor nicht eine Sekunde die Kontrolle, sondern grub ihre Schnauze tief in die Brust des Untoten, um ihm das Herz herauszureißen. Blut bedeckte ihr Fell und brannte sich wie Säure in ihre Haut und Knochen, aber nicht einmal das konnte sie aufhalten. In seiner Verzweiflung riss der Vampir sich von der Wölfin los, und beide kamen hart auf dem Boden auf.

Und dann tauchte aus dem Nichts plötzlich Riordan De La Cruz auf, als der Vampir gerade wieder auf die Füße sprang. Ohne Zögern stieß Riordan seine Faust tief in die Brust des Untoten und riss ihm das Herz heraus. Nachdem er es weit weggeworfen hatte, fuhr er zu dem Wolf herum. Die Wölfin schwankte, als es ihr gelang, sich zu erheben, und zitterte am ganzen Körper von dem Schmerz ihrer Verletzungen.

Riordan zog eine Augenbraue hoch. »MaryAnn?«

Die Wölfin nickte und lehnte sich seitlich an einen Baum, um sich zu stützen. Dann zeigte sie mit dem Kopfbewegung auf das Herz, das auf den Körper des Vampirs zurollte.

»Ja, natürlich.« Riordan erhob die Arme zum Himmel, um seinen Schock zu überspielen. Sofort brauten sich Sturmwolken zusammen, und Donner grollte. Blitze durchzuckten die dunkleren Wolken, und dann schlug einer in das Herz ein und ließ es in Flammen aufgehen. Als Nächstes lenkte Riordan die tödliche Energie auf den Körper des Vampirs.

Zu MaryAnns Erstaunen legte die Wölfin sich in den knisternden Energiestrom. Doch statt darin zu verbrennen, löste die Energie das mit Säure versetzte Blut an ihrem Kopf und Körper auf. Schwankend trat die Wölfin zurück und lehnte sich mit zitternden Flanken und um Atem ringend wieder an einen dicken Baumstamm. Ihr ganzer Körper schmerzte, aber sie hatte Manolito am Leben erhalten. Sie konnte keine Sekunde länger warten, um nach ihm zu sehen. Ihn zu berühren. Sie brauchte ihn so sehr.

Sie sprang auf einen der niedrigeren Äste und kletterte zu der Plattform in den Baumkronen hinauf. Manolito saß noch an derselben Stelle, sein Körper war ein bisschen zu einer Seite gesackt, aber er sah aus, als schliefe er. Sie atmete erleichtert auf und ließ sich neben ihm auf den Boden sinken.

MaryAnn konzentrierte sich darauf, ihren eigenen Körper wiederzuerlangen, und dankte ihrer Beschützerin für ihre Hilfe. Sie selbst mit ihrem viel schwächeren menschlichen Körper hätte den Vampir niemals besiegen können. Sie war auch erfüllt von Dankbarkeit den anderen Spezies gegenüber, die die Welt mit ihr teilten, war froh und dankbar, dass sie aufmerksam genug waren, um dafür zu sorgen, dass alle so sicher wie nur möglich waren. Die Wölfin in ihr verlieh ihr ein Gefühl der Sicherheit.

Die Wölfin bist du selbst, versicherte ihr die weibliche Stimme in ihr.

MaryAnn schloss die Augen und zog die Beschützerin tiefer in ihre Seele. Diesmal ging der Umwandlungsprozess viel schneller vonstatten, da die Wölfin sich sogleich in ihre Höhle zurückzog und MaryAnn wieder ihre eigene Gestalt annahm, viel müheloser, als es umgekehrt der Fall gewesen war. Ihr Körper transformierte sich mit einem Minimum an Schmerz, doch kaum besaß sie wieder ihre menschliche Gestalt, steigerte sich der Schmerz ihrer Verletzungen, bis ihr die Tränen kamen und sie sich auf die Lippe beißen musste, um nicht aufzustöhnen.

»Ich habe den Jaguar vernichtet und den Magier ebenfalls, und ich habe auch die Erde, Bäume und Blätter von dem Blut des Vampirs gereinigt, also komme ich jetzt zu dir herauf.«

MaryAnn verstand den warnenden Unterton in Riordans Stimme im ersten Moment nicht, bis sie an sich herabblickte und merkte, dass sie etwas zum Anziehen brauchte. Sie hatte keine Kleider mehr. Panik erfasste sie. Ihre Kleider waren ihr Schutzschild. Ohne sie fühlte sie sich hilflos. Sie konnte Riordan nicht nackt gegenübertreten. Ihre Panik war so groß, dass sie sogar zu hyperventilieren begann.

»Nein! Du kannst nicht heraufkommen. Ich bin nicht angezogen.«

Er murmelte irgendetwas in seinem ungeduldigen Ton, und plötzlich war MaryAnn mit einem verblichenen karierten Hemd, viel zu weiten Jeans und abgetragenen Turnschuhen bekleidet. Dann stand er vor ihr und blickte stirnrunzelnd auf sie herab.

»Ich werde deine Wunden heilen müssen. Aber dazu muss ich sie mir ansehen. Vampire hinterlassen neuerdings winzige Parasiten, wenn sie beißen.«

Sie hörte ihn kaum, weil sie zu beschäftigt damit war, in unverhohlener Bestürzung ihre Kleider zu betrachten. »Du … du kannst doch nicht ernsthaft glauben, dass ich diese … dieses Zeugs hier tragen werde«, sagte sie und hielt mit den Fingerspitzen den Saum des Hemdes hoch, als sie entsetzt zu Riordan aufblickte.

Sein Stirnrunzeln vertiefte sich. »Dieses *Zeugs* sind Kleider.«

»Oh nein, das sind allerhöchstens Lumpen.« Sie berührte ihren Zopf, um sich zu vergewissern, dass er noch in Ordnung war. Sie mochte gegen Vampire und Jaguare kämpfen, aber sie wollte zumindest gut dabei aussehen. »Das sind keine Kleider.« Ihren Arm zu bewegen, obwohl ihre Schulter schon wie Feuer brannte, hatte sie sichtlich zusammenzucken lassen, und natürlich hatte Riordan es bemerkt und war weit mehr an dem Vampirbiss interessiert als an ihren Kleidersorgen.

Er kniete sich hin, um seinen Bruder zu untersuchen. »Juliette sorgt sich nie um ihre Kleidung. Sie trägt so ziemlich alles.«

»Ich habe schon bemerkt, dass diese Frau eine Beratung braucht«, gab MaryAnn zurück. Und das nicht nur in Modefragen. Juliette brauchte auch ein paar Sitzungen hinsichtlich des Umgangs mit autoritären Männern.

Riordan blickte zu ihr auf, und sein Lächeln verschlug ihr den Atem. Für einen Moment, in diesem schwachen Mondlicht, hatte er wie sein Bruder ausgesehen. Doch es war nur ein sekundenlanger Eindruck, der schnell wieder verflog, und MaryAnns Verzweiflung, nicht bei Manolito zu sein, nahm zu.

Riordan richtete sich langsam auf, als das Lächeln auf MaryAnns Gesicht verblasste. »Das hast du gut gemacht. Ich stehe tief in deiner Schuld. Unsere ganze Familie, MaryAnn. Danke, dass du meinem Bruder das Leben gerettet hast.«

Die Aufrichtigkeit in seiner Stimme wurde ihr zum Verhängnis. Hätte sie ihre besten Kleider angehabt, hätte sie vielleicht mit

Würde damit umgehen können, aber nein, er musste sie ja in ein absolut untragbares Outfit stecken, und ihre Nerven hielten diesem Druck einfach nicht stand. Sie hörte sich aufschluchzen. Riordan machte ein erschrockenes Gesicht und trat sogar einen Schritt zurück und hob die Hand.

»Nicht weinen, MaryAnn. Das war ein Kompliment. Fang nicht an zu weinen. Deine Schulter muss doch wehtun. Lass sie mich mal sehen.«

»Es ist wegen der Kleider.« Jetzt bekam sie auch noch Schluckauf. »Tausch sie aus.«

»Dann zeig mir, was du haben willst.«

Riordan hörte sich so verzweifelt an, wie sie sich fühlte. Sie konnte nicht hier herumstehen und heulen wie ein kleines Kind, während Manolito sich in jener anderen Welt befand und sich mit was auch immer auseinandersetzen musste. Sie musste zu ihm. Aus irgendeinem Grund ließ allein schon der Gedanke an diesen Ort sie frösteln. Aber sie nahm sich zusammen, schloss die Augen und entwarf ein Bild von sich in ihren Lieblingsjeans von Versace, dem tabakfarbenen Top mit den goldenen Lederriemchen von Dolce & Gabbana und ihren Lieblingsstiefeln von Michael Kors, weil die so schick und bequem waren und zu allem passten. Accessoires waren alles, und darum fügte sie auch noch den geflochtenen Gürtel und den dicken Armreif und die Kette hinzu, die sie schon immer haben wollte, sich aber nicht leisten konnte.

Sie atmete tief ein und wieder aus, als sie die perfekt sitzenden Kleider an ihrem Körper spürte, die ihr das nötige Selbstvertrauen gaben, um sich ihrer nächsten Herausforderung zu stellen. »Danke, Riordan. Die sind perfekt.«

Statt des spöttischen Lächelns, das sie erwartet hatte, musterte er sie aufmerksam. »Du siehst wirklich großartig aus. Ich fand dich auch in den anderen Kleidern okay, aber diese hier passen irgendwie zu dir.«

MaryAnn lächelte und verspürte zum ersten Mal ein Gefühl der Kameradschaft zwischen ihnen. »Danke, dass du so schnell gekommen bist. Ich wusste nicht, was ich tun sollte mit diesem ... Ding. Es griff mich immer wieder an.« Dann schüttelte sie den Kopf und runzelte die Stirn. »Na ja, nicht mich. Meine Beschützerin.«

»Den Wolf.«

Er sagte es mit Respekt, und ihr wurde sogar noch leichter ums Herz. MaryAnn erkannte, was das bedeutete. Sie war der Wolf. Die Wölfin lebte in ihr, still und abwartend, kam hervor, wenn sie gebraucht wurde, und begnügte sich ansonsten damit, sich ruhig zu verhalten, solange ihr Eingreifen nicht nötig war. Sie wachte über sie, und die Tiere in ihrer Umgebung erkannten die Beschützerin in ihr als das an, was sie war. Und respektierten sie. Riordan respektierte sie.

»Du bist Manolitos Gefährtin«, sagte er. »Und du wirst mehr als allen Erwartungen gerecht.« Er verbeugte sich vor ihr in einer formvollendeten Geste des Respekts. »Er hätte es nicht besser treffen können. Du birgst viele Geheimnisse, kleine Schwester.«

MaryAnn konnte gar nicht anders, als zu grinsen. »Du meinst die Wölfin? Sie kommt gelegentlich hervor und tritt einigen Leuten kräftig in den Hintern.« Es machte sie sehr stolz, so beiläufig über die Wölfin, die in ihr war, sprechen zu können.

»Ich hatte keine Ahnung, dass es noch Werwölfe auf dieser Welt gab. Jetzt denke ich, dass sie viel schlauer sind, als wir ihnen zugetraut haben. Natürlich existieren sie noch, und das hätten wir uns denken müssen. Sie haben sich bloß immer damit begnügt, im Hintergrund zu bleiben.«

MaryAnn schwankte ein bisschen, als sie sich an das Geländer lehnte. »Ich hatte gehofft, sie könnten sich selbst heilen, wenn sie verwundet werden, so wie ihr es könnt. Und ich würde auch zu gern über die Fähigkeit verfügen, mir mit meiner Fantasie Kleider herbeizuzaubern. Es gibt ein paar Designer, die ich mir nicht leisten kann, aber ich kann mir sehr gut vorstellen, ihre Sachen zu tragen.«

Riordan ergriff ihren Arm, um sie zu stützen, und half ihr, sich wieder neben Manolito hinzusetzen. »Ich habe gute Neuigkeiten für dich, MaryAnn. Manolito ist sehr wohlhabend, und du wirst dir alle Kleider kaufen können, die du willst. Es ist gut, sich die Illusion zu erhalten, menschlich zu sein, aber wenn du erst einmal durch und durch Karpatianerin bist, wirst du auch in der Lage sein, dir so viele Kleider herbeizuzaubern, wie du willst.«

Ihr Herz machte bei seinen Worten einen Sprung. *Durch und durch Karpatianerin*. Damit musste sie erst noch fertig werden. Aber sie wollte für immer bei Manolito De La Cruz bleiben. Auch wenn er sie verrückt machen würde mit seiner Arroganz und erst noch würde lernen müssen, wie es war, mit einer Frau zu leben, die genauso stur war wie er selbst.

»Verstehst du, was das bedeutet?«, fragte Riordan.

»Nicht wirklich. Wie könnte ich?« Was auch immer er mit ihrer Schulter anstellte, raubte ihr den Atem. Es tat höllisch weh, und sie war wirklich froh, auf ihre perfekten Stiefel hinunterschauen zu können und ihre eckigen Spitzen und das wunderbar weiche Leder bewundern zu können.

»Du wirst voll und ganz Karpatianerin sein. Juliette war sehr bestürzt darüber, den Jaguar in sich zu verlieren. Sie kann zwar ihre Katze hervorrufen, ihre Gestalt annehmen und sich wie eine fühlen, aber es ist trotzdem nicht das Gleiche. Heute empfindet sie es nicht mehr als Verlust, doch ich weiß, dass es sehr schwierig war, als sie anfangs dachte, es sei einer.«

»Wirklich? Ich mache mir mehr Sorgen darüber, meine Familie zu verlieren. Meine Großeltern und Eltern liegen mir sehr am Herzen. Und der Gedanke, meine Familie und Freunde sterben zu sehen, behagt mit überhaupt nicht.«

Riordan wusste nicht, dass ihr Blut Manolito mit dem des Werwolfs infizierte, so wie sein Blut ihr die Eigenschaften eines Karpatianers gab. Sie ließ ihre Finger durch das lange, dichte Haar ihres Gefährten gleiten und erfreute sich an dem Wort und der Profundität seiner Bedeutung. Er gehörte ihr. So wie sie die Seine war, war er der Ihre. Was auch immer ihr geschah, geschah auch ihm. Was würde Riordan dazu zu sagen haben? Wie verständnisvoll würde er sein?

Sie rieb sich ihre pochenden Schläfen. »Hast du etwas gehört?« Sie sah sich um, hob den Kopf und schnupperte. Wie oft hatte sie das schon getan und nie gewusst, warum? Wie oft war sie in das Bewusstsein anderer Leute eingedrungen, ohne sich bewusst zu sein, dass sie das tat, um die Informationen zu erlangen, die sie brauchte, um ihnen zu helfen? Und die Tiere ... Sie sah sich nach den Affen in den Bäumen um. Sie waren ihr alle zu Hilfe gekommen, als sie sie gebraucht hatte. Selbst der Jaguar, der unter dem Einfluss des Vampirs gestanden hatte, hatte versucht, den Bann zu brechen und zu tun, was sie ihm sagte.

»Der Wolf ist gut«, bemerkte sie mit einem zufriedenen Lächeln.

»Natürlich. Was dachtest du denn?«

»Ich dachte, er ist ein Monster, das mit seinen Zähnen und Klauen schreiende Teenager zerreißt und die gesamte Familie auffrisst, während das jüngste Kind aus dem Schrank alles beobachtet und sich schwört, die haarige Bestie eines Tages umzubringen.«

Riordan schnaubte, und sein kurzes, amüsiertes Lächeln verblasste so schnell, wie es erschienen war. »Das kann passieren. Einige wenige können zu bösartigen Einzelgängern werden, aber früher hat die Wolfsgesellschaft – und heute wahrscheinlich auch noch, denke ich – ihre Artgenossen immer sehr gut unter Kontrolle gehalten. Sie lebten wie Menschen, zumindest zogen sie das vor, allerdings blieben sie gewöhnlich in der Nähe eines Waldes oder Dschungels, oder sie arbeiteten mit Tieren, um zu helfen, sie zu schützen. Sie gaben sich nur selten zu erkennen, solange jemand, der unter ihrem Schutz stand, sich nicht gerade in extremer Gefahr befand. Ihre Anzahl nahm sogar noch vor der unseren ab. Sie waren zu weit verstreut und die Rudel einander nicht nahe genug, um sich zu kreuzen, und wir nahmen an, dass sie versucht hatten, sich mit Menschen zu paaren, dabei aber nicht erfolgreich waren und ihre Spezies deswegen schließlich ausgestorben war.«

»Warum glaubst du, dass ihr Blut einen Menschen nicht verwandeln würde?«

»Wir dachten auch nicht, dass karpatianisches Blut einen Menschen ganz und gar verwandeln könnte. Juliette nimmt an, dass mit den Jahren mehr Menschen, als wir ahnten, auch das Blut von anderen Spezies in sich trugen, nicht viel vielleicht, aber wahrscheinlich doch genug für eine genetische Verbindung zwischen ihnen.«

»Du denkst jedoch, das Wolfsblut ist nicht so stark wie das karpatianische und dass Manolito kein Problem haben wird, mich zu verwandeln?«

Sie konnte Riordans Zögern spüren. »Ich weiß, dass er dich verwandeln muss, weil er sonst nicht überleben würde.«

»Das habe ich dich nicht gefragt.« Sie trat einen Schritt von ihm zurück, um ihm in die Augen sehen zu können. »Wovor habt ihr Angst?«

»Ich weiß nicht, was geschehen wird, wenn er dich verwandelt«, antwortete Riordan ganz ehrlich, als er wieder die Hand ausstreckte, um den Biss an ihrer Schulter zu untersuchen. Die Stelle war nicht nur verbrannt von dem Blut und Speichel des Vampirs, sondern auch zerfetzt und wund. MaryAnn zitterte, was ihr aber nicht einmal bewusst zu sein schien. Ihre Finger krallten sich in Manolitos langes Haar, als wäre er ihr Rettungsanker, doch auch das merkte sie nicht. »Als ich Juliette verwandelte, kämpfte der Jaguar mit aller Kraft um sein Leben.«

»Manolito hat aber Luiz verwandelt.«

»Luiz lag im Sterben. Es war die einzige Chance für den Jaguar, zu überleben. Ein kleiner Teil von ihm lebt noch, so wie auch ein kleiner Teil von Juliettes Jaguar noch in ihr lebt, aber es ist nicht das Gleiche wie zuvor, obwohl sie noch die Gestalt eines Jaguars annehmen können.«

MaryAnns Herz schlug schneller. Sie mochte die Wölfin, die ein Teil von ihr war, und war stolz auf sie. Und irgendwie, obwohl sie das soeben erst herausgefunden hatte, war ihre Beschützerin schon immer da gewesen, hatte ihr Leben mitgeformt und ihr ohne ihr Wissen beigestanden. Sie wollte nichts anderes sein. Sie betrachtete sich als menschlich. Vielleicht hatte Juliette recht, und die meisten Menschen hatten eine genetische Verbindungen zu einigen der anderen Spezies, aber was auch immer der Grund war, MaryAnn war gern, wer sie war; sie fühlte sich wohl in ihrer Haut und wollte sich nicht verändern, wenn das bedeutete aufzugeben, wer sie war. Und was sie war. Nicht, wenn sie die gerade erst entdeckte Wölfin dadurch wieder verlieren würde.

Aber konnte sie Manolito aufgeben? Ihn sterben lassen? Ihn zum Vampir werden lassen? »Manolito kann nicht zum Vampir werden, wenn er weiß, dass er eine Gefährtin hat, nicht wahr? Falls ich nicht Karpatianerin werde, meine ich?« Ihr Kopf pochte genauso heftig wie ihr Herz. MaryAnn wusste nicht, was mehr wehtat, ihr Kopf oder ihre Schulter. Sie konnte das Brennen der Wunde bis in ihre Knochen spüren.

Plötzlich musste sie Manolitos Geist anrühren und die Verschmelzung mit ihm suchen. Sie kämpfte gegen das Bedürfnis an, weil sie wusste, dass er sie nicht bei sich im Land der Schatten haben wollte, aber das war schwer, da sie sich so verzweifelt nach ihm sehnte. Sie konnte fast nicht atmen und hatte große Mühe, ihre Lungen mit Sauerstoff zu füllen. War sie das, oder war es Manolito? Befand er sich in Schwierigkeiten?

»Natürlich könnte er verrückt werden vor Verlangen. Es ist schlimmer zu wissen, dass eine Gefährtin da ist und man trotzdem nicht gerettet werden kann. Er wird tun, was nötig ist, MaryAnn, und am Ende wirst du darüber froh sein.«

Inzwischen schmerzte jedes Körperteil, ihr Rücken, ihre Arme und Beine, als hätte jemand sie geschlagen. »Ich brauche ihn«, gab sie ganz offen zu und hätte eigentlich beschämt sein müssen, aber das Einzige, woran sie denken konnte, war, zu Manolito zu eilen.

Riordan runzelte die Stirn. Winzige Schweißperlchen aus Blut bedeckten ihre Stirn. Es passte so gar nicht zu MaryAnn, eine Behauptung wie die seine widerspruchslos hinzunehmen, und normalerweise hätte sie ihm auch ihr Verlangen nach Manolito nie gestanden. Irgendetwas stimmte ganz und gar nicht. Er musste sichergehen, dass das unreine Blut des Vampirs sich nicht wie Gift in ihr verbreitete. »Entspann dich einfach, MaryAnn. Ich werde dich heilen, wie es bei unseren Leuten üblich ist.«

Sie atmete tief ein und schmiegte sich an Manolito, weil sie das Gefühl seiner Nähe, die Wärme seiner Berührung brauchte, aber er fühlte sich kalt und leblos an, sein Geist war weit entfernt von seinem Körper. »Ich muss zu ihm.«

»Dann atme tief durch und lass mich dich heilen. Er würde das wollen«, sagte Riordan, noch immer um einen möglichst beruhigenden Ton bemüht. MaryAnn hatte in den letzten Tagen mit zu viel fertig werden müssen. Sie sah erschöpft aus, und bis morgen Abend, wenn er und Juliette sich wieder aus der Erde erhoben, würde sie trotz all seiner Heilungsversuche die Nachwirkungen ihres Sturzes aus so großer Höhe spüren.

Er atmete tief ein, löste sich von seinem Körper und ließ sein körperliches Ich von sich abfallen, damit er zu dem nötigen heilenden Licht aus purer Energie werden konnte. In Form dieses Lichtes drang er in ihren Körper ein, um sich den Schaden anzusehen. Der Vampir hatte ihr Blut mit voller Absicht infiziert. Er hatte keine großen Stücke Fleisch zerrissen und zerfetzt, sondern nur ganz tief mit seinen rasiermessenscharfen Fängen zugestochen, um Tausende winziger Parasiten in ihren Blutkreislauf zu injizieren. Warum? Warum hatte er nicht versucht, MaryAnn zu töten? Mit der Wölfin hatte er natürlich nicht gerechnet, aber ihr Erscheinen hätte den Vampir eigentlich dazu veranlassen müssen, sich noch heftiger zur Wehr zu setzen.

Stattdessen jedoch hatte der Untote sich offenbar dazu entschieden, MaryAnn den größtmöglichen Schaden zuzufügen, ohne sie jedoch zu töten. Er hatte der Wölfin den Bauch zerkratzt und aufgerissen und sie in die Schulter gebissen, aber nicht eine dieser Verwundungen hätte tödlich enden können. Kein Vampir besaß diese Art von Kontrolle während eines Kampfs auf Leben und Tod – es sei denn, er war darauf programmiert worden. Und wer konnte schon einen Vampir manipulieren, selbst einen geringeren, wenn dessen Leben auf dem Spiel stand? Vampire waren von Natur aus selbstsüchtig und raffiniert. Riordan beobachtete besorgt die in MaryAnns Blutkreislauf ausschwärmenden Parasiten.

Nach kurzer Überlegung kehrte er in seinen eigenen Körper zurück. »Das könnte eine Weile dauern. Fühlst du dich schlecht?« Riordan hatte kein Gift entdeckt, sodass der Vampir ihr also keine tödliche Chemikalie injiziert hatte.

»Es kann nicht allzu lange dauern. Wir müssen Manolito helfen.«

Riordan sah ihr prüfend ins Gesicht. Abgesehen von den Anzeichen ihrer Erschöpfung, sah er keine Sorge in ihrem Gesicht, was bedeutete, dass sie es nicht ahnte. Aber er hätte sein Leben darauf verwettet, dass der Wolf in ihr es wusste. »Ruh dich aus«, sagte er, mehr zu der Wölfin als zu ihr. Denn sie würde später noch gebraucht werden, dessen war Riordan sich ganz sicher.

MaryAnn schloss die Augen und legte ihren Kopf an Manolitos Schulter. Riordan beugte sich über sie und verließ seinen Körper, um den Kampf gegen die Parasiten aufzunehmen, die der Untote zurückgelassen hatte.

Manolito starrte Draven Dubrinsky schockiert an. Der Mann war schon lange tot. Warum hatte Vlad ihn nicht vorgewarnt, dass sein Sohn im Reich der Schatten weilte? Draven, wie sein Vater und Mikhail, war eine Quelle der Macht für das karpatianische Volk. Er kannte immer den genauen Ton, den genauen Pfad zur geistigen Verbindung, sogar bei Gefährten des Lebens.

Manolitos Herz machte einen Satz, sein Magen verkrampfte sich, aber sein Puls blieb ruhig und stark und sein Gesicht ganz unbewegt. Sein erster Gedanke war, MaryAnn zu warnen. Doch dazu würde er mit ihrem Geist verschmelzen müssen. Würde das sie weit genug in diese Welt hineinziehen, dass Maxim an sie herankommen konnte?

Manolito atmete tief aus und zwang sich, MaryAnn aus seinem Bewusstsein zu verdrängen. Falls Draven seinen Geist berührte, sollte er weder sie noch einen Weg zu einer geistigen Verbindung zu ihr finden können. Sie war schließlich keine Karpatianerin. Draven konnte sie nicht so mühelos aufspüren, wie er es vielleicht bei einer reinrassigen Karpatianerin könnte.

Er vermied es, Vlad Dubrinskys Sohn anzusehen, weil er es für klüger hielt, keinen Dritten in seinen Kampf mit Maxim zu verwickeln. Die Malinovs kannte er und war mehr als nur bereit, sich einen geistigen Schlagabtausch mit Maxim zu liefern, falls das nötig war, um die Karpatianer zu beschützen. »Du kannst sie nicht durch mich in diese Welt hineinziehen. Nicht durch jemanden wie ihn.«

»Sei dir da nicht so sicher, Manolito. Das war schon immer dein Problem. Und das deiner Brüder.« Bittere Verachtung schwang in Maxims Stimme mit. »Was denkst du, wie es deiner Frau gegen einen unserer Mächtigsten ergehen wird?« Sein Lachen war leise und spöttisch. »Nicht sehr gut, glaube ich.«

Manolito runzelte die Stirn, als er sich plötzlich wieder vom Regenwald umgeben sah, wo MaryAnn auf der Terrasse neben seinem Körper saß, mit angezogenen Knien und einer Hand in seinem Haar. Blut war an ihrer Schulter und vorne an ihrer Brust, und ihr Top war halb zerrissen. Ihr Gesicht konnte er nicht sehen, aber sie schien dem Mann zu vertrauen, der so dicht neben ihr stand. Es war Riordan, sein Bruder, der sich gerade vorbeugte, um sich ihre Wunden anzusehen.

Er hätte besorgt aussehen müssen, doch da war etwas Verstohlenes, Gerissenes an ihm, während er über ihr stand wie ein Raubtier über seiner Beute. Dann wandte er den Kopf und lächelte ihn an, und Riordans Gesicht verschwamm und wurde zu dem Kirjas, der einer von Maxim Malinovs Brüdern war.

Manolito blieb fast das Herz stehen, aber er blieb völlig ruhig, aus Angst, sich zu bewegen und damit vielleicht den Angriff auf MaryAnn auszulösen. Alles in ihm drängte ihn, die geistige Verbindung zu ihr aufzunehmen, sie zu warnen ...

Maxim beugte sich vor. »Menschen sind so leicht zu täuschen.«

Manolito schloss die Augen, als Erleichterung ihn jäh durchzuckte. »Das glaube ich nicht. Und soweit ich mich erinnere, hat mein Bruder Rafael Kirja das Herz herausgerissen und ihn in den tiefsten Schlund der Hölle geschickt, wo er und seinesgleichen hingehören.« Ein Mensch mochte die Gefahr nicht spüren, doch die Wölfin in MaryAnn schon. Eine solche Beschützerin wäre augenblicklich in Erscheinung getreten, wenn ein Vampir MaryAnn angegriffen hätte.

»Ich hoffe nur, du bist dir sicher«, spöttelte Maxim.

Im selben Moment stieß Kirja MaryAnn beiseite und schnitt Manolito die Kehle durch. MaryAnn schrie auf und versuchte wegzukriechen, doch der Vampir packte sie an den Knöcheln, warf sie herum und riss ihr die Kleider vom Leib. Dann trat er ihr heftig in die Rippen und bückte sich, um ihr immer wieder seine Fäuste ins Gesicht zu schlagen. Sie rollte sich weg, und er packte sie an ihren Haaren und zerrte sie zu Manolito hinüber, wo er sie festhielt, während er sie zwang, das Blut aufzulecken, das aus der Kehle ihres Gefährten quoll.

Manolito erfuhr, dass es weit schlimmere Dinge gab als körperliche Folter. Er hatte sich gesagt, es sei nicht wirklich MaryAnn, aber seine Augen und sein Verstand weigerten sich, ihm zu glauben. Er erinnerte sich immer wieder selbst daran, dass Kirja schon lange tot und aus der Welt der Lebenden verschwunden war, doch das Blut und die Schreie waren nur allzu real. Er erschauderte, als Kirja fortfuhr, MaryAnn zu schlagen. Manolitos Magen rebellierte, als der Vampir ihr weitere Misshandlungen zufügte und die schlimmsten Gräueltaten an ihr verübte, die Maxim sich ausdenken konnte … und dieses Scheusal hatte eine ausgesprochen rege Fantasie.

Manolito hatte nicht die Macht, sich diesen Bildern zu verschließen, und deshalb versuchte er, seine Emotionen abzuschalten. Aber es war ausgeschlossen. In diesem Land war es ihm bestimmt, Gefühle zu haben – das war bei allen so –, und die Emotionen waren sogar noch tausendfach verstärkt. Nun wusste er, wie die Untoten einen Geist um den Verstand bringen konnten. Er konnte seine Gefühle nicht abschalten; er musste jeden Schlag, jede noch so widerliche, abartige Demütigung, die MaryAnn zu ertragen hatte, mitempfinden. Seine Lungen brannten vor Sauerstoffmangel; seine Hände zitterten. Er ballte sie zu Fäusten ... um was zu tun? Diese Monster hatten keine Körper. Das hier war nur ein perverses Spiel mit seinem Geist. Sie warteten darauf, dass er es nicht mehr ertrug und sich mit MaryAnns Geist verbinden würde, um nach ihr zu sehen und sein eigenes Leid zu lindern.

Manolito schüttelte den Kopf. »Du wirst sie nie bekommen, Maxim, egal, was du mir antust. Egal, was du mir zeigst.«

Kirja stieß seine Faust in MaryAnns Brust, riss ihr Herz heraus und hielt es triumphierend hoch, während sie schrie und schrie. Ein kalter Schauder durchzuckte Manolito, aber er blieb stoisch und mit unbewegter Miene stehen. Sollte es sein Schicksal sein, die nächsten Jahrhunderte ihren Schmerz zu spüren und mit anzusehen, wie sie gefoltert wurde, würde er dazu bereit sein. Sie durften sie nicht bekommen. Es waren vielleicht nur Minuten vergangen oder Stunden – Zeit bedeutete nicht viel an diesem Ort –, doch ihm kam es vor wie mehrere Lebenszeiten, ja, wie Jahrhunderte, in denen er gezwungen war, mit ansehen zu müssen, wie die andere Hälfte seiner Seele ertragen musste, was auch immer Kirja, Maxim oder Draven sich gerade vorstellten. Der Klang von MaryAnns Schreien und Bitten, die Bilder ihrer Folter waren für immer in sein Herz, seinen Verstand und sogar in seine Seele eingebrannt.

»Er kann sie nicht lieben, wenn er einfach so herumsteht«, sagte Draven. »Jeder Mann würde zusammenbrechen, wenn er seine Gefährtin so brutal misshandelt sähe.«

Manolito schaute durch ihn hindurch. Draven Dubrinsky würde nie erfahren, was Liebe war. Aber Manolito wusste es. Er spürte es in jedem Schlag von Kirjas Faust, in jedem Tritt seiner Füße und in jeder Berührung seiner Hand an MaryAnns Körper. Doch das alles war nur Illusion. Ein Trugbild, weiter nichts.

Er zwang sich zu einem Lächeln, obwohl er Bäche von blutigem Schweiß über seinen Körper strömen spürte. Auch das war eine Illusion. »Ein Spiel, Maxim, mehr nicht. Du treibst deine Spielchen mit mir, und dabei weißt du sehr genau, dass ich mich niemals beugen werde. Du kennst mich. Also mach weiter, wenn es sein muss, doch es kommt mir reichlich kindisch vor, sogar für dich.«

Maxim fauchte, bleckte seine Zahnstümpfe und winkte die Illusion mit einer Handbewegung weg.

»Sieh mich an«, schnarrte Draven, der überaus verärgert darüber war, dass Manolito ihn nicht einmal zur Kenntnis nahm.

»Ich habe nicht den Wunsch, mit dir zu reden, dich zu sehen oder dich in irgendeiner Form als real zu betrachten«, sagte er und beobachtete dabei mehr Maxim als Draven. Vlads Sohn hatte Macht, aber es war Maxim, der gerissen und hasserfüllt genug war, um zurückzukehren und das karpatianische Volk zu vernichten.

»Ich finde es *widerlich*, Maxim, dass du mit jemandem wie dem da Umgang pflegst. Er hat unsere geliebte Schwester auf dem Gewissen. Du magst ihm vielleicht verziehen haben, doch ich will nicht in seiner Nähe sein. Glaub ja nicht, dass ich einen wie diesen Ausgestoßenen des Geschlechts Dubrinsky fürchte. Vor langer Zeit hätte ich die Gelegenheit begrüßt, ihm das Leben zu nehmen. Es wäre nichts gewesen, verglichen mit Ivorys Verlust, aber trotzdem hätte ich es gern getan, so wie auch du es hättest tun sollen, Maxim.«

Er hielt seinen Blick unverwandt auf den Freund von einst gerichtet, und seine Stimme triefte förmlich vor Verachtung.

Maxim knurrte, und Speichel rann an seinem Kinn hinunter, als er drohend seinen Kopf hin und her wiegte. »Sprich nicht so herablassend mit mir. Mit deiner Treulosigkeit hast du schon vor langer Zeit bewiesen, auf wessen Seite du stehst.«

Zum ersten Mal erlaubte sich Manolito, einen Anflug von Ärger in seine Stimme einfließen zu lassen. »Wage es nicht, das Wort ›treulos‹ zu benutzen, wenn der Mörder deiner Schwester an deiner Seite steht! Du bist tiefer gesunken, als ich es für möglich gehalten hätte, als du zum Hündchen dieser niederträchtigen Bestie geworden bist. Kriech vor ihm, Maxim, wie die, die deine Anerkennung suchen. Leck ihm die Stiefel, wenn es sein muss. Aber ich will nichts mehr mit dir zu tun haben, solange dieser …« Absichtlich hielt er inne und schwenkte seine Hand in Richtung Draven. »Solange dieses … Stück Dreck dein Herr und Meister ist.«

»Ich bin von *königlichem* Blut!«, empörte sich Draven. »*Du* solltest vor mir auf den Knien rutschen.«

Manolito gönnte ihm nicht einmal einen Blick. Ohne die Augen von Maxims abzuwenden, beschwor er im Geist ein Bild von Ivory herauf. Für Manolito war sie so jung und unschuldig wie beim letzten Mal, als er sie gesehen hatte; die Erinnerung an sie war so sehr ein Teil von ihm, dass sie nie verblassen würde. Er schickte das Bild über den Pfad des Blutbandes, das ihn mit Maxim vereinte. Ivory mit ihrem Lachen und ihrer strahlend hellen Seele. Ivory, wie sie Maxim die Arme um den Hals warf und ihn auf die Wange küsste. Ivory, wie sie mit einem Schwert in der Hand und mit verbundenen Augen vor dem Haus der Malinovs stand, im Kreise ihrer Brüder und der Brüder De La Cruz. An jenem Tag brachten sie ihr bei zu kämpfen.

Hör auf damit!, schrie Maxim und presste seine Finger an seine Augenhöhlen.

Manolito projizierte die liebevollen Erinnerungen gnadenlos; genauso hatte Maxim ihn mit MaryAnns Folter gequält. Ivory als kleines Kind auf Maxims Schultern. Ihr erstes Mal in der Luft, sicher und beschützt im Kreise ihrer Brüder, Ruslan immer unter ihr und Maxim und Kirja an ihren Seiten, während Vadim und Sergey hinter ihr und vor ihr durch die Lüfte flogen. Ihr Lachen. Der Mond, der ihr strahlendes Gesicht beleuchtete, als sie die Treppe hinunterrannte, um sie zu begrüßen, wenn sie von einer Schlacht zurückkehrten.

Hör auf. Ich bitte dich. Hör auf, bettelte Maxim, weil im Reich der Schatten und Nebel die Geister jede Emotion verspüren konnten. Hass. Verbitterung. Trauer. Reue. Es war ihnen bestimmt, all das zu spüren wie Peitschenhiebe, um ihnen vor Augen zu führen, welch zerstörerischen Weg sie im Land der Lebenden eingeschlagen hatten. Das war der Grund, warum auch Manolito solch starke Emotionen verspürte, obwohl er wusste, dass die Szene mit Mary-

Anns Folter nur Illusion gewesen war. Er sollte fühlen, was er in all diesen endlosen Jahrhunderten noch nie empfunden hatte.

Maxim hatte keine andere Wahl, als die Liebe zu seiner Schwester in ihrer ganzen Stärke zu spüren. Bei jeder Erinnerung durchfluteten ihn Emotionen. Schließlich bedeckte er sein Gesicht mit seinen Händen und fiel auf die Knie.

»Du stehst bei dem Mann, der all diese Dinge mit ihr getan hätte, die du meiner Gefährtin antun wolltest. Soll ich dir zeigen, was in Dravens Kopf vorging? Die Perversionen, die er Ivory zugemutet hätte?«

Manolito wäre nie dazu fähig gewesen, aber er wusste, dass Maxim die Bilder ganz allein heraufbeschwor. Er würde wissen, dass er Schulter an Schulter mit demjenigen stand, der ihnen letzten Endes Ivory genommen hatte, und er plante gewiss nichts Gutes für den, der den ultimativen Verrat an ihr begangen hatte.

»Nein. Ich kann nicht an sie denken.«

Es waren so viele Erinnerungen. Manolito konnte die Tränen in seinem eigenen Herzen spüren. Ivory. Er hatte sie geliebt wie eine Schwester. Sie hatte ihrer aller Leben aufgeheitert mit ihrer großzügigen Art und mitfühlenden Natur.

»Du hast getan, was du vorhattest, Manolito.«

Alle fuhren herum zu dem Paar, das lautlos hinter sie getreten war. Es waren Vlad und Sarantha, die sich liebevoll an den Händen hielten.

»Ihr solltet nicht hier sein«, sagte Manolito. Er warf einen Blick auf Draven, sah das boshafte Grinsen in seinem Gesicht und hätte am liebsten etwas zerschmissen. Vlad und seine Gefährtin hätten weitaus Besseres von ihrem Sohn verdient. »Das hier ist mein Problem, und ich werde einen Weg finden, es zu lösen.« Er wollte ihnen den Schmerz ersparen, das Monster zu sehen, das Draven gewesen war. Irgendwie wusste er, dass das Ivory lieber gewesen wäre als Vergeltung.

»Du hast ihre Pläne zerstört und Maxim dazu gebracht, seine Fehler einzusehen. Er wird seinen Brüdern nicht helfen«, sagte

Vlad. »Deine Zeit hier ist vorbei, Manolito. Ich muss nur noch meine Pflicht tun, und dann wird die unsere auch vorbei sein.«

Manolito blickte auf seine Hände herab. Sie waren nicht mehr transparent. Er schloss die Finger zu einer Faust und öffnete die Hand wieder.

»Wir werden immer zu dir stehen«, sagte Manolito, wohl wissend, dass Vlad verstehen würde, dass damit alle De La Cruz gemeint waren.

»Du und deine Brüder waren stets sehr loyal zu unseren Leuten«, sagte Vlad. »Ich verlasse mich darauf, dass ihr den Jaguaren beistehen werdet, so gut ihr könnt, und dass ihr die gleiche Loyalität, auf die ich immer bei euch zählen konnte, auch meinen Söhnen entgegenbringt.«

Sarantha trat neben Manolito und berührte seine Narben. »Du hast Mikhail das Leben gerettet. Und du hast unseren Sohn Jacques gerettet, indem du dich vor Shea geworfen hast und dich von dem vergifteten Messer hast treffen lassen, das für sie bestimmt war. Damit hast du auch unseren ungeborenen Enkel gerettet. Ich danke dir, Manolito. Das ist bei Weitem nicht genug, aber alles, was ich hier zu geben habe.«

Vlad umfasste seine Unterarme. »Geh jetzt. Verlass diesen Ort. Du gehörst nicht mehr hierher. Lass mich erledigen, was ich schon vor Jahrhunderten hätte tun sollen. Lebe lange und gut, mein alter Freund.«

Manolito wandte sich ab, weil er spürte, wie er die Kommunikation mit MaryAnn suchte. Mit seinen Brüdern. Mit dem Leben. Aber trotzdem blieb er noch einen Moment, um Vlads und Saranthas Konfrontation mit ihrem Sohn zu sehen.

»Du hast hier viele Jahre Zeit gehabt, Draven«, sagte Vlad, »und wir haben dir immer beigestanden, doch das ist jetzt vorbei. Selbst hier, wo man dir die Chance gab, zu bereuen und Erlösung zu erlangen, hast du dich geweigert, dich zu bessern. Wir akzeptieren deine Entscheidung. Und deshalb wirst du jetzt von diesem Ort zum nächsten gehen.«

»Nein! Das könnt ihr nicht tun. Ich bin euer Sohn.« Zum ersten Mal verschwand das Grinsen aus Dravens Gesicht. Er warf sich seiner Mutter vor die Füße und schlang die Arme um ihre Beine. »Lass nicht zu, dass er mich verdammt! Er kann mich nicht wegschicken.«

»*Wir* verdammen dich, wie wir es schon vor so vielen Jahren hätten tun sollen, Draven«, erwiderte Sarantha fest. »Geh jetzt. Vielleicht wirst du an dem nächsten Ort mehr lernen, als wir dich lehren konnten.«

Draven schrie, als schwarzer Rauch aus seinem Körper strömte, sich um ihn legte und ihn schließlich vollkommen umwölkte. Schatten krochen über den Boden und huschten durch die Bäume. Schlingpflanzen mit langen, scharfen Dornen an ihren suchend ausgestreckten Fangarmen erhoben sich von der Erde. Die Vampire verfolgten das Schauspiel fasziniert, einige lächelnd, andere mit nervöser Miene, doch keiner rührte sich, als Draven versuchte wegzulaufen.

Die Schlingpflanzen richteten sich auf, zusammengerollt wie Schlangen, und dann schossen sie vor und wickelten sich um Dravens Knöchel. Ein harter Ruck, und er fiel in ein Nest aus gierigen Klauen, die aus dem Erdboden nach ihm griffen. In einem Moment war er noch da, verfangen in den dornigen Tentakeln, den Mund zu einem jetzt stummen Schrei geöffnet, und im nächsten Augenblick schon war er fort, verschluckt von einem schwarzen Loch.

Stille herrschte. Sarantha legte ihren Kopf an Vlads Schulter, und er zog sie an sich und drückte sie beschützend an seinen größeren und kräftigeren Körper. Manolito konnte den Ruf seiner eigenen Welt spüren, die ihn zu sich hinzog, und machte sich in aller Eile auf den Weg, um zu seiner Gefährtin zurückzugelangen, sie in seinen Armen zu halten und sie so zu behüten und zu beschützen, wie Vlad während all ihrer gemeinsamen Jahrhunderte Sarantha behütet und beschützt hatte. Als er zurückblickte, konnte er sie nur noch als ein helles Licht wahrnehmen, und dann verschwand auch das, und er befand sich wieder in seinem Körper.

MaryAnn zog verblüfft den Atem ein, doch dann schlang sie die Arme um ihn und drückte ihn an sich und küsste ihn. Über ihren Kopf hinweg lächelte Manolito seinen Bruder an. »Danke, Riordan«, sagte er schlicht, aber aus tiefster Überzeugung.

18. KAPITEL

Ist alles in Ordnung mit dir? Haben sie dich verletzt?«, fragte MaryAnn besorgt und ließ prüfend ihre Hand an Manolitos Brust hinuntergleiten. »Ich habe mir solche Sorgen um dich gemacht.«

»Nein, *meu amor*, aber was ist mit dir? Ich habe dich mit Blut an deiner Schulter und am Bauch gesehen.« Er berührte ihre nackte Schulter, wo die hässliche, entzündete Bisswunde zu sehen war, und dann zog er ihr Hemd hinauf, um sich prüfend ihren nackten Oberkörper anzusehen.

Riordan räusperte sich. »Ich bin noch hier.«

Keiner von beiden blickte auf oder nahm seine Feststellung zur Kenntnis.

MaryAnn schob ihre Hände unter Manolitos Hemd. »Wie bist du aus dieser anderen Welt herausgekommen? Ich hatte recht, oder? Maxim versuchte, dich zu töten.« Sie stellte sich auf die Zehenspitzen und bedeckte Manolitos Hals mit Küssen. »Und jetzt bist du für immer frei von dieser Schattenwelt, nicht wahr?«

Riordan kratzte sich am Kopf. »Ich möchte nur ein Wort sagen: Vampir. Hörst du, Manolito? Sie hat gegen einen Vampir gekämpft.«

Das drang durch. Manolito zog MaryAnn näher und untersuchte ihre Verletzungen dieses Mal noch gründlicher.

»Ich habe die Parasiten schon entfernt, falls dich das interessiert«, bemerkte Riordan.

Manolito zog MaryAnn wieder an sich und hauchte sanfte Küsse um die Verletzung an ihrer Schulter, während sein Herz einen Satz in seiner Brust machte und dann in mehr oder weniger gleichmäßigem Rhythmus weiterschlug. Er hätte an das verseuchte Blut der Vampire denken müssen. Wenn sie es geschafft hätten, MaryAnn durch das infizierte Blut in ihrem Kreislauf in ihre Welt hineinzuziehen, hätte das Blut sie wie magisch angezogen. Und Xavier hätte vielleicht doch noch einen Weg gefunden, seine tote Armee wieder zum Leben zu erwecken.

»Ich muss dich untersuchen, MaryAnn«, sagte er, während er mit beiden Händen zärtlich ihr Gesicht umfasste. »Ich muss sicher sein, dass nichts dir schaden kann.«

»*He!* Du beleidigst mich, Bruder«, meldete sich Riordan zu Wort, aber er konnte das Grinsen, das auf seinem Gesicht erschien, nicht unterdrücken. Sie waren total verliebt, die beiden. Stur wie Maulesel, aber dennoch hatten sie nur Augen füreinander.

MaryAnn drückte ihr Gesicht an Manolitos Halsbeuge und schlang ihm ihre Arme um den Nacken. »Bring mich irgendwo in Sicherheit, wo ich wieder atmen kann.« Sie wollte mit ihm allein sein, ihn berühren und jeden Zentimeter seines Körpers untersuchen, um sich zu vergewissern, dass er nicht verletzt war.

»Also, eigentlich hätten wir ja ein paar wichtige Dinge zu besprechen«, versuchte Riordan es wieder, obwohl er wusste, dass es sinnlos war. Denn der große, gefährliche Manolito war wie Wachs in den Händen seiner Gefährtin. »Du weißt schon, Dinge wie die Wölfin. Oder das verseuchte Blut. Und was in der Schattenwelt geschehen ist.«

Manolito hob MaryAnn auf die Arme und ignorierte seinen jüngeren Bruder. »Ich kenne einen Ort, der dir gefallen wird.«

Riordan verdrehte die Augen. »Na, ich schätze, dann gehe ich wohl besser und lasse euch allein.« Er grinste noch breiter, als weder Manolito noch MaryAnn ihn ansahen. »Ich kann mich heute Nacht um Solange und Jasmine kümmern, falls ihr zwei – ihr wisst schon – irgendwo allein sein wollt.« Nicht einmal dafür hatten sie ein Wort des Dankes übrig. Riordan schüttelte den Kopf und verflüchtigte sich. Heute Abend wäre es sinnlos, ihnen irgendetwas von Bedeutung entlocken zu wollen.

MaryAnn schloss die Augen, legte ihren Kopf an Manolitos Brust und wandte ihr Gesicht dem nächtlich dunklen Himmel zu. Vielleicht würde sie sich nie daran gewöhnen, durch die Luft zu fliegen, doch solange er sie fest umfangen hielt, konnte sie es genießen, ihm so nahe zu sein. Wind und Nebel kühlten ihr Gesicht, und sie fühlte sich sicher, als Manolito mit ihr über das Blätterdach des Dschungels zu seinem ihr noch unbekannten Ziel flog.

Manolito brauchte nicht lange, um den Eingang zu der unterirdischen Höhle zu finden, die er Jahre zuvor entdeckt hatte. Die Insel hatte nur zwei Abschnitte, wo das Terrain ein wenig unebener und hügeliger war, und diese Hügel waren dicht bewaldet. Ein Wasserfall stürzte in einen Teich, der einen Wasserlauf speiste. Dieser Wasserlauf mündete in den Fluss, von dem die Insel umgeben war, und gewann auf seinem Weg immer mehr an Kraft, bis das Wasser weiß schäumend über Steine und kleinere Felsen rauschte, bevor es sich mit dem sehr viel größeren Fluss vereinte.

MaryAnn sah sich um, als Manolito sie auf die Beine stellte. »Atemberaubend«, sagte sie. Pflanzen mit Blüten in allen möglichen Farben wanden sich an den Baumstämmen hinauf, und obwohl das Rauschen des Wassers die wilde Schönheit dieses Ortes noch unterstrich, schien er doch wie ein schützender Kokon zu sein, wo sie von niemandem gestört werden würden.

Manolito machte eine Bewegung zu dem Wasserfall hinüber, und die Kaskade teilte sich, sodass ein Felsvorsprung dahinter zu erkennen war. Manolito hob MaryAnn wieder auf und sprang mit ihr durch den Sprühnebel des Wasserfalls zur anderen Seite hinüber, wo er sie behutsam absetzte. »Das war eine unglaubliche Entdeckung.«

»Es ist wirklich wunderschön hier«, stimmte sie ihm zu und versuchte, ihr leises Unbehagen zu verdrängen, als sie sich nach Insekten, Fledermäusen und anderem Getier umschaute. »Gibt es in

Höhlen nicht unheimlich viele Insektenarten und anderes Ungeziefer?«, fragte sie mit einem nervösen Unterton in ihrer Stimme.

Manolito lachte. »Du hast mit einem Vampir gekämpft, MaryAnn.«

»Ja, schon, aber ich glaube nicht, dass die Wölfin in mir hervorkommt, wenn ich irgendetwas krabbeln sehe – egal, wie sehr ich mich auch davor fürchte.«

Er lachte. »Da wirst du nicht ganz unrecht haben.«

Er streckte die Hand nach etwas aus, das wie ein Spalt im Fels aussah, und sogleich erhellte Licht den schmalen Tunnel, der dahinter lag. Manolito trat zurück, damit MaryAnn die Wände des Tunnels sehen konnte, der tief unter den Hügel führte. Pechfackeln warfen tanzende Schatten auf den Weg und beleuchteten die Zeichnungen an den Felswänden.

Manolito bedeutete ihr, voranzugehen. Als sie zögerte, nahm er ihre Hand, zog sie an sich und küsste ihren Nacken. »Der Wölfin wird es hier gefallen.«

MaryAnn entspannte sich in seinen Armen und legte den Kopf zurück, um zu ihm aufzuschauen. »Ihr bestimmt, aber ich hatte eigentlich mehr an ein Fünf-Sterne-Hotel gedacht. Ist das wirklich zu viel verlangt? Komm schon, Manolito, du willst doch nicht mit mir in eine *Höhle*? Sehe ich etwa aus wie eine Frau, die dunkle Höhlen erforscht, in denen sich alles mögliche Getier versammelt?«

Sie hatte vergessen, die Fledermäuse zu erwähnen, und vielleicht war sie ein bisschen zimperlich, doch eine *Höhle* …? Gingen Karpatianer denn gar nicht in Hotels? »Für so was habe ich nicht genug Insektenspray dabei.«

»Ich kümmere mich schon um die Insekten. Trau dich einfach. Du wirst begeistert sein.«

MaryAnn seufzte. Dieses Lächeln, diese Augen und sein Lachen, obwohl sie es nur im Geiste hörte, stellten ganz eigenartige Dinge mit ihrem Magen an. Durch ihre geistige Verbindung konnte sie sehen, wie »süß« er sie fand. Als süß hätte sie sich selber nie bezeichnet, aber was machte das schon? Sie hatte nichts dagegen einzuwenden, wenn es Manolito Freude bereitete. Er war kein Mann, der sehr viel lachte, und deshalb würde sie auch nachgeben und mit ihm in seine Höhle gehen.

»Ich kann verstehen, woher du deine Neandertal-Mentalität hast, wenn du ständig hier herumhängst«, murmelte sie, doch sie schob sich durch den Spalt, wobei sie allerdings sehr darauf bedacht war, die Felswand rechts und links von ihr nicht zu berühren.

Sie verdrängte ihre Furcht und zwang sich, ein paar Schritte zu gehen, aber nur gerade so weit, dass auch Manolito hereinkommen konnte. Die Hitze seines Körpers wärmte sie, als sie dicht beieinanderstanden und die vielen Zeichnungen von Tieren an den Felswänden betrachteten. Es war wie ein Kunstmuseum mit Werken aus vielen aufeinanderfolgenden Jahrhunderten. Einfache Strichfiguren wurden abgelöst von komplizierteren und detaillierteren Arbeiten, die alle von einzigartiger Schönheit waren und ein Gefühl von Zeitlosigkeit ausstrahlten. Die Bilder gaben eine Gruppe von Jaguarmenschen wieder, von denen einige in menschlicher Gestalt, andere während der Verwandlung und wieder andere schon ganz und gar als Raubtier dargestellt waren.

»Glaubst du, dass sie einmal so zusammengelebt haben?«, fragte MaryAnn und berührte behutsam eins der Katzenohren auf der Zeichnung. »Da ist ein Lagerfeuer. Männer halten ihre Frauen im Arm, und Kinder spielen. Ist es jemals so gewesen?«

»Ich habe sie nie so gesehen, und ich bin schon sehr lange auf dieser Welt, aber der Jaguar und der Wolf waren schon immer sehr vorsichtig und geheimnistuerisch, was ihre Gesellschaften betraf. Ich habe ein paarmal neben ihnen gekämpft, sie jedoch nie in ihrer eigenen Umgebung gesehen.«

»Du solltest diese Bilder Luiz zeigen.«

Manolito zuckte mit den Schultern. »Irgendwann einmal vielleicht. Die Höhle ist eine meiner liebsten Ruhestätten, und wir lassen nur selten jemand wissen, wo wir schlafen.«

Da war etwas in seiner Stimme, in seinem Geist, das MaryAnn

erreichte. Traurigkeit. Und Vorsicht. Sie verhielt den Schritt und lehnte sich an seine Schulter. »Du hast Angst, dass Luiz es nicht schaffen wird.«

Manolito legte seine Arme um sie. »Ich glaube, dass Gefühle und insbesondere Furcht zu haben sehr beunruhigend sein kann. Du hast recht, ich mache mir Sorgen um Luiz. Ich mag den Mann. Ich dachte, ich hätte ihn nur verwandelt, weil du mich darum gebeten hattest, aber jetzt bin ich mir nicht mehr so sicher.«

Sie drehte sich in seinen Armen und schob eine Hand unter sein Haar, um zärtlich seinen Nacken zu umfassen. »Wenn er nicht überlebt, Manolito, ist es nicht deine Schuld. Du hast alles für ihn getan, was in deiner Macht stand. Und ich danke dir dafür – ob du es nun nur meinetwegen getan hast, für ihn oder weil er ein Freund ist –, danke, Manolito.«

Er küsste sie auf ihre Nasenspitze. »Sehr gern geschehen«, sagte er und legte seine Hände an ihre Wangen. »Ich muss mich persönlich davon überzeugen, dass der Vampir nichts hinterlassen hat, was dir schaden könnte. Dafür brauche ich eine Minute.«

»Riordan hat gute Arbeit geleistet. Mir tut alles noch ein bisschen weh, aber abgesehen davon geht es mir gut.«

Manolito widersprach nicht, ließ einfach nur seinen Körper hinter sich zurück und glitt mit seinem Geist in sie hinein. Er ließ sich reichlich Zeit, um sich zu vergewissern, dass nicht ein einziger Parasit Riordans scharfem Blick entgangen war. Als er wieder in seinen eigenen Körper zurückkehrte, stampfte MaryAnn schon ungeduldig mit dem Fuß auf.

»Bist du jetzt zufrieden?«

»Ja. Fürs Erste. Aber später werde ich mir noch jeden Zentimeter deiner Haut ansehen.«

»Gut. Das Gleiche gedenke ich nämlich auch bei dir zu tun.«

Er grinste sie an. »Komm, lass mich dir die Höhle zeigen.« Er schwenkte beiläufig eine Hand in Richtung Eingang, und der Spalt im Fels stöhnte und knackte so laut, dass MaryAnn entsetzt nach Luft schnappte und ihm fast auf die Schultern stieg.

»Was zum Teufel war das?« Sie kroch buchstäblich an ihm hinauf. »Ich glaube, diese Höhle bricht gleich über uns zusammen, Manolito.«

Er versuchte, nicht zu lachen. Sie klammerte sich an seine Schultern wie an einen Rettungsanker, während ihr Kopf von einer Seite zur anderen fuhr und ihre Augen riesengroß vor Schreck waren. Und da konnte er einfach nicht mehr anders und brach in schallendes Gelächter aus. »Ich schließe nur die Tür.«

»Oh nein, das tust du nicht!« Inzwischen umklammerte sie seinen Kopf, sodass er praktisch nichts mehr sehen konnte. »Und hör auf zu lachen. Das ist nicht lustig. Ich will nicht in einer Höhle festsitzen, nicht einmal für dich. Da kannst du so attraktiv sein, wie du willst, da mache ich nicht mit.«

Die zwei Seiten des Felsspalts schlossen sich mit einem durch Mark und Bein gehenden Quietschen, worauf MaryAnn von Neuem aufschrie. Die Fackeln flackerten und tanzten, als würden sie ausgehen. MaryAnn griff mit beiden Händen in Manolitos langes Haar und zog daran. »Bring uns hier heraus!«

Er legte einen Arm um sie und zog sie herunter, bis sie mit den Füßen wieder auf festem Boden stand. »Wir wollen doch nicht, dass Licht durch den Wasserfall hinausdringt. Und du wolltest ja an einen sicheren Ort gebracht werden. Hier haben wir Luft, und ich kümmere mich schon um das ›Getier‹. Glaub mir, MaryAnn, das hier ist besser als ein Fünf-Sterne-Hotel.«

Sie blickte zu ihm auf. Oh! Eine Frau konnte ertrinken in dieser bedingungslosen Liebe, die in seinen Augen stand. Sie atmete tief aus und begann, sich schon viel ruhiger zu fühlen. »Tja, dann will ich aber Zimmerservice haben.«

»Ich werde dir zu Diensten sein, so viel zu willst.«

Seine tiefe, samtige Stimme, die wie ein Streicheln war, durchrieselte sie mit einem wohligen Erschauern. »Ich weiß nicht, wie du es geschafft hast, all meine Barrieren zu durchbrechen, Manolito, aber das hast du.«

Sein leises Lächeln ließ ihr Herz fast stillstehen.

»Ich habe geschummelt. Wahrscheinlich werde ich in die Hölle kommen, falls es so etwas gibt, weil ich nicht die nötige Reue für meine Handlungsweise aufbringen kann. Ich habe dich gestohlen, MaryAnn, direkt unter den Augen unserer besten Jäger.«

Sie lachte. »Das klingt, als brüstetest du dich auch noch damit.«

Er küsste sie auf ihren Mundwinkel. »Vielleicht ein bisschen. Schließlich solltest du wissen, dass dein Höhlenmensch den Dinosaurier nach Hause bringen kann.«

Misstrauisch sah MaryAnn sich um. »Ich hoffe, das ist nur ein Scherz.«

Er steckte ihre Hand in seine Gesäßtasche, um sie hinter sich den langen, gewundenen Tunnel hinabzuführen. Brennende Pechfackeln erhellten den Weg und bewiesen ihr, dass er sein Versprechen hielt – nicht ein einziger Käfer oder anderes Ungeziefer war zu sehen.

»Ich habe viel über diese Karpatianer-Wolf-Verbindung nachgedacht«, sagte sie und bemühte sich, nicht die ganze Zeit auf seinen Po zu starren, der wirklich ausgesprochen knackig war.

Manolito lachte leise. »Das Gleiche dachte ich gerade auch von dir.«

»Was?«, fragte sie, um einen unschuldigen Ton bemüht.

»Was für einen hübschen Po du hast. Oder wie auch immer du diesen speziellen Teil deiner Anatomie bezeichnen willst. Deiner ist entzückend. Ich dachte gerade daran, wie du mit diesen hochhackigen roten Pumps aussahst. Du hast mir schier den Atem geraubt, *sivamet*.« Sie tat noch weitaus mehr als das. Bei jedem seiner Schritte konnte Manolito spüren, wie sein Körper immer stärker auf sie reagierte. Und durch ihre geistige Verbundenheit zu wissen, dass sie ähnliche Gedanken hegte, verstärkte seine Erregung höchstens noch.

Er wollte sie ausziehen und jeden Zentimeter ihres Körpers untersuchen, um sicher sein zu können, dass mit ihr alles in Ordnung war. Und er würde sie nicht wieder aus den Augen lassen – oder jedenfalls für lange, lange Zeit nicht.

Er drehte sich um, und bevor sie etwas sagen konnte, zog er sie an sich und küsste sie glutvoll. Er presste hart seinen Mund auf ihren und begann lustvoll aufstöhnend, mit seiner Zunge ein erotisches Spiel in ihrem Mund.

MaryAnn erkannte den Anflug von Verzweiflung in der Leidenschaft, mit der er sie küsste. Sie trat zurück und strich sich übers Haar. »Was hast du, Manolito?«

Ihre Stimme. Wie mühelos sie in seinen Geist drang, ihn mit Wärme und Trost umgab und in Liebe einhüllte – er spürte es jetzt dort, wo es vorher nicht gewesen war. Er wusste nicht, womit er es verdient hatte, aber er war dankbar.

Er legte seine Stirn an ihre, schloss für einen Moment die Augen und atmete ihren femininen Duft ein. »Da sie meinen Körper in der Schattenwelt nicht töten konnten, versuchten sie, meine Seele zu vernichten.«

MaryAnn spürte das Erschaudern, das ihn durchlief. »Wie, Manolito? Sag mir, wie.«

Er wusste, dass sie keine Ahnung hatte und ihr Ton einen verborgenen Zwang enthielt. Sie wollte ihm den Schmerz dieser Erinnerungen nehmen. Ihre Finger glitten streichelnd durch sein Haar, zu seiner Schulter und an seinen Armen hinunter und dann wieder hinauf. Mit jeder Berührung wollte sie ihm ihre Anteilnahme zeigen und ihn trösten. Seine MaryAnn. Es gab keine zweite wie sie. Er legte eine Hand unter ihr Kinn und senkte den Kopf, um sie zu küssen. Sie lehnte sich an ihn, und ihr Körper war so weich und anschmiegsam, dass er eine perfekte Einheit mit dem seinen bildete.

»Erzähl es mir«, flüsterte sie.

Er holte tief Luft und versuchte, die Bilder aus seinem Kopf zu verdrängen. Er wollte nicht daran erinnert werden, konnte nicht noch einmal mit ansehen, wie MaryAnn misshandelt wurde. Aber als sie scharf den Atem einsog, wusste er, dass sie alles schon gesehen hatte.

»Schon gut, Manolito. Es ist ja nicht passiert. Maxim hat nur versucht, dir etwas vorzumachen.«

»Er wusste nichts von dem Wolf«, sagte Manolito. »Von der Wölfin in dir.« Er zupfte an ihren Locken. »Sie hat uns alle gerettet.«

MaryAnn blickte lächelnd zu ihm auf. »Natürlich hat sie das. Meine Wölfin ist echt cool.«

»Und heiß«, pflichtete er ihr grinsend bei und drehte sie um.

Der ovale Raum, vor dem sie standen, war tief und breit und sehr geräumig. Tausende farbiger Kristalle bedeckten die Wände. Das Licht der Fackeln spiegelte sich in den Kristallen und griff ihre Farben auf, sodass der ganze Raum von einem Funkeln und Glitzern erfüllt war und überall Regenbögen entstanden, die durch das Zimmer tanzten. In der Mitte des Raumes stand ein riesiges Himmelbett aus mit kunstvollen Schnitzereien versehenen Edelhölzern und schmiedeeisernen Verzierungen. MaryAnn trat näher und strich mit den Händen über einen der Bettpfosten. Im selben Moment, als sie ihn berührte, wusste sie, dass Manolito ihn selbst geschnitzt hatte.

»Das war echte Arbeit«, murmelte sie.

Er nickte. »Ich arbeite gern mit meinen Händen. Mein Bruder nennt es mein Laster.« Er führte sie zum Kopfende des Bettes, damit sie sich das Kopfteil ansehen konnte. Zwei kleine Nachttische standen rechts und links des Bettes, aber es war das Kopfteil, was sie faszinierte. Es war mit Symbolen bedeckt, Hieroglyphen, die in das Holz geschnitzt waren, und auch mehrere kleine Eisenringe waren darin eingearbeitet.

»Was bedeutet das hier?«

»Es ist eine uralte Sprache.«

»Und?«, beharrte sie.

»*Ainaak sivamet jutta* nichts als Freude zu bereiten.«

»Den Anfang wirst du mir auch übersetzen müssen.«

»Der für immer mit meinem Herzen Verbundenen, meiner Liebe, meiner Gefährtin, *dir* ... nichts als Freude zu bereiten.«

»Du hast dieses Bett für mich gemacht?«

»Ja. Für die andere Hälfte meiner Seele. Für dich. Ich habe alles hineingelegt, was ich für dich empfand. Jeden Traum. Jede Fantasie. Ich habe versucht, mir alles Mögliche auszudenken, um dich glücklich zu machen und sicherzugehen, dass ich bereit dafür war. Ich habe mich mit den neuen Ideen aller Jahrhunderte und Kulturen bezüglich der Sinneslust befasst und gelernt, so viel ich konnte.«

Der Gedanke war schon fast beängstigend. »Ich bin nicht besonders erfahren, Manolito.«

»Eine geistige Verschmelzung ist etwas Wunderbares«, sagte er darauf nur. »Nun? Bist du zufrieden mit der Unterbringung? Wir sind ungestört, es ist herrlich warm, und ich kann dir versichern, dass die Matratze das Beste ist, was es für Geld zu kaufen gibt.«

Daran zweifelte sie nicht. Manolito tat nichts nur halb. Okay, ich gebe dir fünf Sterne. Aber wo ist das Personal?«, scherzte sie.

Er lächelte, dieses sündhaft sexy Lächeln, das sich langsam und heimtückisch durch ihren ganzen Körper brannte. »Ich werde dich selbst die ganze Nacht bedienen. Habe ich schon erwähnt, dass mir dein Top gefällt?« Seine Hände griffen nach dem Lederband um ihren Nacken, und das goldene Leder fiel, sodass der Ausschnitt des weichen Jerseytops noch tiefer hinunterrutschte und ihre Brustspitzen daraus hervorlugten. »Oh ja, das Top gefällt mir«, wiederholte er und senkte den Kopf, um jede ihrer Brustspitzen mit seiner Zunge zu umspielen.

MaryAnn erschauerte, als sein Haar über ihre Haut fiel, und konnte gar nicht anders, als ihre Hände unter diesen Wasserfall aus mitternachtsschwarzer Seide zu schieben. »Zieh dein Hemd aus, Manolito.«

Er trat zurück und legte ihre Hände an die Knöpfe seines Hemdes. »Zieh du es mir aus.« Die Glut in seinen schwarzen Augen war stark genug, um ihre Haut zu versengen.

MaryAnn nahm sich Zeit, um die Knöpfe einen nach dem anderen zu öffnen, und bei jedem atmete sie ein bisschen schwerer. Schließlich legte sie ihre flachen Hände auf seine Brust und schob das Hemd zur Seite und über seine Schultern. Dann streifte sie es ihm ab und ließ es fallen. Seine Haut schimmerte in dem tanzenden Licht der Fackeln. Gott, was für ein schöner Mann er war! Gebaut, wie ein Mann gebaut sein sollte. Wenn sie deswegen oberflächlich war, na gut, dann musste sie das eben akzeptieren. Wieder strich sie mit ihren flachen Händen über die ausgeprägten Muskeln an seiner Brust und ließ sie dann zu seinem Waschbrettbauch und seiner schmalen Taille hinuntergleiten.

Auch seine Gesichtszüge waren vollkommen – sein markantes Kinn, seine gerade Nase, die hohen Wangenknochen. Er hielt das Kinn erhoben und blickte über ihren Kopf, als sie sich vorbeugte, um seine Muskeln mit sanften Küssen zu bedecken.

»Du wirst mir die Schuhe ausziehen müssen, bevor du mit meiner Hose weitermachen kannst«, sagte er.

Ihr Herz machte einen Sprung, und sie schaute unter halb gesenkten Wimpern zu ihm auf, doch er fuhr fort, mit interessiertem Blick eine Stelle irgendwo über ihrem Kopf zu betrachten. Sie befeuchtete ihre Lippen und hockte sich vor ihn hin, um seine Schuhe aufzubinden. Sie wusste, dass er seine Kleider einfach wegzaubern konnte, aber das wollte sie nicht, und vielleicht las er das in ihrem Geist. Sie wollte die sinnliche Erfahrung machen, seinen Körper auszuwickeln wie ein kostbares Geschenk, das ganz allein ihr gehörte.

Er hob seinen Fuß und ließ sich Schuh und Socke ausziehen, und MaryAnns Finger verweilten auf seiner Haut, streichelten seinen Knöchel und glitten an seiner Wade hinauf, bevor sie sich dem anderen Schuh zuwandte. Dann stellte sie sie beiseite und kniete sich hin, um nach seinem Hosenbund zu greifen. Ihr Jerseytop rutschte dabei noch weiter hinunter und blieb um ihre Taille liegen, wodurch ihre Brüste jetzt ganz entblößt waren. In der kühlen Luft verhärteten sich ihre Spitzen noch mehr, aber MaryAnn fand es unerhört erotisch, so vor ihm zu knien, nur halb bekleidet und mit nackten Brüsten, während er selbst einfach dastand und sich von ihr entkleiden ließ.

Manolito hatte Mühe, richtig durchzuatmen. Sie war so schön, wenn sie so zu ihm aufschaute, so verführerisch, dass sie froh sein konnte, dass er sich gut genug unter Kontrolle hatte, um ihr zu geben, was auch immer sie begehrte, denn im Augenblick hätte er sie am liebsten einfach nur aufgehoben und sie auf der Stelle in Besitz genommen. Aber sie wollte spielen. Er sah, wie sie mit der Zungenspitze über ihre volle Unterlippe strich, um seine Aufmerksamkeit auf ihren Mund zu lenken. Sie war nur Zentimeter von der beachtlichen Wölbung in seiner Hose entfernt. Nur diese dünne Lage Stoff, der bereits bis zum Äußersten gestrafft war, trennte ihn noch vom Paradies.

Er schloss für einen Moment die Augen, als ihre Finger über die Öffnung seiner Hosen tänzelten, dann langsam den Stoff beiseiteschoben und sein erigiertes Glied entblößten, das groß und heiß war vor Verlangen. Mit ihrer Wange streifte sie seine empfindsame Spitze, als sie seine Hose herunterzog und ihn aufforderte herauszusteigen. Ihre sanften Finger glitten an seinem Bein hinauf, zur Innenseite seines Schenkels, und dann nahm sie seinen harten Penis in ihre sanften Hände. Manolito verschlug es den Atem, und er zuckte vor Lust zusammen, als sie ihren warmen Atem darauf blies, wobei ihre Lippen fast unmerklich die samtene Spitze streiften.

Mit einer Hand griff Manolito in ihr langes Haar und zog sie daran sanft zu sich hoch. »Bitte leg dich auf das Bett.«

»Aber ich wollte ...«

»Ich werde dir geben, was du wolltest. Tu es für mich.«

Langsam, ohne ihren Blick von seinem zu lösen, ließ sie sich auf die Matratze sinken. Er aber zog ihre Beine seitlich über das Bett und positionierte sie so, dass ihr Kopf gerade noch am Bettrand lag und ihr langes Haar den Boden streifte. Sehr behutsam zog er ihr die Stiefel aus und stellte sie neben seine Schuhe. Das Gefühl seiner starken Hände, die über ihre Waden glitten, löste ein erwartungsvolles Prickeln in ihr aus. Er zog an ihrer Jeans, bis sie ihren Po anhob und sie sich ausziehen ließ. Und dann war sie plötzlich allein – quer über dem Bett liegend und nur noch mit ihrem Top bekleidet, das sich um ihre Taille bauschte.

Manolito war zu der anderen Seite des Bettes gegangen, wo ihr Kopf lag. Sanft umfasste er dort ihre Schultern und zog an ihr, bis ihr Nacken das Bett nicht mehr berührte und ihr Kopf so weit zurückgebogen war, dass ihre Brüste einladend aufragten und ihre harten kleinen Spitzen um seine Aufmerksamkeit bettelten.

MaryAnns Herz begann zu rasen. Sie fühlte sich in dieser Stellung ein bisschen wehrlos und exponiert. Die vielfarbigen Lichter tanzten über ihren Körper, fast so, als wären es Spotlights. Sie konnte die heiße Feuchte zwischen ihren Schenkeln spüren, und jede Faser ihres Körpers vibrierte vor Erwartung.

Er blieb hinter ihr stehen und spreizte weit die Beine. Er war so hart und heiß, dass es schon beinahe schmerzhaft war und er das Warten kaum noch zu ertragen glaubte. »Und nun fass mich wieder an«, verlangte er, den Blick auf ihren Mund gerichtet.

Ihr ganzer Körper bebte von dem plötzlichen und unwiderstehlichen Begehren, ihn zu erfreuen und ihm zu gefallen. Ihn zu besitzen. Ihm den Verstand zu rauben. Er gab ihr das Gefühl, sehr sexy und begehrenswert zu sein, mit einem einzigen Blick oder auch nur dem Streifen seines Blickes. Sie streckte beide Arme nach hinten, um seine Hoden zu umfassen und mit den Fingernägeln leicht darüberzustreichen, um sich ihre Struktur und Form genau einzuprägen. Manolito atmete zischend aus, und sie lächelte und strich mit ihrer Zunge über ihre Zähne. Er wollte die Kontrolle haben, aber seine Reaktion auf die Berührung ihrer Fingerspitzen, den leichten Druck ihrer Hände und die kleine Liebkosung ihrer Zunge, als sie ihn an ihren Mund führte, verrieten ihr, dass sie weitaus mehr Macht über seinen Körper hatte, als sie angenommen hatte.

Er murmelte etwas ziemlich Drastisches und trat noch näher, um seine Hände in ihren langen, lockigen Haaren zu vergraben. »Rutsch noch ein bisschen weiter zurück, *meu amor*. Ja, so ist es gut. Das ist es, was ich will. So kannst du mich viel tiefer aufnehmen.«

Ihr Kopf hing über der Bettkante, sodass ihre Brüste sich nach oben und nach vorne bogen, ihre steifen Spitzen ihm buchstäblich geradewegs ins Auge blickten und ihr Körper für ihn angerichtet war wie ein Bankett. Um die Kontrolle zu behalten, umfasste Manolito sein hartes Glied mit einer Hand, brachte seine samtige Spitze an ihren Mund und ließ sie spielerisch über ihre Lippen gleiten. Und MaryAnn öffnete sie, strich langsam mit der Zunge über die Spitze und umkreiste sie.

Sie ließ ihn warten. Einen Herzschlag oder zwei. Die Zeit schien stillzustehen, und Manolitos Herz begann zu rasen, als sie ihn schließlich zärtlich mit den Lippen umschloss und über die samtene Spitze leckte.

Seine Hüften zuckten, und ein Laut entrang sich ihm, der einem rauen Knurren verdächtig nahe kam. Brennende Lust durchflutete ihn und rauschte wie eine Droge durch seinen Blutkreislauf. Es war mehr als Lust. *Liebe*. Während sie ihn auf solch erotische Weise neckte und liebkoste, hätte er nichts anderes als Lust empfinden dürfen, doch vielleicht war ja Liebe die Quelle dieser überwältigenden Sinneslust, denn er konnte sich keine andere Frau vorstellen, die schöner oder aufregender war als MaryAnn. Manolito konnte sich nicht vorstellen, dieses drängende Verlangen, das ihn wie ein Sturm durchbrauste, für jemand anderen zu empfinden. Das Atmen fiel ihm zunehmend schwer, und eine so unbändige Lust durchzuckte ihn, dass sein ganzer Körper wild erschauerte.

Sie setzte ihr erotisches Spiel mit ihrer Zunge fort, reizte und neckte, liebkoste und küsste ihn und beobachtete seine Reaktion. Er spürte sie in seinem Geist, wo sie seine sinnlichen Empfindungen teilte, die sie mit ihren aufreizenden Zärtlichkeiten erzeugte, als sie ihn noch tiefer in ihren Mund nahm, der heiß und eng und glatt wie Seide war.

Manolito griff mit einer Hand in ihr langes Haar, schob die Hüften vor und benutzte die andere Hand, um seine eigenen Bewegungen zu kontrollieren, als sie auf neckende, erotische Weise seine Erektion umspielte. Fasziniert beobachtete er das Spiel ihrer Zunge, die aufreizenden Bewegungen ihrer Lippen, ihre sanft wippenden Brüste. Ihre Augen wichen nicht von seinen, zerrten an seinem Herzen und seiner Seele, während sie ihn auf intimste Weise verwöhnte und er das unverhohlene, brennende Verlangen in ihren Augen schimmern sah.

MaryAnn hatte das Gefühl, in Flammen aufzugehen vor lauter Lust und Leidenschaft. Ihre Brüste waren fast schmerzhaft angespannt und bettelten um Aufmerksamkeit. Die empfindsame Stelle zwischen ihren Schenkeln pochte und fieberte Manolitos Berührung entgegen. Er gab leise, raue Laute von sich, die durch ihren ganzen Körper vibrierten, bis sich alles in ihr zusammenzog und um Gnade flehte. Bei jeder seiner Bewegungen zog er an ihrem Haar, als er seine Beherrschung zu verlieren begann, und zog sie an sich, während er immer tiefer in ihren Mund eindrang.

»Fester«, ermutigte er sie.

Sie konnte spüren, wie er sogar noch größer und härter wurde, und erkannte an seinem rauen Stöhnen, dass er dem Höhepunkt nahe war. Seine Bewegungen wurden schneller, kürzer und härter, und jedes Mal, wenn er an ihren Haaren zog, durchzuckte ein heißes Prickeln ihren Körper.

»Du musst aufhören, *sivamet*.« Seine Stimme war kaum noch seine eigene, so rau und heiser und der Verzweiflung nahe. Weil er nicht aufhören konnte. Denn obwohl er sie in der traditionellen Art und Weise seiner Spezies auf dem Bett festhielt, war es ein solch unbeschreiblich lustvolles Gefühl, dass er einfach nicht die Kraft aufbrachte aufzuhören. »Hör auf, bevor es zu spät ist.«

In der traditionellen Art und Weise seiner Spezies? Woher war dieser Gedanke gekommen? Warum verspürte er ein so drängendes Bedürfnis, sie stillzuhalten, während er sie auf solch intime Weise liebte?

MaryAnn begehrte ihn, sie fieberte nach ihm. Sie kam sich vor wie eine Frau am Rand des Wahnsinns und hungerte nach dem, was er ihr geben konnte. Es hatte etwas überaus Erotisches, so hilflos vor ihm zu liegen, ohne sich bewegen zu können, und zu wissen, dass sie ihn die Kontrolle verlieren lassen konnte, auch wenn er glaubte, *sie* zu kontrollieren. Sie wusste, dass es die Wölfin in ihr war. Sie nahm auch den moschusartigen Duft des männlichen Wolfes wahr, als Manolito ein letztes Mal in ihren Mund eindrang und seine Leidenschaft in ihr verströmte. Es war das Naturell des Wolfs zu dominieren, und als sie zu ihm aufblickte, konnte sie die bernsteinfarbenen Lichter in den schwarzen Tiefen seiner Augen flackern sehen.

Er griff nach ihren Brüsten, zupfte an ihren harten Spitzen, während sie ihm ihre Liebe noch immer auf die intimste Weise zeigte, die sie sich vorstellen konnte. Dann beugte er sich ganz unvermittelt über sie und barg sein Gesicht zwischen ihren Schenkeln. Sie konnte nicht mehr atmen, nicht mehr denken. Ihr Körper bäumte sich auf, und in hilflosem Begehren wand sie sich unter ihm, als seine Zunge in sie eindrang. Sie war gezwungen, den Kopf zur Seite zu drehen und ihn freizugeben, worauf er noch weiter an ihrem Körper hinaufglitt und ihre Hüften anhob, um seinem Mund noch besseren Zugang zu verschaffen. MaryAnns Sicht verschwamm. Ihr Körper gehörte ihm, seinen Händen, seinem Mund und seinen langen, muskulösen Gliedern.

Ich will dein Herz und deine Seele.

Das Wispern hätte ihre letzten Barrieren niedergerissen, wenn noch welche da gewesen wären. *Sie gehören dir.*

Du bist sicher in meiner Obhut. Und das war sie. Solange er lebte und atmete, ja, sogar danach noch, würde er sie beschützen und behüten.

Seine Zunge fand ihren empfindsamsten Punkt und verlor sich in ihrer unübertrefflichen Süße, während er sie festhielt, um sich zu nehmen, was er wollte. Ihre Hüften zuckten, sie atmete immer schwerer, und ein jähes Aufschluchzen entrang sich ihr, als jede Bewegung seiner Zunge neue heiße Schauer durch ihren ganzen Körper sandte. Immer intensiver umspielte er mit der Zunge das Zentrum ihrer Lust, bis sie sich auf dem Gipfel der Ekstase erschauernd an ihn klammerte. Aber selbst dann hörte er nicht auf, sondern führte sie mit Lippen, Zunge und Fingern zu einem weiteren Höhepunkt. Sie schrie seinen Namen, und der leise, heisere Tonfall ihrer Stimme war wie Musik für ihn, als sie sich in einer stummen Bitte um Erlösung an ihn presste und verlangend ihre Hüften kreisen ließ. Das heiße Beben, das sie durchlief, steigerte höchstens noch den Druck, der sich immer stärker in ihr aufbaute, bis sie keinen anderen Gedanken mehr fassen konnte, als endlich eins mit ihm zu werden.

Manolito hob den Kopf und drehte sie zu sich herum, hob sie auf seine Arme und drückte sie an sich, bis er stand. »Leg mir deine Beine um die Taille, MaryAnn«, sagte er mit rauer Stimme.

»Ich habe keine Kraft mehr.« Ihre Arme und Beine waren schwer, ihr Körper bebte noch von den heftigen Orgasmen. Trotzdem legte sie ihm die Hände um den Nacken und schlang ihre Beine um seinen Körper.

»Ich habe Kraft für uns beide. Halt dich einfach an mir fest, *sivamet*.«

Sie verschränkte ihre Füße hinter seinem Rücken und schloss die Augen, als er sie auf seine heiße Härte herunterließ. Sie wusste nicht, was größer war, die berauschende Lust, als er in sie eindrang, oder ihre Sehnsucht nach Erlösung, aber sie schrie auf und drückte ihr Gesicht an seine Schulter. »Ich weiß nicht, ob ich das aushalte«, flüsterte sie. »Es ist zu viel, jedes Mal zu viel.«

Wie sollte sie das überstehen, wenn ihr ganzer Körper sich schier aufzulösen drohte? Aber ihr Begehren schien keine Grenzen mehr zu kennen, es verschärfte sich nur noch, als Manolito sich aus ihr zurückzog und sich alles in ihr zusammenkrampfte, um ihn zurückzuhalten.

Mit einer Hand griff er in ihr Haar und zog ihren Kopf hoch, um ihren Mund mit seinem zu bedecken. Er musste sie küssen. Um sich als Teil von ihr zu fühlen und ihr all die Gefühle zu vermitteln, die er für sie empfand. Er schaute ihr in die Augen und sah dort brennendes Verlangen, aber auch grenzenlose Liebe. Sein Herz begann wie wild in seiner Brust zu hämmern, und er küsste sie erneut, in einem sehr sanften, sachten Rhythmus, um sie zu ermutigen, ihn wieder in sich aufzunehmen. Während er mit beiden Händen ihren Po umfasste, hob er sie an und zeigte es ihr, und ein raues

Aufstöhnen entrang sich ihm, als ihre samtene Hitze ihn erneut umgab.

Sie war so heiß. Ein versengendes Feuer schoss in ihm empor und verbreitete sich rasend schnell in seinem ganzen Körper. Das urwüchsige Bedürfnis, sie zu besitzen, war eine dunkle Lust, die sich weder aufhalten noch unterdrücken ließ. Hitze, Lust, Liebe, Leidenschaft und Erregung – alles vermischte sich miteinander, als ihre Muskeln sich auf dem Gipfel der Ekstase so fest um ihn zusammenzogen, dass er nicht mehr wusste, ob es Lust war oder Schmerz, was er empfand.

Manolito löste sich wieder von ihr und legte sie auf das Bett, damit er sich über sie beugen und zusehen konnte, wie sie sich vereinigten, wie ihr Körper sich dehnte und weitete, um ihn in sich aufzunehmen. Der Anblick war so überaus erotisch, dass Manolito die Fähigkeit verlor, zu denken oder sich im Zaum zu halten, und er immer schneller und immer tiefer in sie eindrang, als sein unbändiges Verlangen ihn zu überwältigen drohte.

MaryAnn bog sich ihm entgegen, passte sich jeder seiner Bewegungen an und drängte ihn zu einem noch schnelleren Rhythmus, bis sie sich auf dem Höhepunkt ihrer Ekstase unter ihm aufbäumte und auch ihn auf einen Gipfel solch überwältigender Lust führte, dass sein ganzer Körper wild erschauerte. Lange Zeit lag er ermattet über sie gebeugt, flüsterte ihren Namen, streichelte ihren Rücken und kämpfte um Beherrschung, obwohl sein Körper nicht mehr ihm gehörte.

Als er wieder zu Atem kam, hob er MaryAnn ganz auf das Bett und legte sich neben sie, weil seine Beine zu kraftlos waren, um ihn noch länger zu tragen. Sie kuschelte sich an ihn, schlang ihm die Arme um den Nacken und presste ihre Brüste an ihn, die wie ihr ganzer Körper noch immer leise bebten.

»Ich glaube, ich lebe noch«, sagte er mit einem Anflug von Humor in der Stimme.

»Ich nicht.« Sie war erschöpft, und trotzdem reagierte ihr Körper noch immer auf jede Bewegung Manolitos.

Er beugte sich über sie, ließ seine Lippen von ihrem Hals zu ihrer Brust hinunterwandern, und MaryAnn hielt den Atem an, als sie seine scharfen Eckzähne an ihrer Haut spürte. Aber sie folgte ihrem Instinkt und bog sich ihm entgegen, weil sie alles wollte, was er ihr zu bieten hatte. Doch Manolito strich nur sanft mit der Zunge über ihre Brust und rollte sich wieder zur Seite.

Es war zu spät für ihn. Er hatte bei mehreren Gelegenheiten ihr Blut zu sich genommen, so oft, dass es für ihn keinen Zweifel mehr an der Infektion gab, die in seinem Körper wütete. Sein karpatianisches Blut bewahrte ihn davor, zu viele der Auswirkungen zu spüren, doch der Wolf war auf jeden Fall schon in ihm. Für MaryAnn jedoch war es noch nicht zu spät. Er musste einfach nur die Beherrschung über sich bewahren. Sie zu lieben, war der gefährlichste Moment, weil sein Verlangen nach ihrem Blut dann ganz besonders stark war.

Lange lag sie schweigend neben ihm und lauschte ihrem eigenen und seinem Herzschlag. Schließlich drehte sie sich auf die Seite und stützte sich auf einen Ellbogen, um ihn ansehen zu können. »Manolito, ich bin mit deinem Geist verbunden und kann dein Bedürfnis spüren, mich zu verwandeln. Du willst es nur nicht tun, obwohl all deine Instinkte es von dir verlangen.«

Zärtlich legte er eine Hand um ihren Nacken. »Das ist mir egal. Deine Sicherheit und dein Glück sind wichtiger für mich als alles andere.«

»Riordan sagte, du könntest immer noch zum Vampir werden.«

»Das hast du falsch verstanden.« Seine Finger begannen eine langsame Massage, um ihre Anspannung zu lindern. »Wir sind aneinander gebunden. Ich kann mich nicht mehr verwandeln. Ich werde mich für ein Leben mit dir entscheiden, ob das nun hier sein wird oder in deinem geliebten Seattle.« Er schenkte ihr ein Lächeln. »Siehst du? Allmählich kann ich auch schon deine Gedanken lesen, wann ich will.«

»Was bedeutet das, was du gerade gesagt hast? Ich verstehe nicht ganz.«

»Ich werde alt werden und sterben wie du. Auch Werwölfe sind sehr langlebig, aber nicht so wie die Karpatianer. Wenn du aus dem Leben scheidest, werde ich mit dir gehen.«

MaryAnn schwieg, während sie ihm prüfend ins Gesicht sah und seinen Geist anrührte. Als sie ganz tief in sein Bewusstsein eindrang, entdeckte sie ... den Wolf. Sie hatte die ganze Zeit gewusst, dass er ihn in sich trug, doch nun konnte sie auch seine machtvolle Präsenz spüren. Mit der Kombination aus dieser Macht und seinen karpatianischen Fähigkeiten würde Manolito ein Mann sein, mit dem kein leichtes Umgehen war. Ein Glück, dass sie die Wölfin hatte, die ihr beistand und sie anleitete.

»Ich will oft nach Seattle zurückkehren, um meine Familie zu besuchen«, sagte sie.

»Natürlich.«

»Und du wirst charmant und keine Spur despotisch sein.«

Seine Augenbrauen fuhren in die Höhe. »Mir wurde schon immer nachgesagt, ich sei ein charmanter Mann.«

»Von wem? Von deinen Brüdern?« Sie rümpfte die Nase. »Wenn wir Besuche machen, wirst du dich wie ein zivilisierter Mensch und nicht wie ein Karpatianer oder Wolf benehmen. Ich will nicht, dass meine Mutter sich beunruhigt.«

»Wirst du ihr Fragen nach deiner Herkunft stellen?«

»Ich weiß es nicht. Das habe ich noch nicht entschieden. Aber was ich weiß, ist, dass Solange und Jasmine wirklich Hilfe brauchen, egal, wo sie auch leben werden. Ich glaube, wir sollten versuchen, uns auch in Amerika ein Zuhause in ihrer Nähe einzurichten.«

»Das ist eine gute Idee und die perfekte Lösung. Jasmine will zur Ranch, doch Solange wird bestimmt ein Problem sein. Und um ehrlich zu sein, MaryAnn, ich denke nicht, dass sie jemals in der Nähe meines ältesten Bruders Zacarias leben sollte. Er lässt kein Nein als Antwort gelten, und sie würde ihn sehr hart beurteilen und nicht verstehen, dass sein Wort Gesetz sein musste und sein muss. Er war es, der uns alle davor bewahrte, uns in Vampire zu verwandeln. Die Finsternis ist schon in ihm, und wir müssen alle sehr behutsam mit ihm umgehen, um ihn nicht zum Äußersten zu treiben.«

MaryAnn konnte Manolitos Trauer und Sorge um seinen ältesten Bruder spüren. Offensichtlich liebte und respektierte er Zacarias noch mehr als alle anderen. Sie strich mit sanften Fingern Manolitos Haar zurück und beugte sich zu ihm vor, um ihn zu küssen. Die Schatten in seinen Augen und die Sorgen, die ihn belasteten, waren fast mehr, als sie ertragen konnte.

»Du denkst, dass du ihn irgendwann verlieren wirst.« Es war keine Frage, sondern eine Feststellung.

Manolito legte sich zurück, verschränkte die Hände hinter dem Kopf und starrte zu den glitzernden Kristallen an der Decke auf. »Zacarias ist ein großartiger Mann, *meu amor*«, sagte er seufzend, »hochintelligent und sehr, sehr mächtig. Er hat wie ein Schild vor mir und meinen Brüdern gestanden und uns davor geschützt zu töten, um uns mehr Zeit zu verschaffen. Denn jedes Mal, wenn wir töten, nimmt die Finsternis in unseren Seelen zu.«

»Könnt ihr anderen, Riordan, Rafael und du, nicht versuchen ...« MaryAnn brach ab. Was redete sie da? Wollte sie, dass Manolito wieder die Vampire jagte?

Er schüttelte den Kopf. »Zacarias würde uns nie erlauben, das für ihn zu tun. Er glaubt, er trüge die Verantwortung für uns. Ich kann sehen, dass die Finsternis schon sehr ausgeprägt in ihm ist. Ich war selbst so nahe daran, den Schritt zu tun und ein Vampir zu werden, dass ich es wissen muss. Selbst als ich jene andere Welt betrat, merkten es die Bewohner dort. Mit der Zeit verdichtet sich die Finsternis, bis du nicht mehr weißt, ob du der Verlockung widerstehen kannst, wenigstens einmal etwas zu verspüren. Ganz egal, was.«

»Aber drei von euch haben doch schon Gefährtinnen gefunden. Das sollte ihm Hoffnung geben, oder?«

»Er kann keine Hoffnung empfinden, jedenfalls keine eigene. Er kann nur die Hoffnungen, die wir für ihn hegen, verspüren. Und selbst wenn er seine Gefährtin finden sollte, fürchte ich, dass es zu schwierig sein wird für eine moderne Frau der heutigen Gesellschaft, um mit ihm zu leben. Die meisten unserer Gefährtinnen sind menschlich oder als Menschen großgezogen worden. Und Zacarias ist ein Relikt aus einer anderen Ära. Du findest mich schon schwierig, MaryAnn. Aber ich kann dir versichern, dass ich im Vergleich zu ihm ein sehr moderner Mann bin.«

»Es freut mich, das zu hören, Manolito, denn diese moderne Frau ist zu einer Entscheidung gelangt, die nur sie selbst treffen kann. *Nur ich*, verstehst du? Du musst verstehen, dass ich Rechte habe. Und dass das hier wichtig für mich ist.«

»Und was für eine Entscheidung wäre das?« Er klang misstrauisch. Argwöhnisch. Er würde sie nicht von ihren Verpflichtungen entbinden, selbst wenn das möglich wäre – was es nicht war.

»Ich will, dass du mich zu einer Karpatianerin machst. Jetzt. Heute Nacht. Ich will voll und ganz dein Leben mit dir teilen.« Sie ignorierte die Sturmwolken, die sich in seinen Augen zusammenbrauten. »Ich habe die ganze Zeit keine Wahl gehabt. Also hör mir jetzt gut zu: Ich habe mir das sehr gut überlegt, ich weiß, was ich tue und sage, und ich liebe dich und will ganz und gar die Deine werden.«

19. KAPITEL

Manolito verkniff sich die Antwort, die ihm auf der Zunge lag, und unterdrückte seine jähe Furcht. Mit Gefühlen umzugehen, war weitaus schwieriger, als er es in Erinnerung hatte. Wenn er MaryAnn verwandelte und der Wolf sich wehrte, könnte es sie umbringen. Niemand, nicht einmal Vlad, erinnerte sich, je von der Paarung eines Wolfs und eines Karpatianers gehört zu haben.

»Manolito?« Ihre Finger glitten über sein Gesicht und strichen voller Liebe und Zärtlichkeit seine hohen Wangenknochen nach.

Er schluckte den Kloß, der in seiner Kehle saß, herunter und wandte das Gesicht von ihr ab, damit sie nicht sah, wie er sich gegen die Gefühle wehrte, die sie in ihm weckte. Sie erschütterte ihn mit ihrer Zärtlichkeit und ihrer Liebe. Die Gefährtin eines Karpatianers zu sein, erschien so einfach, aber es war viel komplexer, als er je gedacht hätte. Er wollte ja selbst ihre Verwandlung. Er war stolz darauf, was und wer er war, doch andererseits wollte – und konnte – er sie nicht gefährden.

»Verlang den Mond von mir, MaryAnn, und ich werde einen Weg finden, ihn dir zu bringen. Aber nicht das. Nicht, wenn wir überhaupt nicht wissen, was geschehen wird.«

»Du verwandelst dich doch schon. Das hast du selbst gesagt.« Sie bedeckte sein Kinn und seine Mundwinkel mit zarten Küssen. »Was immer du bist, das will ich auch sein. Ich habe viel darüber nachgedacht. Ich hatte genug Zeit, während ich Vampire, Magier und Jaguarmenschen bekämpfen musste. Es kommt selten vor, dass man jemanden findet, den man lieben kann, und sogar noch seltener, wenn dieses Gefühl erwidert wird.«

»Das werden wir trotzdem noch haben«, sagte er sanft und streckte die Hand aus, um sie auf sich herabzuziehen. Er konnte ihr nicht in die Augen sehen und ihr nicht geben, was sie wollte. »Das werden wir immer haben.« Wann hatte es begonnen? Wann hatte sie seine Welt auf den Kopf gestellt? Sein Magen hatte gekribbelt, und sein Herz war schier zerflossen, als er sie das erste Mal gesehen hatte. Seine Brüder hätten gelacht, wenn sie das wüssten. Er rieb sein Kinn an ihrem Scheitel und fühlte, wie sich ihr Haar in seinen Bartstoppeln verfing und sie aneinander band. Ohne darüber nachzudenken, zog er ihr das Top über den Kopf und ließ es auf den Boden fallen, damit er mit den Händen über ihren seidig glatten Rücken streichen konnte.

»Spürst du den Wolf in dir?« Sie kuschelte sich an ihn und legte ihren Kopf an seine Schulter. »Denn sein Geruch ist überall an dir – und auch überall an mir. Der Wolf ist da, ich weiß, dass er da ist und sich nach der Wölfin in mir sehnt, wenn wir uns lieben. Das ist vermutlich auch der Grund, warum du sogar noch dominanter bist als bei unserer ersten Begegnung.« Schon damals hatte er ihr den Atem geraubt. »Deshalb reibst du dich an mir, um deinen Geruch an mir zu hinterlassen, und das ist etwas ganz Typisches für einen Wolf.«

»Und für einen Karpatianer.«

Sie lachte, und ihm war fast so, als durchzuckten ihn kleine Stromschläge bei dem Geräusch. »Sag das nicht so, als wäre es etwas Gutes. Ich betrachte unsere Beziehung nicht durch eine rosarote Brille. Mir ist sehr wohl schon der Gedanke gekommen, dass es schwierig sein könnte, mit dir zu leben.«

Er biss sie in den Nacken, ganz sachte nur, strich mit den Zähnen über ihren Puls und konnte spüren, wie ihr der Atem stockte. »Solange du alles tust, was ich sage, wird unser Leben sicherlich sehr einfach sein.«

Der scherzhafte Unterton in seiner Stimme war fast so sexy wie seine Hände, die sich jetzt um ihre Brüste legten. Einen langen Moment hielt er sie nur so und betrachtete sie, bevor er einen Arm um ihre Taille legte und sie auf die Seite drehte, sodass sie ihm nun gegenüberlag. Die Art, wie er es tat, mit starken, sicheren Händen und entschiedenen Bewegungen, löste ein erwartungsvolles Prickeln in ihr aus.

Sie konnte sich nicht vorstellen, diesen Mann irgendwann einmal nicht mehr so zu begehren. Ihr Verlangen nach ihm war so stark, dass sie glaubte, sterben zu müssen an dieser Mischung aus Sehnsucht, sinnlichem Begehren und Liebe. Sein Körper war heiß und hart und sehr bereit für sie. Das konnte sie in seinen Gedanken lesen und es an dem Beweise seiner Begierde spüren, die sich an ihren Schenkel presste.

»Du wirst mich nicht vom Thema ablenken, Manolito«, flüsterte sie. »Verstehst du nicht, wie wichtig es ist, dass ich selbst diese Entscheidung treffe? Es muss meine eigene Entscheidung sein.«

Er strich mit den Lippen über ihren Hals, atmete tief ihren warmen, femininen Duft ein und war erfreut darüber, auch seinen Duft an ihrer Haut zu spüren. Seine Zunge berührte wieder ihren Puls, umspielte die kleine, einladende Erhebung, bevor er seine Lippen auf diese überaus verlockende Stelle drückte.

MaryAnn schloss die Augen. Vielleicht schaffte er es ja doch, sie abzulenken. Ihr Herz schlug im gleichen Rhythmus wie das seine. Ihr Körper hätte mehr als zufriedengestellt sein müssen, aber nein, es verlangte sie schon wieder nach ihm. Er berührte sie, und sie war verloren. Er sah sie an, und sie war verloren. Mit einem leisen Stöhnen griff sie nach seinem Kopf und drückte ihn an ihre Brust. »Ich bin so willensschwach bei dir.«

Seine Lippen streiften ihre Schulter, als er lächelte, und sandten feurige kleine Pfeile über ihre Haut zu ihren Brüsten, die sich sofort wieder ganz schwer und angespannt anfühlten.

»Nicht mehr als ich bei dir«, murmelte Manolito und rutschte näher, um mit seinem Mund an die verführerische Rundung ihrer Brust heranzukommen.

Seine Zunge berührte den kleinen Fleck, wo sich so lange das Mal befunden hatte, das er dort hinterlassen hatte, und fast augenblicklich konnte MaryAnn die Haut dort wieder brennen und pulsieren spüren. Die empfindsame Stelle zwischen ihren Beinen reagierte mit dem gleichen Brennen und Pochen, nur tausend Mal stärker, sodass sie sich voller Unruhe bewegte.

»Ist es dir egal, dass ich das will?« War das ihre Stimme, so atemlos vor Erwartung, dass sie sie fast nicht wiedererkannte?

»Du und deine Wünsche sind mir nie egal«, erwiderte er, während er den Kopf hob und ihr prüfend in die Augen sah.

»Ich brauche das, Manolito. So wie du meinen Körper und mein Herz brauchst. Ich brauche das Gleiche auch von dir. Du musst mir vertrauen und mir glauben, dass ich weiß, was ich will.«

»Das ist keine Frage des Vertrauens, MaryAnn.« Er drehte sich zur Seite, weg von ihr, aber nicht, bevor sie einen Anflug von Unbehagen in ihm gespürt hatte. Von Misstrauen. Oder etwas, das Verzweiflung nahe kam.

Sie verstand seine gemischten Gefühle nicht. Im Grunde war es doch so einfach. Riordan hatte Juliette in sein Leben geholt und Manolito Luiz. Nun, da sie wusste, was die Wölfin in ihr war, da sie den Schutz und die Kraft verstand, die sie ihr gab, liebte sie sie, doch Manolito liebte sie noch mehr. Sie wollte ein richtiges, erfülltes Leben mit ihm führen. In seinem Bewusstsein hatte sie gesehen, wie die Realität aussehen würde, wenn er sie nicht verwandelte. Sie würde nicht mit ihm unter die Erde gehen können, um den heilenden Schlaf der Karpatianer zu schlafen, den er oft benötigen würde, um sich zu regenerieren. Sie würde über der Erde bleiben und unter der Trennung leiden müssen. Für ihn würde es keine Tage mit ihr und für sie nur wenige Nächte mit ihm geben.

»Wir könnten nicht so leben wie zuvor und so glücklich sein, wie es uns bestimmt ist«, sagte sie.

Er wandte sich ihr wieder zu und legte zärtlich seine Hand um ihren Hinterkopf. »Ich kann dich glücklich machen, MaryAnn. Trotz allem kann ich das.«

»Aber ich könnte dich nicht glücklich machen. Ich will die Verwandlung um meiner selbst willen, nicht um deinetwillen. Weil ich zum ersten Mal erfahren habe, wie das Leben sein kann, wenn man es mit jemandem teilt. Es ist, als wäre ein Wunder wahr geworden.«

Ein Lächeln milderte den harten Zug um seinen Mund. »So empfinde ich es auch, MaryAnn. Du bist dieses Wunder, und zu riskieren, dich zu verlieren ...«

»Warum solltest du mich verlieren? Juliette hat es doch auch geschafft.«

Manolito fuhr sich mit den Fingern durch das Haar. »Das ist etwas anderes.«

»Wieso? Erklär mir, wieso das etwas anderes ist.«

Er seufzte verärgert. »Jetzt verstehe ich, was du gemeint hast, als du sagtest, du wärst stur.« Er setzte sich auf und fuhr sich mit beiden Händen wieder durch das Haar, um es zurückzustreichen, und dann beugte er sich ganz unvermittelt vor, um sie zu küssen. »Bist du dir absolut sicher, dass du das auch wirklich willst?«

Sie schlang ihre Arme um seinen Nacken und zog seinen Kopf zu einem weiteren Kuss zu sich herab. Sein Mund war wie ein Schmelzofen, der beim geringsten Anlass Feuer fangen könnte. »Ich will jeden unserer gemeinsamen Momente auf die bestmögliche Weise mit dir verbringen.«

Er atmete tief aus. »Denk nicht, dass du in allem deinen Willen durchsetzen wirst, *sivamet*.«

Sie drehte sich auf den Rücken und blickte lächelnd zu ihm auf. »Aber natürlich werde ich das.«

Manolito sprang aus dem Bett und war verschwunden. Er löste sich einfach direkt vor ihren Augen in Dunst auf, um sich durch den schmalen Tunnel in Richtung Eingang zu verziehen! MaryAnns Herz begann fast schmerzhaft hart zu pochen.

Was tust du? Sie sprang auf und rannte ihm auf bloßen Füßen hinterher. In ihrer Sorge um Manolito vergaß sie das Ungeziefer und alles andere, was für gewöhnlich in Höhlen kreuchte und fleuchte. Sie rührte seinen Geist an, während sie gleichzeitig die

Schnelligkeit des Wolfes einsetzte, um Manolito vielleicht noch einzuholen.

Er würde sie nicht in Gefahr bringen, ohne zu wissen, was bei der Verwandlung geschehen würde. Seine Entschlossenheit war unerschütterlich. Er wollte nicht einmal bei ihr sein, um nicht in Versuchung zu geraten, es vielleicht doch zu tun.

Untersteh dich!, schrie sie in seinem Geist und legte so viel Zwang in ihre Stimme, wie sie aufbringen konnte. Ihre Atemzüge hörten sich wie ein Schluchzen an. *Manolito. Nein! Das kannst du nicht tun.*

Sie spürte die Berührung seiner Finger an ihrem Gesicht, und dann war er fort. Er hatte sie aus seinem Geist verbannt, um ihre Sicherheit zu garantieren. Sie fühlte, wie der Boden unter ihr erbebte, und wusste, dass sich der Eingang öffnete. Noch schneller als vorher rannte sie darauf zu, um dorthin zu gelangen, bevor Manolito ihn wieder verschließen konnte.

Doch die Felsen prallten mit einem knirschenden Geräusch zusammen, das sie zusammenfahren ließ. Sie warf den Kopf zurück und heulte auf, in einer Mischung aus unbändiger Wut und Schrecken.

Wenn ich nicht zurückkomme, öffnet sich die Tür bei Sonnenuntergang.

MaryAnn schlug hilflos mit den flachen Händen gegen das Felsgestein, und ein Schluchzen stieg in ihrer Kehle auf. *Wenn du nicht zurückkommst, gibt es keinen Grund, warum die Tür sich öffnen sollte. Bitte, Manolito, ich habe es mir anders überlegt. Ich will nicht verwandelt werden. Bitte, komm zurück.*

Ich werde dich nicht gefährden.

Es ist mein Risiko, flehte sie.

Sie spürte im Geiste, wie er seufzte, und wieder schienen seine Finger ihre Haut zu streifen.

Du verstehst nicht. Du bist mehr als mein Herz. Du bist auch meine Seele. Es gibt nichts und niemanden, der mir wichtiger ist als du. Ich will nicht, dass du die Qualen der Verwandlung durch-

machst. Du sollst niemals wieder Schmerz erleiden. Und ich werde weder dein Leben noch deinen Verstand aufs Spiel setzen, bis ich meinen eigenen riskiert habe, um sicherzugehen, dass die Verwandlung durchgeführt werden kann, ohne dir zu schaden.

MaryAnn drückte ihre Hand an ihren Mund, um ein Aufschluchzen zu ersticken. Weinen würde ihn nicht aufhalten. Und psychischer Zwang genauso wenig. *Wenn du mich wirklich liebst …*

Sie konnte sein leises Lachen hören. *Ich tue das aus Liebe zu dir,* sivamet. *Geh zurück und setz dich auf das Bett und warte. Falls ich zurückkehre, vollenden wir deine Verwandlung. Wenn nicht, geh zu meinen Brüdern und erlaube ihnen, für dich zu sorgen.*

Seine Stimme war leise und verführerisch. In Gedanken sah er sie schon nackt auf seinem Bett sitzen und auf seine Rückkehr warten. MaryAnn hätte am liebsten etwas nach ihm geworfen. Sie bückte sich nach einem losen Stein auf dem Höhlenboden, holte aus und schleuderte ihn mit aller Kraft gegen den Eingang, außer sich vor Wut darüber, dass Manolito von ihr erwartete, einfach nur brav abzuwarten. Zu hoffen, dass er zurückkommen und sie Sex haben würden. Wilden, hemmungslosen Sex. Und wie recht er damit hatte …

Manolito, versuchte sie es erneut. *Du bedeutest mir genauso viel wie ich dir. Lass uns das zusammen wagen. Lass mich raus. Oder bleib wenigstens mit mir verbunden.*

Ich werde dich nicht gefährden.

Und damit brach er die Verbindung wieder ab, und MaryAnn fühlte sich allein. So allein. Ihr Herz war so schwer, dass es in tausend Stücke zu zerspringen drohte, als sie zu dem großen Raum zurückging. Falls irgendetwas danebenging … Wenn sie ihn jetzt verlor … Wie konnte er ihr das antun? Ihr die Entscheidung einfach abnehmen? Ihre Wut verrauchte, als ihr die jähe Erkenntnis kam, dass sie nichts mehr haben würde, falls er nicht zurückkam. Sie würde nicht einmal mehr einen Grund zur Wut haben. Absolut nichts. Nur Leere, nur ein grauenhaftes schwarzes Loch, das sie irgendwann verschlingen würde.

»Was hast du dir dabei gedacht?«, flüsterte sie, nicht sicher, ob sie ihm oder sich selbst die Frage stellte. Ohne die Tränen zu beachten, die ihr über das Gesicht strömten, sank sie auf das Bett und schloss die Augen.

Manolito atmete die kühle Nachtluft ein und sog sie tief in seine Lungen. Er konnte spüren, wie der Wolf sich in ihm regte und alle Eindrücke mit der gleichen Schnelligkeit verarbeitete, wie es sonst nur Karpatianer konnten. MaryAnn hatte ihn mit ihrem Wolfsblut infiziert, und als der Wolf in ihm stärker geworden war, hatte Manolito gedacht, dass seine karpatianischen Eigenschaften ihn entweder bezwingen oder ihm erliegen würden, doch bisher war weder das eine noch das andere geschehen. Der Wolf hatte sich einfach nur in ihm niedergelassen und war still und aufmerksam geblieben. Beide schienen zu koexistieren, doch was würde mit ihm oder dem Wolf geschehen, wenn er ihn heraufbeschwor?

Manolito blickte zu dem dunklen Himmel auf. Er liebte die Nacht, ihre Schönheit und das Geheimnisvolle an ihr. Er liebte alles Karpatianische. Hatte sich auch MaryAnn so sicher und wohl in ihrer eigenen Haut gefühlt? Hatte es auch ihr so gutgetan, so genau zu wissen, was und wer sie war? All das hatte er ihr unter den Füßen weggezogen. Er hatte erwartet, dass sie das neue Leben und die Liebe, die er ihr schenkte, annehmen würde, ohne jemals die Konsequenzen für sich abzuwägen. Für ihn war Karpatianer zu sein alles. Aber sie hatte ihr Leben ebenfalls geliebt, sie war glücklich und zufrieden gewesen. Und auch das hatte er ihr genommen.

Manolito? Es war Zacarias, der Verbindung zu ihm aufnahm, und trotz der großen räumlichen Entfernung zwischen ihnen war sie stark. *Was tust du?*

Manolito spürte die Unruhe seiner Brüder und wusste, dass er unabsichtlich ihren Geist berührt hatte, wie immer vor einem großen Kampf. Nur ein kurzes Anrühren, um Lebewohl zu sagen, falls etwas Unvorhergesehenes geschah.

Mir geht es gut, Zacarias. Aber ich habe Entscheidungen getroffen, die ich bereue. Solltest du einmal in die gleiche Situation geraten, kann ich dir nur empfehlen, vorsichtig zu sein mit deinen Entscheidungen, damit du nichts bereust. Ich habe gelernt, dass mein Weg der richtige ist, doch andere Wege sind es sicher auch.

Ein kurzes Schweigen entstand. Zacarias hatte schon immer die Fähigkeit gehabt, zu viel zu sehen. *Was du tust, ist gefährlich.*

Manolito tat die Bemerkung mit einem gleichgültigen Schulterzucken ab, obwohl sein Bruder ihn nicht sehen konnte. *Alles, was wir während unseres langen Lebens getan haben, war gefährlich. Bitte unterrichte Mikhail darüber, dass wir uns möglicherweise Angriffen und Zerstörung von allen Seiten her zu stellen haben. Das ist das Mindeste, was wir tun können, nachdem wir den Malinovs bei der Entwicklung des Plans geholfen haben, den Führer unseres Volkes zu stürzen.*

Nicolas ist schon unterwegs. Ich will nicht, dass du diesen Weg fortsetzt, für den du dich entschieden hast. Ich kann dort nur Gefahren sehen.

Leb wohl, Bruder. Manolito sandte ihm Wärme und Zuneigung, beendete aber die Verbindung, bevor Zacarias auch nur erahnen konnte, was er plante.

»Jetzt sind es nur noch du und ich, Wolf«, sagte er ruhig. »Und die Nacht.«

Er spürte, wie der Wolf sich regte und streckte. Das Tier war ein von ihm unabhängiges Wesen; sie waren zwei starke, dominante Persönlichkeiten, die sich denselben Körper teilten. Die Wolfseigenschaften wie das Bedürfnis, sein Weibchen zu beschützen und in seiner Nähe zu behalten, waren genauso stark oder noch stärker in dem Tier entwickelt und verdoppelten Manolitos eigenen Drang, danach zu handeln. Sie teilten Gefühle und Empfindungen – sie konnten sich verständigen.

Bist du bereit, das zu tun?

So bereit wie du. Sie ist ebenso sehr meine Gefährtin wie deine, antwortete der Wolf ohne das geringste Zögern. Er wusste noch nichts von der innigen Verbindung zwischen karpatianischen Gefährten oder was es bedeuten würde, sollte Manolito sterben. MaryAnn würde ihm entweder sofort folgen, oder ihr weiteres Leben würde ein einziges, langsames Sterben für sie sein – falls die Wölfin in ihr sie nicht sterben ließ.

Manolito schüttelte den Kopf, weil er diese Möglichkeit nicht einmal in Betracht ziehen wollte. Wenn er sie nicht verwandelte, war es, wie sie sagte. Sie würden ein schwieriges Leben führen und vielleicht sogar so oder so den gleichen langsamen Tod erleiden. Da war es besser, sich der Sonne auszusetzen und schnell und sauber zu verbrennen.

Er rief. Der Wolf antwortete. Er rührte sein Bewusstsein an, und der Wolf reagierte. Manolito konnte die beginnende Verwandlung spüren. Sie war anders als alles, was er kannte. Er zwang sich, jede Veränderung zu spüren und zu prüfen. Das unter seiner Haut erwachende Leben. Das Jucken des ihm wachsenden Fells. Die langen Zähne, die aus seinem Kiefer hervorbrachen, während sich sein Gesicht zu einer Schnauze verlängerte, um diesen scharfen Fängen Platz zu bieten. Er wurde zurückgezogen, förmlich in sich hineingezogen, und begann, immer mehr zu schrumpfen, was ein ungemein beklemmendes Gefühl war. Sein Beschützer durchflutete ihn mit Zuversicht, als der Wolf sich materialisierte und seinen Körper übernahm.

Stärke und Macht durchströmten ihn und stärkten den Wolf. Sein Bewusstsein erweiterte sich, als die kollektiven Erinnerungen vieler Generationen sein Gehirn durchfluteten. Was er sah, hatte nicht das Geringste mit den Werwölfen zu tun, die man in Filmen sah. Der Vollmond schwächte sie, sodass sie außerstande waren, herauszukommen und den Körper ihres Gastgebers zu schützen. Außerstande, dem Ruf der Wildnis zu gehorchen, wenn ihre Schützlinge sich in Gefahr befanden. Sie leiteten die Organisationen zur Rettung von Wäldern und Tieren. Sie arbeiteten unermüdlich, um die Unwissenheit über Tiere und Pflanzen, deren Lebensräume, ja sogar über die Erde selbst zu bekämpfen.

Sie waren unter seidigem Fell verborgene Macht und Intelligenz.

Der Wolf in Manolito, der dichtes schwarzes Fell und bernsteinfarbene Augen hatte, blickte in das spiegelglatte Wasser eines Teichs, um Manolito ein Gefühl dafür zu geben, wer und was er war. Und was er sah, war kein unheimliches Filmmonster, sondern ein Wolf, der sich genauso große Sorgen um seine Gefährtin machte wie Manolito um MaryAnn.

Werwölfe lebten auf der ganzen Welt verstreut in kleinen, einander eng verbundenen, verborgenen Rudeln. Sie kamen nur selten zusammen, solange keine dringende Notwendigkeit dazu bestand, aber sie überlebten, gut verborgen in der menschlichen Gesellschaft, und arbeiteten, lebten und liebten unter ihnen. Die größte Gefahr für sie waren die bösartigen Einzelgänger, Wölfe, die keinem Rudel angehören wollten und die wie die Malinovs ein Recht darauf zu haben glaubten zu regieren.

Der Wolf in Manolito hatte die kollektiven Erinnerungen aller Wölfe durchforstet und keinen Fall gefunden, wo ein karpatianischer Mann sich mit einer Wölfin gepaart hatte, doch das Blut des einen schadete dem anderen nicht. Manolito machte dem Wolf seine eigenen Erinnerungen zugänglich, erlaubte ihm zu sehen, was die Verwandlung bewirken würde, und vertraute ihm seine Befürchtungen um MaryAnn an. Er begann, den Wolf als weiteren Bruder zu betrachten, als Partner und als Freund. Sie kannten und halfen einander, und der Wolf in ihm würde immer MaryAnn beschützen, so wie Manolito stets die Wölfin in ihr schützen würde.

Manolito nahm wieder seine eigene Gestalt an, ohne einen einzigen Verlust erlitten zu haben. Tatsächlich hatte er sogar viel dazugewonnen – an Wissen, Selbstvertrauen und seiner Fähigkeit, eine vernünftige Entscheidung zu treffen. Er wusste, dass es ihm und MaryAnn irgendwann schaden würde, miteinander zu leben, ohne ihre Verwandlung vollzogen zu haben. Sie hatte das instinktiv gewusst und es ihm auch gesagt. Er musste das Risiko um ihrer beider willen eingehen. Und wenn er es heute Nacht nicht tat, würde er vielleicht nie wieder den Mut aufbringen.

Mit einer Handbewegung öffnete er den Eingang zu der Höhle und wusste, dass MaryAnn das Knirschen der Felsen hören würde, als er sie wieder zusammenfügte. Deshalb überraschte es ihn nicht, dass sie ihm weinend entgegengelaufen kam und sich auf ihn stürzte, als er den schmalen Tunnel hinunterging, statt auf dem Bett zu warten, wie er ihr befohlen hatte. Er unterdrückte ein Lächeln, obwohl er im Stillen über ihre Reaktion glücklich war.

»Was hast du getan? Du bist verrückt, weißt du das?« Helle Streifen waren unter ihrer perfekt gebräunten Haut zu sehen, als sie sich auf ihn stürzte. Sie war außer sich vor Wut, obwohl sie noch immer weinte, während sie, aufgeputscht vom Adrenalin in ihren Adern, mit den Fäusten ausholte, um ihn zu schlagen.

Manolito ergriff ihre Handgelenke, zog sie an sich und schloss sie in die Arme, bevor sie sich von Neuem auf ihn stürzen konnte. »Beruhige dich, *csitri*. Tu dir nicht selbst weh.«

Sie trat nach ihm, erneut von Wut gepackt, jetzt, da sie wusste, dass ihm nichts geschehen war. »Dir, meinst du! Ich kann nicht glauben, dass du das getan hast. Und wenn du mich gebraucht hättest und ich nicht zu dir hätte kommen können?«

»Ich musste für deine Sicherheit sorgen«, erwiderte er ruhig. Einer seiner Arme lag um ihre Taille, der andere unter ihren Brüsten, und mit beiden hielt er ihre Arme fest, um sie davon abzuhalten, ihn erneut zu schlagen. »Der Wolf in mir ist sehr interessiert an der Wölfin in dir. Er macht sich Sorgen, dass ihr etwas zustoßen könnte, wenn du dich verwandelst, aber ich glaube, dass wir die gleiche Kraft besitzen und deine Wölfin stark genug ist, um die Verwandlung mit dir durchzustehen.«

MaryAnn war noch nicht so weit, ihre Angst und Wut auf ihn so einfach aufzugeben. Aber Manolito hob sie auf die Arme und drückte sie ganz fest an sich, als er mit ihr den Tunnel hinunterging. Er steuerte zielstrebig den Schlafraum an, und sie konnte deutlich spüren, wie erregt er war.

»Falls du denkst, ich ließe mich von dir anrühren ...«

Er senkte den Kopf und suchte die warme, weiche Biegung ihres

Nackens. Seine Zunge fand ihren Puls und begann, ihn spielerisch zu umkreisen. Auch seine Zähne strichen so sachte darüber, dass ein heißes Prickeln sie durchflutete und sie die Beine zusammenpresste, als ein fast schon schmerzhaftes Pulsieren dort begann. Sie spannte die Muskeln in einem Arm an, bis Manolito ihn vorsichtig freigab. Doch sie schlang ihn nur um seinen Nacken und drückte sich an ihn, froh, dass er noch lebte und unverletzt war.

»Du hast mir Angst gemacht.«

»Das tut mir leid, *sivamet*. Ich wollte dich nicht ängstigen, doch ich musste dafür sorgen, dass dir nichts geschehen konnte.«

Sehr zärtlich legte er eine Hand um ihre Brust, zupfte mit den Fingern an ihrer harten Spitze und sandte eine wahre Sturzflut wonnevollster Empfindungen durch ihren Körper. Es hatte etwas ungemein Erotisches, so getragen zu werden. Er hatte seinen Arm so fest um sie geschlungen, dass sie sogar die heiße Härte zwischen seinen Schenkeln spüren konnte. Er gab ihr immer das Gefühl, sexy, schön und überaus begehrenswert zu sein.

Unbändiges Verlangen glitzerte in seinen Augen, als er den Kopf beugte, um sie zu küssen. Sein Mund war hungrig und besitzergreifend, seine Hand aber sanft und zärtlich, als sie zu ihrem flachen Bauch hinunterglitt. Ohne seinen Kuss zu unterbrechen, begann er sie mit solch hauchzarten Berührungen zu streicheln, dass sie erwartungsvoll erschauerte.

»Leg dich auf das Bett«, sagte er und gab sie frei.

MaryAnn drehte sich zu ihm um und sah das unverhohlene Verlangen in seinem Gesicht und die nicht zu übersehende Ausbuchtung in seiner Hose. Er nickte in Richtung Bett, und mit aufreizend sinnlichen Bewegungen stieg sie auf allen vieren darauf und hörte Manolitos scharfes Einatmen, als sie sich mit der Anmut einer Wölfin auf das Kopfteil zubewegte, langsam und verführerisch, mit schwingenden Brüsten und festem, hoch erhobenem Po. Schließlich drehte sie sich um und streckte sich aus, aber alles sehr, sehr langsam, damit er jeden Zentimeter von ihr sehen konnte.

Sie wusste, dass er ihre Haut liebte, und die flackernden Lichter, die darübertanzten, brachten ihre goldbraune Tönung hervorragend zur Geltung. Manolito konnte den Blick nicht von ihr abwenden. Er kniete über ihr auf dem Bett und ließ eine Hand ganz langsam über ihr Bein zu ihrem Schenkel hinaufgleiten. Seine Hände waren warm und rau. MaryAnn spürte, wie sich alles in ihr zusammenzog und ihre intimste Stelle seiner Berührung entgegenfieberte. Er berührte sie kaum, nur mit seinem glutvollen dunklen Blick, der so voller Verlangen und Erregung war, dass allein schon die leichte Berührung seiner Finger und sein Gesichtsausdruck sie einem Orgasmus nahe brachten.

Manolito ließ sich behutsam auf ihr nieder, küsste sie wieder und wieder und nahm sich Zeit, so sanft und geduldig zu sein, wie er konnte. Seine Berührungen waren voller Zärtlichkeit, als er sie mit seinen geschickten Fingern liebkoste und erregte. Er wollte, dass sie sich geliebt fühlte und wusste, dass er immer bei ihr und für sie da sein würde. Ja, er würde ihren Körper mit seinem stets verehren und vergöttern. Sie würde es merken – am Ende ihrer gemeinsamen Zeit würde sie wissen, dass sie über alles geliebt worden war.

Mit einem Knie spreizte er ihre Beine, hob sie zu sich hoch und wartete, bis sie ihn ansah, bevor er mit einer einzigen kraftvollen Bewegung in sie eindrang, die sein Innerstes in Flammen setzte. Er konnte ihr Pulsieren um sich spüren und schloss verzückt die Augen, weil sie so eng, so heiß und so unglaublich weich war.

Er gab ihr mit seinem Körper zu verstehen, dass er sie liebte, und beugte sich immer wieder vor, um sie zu küssen, während er sie mit langsamen, zärtlichen Bewegungen auf einen sanften Gipfel führte. Sein Herz raste angesichts der Ungeheuerlichkeit dessen, was er vorhatte – was sie beide vorhatten. Sein eigener Orgasmus brachte MaryAnn erneut zum Höhepunkt. Manolito küsste sie wieder und setzte sich auf und zog sie auf seinen Schoß.

»Bist du sicher?«

Sie nickte, und das rückhaltlose Vertrauen in ihren Augen krampfte ihm das Herz zusammen. Er zog sie in die Arme, küsste sie immer wieder, in einem fort, als könnte er nie genug von ihr bekommen. Sie schnappte nach Luft, als seine Finger über die harten Knospen ihrer Brüste glitten und ein weiteres wohliges Erschauern sie durchlief. Als hätte er nur auf dieses Signal gewartet, senkte Manolito den Kopf noch tiefer, sodass sein langes Haar ihre Brust und ihren Bauch bedeckte, als er eine ihrer Brustspitzen zwischen seine Lippen nahm. Seine Zähne zupften und knabberten; seine Zunge tänzelte und leckte. Er ließ sich Zeit und liebkoste ihre andere Brust auf die gleiche Weise, während er mit einer Hand zwischen ihre Beine glitt, um ihre Reaktion zu prüfen, ihre heiße Enge und exquisite Feuchtigkeit zu spüren.

Schließlich ließ er seine Lippen wieder an ihrer Brust hinaufwandern, strich ein paarmal mit der Zunge über den schnell pochenden Puls dort und drang zugleich mit zwei Fingern tief in ihre süße Hitze ein. Als er spürte, wie sie seiner Berührung entgegenfieberte, senkte er den Kopf noch tiefer und schlug seine Zähne in ihr Fleisch. MaryAnn zuckte in seinen Armen zusammen, warf den Kopf zurück und bog sich seinen streichelnden Fingern entgegen, als er von ihr trank. Das lustvoll-schmerzliche Gefühl erschütterte sie – und durch sie auch ihn.

Das war die Lebensweise der Karpatianer. Das Bedürfnis nach einer Gefährtin. Nichts stillte Hunger besser, als eine Gefährtin es konnte. Ihr Geschmack war einzigartig und ein mächtiges Aphrodisiakum für ihn. Er war die Essenz, der Kernpunkt ihres Lebens, verbunden mit ihr durch ein Blutband, das nicht gebrochen werden konnte. Er rührte an den Geist des Wolfes und ließ ihn daran teilhaben, weil er wollte, dass er verstand, und merkte, dass MaryAnns Wölfin die gleichen Bande teilte.

Er steigerte MaryAnns Erregung, weil sie nichts als Glück und Lust empfinden sollte, und um sie auf den Moment ihrer endgültigen Verschmelzung vorzubereiten. Ihr Leben war für alle Zeit an seins gebunden, und das Blut, das sie für immer aneinander band, machte genauso süchtig wie ihr Körper. Manolito schloss die Augen und kostete das Gefühl ihrer nackten Haut an seiner aus. Alle seine Sinne waren so geschärft, dass die kleinste Empfindung ihn mit einer wahren Sturzflut lustvoller Gefühle überflutete. Er drang in MaryAnns Bewusstsein ein und ließ sie spüren, wie sie sich anfühlte – den weichen Satin, die heiße Seide, den würzigen, berauschenden Geschmack.

Schließlich hob er den Kopf und sah die beiden kleinen Rinnsale, die über die sanfte Wölbung ihrer Brust zu der Mulde zwischen ihnen und auf ihren Bauch zuliefen. Er strich mit der Zunge über die beiden kleinen Wunden, verschloss sie und folgte den roten Rinnsalen über ihre Brust zu ihrem Bauch hinunter. Sein Haar fächelte ihre Schenkel, als er ihre Taille umfasste und sie sanft zurücklegte, um die letzten Tröpfchen ihres Lebenssaftes von ihrer Haut zu lecken. Er konnte spüren, wie sich ihre Muskeln unter seiner Hand zusammenzogen und wie verlangend sie sich seinen Fingern entgegenbog, die sie noch immer auf intimste Weise streichelten.

Er zog sie an sich und rollte sich mit ihr auf den Rücken. »Setz dich auf mich und nimm mich«, sagte er rau, schon wieder hart und heiß und mit jeder Sekunde erregter.

»Das kannst du doch bestimmt nicht«, sagte sie leise, glitt aber an seinem Körper herab, um seine pulsierende Härte mit ihren weichen Lippen zu berühren. »Na ja, wahrscheinlich doch.«

Manolito ergriff mit beiden Händen ihre Schultern. Er durfte sich nicht von ihr ablenken lassen, und ihr Mund – ihr zauberhafter Mund – würde vielleicht genau das tun. »Setz dich auf mich, MaryAnn«, wiederholte er und zog an ihrem Bein, bis sie widerstrebend ihre Lippen von ihm löste und wieder an ihm hinaufglitt, bis sie mit gespreizten Beinen auf ihm saß.

Sie warf ihr langes Haar zurück und hob ihr Becken an, während er mit einer Hand die Wurzel seines Glieds umfasste, damit sie sich langsam darauf niederlassen konnte. Ihre Brüste bewegten sich verführerisch, und Manolito betrachtete sie mit angehaltenem Atem und staunte wieder einmal über die geradezu unglaubliche Anziehungskraft seiner Gefährtin. Und dann ließ sie sich mit exquisiter Langsamkeit auf ihm nieder, um ihn Zentimeter für Zentimeter in sich aufzunehmen. Es war eine süße Tortur, ein schon fast schmerzhaftes Vergnügen, so unendlich langsam in ihre samtene Hitze hineinzugleiten, die weich wie Seide war und so eng, dass sie ihm schier den Atem raubte. Er war nicht einmal mehr sicher, diese Nacht zu überleben.

Als Manolito die Hände hob, beugte MaryAnn sich vor, um ihre Finger mit seinen zu verschränken. Die Bewegung verstärkte den Druck auf ihre empfindsamste Stelle, sodass sie schon einen Orgasmus nahen spürte, doch Manolitos Hände umfassten ihre Hüften und hinderten sie daran, sich zu bewegen. Sein Blick hielt ihren fest. Seine Augen glitzerten vor sinnlicher Erregung, waren so heiß und so ... *gebieterisch*, dass eine neuerliche Hitzewelle sie durchflutete.

Sie wusste, was er wollte. Der Gedanke hätte sie mit Furcht, Schrecken oder sogar mit Abscheu erfüllen müssen, doch stattdessen erregte er sie – und nicht nur sie, sondern auch die Wölfin in ihr. MaryAnn konnte jetzt ihre scharfen Zähne spüren, die sie nach einer Kostprobe von ihm bedrängten. Von Manolito, der anderen Hälfte ihrer Seele. Er schob eine Hand unter ihr Haar, bis er ihren Nacken umfassen konnte, und zog ihren Kopf auf seine Brust herunter. Hitze wallte in ihrem Inneren auf, und eine dunkle, ihr bis dahin unbekannte Sinnlichkeit erwachte in ihr, als sie sich vorbeugte und mit der Zunge über die Stelle über seinem Herzen strich.

Das Rauschen seines Blutes in seinen Venen verlockte sie. Sein maskuliner Duft machte sie ganz schwindlig. Wieder glitt sie mit der Zunge über seine Haut. Sein Glied zuckte, und ihre Muskeln zogen sich um ihn zusammen. Sie wartete und lauschte auf Manolitos Herzschlag so dicht an ihrem Ohr. Er war schnell. Erregt. Erwartungsvoll.

Sie murmelte seinen Namen, bevor sie ihre Zähne in seine Brust schlug und seinen Geschmack, seine Essenz, das unglaubliche Geschenk des Lebens, in sich aufnahm. Manolito atmete noch schneller, rauer, und sie konnte spüren, wie er sogar noch größer in ihr wurde und mit jeder seiner Bewegungen glühend heiße Schauer durch ihren Körper jagte. Überwältigt von der Intensität dieser

Vereinigung, schrie MaryAnn auf, und Manolitos Stöhnen verschärfte ihre ekstatischen Gefühle noch. Er schmeckte nach Macht. Heiß und süß und ungeheuer sinnlich. Wer hätte gedacht, dass er so gut schmecken könnte?

Er begann sich wieder in ihr zu bewegen. Mit langen, tiefen, ja, fast trägen Stößen liebte er sie und trieb sie nahezu an den Rand des Wahnsinns. Er war überall. In ihr. Auf ihr. Er war in ihrem Mund und ihrem Körper und hüllte sie in einen Kokon aus Liebe ein. Seine Hände hoben ihre Hüften an, damit sie sich ganz auf die überwältigenden Empfindungen konzentrieren konnte, als er sich fast vollständig aus ihr zurückzog. Dann ließ er sie wieder herab und nahm seinen gemächlichen Rhythmus wieder auf, damit sie genug von seinem Blut aufnahm, um eine wirkliche Verwandlung zu ermöglichen.

Dieser Liebesakt war der sinnlichste, den sie je erlebt hatte. Manolitos Hände glitten über ihren Po, massierten, beschrieben kleine Kreise, streichelten die lange, samtene Linie zwischen ihren Gesäßhälften, und dann hob er sie wieder an und nahm seinen schon fast quälend langsamen Rhythmus wieder auf. MaryAnn stöhnte und strich mit der Zunge über seine Brust, um die kleine Wunde zu verschließen. Alles in ihr zog sich um ihn zusammen, und ihr Atem kam in kleinen, kurzen Stößen. Dann blickte sie zu ihm herab und sah ihm in die Augen.

Er erwiderte ihren Blick. Manolito De La Cruz' Augen waren die schwärzesten, die sie je gesehen hatte, mit winzigen, bernsteinfarbenen Sprenkeln durchsetzt, die an kleine Blitzstrahlen erinnerten. Und sie hätte ertrinken können in der unbeschreiblich tiefen Liebe, die sie in seinen Augen sah. Er versuchte nicht, sie zu verbergen, hatte absolut keine Hemmungen, sie ihr zu zeigen.

Die Hände fest um ihre Hüften, ließ er sie in einer langsamen, kreisförmigen Bewegung auf sich herunter, die ihr den Atem raubte und sie mit einer unfassbar heißen Woge durchströmte, die ihren Körper wild erschauern ließ.

»Natürlich liebe ich dich. Das musst du doch wissen?«

Ihre Kehle schmerzte, und Tränen brannten hinter ihren Lidern. »Ich hätte nie gedacht, dass ich dich finden würde ... oder auch nur je imstande sein würde, eine solche Liebe zu verspüren.«

»Ich werde dafür sorgen, dass du sie mit jedem Atemzug spürst, den du tust«, sagte er. Außerstande, sich auch nur einen Moment länger zu beherrschen, zog er sich zurück, um ein letztes Mal mit einer solch kraftvollen Bewegung in sie einzudringen, dass sie seinen Namen schrie und ihm ihre Fingernägel in die Schultern grub. Woge um Woge unbeschreiblich lustvoller Gefühle durchströmte sie, als seine Empfindungen sich in einer gewaltigen Flut Bahn brachen und sie auf einen Gipfel von solch überwältigender Süße mitrissen, dass ihr schier die Sinne schwanden und sie schwer atmend und kraftlos auf ihn sank.

Seine Lippen an ihrem Haar, drückte er sie an sich und blickte zu der kristallenen Decke auf. »Ich habe Jahrhunderte gelebt, MaryAnn, und nicht ein einziges Mal geglaubt, dass ich das jemals erleben würde. Ich glaube, keiner von uns rechnet wirklich damit, dass es geschehen wird.«

Da ihr der Atem fehlte, um zu sprechen, küsste sie ihn auf die Brust, bevor sie ihren Kopf darauflegte, die Augen schloss und dem Pochen seines Herzens lauschte.

»Ich habe in mein Herz und meine Seele geblickt und glaube wirklich, dass ein Mann von unserer Spezies seine Gefährtin beanspruchen sollte, ob sie nun in ihn verliebt ist oder nicht. Ich habe sehr viele Vampire vernichtet, und wenn ich vor die Wahl gestellt würde, durch und durch böse zu werden und Unschuldige zu ermorden oder meine Gefährtin für mich zu beanspruchen und ihr Zeit zu geben, mich lieben zu lernen, glaube ich, dass letztere die einzige Möglichkeit ist, die unserem Volk noch offensteht.«

MaryAnn klopfte ihm auf die Brust. »Vielleicht solltest du aber auch die Möglichkeit in Betracht ziehen, deine Gefährtin vorher zu umwerben und sie in dich verliebt zu machen, bevor du sie für dich beanspruchst.« Ihr Magen verkrampfte sich plötzlich so heftig, dass sie sich aufstöhnend von Manolito herunterrollte und auf den Rücken fallen ließ.

Manolito legte seine Hand auf ihren Bauch und spürte, wie verkrampft ihre Muskeln waren. Doch sie zuckte zusammen und schob seinen Arm weg.

»Du bist zu schwer. Und es ist so heiß hier drinnen. Vielleicht solltest du den Eingang öffnen und frische Luft hereinlassen.«

Er legte sich auf die Seite und achtete darauf, sie nicht mit seinem Körper zu berühren. »Die Verwandlung beginnt, MaryAnn. Du wirst einen Teil der Schmerzen verspüren, die Luiz durchlitten hat. Ich will, dass du jetzt geistig die ganze Zeit mit mir verbunden bleibst.«

»Es ist nicht nötig, dass wir das beide durchmachen. Es war meine eigene Entscheidung.« Ein solch feuriger Schmerz durchzuckte ihre Mitte, dass sie nach Luft schnappte und beide Hände an ihren Bauch drückte. Schweißperlen bedeckten ihre Stirn.

»Das war keine Bitte, MaryAnn. Ich überlebe das nicht, wenn ich nur zusehe. Ich muss aktiv daran beteiligt sein, und der Wolf in mir genauso.« Er beugte sich über sie und nahm ihre Hand in seine. »Verstehst du, MaryAnn? Hörst du mich?«

Ihre Augen waren riesig, schon glasig vor Schmerz, aber sie nickte. »Meine Wölfin«, flüsterte sie. »Sie versucht, mich zu beschützen. Du musst sie dazu bringen aufzuhören. Wir müssen beide ...« Sie verstummte, als ein Schüttelkrampf ihren Körper auffahren ließ und wieder auf die Matratze zurückschleuderte. In Fötuslage rollte sie sich auf die Seite und griff nach seiner Hand. »Bring den Wolf in dir dazu, mit ihr zu sprechen. Sie kann sich nicht dagegen wehren. Es wird sie umbringen, aber sie will nicht, dass ich leide.«

Manolito wollte nicht die Verbindung zu ihr unterbrechen, nicht einmal für einen Moment, doch sie keuchte, nickte und klammerte sich an ihm fest, während der Schmerz ihren Körper schüttelte. Dann erhob sie sich auf die Knie, beugte sich über den Rand des Bettes und erbrach sich immer wieder.

Es ging sehr schnell, zu schnell beinahe schon. Manolito griff nach ihr, aber die Krämpfe fingen wieder an. In ihrem Geist konnte er die Wölfin sehen, die mit aller Kraft versuchte, sie zu beschützen. Das Tier dachte nicht einmal daran, sich selbst zu retten. Die Wölfin war ihre Beschützerin, und MaryAnn litt.

Der Wolf war ebenso ein Teil von ihm. Es musste Vertrauen zwischen ihnen bestehen, und keiner von beiden wollte seine Gefährtin leiden sehen. Manolito blieb geistig fest mit MaryAnn verschmolzen und versuchte, ihr die Qualen abzunehmen, aber er verließ seinen physischen Körper und erlaubte dem Wolf zu übernehmen.

MaryAnn warf sich herum, um ihren Schmerz zu lindern, und ihre Hand berührte dichtes Fell. Als sie den Kopf wandte, sah sie den Wolf neben sich liegen. Schwarz gesprenkelte, bernsteinfarbene Augen sahen sie an. Schöne Augen. Und er hatte auch sehr schönes schwarzes Fell.

Lass sie gehen. Lass sie heraus. Die Worte hallten in ihrem Bewusstsein wider, als sie sich erneut vor Schmerzen krümmte und das Feuer in ihrem Inneren sich in jedes Organ und bis in ihr Gehirn zu brennen schien.

Sie könnte sterben.

Das lasse ich nicht zu. Wenn du sie nicht freilässt, wird sie das nicht überleben. Kannst du fühlen, wie sie kämpft? Ohne Anleitung wird sie niemals akzeptieren, was mit dir geschieht.

Ich weiß nicht, wie ich ihr helfen soll.

Aber ich. Lass sie heraus.

Der Wolf in Manolito war genauso arrogant und fürsorglich wie Manolito selbst. MaryAnn wusste nicht, ob sie den Schmerz ertragen würde, wenn sie sich von ihrem Körper löste, aber sie wollte auch nicht das Risiko eingehen, dass die Wölfin starb. Sie zwang sich loszulassen, obwohl das Gefühl dadurch noch schlimmer wurde, weil sie sich an nichts mehr festhalten konnte, keinen Halt mehr hatte, der ihr Kraft verlieh. Sie hörte ihren eigenen verzweifelten Aufschrei, und dann war Manolito in ihrem Bewusstsein, tröstete sie und flüsterte ihr beruhigende Worte zu. Auch der Wolf war dort und versuchte, sie zu ermutigen.

Der Schmerz ließ nach und wurde undeutlicher, obwohl sie immer noch die Krämpfe spüren konnte, die ihren Körper schüttelten. Sie konnte die Wölfin in ihr hecheln, jaulen und manchmal sogar aufheulen hören, und sie spürte das besänftigende Lecken einer rauen Zunge, als der Gefährte der Wölfin ihr durch die Verwandlung half. Vor allem jedoch spürte sie, wie die beiden männlichen Wesen den Schmerz ihrer Gefährtinnen auf sich nahmen, wie sie mit vereinten Kräften zusammenarbeiteten, um ihnen so viel wie möglich davon abzunehmen.

Stunden verstrichen, vielleicht sogar Tage. Es schien nicht aufhören zu wollen. Als MaryAnn schon so entkräftet war, dass sie sicher war, doch noch irgendwann den Kampf gegen den Tod zu verlieren, forderte Manolito sie endlich auf, in ihren Körper zurückzukehren.

Aber sie hatte nicht die Kraft dazu. Und ihrer Wölfin war auch nicht viel geblieben. Beide lagen keuchend da, so ausgebrannt, dass keine sich bewegen oder reagieren konnte. Das Alphamännchen stieß sein Weibchen mit der Schnauze an und leckte ihr das Gesicht, um ihr zu helfen.

Im Geiste hörte MaryAnn Manolito wieder nach ihr rufen. Sie musste unter die Erde. Es war der einzige Weg, ihnen allen den Schmerz zu nehmen – die einzige Möglichkeit für ihre Körper zu genesen. Mit einer gewaltigen Anstrengung zwang sich MaryAnn, ihren eigenen Körper wieder in Besitz zu nehmen, und sandte ihrer Wölfin Liebe und Wärme, als sie sich zurückzog.

Manolito hob sie auf die Arme und drückte sie an sich, als er die Erde öffnete und zusammen mit ihr in sie hinunterglitt. Ohne sie aus seinen Armen zu entlassen, schloss er die fruchtbare schwarze Erde über ihnen und befahl MaryAnn, sich dem heilenden und stärkenden Schlaf der Karpatianer zu überlassen.

20. KAPITEL

»Wo sind sie?«, fragte Jasmine besorgt. Sie war nicht gern ohne die karpatianischen Männer in dem Haus. Unruhig ging sie von Fenster zu Fenster und starrte in den Regenwald hinaus.

MaryAnn antwortete nicht sofort, sondern rührte leicht an Manolitos Geist. »Sie helfen Luiz. Er ist als Karpatianer wieder zu sich gekommen und sehr hungrig.«

Juliette strich Solanges Haar zurück. »Da draußen ist niemand, Jazz. Das wüsste ich. Außerdem sind die Männer nicht weit weg. Ich bezweifle, dass irgendjemand einen weiteren Angriff wagen würde.«

»Ich will einfach nur hier weg«, sagte Jasmine und drückte schützend eine Hand an ihren Bauch.

»Wir haben schon Bescheid gegeben, dass man uns den Jet schickt«, versicherte ihr Juliette. »Wir wollen nicht, dass Solange und du versucht, durch den Dschungel zu der Ranch zu gelangen. Das ist zu weit und zu gefährlich. Jetzt, da wir wissen, dass der Meistervampir die Jaguarmenschen dazu benutzt, Solange in seine Gewalt zu bringen, können wir keine Risiken eingehen.«

»Die Ranch befindet sich auch am Rand des Dschungels«, gab Jasmine zu bedenken. »Sie liegt immer noch sehr abgeschieden. Vielleicht sind wir ja auch dort nicht sicher.«

Juliette wechselte einen Blick mit MaryAnn, und beide blickten auf Solange herab.

Sie drückte die Hand ihrer Cousine. *Es ist schon gut. Ich weiß, dass ich jetzt nirgendwo mehr sicher sein werde. Aber sag es nicht Jasmine. Ich hatte gehofft, auf der Ranch bleiben zu können, doch ich will sie nicht noch mehr gefährden, als sie es ohnehin schon ist. Sie ist schwanger, Juliette, und braucht Fürsorge.*

Juliette sprach laut, um sowohl ihre Schwester als auch ihre Cousine zu beruhigen. »Es gibt mehrere Häuser auf dem Anwesen. Eins ist extra für euch beide errichtet worden, damit ihr ungestört sein könnt. Rafael und Colby sind Karpatianer und haben ihr eigenes Zuhause auf der Ranch. Colbys jüngerer Bruder und ihre Schwester leben bei ihnen. Riordan und ich haben dort auch ein eigenes Haus. Nicolas und Zacarias teilen sich das Haupthaus. Manolito und MaryAnn werden ihr eigenes Zuhause haben. Abgesehen davon lebt und arbeitet die Familie Chavez auf der Ranch, und sie verfügen über die nötigen Kenntnisse und Waffen, um Vampire oder wer auch immer sonst versuchen sollte, euch etwas anzutun, zu bekämpfen. Mit acht Karpatianern und den Chavez' ist die Ranch im Moment der sicherste Ort für euch.«

Solange seufzte. »Sie hat recht, Jasmine. Auf der Ranch sind wir wahrscheinlich sicherer als irgendwo anders. Ich brauche ohnehin noch Zeit, mich zu erholen. Und Pferde liebte ich schon immer.«

Jasmine drehte sich um, zum ersten Mal mehr interessiert an dem Gespräch. »Das wusste ich nicht. Du hast mir nie etwas davon gesagt.«

Solange versuchte, eine unbefangene Miene aufzusetzen. Sie gab heutzutage nur selten etwas von sich preis, nicht einmal ihrer eigenen Familie gegenüber. »Als ich jünger war, bin ich viel geritten.«

»Daran erinnere ich mich«, sagte Juliette. »Du warst eine solche Draufgängerin, selbst damals schon. Du bist immer ohne Sattel geritten und hast Mom zu Tode erschreckt damit.«

Solanges Augen verdüsterten sich, und sie sank wieder auf die Couch zurück. Juliette und sogar Jasmine sahen MaryAnn hilflos an, als wüssten sie nicht, was sie tun sollten.

MaryAnn wartete, bis Jasmine sich zu Solange auf die Couch gesetzt hatte, bevor sie ihren Nagellack aus ihrer Tasche nahm. »Möchte jemand den benutzen?«, fragte sie und hob das Fläschchen hoch.

»Ich habe mir noch nie im Leben die Nägel lackiert«, sagte Solange mit leicht schockierter Miene. »Könnt ihr euch mich mit roten Nägeln vorstellen?«

»Nicht rot.« MaryAnn schüttelte den Kopf, als hätte Solange soeben einen gewaltigen Fauxpas begangen. »Das ist ›Feuriges Pink‹.«

»Feuriges Pink.« Juliette stieß ihre Cousine an. »Das ist zum Totlachen. Ich habe dich noch nie in Pink gesehen, geschweige denn in *feurigem*.«

»Warum nicht rot?«, fragte Jasmine.

»Weil das nicht zu ihrer Hautfarbe passen würde«, war MaryAnns sachkundige Antwort. »Sie hat schöne Hände. Da wird sie doch wollen, dass die Leute sie bemerken.«

Solange schob ihre Hände hinter ihren Rücken. »Ich habe kein Interesse daran, dass Männer mich bemerken.«

MaryAnn lachte. »Du Dummerchen. Glaubst du wirklich, Frauen machten sich nur für Männer hübsch? Einige vielleicht schon, aber die meisten tun es sich selbst zuliebe. Wenn du gut aussiehst, bist du mutiger und hast mehr Selbstvertrauen. Wenn du und Jasmine zum Beispiel zu einer Dinnerparty gehen müsstet, würdet ihr doch so gut aussehen wollen, dass andere Frauen euch nicht für arme Verwandte halten. Geschlechtsgenossinnen beurteilen Frauen viel grausamer als Männer.«

»Du siehst immer gut aus«, sagte Juliette. »Was tust du sonst noch, um das zu erreichen?«

MaryAnn blickte sich um und senkte ihre Stimme. »Die Geheimwaffe ist Gurke.«

Solange setzte sich abrupt wieder auf. »Jasmine, halte dir die Ohren zu.«

MaryAnn, Juliette und Jasmine brachen in schallendes Gelächter aus.

»Oje! Was für eine schmutzige Fantasie du hast, Solange«, sagte Juliette.

»*Meine* Fantasie ist in Ordnung, vielen Dank. Es ist MaryAnns, um die ich mir Sorgen mache.«

»Man legt Gurkenscheiben auf die Augen«, sagte MaryAnn und konnte sich das Lachen kaum verkneifen.

Solanges antwortendes Lächeln war nur kurz und flüchtig, aber es brachte wieder Licht in ihre Augen. »Das wusste ich.«

Es war das erste Mal, dass MaryAnn einen Anflug von Normalität in Solange sah, als sie ihre Unnahbarkeit für ein paar Sekunden aufgab.

»Ich werde dir die Zehen- und Fingernägel lackieren, Jasmine«, erbot sich MaryAnn. Der Schlüssel zu Solanges Kooperation, und vielleicht sogar zu ihrer endgültigen Heilung, war ihre Liebe zu ihrer jüngeren Cousine. Soweit MaryAnn ihre Vorschläge auf Jasmine beschränkte, würde Solange sich der jüngeren Frau zuliebe dazu zwingen, an der Unterhaltung teilzunehmen.

Jasmine blickte Solange und dann ihre Schwester an. »Ich habe sie mir noch nie lackiert.«

»Nun, dann wird es aber höchste Zeit«, sagte Juliette.

»Und ich finde, Juliette sollte die Gurke mal probieren«, schlug Solange vor.

Juliette warf ein Kissen nach ihr.

»Auf deinen Augen, nur auf deinen Augen«, verteidigte sich Solange.

»Ich lasse mir die Nägel lackieren, wenn du willst«, sagte Jasmine.

Solange schüttelte den Kopf. »Auf keinen Fall.«

Juliette stieß sie wieder an. »Solange hat Angst, dass wir denken könnten, sie wäre ein Girlie. Ein Modepüppchen.«

»Hey!« MaryAnn schaffte es, eine gekränkte Miene aufzusetzen. »Was ist so schlimm daran? Ich habe trotzdem Vampiren in den Hintern getreten. Ich sah bloß gut dabei aus.« Sie erwähnte nicht, dass sie ein Fell getragen hatte, sondern streckte ihre Fingernägel aus. »Und ich habe mir nur einen Nagel dabei abgebrochen.«

»Deine Nägel sind lang«, stellte Jasmine bewundernd fest. »Meine brechen dauernd.«

»Aber nicht, wenn sie gut manikürt sind. Komm schon, Jasmine. Solange wird sich auch ihre Zehennägel lackieren lassen. Sie kann sie ja zudecken, damit sie niemand sieht. Das ist ungefähr so, wie wenn man sexy Unterwäsche trägt und keiner es weiß. Du fühlst dich schön damit, aber du bist die Einzige, die es weiß.«

Juliette runzelte die Stirn. »Unterwäsche? Wer trägt schon Unterwäsche?«

»Oh!« Solange warf das Kissen zu ihr zurück. »Da irrst du dich.«

»Okay, darin muss ich Solange recht geben«, sagte Jasmine. »Das ist wirklich ein bisschen zu viel vertrauliche Information. Ich werde dich nie wieder ansehen können, ohne mir vorzustellen ...« Sie brach ab und verzog das Gesicht.

Zu ihrer aller Erstaunen lächelte Solange. Ein echtes, aufrichtiges Lächeln, das ihr ganzes Gesicht veränderte, ihre Augen erhellte und sie um Jahre jünger aussehen ließ. »Jetzt hast du auch mir dieses Bild in den Kopf gesetzt.«

Sie und Jasmine wechselten einen Blick, verzogen das Gesicht und sagten wie aus einem Munde: »Puh!«

»Dann ist meine Mission erfüllt. Ich habe es geschafft, euch beide zu verwirren.« Juliette verschränkte ihre Arme und lächelte zufrieden.

Jasmine lachte und streckte MaryAnn ihre Hände hin. »Wenn Solange feuriges Pink ist, welche Farbe bin dann ich?«

Alle warteten. MaryAnn blickte zu Solange hinüber, die eine Augenbraue hochzog. »Hm, ich glaube, bei dir ist es mehr kaugummifarben«, sagte MaryAnn und förderte ein weiteres Fläschchen aus ihrer Tasche zutage.

»Das ist Pink!«, erklärte Solange und lehnte sich an ihre Kissen.

»Ist es nicht«, sagte MaryAnn entrüstet. »Da besteht ein feiner Unterschied.«

»Was hast du sonst noch da drin?«, wollte Juliette wissen und warf einen Blick in die große Tasche mit den ordentlichen Reihen kleiner Nagellackfläschchen, die in eigens dafür angebrachten Schlaufen steckten. »Ich kann es nicht glauben. Sieh dir das mal an, Solange.« Sie schnappte sich die Tasche und ließ die anderen ihren Inhalt sehen.

Ein ehrfürchtiges kleines Schweigen entstand.

»Wie viele Fläschchen Nagellack hast du eigentlich?«, fragte Solange.

MaryAnn nahm die Tasche und öffnete den kaugummifarbenen Nagellack. »Ich verlasse nur selten das Haus, ohne mindestens zehn dabeizuhaben. Man kann nie wissen, was vielleicht passiert, und eine Frau sollte sich immer wohlfühlen in ihrer Haut, ganz gleich, in welcher Situation.« Sie stieß einen etwas übertriebenen Seufzer aus. »Ich weiß wirklich nicht, was ihr drei ohne mich tätet.«

»Nun«, sagte Solange und beugte sich so weit vor, dass ihre Nase fast den Nagellack berührte, als sie beobachtete, wie MaryAnn ihn auf Jasmines Fingernägel auftrug, »wir trügen auf jeden Fall weder feuriges Pink noch kaugummifarben.«

»Also los.« Juliette griff nach dem feurigen Pink. »Gib mir deinen Fuß, Solange.«

»Warte!« In MaryAnns Stimme schwang Panik mit. »So einfach ist das nicht. Hier.« Sie zog zwei orangefarbene und purpurrote Schaumgummistreifen heraus. »Die musst du zwischen ihre Zehen stecken.«

Solange zog ihren Fuß hinauf und unter sich. »Vergiss es, Juliette. So was Schrilles steckst du mir nicht auf den Fuß.«

»Nun stell dich nicht so an.« MaryAnn schob einen der Streifen zwischen ihre Zehen und hob den Fuß. »Siehst du? Es tut überhaupt nicht weh. Ich habe noch ein Paar, und die sind noch nicht mal rot.«

»Nein, sieh mal, sie sind pink, Solange!«, rief Jasmine entzückt.

Solange verdrehte die Augen, erlaubte Juliette aber, sie zwischen ihre Zehen zu stecken. »Aber wehe, ihr erzählt jemandem davon!«

MaryAnn beschäftigte sich eifrig mit Jasmines Nägeln und warf gelegentlich einen Blick auf Solanges Zehen. Juliette veranstaltete eine ziemliche Schweinerei und brachte Jasmine damit so zum Lachen, dass sie kaum noch ihre Hände stillhalten konnte. MaryAnn warf Solange mehrmals einen Blick zu. Sie schien sich zu entspannen und sich ausnahmsweise einmal zu erlauben, ein bisschen Spaß zu haben. Es war ein kleiner Schritt, doch immerhin bereits ein Fortschritt.

MaryAnn suchte ihren Lieblingsnagellack und begann mit ihren eigenen Zehen, während Jasmine auf ihre Nägel blies und Juliette sich von Solange die Zehennägel lackieren ließ. Doch plötzlich versteifte sich Solange und sah zur Tür.

Manolito? MaryAnn spürte seine Anwesenheit ganz in der Nähe. *Geht behutsam mit Solange um. Sie hat ein echtes Trauma erlitten, und sowohl sie als auch Jasmine brauchen Hilfe. Sag es bitte auch Riordan und Luiz.*

Er durchflutete sie mit einem beruhigenden Gefühl, als er ins Zimmer kam. »Guten Abend, die Damen. Wie ich sehe, geht es euch sehr gut.« Er bückte sich, um MaryAnn aufs Haar zu küssen, und tat so, als bemerkte er nicht, wie seine Nähe Solange zusammenzucken ließ.

»Wie geht es Luiz?«, fragte Jasmine.

»Gut. Riordan ist noch bei ihm. Er hat einiges zu lernen. Zu fliegen und seine Gestalt zu verändern, wie unsere Leute es tun, ist nicht so einfach, wie es aussieht.« Er zwinkerte Jasmine zu. »Hübsche Nägel. Die Farbe gefällt mir gut.«

Sie lächelte. »Das ist kaugummifarben.«

Manolito nahm MaryAnn das Fläschchen aus der Hand, setzte sich ihr gegenüber und zog ihren Fuß auf seinen Schoß. »Ich bin auf der Insel auf Patrouille gegangen, Solange, und habe Jaguarspuren auf der Nordseite gesehen. Ich bin ihnen bis zum Fluss gefolgt. Es sah aus, als wäre die Katze dort hineingesprungen.« Er sprach ganz beiläufig mit ihr, behandelte sie als Gleichgestellte und zwang sie dadurch, das Gleiche auch mit ihm zu tun. Er schraubte das Fläschchen Nagellack auf und runzelte die Stirn über den Geruch.

MaryAnn warf ihm ein dankbares Lächeln zu, weil er mit Solange gesprochen hatte, als merkte er nicht, dass sie seine Anwesenheit im Zimmer kaum ertragen konnte. Es war bestimmt schon einige Jahre her, seit Solange in solch ungezwungener Atmosphäre in der Gesellschaft eines Manns gewesen war.

»Ich habe einen sehr guten Geruchssinn«, fügte Manolito hinzu, »und obwohl die Spur schon mehrere Stunden alt war, konnte ich keinen Mann in der Raubkatze entdecken. Wie unterscheidet man einen Gestaltwandler und einen echten Jaguar, ohne in ihr Gehirn blicken zu können? Er war zu weit entfernt, um seinen Geist anrühren zu können.«

MaryAnn hätte Manolito am liebsten umarmt und ihn geküsst.

Ich habe einiges daraus gelernt, in dein Bewusstsein schauen zu können. Seine Stimme war wie eine sinnliche Liebkosung, bei der sich ihr die Zehen krümmten, und so landete das dick mit Lack bedeckte Pinselchen auf ihrem Zeh anstatt auf ihrem Zehennagel.

Solange hatte das Ganze beobachtet, fasziniert von dem Anblick eines karpatianischen Mannes, der mit größter Behutsamkeit die Zehennägel seiner Gefährtin lackierte. Es zuckte um ihre Lippen, und sie musste wegsehen, als Manolito MaryAnn einen ärgerlichen Blick zuwarf.

»Halt still.«

»Ich halte still. Du hast das getan.«

»Was habe ich getan?«, fragte Manolito.

Du sahst so unwiderstehlich sexy aus und hörtest dich an wie Hitze in einem Wintersturm. Benimm dich, ja?

Solange räusperte sich. »Wenn der Jaguarmensch unterwegs ist, trägt er für gewöhnlich ein kleines Bündel um den Hals.« Ihre Stimme klang leise und rau, als benutzte sie sie nur selten. Sie vermied es, Manolito direkt anzusehen, aber sie knurrte ihn auch nicht an. Und sie fuhr fort, sich Juliettes Zehen zu widmen, als wäre das das Normalste auf der Welt. »Wenn er auf einen Baum springt, bleibt oft etwas von dem Moos auf dem Stamm oder den Ästen auf seinem Bündel hängen. Es ist nur sehr klein, aber wenn du erst mal weißt, wonach du Ausschau halten musst, kannst du es erkennen.«

»Wenn wir wieder auf der Ranch sind, könntest du dir vielleicht die Zeit nehmen, es mir zu zeigen«, sagte Manolito. »Dann wissen wir, wonach wir suchen, wenn wir auf Patrouille gehen.« Seine Stimme klang so beiläufig wie Solanges. Dann beugte er sich vor, um auf MaryAnns Zehen zu blasen.

»Klar.«

Schweigen trat nun ein, aber es war ein kameradschaftliches, kein angespanntes. MaryAnn sah sich in dem Zimmer nach den Frauen um, die ihre Freundinnen und Familie geworden waren. Dann glitt ihr Blick zu dem Mann, der ihr Herz und ihre Seele war, und sie merkte, dass sie lächelte.

Manolito blickte auf, und ihr Herz schlug schneller, wie es immer der Fall war, wenn seine schwarzen Augen ihre suchten und sie sich in seinem Blick verlor.

Ich liebe dich, avio päläfertiil. *Meine Gefährtin. Meine Frau.*

Ich liebe dich auch, avio päläfertiil, koje. *Mein Gefährte. Mein Mann.*

Das Leben konnte nicht mehr besser werden.